文
景
———
Horizon

Arc de Triomphe

凯旋门

[德] 雷马克 著

朱雯 译

Erich
Maria
Remarque

上海人民出版社

1

    一个女人转身朝拉维克走过来。她走得很快，可是脚步蹒跚得古怪，直到她差不多挨近他身边的时候，拉维克才发觉她。只见她脸色苍白，颧骨高耸，两只眼睛间距很宽，呆板的容颜像一张假面具，看样子仿佛凹陷下去似的，在街灯的亮光里，一双眼睛显出一种没有神采的空虚，这引起了他的注意。

    这女人那么紧挨着他身边走过去，差点儿跟他碰着了。他便伸出一只手，抓住她的手臂。她身子一晃，要是他不去扶住，她准会倒下去。

    他紧紧抓住她的手臂。"您要去哪儿？"过了半晌他问。

    那女人呆望着他。"放开我！"她轻轻地说。

    拉维克没有回答。他还是紧紧地抓着她的手臂。

    "放开我！你这是想干什么？"那女人勉强动了动嘴唇。

    在拉维克的印象里她根本没有瞅他。她只是透过他，望着茫茫黑夜的一个什么地方。他只是一件什么东西，把她挡住了，她就跟这东西讲着话。"放开我！"

    拉维克马上看出来，她不是一个妓女。她也没有喝醉酒。这会儿，他把她的手臂抓得不那么紧了。她若要挣脱是很容易的，可是她并没有这个念头。拉维克等了一会儿。"夜里，单身一个人，在这个时候的巴黎，您到底想去哪儿呢？"他心平气和地又问了一句，把她的手臂松开了。

那女人还是不吭声。不过她也没有再往前走。仿佛一旦停了下来，她就再也不能继续动弹似的。

拉维克倚在桥栏杆上。他可以感觉到手底下那潮湿多孔的石块。"也许是到那下面去吧？"他向后转头，朝下面塞纳河指点着，在那灰茫茫的、正逐渐消逝的光辉中，塞纳河奔腾不息地向着阿尔玛桥的暗影流去。

那女人没有回答。

"太早了，"拉维克说，"太早了，十一月的天气，冷得太厉害了。"

他掏出一包纸烟，又在衣袋里摸索着火柴。他发现那小纸盒里只剩下两根火柴了，于是便小心翼翼地弯下身去，用双手遮住火焰，免得让河上飘来的微风吹灭。

"也给我一支烟吧。"那女人用一种几乎听不见的嗓音说。

拉维克抬起头，把一包纸烟递给她。"阿尔及利亚的。外国军团的黑烟草。对您来说，也许太猛了一点。别的纸烟，我这儿可没有。"

那女人摇了摇头，取了一支。拉维克把燃着的火柴递给她。她抽得很急，吸得很猛。拉维克把火柴梗往栏杆外扔去。它就像一颗小小的流星，穿过黑暗往下掉落，直到触及水面，它才熄灭。

一辆出租汽车慢慢地驶过石桥。司机把车停了下来，朝他们望了一眼，等了一会儿，随后一踩油门，沿着湿漉漉、黑沉沉的乔治五世大街开走了。

拉维克突然觉得很累。他工作了一整天，却还睡不着觉。因此他又走出来喝酒。可是这会儿，在阴冷的深夜，疲劳突然像个袋子一般把他没头没脑地笼罩起来了。

他瞅着那个女人。他干吗要拦住她呢？她总有那么点儿不对劲，这是很明显的。可是，这跟他又有什么相干呢？像这种有点儿不对劲的女人，他已见识得多了，特别是在深夜，在巴黎，而现在，对他来说这本来也无所谓，他所需要的只是几小时的睡眠。

"回家去吧，"他说，"深更半夜的，您还在街上干什么？您只会招来麻烦。"

他把大衣领子立了起来，准备离开。那女人却瞅着他，好像不理解似的。"回家？"她重复了一遍。

拉维克耸了耸肩膀。"回家，回到您的公寓里，回到您的旅馆里，回到您爱叫什么就叫什么的地方去。您总不会愿意让警察给抓去吧？"

"回到旅馆去！我的天！"那女人说。

拉维克停住了。又是一个不知道自己该上哪儿去的人，他想。这是他事先能够料到的，情况往往是这样。晚上，她们不知道该上哪儿去，可是第二天清早，你还没有醒来，她们却早就走掉了。那时候，她们倒知道该上哪儿去啦。这种陈旧的、廉价的悲观绝望，是跟黑暗一块儿到来，又跟黑暗一块儿离去的。他把烟头扔了。倒像他自个儿不明白这种情况，又像他明白得到了厌烦的程度！

"来吧，让我们上哪儿去喝一杯。"他说。

这是个最简单的解决办法。到那时，他可以付了账就走，而她也可以决定怎么行事了。

那女人一副犹豫不决的样子，脚下绊了一下。拉维克一把抓住她的手臂。"累了吗？"他问。

"我不知道。我想是如此。"

"太累了，反而睡不着吗？"

她点点头。

"会这样的。来吧，我来扶着您。"

他们走到马索大街。拉维克感到那个女人紧靠着他。她靠着他，不像是疲累的样子，而像是快要摔倒，非得撑住不可似的。

他们穿过塞尔维亚彼得一世大街。在沙约街的十字路口后面，有一条街向远处的黑暗延伸，凯旋门那个庞然大物浮现在细雨迷蒙的天空中。

拉维克指着一家地下室酒馆那狭窄的、亮着灯光的门。"在这儿——咱们还能搞到一点东西吃。"

这是一家司机们常去的小酒馆。这会儿，有几个出租汽车司机和两个妓女坐在里面。司机们在玩纸牌。两个妓女在喝苦艾酒，她们飞快地瞥了一眼，打量着进来的女人，随后不感兴趣地把脸转开了。年岁较大的那一个，大声地打了个哈欠；另外一个没精打采地开始化妆。再远一点的地方，有个勤杂工，长着一张疲乏的耗子似的脸，他把锯屑撒在四周，随后开始打扫地板。拉维克和那个女人，在靠近门口的一张桌子边坐下。这儿比较方便，他更容易离开。他大衣也没有脱。"您想喝点儿什么？"他问。

"我说不上。随便什么都行。"

"两杯苹果白兰地。"拉维克跟一个穿着马甲、卷起衬衫袖子的招待说，"还要一包吉时牌香烟。"

"这牌子的我们没有，"招待说，"只有法国烟。"

"那也好，就来一包绿包的劳伦斯。"

"绿包的我们也没有，只有蓝包的。"

拉维克瞧着招待的胳膊，上面文着一个在云端行走的裸体女人。那招待随着他的目光攥紧拳头，让肌肉跳了起来。于是云端上的那个女人，便淫荡地扭动着她的肚子。

"好吧，就要蓝包的。"拉维克说。

那招待龇牙咧嘴地笑了笑。"说不定我们还有一包绿包的呢。"他拖着脚步走了。

拉维克一直盯着他。"他脚上穿的是红拖鞋，"他说，"胳膊上文的是一个印度舞女！他一定在土耳其海军里服过役。"

那女人把双手搁在桌子上，仿佛永远不想再抬起来似的。她这双手曾经细心保养过，但这并不说明什么。它们仍没有被保养得多好。拉维克发现，她右手中指的指甲已经坏掉了，好像剪过后没有锉齐，有些地方指甲油都已经剥落了。

招待送来了两杯酒和一包烟。

"绿包的劳伦斯。总算找到了一包。"

"我想您是会找到的。您在海军里待过吗？"

"不，在马戏团。"

"那就更好。"拉维克把一杯酒递给那个女人，"这儿，您喝。在这种时刻，这是最好的东西了。也许，您还想来点儿咖啡？"

"不。"

"那就把这杯酒一口气喝干了。"

那女人点了点头，把酒喝干。拉维克打量着她。她那张苍白的脸上毫无表情，嘴唇很饱满，就是没有血色，看上去轮廓模糊，唯有一头泛着自然光泽的金发格外美丽。她戴着一顶贝雷帽，雨衣里面穿着定制的蓝色套装。这套衣服一定是由一位手艺精湛的裁缝制作的，不过她手上的那只绿宝石戒指，因为宝石太大，反而不像是真的了。

"您还想来一杯吗？"拉维克问。

她点点头。

他招呼招待。"再来两杯苹果白兰地，不过杯子要更大一点的。"

"更大一点的杯子？里边的酒也要更多一点吗？"

"是的。"

"那就是两杯双份的苹果白兰地。"

"你猜得很对。"

拉维克决定赶快喝完就走。他既感到厌烦，又累得要死。一般来说，他对待这些意外的事情是很有耐心的，他已经经历了四十多年风云变幻的生活。像此刻这样的局面，他见识得太多了。他在巴黎住了好多年，晚上往往睡得很少，所以在路上看到的就多了。

招待把两杯酒送来了。拉维克端起一杯酒味强烈、香气沁人的苹果白兰地，小心翼翼地放到那个女人面前。"这一杯您也喝了吧。它不会起多大作用，可是能让您暖和暖和。再说，不管事情怎么样，您别把它看得太严重，天下没有什么事情会一直严重下去的。"

女人瞅着他。她没有喝酒。

"的确是这样，"拉维克说，"尤其在夜里。黑夜把一切都夸大了。"

那女人仍然瞅着他。"您用不着安慰我。"她说。

"那就更好啦。"

拉维克环顾四周，找那个招待。他已经喝够了。他知道这种类型的人。她大概是苏联人吧，他想，他们这种人，只要在什么地方一坐下来，就立刻变得放肆起来，哪怕身上还是湿漉漉的。

"您是苏联人吗？"他问。

"不是。"

拉维克付了账，站起身来告辞。就在这同一瞬间，那个女人也站了起来。她这个动作又沉静又自然。拉维克迟疑地望着她。好吧，他随后想，到了外面我也一样可以脱身的。

天已经开始下雨了。拉维克立定在门口。

"您往哪个方向走？"他决定跟她走相反的方向。

"我不知道。哪儿都行。"

"可是……您住在哪儿呢？"

那女人做出一个急速的动作。"我不能到那儿去！不，不能！我不能那么做！不能到那儿去！"

她的眼睛里突然充满了一种狂暴的恐惧。她吵过架，拉维克想，跟谁闹了一场，她就跑到外面来了，明天中午，她会重新考虑一番，回到家里去的。

"您认识什么人可以投奔吗？相熟的人？您不妨从小酒馆里给他们

打个电话去。"

"不。一个也没有。"

"可您总得上一个地方去。那您没有钱去开一个房间吗？"

"我有。"

"那您就到旅馆里去。那种旅馆小街上到处都有。"

那女人没有回答。

"您总得上一个地方去，"拉维克急躁地说，"您不能待在街上淋雨呀。"

那女人拉了拉雨衣，往紧里裹了裹。"您说得对，"她说，好像突然打定了主意似的，"您说得很对。谢谢。您可以不用再替我操心了。我好歹会去找一个地方。谢谢您。"她用一只手把大衣的领子拢了拢。"谢谢您的种种关心。"她带着一种充满悲痛的神情，抬头瞅了拉维克一眼，原想强作欢笑的，可是没有成功。随后她穿过迷茫的细雨，迈着无声的脚步，毫不迟疑地走了。

拉维克默默地站了一会儿。"真是该死！"他嘟嘟囔囔地说了一句，又惊奇又犹豫。他不知道这一切是怎样发生的，或者说他不知道这到底是怎么回事，这种绝望的微笑、这种神色、这条空寂的街道，或者这个夜晚——他只知道不能让这个女人独自在雨雾中行走，这个女人突然像是一个迷路的孩子。

他跟在她后面。"跟我一块儿走吧，"他不太亲切地说，"我可以替您找一个地方。"

他们走到了星形广场，面前的这片广场在细雨迷蒙的灰暗中显得格外宽阔，一望无际。这会儿，雾更浓了，让人看不清楚从广场上分岔开去的街道，能看见的，只有那宽阔的广场，街灯疏疏落落亮着微光，雄伟的石拱门隐没在浓雾中，好像它支撑着忧郁的天空，庇护着下面无名英雄墓上寂寞而惨淡的火焰，在这黑夜和孤寂中，这座无名英雄墓仿佛是人类最后的墓穴。

他们穿过整个广场。拉维克走得很快。他十分疲累，什么都不去想了。他听到身旁那个女人柔和轻快的脚步声，她安静地跟着他，脑袋耷拉着，双手插在大衣口袋里，一簇微小的、陌生的生命的火焰，蓦然间，在广场的深夜岑寂之中，这一霎时她好像是属于他的，虽然他对她一无所知，或者正是因为这个缘故才有这种感觉。对他来说，她是一个陌生人，正像他在各处遇到的陌生人一样。可是，正是以这种古怪的方式她和他更接近了，似乎这胜过千言万语和时间的磨合。

拉维克住的那家小旅馆在特纳广场后面瓦格兰大街旁边的小路上。那是一幢相当破败的房子，只有一样东西是新的：大门上头那块标着"国际旅馆"几个字的招牌。

他按了下门铃。"还有空着的房间吗？"他问那个开门的小伙子。

那小伙子睡眼惺忪地瞪着他。"老板不在。"他最后含糊地说道。

"这我知道。我问你是不是还有空着的房间。"

小伙子无可奈何地耸了耸肩。他看见拉维克带来了一个女人，可是他不明白为什么还要开一个房间。根据他的经验，这样就失去了带女人进来的意义。"老板娘已经睡着了。要是我叫醒她，她准会把我开除的。"他一边说，一边用劲地在身上搔着。

"好吧。那我们就得自个儿去看啦。"

拉维克给了年轻人一点小费，拿了自己的钥匙，走上楼去，后面跟着那个女人。他在打开自己的房门之前，先察看了一下隔壁那个房间。门口没有鞋。[1] 他敲了两下门。没有人应声。他小心地旋了旋门把手，门是锁着的。"这个房间昨天就空着，"他自言自语地说，"我们再到另一边去试试。旅馆老板娘大概怕臭虫会溜走，所以把房门锁着了。"

---

[1] 按照欧洲旅馆的习惯，客人在就寝前往往把鞋留在门外，让服务员拿去擦刷。门口没有鞋，通常说明房里没有人。——中译注，下同

他打开自己的房门。"请坐一会儿。"他指着一张红色的马鬃沙发，"我去一下就来。"

他打开那扇通往狭小铁阳台的大窗户，爬过连在一起的棚架，到了隔壁阳台上，试着把那边的门打开。可是这扇门也是锁着的。他只好无奈地爬回来。"没有用。我没有办法在这儿替您找到一个房间了。"

那女人坐在沙发角落。"我可以在这里坐一会儿吗？"

拉维克仔细地打量着她。她的脸蹙皱着，露出疲乏的神色。好像她再也站不起来似的。"您不妨待在这儿。"他说。

"只要一会儿工夫……"

"您可以睡在这儿。这是最简便的事情。"

那女人似乎没有听见他的话。她慢慢地，几乎是无意识地转动了一下脑袋。"您本来应该让我留在马路上。现在……我想，我现在倒是不能够……"

"我可不是那么想的。您不妨待在这儿睡觉。对您来说，这是最好的办法。我们不妨等到明天再说吧。"

那女人瞅着他。"我不想——"

"我的天！"拉维克说，"您根本不会干扰我的。您不是第一个因找不到去处而在这里留宿过夜的人。这是一家收容难民的旅馆，像这样的事，差不多每天都有。您不妨睡床，我睡沙发。我已经习惯了。"

"不，不——我就待在这儿。我只要坐在这里就行了。"

"好吧，随您的便。"

拉维克把大衣脱了，挂在一个钩子上。随后他从床上拿了一条毛毯和一个枕垫，还把一张椅子移近沙发。他从浴室里找来一件浴衣，将它搭在椅背上。"给，"他说，"这是我所能给您的东西。要是您愿意，您也可以穿上睡衣裤。那边抽屉里您可以找到一套。我不再来打扰您了。现在您可以到浴室里去。我在这儿干点事。"

那女人摇了摇头。

拉维克站在她面前。"可是我们得把您的大衣脱了，"他说，"都已经湿透啦。还有帽子，您也拿来给我吧。"

她把两样东西都给了他。他拿个枕垫放在沙发的一个角落里。"这是给您当枕头用的。这张椅子放在这里，好让您睡着后不至于摔下来。"他把椅子移得更近沙发。"还有您的鞋！不用说，全湿透了！这样很容易着凉。"他把她的鞋脱了，又从抽屉里拿出一双羊毛短袜，替她穿上。"这样，现在就好多了。苦中作乐。这是一个老兵的格言。"

"谢谢，"那女人说，"谢谢。"

拉维克走进浴室，旋开水龙头。水哗哗地冲进洗脸盆里。他把领带解掉，心不在焉地端详着镜子里的自己。一双深深地陷在眼窝里的、善于观察的眼睛，一张累得要死、只有眼睛还显出一点生气的狭长的脸，相对于从鼻子到嘴巴那段人中，嘴唇显得太软了，还有，在右眼上方，给头发遮住的地方，有一道长长的锯齿形瘢痕……

电话铃声打断了他的思路。"真该死！"霎时，他把什么事情都忘了。生活里是有这种忘却一切的刹那的。而在隔壁屋子里，还坐着那个女人。

"我来啦。"他叫道。

"受惊了吗？"他拿起电话听筒，"什么事？是的。好。是的……当然……马上，是的……行……是的。哪儿？好，我马上就去。热的浓咖啡……好的……"

他小心地放下听筒，在沙发的扶手上又坐了一会儿。"我不得不走了，"他说，"马上就走。"

那女人随即站了起来。她身子有点儿摇晃，便往椅子上靠去。

"不，不——"拉维克看到对方立刻顺从的样子，很受感动，"您尽管留在这里。快去睡觉。我要出去一两个小时。到底要多久，我也说不出来。您尽管待在这里吧。"他穿上大衣，心里闪过一个念头，可马上就抛开了。这个女人不会偷东西吧。她不是那号人。这一点他很清楚。

何况也没有多少东西可以让她偷。

他已经走到门口的时候，那女人问："我能跟您一起去吗？"

"不，不行。您就留在这儿吧。您需要什么，尽管拿来用。您要睡床，您就睡在床上。那边还有干邑 [1] 白兰地。您就睡吧……"

他转过身子。"把灯开着。"那女人突然急促地说。

拉维克把手从门把手上挪开了。"害怕吗？"他问。

她点点头。

他指指钥匙。"等我走了，您就把门锁上。可是，别把钥匙插在锁孔里。楼下还有一把钥匙，我可以用它开进来。"

她摇了摇头。"倒不是那个意思。不过，就请您把灯开着。"

"我明白了！"拉维克机警地瞅着她，"我怎么也不会把灯关掉的。让它开着就是了。我理解那种心情。我也经历过这样的时刻。"

在刺槐街的拐角处，他叫了一辆出租汽车。"到洛里斯东街。快！"

汽车司机转了个 U 形的大弯，开进卡诺大街，随后又驶上冶金工厂大街。当他开车穿过大军团大街的时候，一辆双座小汽车从右边疾驰过来。要不是路面潮湿光滑，两辆汽车早就相撞了。那辆双座汽车刹停之后，滑到了路中间，正好擦过出租汽车的水箱。小汽车如同旋转木马似的兀自滴溜溜地打转。那是一辆雷诺牌小汽车，驾驶它的是一个戴着眼镜和黑色圆顶硬礼帽的人，每到拐弯处，总有一会儿工夫可以看到他那张煞白的愤怒的脸。后来，那汽车在街道尽头停住了，对着凯旋门，好像对着地狱的巨大门洞似的，一只绿色的小甲虫，从里面伸出一只苍白的拳头，朝夜空威胁似的挥舞着。

出租汽车司机转过头来。"您可曾见过这样的事情？"

[1] Cognac，著名的优质白兰地酒产区，位于法国西南部，波尔多产区以北。"干邑"也用以代指此地及其周边区域以特定葡萄品种所生产的符合特定酿造工艺的白兰地酒。

011

"见过。"拉维克说。

"可还戴着那样的礼帽呢。为什么戴着那种帽子的人，夜里开车总是这样快？"

"他有权利这样开。他是在大街上开车。您干吗要责骂他？"

"他当然没有错。那也正是我要责骂他的原因。"

"要是他错了，您又怎么办呢？"

"我一样要骂他。"

"您好像把生活看得很随意。"

"那我就不会这样责骂别人了，"司机解释着，把汽车开进了福煦大街，"也不会这样大惊小怪了，您懂吗？"

"别说了。十字路口，把车开得慢些。"

"我也正想这样做。街上那该死的油污。可是，如果您不想听我的回答，那干吗还来问我呢？"

"因为我累了，"拉维克不耐烦地答道，"因为现在是夜里，如果你喜欢的话，还因为我们是不知名的风里的火花。接着往前开吧。"

"那是另一回事了。"司机怀着某种敬意，用手碰了碰帽子，"那个我懂的。"

"我说，"拉维克猜测道，"您是苏联人吧？"

"不是。不过我在等候顾客的时候，看了不少的书。"

今天我倒霉，总跟苏联人打交道，拉维克想。他把头往后面靠下去。咖啡，他想，滚热滚热的黑咖啡，但愿他们准备得够多，我的手千万得十分镇定，否则的话，韦贝尔准会打我一枪的，不过，我一定会很顺利。他把车窗摇下，慢慢地、深深地吸了一口湿漉漉的空气。

2

一间小小的手术室，灯火通明，如同白昼。它看去像是一个很讲卫生的屠宰房。到处是里面装着浸透血渍的棉花的水桶，绷带和止血棉塞散落一地，红色是对一切白色响亮而又庄严的抗议。韦贝尔坐在接待室里一张上了漆的钢桌旁边做着记录，一位护士正在煮手术用具，水在沸滚，电灯似乎在发出咝咝的响声，只有桌上的那具躯体无牵无挂地躺着——再也没有什么事情跟它相干了。

拉维克把肥皂液浇在手上，开始擦洗。洗的时候，他很恼怒，用的劲很大，仿佛要连皮肤都擦掉似的。"真该死！"他喃喃自语道，"糟糕的、倒霉的、该死的东西！"

护士厌恶地瞅着他。韦贝尔抬起头来望了一眼。"别激动，尤金妮亚小姐。凡是外科医生都爱骂人，尤其是在事情弄糟了的时候。这一点，您也应该习惯了。"

护士将一大把手术用具丢进了沸水里。"佩里耶教授就从来没有骂过人，"她用冒犯人的语气解释道，"他也救过许多人。"

"佩里耶教授是一位脑科专家，一位最高明的手术技师，尤金妮亚。我们做的是腹部手术，那是另一回事。"韦贝尔合上了记录簿，站起身来。"您已经全力以赴，拉维克，毕竟谁都没有办法战胜庸医。"

"不错……可有时也有办法。"拉维克擦干了手，点上一支纸烟。那护士打开窗子，露出一种无言的指责的神情。"好样的，尤金妮亚，"韦贝尔夸奖道，"总要按照规矩办事。"

"我有责任。可我不想发脾气。"

"那就好，尤金妮亚。这就叫人放心了。"

"有些人没有责任，也有些人不愿意负责任。"

"那是在指您呢，拉维克！"韦贝尔笑了起来，"我们最好还是走开。尤金妮亚早晨总爱找碴儿。反正，这儿也没有什么事了。"

拉维克转过身去。他瞅着那个尽职的护士。她毫不畏惧地回望他，那副金属框眼镜使她那张苍白的脸显得不可侵犯。她原是一个跟他一样的人，可是在他看来，却比一株树都更陌生。"请您原谅，"他说，"您是对的，护士小姐。"

白皑皑的灯光底下，桌子上躺着一具几小时前还怀有希望，在呼吸、痛苦和颤抖的躯体，而现在，它只是一具没有知觉的尸体了，而一个名叫尤金妮亚的"机器人"护士怀着责任感和自尊心，把尸体遮起来推了出去，她一向以从未走错过一步而自豪。这些人才是永远活着的，拉维克想，生活不爱他们，这些木头的灵魂，所以生活忘记了他们，就让他们一直活下去。

"再见，尤金妮亚，"韦贝尔说，"今天您好好睡一觉。"

"再见，韦贝尔医生。谢谢您，医生。"

"再见，"拉维克说，"请原谅我骂了人。"

"早安。"尤金妮亚冷冰冰地回答。

韦贝尔笑了笑。"真是冷若冰霜。"

外面，已经是灰蒙蒙的拂晓了。垃圾车辘辘地驶过街头。韦贝尔立起了衣领。"恼人的天气！我能送您回去吗，拉维克？"

"不必了，谢谢，我还是走回去。"

"这样的天气走回去？我可以带您走，又用不着绕道。"

拉维克摇了摇头。"谢谢您，韦贝尔。"

韦贝尔仔细端详着他。"真奇怪，只要有人死在手术刀下，您总是那么激动。您已经当了十五年外科医生，应该习惯了！"

"是的，我已经习惯了。所以我并没有激动。"

韦贝尔站在拉维克面前，显得又魁梧又结实。他的一张大圆脸，好像一颗诺曼底的苹果[1]。他那撇修剪齐整的黑唇髭被雨水沾湿了，在闪闪熠耀。停在路边的那辆别克汽车也在闪闪发光。一会儿，韦贝尔就要坐进汽车，舒舒服服地开回家去了，回到郊外那幢玫瑰色的精致住宅里去，那里有一位干净利落的女人，两个干净利落的孩子，以及一种干净利落的生活。你如何将这种时候的屏息紧张向他解释于万一呢：当手术刀刚一划下去，细细一条鲜红的血水随着轻轻一压马上就流出来；当人体被夹子和钳子夹住，仿佛重重叠叠的幔幕似的被揭开；当从没见过阳光的内脏暴露出来；当医生像林莽中的猎人那样追踪踪迹，忽然遇到一头巨大的野兽，死神，蛰伏在败坏的细胞组织里、结节里、肿块里、裂口里，于是战斗开始了，在这场无声的、疯狂的战斗中，除了一片薄刀、一支细针和一双镇定的手以外，无法使用其他的武器，随后，一重暗影忽然冲进了高度凝聚的耀眼的白色中间，像是一种庄严的嘲弄，仿佛使得那刀变钝了，针变脆了，手变沉了，于是当这个看不见的、谜也似的搏动着的东西，生命，在一双没有能力的手底下退落、崩解，卷进一个永远也不能接触到或者把握住的黑色旋涡，当一张前一会儿还在呼吸、还有姓名的脸，变成一副没有名姓的、僵硬的面具——如此毫无意义地、事与愿违地失去知觉——它到底意味着什么，你怎么能解释，又有什么好解释的呢？

拉维克又点上一支纸烟。"二十一岁。"他说。

---

[1] 诺曼底盛产苹果，也以酿造不同种类的苹果酒而闻名。

韦贝尔用手绢擦掉他唇髭上沾着的亮闪闪的水点。"您干得很了不起，拉维克。我是做不到这点的。至于您救不活一个被庸医耽误了的病人，这事情可跟您毫不相干。要是我们不这么想，又能怎么样呢？"

"是啊，"拉维克说，"那我们又能怎么样呢？"

韦贝尔把手绢放好。"您毕竟已经挺过来了，现在您一定完全变得坚强了。"

拉维克带着点儿讥讽的神色瞅着他。"人是不会变坚强的。不过人可以习惯许多事情。"

"我就是这个意思。"

"是的，而有些事情没法习惯，但那很难意识到。让我们想当然地认为那是咖啡起的作用。也许使我那么清醒的，果真是咖啡，而我们误归因于激动了。"

"那咖啡不错，是不是？"

"很好。"

"我知道怎样煮咖啡。我有种预感，觉得您会需要它，所以就亲自动手了。这跟尤金妮亚通常煮出来的黑水不一样，不是吗？"

"那是不能比的。您是煮咖啡的能手嘛。"

韦贝尔跨进汽车，脚放在油门上，将头从车窗里探出来。"我就不能带您走吗？您一定很累了。"

真像一只海豹，拉维克心不在焉地想，他真像一只健壮的海豹，但那是什么意思呢？为什么会有这个想法呢？为什么常常出现这种矛盾的想法呢？"我不再觉得累了，"他说，"咖啡把我的精神给提起来啦。您好好地去睡一觉吧，韦贝尔。"

韦贝尔笑了。他的牙齿在黑唇髭底下闪着光。"我不会这会儿就睡觉。我还要在花园里干活。我要栽种郁金香和水仙花。"

郁金香和水仙花，拉维克想，在整洁的分隔开的一块块花坛里，中间是整洁的用小圆石子铺砌的一条条小道，郁金香和水仙花——春天的桃色和金色的风暴。"再见，韦贝尔，"他说，"其余的事，要劳您照顾了，行吗？"

"当然可以。今天晚上，我会打电话给您。遗憾的是，收的费用很低。几乎不值得一提。那女孩子很穷，看样子也没什么亲人。我们再考虑吧。"

拉维克做出一个手势，表示不要去谈它了。

"她给了尤金妮亚一百法郎。看来，这是尽她所有了。这样，您只能得二十五法郎。"

"那没关系，"拉维克不耐烦地说，"再见，韦贝尔。"

"再见。明天早上八点见。"

拉维克顺着洛里斯东街慢慢地走去。要是在夏天，他准会坐在森林[1]里的长凳上，沐浴着早晨的阳光，怀着无杂念的心情，凝望湖水和幼小的树丛，等到紧张情绪消失了，便乘车返回旅馆，上床睡觉。

他走进布瓦西埃街拐角的一家小酒馆。几个工人和卡车司机站在吧台前面喝着滚热的黑咖啡，还把奶油糕点泡在里面。拉维克朝他们望了半晌。这是一种平凡的、简单的生活，一种可以把握、可以实现的生活：晚上累了吃点东西，找个女人，睡个连梦也没有的大觉。

"一杯樱桃酒。"他说。

那个垂死女孩的右脚踝上戴着一条细细的、不值钱的假金链——这种蠢事只有在年轻、热情而又缺乏鉴赏力的时候才做得出来。链子上还有个小吊坠，上面刻着"Toujours Charles"[2]，链子缚牢在脚踝上，让人家取不下来。这条链子道出了一个故事，关于在塞纳河附近树林里度过的星期天，关于恋爱，关于那个无知的青年，关于讷伊[3]某处的一个小

---

[1]　指巴黎西部的布洛涅森林。

[2]　法语，意为"永远的夏尔"。

[3]　Neuilly，巴黎西北郊的一个市镇。

珠宝商，关于九月里在阁楼上度过的许多夜晚，然后突然分离，等待，恐惧，那个永远的夏尔再也没有回来，再后来，这个女孩知道一个地址，什么地方的一个产婆，一张铺着油布的桌子，揪心的疼痛和流血，流血，一个张皇失措的老太婆的脸，她急忙把女孩推进一辆出租汽车好摆脱责任，女孩经历了一连串痛苦和躲藏的日子，最后被装进汽车送到医院，那最后的一百法郎紧抓在灼热、湿润的手心里——太晚了。

收音机大声地响了起来，播放的是一支探戈舞曲，带着鼻音的声音唱出一些愚蠢的歌词。拉维克又把施行手术的整个过程回想了一遍。他检查了每一项操作，说不定早几个小时还有救。韦贝尔打过电话给他，可那时他不在旅馆里。就因为他那时还在阿尔玛桥上闲荡，所以那女孩就不得不死了。韦贝尔自己不会施行这一类的手术。这是偶然的不幸。那只戴着金链的脚，软弱无力地往里蜷曲着。"走进我的船里来，月光正在照耀着。"一个低声唱伤感歌曲的歌手用假嗓子颤巍巍地哼唱着。

拉维克付了账，走了出来。到了门外，他喊住一辆出租汽车。"去奥西里斯。"

"奥西里斯"是一家很大的中等妓院，附设一个宽敞的埃及风格酒吧。

"我们正要打烊了，"看门人说，"里边一个人也没有啦。"

"一个人也没有吗？"

"只有罗朗德太太，别的姐儿们都走了。"

"也好。"

那看门人恶狠狠地在人行道上跺了跺橡胶鞋。"您干吗不让那出租汽车等着？回头您要另叫一辆可就不容易了。我们就要打烊啦。"

"你已经对我说过一遍了。我会再叫到一辆出租车的。"

拉维克把一包纸烟往看门人的胸前口袋里一塞，便走进小门，穿过衣帽间，到了一间很大的屋子里。酒吧里空荡荡的，给人一种有钱人宴饮以后照例会有的杯盘狼藉的印象—— 一摊摊倾溢出来的酒，两三把翻倒的椅子，地板上的烟头，还有一股烟草、香水和淫欲的味儿。

"罗朗德。"拉维克说。

她站在一张桌子前面，桌上放着一堆粉红色的丝绸内衣。"拉维克，"她毫不惊异地说，"时间不早了。你要什么？要一个姑娘，还是要一点喝的？或者两样都要？"

"伏特加酒，波兰的。"

罗朗德拿来了一瓶酒和一个玻璃杯。"你自个儿斟吧。我还得清点和登记送去洗的衣服。洗衣店的汽车随时会到，如果你不把样样东西都记录好，那帮家伙就会像一群喜鹊似的来偷盗。我说的是那些司机，你知道吗？他们会偷去作为礼物送给女朋友。"

拉维克点点头。"放点音乐听听吧，罗朗德。声音大一点。"

"好。"

罗朗德把插头插上。铜鼓和打击乐器的响声如同风暴似的在高敞、空洞的屋子里震响。"声音太大吗，拉维克？"

"不。"

声音太大吗？什么是声音太大？只有那种寂静，那种好像在真空中人会爆裂似的寂静。

"事情都干好啦。"罗朗德走到拉维克的桌子前面。她有丰满的身段，一张清秀的脸和一双宁静的黑眼睛。穿一身清教徒式的黑衣服，表明她女领班的身份，这使她跟那些几乎赤裸着的妓女迥然不同。

"陪我喝一杯吧，罗朗德。"

"好。"

拉维克从酒柜上拿来一个玻璃杯，斟着酒。当酒斟到半杯的时候，罗朗德把酒瓶推回去了。"够啦。我不能再喝了。"

"半杯酒多难看。喝不完，你留着就是。"

"为什么？那样就浪费啦。"

拉维克抬起头来。他看见那张可以信赖的、聪明的脸，笑了笑。"浪费！法国人老是这样担心。干吗要节省？你也没有省下什么来啊。"

"这里讲的是生意。那又是另外一回事了。"

拉维克笑了起来。"咱们为这个来干一杯！要是没有商业道德，这个世界将会成个什么样子！一批罪犯、空想家和懒汉。"

"你需要一个姑娘吧。"罗朗德说，"我可以打电话去叫吉姬来。她很好。二十一岁。"

"哦，也是二十一岁。今天我可不想要了。"拉维克又把酒杯斟满了，"在你熟睡以前，罗朗德，你会想些什么？"

"一般什么也不想。我总是太累。"

"那么，要是不累的时候呢？"

"就想图尔[1]。"

"为什么？"

"我的一个姑妈在那儿有一幢房子，开着一家铺子。她用那房子作抵押，向我借了两笔钱。她已经七十六岁，她去世以后，我就可以得到那幢房子。到那时，我想把铺子改成一家咖啡馆，墙壁糊上浅色的花纸，找一支三人乐队，有钢琴、小提琴、大提琴，后面辟一个酒吧。小巧而精致。那幢房子地理位置很好。我想，花上九千五百法郎就可以把它装修好，甚至连窗帘和电灯都可以包括在里面。随后，我打算另外留出五千法郎，作为头几个月的备用金。当然，我还可以把二楼和三楼租出去，收一点租金。我想的就是这些事。"

"你是在图尔出生的吗？"

"是的。不过，谁也不知道我出生以后在什么地方待过。假如生意做得顺当，谁也不会来管我这些个事的。金钱能够支使一切嘛。"

"不是一切，而是很多。"

---

[1] Tours，法国中西部城市。

拉维克觉得眼睛后面有点沉重，说话也缓慢下来。"我估摸我已经喝够了。"他说着，从口袋里掏出几张钞票，"你要在图尔结婚吗，罗朗德？"

"不是马上，而是在两三年之后。我有一个朋友在那里。"

"你有时也到那里去吗？"

"很少去。他有时候写信来，当然是寄往另一个地址。他已经结婚了，可是他太太住在医院里，是结核病。医生说，最多能活一两年。到那时，他就自由了。"

拉维克站起身来。"上帝保佑你，罗朗德。你倒有丰富的常识。"

她毫无猜疑地微笑着，她相信他的话是对的。她那清秀的脸上丝毫看不出疲倦的痕迹，神色清新，仿佛刚从熟睡中醒来似的。她知道她所需要的是什么，在她看来，人生没有什么秘密。

外面，天色已经大亮，雨也停了。公共厕所宛如一座座矮小的装甲炮塔，矗立在街角。看门人已经不见，黑夜已被抹去，白昼业已来临，匆匆赶路的人群挤塞在地铁的入口——这些入口像是一个个洞穴，人们仿佛供奉黑暗之神的牺牲品那样一头栽了进去。

那女人从沙发里一骨碌站起来。她并没有叫喊，只是一边发出低沉的、压抑的声音一边突然站起来，用臂肘支住身子，呆住了。

"别作声，别作声，"拉维克说，"是我啊。就是几小时前把您带到这儿来的人啊。"

那女人这才松了一口气。拉维克看到她的时候，还是迷迷糊糊的，电灯泡的亮光与从窗口爬进来的晨曦糅合在一起，搅成一种淡黄的、苍白的、不健康的色彩。"我想，我们现在可以把灯关了。"他说着，关了电灯。

他又觉得额头后面有种酒醉后的被轻轻捶击的感觉。"您要吃早点吗？"他问道。他已经忘记了这个女人，后来他拿到了钥匙，又以为她早已走了。他巴不得将她摆脱了。他已经喝够了酒，意识的背景已经变动，时间铮铮作响的链子已经散开，回忆和幻梦缠绕在他的周围，既强烈又无所畏惧。他想一个人待会儿。

"您要喝点儿咖啡吗？"他问，"这是这儿唯一的好东西了。"

那女人摇了摇头。他更加仔细地瞅着她。

"怎么啦？有人来过这儿吗？"

"没有。"

"可一定有过什么事的。您那样瞪着我，仿佛我是一个魔鬼似的。"

那女人动了动嘴唇。"那股气味……"她随后说。

"气味？"拉维克惘惑不解地重复了一遍，"伏特加酒是没有气味的，樱桃酒和干邑白兰地也没有。纸烟吧，您自己也抽。那还有什么可害怕的呢？"

"我不是指那个。"

"看在上帝的分上，那到底是什么？"

"一种同样的……同样的气味……"

"天哪，那一定是乙醚，"拉维克说，他忽然明白过来了，"是乙醚吗？"

她点点头。

"您曾经动过手术吗？"

"没有……那是……"

拉维克不再听她说下去。他打开窗子。"这气味马上就会散掉的。这会儿，您就抽一支烟吧。"

他走进浴室，旋开水龙头，从镜子里照见了自己的脸。几小时前，他曾同样地站在这儿。但就在这段时间里，一个人已经死去了。这无关紧要。每一刹那，都有成千上万的人死去，那是有统计数字的。这无关紧要。然而对一个具体的人来说，死亡是事关重大的，比运行不息的宇宙都重要。

他坐在浴缸的边沿上，脱了鞋。总是那老一套。各样东西以及它们那静默无声的强制力。一种平庸琐碎的事情，一种笼罩在悄然逝去的经验那虚幻光芒里的陈腐习惯。爱情之河两边的心灵岸坡百花盛开，可是不管你是什么人，诗人、神人、白痴，每隔几小时，你总得从自己的天堂被叫下来，到厕所去撒尿。那是谁都逃避不了的！这是大自然的讽刺，笼罩在腺体反射和腹部运动上的一道浪漫主义虹彩。人寻欢作乐的器官，同时又恶魔似的被当作排泄的器官。拉维克把鞋抛到角落。这种讨厌的脱衣服的习惯！这一点谁都逃避不了。只有过着独身生活的人才会理解。这里面有着一种可鄙的屈服和顺从。他为了摆脱这种习惯，往往和衣而睡，然而那不过是一种延宕罢了，你还是逃避不了。

他旋开淋浴的龙头。冷水流过他的皮肤。他深长地吸了一口气，便把身子擦干。小事情带来的安慰。水啊，呼吸啊，傍晚的雨啊。这些，也只有过着独身生活的人才能体会。使人愉快的皮肤，在黝黯的血管里流得更加通畅的血液，躺在草地上，桦树，夏天的浮云，年轻的天空。种种心灵的冒险活动最终怎么样了？被惨淡的生存的冒险活动扼杀了。

他回到房间里。那女人蜷缩在沙发的一个角落里，毛毯拉得很高。

"您冷吗？"他问。

她摇了摇头。

"害怕吗？"

她点点头。

"怕我？"

"不。"

"怕外面？"

"是的。"

拉维克把窗子关上了。

"谢谢您。"她说。

他望着就在面前的她的后颈脖、肩膀，一个在呼吸着的东西，一小段陌生的生命，可毕竟是生命，温暖，不是僵直的躯体。除了一点儿温暖，你还能给别人什么呢？还有什么可以给的呢？

　　那个女人动弹了一下。她在颤抖。她望着拉维克。他觉得浪潮正在退落。一种深沉的寒意没有一点重量地逐渐袭来。紧张已经过去，辽阔的空间在他面前展开，仿佛他在别的行星上住了一晚这才回来似的。突然，一切都变得很简单——这早晨、这女人——再也没有什么可想的了。

　　"来吧。"他说。

　　她望着他。

　　"来吧。"他急躁地说。

3

　　他醒来的时候，觉得有人正注视着他。那个女人已穿好衣服坐在沙发上，但是她并没有瞅着他，她正在眺望着窗外。他本指望会发现她已经离开了。她依然还在，他心里有点不舒畅。早晨，他是受不了有人在他旁边的。

　　他想再睡一会儿，可是一想到那个女人说不定会注视着他，这个念头便打消了。他下定决心要摆脱她。如果她等着要几个钱，那很简单，这类事无论如何总是容易办到的。他坐了起来。

　　"您已经起来很久了吧？"

　　那女人吃了一惊，转过身来对着他。"我不能再睡了。我很抱歉，如果我把您吵醒了的话。"

　　"您没有把我吵醒。"

　　她站起身来。"我要走了。我不知道自己为什么还坐在这儿。"

　　"您等一下。我马上就好。您不妨吃一点早点。这个旅馆的咖啡是有名的。咱们两个人都有足够的时间去喝一点咖啡。"

　　他站起身来，按了下电铃。随后他走到浴室，发现她已经进来用过了，可是样样东西都放得很整齐，很有条理，连那块用过的浴巾也放得好好的。他刷牙的时候，听到女招待端着早点走了进来，于是他赶快梳洗完毕。

"这叫您有点不好意思吗？"他走出浴室，这样问道。

"什么？"

"因为那女招待看见了您。我刚才怎么没想到这个问题。"

"不。她也并不觉得奇怪。"那女人望了下托盘。那是两个人的早餐，虽然拉维克一句话也没有关照过。

"当然不会，这是巴黎嘛，这儿，您喝这个咖啡。您头痛吗？"

"不。"

"那好，我倒是有一点。不过一小时后就好了。这儿，您吃这个奶油糕点。"

"我吃不下。"

"您一定能吃下，不过您自以为吃不下罢了。您好歹试一试。"

她拿起奶油糕点，随后又放了下来。"我真的吃不下。"

"那您就喝咖啡，抽支烟。这是一顿士兵的早餐。"

"哦。"

拉维克吃着。"您还没有吃饱吧？"过了一会儿他问。

"不。"

那女人把纸烟灭掉了。"我想……"她说了半句又停住了。

"您想什么？"拉维克不感兴趣地问。

"现在我该走了。"

"回去的路您认识吗？这里靠近瓦格兰大街。"

"不认识。"

"您住在哪儿？"

"凡尔登旅馆。"

"从这儿去只消几分钟。我可以到外面去指给您看。反正我总得带您走出大门。"

"好……可我想的不是那个。"

她又不说下去了。一定是钱，拉维克想。"如果您手头紧，那我愿意帮您一点忙。"他从口袋里掏出一只皮夹。

"别这样！这是干什么？"那女人粗声大气地说。

"不干什么。"拉维克把皮夹放好了。

"请您原谅……"她站了起来，"您真是……我应当感谢您……那可能会……夜里……孤身一个人，我也不知道……"

拉维克这才记起了之前发生的事情。如果那女人向他提出什么要求，那将是荒唐可笑的，然而他也没有料到她会感谢他啊，这就叫他更加难受了。

"我真的不知道……"那个女人说。她仍然犹豫不决地站在他面前。她干吗不走呢？他想。

"可您现在总该知道了吧？"他没话找话随口说道。

"不。"她坦率地瞅着他，"我至今还不知道。我只知道自己应当做点儿什么。我知道我不能够逃避。"

"那就够了。"拉维克拿起大衣，"现在我送您下去。"

"不必了。您只要告诉我……"她迟疑了一下，在寻找合适的词句，"也许您知道……应当怎么办……如果……"

"如果什么？"过了半晌拉维克问。

"如果有人死了。"那女人说了出来，却突然垮了下去。她哭了，可她并没有抽泣，只是没有声息地哭着。

拉维克等她稍稍平静一点才问："有什么人死了吗？"

她点点头。

"昨天晚上？"

她又点点头。

"是您杀死他的吗？"

那女人直瞅着他。"什么？您说什么？"

"是您那么干的吗？既然您问我该怎么办，那您就得告诉我。"

"他死了！"那女人哭叫道，"他突然——"

她捂住脸。

"他生了病吗？"拉维克问。

"是的……"

"您找过医生没有？"

"找过，可是他不愿意去医院……"

"您是昨天找的医生吗？"

"不是，还要早些，三天以前。他……他辱骂那个医生，不愿意再去找他看病。"

"后来，您没找过别的医生？"

"我们不认识别的医生。我们来到这儿只有三个星期。那个医生也是旅馆招待给我们请来的……而他不愿意再去请他了……他说……他认为不请医生，病也会好的……"

"他得的是什么病？"

"我不知道。医生说是肺炎……可他不相信医生的话……他说，医生个个是骗子……而昨天，他也确实觉得好了一点。后来就突然……"

"您为什么不把他送到医院里去呢？"

"他不愿意去。他说……他……他走了以后，我会对他不忠……他啊……您不了解他……真是拿他没办法。"

"他是不是还在旅馆里？"

"是的。"

"发生的事情，您有没有告诉旅馆老板？"

"没有。当他突然沉静下来……一切都是那样的沉寂……而他的一双眼睛……我实在忍受不了，于是我就跑出来了。"

拉维克想到昨夜的情景，刹那间，他感到有点羞愧。可是事情已经发生，那么对他和那个女人来说便不重要了，特别是那个女人。那夜的事情其实对她已无关紧要，现在只有一点是重要的：她要忍受得住。人生总存在着感伤的类比。拉维克听到妻子噩耗的那一夜，他留在了妓院里歇宿。那些妓女拯救了他，而牧师无法帮助他解除痛苦。这个道理，能够懂的人才会懂，那是没法解释的。不过，也有个责任感的问题。

他拿起大衣。"您来！我跟您一块儿去。他是您的丈夫吗？"

"不是。"那女人答道。

凡尔登旅馆的老板长得很胖，脑袋上没有一根头发，不过作为补偿，倒还长着一撮染过的黑唇髭和两撇浓密的黑眉毛。他站在门厅里，后面是一个男招待、一个女保洁员和一个胸部平坦的收银员。毫无疑问，他早已什么都知道了。一看见女人进来，他就破口大骂。他脸色煞白，挥动着一双胖乎乎的小手，带着恼怒、愤慨，以及在拉维克看来是松一口气的表情，唾沫飞溅地嚷嚷着。当他提到警察、外侨、嫌疑和监狱这些个词儿的时候，拉维克打断了他的话。

"您是从普罗旺斯来的吗？"拉维克问。

老板突然停住了。"不。您这是什么意思？"他惊愕地问道。

"没有什么意思，"拉维克回答，"我只是想打断您的话。提出一个毫无意义的问题，是个最好的办法。要不，您会一直唠叨下去，说上一个小时。"

"先生！您是什么人？您有什么事？"

"说到现在，这才是您第一句有理智的话。"

旅馆老板这会儿平静下来。"您是什么人？"他更加心平气和地问道，小心着在任何情况下也不要得罪一个有权势的人。

"我是医生。"

老板看出这里已经没有什么危险了。"现在不需要医生，"他又暴跳起来，"这是一件需要警察的案子。"

他瞅着拉维克和那个女人，满以为他们会害怕、抗议和央求。

"那倒是个好主意。可为什么警察还没有到这儿来？死了人的事，您都已经知道好几个小时啦。"

旅馆老板没有回答。他只是怒气冲冲地注视着拉维克。

"我来告诉您这是为什么吧。"拉维克上前一步，"为了客人，您不愿意闹出一件丑闻。要是这样的事传出去，许多客人会搬出您的旅馆。可是，警察一定要来的，那是法律。要不引起人家注意，全在您自己。不过，使您担忧的绝不是这个，您就怕这件倒霉事儿会落在您身上，那倒是不必要的。另外，您也许担心账款，那一定会付清。现在，我想去看一看尸体。随后，我会照料其他的一切事情。"

他从旅馆老板面前走过去。"几号房间？"他问那女人。

"十四号。"

"您用不着跟我一起去。我一个人也应付得了。"

"不。我不愿意待在这儿。"

"您还是别再去看的好。"

"不。我不愿意待在这儿。"

"好吧。随您的便。"

这是一个临街的房间，天花板很低，房门口簇拥着几个女保洁员、勤杂工和旅馆招待。拉维克把他们往一边推开。房里有两张床，靠墙的一张床上躺着一具男人的尸体。他躺在那儿，皮肤蜡黄，肢体僵直，黑发鬈曲，穿一身红绸的睡衣裤。他双手交叠着，一个不值钱的木雕圣母像立在他旁边的桌子上，那雕像的面部还染有几处口红的痕迹。拉维克把它拿起来，背后印着"德国制造"的标记。拉维克看了看那死人的脸，嘴唇上没有涂过口红，看样子也不像曾经涂过。两只眼睛半开半闭，一只比另一只睁得更大些，使得这具尸体显出一种极其冷漠的神情，仿佛它是在永恒的厌倦之中变得僵直了似的。

拉维克朝那尸体弯下身去。他察看了床边桌子上的那些瓶子，还检查了一下尸体，没有任何横死的迹象。他便直起身来。"来过这儿的那个医生叫什么？"他问那女人，"您知道他的名字吗？"

"不知道。"

他瞅向她。她脸色十分苍白。"首先，您到那边去坐下来，那边角落里的一把椅子上。待在那儿。给您请医生来的是这里的招待吗？"

他的视线扫过门口的一张张脸庞。每一张脸上都露出同样的表情：恐惧和贪婪。"弗朗西斯负责这层楼。"一个女保洁员说，她手里拿着一柄长矛似的扫帚。

"弗朗西斯在哪儿？"

一个招待从人群中挤过来。"到这儿来过的医生叫什么名字？"

"博内。夏尔·博内。"

"您知道他的电话号码吗？"

那招待在口袋里摸索着。"帕西[1]，2743。"

"好。"拉维克看见旅馆老板的脸出现在人群中，"让我们先把房门关起来。难道你们想看到街上的人也都走进来吗？"

"不！出去！统统出去！你们拿了工钱，干吗围在这儿偷懒？"

老板把雇员们赶出屋子，随后关上房门。拉维克拿起电话听筒跟韦贝尔通了个电话，谈了一会儿。随后他拨了那个帕西的号码。博内正在自己的诊室里。他证实了那个女人所说的情况。"那个人已经死了，"拉维克说，"您能到这儿来签一张死亡证明书吗？"

"那个人是用最侮辱人的方式把我撵出来的。"

"他现在不可能再侮辱您了。"

"他没有付给我诊金，还说我是个贪得无厌的庸医。"

"那您是不是可以到这里来收取诊金呢？"

"我可以派人去收。"

"您最好还是亲自过来。否则，钱是拿不到的。"

---

[1]　Passy，巴黎的一个地区，位于塞纳河右岸的十六区，也是传统的富人区之一。

"也好，"博内迟疑了一下才说，"不过，诊金没有付清，我是不签任何证明书的。诊金总共三百法郎。"

"好的。三百法郎。您来取吧。"

拉维克挂好话筒。"我很抱歉，让您听到了这些话，"他跟那女人说，"可是没有别的办法，我们需要这个人嘛。"

那女人早已把一些钱拿在手里。"那没关系，"她答道，"这样的事，对我来说并不新鲜。这是钱。"

"您不用着急。他马上要到这儿来。您可以亲自交给他。"

"难道您不能签一张死亡证明书吗？"那女人问。

"不能，"拉维克说，"我们需要一位法国医生来做这件事，最好是一位给死者看过病的医生。"

博内一走，房门随即关上之后，屋子里突然沉静下来。只是一个人离开这间屋子，就让现在比刚才冷清得多。街头的车流声听去有点刺耳，仿佛撞在一道难以穿透的浓重的空气墙上似的。经过几小时的纷纭扰攘，到此刻，那个死人的存在才第一次凸显。他那强有力的缄默，充塞着这个简陋的小房间，尽管他穿着色彩鲜艳的红绸睡衣裤，他甚至像个哑剧丑角控制全场那样控制着现场，但什么用也没有，因为他已经不能再行动了。活着的东西才能行动，而行动的东西才会有力量、有风度、有荒诞可笑的地方，可是绝不会有那种再也不能行动、只会腐烂的东西所具有的异样的威严。只有完美无缺的东西才具有这种特性，而人类只有在死亡里才能到达这种完美无缺的境界，但时间也是很短暂的。

"您没有跟他结过婚对吗？"拉维克问。

"没有。为什么这么问？"

"因为法律，因为遗产。警方要编制一份清单，哪些是属于您的，哪些是属于他的。属于您的东西，您可以保留下来。属于他的东西，将由警察保管。如果有亲属到场，他们会交给他的亲属。他有亲属没有？”

"在法国没有。"

"您是跟他同居的吗？"

那女人没有回答。

"同居很久了吗？"

"两年。"

拉维克望了望四周。"您有手提箱吗？"

"有……就在那边靠墙的地方……昨晚放的。"

"我明白了，老板。"拉维克打开房门。那个拿着扫帚的女保洁员吓得直往后退。"大妈，"他说，"看您这把年纪，也太多管闲事了。给我去把老板叫来。"

女保洁员想要提出抗议。

"您是对的，"拉维克打断了她的话，"您这个年纪也只有多管闲事了。不过，您就给我去把老板叫来吧。"

那大妈喃喃自语着什么，推着扫帚消失不见了。

"我很抱歉，"拉维克说，"可是，这没有办法。事情看起来有点粗野，但是我们最好还是马上就办。这样会简单一些，即使您眼下也许还不明白其中的意思。"

"我明白。"那女人说。

拉维克朝她瞅着。"您明白？"

"是的。"

旅馆老板走了进来，手里拿着一张纸。他并没有敲门。

"手提箱在哪儿？"拉维克问。

"首先是账单。在这儿。你们应当首先把账付清。"

"首先是手提箱。迄今为止，谁也没有拒绝过把账款付清。这个房间还没有退租，下一次，您进来之前该敲敲门。您把账单给我，去把手提箱拿来。"

那老板怒气冲冲地瞅着他。"您的钱一分也不会少付。"拉维克说。

旅馆老板走了。他大声地关上房门。

"您有钱在手提箱里吗？"拉维克问那个女人。

"我……没有，我想不会有。"

"您知道什么地方可能会有钱吗？在他外衣里？还是，哪里也不会有？"

"他皮夹里有钱。"

"皮夹在哪儿？"

"那个下面……"女人迟疑了一下，"他经常把它放在枕头下面。"

拉维克站了起来。他小心翼翼地抬起那个死人枕着的枕头，抽出一个黑色的皮夹。他把它递给那女人。"把钱和每一样对您重要的东西都拿出来。赶快，没有时间来感情用事了。您总得生活下去。除此以外，钱还能派上什么别的用场？难道要让它待在警察局里发霉吗？"

他向窗外眺望了一会儿。一个卡车司机正在跟一个马车夫吵架，马车夫赶着一辆两匹马拉着的运蔬菜车，卡车司机仗着笨重发动机所给予的优势辱骂那个马车夫。拉维克又转过身来。"好了没有？"

"好了。"

"您把皮夹给我。"

他把皮夹塞回到枕头下面。他感觉到这皮夹比先前薄了很多。"把东西放进您的手提箱去。"他说。

她听话地照办了。拉维克拿起账单，仔细地看着。"这账单你们是不是已经付过了？"

"我不知道。我想已经付过了。"

"这是一张两星期的账单。他是否付过……"拉维克犹豫了一下，把这个死者叫作拉辛斯基先生，他觉得有点儿别扭，"这些个账单，他每次总是付得很准时吗？"

"是的，总是这样。他常常说……像我们这种处境，重要的是需要你付账的时候就该准时把账付清。"

"这个流氓老板！您还记得，那最后一份账单可能放在什么地方吗？"

"不记得。我只知道他把所有的纸啊什么的都放在那只小手提箱里。"

有人敲门。拉维克禁不住微笑。一个勤杂工把手提箱都送了进来。老板跟在他后面。"就是这点儿东西吗？"拉维克问那个女人。

"是的。"

"当然就是这点儿东西，"旅馆老板咆哮着说，"您还指望些什么？"

拉维克把一只小点儿的手提箱拿了过来。"您有没有这只箱子的钥匙？没有？钥匙可能放在哪儿？"

"在他外衣里，外衣在衣橱里。"

拉维克打开衣橱，里面是空的。"怎么回事啊？"他问旅馆老板。

老板转向那个勤杂工。"怎么回事啊？"他责问道。

"衣服在外面。"那勤杂工结结巴巴地说。

"干吗拿到外面去了？"

"拿出去刷一刷，弄一弄干净。"

"他根本不再需要了。"拉维克说。

"马上把它拿进来，你这个该死的贼。"老板大声呵斥着。

勤杂工向他扮了个鬼脸，眨巴着眼睛走了。一会儿，他拿着衣服回来。拉维克抖了抖短上衣，又抖了抖裤子。裤子里发出叮当的响声。拉维克迟疑了一下，把手伸进死人的裤子口袋去有些奇怪，好像这套衣服已经跟他一起死去了。这种感觉很奇怪。衣服毕竟只是衣服。

他从口袋里掏出钥匙打开手提箱，最上面放着一个帆布夹子。"就是这个吗？"他问那女人。

她点点头。

拉维克一下就找到了账单。这账款已经付清。他便拿给老板看。

"您多算了整整一个星期的钱。"

"是吗？"那老板大声嚷嚷起来，"那么这种麻烦事儿，这种肮脏事儿，这种恼人的事儿，要怎么算呢？所有这些，难道都不当一回事的吗？我的胆囊又在发病了，那也应当包括在里头！您还亲口说过，我的客人说不定会搬出去。那损失可更大了！还有那张床铺，必须消毒的房间，脏了的床单，怎么算呢？"

"床单已经开在账单上了。还有一顿二十五法郎的晚餐，他是打算在昨天晚上吃的。昨天晚上，你们吃过什么东西没有？"他问那女人。

"没有。不过，我能不能干脆就这样照付了呢？那是……我倒愿意快点儿把事情料理好。"

快点儿料理好，拉维克想，我们是了解这种心情的。随后是……一片岑寂和那个死人，沉默的槌击，最好能这样……即使事情令人厌恶。他从桌上拿起一支铅笔，动手计算。随后，他把账单递给老板。"您同意吗？"

老板朝那个算出来的总数瞥了一眼。"您以为我精神失常了吗？"

"您同意吗？"拉维克又问了一遍。

"您到底是什么人？干吗在这儿管闲事？"

"我是哥哥。"拉维克说，"您同意吗？"

"再加一成，作为小费和捐税。否则就不行。"

"好吧。"拉维克加了一成上去。"您该付二百九十二法郎。"他跟那女人说。

她从手提包里掏出三百法郎，递给旅馆老板，老板一把夺去，转身便走。"这个房间必须在六点钟以前搬空。否则，多付一天租金。"

"还要找八法郎。"拉维克说。

"还有那看门人呢？"

"小费我们自己会处理。"

旅馆老板愁眉苦脸地数出八法郎，放在桌子上。"Sales étrangers.[1]"他嘀咕着，走出了房间。

"有些法国旅馆老板的傲慢就在于他们痛恨外国人，却又靠外国人过活。"拉维克注意到那个勤杂工露出一副想捞点外快的嘴脸，逗留在门口。"这儿——"

勤杂工首先看了看钞票。"Merci, monsieur.[2]"他随后说道，然后走了出去。

"现在，我们还得跟警察打交道，才能把他搬出去。"拉维克说道，望着那个女人。她正悄没声儿地坐在角落里那几个手提箱中间，沐浴在渐渐浓重的暮色里。"人死了，就变得很重要。活着，谁也不去理会他。"他又望着那个女人，"您要不要下楼去？楼下一定有个写字间的。"

她摇摇头。

"我可以跟您一起去。我有一个朋友就要到这儿来，跟警察解决这件事情。就是韦贝尔医生。我们不妨到楼下去等他。"

"不，我愿意留在这儿。"

"没有什么事情可做了，为什么您还想留在这儿呢？"

"我不知道。他……在这儿待不了多久了，而我却常常……他跟我在一起总觉得不愉快，我却常常走出去，现在我想留在这儿。"

她说得很沉着，没有一点儿感伤。

"这一点，他现在已经不会知道了。"拉维克说。

"那倒不是……"

"也好，那我们就在这儿喝一点什么吧，您也需要。"拉维克没等她回答就按了按电铃。招待出人意料地迅速出现。"来两大杯干邑白兰地。"

---

[1] 法语，意为："卑鄙的外国人。"
[2] 法语，意为："谢谢，先生。"

"送到这儿来吗？"

"是的。还能送到哪儿去呢？"

"好的，先生。"

那招待拿来两个酒杯和一瓶拿破仑[1]，他朝一个角落望去，搁在那里的床在暗处白晃晃地闪烁着。"要我开灯吗？"他问。

"不。不过，您可以把酒瓶留在这儿。"

招待把托盘放在桌子上，朝那张床瞥了一两眼，便忙不迭地离开了。

拉维克拿起酒瓶，把两个杯子斟满。"喝下这杯，对您会有好处的。"

他原以为那女人会拒绝，还得要他去劝说，不料她毫不迟疑地把酒喝干了。

"在那些手提箱里还有什么不属于您的贵重东西吗？"

"没有了。"

"有什么您自己想留下来的东西，或对您可能有用的东西吗？为什么您不去翻一下呢？"

"不。里头什么也没有了，这个我知道。"

"连那只小手提箱里也没有吗？"

"也许有，我可不知道他在里头放了些什么。"

拉维克把小手提箱拿起来，放在一张靠窗的小桌上打开。几个瓶子、几件内衣、几个笔记本、一盒水彩颜料、几把毛刷、一本书，在一个帆布夹子里还有两张用薄纸包着的钞票，他拿到亮处去看。"一百法郎，"他说，"您拿了吧。您可以靠它生活一段时间。我们把这只手提箱跟您的东西放在一起，就当作是您的。"

---

[1] Courvoisier，干邑品牌。中文中通常译作"拿破仑"主要是因为其在十九世纪初成为了法国宫廷的特许供酒商，受到拿破仑青睐，有"拿破仑之酒"之称。

"谢谢。"那女人说，

"很可能您认为这种做法很丑恶，可是非得这样做不可。这对您很重要。它会给您一点儿时间。"

"我并不认为这样做就丑恶，只是我自个儿不会这么干。"

拉维克又斟满了两杯酒。"再来一杯。"

她慢慢地把酒喝干了。"现在您觉得好一些了吗？"他问。

她瞅着他。"既不好，也不坏，什么也没有。"在暮色中她显得模模糊糊的。有时候，霓虹灯的红光从她的脸上和手上闪过去。"我根本不能想，"她说，"只要他还放在这儿。"

救护车上下来的两个伙计将毯子掀开，把担架在床边放好。随后他们抬起尸体。动作敏捷，有条不紊。拉维克站在那女人近旁，防备她万一晕倒。在那两个人将尸体盖起来以前，他弯下腰去，从床头柜上拿起那个小小的木雕圣母像。"我想这是属于您的，"他说，"您要不要留着它？"

"不。"

他把圣母像递给她。她没有接过去。他便打开那只小一点的手提箱，将雕像放了进去。

救护车上下来的两个伙计用布盖好尸体，然后抬起担架。房门太窄，外面的过道也不太宽，他们试着把担架抬出去，可是不行。担架老是撞在墙上。

"咱们得把他搬下来，"年纪大一点的那个人说，"这样抬，咱们拐不过去弯的。"

他望了望拉维克。"来，"拉维克对那女人说，"我们到楼下去等。"

那女人摇了摇头。

"好吧，"他跟那个伙计说，"你们认为需要怎么办就怎么办吧。"

两个人抬起尸体，一个抬脚，一个抬肩，把他放到了地板上。拉维克本想说几句话，他望了望那女人，她没有半点动静，他便默不作声了。那两个伙计把担架抬到了外面。随后他们又回到房间的暮色中，把尸体搬到了灯光惨淡的过道里。拉维克跟在他们后面。他们不得不把担架举得很高，这样才能抬下楼梯。在重压之下，他们的脸都涨得通红，还流着大汗，那具沉甸甸的尸体在他们头顶上摇摆晃动。拉维克紧盯着他们，直到他们走到楼下。然后他又回到楼上来。

那女人站在窗子旁边，望着外面。救护车停在街上，两个伙计把担架推进车厢，就像面包师把面包推进烤炉。随后，他们爬上座位，发动机咆哮起来，仿佛有人从地底下吼叫一声，汽车转了个急弯，拐过街角，便疾驰而去了。

女人回过头来。"您早该离开这儿的，"拉维克说，"您干吗一定要看到终了呢？"

"我不能。我不能在他之前离开这儿。这一点您难道不懂吗？"

"我懂。您来，再喝一杯。"

"不。"

救护车和警察到来的时候，韦贝尔已经把电灯开亮了。尸体给抬走以后，这个房间看起来也大了一些。大是大了些，却死寂得出奇，仿佛尸体被搬走了，死神还单独待在这儿似的。

"您还想住在这个旅馆里吗？我料想您不会了。"

"不了。"

"您在这儿有什么朋友吗？"

"不，一个也没有。"

"有哪家旅馆您想去住的吗？"

"不知道。"

"这儿附近有一家小旅馆，跟这里差不多，还干净，也过得去，叫米兰旅馆。我们可以到那边去给您找一个房间。"

"我能不能住到那个旅馆，就是……您住的那个旅馆？"

"国际旅馆？"

"是啊。我……那是说……我现在对它多少了解了一点……总比完全不了解的那种旅馆要好一些……"

"国际旅馆不适合女人住。"拉维克说。这是最后一次和她打交道了，他心里想，住在同一家旅馆里，我又不是个保姆，再说……她也许以为我已经有了某种责任，那是可能的。"我不能劝您住到那边去，"他说，语气比他心里打算的要生硬一些，"那边通常很拥挤，都是流亡者。您还是去住米兰旅馆的好。如果您不喜欢住下去，您也可以随时搬走的。"

那女人朝他瞅着。他感觉到，她已经知道他在想些什么，因而觉得有点害臊。但是，他宁愿害臊一会儿，图个日后的清静。

"好的，"那女人说，"您说得对。"

拉维克叫人把几个手提箱拿到下面一辆出租汽车上。米兰旅馆离这里只有几分钟的路程。他租了一个房间，跟那女人一起走到了楼上。这间房在二楼，墙上贴着饰有玫瑰花的壁纸，里头有一张床、一口衣橱、一张桌子和两把椅子。

"这间房还行吗？"他问。

"行。很好。"

拉维克朝壁纸打量了一眼，简直糟糕透了。"这儿，至少看起来挺干净。"他说，"又明亮，又整洁。"

"是的。"

手提箱都已经拿到了楼上。"现在，您这儿样样东西都有了。"

"是的。谢谢。多谢多谢。"

她在床边坐下了，脸色苍白，毫无表情。"您该睡一会儿。您觉得您能够睡着吗？"

"我试试看。"

他从口袋里掏出一个铝制的小管，倒出几颗药片。"这是能使您安睡的药。用水吞服。您现在就想吃了吗？"

"不，等一会儿。"

"好的。我这就走了，过两天我再来看您。您试一试，尽快睡着吧。这是殡仪馆的地址，以备不时之需。不过，您最好还是不要到那边去。您自个儿保重。我会来看您的。"拉维克犹豫了一下。"您贵姓？"他问。

"马多。琼·马多。"

"琼·马多。好的，我会记住的。"他知道自己是不会记住的，他也不会再来看她。可是，正因为他心里明白这一点，所以他希望做出一副煞有介事的样子。"我还是把它写下来。"他说着，从马甲口袋里掏出一本处方笺，"这儿……要不要您自个儿写？这样来得简单些。"

她接过处方笺，写下了自己的名字。他看了一下，把这页撕下来，往大衣的侧面口袋里一塞。"赶快睡吧，"他说，"到了明天，一切都会改观的。这话听起来又愚蠢又陈腐，可它倒是个事实，您现在所需要的，只是睡眠和一点儿时间。现在是您必须熬耐过去的一段时间。这一点您知道吗？"

"是的，我知道。"

"把药片吃了，好好儿睡吧。"

"好的。谢谢。谢谢您的种种关照。我不知道假如没有您，我该怎么办。我真的不知道呢。"

她伸出手来，那手摸上去冷冰冰的，可是握得很紧。好，他想，这已经显示出一种决心了。

拉维克走到街上，他吸了一口湿润而柔和的风。汽车，行人，几个早就在街角上拉客的妓女，廉价餐馆，小酒馆，烟草味儿，开胃饮料和汽油——动荡而匆忙的生活。顺便说一句，这种生活可多么美好啊！他抬头望着旅馆的正面，有几个亮着灯光的窗口，那个女人正坐在其中一个窗口边，直愣愣瞪望着前面。他从口袋里掏出那张写着那个女人名字的纸，把它撕成碎片扔掉了。忘记，这是一个什么样的字眼儿，他想，充满恐惧、安慰和幽灵幻影！要是不能忘记，谁还生活得下去？然而，又有谁能够忘得一干二净呢？记忆的灰烬会碾碎一个人的心，人只有在没有什么可以留恋的时候才是自由的。

他走到星形广场，大群人挤塞在那里。探照灯安装在凯旋门后面，照亮了无名英雄墓。一面巨大的蓝白红三色旗在墓前迎风飘扬。这是为了庆祝 1918 年停战协议签署二十周年。天空阴云密布，探照灯的光束把旗子的暗影投射到浮云上，黯淡、模糊、支离破碎。它看去像是一面破烂的旗帜，逐渐融化进正慢慢黑下来的天空中去。什么地方在奏着军乐，那声音低沉而轻微，没有人唱歌。人们默默地站着。"停战。"一位老妇人在拉维克旁边说，"我的丈夫在上一次战争中阵亡。现在要轮到我的儿子了。停战！谁知道明年还会发生什么……"

4

挂在床头的那张体温记录表是新的，还没记过什么。上面只有一个名字。吕西安娜·马蒂内，肖蒙山丘，克拉弗尔街。

靠在枕头上的那个姑娘，脸色灰白。头天晚上，她动了手术。拉维克仔仔细细地听了听她的心脏，随后直起身来。"好了点儿，"他说，"输血出现了一个小小的奇迹。倘若她再能坚持一天，就有希望了。"

"很好，"韦贝尔说，"祝贺您。她先前看起来好像没什么希望了。脉搏一百四十，血压八十，又用咖啡因，又用可拉明 [1]，快要完蛋啦。"

拉维克耸了耸肩膀。"没有什么可祝贺的。她比另一个姑娘来得早一些，那个脚踝上戴着金链子的姑娘。仅此而已。"

他把姑娘盖了起来。"这是一星期里的第二个。如果再这样下去，您可以开一家医院，专收肖蒙山丘地区堕胎误事的病人。上回那个姑娘，不也是从那边来的吗？"

韦贝尔点点头。"是的，正是从克拉弗尔街送来的。她们大概相互认识，都去找过那个产婆。她甚至也是在傍晚差不多相同的时间来到这儿。幸亏我在旅馆里把您找到了。我还怕您不在那边呢。"

---

[1] Coramine，药物名称，主要用于疾病或者中枢抑制药物中毒引起的呼吸及循环衰竭。

拉维克望着他。"一个住在旅馆里的人，一般晚上是不在那儿的，韦贝尔。十一月份，旅馆的房间住起来并不叫人感到愉快。"

　　"我想象得出来。可是，那您到底为什么一直住在旅馆里呢？"

　　"这种生活方式既舒服又自在。你是孤独一人，而又不是孤独的。"

　　"这就是您所向往的生活吗？"

　　"是的。"

　　"换一种方式，您也可以得到这一切。如果您在一幢小公寓里租一间房，情况将是完全一样的。"

　　"也许是的。"拉维克又朝那个姑娘弯下身去。

　　"您也是这样认为的吗，尤金妮亚？"韦贝尔问。

　　那护士朝上面望了一眼。"拉维克先生是决不会那么做的。"她冷冷地说。

　　"是拉维克医生，尤金妮亚，"韦贝尔纠正她的称呼，"我已经跟您说过一百遍了。他原是德国一家大医院的外科主任，比我要权威得多。"

　　"在这儿——"护士说道，一边推了推她的眼镜。

　　韦贝尔急忙打断她的话："好啦！好啦！这些个事我们都知道。这个国家不承认外国的学位。真够愚蠢的！可是，您凭什么如此确信他不会去租公寓的房间呢？"

　　"拉维克先生是一个迷惘的人。他怎么也不会为自己建立一个家庭的。"

　　"什么？"韦贝尔吃惊地问，"您说的是什么啊？"

　　"在拉维克先生看来，再也没有什么东西是神圣的。理由就是这个。"

　　"妙极了。"拉维克在那个姑娘的床边说道。

　　"我倒从来没有听说过这样的事！"韦贝尔两眼直瞪着尤金妮亚。

　　"您自己干吗不去问问他啊，韦贝尔医生？"

　　拉维克微微笑着。"您真是一语中的，尤金妮亚。可是，对一个人来说再也没有什么东西是神圣的之时，样样东西倒又变得更近人情地神圣了。一个人崇敬生命的火花，这种生命的火花即使在蚯蚓身上也在搏动，而且促使它不断地趋向光明。这也不算是一个什么比喻。"

"您不能侮辱我。您没有信仰。"尤金妮亚使劲捋平她胸前的白大褂，"感谢上帝，我是有我的信仰的！"

拉维克直起身来。"信仰很容易使人发狂。所以，一切宗教都付出过那么多血的代价。"他咧开嘴笑了笑，"宽容是怀疑的女儿，尤金妮亚，您这个有信仰的人对我的态度，比起我这个没有信仰的迷惘的人对您的态度，不是要放肆得多吗？"

韦贝尔哈哈大笑起来。"您又来啦。尤金妮亚，别再回嘴了！话是会越扯越远的！"

"我作为女性的尊严——"

"很好！"韦贝尔打断了她，"那就坚持下去吧。那样做总是好的。我现在就得走了，办公室里还有一些事情要办。走吧，拉维克。早安，尤金妮亚。"

"早安，韦贝尔医生。"

"早安，尤金妮亚护士。"拉维克说。

"早安。"韦贝尔回过头来看她的时候，尤金妮亚才勉强回答了一句。

韦贝尔的办公室里摆满了帝国时代的家具，有白色的、金色的，都是容易损坏的。在他办公桌后的墙上，挂着他的住宅和花园的照片。靠墙放着一张宽大的新式长沙发椅，韦贝尔在这里过夜的时候，就睡在这上面。这家私人医院是他开设的。

"您想喝点儿什么，拉维克？干邑白兰地还是杜本内甜酒 [1]？"

---

[1] Dubonnet，法国著名开胃甜酒之一。由葡萄酒、草药和少量奎宁调配而成。

"要是您还留着点咖啡的话，就喝咖啡。"

"当然。"韦贝尔把咖啡壶放在办公桌上，插上了插头。随后他转向拉维克。"今天下午，您能替我去一趟奥西里斯吗？"

"当然可以。"

"您不介意吗？"

"一点儿也不在乎。我也没有别的计划。"

"很好。那我就用不着为了到那边去再特地赶回来一趟了。我可以在花园里干点活儿。我本来想请福雄去的，可是他正好在度假。"

"别废话了，"拉维克说，"这样的事，我也干过够多的了。"

"是的，不过……"

"什么'不过'，如今再也不存在什么'不过'了。对我来说，不存在。"

"是的。您竟不能在这儿公开行医，只能躲躲藏藏做个地下外科医生，真是荒唐透顶。"

"可是，韦贝尔，那已经是司空见惯的事了！凡是从德国逃亡出来的医生，个个都是这样的。"

"完全一个样！真是可笑！你替迪朗做了一次最困难的手术，他却因此出了名。"

"比他自己动手好一些。"

韦贝尔笑了。"我或许不该这么说他。您也在替我做手术。不过，我毕竟只是妇科医生，而不是一个外科专家。"

咖啡已经沸腾了。韦贝尔把插头拔掉。他从橱柜里取出杯子，倒了两杯。"有件事我实在弄不明白，拉维克，"他说，"您为什么老是住在国际旅馆这种破破烂烂的地方？何不到布洛涅森林附近租一套漂亮的新公寓？您可以到任何地方买几件便宜的家具。这样一来，您至少可以知道什么东西是您自己的了。"

"是的，"拉维克说，"这样一来，我就会知道什么东西是我自己的了。"

"瞧！那您为什么不这样做呢？"

拉维克喝了一口咖啡。味道很苦，煮得相当浓。"韦贝尔，"他说，"您是我们这个时代简单思维的绝妙例子！您一会儿对我不能在这里合法行医表示遗憾，一会儿又问我为什么不去租一套漂亮的公寓。"

"这两件事有什么联系呢？"

拉维克宽容地朝他笑笑。"假如我去租一套公寓，就要去警察局登记。办登记手续需要护照和签证。"

"对啊，这点我不曾想到。那么住旅馆就不需要这些东西吗？"

"也要的。可是谢天谢地，巴黎总算有几家旅馆办理住客登记手续时并不严格。"拉维克在他的咖啡里倒了一点干邑白兰地，"其中一家就是国际旅馆。所以我住在那里。老板娘怎么安排的，我不知道。她肯定有门路。要不是警察局根本不知道，就是塞过钱了。无论如何，我在那边已经住了相当长的一段时间，从来没有遇到过麻烦。"

韦贝尔朝椅背靠下去。"拉维克，"他说，"这些情况我不知道。我以为他们只是不准您在此地行医。您简直是在地狱里。"

"是天堂，和德国的集中营比起来，这儿已经是天堂了。"

"那么警察呢？万一他们来了呢？"

"要是他们把我们抓去了，也不过关几个星期，然后驱逐出境。多半是到瑞士。如果第二次抓住，要拘禁六个月。"

"什么？"

"六个月。"拉维克说。

韦贝尔目不转睛地盯着他看。"可是，这太不可思议了！太无人道了！"

"亲身经历过之前，我也这么想。"

"您说的'经历过'是什么意思？难道您已经碰上过这种事情了？"

"不止一次。三次了。跟其他上百个人一样。第一次我还不知道有这种规定，而且对所谓人道主义抱有希望。后来我去了西班牙，那边不需要护照，尝到了所谓人道主义的第二次教训，从德国和意大利飞行员那里得到的。再后面一次，是我回到法国以后，那时当然已完全明白个中的底细了。"

韦贝尔站起身来。"可是，天啊，"他算了算，"那么您无缘无故坐了一年多牢房。"

"没有那么久。只有两个月。"

"怎么回事？您刚才不是说，重犯要关六个月吗？"

拉维克笑了。"一个人有了一次经验，就不会犯第二次。一次驱逐出境之后，改一个名字再回来，尽可能换个地方偷越国境线。这样一来就查不到前科。我们没有身份证明，除非某个人第二次认出我们，否则没法证明我们是重犯。被人认出来的情况很少见。拉维克是我的第三个名字，我差不多已经用了两年，平安无事。这个名字好像很吉利，我越来越喜欢它，真名实姓倒几乎已经忘记了。"

韦贝尔摇摇头。"落到这个地步，只不过因为您不是纳粹！"

"当然。纳粹分子能得到头等的身份证明。所有的签证手续都办得到。"

"我们可真是生活在一个美妙的世界里！政府居然对这种事情一点都不管。"

"政府首先要设法解决几百万人的失业问题。再说，这不仅发生在法国一个地方，到处都是这样。"拉维克站起身来，"再见，韦贝尔。两小时之内我会再来看看那个姑娘。晚上再来看一次。"

韦贝尔送他到门口。"我说，拉维克，"他说，"哪天晚上到我们家来吃顿便饭。"

"一定去。"拉维克知道自己不会去，"过几天就去。再见，韦贝尔。"

"再见，拉维克。一定要来啊。"

拉维克走进最近的一家小酒馆。他坐在靠窗的地方，可以看得见街上。他就喜欢这样，无思无虑地坐在那儿，看着过往的行人。巴黎是最能让人无所事事地消磨时光的好地方。

招待把桌子抹好了，等着。"一杯茴香酒。"拉维克说。

"要不要掺水，先生？"

"不要。等一等！"拉维克想了想，"不要茴香酒了。"

他仿佛想起什么东西需要冲掉似的。一种苦味。要冲掉这种苦味，甜茴香酒的味道还是太淡。"来一杯苹果白兰地，"他吩咐招待道，"一杯双份的苹果白兰地。"

"是，先生。"

是韦贝尔的邀请，有点怜悯的味道，请谁到家里吃顿晚饭就会给人这种感觉。法国人很少在家里请朋友吃饭，他们宁可在饭店里请客。他还从来没有到韦贝尔家去过。固然出于好意，可是叫人难受。一个人可以抵御别人的侮辱，却抵御不了人家的怜悯。

他喝了一口苹果白兰地。他何必向韦贝尔解释他住在国际旅馆的理由呢？没有这个必要。韦贝尔已经知道了他需要知道的一切。他知道拉维克无法合法行医，那就够了。尽管如此他还是用他，那是他自己的事。这样一来他可以赚钱，还可以做一些自己不敢单独承担的手术。谁也不知道，只有他和那个手术室护士知道，而那个护士嘴巴很紧。迪朗那里情况也一样。他只摆摆样子。要动手术的时候，迪朗站在病人身边，等病人上过麻药，拉维克就出场了，代替迪朗施行那个手术。这些手术迪朗因为年纪太大，或者能力不够而难以胜任。等到病人醒过来，就会看到迪朗得意扬扬地站在他的床边。拉维克只看到遮盖着的病人，只瞧见病人为了开刀而露在外面的狭狭一条涂着碘酒的肉体。他根本不知道自己在给谁开刀。迪朗诊断好病情，一五一十告诉他，他拿起手术刀就干。迪朗付给拉维克的酬金连他所收费用的一成都不到，拉维克也不跟他计较，总比没有手术可动好。韦贝尔对他要客气得多。韦贝尔分给他四分之一。这是公平合理的。

拉维克望着窗外。还有什么办法多弄些收入呢？办法不多。只要能活着，也就够了。当一切都摇摇欲坠的时候，他并不打算创立家业，免得不久又前功尽弃。与其白费精力，不如随波逐流，一个人的精力才是无价之宝。在什么地方重新出现一个值得追求的目标之前，忍耐就是一切。精力能够节省就尽量节省，养精蓄锐，来日方长。何必像蚂蚁那样在一个土崩瓦解的世纪里一次又一次试图重建小康生活，失败的例子他见得多了。那是激动人心、英雄气概与滑稽可笑的混合物，毫无用处。这种尝试会摧毁一个人的意志。一旦发生雪崩，谁也阻挡不住。要是有人想去阻挡，就会被雪埋在底下。最好还是耐心等待，过后再去把那些被雪埋葬的人挖出来。赶远路的人不要背太重的包袱，流亡中的人也是这样。

拉维克看看表。应该去看一下吕西安娜·马蒂内了。然后，还要到奥西里斯去。

奥西里斯的妓女们正等着。虽然有政府指派的医生定期给她们检查，可老板娘还是不放心。如果有人在她这儿染上了病，她可承担不起。因此她跟韦贝尔联系好，每星期四给这些姑娘重新检查一次。这工作，有时候就由拉维克代他去做。

老板娘在二楼安排了一个地方作为检查室。一年多了，没有一个客人从她这儿染上毛病，对此她很自豪，但是，有十七个姑娘从客人那里染上了性病，尽管姑娘们非常谨慎。

女领班罗朗德给拉维克送来一瓶白兰地和一只酒杯。"我想玛尔特已经染上什么了。"她说。

"好的。我会给她仔细检查的。"

"打昨天起，我已经不叫她接客了。当然，她自己是否认的。可是她的衬裤……"

"好的，罗朗德。"

姑娘们都穿着衬衫，一个接着一个进来了。拉维克差不多都认识，只有两个是新来的。

"您用不着检查我了，医生。"莱奥妮说，她是位红头发的加斯科涅姑娘。

"为什么用不着检查？"

"整整一星期没有接过客人了。"

"老板娘怎么说？"

"什么也没有说。我让他们开了好多好多的香槟酒。一晚上总有七八瓶。三个从图卢兹来的商人，都已经结过婚，他们三个人啊，都想玩儿，可是谁也不敢，都怕跟我在一起后，其余两个回家讲出去。所以他们就喝酒，都以为自己的酒量会超过其余两个人。"莱奥妮笑了起来，懒懒地在身上搔着，"可是没有喝得烂醉的那个人，也站不起来了。"

"好的。可是，我还是要检查一下。"

"对我来说无所谓。您有香烟吗，医生？"

"有的，在这儿。"

拉维克做了个玻璃涂片，染了点颜色，然后推到显微镜底下。

"您知道我不明白的是什么吗？"莱奥妮瞧着他说。

"是什么？"

"您做这种事情还会有兴致跟女人睡觉。"

"这我自个儿也不明白。你没有事。下一个是谁？"

"玛尔特。"

玛尔特是一个脸色苍白、身材细长的金发姑娘。她的脸长得很像波提切利画的天使，可是说着一口布隆代尔街的粗话。

"我是没有什么毛病的，医生。"

"那很好。我们来看看。"

"可是我真的没有什么毛病啊。"

"那就更好了。"

突然间，罗朗德站在房间里，望着玛尔特。那姑娘便不再吭声了。她不安地望着拉维克。他为她做了彻底的检查。

"可是我不会有什么毛病的，医生。你知道我有多谨慎。"

拉维克并没有回答。那姑娘还在喋喋不休地说。她迟疑了一下，又开口了。拉维克又做了一份涂片，又检查了一遍。

"你有病了，玛尔特。"他说。

"什么？"她直跳了起来，"那是绝不可能的。"

"千真万确的事。"

她瞧着他。随后她突然发作起来——一阵诅咒和漫骂。"那个猪猡！那个该死的猪猡！我早就怀疑他了，那个狡猾的骗子！他说他是学生，而且是一名医科的学生，他应该知道啊，那个流氓！"

"为什么你自己不当心呢？"

"我是很当心的，可是他搅得太快了，而且他说，作为一名学生，他……"

拉维克点点头。事情并不新鲜——一名染上了淋病的医科学生，自己给自己治疗，过了两个星期，也不加检查，他自己以为已经医好了。

"那么要治多少时间呢，医生？"

"六个星期。"拉维克知道也许六个星期还不够。

"要六个星期吗？六个星期没有收入？要住医院？我非得去住医院吗？"

"我们再考虑一下。或许以后我们可以到你家里去治，假如你答应的话。"

"我什么都答应！什么都答应！只要不进医院！"

"你先得进医院。此外没有别的办法。"

那姑娘盯着拉维克看。所有的妓女都怕住医院，那里边管得很严。但是除此以外，也没有别的办法。要是住在家里的话，过几天她就会偷偷摸摸溜出去，哪怕自己答应得好好的，她还是会出去接客人，赚钱，把病传染给他们。

"费用，老板娘会付的。"拉维克说。

"可是我呢！我呢！六个星期没有一点儿收入！我最近还分期付款买了件银狐！到期付不了款，那就什么都完啦。"

她哭了起来。"来，玛尔特。"罗朗德说。

"你不会再让我回来了！我知道！"玛尔特抽泣得更厉害了，"你不会再让我回来了！你绝不能这样做！不然我得流落街头。这一切，都因为那个狡猾的狗种……"

"我们会让你回来的。你生意做得好。我们的客人都喜欢你。"

"真的吗？"玛尔特抬起头来。

"当然，现在去吧。"

玛尔特跟着罗朗德走了。拉维克目送她出去。玛尔特是不会再回来的，老板娘非常谨慎。下一步，玛尔特也许会在布隆代尔街上做一个下等的娼妇，随后是流落街头，再后来是吸毒，进医院，卖鲜花或者贩香烟。再不然，假如她运气好，会遇到一个拉皮条的男人，欺骗她，利用她，临了再把她赶出门去。

国际旅馆的餐厅设在地下室，寄宿的人都把它叫作"墓窟"。白天，惨淡的光芒从几扇面向院子的又大又厚的乳白色玻璃窗里透进来。到了冬季，就得整天开着电灯。这间屋子，一会儿当作写字间，一会儿当作吸烟室，一会儿当作大礼堂，一会儿当作会议室，一会儿又当作没有身份证明的侨民的避难所——要是有警察进来搜查，大家就穿过院子，逃进车库，随后溜到附近一条街上。

拉维克跟沙赫拉扎德夜总会的看门人鲍里斯·莫罗佐夫在"墓窟"的一片区域坐着，老板娘管这里叫"棕榈室"。在一张四条腿细长的桌子上，孤孤单单放着一株可怜巴巴的棕榈树，它正在一只陶钵里枯萎。

莫罗佐夫因第一次世界大战而流亡，在巴黎已经待了至少十五年。他是那样一种俄国人，他们不谈自己曾在沙皇的禁卫军里服过役，也不提自己那贵族的门第。

他俩正坐在那里下棋。"墓窟"里空荡荡，只有一张桌子边坐着几个客人，在那儿喝酒，高声谈话，还每隔几分钟吆喝着举杯敬酒。

莫罗佐夫气愤地环顾四周。"你能够解释给我听吗，拉维克？今天晚上为什么这样热闹？为什么这些难民还不睡觉？"

拉维克微笑着。"那个角落里的难民和我没关系，鲍里斯。那是这个旅馆里的法西斯区，西班牙。"

"西班牙？你不是也在那儿待过吗？"

"是的，可是站在另一种立场。再说，我是一个医生。坐在那边的人是西班牙君主主义者，是法西斯的附庸。他们是最后留在这儿的一批，其余的人都早已回国了。这批人啊，至今还下不了决心。他们对佛朗哥还不够满意。而屠杀西班牙人的摩尔人当然也不再去找他们的麻烦了。"

莫罗佐夫摆好棋盘上的棋子。"他们大概在庆祝格尔尼卡的屠杀，或者在庆祝意大利和德国的机关枪征服了埃斯特雷马杜拉的矿工。我从来没在这儿看见过这些家伙。"

"他们已经在这儿住了好多年了。你从来没有到这儿吃过东西，所以你没有看见过他们。"

"你到这儿来吃过东西吗？"

"没有。"

莫罗佐夫龇牙咧嘴地笑了笑。"好吧，"他说，"我且不提第二个问题，也不要听你的回答了，那一定会是种羞辱。我管他们干吗，全当他们就是在这洞里出生的。只要他们把嗓音压低一点就好。这儿，我走的是老式的让棋开局法。"

拉维克把"兵"移往另一个方向。头先几步棋他们走得很快，随后莫罗佐夫开始仔细考虑起来。"这儿可以采用阿廖欣[1]的走法。"

一个西班牙人朝这边走过来。他的一双眼睛生得很近，走到他们桌子旁边站住了。莫罗佐夫很不高兴地瞧着他。那个西班牙人站得歪歪扭扭的。"两位先生，"他彬彬有礼地说，"戈梅斯上校请你们两位跟他喝一杯酒。"

"先生，"莫罗佐夫也同样有礼地答道，"我们正在下棋，要决出十七区的冠军。我们表示十二分的感谢，可是我们不能过去。"

那个西班牙人不动声色，毕恭毕敬地转身对着拉维克，仿佛站在菲利普二世的宫殿里似的。"前些时候，您对戈梅斯上校表示过友好。他很乐意在他离开这儿之前，跟您喝一杯酒，以表示他的谢意。"

"我的伙伴，"拉维克也同样毕恭毕敬地答道，"刚才已经跟您解释过，今天我们一定要下完这盘棋。请你代向戈梅斯上校表示我的感谢。我觉得非常抱歉。"

那个西班牙人鞠了一躬，转身就走了。莫罗佐夫会心一笑。"正像俄国人在前些年的样子。他们抓住过去的头衔、过去的礼节，就像抓住救命稻草一样。我问你，你对那个蛮汉，有过什么友好表示啊？"

"有一次，我为他开过一剂泻药。那些拉丁人很重视通大便。"

"不错，"莫罗佐夫跟拉维克挤挤眼，"这便是民主的老毛病。在同样情况下，要是换作一个法西斯主义者，他一定会给一个民主主义者开一剂砒霜。"

那个西班牙人又回来了。"本人是纳瓦罗中尉。"他郑重其事地说道，那种过于认真的样子，一望便知是喝酒太多，"我是戈梅斯上校的副官。上校今晚就要离开巴黎。他要到西班牙去参加佛朗哥大元帅的光荣军队。所以他很乐意跟你们喝一杯酒，祝福西班牙的解放和西班牙的

---

[1] Alexander Alekhine（1892~1946），俄裔法国国际象棋大师，出生于莫斯科，"一战"后移居法国。

军队。"

"纳瓦罗中尉,"拉维克简捷地说,"我不是西班牙人。"

"我们知道。您是德国人。"纳瓦罗露出一丝阴谋家似的微笑,"那正是戈梅斯上校要表示这份心意的原因。德国和西班牙是友国。"

拉维克望着莫罗佐夫。这个局面实在太富讽刺意味了。莫罗佐夫收敛了笑容。"纳瓦罗中尉,"他说,"我很抱歉,我跟拉维克医生一定要下完这盘棋。棋赛的结果,今夜一定要发电报到纽约和加尔各答去。"

"先生,"纳瓦罗冷冷地答道,"我们料到您会谢绝的。苏联是西班牙的敌人。我们只想邀请拉维克医生。因为您跟他在一起,才不得不邀请您。"

莫罗佐夫把吃来的"马"放在自己的大手掌里,望着拉维克。"您不觉得这场滑稽把戏该收场了吗?"

"是的。"拉维克转过身子,"我想您还是干脆回去,年轻人。您无缘无故侮辱了莫罗佐夫上校,他可是苏维埃的敌人。"

他不等回答,便俯视着棋盘。纳瓦罗犹豫地站了一会儿,离开了。

"他喝醉了,就像许多拉丁语系国家的人一样,喝醉了酒就会丧失幽默感。"拉维克说,"我们不必因此而不给他们来点幽默。我刚才已经把你升作上校了,鲍里斯,"拉维克道,"据我所知,那时候你不过是个可怜的中校。不过,你没有跟那个戈梅斯一样的军阶,对我来说好像有些不能接受似的。"

"不要多说了,老兄。被他们一打扰,我这个阿廖欣走法也给搅乱了。这个'象'怕要丢啦。"莫罗佐夫抬起头来,"我的天,这儿又来了一个,另一个副官。多了不起的民族!"

"那是戈梅斯上校本人。"拉维克舒舒服服地往椅背上一靠,"这回怕是两位上校的对话。"

"矮子,这孙子。"

上校比纳瓦罗更加正经。他向莫罗佐夫道歉,为了他副官的错误。

他的道歉被接受了。这会儿，戈梅斯请他们一起为佛朗哥干一杯，作为和解的标志，因为一切的障碍都已经消除。这一回，拉维克拒绝了。

"可是先生，作为一个德国人以及盟友——"上校显然惶惑了起来。

"戈梅斯上校，"拉维克渐渐变得不耐烦起来，"还是各人自便吧。你爱跟谁喝就去跟谁喝，我要下棋。"

上校想解释他的惶惑："那么你是一个——"

"你最好不要下结论，"莫罗佐夫打断了他的话，"那只会引起无谓的纠纷。"

戈梅斯变得更惶惑了。"可是，你是一个白俄罗斯人，你是沙皇的军官，应该反对——"

"我们没有什么应该不应该的。我们是老派的人。虽然有不同的政见，可是彼此绝不会打破脑袋的。"

最后，戈梅斯仿佛恍然大悟似的，表情紧张起来。"哦，我明白了，"他尖刻地说，"颓废的民主派——"

"朋友，"莫罗佐夫突然变得凶狠起来，"滚出去！几年以前你就应该滚出去了！到西班牙去，打仗去。德国人和意大利人在那里代你们打仗呢。再会吧。"

他站起身来。戈梅斯退后了一步。他注视着莫罗佐夫，接着突然转过身去，回到自己的桌子那儿。莫罗佐夫重新坐了下来。他叹了口气，按铃叫来了女招待。"来两杯双份的苹果白兰地，克拉丽莎。"

克拉丽莎点点头走了。"顽强、英勇的灵魂！"拉维克笑了起来，"简单的头脑里装进了有关光荣的复杂观念，那会让生活变得艰难，尤其在醉酒时。"

"那我知道！这儿又来了一个人，像是列队过来似的。这一次是谁啊？难道是佛朗哥本人？"

那是纳瓦罗。他在离桌子两步远的地方立定，向莫罗佐夫正式致辞："戈梅斯上校觉得非常遗憾，因为他不能向两位提出挑战。他今夜就要离开巴黎。再说，他的使命也非常重要，不应冒险去让警察来找麻烦。"他又朝拉维克转过身来。"戈梅斯上校还欠您一笔出诊费。"他将一张折起来的五法郎钞票往桌子上一扔，准备转身就走。

"等一下。"莫罗佐夫说。这时候，正好克拉丽莎托着盘子走到他的桌边。他便端起一杯苹果白兰地，稍稍考虑了一下，摇摇头，又把它放回去。随后从盘子里拿起一杯水，把它泼在纳瓦罗的脸上。"这是为了浇醒你这个醉汉，"他镇静地说，"将来你要记住，一个人不能把钱扔掉。现在，给我滚出去，你这个中世纪的疯子！"

纳瓦罗惊奇地站住了，一动也不动。他把脸抹干。另外几个西班牙人也都走了过来，一共是四个。莫罗佐夫慢慢地站起身子。他比那几个西班牙人要高一个头。拉维克还是坐着。他瞧着戈梅斯。"不要再闹笑话了，"他说，"你们没有一个是清醒的。你们是打不过的。几分钟内，你们都会骨头折裂，躺在这儿。即使酒醒了，你们也打不过。"他站起身子，抓住纳瓦罗的胳膊肘，把他高高举起，转了一圈，然后放在地上，就放在戈梅斯近旁，迫使他不得不向一边让开。"现在，快滚开。我们不要你们来纠缠。"他把桌子上的五法郎钞票放进盘子，"这个给你，克拉丽莎。是这几位先生给的。"

"我还是第一次从他们那里拿到小费呢，"克拉丽莎说，"谢谢。"

戈梅斯用西班牙语说了几句话。五个人转过身子，走回自己的桌子。"真可惜，"莫罗佐夫说，"我真想揍这些家伙一顿。很遗憾我不能那么干，就因为你，你这个不合法的弃儿。有时候，你是不是也因为不能揍人而感到遗憾呢？"

"倒不是想揍这些家伙。我要揍的是另外一些人。"

从角落里的那张桌子上，传来几句西班牙语。五个人站起身来，三呼"万岁"的声音发出回响。酒杯翻倒，叮当作响。于是这耀武扬威的一群，列队走出了房间。

"我差一点儿把这杯美味的苹果白兰地泼到他脸上去。"莫罗佐夫举起酒杯，一饮而尽，"现在统治着欧洲的，就是这些货色！我们也做过这样的傻瓜吧？"

"是的。"拉维克说。

他们下了大约一个小时的棋。莫罗佐夫抬起头来。"夏尔来啦，"他说，"他好像正在找你。"

拉维克抬起头来。一个从门房出来的年轻小伙子正向他们走近。他手里拿着一个小包。"这是留给您的。"他跟拉维克说。

"给我的吗？"

拉维克仔细打量着那个纸包。纸包很小，用一张极薄的白纸包着，外面系着绳子，上面没有收件人的地址。"我不会有什么纸包的。一定是搞错了。谁送来的？"

"一个女的……一位太太……"那小伙子结结巴巴地说道。

"一个女的或者一位太太吗？"莫罗佐夫问。

"正是……正是属于这两种人之间的。"

莫罗佐夫笑了起来。"倒很俏皮呢。"

"上面没有姓名。她说是送给我的吗？"

"不是那么说的。没有提您的名字。她只说送给一位住在这儿的医生。而且……您是认识那位太太的。"

"她是这样说的吗？"

"不，"那小伙子漏嘴说了出来，"可是有天晚上，她是跟您在一起的。"

"常有太太跟我一起回来，"拉维克说，"可是你应该知道，谨慎持重是旅馆从业者的首要美德。疏忽轻率，只有乱世英雄才能那样。"

"动手把纸包打开吧，拉维克，"莫罗佐夫说，"即使不是送给你的，在我们悲惨的一生中，更大的坏事也都做过。"

拉维克笑着把纸包打开，取出一样小东西。这是在那女人房间里见过的木刻圣母像，他搜索着记忆，她叫什么名字？马德莱娜……马德……他已经忘记了。一个诸如此类的名字。他翻看那张薄纸，里面没夹一张字条。"好吧，"他跟那个小伙子说，"是送给我的。"

他把圣母像放在桌子上。挤在棋子中间，看上去样子很特别。"是一个俄国女人吗？"莫罗佐夫问。

"不是。我起初也是这么想的。"

拉维克注意到那上面的口红痕迹已经擦掉了。"我要这个东西做什么呢？"

"随便放在哪儿。有许多东西是可以随便放在哪儿的。世界上的每样东西都有那么多地方可以放，就只除了我们人类。"

"在这段时间里他们总把那个人安葬了吧……"

"她就是那个女人吗？"

"是的。"

"你后来就再也没去过问她的事吗？"

"没有。"

"奇怪，"莫罗佐夫说，"我们常常以为我们帮助了人家，却在人家最感困难的时候停手了。"

"我又不是慈善机构，鲍里斯。而且，我看见过比这个更凄惨的情况，我也无能为力。为什么她现在更感困难了呢？"

"因为她现在孤零零一个人了。在此以前，那个人虽然已经死去，可是毕竟还在那儿。他还在地面上。现在他被埋葬到地下了，再也不在那儿了。这，"莫罗佐夫指着那个圣母像，"不是道谢，这是求援的呼声。"

"我跟她一起睡过。一点儿也不知道发生了什么事情。我要把这件事忘掉。"

"废话！只要没有爱情，那样的事就是天下最不重要的。我认识一个女人，她说要她跟一个男人睡觉，比要她叫出这个男人的名字容易得多。"莫罗佐夫向前面靠过去，他那光秃秃的大脑瓜上发出亮闪闪反光，"我想告诉你一件事，拉维克，如果能办到，我们应当友好待人，而且尽可能地持久，因为在我们一生中，免不了要犯一点所谓的罪孽。至少我自己是会的，说不定你也免不了。"

"是的。"

莫罗佐夫把一只胳膊摊放在桌上，围住那个种着一株可怜巴巴的棕榈树的陶钵。棕榈叶微微地颤动起来。"我们大家都彼此哺育着。这种偶然的友好情谊的小小火花，是不应该让人取走的东西。它能增强一个人应付困难生活的力量。"

"好的，那我明天就去看看她。"

"好，"莫罗佐夫说，"那正是我的用意。现在，别再多废话了。谁走白棋啊？"

5

旅馆老板一下子便认出了拉维克。"那位太太在她房间里。"他说。

"您能打个电话告诉她我在楼下吗？"

"她房间里没有电话。我想您还是自个儿上去吧。"

"那房间是几号？"

"二十七号。"

"我不记得她的名字了。她叫什么来着？"

旅馆老板并没有露出诧异的神色。"马多，琼·马多，"他又加了一句，"我想这不是她的真名。大概是舞台上的艺名。"

"怎么会是舞台上的艺名呢？"

"她在这儿登记的身份是女演员。听起来也像，不是吗？"

"我不知道。我认识一位演员，他说自己叫古斯塔夫·施密特。其实，他的真姓名是赞博纳的亚历山大·玛丽亚伯爵。古斯塔夫·施密特是他的艺名。听起来倒不像是艺名，是不是？"

那旅馆老板还不肯认输："这年头啊，这类事情也多着呢。"他说得很玄妙。

"好多事情实际上也没什么。只要研究一下历史，你会发现我们其实正生活在一个相对平静的世纪里。"

"谢谢，我已经受够了。"

"我也是一样。不过，不论在哪里，只要有可能，一个人总得找点儿安慰。您说的是二十七号房间吗？"

"是的，先生。"

拉维克敲敲门。没人答应。他又敲了一下，这才听到一个不太清楚的声音。开门进去，他看见那女人。她正坐在床上，慢悠悠地抬起头来。她穿着一套裁剪合身的蓝色套装，这衣服拉维克没有见她穿过。如果她随随便便穿着一套睡衣躺在什么地方，反而不会给人孤独的感觉。可是现在这副模样，她既不为什么人，也不为什么事，只是出于目前已经失去意义的习惯而穿得这般整齐，这倒有一种什么东西叫拉维克心生感动。这类事情早已司空见惯，他看见过成百上千的人这样坐着，那是些孤立无援的被驱赶到国外去的难民。一个飘摇无定的小岛，他们就是这么坐着，不知道该往哪儿去，只是习惯让他们生存了下来。

他随手关上门。"我希望我没有打扰你。"他这样说道，立刻觉得这句话说得多么没有意思。还有什么事情能够打扰这个女人呢？已经没有什么事情能够打扰她了。

他把帽子放在一把椅子上。"一切事情你都能够应付吗？"他问。

"都行。也没有多少事情。"

"没有困难吗？"

"没有。"

拉维克坐在房间里唯一的一把扶手椅上，弹簧发出吱吱的声音，他察觉出有一根弹簧已经坏了。

"您准备出去吗？"他问。

"是的。过一会儿。也没有什么特别的去处，只是到外边去走走。一个人还能做些什么别的事情呢？"

"没什么事。这是对的，这几天怎么样？您在巴黎不认识什么人吗？"

"不认识。"

"一个也不认识？"

那女人疲惫地抬起头来。"一个也不认识……除了您、旅馆老板、招待和女保洁员。"她微微笑了笑，"那也不多，是不是？"

"不多。那位——"拉维克想追忆那个死人的名字，他已经把他忘记了。

"不，"那女人说，"拉辛斯基在这儿没有朋友，要不就是我从来没见过。我们一到，他就病了。"

拉维克本来并不想久坐。现在，看到那个女人这样坐着，便改变了主意。"您用过晚饭吗？"他这样问。

"没有。我也不饿。"

"今天一整天，您吃过些什么东西没有？"

"吃过的。今天中午。白天总是比较容易一点。一到晚上……"

拉维克望了望四周。这个小小的空荡荡的房间，有一种沉闷的、十一月的味道。"这是您可以出去走走的时间了，"他说，"来，我们一块儿出去，吃点儿东西去。"

他以为那女人会拒绝。她显得那么冷漠，好像什么事情都无法让她打起精神。可是，她立刻站起身来，伸手去拿雨衣。

"那不顶用，"他说，"这外衣太单薄了。您还有暖和一点儿的衣服吗？外面很冷呢。"

"刚才在下雨……"

"现在还在下。冷得很。您不能添点儿什么衣服在里面吗？再穿一件外衣，或者至少再加一件毛线衣？"

"我有一件毛线衣的。"

她朝一只大一点的手提箱走过去。拉维克发现她所有的箱子都没有打开过。她从手提箱里拿出一件黑色毛线衣，脱下短外套，穿上这一件。她直直的肩膀长得很美。然后她戴上贝雷帽，穿上短外套和雨衣。"这样好些吗？"

"好多了。"

他们走下楼梯。旅店老板已经不在，另外有个看门人，坐在钥匙箱旁边。他正在分拣信件，身上有股大蒜味儿。一只花猫一动不动地蹲在他身边，瞪着他看。

"您仍然觉得吃不下什么东西吗？"走到外面，拉维克问。

"也说不上。我想也吃不多。"

拉维克招呼了一辆出租汽车。"好吧，那就到美丽曙光餐厅去，那边可以吃一顿简单的晚餐。"

美丽曙光餐厅里人不多。早已过了吃饭的时间。他们在楼上一个天花板很低的房间里找到一张桌子。除了他们，只有一对客人，坐在窗边吃着乳酪，还有个孤身一人的瘦子，面前摊着一大堆牡蛎。招待一走进来，他便吹毛求疵地瞧着那块花格子台布，要求把它换了。

"两杯伏特加酒，"拉维克吩咐道，"冷的。"

"我们就喝点儿酒，吃一点拼盘，"他对那女人说，"我认为这样对你最合适。这家餐厅，拼盘是有名的。除此以外，几乎也没有什么别的东西了。总之一句话，你吃不到别的什么好东西。拼盘有几十种，热的冷的都有，而且都很不错。我们不妨试一试。"

招待把伏特加酒送来了，还准备好点菜单。"一瓶桃红葡萄酒，"拉维克说，"有没有安茹产区的？"

"安茹产区，开瓶的桃红葡萄酒。好的，先生。"

"好，要一大瓶，冰的。再来点拼盘。"

招待出去了，在门口跟一个戴着红羽毛帽的女人几乎撞了个满怀，那时她正急匆匆奔上楼。她把招待推开，走到那个面前堆着牡蛎的瘦子那儿。"阿尔贝，"她说道，"你这头猪——"

"嘘，嘘——"阿尔贝朝四周张望了一下。

"不要嘘我。"那女人把一柄湿漉漉的雨伞横搁在桌子上，毅然决然地坐了下来。阿尔贝仿佛也并不惊惶。"谢丽。"他叫了一声，便跟她说起悄悄话来。

拉维克微笑着，举起了酒杯。"我们且干了这一杯。敬您。"

"敬您。"琼·马多说着，便把酒喝了。

拼盘用小车推着送来了。"您喜欢吃什么？"拉维克瞧着那女人，"我想最简单的办法还是让我替您装一盘。"

他装了满满一盘，递给她。"要是哪样菜不喜欢吃也没关系，还有很多小车会推来。这只是开始。"

他替自己也装了一盘，开始吃起来，再不去管那女人。他突然发觉自己非常饿。过了一会儿，他剥了一只海虾递给她，这时他发现她也在吃着。"试试这个，比大龙虾好吃。现在再来点儿肉酱，配白面包皮吃。这味道的确不坏。再喝这么一点儿酒。淡淡的，酸酸的，凉凉的。"

"我可给您添了好多麻烦。"那女人说。

"是的……就像餐厅领班那样。"拉维克哈哈笑了起来。

"那倒不是。不过我真的给您添了好多麻烦。"

"我不喜欢一个人吃饭。事情就是这样。正跟您一样。"

"我可不是一个好伴侣。"

"你是的，"拉维克答道，"在吃饭方面，你是一个好伴侣。在吃饭方面，你是一个头等的好伴侣。那种喋喋不休的人，我受不了，还有那些大声说话的人。"

他向阿尔贝那头望了望。那个戴红色羽毛帽的女人正在大声向他解释着为什么他是一头猪，同时又用那柄雨伞有节奏地敲着桌子。阿尔贝正在倾听着，看样子一点儿也不用心。

琼·马多微微笑了笑。"我也受不了。"

"第二车餐食又来了。要马上吃点儿东西，还是先抽一支烟？"

"先抽一支烟。"

"好的。今天我的纸烟可不一样了，不是那种黑烟草。"

他给她点上了火。她往椅背上靠下去，深深地吸了一口烟。然后她直愣愣地瞅着他。"这样坐着倒是挺好的。"她说。有一阵儿，在他看来，她好像要哭了。

他们又到竞技场咖啡馆去喝咖啡。那个能看得到香榭丽舍大街的大房间里客人很多，他们在楼下的酒吧里找到一张桌子。墙壁的上半截是玻璃的，看得见玻璃后边有几只红鹦鹉、白鹦鹉在扇动着翅膀，几只色彩鲜艳的热带鸟忽上忽下地飞着。

"您有没有想过以后该怎么办？"拉维克问。

"不，还没有。"

"您到这儿来的时候，心里有没有明确的打算？"

那女人迟疑了一下。"不，没有什么具体的打算。"

"我不是出于好奇而问您的。"

"这我知道。您是说，我应该做点儿事。我自己也想那么做。我每天都对自己这么说的。可是后来……"

"旅馆老板告诉我，您是一位演员。我没有问过他，是我向他打听您名字的时候，他这样告诉我的。"

"名字您不是已经知道了吗？"

拉维克抬头瞅了一眼。她平静地望着他。"不知道，"他说，"我把那张纸条儿留在旅馆里了，一时间想不起来了。"

"那么您现在知道了吗？"

"知道了。琼·马多。"

"我不是一个好演员，"那女人说，"我只演过几个配角。最近几年来，都没有演过戏。再说，我的法语也讲得不够好。"

"那您讲的是哪一种语言？"

"意大利语。我是在意大利长大的，也会一点儿英语和罗马尼亚语。我父亲是罗马尼亚人，他已经去世了。母亲是英国人，现在还住在意大利，我不知道她在意大利的哪个地方。"

拉维克心不在焉地听着。他很烦躁，不知道应该再说些什么好。"您还做过别的什么事情吗？"他仿佛仅仅为了问话而发问，"除了演过配角？"

"还不是跟他们混混而已。跳跳舞啊，唱唱歌啊。"

拉维克怀疑地望着她。她好像并不适宜做那些事情。她有一种黯淡的、朦胧的神态，并不吸引人。她一点儿都不像个演员。

"在这儿试试，也许比较容易，"他说，"因为那不需要您把话说得十全十美。"

"不。不过我先得找一点事情做，假如什么人都不认识，那是很困难的。"

莫罗佐夫，他突然想起了他，还有沙赫拉扎德。当然！莫罗佐夫一定懂得这些事的。这个主意使他振奋起来。是莫罗佐夫把他拖进了这个索然无味的晚上，现在这个女人可以交给他了，让鲍里斯也有个显显身手的机会。"您懂俄语吗？"他问。

"懂一点儿，几支歌，吉卜赛的歌，那跟罗马尼亚的歌也差不多。为什么这样问？"

"我认识一个懂得这些事情的人。也许他可以帮助您。我会把他的地址留给您的。"

"我想是不会有多大希望的。天下的经纪人都是一个样。推荐也没有多大用处。"

拉维克意识到，她以为自己在用最简单的办法摆脱她，而事实也正是如此，他反驳道："我说的那个人并不是经纪人。他是沙赫拉扎德的看门人。那是一家开在蒙马特的俄罗斯风格的夜总会。"

"看门人吗？"琼·马多抬起头来，"那是另外一回事了，"她说，

"看门人比起经纪人来，消息要灵通得多。那也许会有希望的。您跟他很熟吗？"

"是的。"

拉维克惊奇地瞧着她。突然间，她说话的样子像是个行家。"他是我的一个朋友，"他说，"名叫鲍里斯·莫罗佐夫，近十年来，他一直在沙赫拉扎德工作。那边常常有了不起的表演，常常变换节目单。他跟经理关系很好，要是沙赫拉扎德没有机会，他一定也知道其他有机会的地方。您想去试试吗？"

"好啊。什么时间呢？"

"最好是晚上九点钟左右。那时候他还不忙，有时间跟您谈谈。这件事我先去告诉他一下。"拉维克等着看到莫罗佐夫的脸。他突然觉得舒服多了，仍然感觉到的那点微小的责任感也消失了。他已经尽其所能，现在要看她的了。"您累了吗？"他问。

琼·马多直盯着他的眼睛。"我倒不累，"她说，"可是我知道您并没有什么兴趣跟我坐在这儿。您来是出于怜悯，我对此很感激。您带我走出房间，还跟我说话。那已经是很大的人情，因为多少天来我就没有跟任何人说过话。现在我想走了。您为我做的事情已经够多啦。不然的话，我不知道自己会怎么样呢！"

天啊，拉维克想，她现在倒又提起那件事了。他不安地望着前面的玻璃墙。一只肥硕的鸽子，想要强奸一只鹦鹉。那只鹦鹉那么厌烦，也竟懒得去挣脱。它自己只管啄食，不去理睬它。

"那倒并不是怜悯。"拉维克说。

"不是怜悯又是什么呢？"

鸽子放弃了。它从鹦鹉的背上跳下来，理着羽毛。那鹦鹉无所谓地翘起了尾巴，拉了一泡屎。

"我们两个人，现在都来喝一杯雅文邑白兰地[1]吧，"拉维克说，"那是最好的回答了。可是您得相信我，我绝不是一个慈善家。多少个晚上，我都是独自坐着的。您以为我那样就特别高兴吗？"

"不，可是我不是一个好伴侣。这就更糟了。"

"我已经断了念头，不想再找什么伴侣了。这是您的雅文邑白兰地。敬您。"

"敬您。"

拉维克放下酒杯。"好吧。我们现在可以离开这个'动物园'了。您还不想回旅馆去，是不是？"

琼·马多摇摇头。

"好的。那么我们再到别的什么地方去。我们去沙赫拉扎德吧，到那边去喝一点儿什么，我们两个人好像都需要，同时你还可以去看看那边的情况。"

差不多是凌晨三点钟。他们站在米兰旅馆的门口。"您喝够了没有？"拉维克问。

琼·马多迟疑了一下。"我在沙赫拉扎德的时候，以为已经喝够了。可是现在到了这里，望着这扇大门，觉得还没有够。"

"那倒有办法。也许在这旅馆里，我们还可以要点儿什么。否则的话，我们就到哪个酒吧去买一瓶回来。来吧。"

她瞧着他，然后又瞧着大门，"很好。"她果断说。可是她还是站在那里。"从那边上楼，"她说，"到那个空荡荡的房间里去……"

"我跟您一块儿上去。我们自己把酒带上去。"

看门人醒了。"你们还有什么好喝的东西吗？"拉维克问。

"香槟鸡尾酒如何？"看门人立刻问道，口气干脆利落，可是一边

---

[1] Armagnac，法国西南部雅文邑地区产的一种褐色无甜味的白兰地酒。

还在打哈欠。

"谢谢你。来点儿味道强烈的。干邑白兰地，一瓶。"

"要拿破仑、马爹利、轩尼诗，还是百事吉？"

"拿破仑。"

"是，先生。我会旋开瓶塞把酒送上去。"

他们走上楼梯。"您带了钥匙没有？"拉维克问那女人。

"房门没锁。"

"没锁门，您的钱和身份证也许会被人偷走的。"

"要偷的话，锁了也一样会被偷走的。"

"话是不错，但总没有不锁的容易。"

"也许是。可是我不愿意独自从外面回来，拿了钥匙，开了门，走进一个空荡荡的房间，那好像我在开启一个墓穴。走进这样一个房间已经够受的了，里边除了几个手提箱，就没有什么在等着我。"

"任何地方都没有什么在等着我们，"拉维克说，"我们总得把样样东西都带着走。"

"也许是那样。可是至少有时候还有一点仁慈的幻觉。这儿却什么也没有……"

琼·马多把贝雷帽和雨衣往床上一扔，望着拉维克。她的一双眼睛在那苍白的脸上显得大而有光，好像在愤懑的绝望中固定了下来似的。她就这样站了一会儿，然后在小房间里来回踱着，跨着阔大的脚步，双手插在短外套的口袋里，转身的时候，全身像有弹性似的摆动。拉维克凝神瞅着她。她好像突然有了力量，而且有一种狂热的妩媚，这房间对她来说显得太狭小了。

有人在敲门。看门人把干邑白兰地送了进来。"请问女士和先生，你们还想吃点儿什么东西吗？"他问，"有冷鸡，三明治——"

"那太浪费时间了，老兄。"拉维克付了账，把他推出房间。然后他斟满两杯。"这儿。这是简单而野蛮的办法，可是在艰难环境中，倒是越原始越好。斯文风雅是太平盛世的事情。干了这一杯吧。"

"干了以后呢？"

"那您就再喝一杯。"

"我已经试过了，那是没有用处的。一个人孤身独处的时候，喝醉酒是不好的。"

"要喝得足够醉才有用。"

拉维克坐在墙边那张对着床放着的长椅上，它既狭小又有点儿摇摇晃晃。之前他没有看见过。"您搬来的时候，它就放在这儿吗？"他问。

她摇摇头。"我叫人搁在那儿的。我不喜欢睡在床上。好像没什么必要。睡了床，还得脱衣服什么的，何苦呢？早晨和白天还可以。可是晚上……"

"您总得找点儿事做。"拉维克点上一支烟，"在沙赫拉扎德我们没有遇到莫罗佐夫，真是糟糕。我不知道他今天休息。等明天晚上去吧。大概九点左右。我可以肯定他准会替您找到工作，哪怕在厨房里打杂。那样，至少您在晚上可以有事做了。这是您所想望的，不是吗？"

"是的。"琼·马多停止踱步。她喝干了那杯干邑白兰地，往床上坐下去。"每天晚上，我总要到外面去走走。人在走的时候，一切都会舒畅得多。只要一坐下来，天花板往头上压的时候……"

"您在街上没有遇到过什么事情吧？没有被偷过东西？"

"没有。也许我不像有东西可以让人来偷的样子。"她把空酒杯递给拉维克，"至于别的事情……我常常等待着那样的事。至少有个什么人来跟我说说话！发生点儿事情，总比什么事情也没有，老是漫无目的地东走西走来得好！那样，一个人的眼睛至少不只看到石头，也可以看到人的眼睛了。那样，一个人可以不像无家可归者那样到处飘荡！不会像一个外星球来的怪人！"她把头发往后面一甩，接了拉维克递给她的酒杯。"我不知道自己为什么要谈起这事，"她说，"我是不要谈的。也许因为我这几天来一直没有说话。也许因为今天是第一次……"她自己打断了话，"您不要听我……"

"我正在喝酒，"拉维克说，"您要说什么就说什么好了。这是夜里，没有人会听到您的。我也只听着自个儿。一到明天，什么事情都会忘了。"

他向后靠下去。这间房子的什么地方传出冲水的声音。暖气管嘎嘎作响，雨用柔嫩的手指叩着窗户。

"一个人回来，把电灯关了之后，黑暗便落在身上，仿佛麻醉药撒在棉花团上一样，于是又把灯开亮了，呆呆地望着，望着……"

我一定已经喝醉了，拉维克想，今天比往常更早，也许是那惨淡的灯光，也许与两者都有关系，她已经不再是那个平凡而憔悴的女人，而是另外一个，突然出现了一双眼睛，一张脸，有什么东西在瞧着我，那一定是些阴影，是我脑门儿后那团柔和的火照亮着她，是酒醉以后的第一道红光。

他并没有听琼·马多在说什么。这些他全都已经知道，也不想再知道什么了。孤独，人生永恒的叠句。比起其他事情来，它不见得更好，也不见得更坏。关于它，人们谈论得太多了。一个人常常会孤独，然而也永远不会孤独。突然间，小提琴的乐声从什么昏暗的地方传来，在布达佩斯山上的花园里萦绕，栗树浓郁的香味，风，梦，好像年幼的猫头鹰蹲在人的肩膀上，它们的眼睛在黝黯中显得格外明亮。一个永远不会成为黑夜的夜，一个所有女人都显得美丽的时辰。夜的褐色的大翅膀。

他抬起头来望望。"谢谢您。"琼·马多说。

"为什么？"

"因为您让我一个人说话，却并不在听。这对我有好处，我需要这样。"

拉维克点点头。他发现她的酒杯又空了。"好吧。"他说，"我把这瓶酒留给您。"

他站起身来。一个房间，一个女人，没有别的。一张再也没有光彩的苍白的脸。"您真的要走了吗？"琼·马多问。她朝四周张望着，仿佛有谁躲藏在这个房间里似的。

"这是莫罗佐夫的地址，他的姓名。这样您就不会忘记了。明天晚上九点。"拉维克在处方笺上写了下来。然后他撕下那一页，放在手提箱上。

琼·马多已经站了起来。她伸手去拿雨衣和贝雷帽。拉维克望着她。"您用不着送我下去了。"

"我不是要送您，我只是不想留在这儿。现在我不想。我想到什么地方去走走。"

"可是怎么说呢，您待会儿还得回来啊。还不是一个样吗？为什么您不想留在这儿？现在早已克服了吧。"

"天快要亮啦。等我回来的时候，已经是早晨了。那时候就会平静得多。"

拉维克走到窗边。天还在下雨。湿漉漉、灰蒙蒙的电线在街灯黄澄澄的光晕里随风飘荡。"来，"他说，"我们再来喝一杯酒，然后你睡觉。这不是散步的天气。"

他抓起了酒瓶。突然间，琼·马多挨近他身边。"不要把我留在这儿。"她说得又快又急。他可以感觉到她的呼吸。"不要把我孤零零一个人留在这儿，只是今天晚上。我不知道为什么，可是今天晚上，千万不要！明天我就会有勇气，可是今天晚上，我不能孤零零一个人，我已经又困倦，又虚弱，已经筋疲力尽了，一点儿气力也没有，您不该带我出去的，不该在今晚，现在我不能孤零零一个人了！"

拉维克小心翼翼地把酒瓶放在桌子上，拿开了她那双搁在他胳膊上的手。"孩子，"他说，"有时候，什么事情我们都得习惯。"他瞥了那把长椅一眼。"我可以睡在那上面。现在到别的任何地方去都没有意思了。我需要几小时的睡眠。明天早晨九点钟，我还得去做一次手术。我睡在这儿，会像睡在自己的地方一样。这也不是我第一次值夜班。这样行吗？"

她点点头。她仍然紧紧地挨在他身边。

"我一定要在七点三十分出门，很早很早，会把你吵醒的。"

"那没有关系。我可以起来，为你弄早点，弄一切……"

"什么都不用，"拉维克说，"我可以到哪家咖啡馆去吃早餐，像个明智的工人那样，喝点儿咖啡、甜酒，吃些小面包。所有别的事情，都可以在医院里做。请尤金妮亚为我准备洗澡水，这也挺不错的。好吧，让我们待在这儿吧。十一月里两个迷惘的灵魂。你睡那张床。假如你乐意，我可以先下楼去跟那老门房待在一起，等你准备好了再进来。"

"不。"琼·马多说。

"我不会溜走的。再说，我们还需要几样东西。枕头、毛毯之类的。"

"我可以按铃叫他来。"

"那我自己可以做。"拉维克在寻找按钮，"男人来叫比较好些。"

看门人很快就进来了。他又拿来一瓶干邑白兰地。"你太高估我们啦，"拉维克说，"多谢多谢。我们是战后的一代。一条毛毯，一个枕头，还有几张床单。我不能不睡在这儿。外面太冷，雨也太大了。我最近生过一场严重的肺炎，好起来才只两天。你可以替我们安排一下吗？"

"当然可以，先生。让我来想一想。"

"好的。"拉维克点了一支纸烟，"我要到外面走廊里去一下，看看门口的鞋子。那是我多年的嗜好。我不会逃跑的。"他边说边观察着琼·马多的表情，"我不是埃及的约瑟。我不会把外衣留下来就走的。"[1]

---

[1] 典故出自圣经《旧约·创世记》第39章："有一天，约瑟进屋里去办事，家中人没有一个在那屋里，妇人就拉住他的衣裳说：'你与我同寝吧！'约瑟把衣裳丢在妇人手里，跑到外边去了。妇人看见约瑟把衣裳丢在她手里跑出去了，就叫了家里的人来，对他们说：'你们看！他带了一个希伯来人进入我们家里，要戏弄我们。他到我这里来，要与我同寝，我就大声喊叫。他听见我放声喊起来，就把衣裳丢在我这里，跑到外边去了。'"

看门人拿着东西回来了。他看见拉维克站在走廊里，便突然停住了脚步。随后他脸上露出笑容。"像这类事情，倒是很少见的。"

"我自己也很少如此，只有在生日啊，圣诞节啊才这样做。把那些东西都给我。我会拿到里边去。还有那个东西是什么？"

"一个热水袋。因为您患过肺炎。"

"好极了！不过我的肺已经让干邑白兰地泡热了。"拉维克从口袋里掏出几张钞票来。

"我相信您一定没有睡衣裤，先生。我可以替您找一套来。"

"谢谢，老兄。"拉维克望着那个老头儿，"那我穿起来一定觉得太小。"

"正相反，一定会很合身，那还是全新的。不瞒您说，那是一个美国人当礼物送给我的，又是一位太太送给他的。我自己又不穿这种东西。我只穿普通的睡衣。这可是全新的呢，先生。"

"好吧，把它拿上来。让我看一看。"

拉维克就在走廊里等着。三双鞋放在门口，其中一双是高筒皮靴，两边都有松紧带。鞋后面的房间里，传出打雷似的鼾声。另外两双，一双是棕色的男鞋，一双是漆皮短靴。这两双鞋放在同一扇房门门口，虽然挨在一起，看上去却极其孤独。

看门人拿来了睡衣裤，那确实是挺漂亮的，蓝色人造丝，还点缀着金色的星星。拉维克细心注视了一会儿，没有吭声。他理解了那个美国人。

"漂亮极了，不是吗？"看门人自豪地问。

睡衣裤是新的，还装在买来时卢浮大商店的盒子里。"真可惜，"拉维克说，"我倒很想见见那位选购这套睡衣裤的太太。"

"您今夜可以穿一穿。用不着把它买下来，先生。"

"该给您多少钱呢？"

"随您给。"

拉维克把手从口袋里抽出来。"这太多了，先生。"看门人说。

"您不是法国人吗？"

"我是的。圣纳泽尔人。"

"那您就是被美国人惯坏了。再说，像这样一套睡衣裤，给多少钱都不会太多的。"

"我很高兴您也喜欢。晚安，先生。明天我向这位太太要回就是。"

"明天早晨，我自己会送还给你。七点三十分，请你叫醒我。可是要轻点儿敲门。我听得见。晚安。"

"你瞧这个，"拉维克说着把睡衣裤拿给琼·马多看，"一套圣诞老人的衣服。那看门人真是个魔术师。我倒很想拿来穿一下。人要变得荒谬可笑，既需要勇气，又需要毫无自知之明。"

他把毛毯在长椅上铺好。睡在他自己的旅馆里，还是睡在这儿，对他来说都无所谓。他在走廊里看见一间还算过得去的浴室，又从看门人那儿找来一柄新的牙刷。所有其他的事情，都无关紧要了。这女人仿佛总有点儿像是一个病人。

他往平底玻璃酒杯里斟了一些干邑白兰地，跟那看门人带进来的一个小酒杯一起放在床边。"我想对你来说，这点儿酒已经够了，"他说，"这样比较简单一些。我可以不需要再起床来斟酒。我把酒瓶跟另外一个酒杯放在我这儿。"

"我不需要那个小杯子。用另一个杯子就行。"

"那就更好啦。"拉维克在长椅上安顿下来。他很高兴，因为那女人没有跟他唠叨，问他舒服不舒服之类的，她已经如愿以偿了，谢天谢地，她倒没有使出家庭主妇那种啰唆的脾性。

他斟满了自己的酒杯，把瓶子放在地板上。"敬你！"

"敬你！还要谢谢你。"

"那没什么。反正我也没有到雨里去散步的心情。"

"外面还在下雨吗？"

"还在下。"

轻轻叩击的声音，打破了外边的静寂，仿佛什么东西想要溜进来似的、灰色的、没有生气的、没有形体的、一种比哀愁更凄惨的东西，一种遥远的、无名的记忆，一种向他们冲过来的无垠的浪潮，并试图将曾经冲到一个岛上去的、已被遗忘的东西召回、埋葬，人类的一点儿什么，一点儿光，一点儿思绪。

"这是最适合喝酒的良宵。"

"是的……却是不适合独居的暗夜。"

拉维克沉默了一会儿。"我们应该养成独居的习惯，"他随后说道，"以前把万物扭聚在一起的那些东西，现在都已经摧毁了。今天，我们四散分离，仿佛玻璃珠项圈断了线。再也没有一样东西是结实的了。"他又把酒杯斟满，"我还是个孩子的时候，有天晚上睡在草地上。那是夏天，长空清澈极了。睡熟以前，我看见天边的猎户座挂在树林的上空。半夜醒来，它突然高高地悬挂在我的头顶上。这景象我永远也不会忘记。我已经知道地球是一颗行星，而且在旋转着，可是正像一个人从书本上学到了什么东西一样，仅仅知道而并不怎么理解。那时，我第一次觉得地球确实是在动的。我觉得地球正在无边无际的空间里安静地飞行。我那么强烈地感受到，几乎相信我必须抓住什么东西才不会被抛掷出去。大概是因为我刚从熟睡中醒来，一瞬间失却了记忆和习惯，所以仰望着这个变化巨大的天空时才会有那样的感觉。突然间，在我看来地球再也不是坚实的了，而且打那以后，它再也没有完全坚实过。"

他把那杯酒喝干了。"这就使得有些事情变得更艰难，而有些事情变得更容易了。"他望着琼·马多，"我不知道你快要睡着了没有。如果你太困倦了，就不必再回答我的话。"

"还没有。快了。什么地方还有一处仍然醒着。醒着，而且很冷。"

拉维克把酒瓶放在身边的地板上。在房里的温暖气氛中，一种褐色的疲劳慢慢地流进他的身体里。阴影出现了，翅膀的扑动，一个陌生的房间，黑夜，外面像是遥远的鼓声，雨单调的敲击声，一间茅屋，混乱边缘的一点微光，毫无意义的荒漠上的一星弱火，可以对它说话的一张陌生的脸。

"你也有过这种感觉吗？"他问。

她沉默了一会儿。"有过，可不完全相同，是两样的。那时我白天不跟任何人说话，晚上出去散步，到处都有人，他们都有个归属，他们都有个去处，他们都有个家。唯有我不是这样的。于是，一切都慢慢地变得虚幻起来，好像我淹在水里，在水底下穿过一个陌生的城市。"

外面，有人走上楼梯。钥匙响了一下，一扇房门吱吱关上了。紧接着，又有水从水龙头里冲出来的声音。

"如果你一个人也不认识，为什么还待在巴黎呢？"拉维克问道。他觉得自己已经很困倦了。

"我不知道。要不然我该去哪儿呢？"

"难道你没有地方可以回去吗？"

"没有。那是不能够回去的。"

夜风追逐着急雨，掠过窗户。"那你为什么到巴黎来呢？"拉维克问。

琼·马多没有回答。他以为她已睡熟了。"拉辛斯基和我，为了要分离才到巴黎来。"她这才说道。

拉维克听到这句话并不觉得惊奇。有些时候，什么事情都不会叫人惊奇。对面的房间里，刚才进去的那个男人开始呕吐起来。他们听到从门里传来的闷塞的喘息声。"那你为什么这样绝望呢？"拉维克问。

"因为他死了！死了！突然之间他没有了！再也叫不回来了！死了！无法挽救了！你不懂吗？"琼·马多从床上坐起来，两眼直瞪瞪望着拉维克。因为在你能够丢开他以前，他就离开了你。因为在你做好准备以前，他就把你孤零零一个人抛下了。

"我……我不应该那样对待他……我那时候……"

"忘了吧。后悔是天下最没用的事。任何往事你都无法挽回，任何往事你也无法纠正。不然的话，我们就都成圣人了。人生，并不要我们活得十全十美。谁活得十全十美，就该进博物馆去。"

琼·马多没有回答。拉维克看着她喝酒，看着她重新躺下去。好像还有点儿什么事情，可是他已经疲倦得不能想它了。再说，这和他也没有什么关系。他需要睡觉。明天他还得去做手术。所有这些事，再与他无关。他把空杯放在酒瓶旁边的地板上。奇怪，有时候一个人也会发现自己，他这样想。

6

拉维克进来的时候，吕西安娜·马蒂内正在窗边坐着。"你觉得怎么样，"他问道，"第一次下床？"

那姑娘望了望他，又望了望下午外面灰茫茫的天，然后又看向拉维克。"今天的天气不太好。"他说。

"很好，"她答道，"对我来说是很好。"

"为什么？"

"因为我用不着出去了。"

她蜷缩着坐在椅子里。一件便宜的和服式棉布晨衣披在她肩膀上，一个瘦瘦长长普普通通的女人，牙齿长得很难看，可是在拉维克看来，这会儿她比特洛伊城的海伦还美丽。她是他用双手救下的一条生命。可是这也没有什么特别值得自豪的，不久以前他曾送掉过一条生命，下一次他也许还会送掉一条，到临了，所有的生命都会送掉，连他自己的也在内。然而在此刻，这个姑娘的生命，毕竟是被救出来了。

"像这样的天气，捧着帽子到处走到底不是好玩的事。"吕西安娜说。

"你先前是送帽子的吗？"

"是的，替朗韦尔太太送。那铺子开在马提翁大街上。我们要工作到五点钟。之后我要把装着帽子的盒子送到顾客们那里。现在是五点半。这时候我正该在路上送货呢。"她望着窗外，"糟糕，雨下得不大了。昨天就比较好。下的是倾盆大雨。现在啊，一定有人非得冒雨出去不可了。"

拉维克在她对面靠窗的一把椅子上坐了下来。好奇怪，他想，谁都以为人们死里逃生后总会觉得自己万分幸运，可实际上并非如此，这个姑娘也是这样，在她看来，好像出现了一个小小的奇迹，唯一使她感兴趣的是她可以不用出去淋雨。"你当时怎么会正好到这家医院来呢，吕西安娜？"他问。

她小心翼翼地望着他。"有人告诉我的。"

"谁？"

"一个熟人。"

"哪个熟人？"

那姑娘迟疑了一下。"也来过这儿的一个熟人。我送她到这儿，送她到门口。所以我知道的。"

"那是在什么时候？"

"在我入院前一个星期。"

"是不是在做手术时死去的那个？"

"是的。"

"可是你居然还到这儿来？"

"是的，"吕西安娜漫不经心地说，"为什么不呢？"

拉维克并没有把他本来想说的话说出来。他望着那张冷冰冰的小脸蛋儿，这脸蛋儿原来是很柔和的，而生活却一下子使它变得冷酷了。"你也去过同一个产婆那儿吗？"他问。

吕西安娜并没有回答。"或者是同一个医生？你告诉我，用不着害怕。反正我又不知道那个人是谁。"

"玛丽先到那儿去的。一个星期以前。十天以前。"

"你明知道她是怎么个结果，后来你还是去了？"

吕西安娜耸了耸肩膀。"我有什么办法呢？不能不冒险。找别的人，我一个也不认识。一个孩子，有了孩子我怎么办？"她又望了望窗外。对面阳台上，站着一个着背带裤、擎着雨伞的男人。"我在这儿还得住多久啊，医生？"

"大约两个星期。"

"还要两个星期吗？"

"那也不长。为什么这么问？"

"要花很多的钱……"

"也许我们可以缩短一两天。"

"你说我可以分期付款吗？我的钱不够。费用又很贵，三十法郎一天。"

"谁跟你说的？"

"护士。"

"哪个护士？一定是尤金妮亚。"

"是的。她说手术费和绷带费还不在内。这不是很贵吗？"

"手术费你已经付了。"

"护士说那还远远不够。"

"护士不了解收费的事，吕西安娜。以后你最好还是问一问韦贝尔医生。"

"我想马上就知道。"

"为什么？"

"那我可以计划一下要做多长时间的工作，才能付清这笔费用。"吕西安娜瞧着自己的手，手指很细，被刺破过。"我还有一个月的房租要付。"她说，"我到这里来的那天是十三日。我应当在十五日要求解除租约的。现在我不得不付另一个月的房租。一天也没有住。"

"没有什么人帮助你吗？"

吕西安娜抬起头来。她的脸，突然间仿佛苍老了十年。"那样的事你一定也知道，医生。他只是生气。他没想到我是这样不懂事。否则的话，他也不会跟我发生什么关系了。"

拉维克点点头。像这样的事情，对他来说并不新鲜。"吕西安娜，"他说，"我们不妨试试，叫那个打胎的产婆拿点儿出来。那都是她的过错。你只要把她的姓名告诉我们就好。"

那姑娘立刻挺直身子，一个劲儿地表示拒绝。"报告警察吗？那不行！这样一来，我自己也要牵涉进去了。"

"不用找警察。我们只要去吓唬她一下。"

她苦笑起来。"用这种办法，你们不会从她那儿得到任何东西的。她是个铁石心肠的人。我得付给她三百法郎。花了这么些钱……"她捋平身上的晨衣，"有的人就是运气不好。"她滔滔不绝地说着，仿佛在说别人而不是自己似的。

"正巧相反，"拉维克答道，"你的运气很好。"

他在手术室里看见了尤金妮亚。她正在擦拭镍制的医疗器械。这是她的一种嗜好。她工作时那么全神贯注，连他走进去也没有听见。

"尤金妮亚。"他说道。

她转过头来，吃了一惊。"哦，是你！你非得常常吓唬人吗？"

"我想我不是那样的人。反倒是你，你不应该拿收费啊、价钱啊这类事去吓唬病人。"

尤金妮亚挺直了身子，抹布拿在手里。"一定是那个婊子嚼嘴嚼舌地讲出来的。"

"尤金妮亚，"拉维克说，"比起那些靠同男人睡觉而艰难过活的女人，从来没有同男人睡过觉的女人里有更多的婊子，且不说已经正式结过婚的女人了。再说那姑娘也不是什么嚼嘴嚼舌，是你把她搅得不好过日子。就是这么回事。"

085

"那又有什么？过那种生活的女人就是神经过敏！"

你自以为正经规矩，拉维克想，你这个令人讨厌的炫耀贞洁的女人，对这个制帽小女工的孤寂绝望你什么都不知道，她会勇敢地去找那个毁了她朋友的产婆，去进那家没有救活她朋友的医院，除了"我还有什么办法呢？"和"我该怎么担负这笔费用？"她什么也没说。

"你应该结婚了，尤金妮亚，"他说，"嫁给一个有儿有女的鳏夫，或者一个殡仪馆的老板。"

"拉维克先生，"那护士一脸正经地答道，"你能不能行个好，不来干涉我的私事？否则，我不得不向韦贝尔医生投诉了。"

"反正你一天到晚就是这样做的。"拉维克看到她脸颊上的两片红晕，兀自高兴起来。"为什么信仰虔诚的人，总很少是正直的，尤金妮亚？愤世嫉俗的人，却有高尚的人格，而理想主义者最叫人受不了。你觉得是不是这样？"

"感谢上帝，我觉得不是。"

"那可是我的想法。现在，我要到犯罪的孩子那里去了，到奥西里斯去。万一韦贝尔医生需要我，就到那边去找。"

"我想韦贝尔医生不会需要你的。"

"贞洁并不能赋予人一双慧眼。也许他会需要我的。大概五点以前我一直在那儿，之后我在旅馆里。"

"棒极了的旅馆，那个犹太人的窝！"

拉维克转过身来。"尤金妮亚，难民并不全是犹太人。即使是犹太籍，也不尽是犹太人。他们中有许多你都不会相信是犹太人。我就看见过一个犹太籍的黑人。他是一个孤独得要命的人。他唯一喜欢的东西是中国菜。人生原就是这样的。"

护士没有回答。她正在擦着一只全无瑕疵的镍盘。

拉维克坐在布瓦西埃街一家小酒馆里，从下着雨的窗子望出去，正看见那个人。他感到像是有人沉重地打了他肚子一拳。起初，他只觉得一阵震动，还不明白是怎么回事儿，紧接着他便把桌子往旁边一推，从椅子上跳了起来，粗暴地穿过人群拥挤的地方，朝门口冲去。

有人抓住他的胳膊，把他一把拉住。他这才转过头来。"干吗？"他茫然地问道，"干吗？"

那是酒馆招待。"您还没有付账呢，先生。"

"什么？哦，是的，我还要回来的。"他挣脱开来。

招待涨红了脸。"我们这儿不允许这样做的。您必须——"

"给。"

拉维克从口袋里掏出一张钞票，丢给招待后便把门撞开。他推推搡搡地穿过一大群人，向右转了个弯，沿着布瓦西埃街奔去。

有人在后面骂他。他这才镇定下来，停止奔跑，用尽量快但不让人家怀疑的急步往前走。这是不可能的，他想，这是绝对不可能的，我一定在发疯，这是不可能的！那张脸，那张脸，一定是某种相似，一种酷肖的相似，是我的神经和我开了个愚蠢的玩笑，那张脸不会出现在巴黎，该是在德国，在柏林，窗子被雨打湿了，看不清楚，我一定是看错了，一定是……

他推推搡搡急匆匆穿过从电影院散场出来的人群，搜索着他所见到的每一张脸。他从帽檐底下窥视，遇到人家愤怒惊异的神色。他继续往前走，往前走，搜索着别的脸，别的帽子，灰的、黑的、蓝的，他从他们身边经过，又转过身来仔细端详。

他在克勒贝尔大街的十字路口站住了。突然他记了起来，一个女人，一个牵着一条狗的女人，他刚才看到的那个人就紧跟在她身后。

他早已超了那个牵着狗的女人很长一段路。他急忙往回走，老远就望见那个牵着狗的女人，他在街边站住，手在衣袋里紧紧握成拳头，他聚精会神地注视着每一个过路人。那条狗在街灯的柱子下站定，嗅了一阵，缓慢从容地抬起一条后腿，而后又煞有介事地用爪子蹭蹭人行道才继续向前跑。拉维克突然觉得颈脖上汗淋淋的。他又等了几分钟，那张脸并没有出现。他往停着的汽车里张望，里面一个人也没有。他又重新转头，急匆匆走到克勒贝尔大街的地铁站。他走下入口，买了一张车票，沿着站台走去。那儿有很多很多人。没等他穿过人群，一列火车已隆隆地开进车站，停了一下，又在隧道中消失了。站台上空无一人了。

他慢吞吞地踱回小酒馆。坐在先前坐过的那张桌子边。半杯苹果白兰地依然留在那儿，居然还留着，这倒是很奇怪的。

招待拖着脚步向他走过来。"对不起，先生，我刚才不知道——"

"不要紧！"拉维克说，"再来一杯苹果白兰地。"

"再来一杯？"招待看看桌上的那半杯，"您不先把这半杯喝完？"

"不。给我再来一杯。"

招待拿起酒杯闻了闻。"这已经不好了吗？"

"很好，我只是再要一杯。"

"是，先生。"

我看错了，拉维克心想，这扇被雨横扫着的窗子，一部分已经模糊了，怎么能把样样东西都看得很清楚呢？他又瞪望着窗外，目不转睛地瞪望着，仿佛一个躺在那儿等待的猎人，注视着每一个走过的行人。可是，就在这时候，一张颜色灰暗而形象清晰的照片黑影似的从他眼前掠过，这是记忆的碎片……

柏林。1934年夏天的一个夜晚。盖世太保总部。血，一间没有窗户的空屋，没有灯罩的电灯发出来的刺眼光芒，有皮绑带的、血迹斑斑的桌子，夜间受刑在他脑子里记得清清楚楚，这脑袋曾被浸在水桶里一二十次，窒息得半死才从昏厥中清醒过来，肾脏也曾被打得非常厉害，已经不觉得疼痛。他面前是茜贝尔那张扭歪的、无援无助的脸，两个穿着制服的打手挟持着她。还有一张微笑的脸，一个声音，甜言蜜语地哄骗着，说着假如再不招供，茜贝尔会受到怎样的处罚。三天后传来一个消息，茜贝尔被发现已经吊死了。

招待过来了，将酒杯放在桌子上。"这是一杯别的白兰地，先生。来自卡昂的迪迪耶酒庄，更陈的酒。"

"好的。谢谢。"

拉维克喝干了酒。他从口袋里掏出一包纸烟，抽出一支，燃上了火。他的手还没有镇定。他把火柴梗扔在地板上，又要了一杯苹果白兰地。那张脸，他以为刚才又看到了那张微笑的脸。他一定是看错了！哈克是不可能在巴黎的。不可能的！他把往事抛开。人一旦无事可做就会被往事逼疯，这是毫无意义的。等那里一切都崩溃了，可以回去的日子总会到来。到那时候……

他招呼招待付了账。可是一路上他还在不由自主地搜寻着街上的每一张脸。

他和莫罗佐夫一起坐在"墓窟"里。

"你以为那就是他吗？"莫罗佐夫问。

"不。可是非常像。真是见鬼，像极了。也许我的记忆力再也靠不住了。"

"你在那家小酒馆里可真倒霉。"

"是的。"

莫罗佐夫沉默了一会儿。"害得你心惊肉跳，是吗？"半晌他才说道。

"不。为什么？"

"因为你不知道。"

"我是知道的。"

莫罗佐夫没有回答。

"见鬼，"拉维克说，"我想我现在会撇开这个念头的。"

"你绝对不会。我是过来人。尤其是在最初的时候，在最初的五六年里。我还等着三个人呢，他们现在在苏联，一共有七个，四个已经死了。其中两个是被他们自己的党枪毙的。我已经等了二十多年，还是从1917年等起的。还活着的三个人中，一个应该七十岁了，另外两个也该有四五十岁。他们都是我仍然希望弄到手的人，为了我的父亲。"

拉维克望着鲍里斯。他已经六十多岁了，是个彪形大汉。"你一定会弄到他们的。"他说。

"是的。"莫罗佐夫把一双巨掌合拢又分开，"我等的就是这个。所以我更珍惜自己。我现在已经不常喝酒了。这件事也许需要一段时间。我不能不养得健壮一点。我倒不想用枪将他们打死，或者用刀将他们捅死。"

"我也不想。"

他们坐了一会儿。"我们来下一盘棋好吗？"莫罗佐夫问。

"好呀。可是没有空着的棋盘。"

"那边，那位教授下完了。他跟莱维下的，总是他赢。"

拉维克走过去拿棋盘和棋子。"你已经玩了很久啦，教授，"他说，"玩了整整一个下午。"

那老头儿点点头。"它真使你着迷。国际象棋比任何一种牌都完美。玩牌还与运气的好坏有关，不够解闷消愁，而下棋有一番自己的天地，它能取代外面的天地。"他抬起那双红肿的眼睛，"这天地并不怎么完美。"

他的同伴莱维忽然低声抱怨起来，接着又安静了，惶恐地朝四周张望了一下，跟着那教授走了。

他们玩了两盘。莫罗佐夫站起身来。"我得走了，又要去替人类精英开门了。你为什么都不来沙赫拉扎德了？"

"也说不上来，只是碰巧没去。"

"明天晚上怎么样？"

"明天我不行。我要去马克西姆饭店吃饭。"

莫罗佐夫露出牙齿笑了笑。"像你这样一个非法的难民，去巴黎最豪华的场所混，倒是要点儿胆量的。"

"只有那些地方才是绝对安全的，鲍里斯。一个人的举止行为显得像难民一样，反而会一下子被抓去。你应该明白这些个道理，虽然你已有了一本南森护照 [1]。"

"是的。你要跟什么人一起去那儿呢？跟德国大使同去，作你的另一道护身符吗？"

"跟凯特·赫格斯特伦。"

莫罗佐夫吹着口哨。"凯特·赫格斯特伦，"他说，"她已经回来了吗？"

"她明天早上就到了，从维也纳来。"

"很好。那反正我以后会在沙赫拉扎德见到你们的。"

"也许不会。"

莫罗佐夫表示不相信。"不可能！凯特·赫格斯特伦在巴黎，沙赫拉扎德便是她的大本营。"

"这回可不一样了。她是来住医院的，最近几天就要动手术。"

"动过手术她很快就会来的。你真不了解女人。"莫罗佐夫眯细了眼睛，"难道你不要她来吗？"

"为什么不要？"

"我刚才想到，你把那个女人送到我们那儿之后，就没有跟我们在一起过，琼·马多。看来不见得是碰巧没去吧。"

"胡说。我甚至还不知道她仍然跟你在一起。你们能用她吗？"

"用啊，起初在合唱队，现在她有一个短短的独唱节目了。唱那么两三支歌。"

"这段时间里，她还能应付得了吗？"

"当然。为什么不能呢？"

---

[1] 当时国际联盟发给难民的护照。

“她可灰心绝望得厉害，可怜的人。”

“什么？”莫罗佐夫问。

“我说可怜的人。”

莫罗佐夫微微笑着。“拉维克，”他用一种父亲般的口吻答道，脸上突然显出来草原、空间、知识和世界上所有的经验，“不要胡说。那个女人可是一个放荡的女人。”

“什么？”拉维克问。

“一个放荡的女人，不是娼妓，是一个放荡的女人。假如你是俄国人，你就会懂得的。”

拉维克大笑起来。“那她一定大变了。再见，鲍里斯！愿上帝保佑你的眼睛。”

7

"我什么时候来住院，拉维克？"凯特·赫格斯特伦问。

"随你便。明天，后天，什么时候都行。相差几天问题不大。"

她站在他面前，柔弱、稚气、自信、美丽，却不再年轻了。

两年前拉维克为她割过阑尾。那是他在巴黎的第一次手术。她为他带来了好运。从此以后，他在那儿继续工作，没有警察再来找过他麻烦。她是他的吉星。

"这一次我倒有点儿害怕，"她说，"我不知道为什么。可是我有点儿害怕。"

"你用不着怕，只是个常规手术。"

她走到窗前，朝外望向兰开斯特旅馆的院子。一株高大古老的栗树张开它苍老的手臂，伸向湿漉漉的天空。"这雨啊，"她说，"当我离开维也纳的时候，天在下雨。我在苏黎世醒来，雨还在下。而现在到了这儿……"她又把窗帘拉上了，"我不知道自个儿是怎么回事。我想我是老了。"

"一个人还没老的时候，往往会这么想的。"

"我应当不一样。两星期前我离了婚。我应当高兴的，可是我厌倦得很。一切都在不停重演，拉维克。为什么啊？"

"没有事情会重演。只是我们自己在不断重复自己，就是这么回事。"

她微笑着，坐到一张放在壁炉旁边的沙发上。"幸而回来了，"她说，"维也纳已经变成了军营，凄凉得很。德国人在作践它。跟他们一起的还有奥地利人。奥地利人也同德国人一样，拉维克。我原先以为那是悖逆天理的：一个奥地利的纳粹。可是我竟亲眼看到他们了。"

"那是不足为奇的，凯特。权力原是一种最容易传染的疾病。"

"是的。而且最容易改变人的形态。那便是我要求离婚的原因。两年前跟我结婚的那个可爱的游手好闲者，忽然变作摇旗呐喊的冲锋队头目了，他竟强迫伯恩斯坦老教授冲洗马路，而他自己站在旁边大笑。这位教授一年前还医好过他的肾炎呢。如今借口说他收费太贵。"凯特·赫格斯特伦抿起嘴唇，"其实，费用是我付的，而不是他。"

"你摆脱了他，应当高兴。"

"他还要我偿付二十五万先令的离婚费呢。"

"便宜，"拉维克说，"凡是用钱可以解决的事，总是便宜的。"

"他没有得到一分钱。"凯特·赫格斯特伦抬起她的鹅蛋脸，那脸蛋儿如同宝石一般雕琢得毫无瑕疵，"我告诉他，我对他、对他的党、对他的领袖的看法，而且还说，从今以后，我将把这些看法公开宣扬。他拿盖世太保和集中营来威胁我。我嘲笑他。我仍然是个美国人，我受大使馆的保护。我不会有什么事儿，可是对他来说就不一样了，因为他跟我结了婚。"她笑了，"他以前没有想到过这一点。从那以后，他就不来找我的麻烦了。"

大使馆，防御，保护，拉维克想，那仿佛是另一种生活。"要是伯恩斯坦还能开业行医那才怪呢。"他说。

"他再也不能了。我第一次出血的时候，他是秘密为我检查的。谢天谢地，我不能有孩子，一个纳粹的孩子……"她颤抖着。

拉维克站起身来。"现在我得走了。下午韦贝尔会再给你检查一次。

不过是一种形式罢了。"

"我知道。不管怎么说……我这回有点儿害怕。"

"可是，凯特……这也不是第一次，比你割阑尾要简单得多。"拉维克轻轻搂住她的肩膀，"你的手术是我到巴黎以后做的第一个手术。那好像是一个人的初恋。我一定会好好照顾你。何况你还是我的吉星，给我带来了运气，这个角色你还得扮下去。"

"是的。"她说道，一边瞧着他。

"那就好了。再见，凯特，今天晚上八点，我来接你。"

"再见，拉维克。现在我要到梅因布彻 [1] 去买一件晚礼服。我必须摆脱这份疲倦的感觉，还有这种仿佛被缚在蜘蛛网里的情绪。维也纳，"她苦笑着说，"梦的城市……"

拉维克搭电梯下楼，穿过大厅，经过酒吧。有几个美国人坐在那儿。屋子中央，有一大束红菖蒲摆在一张桌子上，在灰暗零散的光芒中，它们突然有一种污血似的微暗的颜色，但走近一看，他才发现那是十分新鲜的，原来不过是外面的光线把它照得这样惨淡。他对着这一大束红花瞅了半晌。

国际旅馆的二楼一片喧闹。许多房间都敞开着，招待们往返奔跑，旅馆老板娘则在走廊里指挥着一切。

拉维克走上楼梯。"这儿在干什么啊？"他问。

旅馆老板娘是一个丰满健壮的女人，胸脯挺得很高，脑袋很小，留着乌黑的短卷发。"那些西班牙人都走了。"她说。

"我知道。可是，这么晚了，你们为什么还在收拾房间？"

"明天早晨我们就要用。"

"新来的德国难民？"

---

[1]　Mainbocher，1929 年成立于巴黎的美国高级时装品牌。

"不，西班牙的。"

"西班牙的？"拉维克问，一下子不明白她的意思，"怎么回事儿，他们不是才走吗？"

旅馆老板娘睁着一双乌黑明亮的眼睛瞧着他，微笑起来。这是一种最简单的会心和最简单的讽刺的微笑。"另一批人又回来了。"她说。

"另一批什么人？"

"当然是对方的人。不过，那原是常有的事。"她向一个正在打扫房间的姑娘关照了几句话。"我们是家老旅馆。"她带着点儿得意的口气这样说道，"我们的客人，总喜欢回到我们这儿来住。他们还在等着原来住过的房间。"

"他们在等着？"拉维克惊愕地问道，"谁在等着？"

"对方的人。以前多数在这儿住过。他们中间有些人已经被打死了，不过其余的人，还在比亚里茨和圣让-德吕兹等着，[1] 等着这里的房间空出来。"

"他们以前什么时候在这儿住过？"他问。

"拉维克先生！"她很惊奇，他竟没有马上听懂，"当然，当时是普里莫·德里维拉 [2] 做西班牙独裁者的时候。那时候，他们不得不逃出来到这儿居住。后来西班牙成立了共和国，这批人就回去了，而那些保皇党和法西斯主义者便来到了这儿。现在，后一批人已经回去，共和派的人又要回到这儿，那些至今还活着的人。"

"对了，这些我倒不曾想到。"

旅馆老板娘看向一个房间。一张前国王阿方索的彩色照片，还悬挂在床头的墙壁上。"把那张像取下来，让娜。"她叫道。

那姑娘把照片取了下来。"这儿。放在这儿。"旅馆老板娘把那张

---

[1] 比亚里茨（Biarritz）和圣让-德吕兹（Saint-Jean-de-Luz）均为法国南部城市。

[2] Miguel Primo de Rivera（1870~1930），西班牙军人、政治家。1923 年至 1930 年任西班牙首相，实行独裁统治。

像放在右手的墙边，往前走去。隔壁房间里挂着一张佛朗哥大元帅的照片。"这张也取下来，跟另外几张放在一起。"

"这帮西班牙人为什么不把照片一起带走呢？"拉维克问。

"难民回去的时候，很少带走照片。"旅馆老板娘说，"照片是在异国他乡用来自我安慰的东西。回去的时候，就不再需要这些东西了。而且，相框也不太方便携带，玻璃容易破碎。照片一向是留在旅馆里的。"

她把另外两张胖元帅的照片——一张是阿方索的，另一张小一些的是奎波·德·里亚诺[1]的——跟其余几张一起放在走廊里。"圣像可以留在房里。"她发现一张色彩斑斓的圣母像，便这样说道，"圣徒是中立的。"

"也不尽然。"拉维克说。

"在艰难的时代，上帝那儿往往会有一个机会。我甚至看见过无神论者在这儿祈祷。"旅馆老板娘用一个很有力量的动作调整了一下她左边的胸脯，"当水淹到脖子的时候，你没有祈祷过吗？"

"当然有。可是我倒不是一个无神论者。我只是一个勉强的信徒。"

男招待走上楼梯。他带着一大撮照片，打走廊里走过去。"你要拿去重新布置吗？"拉维克问。

"当然。做这种旅馆生意的人一定要圆滑老练。这样，才能真正把旅馆做出个好名声。尤其是对我们这儿的那号客人，说句老实话，他们对这类事情非常敏感。如果他的头号敌人色彩鲜艳，有时甚至还配着金色相框，气概非凡地俯视着他，这样的房间，休想让他来住。我说得不对吗？"

"百分之百对。"

旅馆老板娘转向那个男招待。"把这些照片放在这儿，阿道夫。不，最好你把它们放在灯光照得到的墙边，一张一张地排列着，这样我们可

---

[1]　Gonzalo Queipo de Llano（1875~1951），西班牙陆军将领。

以看得见。"

那个人边发牢骚边弯下身去准备这个展览。"现在你要在那里挂些什么呢？"拉维克很感兴趣地问，"难道是野鹿啊，风景啊，喷发的维苏威火山之类的吗？"

"只有在不够的时候。否则的话，我还是把原来的挂上去。"

"原来的是什么？"

"就是从前的住客挂过的照片。就是那些回去执政的住客留在这儿的照片。这些就是。"

她指点着走廊左边的墙壁。那男招待已经把新的照片排列起来，放在房里取下来的那些照片对面。两张马克思的，三张列宁的，其中一张一半被纸贴上了，还有一张托洛茨基的，几张内格林和西班牙共和党其他领袖的黑白照片，放在小一点的相框里。跟对面墙边那排阿方索、普里莫和佛朗哥神气活现的照片比较起来，就显得不太引人注目，而且没有一张有那么灿烂辉煌的色彩、装饰和纹章。这是一个奇怪的景象：两排哲学思想截然相反的人像，在这个灯光惨淡的走廊里，彼此默默地互相注视着，而夹在他们中间的是那位有才能、有经验、有她民族的讽刺机智的法国旅馆老板娘。

"那时候我把这些东西保存下来了，"她说，"当那些大人先生离开这儿时。这年头啊，政府执政的日子都不长。你看我做得很对吧。现在，它们迟早都会有用的。做旅馆生意的人就是需要这点儿远见。"

她吩咐着，照片应该挂在哪里。她把托洛茨基的照片搁回去。对他，她还吃不准。拉维克仔细地看着那张一半被纸贴上的列宁的照片。他把纸沿着列宁头像的线条撕了开来，纸片底下露出了另外一个人的头像，那是托洛茨基，正在向列宁微笑。很可能是一个斯大林的信徒用纸把它贴起来的。"这儿，"拉维克说，"还有一个潜伏着的托洛茨基。那是从前友好、友爱的年头留下来的。"

旅馆老板娘接过这张照片。"我们不妨把这张扔掉。它已经完全没有价值了。这一半永远在侮蔑另一半。"她把照片递给男招待，"把相框留着，阿道夫，那是上好的栎木料子。"

"其余的照片你怎么处理呢？"拉维克问，"阿方索啊，佛朗哥之类的？"

"放到地下室去。你无法知道有没有那么一天还要用到它们。"

"你这儿的地下室一定很壮观。一个当代人的博物院。那边还有别的照片吗？"

"哦，当然，我们还有其他一些苏联人的，几张简易的列宁照片，用硬纸板作框架，是最后放进去的，还有末代沙皇的一些照片。那都是死在这里的俄国人留下来的。有一个在这儿自杀的人，还留下一幅了不起的油画原作，配着厚重的金画框。此外，就是一些意大利人的照片。两张加里波第[1]的，三张国王的，还有一张仿佛从破报纸上剪下来的墨索里尼像，那时候他还是苏黎世的一个社会主义者。当然，这东西只有作为古董的价值了。谁也不会喜欢把它挂起来的。"

"你也有德国人的照片吗？"

"还有几张马克思的，那些都是最普通的，一张拉萨尔[2]的，一张倍倍尔[3]的……还有一张是艾伯特[4]、谢德曼[5]、诺斯克[6]和另外许多人的合影。那一张上，诺斯克被人用墨水涂掉了。那些先生告诉我，诺斯克已经变成了纳粹。"

"是的。你可以把它跟那张社会主义者时期的墨索里尼挂在一起。你没有德国对立方那些人的照片吗？嗯？"

---

[1] Giuseppe Garibaldi（1807~1882），意大利军事将领、政治家，意大利统一运动中的重要角色。

[2] Ferdinand Lassalle（1825~1864），德国犹太裔法理学家和社会主义政治活动家。

[3] August Bebel（1840~1913），德国社会民主党领袖。

[4] Friedrich Ebert（1871~1925），魏玛共和国首任总统。

[5] Philipp Scheidemann（1865~1939），德国社会民主党右翼领袖之一，魏玛共和国首任总理。

[6] Gustav Noske（1868~1946），德国政治家，魏玛共和国首任国防部长。

"我们有！我们有一张兴登堡，一张威廉皇帝，一张俾斯麦，还有，"旅馆老板娘微笑了起来，"甚至还有一张穿着雨衣的希特勒。相当齐全。"

"什么？"拉维克问，"希特勒吗？你打哪儿弄来的？"

"从一个同性恋者那里。他1934年来到了这儿，那时，罗姆[1]和其他一些人在那边被杀死了。他很害怕，不断地祈祷。后来，有一个有钱的阿根廷人把他带走了。他叫普慈。你要看看那张照片吗？它就在地下室里。"

"现在我不要。不要到地下室去看。当旅馆里所有的房间全挂上同样一张相片的时候，我才愿意去看。"

旅馆老板娘狡猾地紧瞅了他一会儿。"哦，原来如此，"她然后说，"你的意思是，当他们都作为难民逃到这儿来的时候。"

鲍里斯·莫罗佐夫穿着金缏的制服，站在沙赫拉扎德夜总会门前，替一辆出租汽车开了门。拉维克走下车来。莫罗佐夫微笑着。"我以为你不来了呢。"

"我倒是真不想来。"

"我硬要他来的，鲍里斯。"凯特·赫格斯特伦跟莫罗佐夫拥抱了一下，"谢天谢地，我又回来和你们在一起了！"

"你有着俄国人的灵魂，凯特。天知道你为什么出生在波士顿。来吧，拉维克。"莫罗佐夫把大门推开了，"一个人的志愿总是很伟大的，可是实行起来便显得懦弱了。这里边，有令我们烦恼的东西，也有吸引我们的东西。"

沙赫拉扎德装修得像是一顶高加索的帐篷。招待都来自苏联，穿着切尔克斯人的红制服。乐队由苏联和罗马尼亚的吉卜赛人组成。沿墙有一排座位，客人们就坐在那里的小桌子旁边。桌面铺着玻璃板，灯光从

---

[1] Ernst Röhm（1887~1934），德国纳粹运动早期高层领袖。1934年被希特勒谋害。

底下照上来。这地方很暗，客人很挤。

"你喜欢喝点什么，凯特？"拉维克问。

"伏特加。而且还要那些吉卜赛人演奏一番。我已经听腻了行军时演奏的那支《维也纳森林》了。"她将双脚从鞋子里滑出来，搁到座位上。"现在我已不再疲倦啦，拉维克，"她说，"只来了巴黎几小时，却早已把我改变了。不过我仍然觉得好像刚从集中营里逃出来似的。你能想象得出吗？"

拉维克望着她。"差不多。"他答道。

切尔克斯人送来了一小瓶伏特加和两个杯子。拉维克斟满两杯，把一杯递给凯特·赫格斯特伦。她喝得很急，仿佛渴极了似的一下子就喝干了，然后把空杯放回到桌上。她环顾四周。"一个被虫蛀空的洞窟，"她说道，又微微一笑，"可是一到夜晚，它又成了一个避难和梦幻的巢穴了。"

她往后靠下去。从桌面的玻璃板底下照耀上来的柔和的灯光，映照着她的脸。"为什么，拉维克？一到晚上，样样东西都变得更加绚丽多彩了。好像什么都难不倒我们，我们以为自己可以事事如意，而那些办不到的事情，也可以在梦里实现。为什么？"

他微笑着。"我们都有自己的梦，要是没有了梦，现实生活会使人受不了。"

乐队开始调音。小提琴拉出的几响空荡荡的五度和音与几声急奏在屋子里回荡。"你看来倒不像是个拿梦来欺骗自己的人。"凯特·赫格斯特伦说。

"你也可以拿真实来欺骗自己，那是个更危险的梦。"

乐队开始演奏。起先只有大镲。低柔沉闷的音锤在黑暗中敲出一支低沉的、几乎听不清楚的旋律，随后又把它高高抛起，使之成为一种轻柔的滑音，迟疑地传给了小提琴。

那个吉卜赛人慢慢地穿过舞池，走到他们的桌子旁边。他站在那儿，微笑着，肩上搁着一把小提琴，他有一双大胆的眼睛，一张十足贪婪的脸。没有这把小提琴，他也许是个贩卖家畜的商人，有了这把小提琴，他就是一片草原，是漫漫长夜，是地平线，是永远不会成为现实的一切东西的使者。

凯特·赫格斯特伦觉得这旋律就像四月的泉水落在她的皮肤上。忽然间，她与之产生了共鸣，可是没有一个人在呼唤她。散落的声音悄悄地响着，模模糊糊的记忆碎片在飘动，有时候好像锦缎似的发出一种闪光，可是它们全都旋转开去了，没有一个人在呼唤她。没有一个人在呼唤。

那个吉卜赛人鞠了一躬。拉维克在桌子底下把一张钞票塞进他手里。凯特·赫格斯特伦在角落里动了一下。"你曾经快乐过吗，拉维克？"

"常常很快乐。"

"我不是那个意思。我说的是真正的快乐，不容你喘息，不容你思考，占有一切的快乐。"

拉维克望着面前这张激动的小小的脸，关于快乐，她只知道一种解释，最最游移不定的一种——恋爱，却不知道其他的什么。"常常很快乐，凯特。"他说道，指的是完全不同的东西，而且知道这跟她说的不一样。

"你不愿理解我，或者你不愿跟我谈起这个事情。现在跟着乐队唱歌的女人是谁啊？"

"我不知道，我好久不到这儿来了。"

"你从这儿看不到那个女人的。她没有跟吉卜赛人在一起。她一定坐在什么地方的一张桌子旁边。"

"那么很可能是个客人，常常会有这种事发生。"

"一种奇怪的嗓音，"凯特·赫格斯特伦说，"既悲伤又有点儿反抗的意味。"

"那是因为歌词。"

"也许那唱的就是我，突然之间，你听得懂她在唱什么吗？"

"*Ja wass loubill*，《我爱过你》。这是普希金的一首诗。"

"你懂俄语吗？"

"只有莫罗佐夫教我的那一点儿。大多是骂人的话。俄语倒是最好的骂人的语言。"

"你不喜欢谈起你自己，是吗？"

"我甚至不喜欢想到我自己。"

她静静地坐了一会儿。"有时候我以为旧的生活已经过去了，"她随后说，"那种无忧无虑的自由，那种期待……所有从前的一切。"

拉维克微微一笑。"那是永远不会过去的，凯特。生活这件事太伟大了，在我们停止呼吸以前，绝不会过去的。"

她没有听着他所说的话。"常常有那么一种恐惧，"她说，"一种突如其来的、无法解释的恐惧。仿佛我们一离开这儿，外面的世界就会突然崩溃似的。你也有这样的感觉吗？"

"有的，凯特，人人都有。这是一种欧洲病，最近二十年来才有的。"

她沉默了。"可是，这已经不是俄语歌了。"她随后说道，仔细倾听那音乐。

"不是了，那是意大利的歌。*Santa Lucia Luntana*[1]。"

聚光灯从小提琴手那里转移到乐队旁边的桌子上。拉维克这才看清了那个正在唱歌的女人。原来是琼·马多，她独自坐在那儿，一只胳膊撑在桌子上，眼睛直瞪瞪望着前面，仿佛在沉思，而她旁边一个人也没有。在明亮的灯光下，她的脸显得很苍白，再也没有他所知道的那种空

---

[1] 意大利语，意为"《桑塔露琪亚远航船》"。传统那不勒斯民歌，表达了远航在外者的思乡之情。

洞而朦胧的神色了，突然地，那张脸显示出一种动人心弦、孤独凄清的美，他记得曾经见过这种样子一次，瞬息即逝，那一夜在她房间里，可是那时候，他还以为是酒后的柔和幻影，后来果然一下子便消逝，并且消失不见了，可现在又出现在那儿，完整的，甚至更多。

"怎么回事啊，拉维克？"凯特·赫格斯特伦问。

他转过头来。"没什么。我知道那支歌，一支那不勒斯人的断肠曲。"

"回忆吗？"

"不。我没有回忆。"

他说这句话的语气，比他预计要用的语气更为激动。凯特·赫格斯特伦瞧着他。"有时候我真想知道你到底是怎么搞的，拉维克。"

他做出一个防御的姿势。"也无非是跟别人都一样。这年头，到处是身不由己的冒险家。每一家难民旅馆里，都挤塞着他们那批人，而每一个人的经历，对亚历山大·仲马或维克多·雨果来说，都是一件激动人心的事。现在，他还没有开始讲述，我们就已经在打哈欠了。这儿，是给你的另一杯伏特加，凯特。这年头，最大的冒险其实是一种简单的生活。"

乐队开始演奏一支布鲁斯舞曲，他们演奏得很糟。几对客人下池去跳舞了。琼·马多站起身来，朝出口走去。她那走路的样子仿佛屋子里空无一人似的。拉维克突然想起莫罗佐夫跟他说起过的，关于她的那些话。她从拉维克的桌边擦过。他以为她已看见他了，可是她的眼神马上若无其事地扫过了他，转向远处，然后走出房间去了。

"你认识那个女人吗？"一直注视着他的凯特·赫格斯特伦这样问。

"不。"

8

“你看到那东西了吗，韦贝尔？”拉维克问，“这儿……还有这儿……还有这儿……”

韦贝尔俯视着钳住的刀口。“看到了。”

“这些个小小的结节……还有这儿……这不是肿块，也不是粘连……”

“不是……”

拉维克直起身子。“癌症，”他说，“确切无疑的癌症！这是我多年来所做的最大的一次手术了。子宫镜照不出什么东西，检查骨盆也只发现一边稍许有点儿柔软，微微有点儿肿，可能是囊肿或是纤维瘤，并不怎么严重的，可是这使我们不能用常规的手术刮宫，不得不切开腹腔，然后突然发现了癌症。”

韦贝尔望着他。“你想怎么处理？”

“我们不妨做一个冰冻切片。用显微镜做一次活检。布瓦松还在化验室里吗？”

“一定在。”

韦贝尔吩咐护士给化验室挂电话，她便急匆匆走出去了，因为穿的是橡胶底鞋子，走路一点声响也没有。

"我们应当继续开刀，"拉维克说，"把子宫摘掉。此外就没有别的办法了。最最糟糕的是她自己还不知道。脉搏怎么样？"他问麻醉医师。

"正常。九十。"

"血压呢？"

"一百二十。"

"好的。"拉维克望着凯特·赫格斯特伦的身体，头在低处，身体横躺在手术台上，一种特伦德伦堡的姿势[1]。"她事先应该知道的。她应该自己表示同意。我们不能轻易动这样的手术。你说我们能吗？"

"根据法律是不能的。不过另一方面，我们已经开始了。"

"那是我们非做不可的事。我们没有用常规的手术刮宫，就不得不打开腹腔。这却是另一种手术。切除子宫，跟刮宫又不一样了。"

"我觉得她信任你，拉维克。"

"我说不好，也许是吧。不过她是否会同意呢？"他用胳膊肘把白大褂外的橡胶围裙调整了一下，"尽管如此，首先，我要做进一步的检查，然后再决定要不要摘掉子宫。拿刀来，尤金妮亚。"

他把切口延伸到肚脐，将小血管钳住，然后结扎大血管，又拿起另外一把刀，割进了黄色的筋膜。他用刀背按住下面的肌肉，拉起腹膜，把它翻开钳住。

"牵开器。"

助理护士早把东西准备好了。她将牵开器沉重的链条放到凯特·赫格斯特伦的两腿中间，钩住了她身下的泡沫垫。"纱布。"

"纱布！"

他把潮润温暖的纱布用力塞进里面，将腹腔敞开，小心翼翼地用着

---

[1]　施行手术时的一种姿势，又称"垂头仰卧位"。病人仰卧在手术台上，头往下倾，两腿垂于手术台的一端。由德国著名外科医生弗里德里希·特伦德伦堡所创。

手术镊。他抬起头来。"瞧这儿，韦贝尔，还有这儿，这条宽阔的韧带，这样厚实、坚硬的一大块。科赫尔钳[1]也不能用。情况太严重了。"

韦贝尔定睛瞧着拉维克指给他看的地方。"瞧那个地方，"拉维克说，"我们钳不住这些动脉。太脆弱了。已经扩散到了这儿。没有希望了……"

他谨慎地剪下了一小片。"布瓦松还在化验室里吗？"

"在。"护士说道，"我已经打过电话。他正在等着呢。"

"好的。把这个送给他。我们可以等着他的检验报告。不会超过十分钟的。"

"叫他打电话来。"韦贝尔说，"马上。我们把手术暂时停一停。"

拉维克直起身子。"脉搏怎么样？"

"九十五。"

"血压呢？"

"一百一十五。"

"好的。我认为，韦贝尔，我们不需要考虑有或者没有得到同意就动手术的事，我们已经没有别的办法了。"

韦贝尔点点头。

"我们得缝合起来，"拉维克说，"把胎儿拿掉，就这样。缝合起来，什么也不说。"

他在那儿站了一会儿，望着白布单底下那打开的身体。刺目的灯光使白布单显得更白了，如同新降的雪，底下是裂开的伤口那鲜红的坑穴。凯特·赫格斯特伦，今年三十四岁，任性、苗条、褐色皮肤，她常锻炼身体，充满着生的意志，却被这破坏她肌体组织的、模模糊糊的、肉眼看不见的一丁点儿东西，判处了死刑。

---

[1] 开刀时用以钳住肌肉或血管的坚实钳子，由瑞士著名外科手术专家埃米尔·特奥多尔多·科赫尔发明。

他又朝那身体弯下腰去。"我们还得要……"

那个孩子。一条在黑暗中盲目地摸索着的生命，仍然在分崩离析着的母体内生长。注定要死亡了，却还在贪婪地哺饲着、吮吸着，一种渴望生长的冲动，那东西希望有一天在花园里玩耍，希望长大成人，做一个工程师，一个牧师，一个兵士，一个杀人凶手，总之是一个人，希望生活，希望受苦，希望幸福，希望粉身碎骨，那手术器械小心翼翼地探到了看不见的壁膜，找到了拦阻着的东西，便谨慎地把它剖开，取掉，让它结束。结束那没有意识的挣扎，结束那没有气息的呼吸，结束那没有来得及经历的快乐、悲伤和成长。现在什么也没有了，只有一丁点儿没有生命、没有生气的肉，淋漓滴落的血。

"布瓦松的报告送来了没有？"

"还没有。快了。"

"我们还可以等几分钟。"

拉维克后退一步。"脉搏怎么样？"

他从布单上面望着凯特·赫格斯特伦的眼睛。那双眼睛睁开着，朝着他瞧，不是一种模糊呆钝的表情，而是好像她已经看见了他，知道了一切似的。有一会儿工夫，他还以为她已经恢复神志了，于是他上前一步，却又停了下来。不可能的。他在想些什么啊。那是偶然的事，因为光线的缘故。上了麻药，瞳孔对于光线是有这种反应的。"她的脉搏怎么样？"

"一百。血压一百一十二。正在下降。"

"时间越来越少了，"拉维克说，"布瓦松现在应该弄好了。"

楼下的电话铃响了，传到上面，声音很轻。韦贝尔朝门口望去，而拉维克并没有朝门口看，只是等着。他听到房门开了。进来的是护士。"不错，"韦贝尔说，"是癌症。"

拉维克点点头，又回过身去工作。他拿起钳子和镊子，把牵开器也拿掉，还有纱布。尤金妮亚站在他旁边，机械地计算着手术器械的数量。

他开始缝合刀口。轻轻地，有条不紊地，煞费苦心地，全神贯注，没有一点儿杂念。坟墓封闭了，一层层肌肉缝合起来，一直到最后的、最外面的一层，然后松开伤口夹，直起身来。"完工了。"

尤金妮亚踩下杠杆，将手术台放平，把凯特·赫格斯特伦盖好。沙赫拉扎德，拉维克想，前天，去梅因布彻买件衣服，你曾经快乐过吗，常常很快乐，我有点儿害怕，这只是个常规手术，让吉卜赛人演奏一番。他望望门上面的钟，十二点。正午。外面，办公室和工厂的门这时候都敞开了，健康的人们从里面涌出来。午饭的时间到了。两个护士将担架车推出手术室。拉维克把橡胶手套扯下来，走进盥洗室，开始洗手。

"你的纸烟，"韦贝尔在另一个水池里冲洗，"快要烧着你的嘴唇了。"

"是，谢谢。那么谁去告诉她呢，韦贝尔？"

"你去。"韦贝尔毫不犹豫地说。

"我们得解释给她听，为什么要开刀。她希望我们用常规手术拿掉胎儿。我们可不能把实际情况告诉她。"

"你一定会想出一套理由来。"韦贝尔相当自信地说。

"你是这样想的吗？"

"当然。到晚上还有一段时间可以让你考虑。"

"那么你呢？"

"我说的话她一句也不会相信。她知道是你开的刀，她就要从你那儿听消息。要是我去告诉她，她只会怀疑。"

"说得对。"

"我仍然不明白，"韦贝尔说，"在这么短的时间里，怎么会发展到这种地步。"

"这是有可能的。但愿我能知道该告诉她一些什么。"

"你一定会想得出来的，拉维克。一种囊肿，或是一种纤维瘤。"

"是的，"拉维克说，"一种囊肿，或是一种纤维瘤。"

那天夜里，他又到医院里去。凯特·赫格斯特伦正在睡觉。傍晚她醒来过一次，呕吐了一阵，捱过了难熬的一小时，随后又睡熟了。

"她问过什么事吗？"

"没有，"那个脸蛋红红的护士说，"她还在昏昏沉睡中，没有问过什么话。"

"我想她会一直睡到天亮的。万一她醒来问起什么，你就告诉她一切都顺利，要她接着睡。需要的话，给她吃点儿东西。假如她烦躁不安，你就打电话给韦贝尔医生，或者给我。我会在旅馆里留言，告诉他们到什么地方去找我。"

他伫立在街头，就像一个再次逃亡出来的人。几小时的尊严，之后又不得不对一个信任自己的人撒谎了。突然间，这个夜晚仿佛暖洋洋、亮闪闪的。这人生的难以治愈的麻风病，又一次被鸽子般飞逝的借来的几个小时好心好意地遮盖起来了。而这几个小时，原也是个谎，不过是一种延宕罢了。可是什么东西不是一种延宕呢？一切不都在延宕吗，好心好意的延宕，一面遮盖着那扇遥远的、黑暗的、无情的大门的鲜艳旗帜？

他走进一家小酒馆，在一张靠窗的大理石桌边坐下。房间里烟雾弥漫，人声嘈杂。招待过来了。"一杯杜本内酒，一包科洛尼尔斯纸烟。"

他拆开包装，点上了一支黑烟草纸烟。邻桌坐着几个法国人，正在议论他们腐败的政府和慕尼黑协定。拉维克只用一半的心思听着。大家都知道这世界正在无情地卷入一场新的战争。谁也没有为制止这场战争做一点工作，延宕，延宕一年，这是他们大家正在设法争取的。这也是延宕，一次又一次的延宕。

他喝干了那杯杜本内酒。这种开胃酒的沉滞甜味，喝在嘴里，只觉得走了味般可厌。他为什么要叫这种酒呢？便又吩咐那招待："来杯好酒。"

他望着窗外，撇下一切的杂念。要是什么办法也没有，就不必把自己逼得发疯。他追忆着得到这个教训的时刻。那是他一生中最大的教训之一……

那时是1916年8月，在比利时的伊普雷附近。他们这个连前一天刚从火线上撤下来。自从上了前线，这还是他们第一次驻扎在平静的地区。什么事情也没有发生。他们便围着一堆小小的篝火，躺在暖洋洋的八月阳光下，烤着从地里找来的马铃薯。可是一分钟后，这里什么都没有了。一阵突如其来的炮轰，一颗炮弹正好落在篝火中央。当他恢复神志的时候，自己安然无恙，却发现两个战友已经死了，再远一点还有他的朋友梅斯曼，开始学步时，他们俩就相识了，从此他们便一同游戏，一起上学，一直形影不离，他躺在那儿，腹部被炸开了，肠子都拖在外面。

他们用帐篷式担架把他抬到野战医院，穿过一片麦田，翻上一道斜坡，抄最近的路。四个人抬着他，一个人抬着一只角，而他，就那样躺在褐色的担架上，双手紧紧捂住白色的、裹着脂肪的、流血的肠子，嘴巴张开，眼睛不省人事地死瞪着。

两小时以后，他就死了。有一个小时，他一直尖叫着。

拉维克还记得他们回来后的情况。他坐在营房里，神情忧郁，心绪不宁。像这样的事情，他还是第一次经历。卡钦斯基发现他在那儿，卡钦斯基是他们这一伙人的头头，入伍前是个鞋匠。"来，"他这么说，"巴伐利亚酒馆今天供应啤酒和威士忌，还供应香肠。"拉维克定睛瞅着他，他真不了解天下竟有这么硬的心肠。卡钦斯基也看了他半晌，然后说道："你跟我来，哪怕我非得揍你一顿不可。今天你可以酒醉饭饱，一起上窑子里去逛。"他并没有回答。卡钦斯基就在他旁边坐下了。"我知道你出了什么毛病。我也知道你现在把我当作了什么。可是，我到这里已经两年，你却只来了两个星期。听着！对于梅斯曼还能有什么办法吗？没有。你难道不知道，要是还有一点救活他的机会，我们都会不顾一切地去拼命的？"他抬起头来看着。是的，这个他知道，他知道卡钦斯基的为人。"那就好。他已经死了。我们再也没有什么办法了。两天以后，我们就得离开这儿，重上前线。这一回，在那儿可不会太平无事。你现在蜷缩在这儿，想念着梅斯曼，这会折磨你的意志，损害你的神经也说不定，会把你弄得极度紧张起来。那样也许会使你在下一次受到袭击时，反应不够迅速，正好慢那么半秒钟。那我们就要抬着你回来，像梅斯曼那样，这对谁有好处呢？梅斯曼吗？没有。别人呢？也没有。一句话，把你害死了。现在你懂了吗？""懂，可是我不能。""别说啦，你能！别人也做到了。你不是第一个。"

那天晚上以后，情况变得好多了。他跟着他出去，得到了第一次教训。你能帮助别人的时候，就竭尽所能地帮助，当你再也无法帮助的时候，就忘记！掉过头来！振作自己。怜悯是太平盛世的事儿，不是冒生命危险的时候所能讲的。埋葬死者，贪婪地生活！你还是需要活下去的。悼念是一回事，而现实又是一回事。一个人看到现实并且接受现实，不等于悼念得不够。只有这样，一个人才能生存下去。

拉维克喝了口干邑白兰地。邻桌的法国人还在议论他们的政府，谈起法国的失败，谈起英国，谈起意大利，谈起张伯伦，滔滔不绝地谈着，谈着。可是唯一能干点实事的却都是别人。他们不见得更坚强，只是更加有决心。他们不见得更勇敢，只是知道别人不会去打仗。延宕，然而他们为延宕做了些什么呢？他们自己武装起来了吗？他们夺回了损失的时间吗？他们自己通力合作了吗？他们眼睁睁瞧着别人先武装起来，等着，消极地希望着一种新的延宕。不又是那个海豹群的故事？几百只海豹待在海滩上，猎人在它们中间，一个又一个地用棍棒把它们打死。要是团结起来，它们是很容易把猎人咬死的，可是它们就躺在那儿，眼看着他走过来屠杀，一动也不动。他只是杀死他近旁的海豹，一只又一只近旁的海豹都被杀死了。这是欧洲海豹的故事。文明的落日，疲倦的、无定形的世界末日，人权空虚的旗帜，对一个洲的出卖，泛滥的洪水，最后的讨价还价，火山上绝望的古老舞蹈。人民大众又被慢慢地赶进了一所屠宰场。绵羊被牺牲之后，跳蚤便会得救了。反正总是那么回事儿。

拉维克把纸烟捺灭了。他望了望四周。这些都是什么意思呢？刚才这夜晚不是还像一只鸽子，像一只温柔的灰色鸽子吗？埋葬死者，贪婪地生活。时间是短促的。生存是头等重要的事情。一个人被需要的时刻总是会来的。一个人应该善自珍重，为那个时刻的到来做好准备。他招呼招待，付了账。

他走进沙赫拉扎德的时候，灯光恰好暗了下来。那些吉卜赛人正在演奏，聚光灯的光亮涌到乐队旁边琼·马多坐着的桌子上。

拉维克走进门就站定了。一个招待走到他身边，给他拉过来一张桌子。可是拉维克还是站着，瞧着琼·马多。

"伏特加吗？"那个招待问他。

"是的。一大瓶。"

拉维克坐了下来。他把伏特加斟在酒杯里，很快就喝干了。他想撇开那些刚才在外面涌上心头的杂念，那些过去的丑相和死亡的丑相，一个腹部被炮弹炸开了，一个腹部被癌细胞啃蚀着。他注意到自己坐着的这张桌子，正好是两天前跟凯特·赫格斯特伦坐过的那张。旁边的那张桌子上没有人，他没有移过去。反正都一样。不论他坐这张桌子或是那张桌子，都无法挽救凯特·赫格斯特伦了。那一次韦贝尔跟他怎么说来着？为什么一次手术做得没有希望以后你就那么烦躁不安？你已经尽力而为了，那就回家去，否则你还能有什么办法呢？是的，有什么办法呢？他听到琼·马多的声音从乐队那儿传过来。凯特·赫格斯特伦是对的，这是一种激越的声音。他伸出手去拿那盛着清澈白兰地的大玻璃瓶。这是在无能为力的双手下，色彩褪掉，生命转成灰暗的时刻。神秘的退潮。两次呼吸之间的悄悄的休止。时间的啃啮，慢慢地销蚀着一个人的心。*Santa Lucia Luntana*，歌声在乐队边响了起来。这声音，仿佛越过重洋似的传给他，仿佛从已被遗忘了的遥远的彼岸传来，在那儿有种什么花朵正在盛开着。

"你喜欢她吗？"

"谁？"拉维克抬起眼睛来。经理站在他旁边，用手指着琼·马多。"喜欢。很喜欢。"

"她倒不一定能引起轰动。不过杂在其他人中间，效果还不错。"

经理走开了。有一刻，他那翘起的髭须，衬着白皑皑的灯光，显得格外乌黑。然后他在黝黯中消失了。拉维克朝他望望，伸手去拿酒杯。

聚光灯熄灭了。乐队开始奏一支探戈舞曲。玻璃桌下的光又亮起来了，还有桌边一张张模模糊糊的脸。琼·马多站起身来，在桌子中间穿行着。她不得不几次停步，因为一对对客人正在走入舞池。拉维克望望她，她也朝他望着。她的脸上看不出半点惊异的神情。她径直向他走过来。他站起身，把桌子往一边推开。一个招待走过来帮他。"谢谢，"他说，"我自己能行。我们只需要一个酒杯。"

他把桌子重新拉好，将招待送来的酒杯斟满了。"这儿，这是伏特加。"他说，"我不知道你要不要喝。"

"要。以前我们已经喝过了。在美丽曙光餐厅。"

"不错。"

我们以前来过这儿，他想，多少年以前的事情，三个星期以前的事情，那时候，你穿着雨衣，蜷缩着，坐在这儿，在半暗的灯光下，只有一副悲伤和失败的神情。而现在……"敬你。"他说。

一道闪光划过她的脸。她没有微笑，只是更容光焕发了一点。"我已经好久没听到这句话了。"她说道，"敬你。"

他干了杯，朝着她看。高高的眉宇，宽宽的眼距，嘴——所有这些从前很模糊、很分散、没有联系的东西，现在拼合起来成为一张聪慧又神秘的脸——这张脸的坦白无私便是它的秘密所在。它既没有隐藏什么，又没有表露什么。它什么也没有承诺，因而什么都承诺了。奇怪，这光景我以前从来没有见到过，他心里想，可是，也许它当时不在那儿吧，也许它当时被困惑和恐惧完全充溢了吧。

"你有纸烟吗？"琼·马多问道。

"只有阿尔及利亚的。那种味道强烈的黑烟草。"

拉维克正要叫那招待。"它们并不太强烈。"琼·马多说，"有一次，你给过我一支。在阿尔玛桥上。"

"真的。"

那是真的，可是也并不真，他想，那时候，那是一个脸色苍白、疲于奔命的人，那不是你，我们中间还有过许许多多别的事情，而突然之间，一样也不再是真实的了。"我以前也来过这儿一次，"他说，"就在前天。"

"我知道。我看见你了。"

她没有问起凯特·赫格斯特伦。她坐在一个角落里，又安静，又舒服，抽着烟，全神贯注地抽着烟。随后她喝酒，又安静，又缓慢，也是全神贯注地喝着酒。好像她做每一件事情都是全心全意地，不管那事情多么不重要。那时候，她的绝望也是彻头彻尾的，拉维克想，而现在，她再也不是那副模样了。突然地，她有了一股热情，一种不言而喻、确实无疑的平静。他不知道这是不是由于这会儿没有任何东西来干扰她的生活，他只觉得这想法并非故意地照临着他。

一大瓶伏特加已经喝完了。"我们还要继续喝这种酒吗？"

"那时候你给我喝的是什么酒啊？"

"什么时候？在这里吗？我想我们把各种各样的酒都混在一起了。"

"不，不是这儿。头一个晚上。"

拉维克追忆着。"我可记不起来了。不是干邑白兰地吗？"

"不是。看上去好像是干邑白兰地，但却是另外一种什么酒。我几次想要，可就是没要到。"

"你为什么要它呢？味道真是那么好吗？"

"倒不是为了这个。那是我一生中喝到的最温暖的一种酒了。"

"我们在什么地方喝的？"

"在凯旋门附近的一家小酒馆里。我们得走下几级台阶。出租汽车司机和几个姑娘在那儿。那个招待手臂上的文身是一个女人。"

"现在我知道了。那一定是苹果白兰地。诺曼底的苹果白兰地。你尝过那种酒吗？"

"我没有尝过。"

拉维克问招待："你们还有苹果白兰地吗？"

"没有，抱歉得很。没什么客人要过这种酒。"

"这个地方太高级了，反而没有这种酒。那一定是苹果白兰地。要不到这种酒，真可惜。最简单的办法是再到那个地方去。不过现在是不可能了。"

"为什么？"

"你不是还要待在这儿吗？"

"不。我已经没有事了。"

"那好。你要到那边去吗？"

"是的。"

拉维克毫不费劲就找到了那家小酒馆，里边很空，那个手臂上文着女人的招待挨个打量着他俩，然后他从吧台后面拖着脚步走出来，抹干净一张桌子。"这是进步，"拉维克说，"那次他没有这样做。"

"不是这张桌子，"琼·马多说，"是那张，在那边的。"

拉维克微笑了。"你迷信吗？"

"有时候迷信。"

招待站在他们旁边。"那边，对了。"他说着，手臂上的文身在跳动，"那便是，你们上一次坐过的地方。"

"你还记得吗？"

"完全记得。"

"你应该做领班了，"拉维克说，"这样好的记性。"

"我从来不会忘记任何事情的。"

"那我倒奇怪了，你怎么能够活得下去。不过，你还记得我们上一次喝的是什么酒吗？"

"苹果白兰地。"招待毫不迟疑地答道。

"对。现在我们想再喝那种酒。"拉维克又转向琼·马多，"有时候，问题就是解决得这么容易。现在，我们来尝尝这是不是同样的味道。"

招待把酒送来了。"双份。那一次你们要的也是双份。"

"你越来越让我觉得有点不可思议，我的朋友。你还记得我们穿的什么吗？"

"雨衣。这位太太还戴了顶贝雷帽。"

"你在这儿可真太委屈了。你应该去演杂要。"

"我本来就是，"招待惊诧地答道，"马戏团的。我告诉过您的。您忘记了吗？"

"忘记了。真丢人，可是我的确已经忘记了。"

"这位先生记性真不行，"琼·马多跟那个招待说，"他是位健忘专家，就像你是记忆专家一样。"

拉维克仰起头来。她正瞧着他呢。他笑了。"可是，也许不见得吧，"他说，"我们现在来尝尝苹果白兰地的味道。敬你！"

"敬你！"

招待仍然站在那儿。"一个人忘记的事情，日后总是会怀念的，先生。"他说道。对他来说，这个话题还没有聊够。

"对。一个人没有忘记的事情，日后会叫他活受罪。"

"我可不这样想。事情过去了，怎么还会叫人活受罪呢？"

拉维克仰起头来望着。"正因为是这样，老兄。可是，你是一个乐天派，还不止是一个艺术家。这是同样的苹果白兰地吗？"他问琼·马多。

"比那次喝的更好。"

他瞧着她。他感到有一股暖流在他身体里升起来。他知道她说这句话是什么意思，然而她说了这句话，却使人消除了疑虑。她似乎并没有考虑到这句话可能会产生什么影响。她坐在这个简陋质朴的地方，好像非常自在似的。没有灯罩的电灯照射出无情的光芒，在这些电灯底下，隔开好几张桌子的地方坐着两个妓女，看上去像是她们自己的祖母。可是这种光芒，对她倒没有什么影响。先前在夜总会那惨淡的灯光下照见的模样，在这儿依然还在。这张冷静而机智的脸，没有任何企求，只是存在着，期待着，这是一张空空荡荡的脸，他想，这是任何表情的风都可以使它改变的脸。你可以往那里面投入任何幻梦。仿佛一间漂漂亮亮、空空荡荡的屋子，等着去铺上地毯，挂上图片，它具有一切可能性，它可以变成一座王宫，也可以变成一家妓院。全看谁去装点这屋子。那些已经完成并贴着标签的屋子，跟这个比起来，显得多么有限。

他看到她的那杯酒已经喝干。"我向你致敬。"他说，"那是一杯双份的苹果白兰地。你还想要一杯吗？"

"好啊。假如你有时间的话。"

我为什么会没有时间呢？他想。于是他忽然记起，上一次她曾经看见他跟凯特·赫格斯特伦在一起。他抬起头看看。她的脸，没有泄露出任何秘密。

"我有时间。"他说，"明天早晨九点，我得去做一个手术，就这么点事儿。"

"在这儿待得晚点儿，你做手术能行吗？"

"行。这跟做手术没有一点儿关系。这已成了习惯。再说，我也不是每天都做手术。"

招待又把他俩的酒杯斟满了。他送酒来的时候，还送来一包纸烟放在桌子上，是绿包的劳伦斯。"这些都是您上一次要过的，不是吗？"他得意扬扬地问拉维克。

"我不清楚。你知道的比我还多。我相信你。"

"他是对的，"琼·马多说，"正是绿包的劳伦斯。"

"您瞧！这位太太的记性，要比您强得多呢，先生。"

"这一点，还有待证明。不管怎么说，这纸烟我们还是可以抽的。"拉维克拆开包装，递到她面前。"你仍然住在那家旅馆里吗？"他问。

"是的。只是我已经换了一个大一点儿的房间。"

几个出租汽车司机进来了。他们在邻近的一张桌子边坐下，开始高声谈论起来。

"你想走吗？"拉维克问。

她点点头。

他招呼那招待，付了账。"你真的用不着再回沙赫拉扎德去了吗？"

"不去了。"

他拿起她的大衣。她没有穿上，只是把它披在肩膀上。那是一袭不值什么钱的水貂皮大衣，可能还是假货，可是披在她身上，却看不出是便宜货。只有穿得拘拘束束的才不值钱呢，拉维克想。他见过那种便宜的上等紫貂。

"现在我送你回旅馆去。"当他们走出大门，站在蒙蒙细雨中的时候，他这样说。

她慢慢地转过身来，面对着他。"我们不是上你那儿去吗？"

她的脸正好在他的脸下方，一半仰起来对着他。店门口那盏灯的光芒，全部照在她的脸上。细细密密的水珠，在她头发上闪烁。

"是的。"他说。

一辆出租汽车开过来停下了。司机等了一会儿，随后咂咂舌头，吱嘎一声扳响排挡，把车开走了。

　　"我一直在等你。你知道吗？"她问。

　　"不知道。"

　　她的眼睛在街灯的照射下闪闪发光，你可以一直看进去，却看不到尽头。"我今天看到你，还是第一次，"他说，"你已经不是从前的那个模样了。"

　　"不。"

　　"从前的模样，不会再出现了。"

　　"不会。我都已经忘了。"

　　他感觉到她的呼吸轻微起落，无形地、温柔地向着他颤动，没有一点儿重量，做好了准备，充满了信任——奇异夜晚里的奇异生活。突然间，他感受到自己的血流在升腾，升腾，而且还不止如此，生命，千百次被诅咒，千百次受欢迎，时时会失败，时时会重新胜利，一小时以前还是一片荒芜的景色，枯燥无味，满是岩石，没有一点儿安慰，可是现在，喷涌着，喷涌着，仿佛从许多泉眼中喷涌出来，发着回响，逼近那个人不再有信心的神秘时刻，那个人又成为第一个人，在海洋的岸边，从浪涛中浮现，白皑皑的，亮闪闪的，疑问和解答融为一体，它在升腾，升腾，暴风雨就在他眼前开始了。

　　"扶住我。"她说。

　　他低下头看着她的脸，用胳膊挽住了她。她的肩头向他靠近，仿佛一艘开进海港正在下锚的船。"必须有人扶住你吗？"他问。

　　"是的。"

　　她的一双手紧紧地压在他的胸脯上。"我会扶住你的。"他说。

　　"好。"

　　又有一辆出租汽车在台阶前嘎吱一声刹停了。那司机一动不动地打量着他们。他肩膀上蹲着一条小狗，狗身上穿着一件绒线衫。"要车

120

吗？"他那张嘴在长长的淡黄色唇髭后面哇哇地叫道。

"瞧，"拉维克说，"那个人真是一点儿也不懂事。他竟不知道我们正在体会一种很少有的感觉。他瞧着我们，却看不出我们已经发生了变化。那真是天下的大傻事，你也许会变成一个大天使，变成一个傻瓜，或者一个罪犯，谁都看不出来。可是一颗纽扣掉落了，倒是人人都会看到的。"

"那不是傻，那倒是大好事。让我们自由自在。"

拉维克瞧着她。我们，他想，一个什么样的词啊！天底下最最神秘的一个词。

"要车吗？"司机很有耐心地哇哇叫道。不过嗓门大了点儿，还燃上一支纸烟。

"来吧，"拉维克说道，"他不会放过我们的。吃那行饭，他倒是很有经验。"

"我不要坐汽车。我们还是走路吧。"

"天开始下雨了。"

"这不是雨，是迷雾。我不要坐汽车。我要跟你一块儿走路。"

"好的。可是我得叫那个人知道，这儿发生了一点情况。"

拉维克走过去跟那个司机说了。那个人露出美丽的微笑，而且用一种只有法国人在这种场合下才会有的姿态，向琼·马多打了个招呼，便开车走了。

"你怎么向他解释的？"拉维克走回来的时候，她这样问。

"用钱，这是最简单不过的事了。跟所有在夜里干活的人一样，他是个玩世不恭的人。他马上就懂了。他很仁慈，只是带点儿亲切的瞧不起人的味道。"

她微微一笑，朝他身上靠过去。他觉得有种什么东西在他心里头展露出来，蔓延开来，温暖、柔和而且宽阔，那东西好像在用很多很多的手把他拉下来，让他们突然难以承受地紧挨着站在一起，像在窄小的平台上可笑地站着，保持平衡，他宁可忘却身在何处，倒下去，臣服于皮肤的召唤，千万年前的召唤，那时候还没有什么智力、思想、苦难和疑虑，只有血的黑沉沉的快乐……

"来吧。"他说。

他们沿着这空荡荡、灰洞洞的街道，在蒙蒙细雨中走过去，当他们走到尽头的时候，一片广场展现在他们面前，宽阔广大，无际无边，在飘动的银光中间，高高地悬挂着矗立着凯旋门那巍峨魁伟的灰色阴影。

9

　　拉维克回到了旅馆。那天早晨他离开房间的时候，琼·马多还在睡觉。他原以为自己过一小时就会回来，现在已经晚了三小时。

　　"喂，医生。"有人在楼梯上招呼。

　　拉维克望望那个人。一张苍白的脸，一堆蓬乱的黑发，戴着眼镜，这个人他不认识。

　　"我是阿尔瓦雷斯。"那个人说，"雅伊梅·阿尔瓦雷斯。你不记得了吗？"

　　拉维克摇摇头。

　　那个人弯下身去，把一只裤管卷起来，从胫骨到膝盖，有很长的一条伤疤。"你现在想起来了吗？"

　　"是我做的手术吗？"

　　那个人点点头。"在火线后，一张餐桌上，西班牙阿兰胡埃斯的一所临时野战医院里，杏树林里一间小小的白色农舍中。你现在记得了吗？"

　　突然间，拉维克闻到了一股浓郁的杏花香味。他闻着闻着，仿佛这股香味是顺着幽暗的楼梯散发上来，甜蜜的，腐烂的，与更加甜蜜、更加腐烂的血的腥味难解难分地混合在一起。

"是的，"他说，"我记起来了。"

受伤的人都躺在月光底下的平台上，一个挨着一个，一排又一排。那是几架德国和意大利飞机造成的后果。孩子、妇女和农民，都被炸弹的碎片炸得粉碎。一个孩子炸掉了脸；一个怀孕的妇女炸开了胸脯；一个老头儿焦急地紧捏着另一只手上被炸断的几根手指，因为他以为还可以将它们缝合起来。这一切之上弥漫着浓重的夜的气息，以及降落下来的清澈的迷雾。

"你的腿已经完全复原了吗？"拉维克问。

"差不多了。可是还不能完全弯过来。"那个人微笑着，"不过已经恢复到让我能够爬过比利牛斯山了。冈萨雷斯已经死了。"

拉维克已经不知道冈萨雷斯是谁了。可是他现在记起了一个帮助过他的年轻学生。"你知道马诺洛后来怎么样了吗？"

"被关起来，枪毙了。"

"塞尔纳呢？那个旅长。"

"死了。在马德里战役之前。"那个人仍微笑着。这是一种僵硬的、机械的微笑，突如其来，没有一点儿感情。"穆拉和拉·佩纳都被俘房，枪毙了。"

拉维克已经不知道穆拉和拉·佩纳是谁。在前线崩溃、野战医院解散六个月后，他就离开了西班牙。

"卡内罗、奥塔和戈尔茨坦都在集中营里。"阿尔瓦雷斯说，"在法国。布拉茨基倒还安全，躲在边境线的那一边。"

拉维克只记得戈尔茨坦，那个时候看见的脸太多了。"你现在还住在这儿的旅馆里吗？"他问。

"是的。我们昨天才搬进来，就在那边。"那个人指指二楼的房间，"我们被关在边境线旁边的集中营里，关了好久。最后，我们才被释放出来。我们倒还有点儿钱。"他又微笑着，"床铺。真正的床铺。一家很好的旅馆。墙壁上甚至还挂着我们领袖的照片呢。"

"是的。"拉维克说道，一点儿没有讥刺的意味，"有过在那边的种种经历之后，这里的生活一定会很愉快。"

他跟阿尔瓦雷斯道别，回到他自己的房间里。

那房间已经被打扫过，里边空荡荡的。琼已经走了。他望了望四周。她什么东西也没有留下。他本来也没有指望她会把东西留下来。

他按了下电铃。一会儿女招待进来了。"那位太太已经走啦。"他还没问，她就这样说。

"我自己已经看见了。你怎么知道有人在这儿呢？"

"可是，拉维克先生……"那姑娘没有补上其他的话，只显示出一种仿佛尊严受到伤害的表情。

"她吃过早餐没有？"

"没有。我没有看见她。否则的话，我也会想到的。这我老早就已经知道了。"

拉维克望着她。他就不喜欢她那最后一句话。他从口袋里掏出几法郎来，塞在她围裙的口袋里。"好吧，"他说，"下一次你也要这样做。只有在我明明白白地招呼你这样做的时候，你才把早餐送上来。假如你没有确实知道房间里已经没有人，千万不要上来打扫。"

那个姑娘会意地微笑着。"好的，拉维克先生。"

他望着她出去，心里好不舒服。他知道她在想些什么。她一定以为琼已经结了婚，不愿意让人家看见。要是在从前，他会一笑了之。可现在他不喜欢这种想法。但是为什么不欢喜呢？他想。他耸耸肩膀，走到了窗前。旅馆就是旅馆，那是不能改变的。

他把窗子打开。中午乌云密布，笼罩着房屋的上空。麻雀在屋檐下叽叽喳喳地叫着。楼下一层，有两个声音在争吵，那大概是戈尔德贝格家。丈夫比妻子年长二十岁，是波兰布雷斯劳的玉米批发商。妻子跟一个名叫维森霍夫的难民有点儿暧昧。她以为谁也不知道的。其实，真正不知道的，只有她丈夫戈尔德贝格一个人。

拉维克把窗子关上了。那天早晨，他做了一个胆囊手术，是替迪朗做的，为一个不知名姓的病人。他替迪朗为一个不知名姓的男人打开了肚子。收了两百法郎的手术费。后来，他又去探望了凯特·赫格斯特伦。她正在发烧，热度很高。他陪了她一个小时。她睡得不安稳。这本来没有什么好担心的。可是，假如不发烧，那就更好了。

他直瞪瞪望着窗外，有一种古怪的前途茫茫的感觉。那床，再也没有什么意义了。白日冷酷无情地把昨天撕成碎片，正像豺狼撕开羚羊的皮。夜的森林在黑暗中奇迹般地成长，现在又变得无穷无尽地遥远，只成了时间荒原中一座海市蜃楼罢了……

他转过身来，在桌子上找到了吕西安娜·马蒂内的地址。她是不久以前才从医院出去的。住院期间，她把他们搅得鸡犬不宁。两天前他还去看过她。现在本来不需要再去探望，可是反正闲着无事，他决定到她那儿去看看。

那幢房子在克拉弗尔街。楼下是一家肉铺，一个壮实的女人正挥舞着屠刀，出售猪肉。她正在服丧，她丈夫两星期前去世了。现在这铺子就由这个女人经管着，另外雇了一个助手。拉维克走过的时候，看见了她。她分明想要出去串门。她戴着一顶系有长长的黑面纱的帽子，一个熟人来买肉，她利索地砍下了一条猪腿。那面纱在剖开的猪身上飘荡，屠刀闪闪发光，咔嚓一声猪肉砍落了下来。

"只消一刀。"寡妇踌躇满志地说道，将猪腿往秤盘里一抛。

吕西安娜住在顶楼的一个小房间里。她并不是一个人，还有一个二十五岁左右的男人，没精打采地坐在一把椅子里。他戴着一顶短檐骑行帽，抽着一支自己卷的纸烟，说话时纸烟就粘在上嘴唇上。拉维克进去的时候，他坐着没动。

吕西安娜躺在床上，她仿佛有点不好意思。"医生……我没有想到你今天会到这儿来。"她望望那个年轻人,"这位是——"

"某某某,"那个小伙子粗暴地打断了她的话,"用不着到处通名报姓。"他往椅背上靠下去,"原来你就是那个医生啊!"

"你好吗,吕西安娜?"拉维克这样问道,根本不去理睬他,"你躺在床上是对的。"

"她早就可以起来了,"那小伙子说,"她早就什么毛病也没有了。她这样不去工作,开销又要增加了。"

拉维克转过头瞅着他。"请你出去一下。"他说。

"什么?"

"出去。走出房间去。我要检查一下吕西安娜。"

那小伙子大笑起来。"我在这儿,你也一样可以检查。我们可不是那么好惹的。再说,为什么要检查?你前天才来过的,这样又要多算一次出诊费吗,嗯?"

"老弟,"拉维克平心静气地说道,"你别装作你会替她付钱的样子。而且,是不是要多算一次,那是另外一回事。你现在就出去吧。"

那小伙子龇牙咧嘴地笑着,舒舒服服地把两条腿伸开来。他穿着一双漆皮的尖头鞋,一双紫色短袜。

"求求你了,波波,"吕西安娜说,"我保证只需要一会儿的时间。"

波波根本没有理会她,他只是瞪着拉维克。"你在这儿,对我来说,可来得正是时候,"他说,"我现在可以老实告诉你。我的朋友,假如你以为可以用医院的账单啊,手术费啊,以及所有这些个费用来榨取我们的钱财,那可办不到!我们没有请你送她去住院,更别提做什么手术了,所以,这就根本谈不上什么钱的事。我们不要你赔偿,你已经应该觉得很高兴了!我们没有请你动什么手术啊!"他露出一排肮脏的牙齿,"那真是怪事,可不是吗?是的,先生,我波波也见过点儿世面,是不会轻易受骗的。"

那小伙子看上去非常得意。他觉得自己说得流利清晰。吕西安娜可变得脸色苍白了。她焦急地望望波波，又转过脸去望望拉维克。

"你明白了吗？"波波得意地问。

"他就是那个人吗？"拉维克问吕西安娜，她没有回答。"那就是他了。"他说着，便仔仔细细地打量着波波。

他个子瘦高，瘦骨嶙峋的颈项里围着一条人造丝围巾，喉结在那儿忽上忽下地转动。下溜的肩膀，过长的鼻子，瘪瘪的下巴——漫画书里那种郊区男妓的模样。

"你说怎么样啊？"波波挑衅地问道。

"我想我要你出去，一遍遍已经说得够多了。我要为她检查。"

"呸。"波波答道。

拉维克慢慢地向他走过去。他已经受够了波波。那小伙子跳起身来，后退一步，突然拿起一根大约两米长的细绳子抓在手里。拉维克知道他准备怎么干。他打算等拉维克再走近一点便往旁边一跳，然后迅速抢到他背后，把绳子往他头上套过去，这样他就可以从背后勒住他。要是对方不懂这把戏，或者想要对打的话，一定就上了圈套。

"波波，"吕西安娜叫道，"波波，别这样！"

"你这个年轻的渣滓！"拉维克说，"还是那个可怜巴巴的套绳老把戏。你就不知道比这高明一点的诡计吗？"他笑了起来。

有一刻，波波有些不知所措，眼睛也变得六神不定。拉维克一下子把他的短外套往下剥到了肩膀，让他举不起胳膊。"这一招你还不知道吧？"他说着，很快把门打开，将这个惊惶失措、束手无策的家伙粗暴地撵出了门外。"如果你喜欢这套，你就去当兵吧，你会成为一个流氓！可是你也不要去欺侮成年人。"

他从里面把房门锁好。"好了，吕西安娜，"他说，"现在让我来检查一下。"

她颤抖着。"镇静点儿。镇静点儿。事情已经过去了。"他把破破烂烂的棉被拿起来放到了椅子上，然后将绿色的毛毯卷起来，"两件套睡衣。为什么要穿这个？这不太舒服的。你现在还不应该多动，吕西安娜。"

她沉默了半晌。"今天才穿的。"她说。

"你没有那种睡袍吗？我可以从医院里拿两件来给你。"

"不，倒不是因为那个。我穿这件衣服，是因为我知道……"她望着房门，低声地说，"他要来。他说我已经没有病了。他不想再等了。"

"什么鬼话！可惜我刚才不知道这个情况。"拉维克怒气冲冲地望着那房门，"他还要等。"

吕西安娜有着贫血女人的那种苍白色皮肤。薄薄的表皮下面，横着蓝色的血管。她体形很好，骨架优美，身材细长，但没有一处显得瘦削。这是无数女孩子中的一个，拉维克想，她叫人惊奇，为什么老天会赋予她这样优美的体态，因为人们都知道，差不多所有这样的人都会变成什么样子，这种劳动过度的苦工，在不合理和不卫生的生活方式下，立刻就失去了她们的姿色。

"今后一个星期，你还要好好待在床上，吕西安娜。你可以起来在房间里走走。可是你千万得小心，不要擎举任何东西。最近几天不要爬楼梯。你还能找到什么人来照顾你吗？除了这个波波之外？"

"女房东。不过她也开始抱怨了。"

"还有别的人吗？"

"没有。从前还有玛丽。现在她已经死了。"

拉维克仔细端详了这个房间。陈设很差，可还算整洁。窗台上放着几盆晚樱花。"波波呢？"他问，"哦，一切事情结束以后，他就可以进来了。"

吕西安娜没有回答。

"你为什么不把他撵走呢？"

"他并不那么坏，医生。只是野了一点……"

拉维克望着她。爱情，他想，那也是爱，古老的奇迹，它不仅在现实的灰暗天空里投射出一道梦幻的彩虹，而且也在一堆粪秽上，洒下罗曼蒂克的光芒，一个奇迹，可也是一个狂暴的嘲讽。突然间，他有了一种古怪的感觉，在另一种方式下，他自己成了从犯。"好吧，吕西安娜，"他说，"不要担忧。健康第一。"

她宽慰地点了点头。"至于钱的事，"她脱口说道，有点不好意思，"倒不是那么回事。他只是那么说说罢了。一切的费用，我都会付的。一切的费用。用分期付款的办法。什么时候我可以再工作呢？"

"大约两个星期，要是你不傻的话。跟波波不要有半点事儿！绝对不要，吕西安娜！否则你是要送命的，你懂吗？"

"懂。"她没有信心地应道。

拉维克将她细长的身体用毯子盖好。当他抬起头来的时候，看到她在哭泣。"就不能更早一点吗？"她说，"工作的时候我也可以坐着的。我一定要……"

"也许可以，我们等等看吧。那要看你自己照顾得怎么样了。你应该把那个替你堕胎的产婆的名字告诉我，吕西安娜。"

他看出她眼睛里有种戒备的神色。"我不会去报告警察的，"他说，"当然不会去。我只是想把你付给她的钱讨回来。那样你就可以舒坦一点了。你到底付给她多少钱？"

"三百法郎。从她那里你是要不回来的。"

"不妨试一试。她叫什么名字？住在什么地方？你不会再需要她了，吕西安娜。你也不会再有孩子。那她也就奈何你不得了。"

那姑娘犹豫了一下。"在那边抽屉里，"她随后说，"右边那个抽屉里。"

"就是这张纸条吗？"

"是的。"

"好。过几天我上那儿去一次。不要害怕。"拉维克穿上了大衣。"怎么回事？"他问道，"你干吗要起来？"

"波波。你不知道他这个人。"

他笑了。"我想，比他更坏的人我也知道。好好躺在床上。依我所看到的情况来判断，我们都用不着担心。再见，吕西安娜。要不了多久，我会再来看你的。"

拉维克转动钥匙，同时拔掉插销，快速把房门打开。走廊里一个人也没有。这是他料到的，他知道波波这号人。

楼下猪肉铺里，现在站着那个助手，灰黄色的脸蛋，没有女老板的那种热情。他正没精打采地砍肉。自从老板死了以后，他明显更加没有精神了。他跟女老板结婚的可能性很小。对面小酒馆里那个制毛刷的工人大声地这样宣扬过，还说没等这个妄想成为事实，女老板就会把他攥到坟墓里去。那个助手日渐消瘦，可是寡妇却大大地发福了。拉维克喝了一杯黑醋栗酒，就付了账。他原以为在小酒馆里可以找到波波，可是波波不在那儿。

琼·马多从沙赫拉扎德走出来。她拉开出租汽车的门，拉维克等在里面。"来，"她说，"让我们离开这儿，到你住的地方去。"

"发生什么事情吗？"

"不。没有什么。只因为夜总会的生活，我已经受够了。"

"等一等。"拉维克招呼一个站在大门口卖花的女人，"老奶奶，"他说，"你把所有的玫瑰花都卖给我。一共多少钱？可别要价太高。"

"给你算六十法郎。因为你替我开过一张医治风湿病的药方。"

"有效吗？"

"没有。怎么会有效呢，像我这样每夜必须站在潮湿的街头……"

"你是我一生中遇到的最通情达理的病人了。"

他拿起玫瑰花。"这表达了我的歉意，因为今天早晨我先离开了你，让你一个人醒来，没有吃上早饭。"他对琼说道，将花束放出出租汽车的地上，"你想去什么地方喝点儿东西吗？"

"不。我要到你住的地方去。把花束放在座位上，不要放在地上。"

"放在地上很好。一个人应当爱花，却不必为了花而无谓地费事。"

她立刻转过头来。"你的意思是，一个人不应该宠坏自己所爱的东西吗？"

"不是。我的意思只是，一个人不应该把美丽的事物戏剧化。再说，此时此刻我以为我们中间还是不要放花的好。"

琼怀疑地望了他一会儿，脸上露出高兴的神色。"你知道我今天做了些什么？我活了。我又活了。我呼吸。我又能呼吸了。我存在。我又继续存在了。这还是第一次。我又有了手，有了眼睛，有了嘴巴。"

司机绕过很多车开出小街，然后猛地一个起步。这强烈的一震，使琼往拉维克身上倒了过去。他搂了她一会儿，感觉到她偎依在身边的亲切。正像一阵温暖的风，她坐在那儿随心所欲地说着话，她的感情和她本人弄得他六神无主，把他这一天的外壳消融了，把他内心那种古怪的防御性的冷漠也融化了。

"这一整天……我没有平静过，好像到处都是喷泉浇着我的颈根，碰着我的胸脯，仿佛要叫我发芽、生叶、开花似的，这种感觉怎么也摆脱不了，现在我在这儿……还有你……"

拉维克望着她。她坐在这张肮脏的皮座位上，向前倾斜着，她的双肩从黑色晚礼服里露了出来。她很开放，说话直率，不觉得难为情，心里想什么就说什么，他觉得跟她一比，自己总显得贫乏而枯燥了。

我在做手术，他心里想，我忘记了你，我跟吕西安娜在一起，我在过去的一个什么地方，没有你，然后薄暮降临的时候，一种温暖便慢慢地随着降临了，我没有跟你在一起，我在想念凯特·赫格斯特伦。

"琼，"他说道，把手放到她搁在皮座位上的手上，"我们现在不能到我住的地方去，我必须先去一趟医院。只消几分钟的时间。"

"你必须去看看那个由你开刀的女人吗？"

"不是今天早晨的那个，是另外一个。你愿意在什么地方等我吗？"

"你一定要马上就去吗？"

"最好是马上去。我不愿意过后让人家打电话来找我。"

"我可以等你的。你有时间把我先送到你住的旅馆里去吗？"

"可以。"

"让我们先到那儿去。等会儿你到旅馆里来，我在那儿等着你。"

"好的。"拉维克将地址告诉了司机。他往后靠下去，觉得椅背碰到了颈根。他还握着琼的手。他觉得，她仿佛正在等着他说些什么话，说些关于他和她的话，可是他说不出来。她已经说得太多了，没有那么多话可说，他心里想。

汽车停住了。"你去吧，"琼说，"在这里，我会好好照顾自己的。我不怕。你把钥匙交给我吧。"

"钥匙在旅馆里。"

"我去问他们要。这种事我还得学习学习。"她拿起了花束，"跟这样一个男人，在我睡着的时候离开，在我没有料到的时候回来，真有好多好多事情得学习。让我马上就开始吧。"

"我同你一起上去。什么事情我们都不要做得过分。马上又得把你一个人留下来，未免太糟糕了。"

她笑着。她看上去很年轻。"请你等一会儿。"拉维克招呼那司机。

那个人慢慢地闭上一只眼睛。"再多等些时间也不要紧。"

"让我来拿钥匙。"他们走上楼梯的时候，琼这样说。

"为什么？"

"让我来拿。"

她开了房门，随即就站住了。"真美啊。"她看见窗外一轮阴暗的月亮穿过云层，照进这间黑洞洞的屋子，便这样说。

"美吗？这个洞窟？"

"是的，真美！样样都很美。"

"也许这一会儿是对的。这一会儿里面都黑洞洞的。可是……"拉

133

维克伸手去摸索电灯的开关。

"不要。我自己会开的。现在你去吧,不要等到明天中午才回来。"

她站在黑黝黝的房门口。窗外那银白色的光芒从她背后照着她的肩膀和头。她显得模模糊糊,又兴奋,又神秘。她的大衣已经滑了下来,落在她的脚边,宛如一堆黑色的泡沫。她靠在门框上,从走廊里照进来的一束光芒划过她的手臂。"去吧,去了再来。"她说着,便把门关上了。

凯特·赫格斯特伦的烧已经退了。"她醒来过吗?"拉维克问那个昏昏欲睡的护士。

"醒来过,在十一点钟的时候。她问起过您。我就把您嘱咐的话告诉了她。"

"她说了什么有关绷带的话吗?"

"说了。我就告诉她,您不得不替她开了刀,一次小手术。明天您会向她解释的。"

"只说了这些话吗?"

"是的。她说只要您认为是对的,那么什么事都不会有错。她还说,假如您今天晚上再来,要我向您致意,而且要我告诉您,她是信任您的。"

"哦……"

拉维克站了一会儿,俯视着那护士的黑发。"你多少岁了?"他问。

她惊异地抬起头来。"二十三。"

"二十三。那么你做护士多久了?"

"两年半。到一月,整整两年半。"

"你喜欢这个职业吗?"

那护士苹果似的脸蛋上满是微笑。"我非常喜欢,"她絮絮叨叨地谈起来了,"当然,有些病人是叫人难以忍受的,可是大多数人都很好。

布里索太太昨天就送我一样礼物，是一件漂亮的差不多全新的丝绸衣服。上个星期，我从勒纳太太那里得到了一双漆皮皮鞋。那位太太后来死在家里了。"她又微笑起来，"衣服，我用不着自己买。差不多什么东西都有人送。要是我自己不能用，就拿到一个朋友那儿去换钱，那朋友开着一间店铺。所以，我过得比较宽裕。这位赫格斯特伦太太也很大方。她直接给我钱。上次就给了我一百法郎，才只住了十二天。医生，这一次她在这儿要住多久啊？"

"要再久些。要好几个星期。"

那护士显得很高兴。她光洁的、没有皱纹的额头后面，正盘算着这回能拿多少钱。拉维克又一次朝凯特·赫格斯特伦俯下身去。她正在平静地呼吸。伤口的一点点气味，跟她头发上干燥的香水味混合在一起。突然间他觉得忍受不住了。她对他是信任的。信任。那平坦的割开过的肚子里饲养着野兽。一点儿办法也没有，就把刀口缝起来了。信任。

"晚安，护士。"他说。

"晚安，医生。"

那个胖乎乎的护士在房间角落的一张椅子上坐下了。她把床边的一盏灯关暗了些，用一条毯子裹好自己的脚，便伸手拿来一本杂志。那是一本刊登侦探故事和电影照片的廉价刊物。她坐了坐舒服，就开始阅读了。旁边一张小桌子上，放着一盒打开了的巧克力薄饼。拉维克看见她拿起一块，头也不抬起来望一下。有时候，一个人就是不了解那些最简单的事情，他想，在同一个房间里，一个人患着绝症躺在那里，而另一个人却毫不在意。他关上了门，可我自己不也是一样的吗？我不也是要从这个房间走到另一个房间去，而那里……

房间里很黑，通往浴室的门敞开着，里面有灯光。他犹豫了一下，他不知道琼是不是还在浴室里。接着他听到她呼吸的声音。他穿过房间，向浴室走去。他没有说什么话。他知道她在那儿，没有睡着，可是她也不说一句话。突然间这房间充满了沉寂、期待和紧张，仿佛一个正在悄悄地呼唤的旋涡，一个不知名的深渊，远在思维之外的深渊，从这深渊里升起来一片罂粟似的云和红色骚动的眩晕感。

他把浴室的门关上了。在白色灯泡的清澈光芒里，样样东西都是他所熟悉的，也是他所知道的。他旋开淋浴的龙头，这是旅馆里唯一的淋浴设备，是拉维克自己花钱安装的。他知道当他不在房里的时候，旅馆老板娘还带她的法国亲友来参观过，当成一个了不起的景观。

热水从他的皮肤上流下来。隔壁房间里，琼·马多正躺着等他。她的肌肤很光滑，她的头发散在枕头上，仿佛澎湃的浪涛，她的一双眼睛，即使在幽暗的房间里也显得明澈，好像摄取了窗外寒星的微光，在这儿反映出来似的。她躺在那儿，难以捉摸，变幻莫测，动人心弦，一小时以前所知道的那个女人，现在已经不存在了，成了没有爱情也可以引诱和蛊惑你的尤物，可是突然之间，他对她起了一种近乎嫌恶的反感，一种古怪的抗拒，混合着一种强烈而突如其来的吸引力。他不自觉地望了望四周，假如这间浴室还有一个出口的话，他想他很可能会穿好衣服，到外面喝酒去了。

他擦干身子，踌躇了半晌。好奇怪，从什么地方飘来的什么东西啊！一个影子，一点儿虚无。也许因为他刚才跟凯特·赫格斯特伦在一起，也许因为刚才琼在出租汽车里跟他说的话。太迅速、太容易了。也许仅仅因为有人在等着他，而不是他等着人。他闭紧了嘴唇，开门出去。

"拉维克，"琼在幽暗中说，"苹果白兰地已经放在窗边的桌子上了。"

他站着没动，觉得自己有点儿紧张。她要说的话，有很多也许会叫他受不了，可这句话说得没错。他一下变得放松、轻快而确信。"你找到那瓶酒了吗？"他问。

"那很容易。它就放在这儿。我把它打开了，我在你的东西里发现

136

了一个开瓶塞的螺丝锥。请你再给我一杯酒。"

他斟满了两杯，递给她一杯。"这儿——"清清冽冽的苹果白兰地给人的感觉可不坏。琼找对了话题。

她把脑袋往后面靠下去，喝干了酒。她的头发披散在肩膀上，这一会儿，她好像只是全神贯注地在喝酒似的。这一点，拉维克从前也注意到了。她做任何一件事情都是全神贯注地投身进去。这使他隐隐约约地觉得，这里头不仅包含着魅力，也包含着危险。像这样的女人，当她喝酒的时候就一心一意地喝酒，恋爱的时候就一心一意地恋爱，绝望的时候就彻头彻尾地绝望，而遗忘的时候也是彻头彻尾地遗忘。

琼把酒杯放下，突然间笑了起来。"拉维克，"她说，"我知道你在想什么。"

"真的吗？"

"真的。你以为你现在已经结了一半的婚啦。我也是这么想的。被人家扔在门口也不是什么值得羡慕的经历。手里捧着玫瑰花，却被孤零零地一个人留下来。谢天谢地，苹果白兰地在这儿。不要太舍不得这瓶酒吧。"

拉维克又斟满了酒杯。"你真是个了不起的人，"他说，"一点不假。我在浴室里的时候，还受不了你。可是现在，我发现你真是了不起。敬你！"

"敬你。"

他喝着苹果白兰地。"这是第二个夜晚了，"他说，"危险的夜晚。陌生的魅力已经消逝，而熟识的魅力还没有到来。我们将闯过这一关。"

琼把酒杯放了下来。"这些事情，你好像懂得很多呢。"

"我一点儿也不懂，只是在空谈。谁也不会懂得任何事情。一切事情都在变化中。现在也是这样。天下没有什么第二个夜晚，都是第一次，第二次就是结局了。"

"谢天谢地！否则的话，我们会被引到哪儿去呢？到算术之类那儿去。现在来吧。我还不想睡，我想跟你喝酒。星星在寒冷中裸露着，孤孤单单一个人的时候，多么容易被冻僵啊！哪怕天气很热。可是两个人在一起，那就永远不会了。"

"两个人在一起，事实上也会被冻死的。"

"我们可不会。"

"当然不会，"拉维克说着，她在黑暗中没有看到掠过他脸上的表情，"我们可不会。"

10

"我怎么啦，拉维克？"凯特·赫格斯特伦问。

她躺在床上，微微昂起身子，头底下放着两个枕头。房间里有一种补药和香水的味儿。高处的窗户稍稍打开了一点，外面流进来一股清新的寒冽空气，跟房间里的暖气一混合，便仿佛不是一月而早已是四月的气候了。

"你发过烧，凯特，有好几天。后来你睡熟了。差不多有二十四小时。现在热度退了，一切都好了。你觉得怎么样啊？"

"疲倦。还是常常觉得疲倦。不过跟以前不一样，不再那样紧张，也不怎么觉得痛了。"

"以后你还是会觉得痛的。只是不会怎么厉害，我们会好好地照顾你，让你能够忍受得住。可是不会像现在这个样子。你知道你自己……"

她点点头。"你替我开过刀了，拉维克。"

"是的，凯特。"

"有必要吗？"

"有必要。"

拉维克等待着。最好还是让她发问吧。"我还得在床上躺多久？"

"几个星期吧。"

她沉默了半晌。"我想那倒是对我有利的。我需要安静。我已经受够了。我现在才明白。我很疲倦。我从前不肯承认。这跟我的病有关系吗？"

"当然，当然是有关系的。"

"还有老是出血的事情，也跟这有关系吗？两次经期的中间。"

"也有关系，凯特。"

"既然我还来得及，那总是好的。也许开刀是必要的。我现在就得起来，重新面对一切，我想我恐怕做不到。"

"你用不着那么做，把它忘掉就是了。你只要想想马上就要做的事情。譬如说，你的早餐。"

"好的。"她有气无力地笑了笑，"那么请把镜子递给我。"

他从床头柜上拿起一面镜子递给她。她仔仔细细地端详着自己。

"这些花是你送来的吗，拉维克？"

"不。是医院送的。"

她把镜子放在床上。"一月里，医院不会送紫丁香的。医院只送翠菊这一类的花。再说，医院也不会知道我喜欢紫丁香。"

"可是他们却送来了。你是这儿的老主顾了，凯特。"拉维克站起身来，"现在我得走了。六点钟前后，我再来看你。"

"拉维克——"

"嗯。"

他转过身来。果然来了，他想，现在她果然要发问了。

她伸出一只手。"谢谢，"她说，"谢谢那些花，谢谢你的照顾。我常常觉得有你在一起，就放心了。"

"好的，凯特。好的。其实也说不上什么照顾。如果你能睡，你就再睡一会儿吧。要是你觉得痛，你就招呼护士。我去给你开点药。下午我会再来的。"

140

"韦贝尔，白兰地在哪儿？"

"情况难道就糟成那样了吗？这是酒瓶。尤金妮亚，替我们拿个杯子来。"

尤金妮亚非常勉强地去找了个杯子。"这简直是套管，"韦贝尔抗议道，"替我们去拿个像样点儿的杯子来。或者，等一下，杯子也许会划破你的手，还是让我自己来拿吧。"

"我真不知道为什么会这样，韦贝尔医生，"尤金妮亚没好声气地说道，"拉维克先生一来，你就——"

"得啦，得啦。"韦贝尔打断了她的话。他斟了一杯干邑白兰地。"这儿，拉维克。她是怎么认为的啊？"

"她什么也没有问。"拉维克说，"她信任我，连问也没有问。"

韦贝尔抬起头来望着。"你瞧，"他得意扬扬地答道，"我不是早就告诉过你了。"

拉维克把一杯酒喝干了。"当你对病情已经无能为力的时候，有没有病人还向你表示感谢的？"

"常常有的啊。"

"而且什么话他都相信？"

"当然。"

"你怎么想这事？"

"心安理得，"韦贝尔诧异地说，"非常心安理得。"

"我觉得好像要呕吐。好像是欺骗。"

韦贝尔笑了起来。他把酒瓶搁在一边。"好像要呕吐。"拉维克又说了一遍。

"这是我第一次在你身上发现人的感情。"尤金妮亚说，"当然，除了你自我表现的方式以外。"

"你不是一个发现者，你是一个护士，尤金妮亚，你常常忘记这一点。"韦贝尔说，"这件事情算是解决了，拉维克，是不是？"

"是的。只是就目前来说。"

"好吧。她今天早晨告诉护士，一出医院就要到佛罗伦萨去。那我们就没事儿了。"韦贝尔搓搓手，"那时候那边的医生会照顾她。我是不愿意让病人死在这儿的，那总是会影响到我们的声誉。"

拉维克按着一个公寓房间的门铃，为吕西安娜堕胎的那个产婆住在这里。隔了半晌，一个神色凶恶的男人才出来开门。他看见拉维克，手还抓着那根门闩。"你来干什么？"他咆哮着说。

"我要找布歇太太。"

"她没有空。"

"那没关系。我可以等一会儿。"

那个人想要关门了。"要是我不能等，那我过一刻钟再来，"拉维克说，"不过那就不是我一个人了，同来的那个人一定能见到她。"

那个人狠狠地瞅着他。"那是什么意思？你到底要什么？"

"我告诉过你了。我要跟布歇太太谈一谈。"

那个人思忖着。"等一下。"他说着便把门关上了。

拉维克端详着那扇门上剥落的棕色漆，那只铁皮的信箱，还有那块标着姓名的圆形搪瓷门牌。多少悲愁，多少恐惧，曾经从这道门里穿过去。几条毫无意义的法律，迫使多少条生命不能得到医生的救治，反而落入了庸医的手中。正因为这一点，她们再也不能生儿育女了。不想要孩子的人找到了办法，不过每年便也有成千上万个母亲的生命因此而被糟蹋了。

门又打开了。"你是从警察局来的吗？"那个没有刮脸的男人问。

"要是从警察局来的，我就不会在这里等候了。"

"那就进来吧。"

那个人带着拉维克穿过一条黑乎乎的走廊，走进一间挤满家具的屋子。一张丝绒沙发，几把镀金的椅子，一条仿制的奥布松地毯，一张胡桃木茶几，墙上挂着田园风景画。窗前搁着一个金属架，挂着一个鸟笼，里头养着一羽金丝雀。屋子里凡是有点空隙的地方都放着瓷器和石膏像。

布歇太太进来了。她胖得出奇，把一件不怎么干净的波浪边的和服式晨衣撑得鼓鼓的。她身材魁伟，可是脸蛋儿倒还光洁美丽，除了那双不停地瞟来瞟去的眼睛。"先生您有何贵干？"她用一种谈生意的口气问，人一直站着。

拉维克站起身来。"我是代表吕西安娜·马蒂内来的。你替她打过胎。"

"瞎胡扯！"那女人马上十分镇定地答道，"我不认识什么吕西安娜·马蒂内，也没有打过胎。你一定是搞错了，不然就是有人骗了你。"

她装作好像事情已经解决，就要走出去的样子，可是她并没有走。拉维克等着。她转过身来说："还有什么事吗？"

"那次打胎失败了。那个姑娘出了许多血，差点儿丢了性命。她只得做手术。手术是我给她做的。"

"撒谎！"布歇太太突然嘶嘶地叫道，"那是撒谎！那些个下流女人！她们游手好闲，只想把自己的问题解决掉，却让别人惹麻烦！我是要给她颜色看看的！那些个下流女人！这件事我的律师会解决的。我是个知名人士，又是个纳税的公民，我倒要瞧瞧那些个到处卖淫的死不要脸的小婊子——"

拉维克仔细端详着她，呆住了。这样发作的时候，她的神色居然没有变，还是那样的光洁和美丽，就是嘴巴瘪了进去，好像机关枪那样扫射着。

"那姑娘的要求很少，"他打断了那个女人的话，"她只希望要回她给你的那点儿钱。"

布歇太太笑了起来。"钱？要回？我什么时候拿过她的钱？她有收据吗？"

"当然没有。你是不会出什么收据的。"

"因为我从来没有见过她！再说，有人会相信她吗？"

"有啊。她有证人。她在韦贝尔医生的医院里动的手术。诊断得清清楚楚。关于这个病例，还有一份报告。"

"你尽管有一千份报告又怎么样！什么地方写着我是碰过她的？医院！韦贝尔医生！那是天大的笑话！像这样的下流女人配住那么高档的医院！你还有什么别的事情要做吗？"

"我有。你听着，那姑娘付过你三百法郎。她可以控告你，向你索赔。"

门开了。那个神色凶恶的人走了进来。"出了什么事情吗，阿黛尔？"

"不。要控告我向我索赔吗？要是她上法庭，她自己会先被判刑。首先是她，那是确定无疑的，因为她要承认自己打过胎。若说是我干的，还需要证明，那她是找不到证据的。"

那个神色凶恶的人叽叽喳喳地叫了起来。"别吵，罗格。"布歇太太说，"你可以出去了。"

"布鲁尼尔在外面。"

"好吧。告诉他等着。你知道……"

那个人点点头，出去了。随他出去的还有一股浓浓的干邑白兰地味儿。拉维克闻了闻。"那倒是很陈很陈的干邑呢，"他说，"少说也有三四十年了。下午这么早的时候就能喝到这样的好酒，真是个有福之人。"

布歇太太吃惊地瞅了他半晌，随后慢慢地抿了下嘴唇。"不错。你也想喝一点儿？"

"为什么不呢？"

她身材虽胖，可是走到门口的脚步却异常轻捷。"罗格！"

那个神色凶恶的人又进来了。"你又在喝那瓶上好的干邑了！别撒谎，我闻得出来！去把那瓶酒拿来！"

罗格把酒瓶拿来了。"我给布鲁尼尔喝了一点，他硬要我跟他喝。"

布歇太太没有搭理他。她关上房门，从胡桃木茶几上找了个雕花的酒杯。拉维克厌恶地望着。酒杯上雕着一个女人的头。布歇太太斟满一杯，放在他面前的桌布上，那桌布绣着孔雀的图案。"你好像是一个很通情达理的人，先生。"她说。

拉维克无法否定她的这份敬意。她并不像吕西安娜告诉他的那样是铁打的，她比铁打的更坏，是橡胶制的。你可以把铁折断，却折断不了橡胶。她不肯赔偿，说得振振有词。"你的手术做坏了，"他说，"造成了严重的后果。光凭这一点，就有充分的理由要你退钱。"

"如果一个病人做过手术以后死了，你也退钱吗？"

"不退。可是有时候我们做手术根本一分钱也不收。譬如说，吕西安娜就是这样。"

布歇太太望着他。"你瞧，那么她为什么还要这样大惊小怪呢？她应该很高兴了。"

拉维克举起酒杯。"太太，"他说，"我向你致敬。再也找不到比这更好的酒了。"

那女人慢慢地将酒瓶放到桌子上。"先生，许多人已经尝过了。不过你好像感觉更敏锐。你以为我们这行生意好做吗？或者，你以为这些钱都是我一个人独得的吗？这三百法郎中，警察差不多要拿去一百。你以为我可以不那么做吗？他们派来的一个人，现在就坐在外面，等着要钱呢。我必须孝敬他们，一直要孝敬他们，没有别的办法。我在这儿告诉你这些话，只有我两个人知道，要是你把这些话设法加以利用，那么我是会否认的，而且警察也不会听你那一套。你或许会相信吧。"

"我相信。"

布歇太太急速地瞟了他一眼。当她发现他话里并没有讥刺的意味时，便拖过一把椅子朝他靠拢一点，坐了下去。她挪动那把椅子，轻松得仿佛那是一根羽毛，在她的一身肥肉下面，好像还有一股巨大的劲道。她把留着作为贿赂之用的干邑白兰地又往他酒杯里斟满了。"三百法郎看来仿佛是一笔很大的数目了，可是除了警察之外，开销还多的是。房租啦，租给我，当然要比租给别人贵得多。洗衣服啦，器械费啦，我的开支要比别的医生大一倍。佣金啦，贿赂啦，我必须跟任何人都拉好关系。喝酒啦，逢年过生日时送给那些官儿和太太的礼物啦。这些开支就很可观了，先生！有时候，差不多一个子儿也剩不下来。"

"我不问你那些。"

"那么你要说的是什么呢？"

"我说发生在吕西安娜身上的事情，也能发生在别人身上。"

"难道医生们就从来不会碰到这样的事吗？"布歇太太连忙反问道。

"到目前为止还不常会发生。"

"先生。"她挺直身子，"我是个老实人。我会告诉每一个来到这儿的姑娘也许会发生什么事情。可是谁也不肯走。她们恳求我一定要做。她们哭啊叫的，还寻死觅活。如果我不帮她们的忙，她们就会自杀。她们在这儿演出的场面，也真够你瞧的！她们会在地毯上打滚，向我苦苦哀求！你瞧见那个茶几角上，一块镶饰的木片已经掉下来了吗？是个小康人家的太太，一时情急才把它撞掉的。于是我照顾了她。你要看看是些什么东西吗？她昨天送给我的十磅梅子酱还在厨房里呢。她虽然花了钱，可她纯粹是出于感激。我还想告诉你一件事，先生，"布歇太太的嗓音提高了，精神抖擞了，"你也许会叫我是打胎婆，可是人家管我叫救命恩人和天使。"

她已经站了起来。那件和服式晨衣富丽堂皇地拥在她脚边，金丝雀开始在鸟笼里鸣叫起来，仿佛奉到命令似的。拉维克也站起身。他有一种好像在看戏的感觉。可是他也知道，布歇太太的话并没有夸大其词。"好吧，"他说，"我要走了。对吕西安娜来说，你可不是什么救命恩人。"

"你应该瞧瞧她从前的模样！她还有什么要求呢？她很健康，把胎儿取掉那是她所有的要求。再说，她又用不着向医院付钱。"

"她再也不能生孩子了。"

布歇太太只犹豫了一下。"那更好啦，"她无动于衷地说，"那她就格外高兴啦，那个小婊子。"

拉维克知道没有办法了。"再见，太太，"他说，"跟你交谈，倒是挺有意思的。"

她靠近他。拉维克很想避免跟她握手，而她本来就没有这样想。她像要保密似的压低了嗓子。"你很通情达理，先生，比大多数医生更通情达理。可惜你……"她犹豫了一下，便鼓励似的望着他，"某些病例有时候也需要这样……这样一个通情达理的医生，会有很大的帮助……"

拉维克没有提出反驳，他需要多听一点。"那对你不会有害处，"布歇太太又加上了一句，"只是在特殊情况下……"她端详着他，仿佛一只假装喜欢鸟类的猫，"有时候，那些人中也有来自小康人家的病人……当然，费用往往是预付的，而且……我们很安全，绝对不会有警察来找麻烦……我倒奉劝你不妨多赚几百法郎的外快。"她拍拍他的肩膀，"像你这样一个体面的人……"

她满脸微笑，拿过酒瓶。"好吧，你看怎么样啊？"

"谢谢了，"拉维克说道，不让她再往酒杯里斟酒，"不要了。我不能再喝了。"他十分勉强地推让着，这种干邑白兰地确是很好的美酒。酒瓶上没有商标，肯定是一流的私人酒窖里出来的。"那件事情我会去考虑一下。过几天再来。我很想看看你的医疗器械，也许我在那方面可以给你提供一点意见。"

"你下次再来的时候，我会让你看看我的医疗器械。那时候你也得让我看看你的身份证件。表示彼此都信任嘛。"

"你已经对我表示过信任了。"

"一点也没有。"布歇太太微微笑道，"我仅仅给你提了一个建议，那是我随时可以否认的。你不是法国人，法国话虽然说得很好，却还是让人听得出来。外形也不像。说不定你是一个难民吧。"她笑得更欢了，还用冷冷的眼色瞅着他，"人家是不会相信你的，最多只是对法国文凭有兴趣，可你也并没有文凭。外面客厅里就坐着一位警官。假如你要，你可以马上检举我。你不会这么做吧。可是你不妨考虑考虑我提出来的建议。你不肯把姓名和地址留给我吧，是不是？"

"不。"拉维克答道，有一种被击败的感觉。

"我想你也不会肯。"布歇太太这时真像一只喂得硕大肥胖的猫，"再见，先生。考虑一下我的建议吧。以前我就常常想到要请一位难民医生来协助我工作呢。"

拉维克微微一笑。他知道那是为什么。一个难民医生，就得完全听凭她的摆布。万一出了点什么事情，他就犯了法。"待我考虑考虑，"他说，"再见，太太。"

他穿过那条黑黝黝的走廊。在一扇房门里面，听到有人在呻吟。他想象得出那些房间一定像狭小的船舱那样挤满了床铺。女人们在摇摇晃晃地回家以前就都住在里面。

客厅里坐着一个高个瘦子，髭须修剪得整整齐齐，橄榄色皮肤。他仔细打量着拉维克。罗格就坐在他旁边。桌子上放着另一瓶陈年干邑白兰地。他一看见拉维克，便本能地想把它藏起来。随后他苦笑了一下，把手垂下了。"晚安，医生。"他说，露出一排有着污斑的牙齿。看来他好像一直在门外窃听似的。

"晚安，罗格。"在拉维克看来，亲热一点似乎比较合适。里屋那个难以击败的女人，在半个小时里，差点儿将他从一个坦率的敌人变成同谋犯。因此他对罗格可以不必过于拘谨，倒也确是一件快意的事，经过今天这番较量，在罗格身上，倒也真有一种令人吃惊的人情味儿。

他在楼下碰到两个姑娘。她们正挨门挨户地张望着。"请问先生，"其中的一个鼓足了勇气问，"布歇太太是住在这幢房子里吗？"

拉维克犹豫了一下，可是又有什么可说的呢？反正一点儿办法也没有，她们还是要去的，而他也无法给她们别的指示。"在四楼。门口有写着姓名的牌子。"

他的夜光表盘在黑暗中亮着，仿佛一个仿制的小太阳。现在是清晨五点钟。琼本应该在三点钟来的。这时候，她还有来的可能。可是也可能她因为太疲累了，就直接回到自己的旅馆去了。

拉维克伸着懒腰，预备继续睡去，但是睡不着。他已经醒来好久了，望着天花板，看着那对面房顶上霓虹灯广告的红色光轮有规律地间歇明灭着。他只觉得空虚，却不知道为什么，仿佛他体内的热力逐渐从皮肤上渗漏出去，也仿佛他的血液正在一处虚无的地方往下沉，往下沉，沉入温软的虚无中。他把双手交叉起来，枕在头下，安静地躺着。他知道他在期待着，而且他知道不仅是他的意识在期待着琼·马多，他的手也在期待，他的血管也在期待，甚至他体内的古怪的温柔之感也在期待。

他坐起来，穿上晨衣，坐在窗口边。柔软的毛绒贴在皮肤上，他觉得有点儿温暖。这件晨衣是旧的，他已经穿了好几年了。当年他逃亡的时候，穿这晨衣睡过；在西班牙时，他万分疲劳地从野战医院回到营房，正值严寒的夜晚，也是用这件晨衣来取暖。十二岁的胡安娜，长着一双八十岁老人似的眼睛，在马德里一家简陋的旅馆里，死在这件晨衣上，其时他只有一个愿望，但求有一天能够再买一袭同样柔软的毛绒晨衣，忘记这女孩的母亲怎样被奸淫，她父亲怎么被践踏而死。

他望了望四周。这房间里，几个手提包，几件零星什物，几本读得很破旧的书——一个人本不需要多少赖以生活的东西。而且在生活动荡的时候，最好是不要享用太多的东西。你得将东西一次一次地舍弃，否则也不过是被别人抢掉。一个人得每天准备着离开，这是他之所以独自生活的理由——人在漂泊不定的时候，就不应该留置那些牵绊行动的东西，也不应该容纳那些撩拨感情的东西，只有冒险，仅此而已。

他望着床铺，一条皱巴巴的雪白床单，这与他的期待无关。他常常期待着女人，可是每一次期待的滋味不尽相同——单纯，明白，无情，有时候也有一种莫名的温柔，仿佛希望镶上了银边，然而已好久没有今天这样的期待了。好像有什么东西爬进了他的心，他自己可真没有注意过。难道又撩拨起来了吗？又被打动了吗？已经是很久以前的事了？难道从埋没的记忆中，从湛碧的深渊中，又有什么在召唤，难道又像一阵四月的微风，充满薄荷的香味，吹动天边的白杨，吹拂着他吗？他再也不会如此。他不愿意占有什么，也不愿意被什么所占有。他在漂泊之中。

他站起身来，开始穿衣服。一个人必须独立。一切都从小小的依赖开始，因为大家都不去注意。于是一个人就突然被习惯的罗网罩住了。所谓习惯，那是包含了很多词的，恋爱也是其中之一。一个人就不应该跟任何东西太熟悉，即使跟一个人。

他没有锁门，怕琼来了找不到他。要是她愿意，她一定会等着。他思忖了一下，要不要留一张纸条。然而他既不愿意撒谎，也不愿意告诉她自己究竟上哪儿去了。

早晨八点左右，他才回来。在拂晓的街灯下，他在寒气中漫步，倒觉得清醒许多了。然而当他站在旅馆的门前，突然又感到紧张起来。

琼不在。拉维克自信本来不抱任何的希望，可是这房间好像比往常更空了。他望了望四周，搜索着也许她来过的踪迹，可是他找不到。

他按电铃叫女招待来。一会儿她来了。"我想吃点儿早餐。"他说。

她望望他，却没有说什么。他也不愿意再问她什么话。"咖啡和小面包，夏娃。"

"好的，拉维克先生。"

他望了望床铺。要是琼来了，也不会躺在这张凌乱的空床上的。好奇怪，一个人没有了热力，什么东西都变得死气沉沉的了，一张床铺，一件衬衣，甚至洗一个澡。失却了热力，就觉得冷漠得讨厌了。

他点燃一支烟。她也许以为他被人邀去看病了。然而即使出去，他也应该留下个字条儿啊。突然地，他觉得自己真傻。他要独立，结果反而这样轻率蠢笨得好像一个十八岁的毛孩子，只想表白自己怎么了不起。如果只是在旅馆里期待，就更显得想依赖别人了。

那个女招待送来了早餐。"要我现在整理床铺吗？"她问。

"为什么现在整理呢？"

"万一你还要睡，铺好的床上睡起来会觉得更舒服的。"

她毫无表情地望着他。"有人来过这儿吗？"他问。

"我不知道。我七点钟才来。"

"夏娃，"他说，"每天早晨叠十几个客人的床铺，你是什么感觉？"

"那还好，拉维克先生。只要那些客人不动别的脑筋，然而总有一些人有非分之想。虽然巴黎的妓女价钱很便宜。"

"早晨不能去妓院的，夏娃。而有些客人，早晨的需要，往往还特别强。"

"是的，尤其是那些老头儿。"她耸耸肩膀，"你要是不肯啊，就拿不到小费，这就完啦。而且有些人以后会接二连三地指摘你，什么房间不干净啦，生手不会服侍啦之类的。当然是恼羞成怒。你一点儿办法也没有。这便是人生。"

拉维克从口袋里掏出一张钞票。"让我们把今天的生活过得舒服点儿吧，夏娃。你拿这点儿钱给自己买一顶帽子，或者一件羊毛短外套。"

夏娃眼睛里呆钝的神情消失了。"谢谢你，拉维克先生。今天倒是大吉大利呢。那么等会儿再来替你整理床铺吧？"

"好的。"

她望着他。"那位太太倒是挺有趣的，"她说，"就是那位现在常到这儿来的太太。"

"你再啰唆一句话，我就要把钱收回来了。"拉维克把夏娃推出门口，"那些老色鬼在等着你呢，不要叫他们失望。"

他坐到桌子边吃着。早餐的味道不见得怎么好。他站起身来，站在那儿接着吃，味道仿佛好了点儿。

太阳红红地挂在屋顶上。旅馆苏醒过来了。楼下那个老头儿戈尔德贝格，开始了他早晨的演奏。他在那儿咳嗽呻吟，仿佛生着六瓣肺叶似的。那个名叫维森霍夫的难民打开窗子，用口哨吹着进行曲。楼上，水龙头哗啦哗啦地冲，房门砰砰地开阖。只有那些西班牙人无声无息。拉维克伸了个懒腰。夜过去了，黑暗的腐败也随之消逝了。他决定独自耽这么几天。

门外，报童叫喊着早晨的新闻：捷克斯洛伐克边境事变，德军在苏台德防线，慕尼黑协定面临危机。

11

　　那个孩子并没有叫嚷，只是瞧着医生。他还是不觉得疼痛。拉维克望着那条被碾伤的腿。"他几岁了？"他问那孩子的母亲。

　　"什么？"那女人心不在焉地问道。

　　"他几岁了？"

　　戴着头巾的那个女人这才翕动了她的嘴唇。"他的腿！"她说，"他的腿！那是一辆卡车。"

　　拉维克听着他的心脏。"他以前生过什么病吗？"

　　"他的腿！"那女人说，"那是他的腿啊！"

　　拉维克直起身子来。心脏跳得很快，仿佛一只鸟儿似的，可是听那声音倒还正常。只是在上麻醉剂的时候，他必须看着那孩子，因为他形容憔悴，而且还有佝偻病。他必须立刻动手术。那碾伤的腿上满是街头的污泥。

　　"你要把我的腿截掉吗？"孩子问。

　　"不。"拉维克说道，可是连他自己也不能相信。

　　"让它僵着，倒不如截掉好。"

　　拉维克仔细地端详着这张早熟的脸，还看不出一丝疼痛的痕迹。"我们会诊断的。"他说，"现在，我们要让你安睡。那很简单。你不必害怕。安静点儿。"

"等一会儿，先生。牌照是 FO 2019。你能替我母亲记下来吗？"

"什么？什么，让诺？"他的母亲吃惊地问。

"我注意了那辆车子的牌照。那辆卡车的号码是 FO 2019。我看得很清楚，就在我面前。那时候是红灯。完全是司机的过失。"

那孩子开始呼吸困难了。"保险公司应该赔偿的。那个牌照……"

"我已经记下来了。"拉维克说，"安静点儿。我什么都记下来了。"他示意尤金妮亚，要她上麻醉剂。

"我母亲应该去报告警察局。保险公司应该赔偿的……"突然他脸上透出了大颗汗珠，仿佛淋过雨似的，"假如你截断我的腿，保险公司会赔偿更多的钱……比起假如……这样僵着……"

他的眼睛陷入深青的圈里，这圈嵌在他皮肤上，仿佛一个肮脏的水潭。那孩子在呻吟，还想挣扎着说话。"我的母亲……不懂……她……"他说不下去了。他开始叫喊，沉滞的抑压住的叫喊，仿佛一头受伤的野兽，蜷缩着的身体震颤不已。

"外面的世界怎么样啦，拉维克？"凯特·赫格斯特伦问。

"你为什么要打听那些事情，凯特？还是想些愉快的事吧。"

"我仿佛觉得耽在这儿已经有好几个星期了。一切都那么遥远，好像沉在水里了。"

"还是再沉一会儿吧。"

"不。我真害怕，这个房间仿佛是最后的挪亚方舟，而洪水早已泛滥到窗下了。外面的世界到底怎么样啦，拉维克？"

"没有什么新的消息，凯特。这世界，正在积极做着自杀的准备，而同时，对于正在进行的事儿却遮掩得紧。"

"会不会发生战争啊？"

"谁都知道战争会发生。大家所不知道的是什么时候发生。谁都期望着一个奇迹。"拉维克微笑着，"像今天的法国和英国那样，有这么多相信奇迹的政治家，我可从来没有见过。而我也从来没有见过像德国那样，有这样少相信奇迹的政治家。"

她安静地躺了一会儿。"我想，那很可能……"她接着说。

"是的……说有一天会发生战争，仿佛不可能似的。正因为大家认为不可能，才没有防备。你觉得痛吗？凯特？"

"不怎么厉害，还受得住。"她把枕头放平了，"我真想离开这些事情，拉维克。"

"是的，"他心不在焉地答着，"谁又不想呢？"

"出院以后，我要到意大利去，到菲耶索莱去。我有一幢幽静的老宅在那儿，还有个花园。我想到那儿去耽一段时间。那儿的天气还很冷呢。一个朦胧的宁静的太阳。中午，南墙上爬着那些早出现的蜥蜴。薄暮，传过来佛罗伦萨的钟声。晚上，丝柏树背后镶嵌着月亮和星星。屋子里藏着很多书，还有个石制的大火炉，四周围着木制的圈椅，火炉的薪架上还可以放置酒杯。这样，可以喝到温热的红酒。没有什么人。只有一对年老的夫妇在那边照料着屋子。"

她望了望拉维克。"美极了，"他说，"幽静，火炉，书，还有安宁。要是在从前，这样的生活，可说是有钱人的生活了，而到了今天，却已成为失乐园的美梦。"

她点点头。"我想到那儿去耽一段时间，耽几个星期，也许耽几个月。我现在还说不定。我要安静一下。然后我再回来，收拾好东西到美国去。"

拉维克听到晚餐车在走廊里推过的声音，几只碗盏的碰撞声。"你说得对，凯特。"他说。

她犹豫了一下。"我还能够生育吗，拉维克？"

"现在可不能。你先要让身体强壮一些。"

"我不是这个意思。我是说，将来能不能生育？这次手术以后，是不是……"

"没有，"拉维克说，"我们没有拿掉什么。一点儿也没有！"

她深深地吸了口气。"那便是我想知道的。"

"可是总还是要隔一个相当的时期，凯特。你的整个器官先得要适应一下。"

"究竟要隔多久，那倒无所谓。"她将了将头发，手上的宝石戒指在幽暗中发着光，"我问这些事情一定很可笑，是不是？我现在就要问这些事情。"

"不。常常有人问的，比我们料想的多。"

"突然我觉得这样的生活受够了。我要回去结婚，举行正式的老式婚礼，生育孩子，安分守己，赞美上帝，爱惜生命。"

拉维克眺望着窗外，殷红的残阳挂在屋顶上，广告灯牌浸渍在里边，仿佛没有血色的幽灵。

"这些事情，你看来一定很可笑，因为你知道我过去的样子。"凯特·赫格斯特伦在他背后说。

"不，一点儿也不可笑。"

半夜四点的时候，琼·马多来了。拉维克听见有人在门口，便醒了过来。他已经睡了一觉，没有想到她会来。他看见她站在开着的门口。她拿着一大束花朵硕大的菊花，挤了进来。他没有看见她的脸。他只看见她的轮廓和一大束灿烂的花朵。"那是什么啊？"他说，"菊花的丛林。天哪，那是什么意思啊？"

她总算把花束拿进门来，便傲然地扔到了床上。花朵湿润而阴冷，叶子散发着秋季和泥土的气息。"礼物，"她说，"自从认识了你，我就开始收礼物了。"

"把它们拿走。我还没有死呢。躺在花束旁，而且还是菊花，国际旅馆的老式床看来真像一口棺材呢。"

"不！"琼急促而猛烈地将床上的花束抢了过来，摔在地板上，"不要说这样的话！永远不要！"

拉维克望着她。他已经忘记了他们邂逅的经过。"忘了吧。"他说，"我是随便说说的。"

"永远不要再说这样的话，即使是说着玩的也不要。你答应我。"

她的嘴唇在颤动。"可是，"他说，"真叫你听了害怕吗？"

"是的，还不止是害怕呢。我不知道是什么。"

拉维克站了起来。"我永远不再说这样的话来打趣了。你现在满意了吗？"

她点点头，依偎在他的肩膀上。"我真不知道那是什么。我只是忍受不了。那仿佛是一只从黑暗中朝我伸过来的手。那是恐惧，盲目的恐惧，好像躺在什么地方等着我。"她更偎近了他，"不要让这样的事发生。"

拉维克紧紧地拥抱她。"不，我不会让这样的事发生的。"

她又点了点头。"你能够做到……"

"是的，"他用一种充满了悲愁与揶揄的语调说着，想起了凯特·赫格斯特伦，"我能够。我当然能够……"

她在他胳膊下扭动。"我昨天也在这儿……"

拉维克没有动。"真的吗？"

"真的。"

他沉默着。突然什么东西幻灭了。他多么稚气哪！期待着，还是不期待，到底又为了什么？跟一个不开玩笑的人开了个拙笨的玩笑。

"你没有来这儿……"

"不。"

"我知道我不应该问你在哪儿……"

"不。"

她离开了他的怀抱。"我想洗一个澡，"她变了种口气说，"我很冷。

我能洗澡吗？会不会吵醒别人？"

拉维克微笑着。"你想做什么事情就做，不用问结果。否则你永远做不成的。"

她望着他。"小事情，应该问。大事情是可以不用商量的。"

"那也对。"

她走进了浴室，放着水。拉维克坐在窗边，伸手去拿烟盒。外面的屋顶上，反射着闹市的红光，雪片在空中静静地飘舞。一辆出租汽车吼叫着驰过了街道，那束菊花，苍白地在地板上闪烁。一张报纸，躺在沙发里。那是他晚上带回来的。捷克斯洛伐克边境在打仗。中国在打仗。最后通牒。内阁被推翻。他把那张报纸塞在花束底下。

琼从浴室里出来。她很暖和，蹲坐在他脚边的地板上，被围在菊花中间。"你昨晚在哪儿啊？"她问。

他俯下身去，递给她一支烟。"你真要知道吗？"

"是的。"

他迟疑了一下。"我在这儿，"接着又说，"期待着你。我以为你不来，过后就出去了。"

琼等着。她的纸烟在黑暗中亮了一下，又熄灭了。

"就这样啊。"拉维克说。

"你出去喝酒了吗？"

"是的。"

琼转过头来望着他。"拉维克，"她说，"你真是因为那样才出去的吗？"

"是的。"

她把手臂搁在他的膝盖上。他感觉到她的温暖透过了晨衣。这是她的温暖，也是晨衣的温暖，是他几年来所熟悉的，比他生命中的某些年份还要熟悉。于是他突然感觉到这两样都是一直属于他的，仿佛琼是从他生命以外的一个什么地方回来了似的。

"拉维克，我每夜都到你这儿来。你应该知道我昨天也会来的。是不是因为不愿意见我，你才躲开了？"

"不。"

"你不愿意看见我的时候，你尽管告诉我好了。"

"我会告诉你的。"

"不是因为那个原因吗？"

"不是，那倒真的不是。"

"那我就快乐了。"

拉维克望着她。"你说什么？"

"我就快乐了。"她重说了一遍。

他沉默了半晌。"你真的知道你说的是什么意思吗？"他问道。

"知道。"

外面白茫茫的光，从她眼睛里反射出来。"一个人不应该随随便便说出那样的话来的，琼。"

"我并不是随随便便说的啊。"

"快乐，"拉维克说，"那是从哪儿开始，在哪儿结束的呢？"

他的脚碰到了菊花。快乐，他心里想，年轻的蔚蓝的地平线，生活金光灿灿的平衡力。快乐！我的天，它现在又在哪儿呢？

"它是从你那儿开始，又是在那儿结束的。"琼说，"那是很简单的事。"

拉维克没有回答。他心里想，她在说些什么啊？随后他说："你马上就会告诉我，说你爱上我了。"

"我爱你。"

他做了个手势。"你还没有了解我呢，琼。"

"那又有什么关系啊？"

"关系可大呢。爱，就是说，那是一个你愿意跟他白头偕老的人。"

"这些个事我一点儿也不懂。我所知道的，那是一个如果没有了他你便无法生活下去的人。"

"苹果白兰地在哪儿？"拉维克问。

"在桌上。我来替你拿。你就坐着好了。"

她把酒瓶和一个酒杯拿了来，放在地板上，跟菊花搁在一起。"我知道你不爱我。"她说。

"那你知道得比我自己更多。"

她急忙抬起头来瞧。"你会爱我的。"她说。

"那好。让我们来为这个干一杯吧。"

"等一下。"她斟满了一杯，喝干了。随后她再把它斟满，递给他。他接过酒杯，停留了一会儿。这些都不是真的，他心里想。惨淡夜晚里一个依稀的梦境。在幽暗中说的话，怎么会是真的呢？真话需要更多的光亮。"这些个事，你怎么会知道得这样清楚的呢？"他问。

"因为我爱你啊。"

她怎么使用这个词的，拉维克想，一点儿也不加考虑，好像使用一个空碗似的，她把一样东西盛放在里边，就把它称作爱，而这里边，不知早已盛放过多少东西了！出于孤独的害怕，出于另一个自我的刺激，出于一个人自信心的推动，或幻想的闪现，然而有谁真正知道它呢？我说的白头偕老，难道不是最最愚蠢的想法？像她这样出于自然，反倒是更加正确的？坐在这儿，我为什么在两次战争之间的一个冬夜，像个教师那样滔滔不绝地说个没完？我为什么不是毫无顾虑地投身进去，却尽在这儿抵制抗拒呢？

"你为什么要抗拒啊？"琼问道。

"什么？"

"你为什么要抗拒？"她又说了一遍。

"我没有抗拒。我要抗拒些什么啊？"

"我说不上。你心里有种什么东西，关得紧紧的，不让任何东西、任何人进去。"

"得啦，"拉维克说，"让我再来喝一杯吧。"

"我很快乐，我希望你也很快乐。我真是十足的快乐。我跟你一块儿醒来，又跟你一块儿睡觉。其他的事情我什么也不知道。当我一想起咱们两个人，我的脑袋就像是白银制的，有时候又像是一把小提琴。大街小巷都充塞着我们，仿佛我们就是音乐一般，不时有人冲进来，谈着话，画面像是电影那样闪烁发光，可是音乐始终留在那儿。音乐总是会留存着的。"

几个星期以前你还是不快乐的，拉维克想，而你也不认识我。这快乐来得也真太容易了。他喝干了那杯苹果白兰地。"你常常会快乐吗？"他问。

"不常会。"

"但有时候会。你说你的脑袋像是白银制的，那么最近一次是在什么时候啊？"

"你为什么这样问我？"

"只是问问罢了，哪有什么理由。"

"我已经忘了。而且我也不愿意再记起，情况是不同的。"

"情况总是不一样的。"

她对着他微微一笑，容光焕发，像是一朵盛开的花，没有几片叶子，也遮蔽不了什么。"两年以前，"她说，"时间也不长。那时候在米兰。"

"那时候，你是一个人吗？"

"不。我跟一个男人在一起。他很不快乐，而且嫉妒心强，又不理解人。"

"当然不理解。"

"换了你就能理解。他演了一场好戏。"她想坐得舒服点，从沙发上拿来一个抱枕垫在背后，"他叫我娼妇，骂我不忠，忘恩负义。其实他骂得不对。当我爱他的时候，一直是很忠诚的。可是他不理解，我已经

161

不再爱他了。"

"那是谁也理解不了的。"

"可是，你就会理解。而且，我会一直爱你的。你的情形不同，我们的情形也两样。他还要杀死我呢。"她笑了起来，"他们老是喜欢杀人。隔了几个月，另外那个人又要杀我了。可是他们毕竟都没有杀。你总不会要杀死我吧。"

"最多是用苹果白兰地来杀，"拉维克说，"你把那个酒瓶拿来。我们的谈话，谢天谢地，越说越近人情了。几分钟之前，我还很害怕呢。"

"因为我爱你吗？"

"我们不必再翻那些旧话了。那好像穿了僧衣，戴着假发在游行。我们在一块儿，短暂地或是长久地，谁知道？我们在一块儿，那就够了。何必还要什么礼仪呢？"

"我不喜欢'短暂地或是长久地'这句话，那些都是字眼儿罢了。你不要离开我。这些也无非是字眼儿，你总知道的。"

"当然。你所爱的人有没有离开过你？"

"有的。"她望着他，"一个人常常会离开另一个人的。有时候，另一个人离开得更快些。"

"那你怎么办呢？"

"什么办法都想！"她从他的手里拿过酒杯喝干了，"什么办法都想！可是没有用。我真不快乐。"

"多久？"

"一个礼拜。"

"那并不长。"

"你真不快乐时，时间就变成了永恒那么久。我啊，我全身的每一部分都不快乐，因此一个礼拜下来，全身都乏力了。我的头发也不快乐，我的皮肤，我的床，甚至我的衣服。我只觉得我充满了不快乐，一点儿没有其他的感觉。然而，到了一点儿没有其他感觉的时候，这不快乐又不复成为不快乐了，因为没有其他的感觉可以比较，只觉得十二分的乏力。接着乏力也过去了。慢慢地一个人又开始生活下去。"

她吻了吻他的手。他感觉到柔嫩的嘴唇。"你在想什么啊？"她问。

"没有想什么，只想着你是多么天真。仿佛完全堕落了，然而又仿佛不是天下最危险的东西。请你把那个酒杯还给我。我要为我的朋友莫罗佐夫喝一杯酒，他是人心的鉴识者。"

"我可不喜欢莫罗佐夫。我们为别的什么人喝一杯酒不好吗？"

"当然你不会喜欢他的。他有锐利的目光。那么，让我们来为你喝一杯吧。"

"为我？"

"是的，为你。"

"我并不危险，"琼说，"我自己身处危险之中，可我本身却并不是危险的。"

"你自己这么想，便是危险的一部分。你不会发生什么意外的。敬你。"

"敬你。可是你并不理解我。"

"谁要理解呢？那便是天下所有一切误解的原因。请你把酒瓶递给我。"

"你喝得太多了。你为什么要喝那么多酒啊？"

"琼，"拉维克说，"总有这么一天，你会说'太多了！你喝太多了！'。你会相信这么说只是为了我好。实际啊，你只是防止我陷入你所不能控制的境地。敬你！今天我们来庆贺。我们胜利地逃避了感情，那感情仿佛窗外的浓云。我们用感情来压倒感情。敬你！"

他感觉到她颤抖了一下。她挺起身子，双手撑在地板上，仰望着他，眼睛睁得很大，浴衣耷拉在她肩膀上，头发披落在颈根，在幽暗中看起来好似一头年轻的母狮。"我知道，"她平静地说，"你在笑我，我知道，可是我也不在乎。我觉得我自己活着，我浑身都有这样的感觉，我的呼吸不同了，我的睡眠不复是死沉沉的了，我的骨节又灵活起来，我的双手也不再空虚。至于你爱怎么想，爱怎么说，我都不在乎，我让我自己飞，我让我自己跑，我让我自己摔倒，没有一点儿思虑，我真的快乐，我说这些话，既无顾虑，也不担忧。即使你要笑我，即使你要跟我打趣。"

拉维克缄默了半晌。"我没有跟你打趣，"他接着说，"我是在跟自己打趣，琼……"

她向他那儿靠近。"为什么？你的脑子里总像有什么东西在抗拒。为什么啊？"

"没有什么东西在抗拒啊。我只是比你慢了点儿。"

她摇摇头。"不仅如此。而且仿佛还有什么东西在谏劝你保持孤独。我已经觉察出来了。那真像是一道屏障呢。"

"没有什么屏障。那不过是因为我比你多活了十五年。不是每个人的生命，都像一所属于他自己的屋子，由他拿记忆的家具来任意装缀得堂皇富丽。有些人住的是旅馆，许多的旅馆。已逝的岁月，好比旅馆的门那样在他们后面关闭了，留在外边的是一点儿勇气和一点儿问心无愧。"

半晌她没有回答。他不知道她究竟有没有听到他的话。他望了望窗外，觉得苹果白兰地的热力在血管里回荡。脉搏还是正常的，它变成了广阔的宁静，使流水般韶光的嘀嗒声也显得幽沉了。朦胧殷红的月亮从屋顶上升起来，仿佛清真寺的圆顶，被浓云遮蔽了一半，这月亮正在冉冉上升，而大地却在飘舞的雪片中沉落。

"我知道的。"琼将双手放在他膝盖上，下巴搁在他手上，这样说道，"我把这些往事告诉你，真是件傻事，我可以沉默，可以撒谎，可是我都不愿意。我为什么不把一生的经历都告诉你，为什么呢？其实我宁可少说一点儿，因为那些事情，我现在想来也好笑，现在想来也不明白，那你当然更觉可笑，也更会笑我了。"

拉维克望着她。她的一个膝盖把几朵大白花挤到了他带回来的报纸上。一个奇异的夜晚，他想，在某些地方，这时候正在进行着射击，人们被追捕，被监禁，被刑讯，被屠杀，而这个太平世界的某些角落正被蹂躏着，践踏着，大家都知道，可是都没有办法，还有些人，正在城市的小酒馆里喧闹着，谁也不去关心，还有些人已经恬静地睡熟了，而我却在这一束苍白的菊花和一瓶苹果白兰地中间跟一个女人相对。恋爱的幽灵浮现了上来，震颤地，寂寞地，古怪地，惨淡地，也是一个从过去安全园地中放逐出来的流犯，羞赧、粗犷、仓皇，好像没有权利。

"琼，"他慢慢地说道，他想说几句截然不同的话，"有你在这儿，真是好极了。"

她望着他。

他握住她的手。"你懂得这句话的意思吗？胜过一千句别的话。"

她点点头，突然眼里噙满了泪水。"那没有什么意思，"她说，"我知道的。"

"不是这样。"拉维克答着，明知道她的话是确实的。

"不，什么也没有。你一定要爱我，亲爱的。就这一句话。"

他没有回答。

"你一定要爱我，"她又重说了一遍，"否则我万事全休了。"

万事全休，他想，这是一句什么话！她又说得多么轻松。真正觉得万事全休的人，是不会挂在嘴边上说的。

12

"你把我的腿截掉了吗？"让诺问。

他那瘦削的脸上一点儿血色也没有，白得好像古堡的粉墙，雀斑大且黑，仿佛不是他脸上的东西，而是几点洒在他脸上的颜料。那条残腿上罩着铁丝网篓，网篓上又遮着块毛毯。

"你觉得疼吗？"拉维克问。

"疼的。脚上有点儿疼。我的脚疼得很厉害。我问过那位护士。那老家伙不肯告诉我。"

"腿已经截掉了。"拉维克说。

"截到膝盖上面，还是下面？"

"截到上面十厘米的地方。你的膝盖也已经被碾碎了，没有办法医治。"

"好的，"让诺说，"那保险公司又要多赔百分之十左右了。很好。反正要装上一条假腿，也就不用管膝盖上面还是膝盖下面了。每个月多拿百分之十五的赔款，倒是个可观的数字。"他迟疑了一会儿，"此刻请你先不要告诉我的母亲。残腿上罩着这个鹦鹉笼似的东西，她一下子不会看出来的。"

"我们不会告诉她什么的，让诺。"

"保险公司须赔偿终身的年金。那是对的，是不是啊？"

"我想是的。"

他扮了个怪脸。"他们一定会大吃一惊。我才十三岁。他们要赔偿那么长时间的抚恤金。你现在知道保险公司是哪一家吗？"

"还不知道。可是我们已经记下了车牌号码，是你记住的。警察早已来过这儿了，他们想讯问你。可是早晨你还睡得很熟。所以今晚再来。"

让诺思忖着。"证人呢，"他然后说，"那是很要紧的，我们必须有证人。我们有没有证人呢？"

"我想你母亲那儿有两个地址。她手里拿着纸条。"

那孩子变得烦躁起来了。"她一定丢掉了。如果她没有丢掉就好了。你知道上了年纪的人就是那个样儿，她现在在哪儿啊？"

"你母亲从昨晚到今天中午一直坐在你床边，后来我们才请她出去。一会儿就会回来的。"

"希望她还留着那纸条。警察呢……"他用一只瘦削的手做个手势，"又都是骗子，"他嗫嚅着，"他们都是些骗子，跟保险公司狼狈为奸。可是只要有确实的证人……她什么时候可以回来呢？"

"快了。不要太兴奋。没有什么事情的。"

让诺动动嘴，仿佛在咀嚼着什么东西似的。"有时候他们会一次性付清，不是年金而是一次解决。那母亲和我可以将本求利，做点儿买卖了。"

"现在快休息吧，"拉维克说，"过后你还会有时间来计划的。"

那孩子摇摇头。"别这样，"拉维克又说，"警察来的时候你一定要精神饱满。"

"是的，你说得对。那我怎么办呢？"

"睡。"

"可要是他们来呢……"

"他们会叫醒你。"

"红灯。我确实记得当时是红灯。"

"当然。现在你先试着睡熟吧。假如你需要什么东西,这儿有电铃。"

"医生——"

"哦?"拉维克转过身来。

"假如一切都顺利……"让诺睡在枕头上,扭曲而早熟的脸上仿佛掠过一丝微笑,"一个人有时候也许会很幸运,是不是啊?"

傍晚的天气湿润而温暖。碎碎的云块浮荡在城市的低空。富克饭店前面放着几个圆形的煤炉,几张桌子围在四周,还有几把椅子。莫罗佐夫坐在一张桌子边。他招呼着拉维克:"来,跟我一起喝点儿东西。"

拉维克在他旁边坐下。"我们在房间里坐腻了,"莫罗佐夫说,"你注意到了吗?"

"可是你不会啊。你常常在沙赫拉扎德门口站着。"

"老弟,你那可怜的逻辑,也大可不必了。一到晚上,我便成了沙赫拉扎德的两脚门,不是站在户外的人。我是说,我们在房间里坐腻了。我们在房间里想得太多了。在房间里待腻了,也失望得太多。你会在露天的户外失望吗?"

"那是什么话啊!"拉维克说。

"就因为我们在房间里待腻了,而不是过惯了。一个人在原野里,较之在两个房间一个灶间的公寓里,即使失望也来得高雅些,而且也舒服些。你不用来反驳我!反驳就恰好展现出西洋人的狭窄胸襟。有谁一定要自以为是呢?今天我休息,我很想好好儿过一下。再说,我们在房间里喝酒也喝腻了。"

"我们在房间里大小便,也觉得腻了。"

"你别那样讽刺。人生是简单而琐碎的。只有我们的想象才使人生有生气,它把现实中的洗衣作坊的晾衣竿,变成幻梦中的旗杆。你说我的话对吗？"

"不对。"

"当然不对。我也根本不要它对。"

"当然你是对的。"

"好啦，老弟。而且我们在房间里也睡得太多了。我们自己变成了家具。石质的建筑把我们的脊骨也压坏了。我们变成了行走的沙发、梳妆台、保险箱、借据、薪饷、锅子和抽水马桶。"

"对的。变成了行走的会议桌、军火厂、盲人院和疯人院。"

"不要打断我的话。我们还是喝酒，安静一点儿，显出点儿生气，你这个用解剖刀来杀人的凶手。瞧我们会变成什么样儿。据我看来，只有那些古老的希腊人才拥有喝酒的神祇和生活的享乐者——巴克斯和狄奥尼索斯。可是现在啊，我们就只有弗洛伊德，那低劣的变态心理和精神分析。害怕政治上太大的字眼，害怕恋爱上太大的字眼。好一个令人遗憾的时代！"莫罗佐夫眨着眼。

拉维克也眨着眼。"好一个喜欢梦想的愤世嫉俗的老头子。"他说。

莫罗佐夫笑了。"我有那样的感觉，你这个人啊，就是富于浪漫而缺乏空想，你名叫拉维克的一生是很短促的。"

"真是很短促的。若以名字而论，那我现在已经是第三世了。这是波兰的伏特加吗？"

"爱沙尼亚的，从里加来，最好的酒了。斟吧，让我们安静地坐在这儿，眺望着世间最美丽的街道，歌颂这温暖的夜晚，间或还可以蔑视那些失望的脸。"

煤炉里的炭火爆响着。一个拿着提琴的人站在街边，奏起《在金发女郎身边》。行人推挤着他，提琴拉得很蹩脚，可是那个人还在演奏，仿佛只有他一个人在那儿似的。乐声低沉而空寂，这提琴好像被冻住了。两个摩洛哥人拿着人造丝的华丽地毯挨桌兜售。

报童推销着刚出版的报纸。莫罗佐夫买了一份《巴黎晚报》和一份

《激进报》。他看了看大标题，便把它们摔开了。"他们都是些骗子，"他咆哮着，"你感觉到我们都生活在一个骗子的时代吗？"

"不。我倒以为我们都生活在一个罐头的时代。"

"罐头？怎么讲呢？"

拉维克指点着报纸。"罐头。我们不用再思考了。一切都是被预先计划，预先考虑，预先尝试好的。罐头。我们要做的只是把它们打开。每天三次，送到你府上。你自己不必再栽植，不必再在询问、疑虑和企求中用火烤焙、烹煮。那就是罐头。"他苦笑着，"我们生活得可不安定，鲍里斯，只是很便宜。"

"挂羊头卖狗肉。"莫罗佐夫又拿起了报纸，"弄虚作假！你瞧瞧这个！他们建造军火厂，因为他们需要和平，他们建造集中营，因为他们爱好真理。正义是一切疯狂竞争的掩护，政治暴徒成了救世主，而解放是一切争权夺利的借口。假货币！假的精神货币！用欺骗做宣传。厨房里的权谋术数。下层社会的理想主义，但愿他们能够诚实一点……"他把报纸抓成一团，扔在地上。

"的确是，我们在房间里看报也看腻了。"拉维克说着便笑了起来。

莫罗佐夫也笑了。"当然，在户外，那些报纸只能用来引火……"

莫罗佐夫突然不再说话。拉维克不再坐在他旁边了。拉维克站起来，挤过站在咖啡馆门前的人群，直往乔治五世大街的方向走去。

莫罗佐夫坐了一会儿，摸不着头脑，于是从口袋里掏出了一些钱放在垫酒杯的瓷碟里，也跟着拉维克走了。他不知道究竟是怎么回事，他只是跟着对方走，万一拉维克需要自己，他就在他身边。他没有看见有什么便衣侦探在追踪拉维克。人行道上挤塞着人群。那倒是对他有利的，莫罗佐夫想，假如一个警察认出他，他很容易逃走。当他走到乔治五世大街街口，才又看见了拉维克。交通信号灯这时候变了种颜色，一长列街车鱼贯疾驶向前。可是，拉维克自顾自穿过马路。一辆出租汽车差点把他撞倒，司机立刻暴跳起来，幸而莫罗佐夫已经赶到，从背后拉住了拉维克的胳膊，把他拽了回来。"你疯了吗？"他嚷着，"你要自杀吗？什么事？"

拉维克没有回答，望着街的那边。车辆拥挤，一辆接着一辆，一共有四排。无论如何是穿不过去的。

莫罗佐夫摇摇他。"什么事情啊，拉维克？碰到警察了吗？"

"不。"拉维克的眼睛还是注视着车辆。

"什么事？什么事，拉维克？"

"哈克……"

"什么？"莫罗佐夫的眼睛眯细了，"他是什么样子的？快！快，拉维克！"

"灰色外衣……"

交通警的尖声警笛从香榭丽舍大街中央传来。拉维克立刻冲过了最后几排车辆。深灰色外衣——他所知道的就是这一点。他穿过了乔治五世大街和巴萨诺路。突然前面有十来个穿灰色外衣的人。他一边咒骂，一边飞快地赶上去。车辆在伽利略路停住了。他急急地穿了过去，横冲直撞地推挤着人群，沿着香榭丽舍大街走去。他走到普雷斯堡路，又穿了过去，却忽然站定了。前面是星形广场，那里广漠、嘈杂、车马纷沓、四通八达。完了！找不到了。

他慢慢地转过身来，还在仔细地搜索着每个行人的脸，但是他的兴奋情绪已经消逝了。突然他觉得十二分空虚。他一定又看错了，否则便是哈克第二次又逃过了他的视线。然而，一个人会两次看错吗？一个人会两次从地面上消失吗？这儿有两条岔路。哈克一定已经向其中的一条岔路上转弯了。他望着普雷斯堡路。车辆和车辆，人群和人群。正是晚上最热闹的时候。简直没有一点儿线索可循，又是太迟了。

"没有吗？"莫罗佐夫追上他的时候这样问道。

拉维克摇摇头。"我也许又活见鬼了。"

"你认定是他吗？"

"我想是的。只是一分钟前的事情。现在……现在我就一点儿也不知道了。"

莫罗佐夫望着他。"天下有许多的脸看上去是相像的，拉维克。"

"是的，可是有些个脸永远不会忘记。"

拉维克还是站在那儿。"那你打算怎么办呢？"莫罗佐夫问。

"我不知道。我又能怎么办呢？"

莫罗佐夫凝望着人群。"他妈的运气真坏！恰巧这个时候，下班时间，什么都拥挤……"

"是啊……"

"而且，又是那种灯光！半暗的。你看清他没有？"

拉维克没有作答。

莫罗佐夫抓住他的胳膊。"你听我说，"他说，"这样子在街道和岔路上搜寻，那是毫无目标的。你在这一条街上找，你就以为他在那一条街上。那是毫无把握的。我们还不如回到富克去。那儿是个最好的地方。坐在那儿，比在街道上搜寻看得更清楚。假如他回来，在那儿你就可以看见了。"

他们坐在门口一张桌子边，那儿两边都有通到街上的出路。他们坐了好久。"万一你碰见了他，你打算怎么样？"莫罗佐夫最后这样问，"你现在知道吗？"

拉维克摇摇头。

"你且想一想。最好事先打算好。要是惊惶失措，或者轻举妄动，那都是没有意义的。尤其像你这样的情形。你总不愿意被抓去监禁几年吧？"

拉维克抬起头来，没有答话，只是望着莫罗佐夫。

"对我来说倒无所谓，"莫罗佐夫说，"假如换成我，如果我处于你的地位，就不会不在乎了。万一他正是那个人，而你居然在街头把他扭住了，你打算怎么办？"

"我不知道，鲍里斯。我真的不知道。"

"你身上没带什么东西吧，有没有啊？"

"没有。"

"要是你事先没有打算就去打他，你们马上就会被人拉开。那你现在也许已经在警察总局里，而他也许只不过身上多了几块乌青。你知道的，是不是？"

"是的。"拉维克注视着街道。

莫罗佐夫思索着。"你不妨试一试，在十字路口把他推到汽车底下。可是那也不一定靠得住，也许他只擦破一点皮便溜走了。"

"我不会把他推到汽车底下去。"拉维克答道，眼睛还是注视着街道。

"那我知道。我也不会那么做。"

莫罗佐夫沉默了半晌。"拉维克，"接着他说，"万一他正是那个人，而你碰到了他，你一定要打算好怎么办，你知道吗？因为这是你千载难逢的机会。"

"是的，我知道。"拉维克仍然在眺望着街道。

"万一你看见了他，你就应该跟踪他，但是千万不要轻举妄动。只要跟踪他，找出他的住处。此外就不必了。此外的事情，你以后再做。仔细点儿。千万不要妄动。你听见了吗？"

"是的。"拉维克心不在焉地答道，眼睛还是注视着街道。

一个卖开心果的人走到他们桌边，后面跟着一个耍小耗子的孩子。他叫那些小耗子在大理石桌面上跳舞，又让它们爬上他的衣袖。提琴师第二次出现了。此刻他戴着一顶帽子，正在演奏《对我细诉爱语》。一个有鼻梅毒的老太太叫卖着紫罗兰。

莫罗佐夫看看他的表。"八点，"他说，"再等下去也没有什么意义了，拉维克。我们在这儿已经坐了两个钟头。那个人是不会来了。这个时候啊，所有在法国的人都在吃晚饭啦。"

"你走吧，鲍里斯，为什么还跟我坐在这儿？"

"我是无所谓的。只要我们高兴，我就可以一直跟你坐在这儿。不过我不愿意你徒然自苦。在这儿等下去是没有意义的。现在要碰到他啊，机会是什么地方都一样。在饭店、夜总会和妓院里，碰到他的机会反而多。"

"我知道，鲍里斯。"

莫罗佐夫伸出他那毛茸茸的巨掌，握住拉维克的胳膊。"拉维克，"他说，"你听我说。要是你命定着要碰到他，你总会碰到他的，否则你就等他几年吧。你总明白我的意思。你把眼睛睁大着，随时随地，而且准备一切。不然的话，你就应该继续生活下去，只当你自己又是看错的。这是你唯一的办法。否则，你要把你自己毁了。有一段时间，我也曾这样地生活过，那是大约在二十年以前，我总以为看见了杀我父亲的凶手中的一个。谁知道是错觉。"他喝干了他的酒，"他妈的是错觉！现在你跟我来吧。我们到什么地方去吃点东西。"

"你先去好了，鲍里斯。我等会儿再来。"

"你真想待在这儿吗？"

"再等一会儿。然后回到旅馆里去。那边我有点儿事。"

莫罗佐夫望着他。他知道拉维克要回到旅馆里去做什么事。可是他知道他自己也没有办法。这是拉维克一个人的事。"好的，"他说，"我先到'圣母马利亚'，晚点再到'蒲勃列希基'。你打电话找我或者到那儿去。"他扬起他黑茸茸的眉毛，"千万别冒险。不要做无谓的英雄！不要做傻子。除非你断定可以逃掉。千万不要开枪。这不是儿戏，也不是暴力的电影。"

"我知道，鲍里斯。你请放心。"

拉维克走到国际旅馆，立刻又折返回去，路上经过米兰旅馆。他看看表，八点三十分。他还找得到琼。

她出来招呼了。"拉维克，"她惊奇地叫道，"你到这儿来了吗？"

"是的……"

"你从没有来过，你知道吗？自从那次你把我带到这儿之后。"

他惘然地微笑着。"确实是这样，琼。我们真生活得古怪。"

"是的。好像鼹鼠，蝙蝠，枭鸟。我们只有在天黑之后才见面。"

她在房间里踱着方步，穿着一身深蓝色的晨衣，裁剪得有点像男式的，一根带子围在臀部。她在沙赫拉扎德穿惯的那套黑晚礼服平放在床上。她很美丽，无休无止地忙于奔波。

"你就要走了吗，琼？"

"不。还有半个钟头。这是我最舒适的时间，我出门之前的时间。你瞧我有些什么，咖啡和天下尽有的光阴，而现在你居然也来到了这儿。我还有苹果白兰地呢。"

她拿来了酒瓶。他接了过来，没有开瓶塞就放在桌上，然后握住她的手。"琼。"他说。

她的眼光变得暗淡了，站得靠近他身边。"请你立刻告诉我，那是什么……"

"怎么？你说什么事啊？"

"总有事的。当你这副样子的时候，往往总有什么事情的。你就为了那个事儿才来的吗？"

他觉得她的手想挣脱，可是她并没有动，她的手也没有动，只仿佛她手里的什么东西想挣脱他似的。"你今夜不能到我那儿去，琼。不只是今夜，也许不只是明晚，也许还要好几天。"

"你要住到医院里去吗？"

"不。别的事情。我不能说，是与你与我都没有关系的事情。"

她木然地伫立了半晌。"好的。"她然后说。

"你理解吗？"

"不。可是你既然那样说了，那就好啦。"

"你不发脾气吧？"

她望着他。"我的天，拉维克，"她说，"我怎么会因什么事情跟你发脾气呢？"

他抬起头来，仿佛有一只手紧压着他的心。琼这句话原本是无心的，可是比她做的任何事情都叫他感动。她在晚上的绵绵情话、喁喁絮语，他都难得去留意，一到窗外露出晨曦，便什么都忘记得干干净净。他知道，她蹲在他旁边或睡在他身边的那些销魂时刻，也正是她独自销魂的时刻，他仅仅因享受而陶醉。事过境迁，原没有了其他的作用。而现在，他才第一次，正如一个穿越着乍明乍灭、倏隐倏现的云层的飞行员，突然发现了底下的大地，那青葱的、褐黄的、坚实的大地，他看见了更多的东西。他在销魂的背后看见了热忱，在陶醉的背后看见了情感，在絮语的背后看见了信任。他准备好她会怀疑、询问、不理解，然而都没有。给人以启示的往往是细微的事情，却并不是大的。大的事情，往往会有戏剧性的做作和虚伪的诱惑。

一个房间，一个旅馆的房间，几只手提包，一张床，灯光，夜的黑色哀愁以及窗外的往事。而这里，一张光洁的脸，灰色的眼睛，高挑的眉毛，披散的头发——人生，温柔的人生，坦然地向着他，仿佛一丛夹竹桃向着阳光——她在这儿，站着，期待着，幽静地叫着他：爱我！搂我！他不是在很久以前早已说过吗：我会搂住你的！

他站了起来。"晚安。琼。"

"晚安。拉维克。"

他坐在富克饭店的窗边，还是前次坐过的那张桌子。他坐了好几个钟头，沉没在过去的黑暗里，这儿只燃烧着一点微弱的火光：复仇的希望。

　　他们是在 1933 年 8 月逮捕他的，因为他将两个被盖世太保通缉的朋友藏匿在家里，留他们住了两个星期，然后帮助他们逃走了。其中的一个，曾于 1917 年在佛兰德的贝克斯塞特救过他的命，那时他倒在火线上，慢慢地流着血，快要死了，被那位朋友从机关枪的火网下救了出来。另外一个是他认识多年的犹太作家。他被带去审讯，他们要知道那两个人是向哪一个方向逃走的，身上携带哪些证件，路上还有什么人协助。审讯他的便是哈克。第一次晕厥过后，他曾想用他自己的手枪射死哈克。他跳进了一阵红色的黑暗。可是有四个武装的壮汉在旁，显然毫无办法。三天之间，每当他晕厥和逐渐地苏醒过来，哈克冷笑的脸便照例地出现。三天之间，讯问的是同样的问题。三天之后，受审的是同一个人，遍体鳞伤，几乎已经不能再忍受了。于是在第三天下午，茜贝尔被他们拘来了。她什么也不知道。他被带到她面前，看他们逼讯她的口供。她原是一个喜爱浮华的美貌女子，过惯一种闲散潇洒的生活的。他以为她一定要狂叫出来，昏迷过去。然而她并没有晕过去。她对着那个用刑的人，骂着致命的话。她知道，这些话会置她于死地。于是哈克才不笑了。他立刻结束了审讯。第二天他就告诉拉维克，如果他不肯招供，那么茜贝尔被送进妇女集中营以后，将有怎样的遭遇。拉维克并没有回答。哈克又告诉他，茜贝尔被送进妇女集中营之前，将有怎样的遭遇。拉维克没有招供什么，因为他没有什么可以招供出来的。他想说服哈克，茜贝尔确实不会知道什么的。他便告诉他，他跟她相交甚浅。在他的生活中，她并不比一幅美丽的画来得重要。他也不可能嘱托过她任何的事。可是哈克只是微笑。三天以后，茜贝尔死了。她就在妇女集中营里自己缢死的。再过一天，一个被通缉的罪犯押解归案，那便是那个犹太作家。当拉维克看见他的时候，竟一点儿也认不出来，甚至连声音也不像。在哈克的严刑拷讯之下，一星期后他也死了。于是，拉维克被关进集中营，后来住进医院，又从医院中逃走。

银色的月亮站在凯旋门之上，香榭丽舍大街的街灯在夜风中摇曳，昏暗的灯光映入桌上的酒杯。这不是真的，拉维克想，这些酒杯，这个月亮，这条街道，这种昏暗的夜，这样用呼吸来觉察的时间，好像生疏，又好像熟悉，仿佛以前也来过这儿，在另一种人生，在另一个星球，这些都不是真的。这些有关往事的回忆，那过去的韶华，消逝了，同时是鲜活的又是死寂的，只在脑海里发着磷光，凝结成一连串字眼。这些都不是真的。在血管的幽暗中滚动着的液体，一息不停，三十七度六的体温，含着一点儿咸味，四升的秘密和动力，血，在神经上的反映，这神经是眼睛看不见的虚无的仓库。所谓记忆，这些都不是真的。星星接着星星，年华接着年华。一个是光亮的，另一个是殷红的，好比那照临在贝里路上的火星，还有许多发着惨淡的光，充满了星星点点——那是记忆的天空。在这下面，现在不息地延续着那种错综复杂的生活。

复仇的绿光。这城市，在子夜的月色里，在汽车的声音中，静静地漂流着。一长列屋子，一望无垠地伸展出去的、一排排的窗子，以及被砖石砌在后面的、一束束的命运。千百万人的心跳，不绝如缕的心跳，仿佛千百万辆汽车在人生的街道上慢慢地驶着。而每一次的震颤，更与死神接近了一点点。

他站起来。香榭丽舍大街上差不多已经没有什么人了，只有几个妓女在街角徘徊。他沿着街道走着，经过皮埃尔·沙朗路、马尔伯夫路、马里尼昂路，到圆点广场，然后又回到凯旋门，他跨过了铁链，站在无名英雄墓前。一点蓝色的微光在黑暗中闪烁着。墓前放着一个已经枯萎的花圈。他穿过了星形广场，走进那家小酒馆，他记得第一次就在那儿瞥见哈克的，几个出租汽车司机还坐在里边。他在窗边坐了下来，这地方便是他前次坐过的。他喝着咖啡。外面街道空寂。几个司机谈论着希特勒。他们都觉得他非常可笑，而且大家预言，万一他胆敢进攻马其诺防线，立刻就会垮台。拉维克凝视着街道。

我为什么坐在这儿啊？他想，只要在巴黎，什么地方都可以坐，机会是一样的。他看了看表，快要三点。太迟了。哈克，真要是他，也不会这么晚再在街上闲荡的。

他看见外面一个妓女在徘徊。她透过窗口窥探了一下，便又走开了。要是她回来，我就走，他这么想。那妓女果然回来了，可是他并没有就走。要是她再回来，我一定就走，他这样打定了主意，那么哈克也不会在巴黎的。那妓女果然又回来了。她点头示意，便走开了。他却还是坐着。她再回来一次。他还是没有走。

招待把椅子搁到了桌上。司机们付了账，离开了小酒馆。招待扭灭了账台上的电灯。房间顷刻暗了下来。拉维克望了望四周。"账单。"他说道。

外边的风刮得更大，天气也越发冷了。夜云浮得更高，飘得更快。拉维克走到琼所住的旅馆旁边停下脚步。所有的窗口都很黑，只有一个窗口从那帘幔后面闪出一点儿灯光。这是琼的房间。他知道她是怕进一个黑暗的房间的。她把灯开着，因为她今天不上他那儿去。他抬起头来，突然觉得他不再了解自己。为什么刚才不想看见她呢？对另一个女人的记忆久已消逝了，只有关于她死亡的记忆还依然留存着。

还有别的事情呢？这跟她有什么相干？甚至跟他自己又有什么相干呢？他这样追逐着一个幻觉，一个深刻记忆的回顾，一个阴暗的回响，岂不成了个傻子，重新搅起了逝去年华的沉渣，仅仅被一个偶然的机会、一种酷肖的形象搅起，让一块腐朽的、过去好容易治愈了的神经病的脓疮又被翻裂开来，不惜将自己身上培养出来的一切，以及唯一跟他同命运的那个人孤注一掷，岂不成了个傻子吗？这两者之间，又有什么关系啊？他不是时时这样叮咛着自己吗？否则他怎么去逃避别的事呢？否则他会停留在何处呢？

他觉得自己脑袋里的那块铅慢慢地融化了，深深地吸了口气。一阵疾风从街道上刮过来。他又抬头望了望那扇亮着灯光的窗子。那里边有一个人，他对于那个人来说并非无足轻重，而是相当重要的，当她望着他的时候，那个人的脸会变的。而他却为了一个歪曲的幻觉、一种复仇的微弱希望，产生了拒人于千里之外的倨傲感，这几乎要将她牺牲了。

他到底需要些什么呢？为什么他要拒人于千里之外呢？凭什么他要有所保留呢？生命本身已经呈献给他，而他却表示异议。不是因为太少，却是因为太多。为了能够认识生命，他先要做到对以往的腥风血雨不予理会。他动了动自己的肩膀。心，他想，心！它怎么张开着的！怎么跳跃着的！窗子，他想，寂寞的窗子，在暗夜中亮着，映出另一个生命，那生命已经热情地呈献给他了，期待着，敞开着，直到他也敞开着。爱情的火焰，柔情的圣·埃尔莫之火 [1]，血液发出光明的、迅疾的、电似的闪光，谁都知道的，谁都知道这一切，知道得太清楚了，于是深信这种柔软的、灿烂的迷惘再也不会令人冲昏头脑，可是突然有那么一晚，一个人站在一家三等旅馆的门前，升起了一股仿佛沥青上腾起的烟雾，叫人觉得好像来自这世界的另一个极端，来自蔚蓝的椰子岛。热带春季的温暖好像经过了海洋、珊瑚礁、火山岩，以及黑暗的过滤，猛烈地冲进了巴黎，冲进了肮脏的彭赛列路，带着一股木槿花和含羞草的气息，在一个洋溢着复仇和过去的、不可抗的、不必争的、谜一般感情复活的夜⋯⋯

沙赫拉扎德挤满了客人。琼跟几个人坐在一张桌子边。她立即看见了拉维克。他还是站在门口。这地方弥漫着烟雾和音乐。她跟同座的几个人说了几句话，便急忙地走到他跟前。"拉维克——"

"你在这儿还有事吗？"

"怎么了？"

---

[1] 暴风雨中在桅顶或塔尖上出现的电光球，据传是水手守护神圣·埃尔莫发出的。

"我想带你出去。"

"可是你不是说过……"

"那已经是过去了。你在这儿还有事吗？"

"不。我只要跟他们说一声就能走了。"

"那么赶快走，我在外面出租汽车上等你。"

"好的。"她还是站着，"拉维克——"

他望着她。"你是为了我才回来的吗？"她问。

他迟疑了一会儿。"是的，"接着他对着那张连呼吸都感觉得到的脸低低地说，"是的，琼。就为了你！就只为了你。"

她做了一个敏捷的动作。"来！"然后她说，"我们走吧！我们干吗还要操心这些人！"

出租汽车沿着软木路行驶。"什么事啊，拉维克？"

"没什么。"

"我真害怕……"

"不要想它。没有什么。"

她望着他。"我以为你不会再来了。"

他俯视着她。他觉得她在战栗。"琼，"他说，"不要想什么，也不要问什么。你看见街灯的光和那千百个彩色招牌了吗？我们正生活在一个垂死的时代，而这个城市却跟生命一起震颤着。我们挣脱了一切，除却我们的心，便没有什么存留的了。我以前仿佛住在月亮上，而现在回来了，这儿有你，你便是生命。你不要再问什么了。你的头发比一千个问题蕴藏着更多的秘密。放在我们面前的，是黑夜，是几个小时，是永恒的时间，直到早晨在窗边辚辚滚过。彼此相爱，乃是至高无上的事情，这是一个奇迹，也是世间最自然的事实。这是我今天的感觉。当此黑夜融入花丛，今天的风挟着草莓香味，没有了爱，一个人便只能算是一个告假回阳的死人，充其量只是一些年岁，一个随便什么名字，跟死了完全一样。"

街灯的光掠过出租汽车的窗口，正如灯塔上的探海灯光掠过黑魆魆的船舱。琼的眼睛嵌在她苍白的脸上，也显得一会儿清明，一会儿幽暗。"我们不会死的。"她在拉维克的怀里絮语着。

"不，不是我们，是时间，这可诅咒的时间，它一直在逝去，我们却活着，一直活着。你醒来的时候是春天，你睡去的时候是秋天，而这中间有一千次的冬天和夏天。我们彼此深深相爱，仿佛永恒不灭，万劫不复，好比心跳、雨、风之类的东西，那就够了。一天一天地，我们成为征服者。亲爱的，可是年复一年地，我们又被打败了。然而谁要知道这些，谁与这些相干呢？时间是生命，瞬息便接近永恒。你的眼睛在闪耀，是星点的尘埃在无穷中潺流。神祇也会变老，可是你的嘴还是那样柔嫩。我们中间摇曳着一个谜，你和我，呼唤和回答。在夜晚，在薄暮，在所有情侣的狂喜中，从粗犷的淫欲的最遥远的呼声，进入金黄色的风暴。这历程无穷无尽，漫长得足以使变形虫变为路得 [1]、以斯帖 [2]、海伦、阿斯帕齐娅 [3] 和沿路教堂里的蓝色圣母，从爬行动物和野兽变成你和我……"

她躺在他的怀抱里，一动不动，脸色苍白，几乎全无思虑似的向他降服了。而他，正俯视着她，说啊说，不停地说着。他好像觉得有什么人在他肩膀后探望，一个黑影也正在无声地说着，带着淡然的微笑，于是他便低下头去，发现她正在向他移动，而黑影还浮在那儿，随后才消失了……

---

[1]　Ruth，圣经《旧约·路得记》中的女主人公。摩押人之女，嫁一犹太人为妻，后为寡妇，奉婆母命迁往伯利恒，后改嫁希伯来人波阿斯。

[2]　Esther，圣经《旧约·以斯帖记》中的犹太女杰。

[3]　Aspasia，古希腊雅典的高等妓女，政治家伯里克利的情妇。

13

"一件奇闻，"坐在凯特·赫格斯特伦对面的那个戴着绿宝石的女人这样说道，"一件骇人的奇闻！全巴黎的人都在讪笑。路易斯是个同性恋，你听说了吗？肯定没听说过！我们谁也不知道，他隐藏得再好也没有了。莉娜·德·纽伯格据说是他的正式太太。你想吧，上星期他从罗马回来，比他约定的日子早了三天，当天晚上就到尼基的公寓里去，原想突然出现叫他惊奇的，可是你猜他在那儿找到了谁？"

"他的太太。"拉维克说。

那个戴绿宝石的女人抬起头来。那样子仿佛听到人家告诉她她丈夫破产的消息似的，一脸尴尬。"你早知道这件奇闻了吗？"她问。

"没有。可是想来总是这样的。"

"我真不明白。"她愤然地凝视着拉维克，"归根结底，这总是难以置信的。"

凯特·赫格斯特伦微笑着。"拉维克医生有他的理论，黛西。他名之曰机会的体系。根据他的理论，天下最难以置信的，实际往往是最合逻辑的。"

"那倒很令人感兴趣。"黛西谦和地微笑着，实在是一点儿也不感兴趣。"本来是不会发生什么枝节的，"她继续说道，"假如路易斯没有什么惊人的表现，岂知他简直忘乎所以地发起狂来。他现在住在克利翁[1]，要跟她离婚。双方都在等待着证人。"她向椅背靠了下去，满怀着期望，"你怎么看？"

凯特·赫格斯特伦急急地转过脸去望拉维克。他正研究着一枝放在桌上的兰花，一边是帽盒，一边是一只盛着葡萄和桃子的水果筐，一些蛱蝶似的白花，有着妖冶的红点花蕊。"难以相信，黛西，"她说，"真是难以相信！"

黛西对自己的胜利感到沾沾自喜。"我知道你本来不知道的，不是吗？"她问拉维克道。

他小心翼翼地将一枝兰花插回到那个细长的玻璃花瓶里。"是的，当然不会知道。"

黛西满意地点点头，随手拿起了她的手袋、粉盒和手套。"我得走了。路易莎五点钟有一个鸡尾酒会。她的部长来了。各种各样的谣言，真是很多。"她站起身来，"再说斐迪和玛莎又闹翻了。她把那些宝石都还给了他。这已经是第三次。可是这事儿居然还会使他感动。真是个可怜的傻瓜。他以为她是为爱情而恋着他。他想把一切都交还给她，另外还送一样东西作酬报。他每次都是这样。他不知道，她早已在奥斯特泰格那儿选好了她所喜欢的东西。他往往是到那儿去买的。一枚红宝石的别针，几块四方的大宝石，最好的鸡血石。她真是挺伶俐。"

她吻了下凯特·赫格斯特伦。"再会，我的小绵羊。现在你至少已经知道了一些近来发生的事情。你还不能马上出院吗？"她望着拉维克。

他注意到了凯特·赫格斯特伦的眼色。"现在还不能，"他说，"很遗憾。"

他替黛西穿上了大衣。这是一件深色的水貂皮，没有领子。琼穿

----

[1] Crillon，巴黎最负盛名的奢华酒店。

也很合适的，拉维克想。"你为什么不带凯特来喝茶啊？"她说，"星期三，那边的人总是很少的。我们谈话可以不受人家的打扰。我对于手术倒是很感兴趣的。"

"我很乐意去。"

拉维克送她出去，便关上门走了回来。"美丽的宝石。"他说。

凯特·赫格斯特伦笑了起来。"哦，那便是我以前的生活，拉维克。你懂吗？"

"哦。为什么不能呢？只要能够那么做，那确是了不起的。可以给你不少保障呢。"

"我倒不懂起来了。"她站起来，小心翼翼地走到床前。

拉维克瞧着她。"一个人住在任何地方，原没有多大的差别。有些地方比较舒适些，可是也没有什么了不起。最要紧的倒是看一个人怎么去安排。"

她伸出两条修长的玉腿搁到床上。"一切都无所谓了，"她说，"当你卧病了几个星期之后，又能走路的时候。"

"假如你不愿意，你就不用再住在这儿。不妨住回兰开斯特去，只要带一个护士。"

凯特·赫格斯特伦摇摇头。"我想在这儿住下去，住到我能够出去旅行。这儿我倒有了保障，不会让黛西之类的人来打扰。"

"她们来打扰你，你可以把她们撵出去，"拉维克说，"再没有比恭听空谈更令人厌倦的事了。"

她小心翼翼地躺上了床。"黛西虽然喜欢空谈，可是她倒是一个了不起的母亲，你相信吗？她带大了两个孩子，长得都很好。"

"那是有的。"拉维克毫不在意地答着。

她把毛毯盖好。"医院真像一个修道院，"她说，"最简单的事情也得学会去重新欣赏，譬如走路啊，呼吸啊，看东西啊。"

"是的。快乐就在我们周围。我们只要去捡拾就行了。"

她望着他。"我确实是这样认为的，拉维克。"

"我也一样，凯特。只有简单的事，才不会使我们失望。若要快乐，那你不宜跑得太远。"

让诺躺在床上，一大堆的小册子散放在他毛毯上。

"为什么你没有开电灯啊？"拉维克说。

"我还是看得很清楚。我的眼睛很好。"

这些小册子都是关于人造假肢的。让诺用尽方法把它们收集来。他母亲刚才又带给他最后的几册。他正在把一份彩色精印的折页拿给拉维克看。拉维克便去开亮了电灯。"这是最贵的一种。"让诺说。

"可是并不是最好的。"拉维克答道。

"可是这是最贵的呢。我想跟保险公司说，一定要装这种假腿。当然我根本就不要它，只是要那保险公司付出这一笔钱。我要一条木腿和那余下来的钱。"

"保险公司也有自己的医生，会来检查的，让诺。"

那孩子挺起了身子。"你认为他们会不让我装假腿吗？"

"那不会。也许不装那种最贵的。他们不会给你钱，他们要看你真正装上了假腿。"

"那我就立刻把它拿下来变卖掉，当然我不会得到原价的。你认为我打个八折行吗？我先要他九折。也许我们可以事先跟那个店铺去接洽。我装不装上去，跟那保险公司有什么相干？他们的钱反正是要付的。此外，就跟他们没有什么关系了，是不是啊？"

"当然没有什么关系。你不妨去试一试。"

"数目也不小。我们可以买一个柜台，买一些小酪坊所需要的设备。"让诺狡猾地微笑着，"天啊，像这样的一条假腿，还有连接的关节，确实很贵。这是一个精明的打算。好极了。"

"那家保险公司派人来过这儿吗？"

"没有，还没有说过假腿和赔款的事，只谈起手术和住院费。我们有必要请一个律师吗？你认为怎么样？闯红灯！我绝没有看错。那警察……"

护士送晚饭进来了。她把晚饭端到让诺旁边的桌子上。那孩子待她出去之后才说话。"他们这儿吃的东西倒给得很多，"他然后说，"我从来没吃过这样多的东西。我一个人也吃不完。我母亲常常到这儿来，就把余下来的吃了。我们两个人也够吃。这样她又可以省几个钱。无论如何，这儿的房钱，算起来已经不少了。"

"那是保险公司付的。随你住哪儿，都没有什么关系。"

那孩子灰色的脸上闪过一点儿光彩。"我跟韦贝尔医生说过的。他答应我给我一成佣金。他把账单送给保险公司，让他们付了，然后从账款里提一成给我。"

"你真精明干练，让诺。"

"当你贫困的时候，就不能不精明干练一点啊。"

"那是对的。你觉得疼吗？"

"我已经没有了的脚有些痛。"

"那是因为还有神经的缘故。"

"我知道。居然还觉得疼，这是很滑稽的。已经没有了的东西，居然还觉得疼。也许我那条腿的灵魂依然在那儿。"让诺苦笑着。他说了个笑话，然后把菜碟的盖子揭开来。"汤、鸡、蔬菜、布丁，有我母亲爱吃的。她爱吃鸡。我们在家里是不常吃的。"他舒适地向后边靠下去，"有时候我半夜醒来还以为这儿的费用应该由我们自己来付。一个人半夜里刚刚醒来的时候，往往糊里糊涂的。可是后来我又想起来了，我在这儿躺着，就像一个富贵人家的儿子，我有权利要求一切，我可以按铃招呼护士，护士都不能不来服侍，而且自有别人会来付账。了不起，是不是？"

"是的，"拉维克说，"真了不起。"

他在奥西里斯的检查室里坐着。"还有什么人在那边吗？"他问。

"有的，"莱奥妮说，"伊冯娜。她是最后一个。"

"请她进来。你没有什么毛病，莱奥妮。"

伊冯娜是一个二十五岁的姑娘，身体丰满肥腴，碧眼金发，平阔的鼻子，又短又粗的手脚，跟一般的妓女一样。她得意扬扬地走进了房间，掀开她披着的薄绸衬衣。

"到那边去。"拉维克说。

"这儿不行吗？"伊冯娜问。

"什么？"

伊冯娜没有回答，却静静地转过身去，露出她丰满的臀部。那儿有一条条青肿的伤痕。她一定被什么人毒打了一顿。

"我希望那个作践你的客人多给你一点儿钱。"拉维克说，"这不是玩儿的事情。"

伊冯娜摇摇头。"一个生丁也没有给，医生。那不是一个客人。"

"那简直是笑话了。我不明白你为什么会甘心把自己交给这号人。"

伊冯娜又摇摇头，脸上露出一种满足的神秘微笑。拉维克看出她很乐意的样子，一脸倨傲的神色。"我不是一个受虐狂。"她说。她为知道这样一个字眼而感到骄傲。

"那是什么呢？吵架吗？"

伊冯娜沉默了一会儿。"爱。"她然后说道，愉快地耸了耸肩膀。

"是他吃醋吗？"

"是的。"伊冯娜满面春风。

"痛得很厉害吗？"

"这点伤不痛。"她小心翼翼地坐了下来，"你知道吗，医生，罗朗德太太起初还不许我去接客呢。只做一个钟头的生意，我告诉她，只要让我试一个钟头！你瞧！有了这些青肿的鞭痕，生意倒比从前更成功了。"

"为什么？"

"我也不知道。有些人啊，对于这些事很疯的，他们会特别兴奋。最近三天，我多挣了二百五十法郎。你说这些青肿要多久才会消掉啊？"

"至少两三个礼拜。"

伊冯娜咂了咂舌头。"要是这样下去，我可以买件皮大衣了。狐狸皮的，或者拼合得很好的猫皮。"

"假如不久就消掉，那么你的朋友也很容易帮你忙，将你再打一顿啊。"

"那他不会，"伊冯娜爽快地说道，"他倒不会那样的。他并不是一个会算计的坏蛋，你要知道！他只是突然发了一阵子脾气。我当时跪下来求他就好了，那我就不会被打成这个样子。"

"那是生就的脾气。"拉维克抬起头来，"你没有什么毛病，伊冯娜。"

她站了起来。"那么，生意还可以做下去。一个老头儿已经在楼下等着我了。一个长着灰色胡子的老头儿。我给他看过我背上的伤痕。他也发疯起来啦。他在家里是没有说话机会的，就因为这个原因，他梦想着怎么去把老太婆毒打一顿，我相信。"她爆出一阵银铃似的笑声，"医生，这世界真滑稽，是不是？"说着便得意扬扬地走出房间去了。

洗过手，拉维克把他用过的器械放在一边，走到窗子前。银灰色的薄暮笼罩着屋子，光秃的树木直矗在沥青马路上，仿佛死人的黑手。人们在被填没了的战壕里，往往会看见这样的手。他打开窗子，眺望着外面。这是缥缈的时间，它在白昼与黑夜之间跳荡。这是小旅馆里的恋爱时间——专为那些结过婚的、晚上要板着脸管理家务的人。这是伦巴第低地的意大利女人早已在说 felicissima notte[1] 的时间。这也是失望的时间和梦幻的时间。

他关上了窗，突然这房间好像更黑了。仿佛有幽灵飞了进来，蜷缩在角落里，无声地啁啾着。罗朗德送上来的那个干邑白兰地酒瓶宛如发光的黄玉，在桌子上闪烁着。拉维克伫立了一会儿，然后走下楼去。

音响里播放着音乐，大房间早已灯火通明。那些姑娘穿着绯色丝绸短衬衫，分成两排坐在有垫的脚凳上，全部敞着胸部。狎客们都想看一看他们所点的姑娘的面目。六个客人已经来了，大多是中年的小市民。他们是谨慎的专家，知道哪一天检查，就在差不多的时间到来，可以确信自己不至于冒染淋病的危险。伊冯娜还是陪着她的老头儿。他坐在一张桌子边，面前放着一瓶杜本内酒。她就站在他身旁，一只脚搁在椅子上，喝着香槟酒。每瓶酒上，她可以提一成的佣金。花那么多的钱，那个人真是傻得很，只有外国人才这样做。伊冯娜知道得很清楚。她那副神气，颇像一个慈祥的马戏班教练。

"结束了吗，拉维克？"罗朗德站在门边问。

"是的，一切正常。"

"你要喝点什么吗？"

"不喝了，罗朗德。我得回旅馆去。干活干到现在。洗个热水澡，换换衣服，我现在需要的就是这些。"

他穿过酒吧旁边的衣帽间走了出去。

傍晚，紫罗兰色眼睛的姑娘站在门外。一架孤零零的飞机匆匆忙忙掠过蓝色的长空，发出一阵嗡嗡声。一棵光秃秃的树上，有只黑色的小鸟在最高的树枝上叽叽喳喳叫个不停。

一个患癌症的女人。癌症像一头不长眼睛的灰色野兽伏在她身上，一点一点吞噬她的生命。一个残废者，计算着自己能得到多少保险金。

---

[1] 意大利语，意为"非常快乐的夜"。

一个妓女，靠着背上的青伤多赚了钱。树枝上飞来了第一只小鸟。这些都已一晃而过。此刻他走了，对刚才的一切全都无动于衷，缓缓地在这散发出暖和的床铺气息的黄昏中，朝一个女人那儿走去。

"你要再来一杯苹果白兰地吗？"拉维克问。

琼点点头。"好的，让我再来一杯。"

他叫来招待。"你们还有比这更陈的苹果白兰地吗？"

"这个不好吗？"

"好是好的。可是也许你们地窖里还有别的好酒。"

"让我去瞧瞧。"

招待走到吧台那边，女店主跟她的猫正在打盹。他便穿过一重玻璃门，走进一个放着店主账册的房间。隔了半晌，招待露出一种庄重的神色，瞧也不瞧拉维克一眼就跨下楼梯，走到地窖里去了。

"好像还有。"

招待回来了，手里就像抱着个孩子似的捧了个酒瓶。酒瓶很脏，倒不是出门携带的包装得很古怪的酒瓶，而是一种储藏在地窖里好多年的尘封的样子。他谨慎地开了瓶盖，拔去木塞，找来了两个大酒杯。

"先生。"他跟拉维克说着，斟下了几滴。

拉维克接过酒杯，闻一下气味。然后喝了一口，把身子往后一靠，点了点头。那招待也肃然地点点头，在两个酒杯里各斟了点酒，大约只有三分之一杯。

"试试这个。"拉维克跟琼说道。

她啜了一口，就把酒杯放了下来。那招待望着她。她瞧着拉维克，显出惊异的神情。"我从来没有尝过这样的味道。"说着她又啜了一口，"不要喝，只要闻。"

"对了，太太，"那招待得意地说着，"你领略到它的味道了。"

"拉维克，"琼说，"你这下子可危险啦。喝了这种苹果白兰地，我就不想再喝别的酒了。"

"哦，不会那样的，你还会喝别的酒。"

"可是我会怀念这种酒。"

"那就不坏。你成了一个幻想家了，一个苹果白兰地的幻想家。"

"以后别的酒喝起来就没有味道了。"

"相反，你喝起别的苹果酒来，甚至会觉得它的味道比实际的更好些。喝着它的时候，就会回想着先前的苹果白兰地。因此它本身更显得不同凡俗了。"

琼笑了起来。"自己骗自己，你自己也知道。"

"当然是自己骗自己。然而我们正在靠自我欺骗生活，并不是靠实际的些许面包生活。否则，恋爱便成了什么呢？"

"这跟恋爱又有什么关系啊？"

"关系大得很。这给恋爱以持续的保障。否则我们只会恋爱一次，以后就什么都拒绝了。可是就因为那样，所以对于一个遗弃者或是被遗弃者的剩余的欲望，便成了新爱人头上的灵光。先失去一个人，会给新爱人以一种冥想的光彩的。那是神圣的古老的幻觉。"

琼望着他。"我听着你说出这些话来，真觉得讨厌。"

"我也是这样。"

"你不应该说的。即使是说着玩儿，那会使一个奇迹成为一个诡计。"

拉维克并没有回答。

"这口气，仿佛你早已厌倦，正想遗弃我了。"

拉维克无限温柔地望着她。"你不用那么想，琼。真要那样的时候，总是你遗弃我的，不会是我遗弃你。那是可以断言的。"

她把酒杯重重地放到桌子上。"胡说！我不会离开你的。你又想跟我讲起什么事情吗？"

那双眼睛，拉维克想，仿佛在背后晃耀着闪电，从一团烛光中，晃耀着柔和殷红的闪电。"琼，"他说，"我不想跟你说起什么。我只想告诉你一个浪潮和磐石的故事，那是一个很古老的故事，比我们还老。你听着。从前，一个浪潮爱上了一块海里的磐石，譬如说是在卡普里湾，浪潮在磐石的周围，用浪花拍溅着他，对着他一浪一浪汹涌澎湃。她日日夜夜地吻他，用她的白手臂抱他，叹息着，啜泣着，哀恳着他的爱。她爱着他，在他周围猛攻，就那么渐渐地把他蚀空了，于是有一天他屈服了，完全被蚀空了，沉落在她的怀抱里。"

他啜了一口苹果白兰地。"接下去呢？"琼问。

"于是他突然不再是一块被戏弄、被爱恋、被梦寐求之的磐石了，他成了一块沉溺在她怀里的海底下的乱石。于是那浪潮觉得失望了，被欺骗了，又去追求别的磐石了。"

"后来呢？"琼心虚似的望着他，"那是什么意思啊？他应当仍然是一块磐石啊。"

"那浪潮也常常会这么说。然而动着的东西总比不动的东西来得强。海水比磐石要强得多。"

她做了个不耐烦的姿势。"这些话跟我们有什么相干呢？那不过是一个无聊的故事。你也许又在跟我打趣了。真要是那样的时候，一定是你离开我，这是我敢确信的。"

"那，"拉维克笑着说道，"那将是你临走时的最后一句话。你要向我解释，是我离开你的。于是你就找到了理由，而且你也会相信这些理由，那你在世界最古老的法庭上，也便有理了。那法庭是'天性'。"

他把招待叫来。"我们能买这瓶苹果白兰地吗？"

"你想带回去吗？"

"是的。"

"先生，那与我们这儿的规定是抵触的。我们不卖瓶酒。"

"问问老板。"

那招待回来时拿了一张报纸。一张《巴黎晚报》。"老板说特别通融。"他把瓶塞塞紧，将《巴黎晚报》的体育版撕下，又折好塞进了口袋，然后把酒瓶包了起来，这样解释道："这儿，先生。你最好把它藏在阴凉的地方。这是打老板的祖父家里拿来的。"

"好。"拉维克付了账。他拿起酒瓶，望了一下。"照耀着诺曼底透风的古老果园里的苹果的阳光，晒过一个炎热的夏天，一个蔚蓝的秋天，现在跟我们一起来吧，我们需要你！在这天地间的某个地方，现在正发生着一阵风暴。"

他们走到街上。天已开始下雨。琼站定。"拉维克！你爱我吗？"

"爱，琼。超出你想象地爱你。"

她偎依着他。"有时候似乎不像在爱我。"

"那可不然。否则我不会跟你说这些事了。"

"你最好还是跟我说别的事。"

他瞧着细雨，微笑起来。"恋爱不是一个常常可以照见影子的池塘，琼。恋爱里有涨落的潮水，有沉船，有沉陆，有章鱼，有风浪，有金箱，有珠宝，可是珠宝是藏在深处的。"

"我不懂这些。恋爱是属于双方的，永远。"

永远，他想，那是古老的神话，人连一分钟都把握不住呢。

琼扣上她的外衣。"我但愿现在就是夏天，"她说，"我从来没有像今年这样渴望过夏天。"

她从衣橱里拿出一套黑色晚礼服，抛到床上。"有时候我真是恨它。老是这一套黑色晚礼服！老是沙赫拉扎德！老是一样！老是一样！"

拉维克抬起头来。他没有说什么话。

"你不懂得吗？"她问。

"哦，是的……"

"你为什么不带我离开这儿啊，亲爱的？"

"上哪儿去？"

194

"随便上哪儿去。"

拉维克打开苹果白兰地的纸包，将软木塞拔出来，又找了个酒杯，斟满了酒。"来，"他说，"把这喝了。"

她摇摇头。"不会有用的。有时候喝酒也没有用的。有时候什么都没有用。今夜我不想去了，不想到那些傻子那儿去。"

"那就待在这儿。"

"待在这儿怎么成呢？"

"打个电话去，说你在生病。"

"可是，我明天还是要去的。那就更糟了。"

"你可以生几天病。"

"那也是一样的。"她望着他，"那怎么办？我到底有什么不对劲儿啊，亲爱的？是这雨吗？是这种湿润的幽暗吗？有时候真仿佛躺在棺材里似的。这些沉溺我的灰蒙蒙的白昼。刚才我倒忘记了，跟你一起在那个小酒馆里，我很快乐，可你为什么尽说些遗弃啊，被遗弃啊之类的话？这种事我不想知道，也不想听。它让我伤心，仿佛把一些我所不愿意看的照片拿给我看，那使我不安。我知道你没有那样的用意，可是却刺伤了我。于是雨也下了，幽暗也来了。你不会懂得的。你比较坚强。"

"坚强吗？"拉维克重说着。

"是的。"

"你怎么知道的呢？"

"你并不害怕。"

"我没有什么可害怕的。那也并不是一回事啊，琼。"

她没在听他的话，只是大踏步地来回走动。这样的脚步使房间显得太小了，这样跨着很大的步子，就仿佛冲撞着虚无的风似的。"我要离开这一切东西，"她说，"离开这个旅馆，离开这个夜总会，还有那些贪婪的眼睛，离开这一切。"她站住了，"拉维克！我们必须像现在这样生活吗？我们就不能像其他彼此相爱的人那样生活吗？我们就不能够厮守在一起，添置一些属于我们的东西，享受夜晚和安宁，而不要再那么带几个手提包，过这种空虚的日子，住这个连自己也变成生客似的房间吗？"

拉维克脸上露出一种难以领悟的神情。果然来了，他想。他随时准备着它会来。"你真是为我们这样打算吗，琼？"

"为什么不呢？别人家有的！温暖，属于两个人的，几个房间，关上房门，烦躁感就没有了，不像现在这样还会爬过墙壁，窜落进来。"

"你真是这样打算吗？"拉维克又重说了一句。

"是的。"

"一套美妙的小小的公寓，过一种美妙的小康生活。在地狱的边缘，获得美妙的小小的苟安。你真是这样打算吗？"

"你也可以用别的字眼儿说的，"她伤心地说，"不一定要这样……藐视。当你爱着什么人的时候，就会用别的字眼儿的。"

"那也一样，琼。你真是这样打算吗？我们俩都不是过那种日子的人。"

她站定了。"我是的。"

拉维克微笑起来。这微笑蕴藏着温柔、讽刺、哀怨的阴影。"琼，"他说，"你也不是，你比我更加不像。可是那还不是唯一的理由，还有别的原因。"

"哦，"她凄苦地答道，"我知道。"

"不，琼，你不会知道的，可是我要告诉你。那样来得好。你不要像现在这样想。"

她还是站在他面前。"让我们快快地讲，"他说，"可是你，以后千万不要多问我。"

她没有回答。她的脸很空寂，突然又像她以前的面容了。他握着她的手。"我住在这儿，法国，是非法的，"他说，"我没有身份证件。这是真正的理由，这是我不能租公寓的理由。要是我爱上了谁，也不能够结婚。因为这需要出示身份证和护照，可我都没有。我甚至还不被准许工作，只能偷偷摸摸地行医。除了眼前的这种样子，便没有其他的生活方式了。"

她凝视着他。"是真的吗？"

他耸耸肩膀。"像我这样生活的，还有两三千人呢。我相信你也知道的。现在是什么人都知道了。我只是两三千人中的一个。"他微笑着，松开了她的手，"一个没有前途的人，正如莫罗佐夫所说的。"

"哦……可是……"

"我甚至还觉得生活得很好。我工作，我生活，我有你。一点点不方便又算得了什么呢？"

"那些警察呢？"

"警察倒也不大来找麻烦。假如他们真把我逮去了，也不过将我驱逐出境而已。可是那也不是常有的事。好吧，现在你去打个电话给夜总会，说你今夜不去了。我们今天可以享受一晚上，整个儿的一晚。告诉他们你在生病。如果他们需要证明书，那我可以跟韦贝尔医生要一张给你。"

她没有动。"驱逐，"她说着，仿佛慢慢才弄懂了似的，"驱逐吗？从法国驱逐出去吗？那你就得走了？"

"离开短短的一段时间。"

她好像并不在听着他。"走了！"她重复着说，"走了？那我怎么办呢？"

拉维克笑了。"是的，"他说，"那你怎么办呢？"

她坐在那儿，用手肘撑着脑袋，好像愣住了。"琼，"拉维克说，"我在这儿已经过了两年，没有发生过事情。"

她的脸色还没有变。"虽然如此，万一发生什么事情呢？"

"那我马上还会回来，在一两个星期之内。好像一次旅行而已。你现在就打电话到沙赫拉扎德去吧。"

她犹豫着站起身来。"我怎么说呢？"

"说你害了支气管炎。嗓子装得沙哑一点儿。"

她走到电话机那边去，却又急急地走了回来。"拉维克——"

他小心翼翼地摆脱了困境。"来，"他说，"让我们忘记吧。那实在也是一种福气。我们可以不至于成为情感的坐收渔利者。那可以使爱情纯洁，让它只是一个火焰，不要变为烹煮家庭蔬菜的炉灶。现在你去打电话吧。"

她举起了听筒。当她讲话的时候，他就一直望着她。起初她还不大专心，她也盯着他看，仿佛他立刻会被人逮捕似的。随后她开始撒谎，坦然地临时编造了些话，实在有许多是不必说的。她的脸色变得很生动，演绎着她正在描述的胸口痛楚的神情。她的嗓子显得更疲惫，逐渐沙哑起来，最后被咳呛打断了。她不再望着拉维克，只是向前直视，全神贯注地扮演她的角色。他悄悄地望着她，然后喝下了一大口酒。没有什么错综复杂的，他想，一面反映得这么真切的镜子，可是没什么执着劲儿。

琼把听筒放下，捋了捋头发。"他们都相信了。"

"你装得好。"

"他们说，我应该躺在床上休息。而且，要是明天还不能全好，天不保佑的话，就再待在家里好啦。"

"你瞧！还顾到你明天呢。"

"是的，"她说道，脸色转得阴沉了一会儿，"假如你要那么解释。"然后她走到他身边，"你吓我，拉维克。你说，这不是真的。你的话，常常是说着玩儿的。你要跟我说，这不是真的，不是像你所说的那样。"

"这不是真的。"

她把头靠在他肩膀上。"这不会是真的。我不愿再这么孤零零地一个人。一个人的时候，我觉得毫无意义。你一定要跟我在一起的。没有了你，我就觉得毫无意义了，拉维克。"

拉维克俯视着她。"琼，"他说，"有时候你像看门人的女儿，有时候你像森林里的狄安娜[1]，而有时候，你两者都像。"

靠在他肩膀上的头一动也不动。"那现在我像什么呢？"

他笑了。"张着银弓的森林里的狄安娜，自己不会受到伤害，却能置人于死地。"

"你应该常常这样跟我说。"

拉维克沉默着。她没懂他的意思，也不需要懂。她显出一种信任的样子，毫无顾虑。可是，打动他的难道不就是这个性吗？谁需要一个像他自己那般个性的人呢？谁要在爱情上讲道德呢？那是弱者的发明创造，牺牲者的悲歌。

"你在想什么？"她问。

"没有什么。"

"没有什么吗？"

"有一点儿，"他说，"我们要离开这儿几天，琼。到太阳出来的地方去。到戛纳或者昂蒂布去。管他妈的小心谨慎！管他妈的三个房间的公寓和什么中产阶级的自鸣得意，这和我们无缘。当那整个城市浸在温暖和盼望着夏天的心情中，跟月亮一同睡熟的时候，你自己不就成了布达佩斯和夜晚的栗树花香吗？你说得对！我们要摆脱黑暗、寒冷和雨！至少摆脱那么几天。"

她立刻挺起身来瞧着他。"你真是这样打算吗？"

"是的。"

"可是……那警察……"

"管他妈的警察！那儿的危险不会比这里更多。旅客住的地方，不会常常被检查的，尤其是那些并不豪华的旅馆。你从没有去过那儿吗？"

---

[1] Diana，罗马神话中的森林女神或狩猎女神。

"没有，从来没有。我只到过意大利和亚得里亚海。我们什么时候动身呢？"

"两三个星期之后。那是最好的时间了。"

"可是，我们有没有钱呢？"

"有一点儿。两星期之后，我们会筹足的。"

"我们可以住在一个小公寓里。"她爽快地说。

"你不是住小公寓的人。你应该住这样的洞窟，或者第一流的旅馆。我们可以住在昂蒂布的凯普旅馆。那些旅馆啊，安全倒可以保证的，因为没有谁来查什么身份证。这三两天里，我要为一个要员开刀，那是一个比较高级的官员，我们不够的钱总可以凑起来了。"

琼立刻站了起来，脸色也开朗了。"来，"她说，"让我们再喝几杯陈的苹果白兰地吧。那真仿佛是一种幻梦中的苹果酒呢。"她走到了床前，撩起了身上的晚礼服，"我的天！我可只有这么两件破旧的黑衣裳呢！"

"我们也许还可以干点儿什么事。两星期内会有一些手术，一个上层社会人士的阑尾炎手术，或者一个百万富翁的多发性骨折手术……"

14

安德烈·迪朗实在很愤怒。"没法再和你合作了。"他说。

拉维克耸耸肩膀。他从韦贝尔那儿知道，迪朗这一次手术收费一万法郎。要是不跟他预先讲定拿多少，迪朗一定还会只给他二百法郎。最近一次，他就这样吃了亏。

"半小时之后就要动手术了，我想不到你还有这么一手，拉维克医生。"

"我也没有想到啊。"拉维克答道。

"告诉你，对于我的气度，你尽管放心。我不懂，为什么你在这个时候谈交易。眼下，病人要是知道我们两个掌握着他命运的人在讨论钱的问题，那叫我有多尴尬。"

"我不尴尬。"拉维克回答说。

迪朗望了他一会儿。他那蓄着雪白山羊胡子的皱脸上露出一种威严与愤慨的神情。他推了推那副金丝边眼镜。"你想要多少钱呢？"他勉强地问。

"两千法郎。"

"什么？"迪朗大吃一惊，他简直不敢相信。"笑话。"他这样直截了当地说。

"好的，"拉维克答道，"那你很容易去找另一个人。找比诺去，他挺高明的。"

他拿了外衣，正想穿上。迪朗望着他，威严的脸显得很苦恼。"等一下，"当拉维克拿起帽子的时候，他便这样说，"你不能这么一走了之！你为什么不在昨天告诉我呢？"

"昨天你在乡下，碰不到你。"

"两千法郎！你知道吗？我自己从来也拿不到这么多。病人是我的朋友，我只收他一点儿成本。"

迪朗的样子活像儿童读物上的天父。他已经七十岁了，是一个诊断名手，却不是一个高明的外科医生。他的临床信誉大部分都是靠以前的助手比诺建立起来的，而那位助手在两年前出去自己挂牌了。打那个时候起，迪朗就请了拉维克代他做比较困难的手术。拉维克的本事是刀口小，不留疤。迪朗是波尔多酒的知名鉴赏家，也是豪华宴会的座上客，因此他的病人都是从那些地方来的。

"要是我早知道就好了。"他咕哝着。

他往往是早已知道的，所以在每次重要手术之前，他总是在乡下别墅里躲上一两天，为了避免谈论手术的价格。开刀以后，事情便简单了。他只能争取下一次的机会，然而下一次还是老样子。而这一次，出乎迪朗的意料，拉维克没有像往常那样在开刀的时候进来，而在约定动手术前半个小时进来了，因此可以在病人上麻药以前就跟他谈判。这样他就不可能借口立刻要开刀而停止谈判。

一个护士从开着的门里探进头来。"我们可以开始上麻药了吗，教授？"

迪朗望望她，然后恳求似的充满人情味地望了望拉维克。拉维克既充满人情味又坚定地回望了一下。"你以为怎么样，拉维克医生？"迪朗问道。

"你决定，教授。"

"等一下，护士。我们还没有把手术的程序弄清楚。"护士退出去了，迪朗转过头去望望拉维克。"现在怎么办？"他谴责似的问。

拉维克双手插在口袋里。"把手术改到明天，或者推延一小时，请比诺来。"

二十年来，迪朗的所有手术差不多都是比诺做的，可是比诺没有上进的门径，那是因为迪朗把他独立行医的一切机会都剥夺了，永远把他当作优秀的部属。他恨迪朗，他会提出要求，至少给他五千法郎，拉维克知道这一点，而迪朗自己也知道。

"拉维克医生，"他说，"我们的职业，不应该也那样讨价还价。"

"那我同意。"

"为什么不让我来考虑一个解决方案呢？直到现在，你不是总很满意吗？"

"从来没有。"拉维克说。

"可是你没有跟我说起过。"

"那是因为说也没有用。而且，我对钱的事向来不感兴趣。这次我却有了兴趣。我需要用钱。"

护士又走进来。"病人很不耐烦呢，教授。"

迪朗望着拉维克。拉维克也回望着他。法国人那儿，钱是不容易赚的，他知道，比犹太人那儿更难呢。犹太人要看这笔交易是否合算，可是法国人只看见要他分出去的钱。

"再等一会儿，护士，"迪朗说，"先去量脉搏、血压和体温。"

"早已量好了。"

"那就开始上麻药吧。"

护士走了。"那么好吧，"迪朗说，"我就给你一千。"

"两千。"拉维克纠正他。

迪朗没有答应。他捋着他的山羊胡子。"听我说，拉维克，"他然后亲切地说，"你是一个不准行医的难民——"

"也不允许由我来替你做任何手术。"拉维克镇静地打断了他的话。他知道又要听那番老生常谈了，说什么国家对他这样宽容，他应该知道感激。

可是迪朗居然没有说出来。他知道时间已经太紧迫了。"两千。"他忍痛说，仿佛每一个字都是从他喉咙里飞出来的钞票，"这笔钱啊，还要我自己掏腰包呢。我想你以后会记得我对你的照顾的。"

他等着。好奇怪，拉维克想，吸血鬼居然也讲起仁义道德来了，这个纽扣上挂着法国荣誉勋章的老骗子，不知道害臊，反而指责我剥削了他，而且他自己居然还那么认为。

"好吧，就是两千。"迪朗说。"两千。"他又重说了一遍，仿佛他说着家啊，上帝啊，绿的芦笋啊，小的鹌鹑啊，陈的圣爱弥林酒啊之类，都过去了。

"好吧，那么现在我们可以开始了吗？"

那个人大腹便便，可是胳膊和腿却很细瘦。拉维克偶然知道了他是谁。他的名字叫莱瓦尔，是一个管理难民机构的高级官员。这件事，韦贝尔曾经当作一个特别笑话讲给他听过。莱瓦尔这个名字，国际旅馆里的难民没有不知道的。

拉维克很敏捷地开了第一刀，皮肤便像书页那样翻了开来。他把皮肤钳紧了，望着绽裂出的黄色脂肪。"我们要把这些脂肪割掉几磅，作为免费的礼物。他才可以照常吃喝呢。"他对迪朗说。

迪朗没有回答。拉维克为了触到肌肉，便把脂肪层割掉了。他现在居然也躺下啦，这个难民的小神道，他想，几百人的命运抓在他手里，抓在他苍白臃肿的手里，可是这双手现在也毫无生气地搁在这儿了，这个家伙，曾驱逐年老的梅欧教授，那位教授体力不济，无法再踏上这条受苦受难的道路，便在驱逐的前一天，在国际旅馆的衣橱里上吊死了，因为整个房间只有衣橱里有一个钩子。他由于饥饿而十分消瘦的身体轻得连衣钩都可以吊起来。他的身体仅仅成了一束衣服和裹在里面的几根骨头，那便是第二天早晨女招待发觉的模样。要是这个大腹便便的人还有一点儿慈悲的话，梅欧也许至今还活着。"夹子，"他说，"棉塞。"

他继续割着。犀利的刀锋，切除的感觉，腹部的窟窿，一圈圈白花花的肠子。这个敞开着肚子躺在这儿的人，原有他的道德原则。他对于梅欧也怀有一种人类的恻隐心，可是他也有他所谓爱国责任的观念。一个人总有一张可以躲藏的帷幕——上司还有他的上司——命令、指示、责任、吩咐，最后还有那三头六臂的妖魔——风纪、需要、不变的现实、任务，或者其他各种不管叫什么的东西，往往总有一张帷幕，最简单的人道的律法反被隐匿在后面。

那是腐烂而有病的胆囊。罗西尼那儿的几百块菲力牛排把他填坏了，那à la mode de caën[1] 肥肠，那浓稠的卤鸭，那野鸡、仔鸡、浓浓的沙司，再加上坏脾气，还有几百品脱的波尔多美酒。梅欧老教授是绝不会这样的。假如现在有点儿失误，割得太阔，割得太深，那么在一星期之内岂不是会有一个较好的人坐到那个充溢着档案和蛀虫的霉味的房间里吗？无数瑟缩着的难民在那儿等待着生或死的裁判。一个较好的人，然而，也许来一个更坏的呢。这个失掉知觉的六十岁的老迈身体躺在这明澈灯光下的桌子上，他以为自己是有人性的。当然他是一个温柔的丈夫，仁慈的父亲，可是当他一进那间办公室，便立刻变成了暴君，老是那么咆哮着，"我们不能够那样做"，还有"再能到哪里去找我们呢"，诸如此类的话。法国也不至于灭亡，假如梅欧还能继续吃他那口苦饭，假如寡妇罗森塔尔还能在国际旅馆的女招待下房里等待她已经阵亡的儿子，假如患结核病的布贩施塔尔曼不因非法入境罪而被判处徒刑，等他监禁六个月后释放出来，还来不及越过边境回去，就已经一命呜呼了。

很好，这一次的刀开得很好。不太深，也不太宽。肠线、瘤节、胆

---

[1] 法语，意为"卡昂式的"。卡昂是法国的一个地名。

囊。他拿给迪朗看。在白光底下，显得油腻腻的，便扔进了水桶。让我们继续工作吧。为什么在法国他们用雷凡定针来缝呢？把夹子拿掉！这个年俸三四万法郎的官员的温暖肚腹。他怎么能一次付出一万法郎的手术费呢？不够的开支又从哪儿弄来的啊？这个便便大腹的人也玩过打弹子游戏的。这一针缝得很好，一针又一针。两千法郎依然写在迪朗的脸上，虽然被他的胡子遮起来了。那是在他的眼睛里，一只眼睛里一千法郎。爱情会把一个人的性格都毁了，否则我不会勒索这个坐获渔利的人，以动摇他对于提拔后进的神圣使命的信心。明天他会假献殷勤地坐在那个便便大腹的人的床边，接受他对于手术的道谢。仔细点，只有一个夹子了。这个便便大腹的意义，在琼和我，便是够往昂蒂布去玩儿一星期。在我们这个时代，在尘灰的雨点中，可以享受一星期的光亮。在大雷雨前的一片蔚蓝的天空。现在是腹膜的缝合了。为了两千法郎，也得特别道地一点。为了纪念梅欧，我本该把一柄剪刀缝在里面。耀眼的白光。为什么一个人这么胡思乱想啊？报纸，也许是，无线电，说谎者和懦夫的不断的絮叨，雪崩似的话语，没有个中心，脑子里杂乱无章，揭露每个蛊惑人心的废物，不习惯再去啃那些硬面包似的知识了，没有牙齿的脑袋，真是无聊。现在这个也缝好了，还有这层松软的皮肤。在几星期之内，他又可以放逐那些发抖的难民了。切掉了胆囊或许他会变得宽厚些，假如他不死。像他那样的人，往往会活到八十岁，尊崇荣耀，子孙显贵。现在都好了，结束了。把他推走吧！

拉维克脱下手套，除下面罩。那个要员被毫无声响的轮车推出了手术室。拉维克还盯着他看。莱瓦尔，他想，你才不知道呢！你这个完全合法的胆囊，却让我这个非法的难民得以在里维埃拉非法地玩几天！

他开始洗手。迪朗在他旁边，慢慢地井井有条地也在洗手。这个老头儿的一双血管分明的手。当他仔细地搓着手指的时候，下颚仿佛很有节奏地咀嚼着什么，慢慢地，好像在磨粉。手指停下的时候，咀嚼也停止了。后来手指又开始搓着，下颚又复开始了咀嚼。而这一次，他洗得很缓慢，很从容。他想把两千法郎多保留几分钟吧，拉维克想。

"你还在等什么啊？"半晌迪朗这样问。

"等你的支票。"

"等病人付了，我就给你。那不过几个星期，等他出院之后。"

迪朗擦干手，然后拿起一瓶古龙香水洒着。"你总信任我的吧，是不是啊？"他问。

骗子，拉维克想，他居然还想盘剥点儿什么。"你说过病人是你的朋友，他只给你成本。"

"是的。"迪朗没精打采地说。

"那就好，所谓成本，只有材料和护士费用的几个法郎。你是院长，假如这些你算一百法郎吧，这笔钱你可以扣除，让我以后再拿好了。"

"那成本啊，拉维克医生，"迪朗挺立起来，这样说道，"说来抱歉，比我想象的还要高得多呢。给你两千法郎，也是那里边的一部分。所以我也要算在那个病人的头上。"他嗅了嗅手上的香水味，"你瞧……"

他笑了，那焦黄的牙齿跟雪白的山羊胡子，恰好形成绝妙的对照。仿佛什么人在雪上撒了尿似的，拉维克想，无论如何他会付的，韦贝尔会信赖那笔款子，给我这笔钱的，我现在真不想向这个山羊胡子求什么情了。

"好吧，"他说，"假如你手头不方便，就过后再给我吧。"

"并不是我手头不方便，你要求提得这样仓促，这样突然，那倒是手续的问题。"

"也好，那么就说是因为手续的问题，反正是一样的。"

"那却完全不同。"

"结果总是一样的，"拉维克说，"现在请你原谅我。我要去喝酒了。再见。"

"再见。"迪朗愕然地说。

凯特·赫格斯特伦微笑着。"你为什么不跟我一块儿去呢，拉维克？"

她站在他面前，娉婷地，镇静地，两条长腿，双手插在外衣口袋里。"菲耶索莱的连翘一定已经盛开了。沿着花园的墙根，满眼是蜡黄的火。一个火炉，书籍，安谧。"

外面一辆卡车沿着人行道辘辘地驶过。医院接待室里的玻璃镜框也都叮叮地响着，那些都是沙特尔大教堂的照片。

"夜间的宁静。一切都离得远远的，"凯特·赫格斯特伦说，"你喜欢那样的情景吗？"

"喜欢。可是我受不了。"

"为什么受不了呢？"

"对于一个自己很宁静的人，宁静才有用啊。"

"那我自己也不宁静。"

"你知道自己需要什么，那也差不多是一样的了。"

"你难道不知道自己需要什么吗？"

"我什么也不需要。"

凯特·赫格斯特伦慢慢地扣上了外衣。"你说，现在是怎么回事，拉维克？快乐，还是失望？"

他不耐烦地微笑着。"也许都有一点儿。照例是都有一点儿。可是这些个事，一个人不应该想太多。"

"那么一个人应该做些别的什么呢？"

"应该快乐。"

"一个人快乐了，就不一定需要别人了。"他说。

"一个人往往需要另一个人才会得到快乐。"

他沉默着。我在谈些什么啊？他想，旅途的闲谈，离别的慌乱，含糊的说教。"你曾说起过的小小的快乐，那是用不着别人的，"他说，"到处盛开着花朵，好像焚毁了的屋子周围的紫罗兰。一个不希望什么的人，是绝不会失望的，这是个最好的原则。这样，任何事情便都仿佛是额外增添的一点快乐。"

"那算不了什么，"凯特·赫格斯特伦答道，"只有当一个人躺在床上，小心谨慎地思考的时候，好像是那么回事。可是当他能够在地上走动，便不是那么回事了。于是他又失去了它。他需要更多的东西。"

一道斜斜的光芒穿过窗子，直落在她的脸上，一双眼睛陷在黑影里，只有一张嘴是浴着光芒的。

"你认识佛罗伦萨的医生吗？"拉维克问。

"不认识。我难道还需要医生吗？"

"以后说不定会发生什么小小的事情的。不管什么事情。如果你在那边也有一位医生在，我就更放心了。"

"我觉得身体很好。万一有什么事情，我会赶回来的。"

"当然，这也不过是预防万一而已。那边佛罗伦萨有一位很好的医生，费奥拉教授。你记得住吗？费奥拉。"

"我会忘记的。可是那也无所谓，拉维克。"

"我会写信给他的。他会照顾你。"

"那又为什么呢？我又没有什么病痛。"

"这是职业习惯，有备无患，凯特，并没有其他的原因。我会写信给他，请他打电话给你。"

"悉听尊便。"她拿起了手袋，"再会吧，拉维克。我要走了。也许我直接从佛罗伦萨到戛纳去。再打那儿乘萨伏依伯爵号到纽约。假如你得便来美国，你会见到一个住在村舍里的女人，跟她的丈夫、孩子、马和狗在一起。我把你所认识的凯特·赫格斯特伦留在这儿。她在沙赫拉扎德有着一个小小的坟墓。要是你到那儿去，请你祭奠一杯酒。"

"好的。用伏特加。"

"是的。用伏特加。"她在房间的阴暗处犹豫不决地站着。光线从她背后落在沙特尔大教堂的一张照片上，那高高的祭台和十字架。"好奇怪，"她说，"我应该很高兴的。我又不是……"

"临别往往是这样的，凯特。即使是跟失望告别的时候。"

她站在他面前，踯躅地，显得很温婉，很坚毅，可是有点儿悲愁。"告别的时候，最简单的办法就是走，"拉维克说，"来吧，我跟你一块儿走出去。"

"好的。"

温暖而湿润的空气弥漫在屋顶的上空，看去好像是灼热的铁。"我想替你叫一辆出租汽车，凯特。"

"不。我想走到拐角。我看见那边有一辆。今天还是我第一次重新出门呢。"

"觉得怎么样？"

"觉得像喝了点酒似的。"

"你要我替你叫一辆出租车吗？"

"不。我想走走。"

她注视着湿润的街道，然后笑了。"在某个角落里，好像还有点可怕的东西。那也是病后的关系吗？"

"是的。正是那个关系。"

"再会吧，拉维克。"

"再会吧，凯特。"

她又站了一会儿，仿佛有什么话要说，然后踏着小心翼翼的脚步走下阶梯。纤弱的她很温婉地循着街道，走向紫色的黄昏，走向她的死亡。她头也不回地走了。

拉维克走了回来。当他走过那间凯特·赫格斯特伦住过的病房时，突然听见了音乐声。他惊奇地站住了。他知道这里还没有新来的病人搬进去。

他轻轻地推开门，看见一个护士跪在一台唱机前。她听到了拉维克的声音，便突然一怔，站了起来。唱机正在放着老唱片《最后的华尔兹》。

那姑娘把衣服抚平。"赫格斯特伦小姐送我这个唱机作礼物，"她说，"这是美国制造的，这儿买不到，全巴黎都没有卖。这是这儿唯一的一台唱机。我立刻就在试。已经自动调换了五张唱片啦。"

她现出一副扬扬得意的神色。"至少值三千法郎呢。连这许多唱片，一共有五十六张。而且，还有一只收音机装在里面。真是好运气。"

运气，拉维克想，快乐，又是这一套，有个唱机就快乐。他站在那儿听着。提琴的声音从乐队里飞扬了出来，仿佛一只鸽子，凄婉而伤感。这种抑郁的气氛，有时候比肖邦的那些夜曲还要感动我们的心。拉维克环顾四周。床铺已经拆掉，被褥已经搬开。换下来的被单堆放在门口。窗子敞开着。暮色冷酷地窥探着房间。一股残留的香味和一缕消逝了的华尔兹旋律，这是凯特·赫格斯特伦留在这儿的东西。

"我不能把所有的东西一下子都搬走，"那护士说，"那太重了。我先把这台无线电唱机搬走，然后再来两次，把唱片也搬走。也许要三次呢。真了不得。有了这些东西，简直可以开一家咖啡馆。"

"好主意。"拉维克说，"当心，可别摔坏了什么东西。"

15

拉维克醒来得很晚。这一会儿的时间，他仍然躺在古怪的薄暮中，介于梦境与现实之间，梦境还未消逝，可是更显得憔悴而破碎了。而同时，他早已意识到自己在做梦。他好像身处德国边境附近的黑森林，在一个小小的站台上。不远处传来瀑布的声音，山上飘来松树的香味。好像是夏天，山谷里弥漫着树脂和草地的气息。铁轨被傍晚的残阳照耀得殷红，仿佛一辆滴着鲜血的火车从上面滚过似的。我在这儿做什么啊？拉维克想，我在这德国做什么啊？我是在法国，我是在巴黎啊。他漂浮在柔软的红色波浪上，这使他更昏昏欲睡了。巴黎正在融化，只剩了一股朦胧的烟霭，接着便消失了。他已经不复在巴黎。他是在德国。然而，他为什么又回来了呢？

他穿过了小小的站台。那个列车员站在报摊旁，正在看着《人民观察家报》[1]。他是一个中年人，长着一张肥胖的脸，两道金黄的眉毛。"下一班车，什么时候开啊？"拉维克问。

那个列车员懒洋洋地瞅了他一眼。"你要到哪儿去？"

---

[1] *Völkischer Beobachter*，原为 1887 年创立的《慕尼黑观察家报》，1920 年被纳粹党买下，成为其机关报。

拉维克突然觉得惊惶起来。他现在在哪儿啊？这个地方叫什么？这个车站叫什么？他要不要就说到弗赖堡去呢？真见鬼，他怎么不知道他是在哪儿啊？望了望站台的四周，一点儿标志也没有，也没有这个地方的名字。他笑了。"我是出来度假的。"他说。

"那么你想去哪儿呢？"列车员问。

"我只是在游历，偶然在这儿下了车。我喜欢这儿车窗外的景色。现在，我又不喜欢它了。我受不住那个瀑布。我现在想继续赶路。"

"你要到哪儿去呢？你应该知道你究竟要到什么地方去。"

"后天我一定要到达弗赖堡。我想时间是够的。这样漫无目标地赶路，真是很有意思。"

"这条路线不通到弗赖堡去。"列车员望着他说。

多么无聊的事哪，拉维克想，我为什么要问他呢？我怎么会到这儿来？"我知道，"他说，"我有充分的时间。这儿附近有什么地方卖樱桃酒吗？真正的黑森林樱桃酒。"

"那边车站饭店里。"列车员说，仍望着他。

拉维克慢慢地穿过了站台。在车站的露天站台上，他那踏着水泥地的脚步，发出囊囊的回响，他看见两个人分别坐在头等和二等候车室。他觉得他们在瞧着他的背影。几只燕子在车站的屋檐下翻飞。他装作在凝视着那些燕子，可是又用眼角瞟着那个列车员，只见他正在折拢手里的报纸，接着便跟踪了过来。拉维克走进饭店，里边一股啤酒味儿，却一个人也没有。于是他又走了出来。列车员站在门外，瞧见拉维克出了门，走进候车室。拉维克加紧了脚步。这使他的形迹显得有点儿可疑，他自己也突然觉察到了。在车站的拐角处，他转了个弯。站台上没有人。他急急地从快件托运处和空无所有的行李房中间穿过，在堆着几桶牛奶的行李装卸台下面走着，蹑手蹑脚地经过快件室的窗子，里头有一台发报机在嘀嗒嘀嗒地发报，走到车站的那一边，他才小心翼翼地转过身。然后又飞快地跨越了铁轨，奔过一块茂盛的草地，走向那片松林。当他奔过草地的时候，蒲公英的种子飞扬起来。他走到松林边，看见那个列车员和另外两个人站在站台上。列车员向着他们指点，那两个人便奔了过来。他立刻往回一跳，在松林中夺路前进。松针刺着他的脸庞。他跑了很远才站定下来，生怕他的踪迹被发现。他听到两个人正推开松树，继续奔跑。他一刻不停地谛听着。有时候一点声息也没有，于是他只能等待。后来又听到一种窸窸窣窣的声音，便继续爬着。现在是用手和膝盖前进了，以便降低声音。谛听的时候，双手攥成拳头，还屏住了呼吸。他感觉到一种痉挛似的冲动，想跳起来，冲出去，然而那么一来，他的行踪立刻会被发觉的。所以他只能在他们移动的时候才移动。他躺卧在一片灌木丛中，周围全是肝状的蓝色小花。Hepatica triloba，他心里想，Hepatica triloba，肝叶草。这一片丛林仿佛是漫无边际的。这时候，到处都像有窸窸窣窣的声音。他觉得全身的毛孔都渗透着汗水，像雨淋似的。于是他突然趴下来，仿佛骨节都软了。他想站起来，可是被大地吞了下去。泥土成了沼泽。他俯首一望，土地还是很坚实的。那是因为他的腿，两条腿像是橡胶制的。此刻他听到那两个追踪的人跑得更近了。他们径直向他奔来。他振作自己，想挺身起立，可是那两个橡胶膝盖又瘫软下去了，他拖着两条腿，艰苦地行进着，他听到窸窸窣窣的声音越来越近了，忽然一片蓝天出现在树枝中间，一片空地，豁然开朗起来，他知道假如他不能赶快穿过去，他就完蛋了，于是他继续拖着，拖着，转过身去，却突然在他背后看见一张脸，狡猾地微笑着，那是哈克的脸，他便沉落下去了，毫无抵抗，毫无援助地沉落下去了，他窒息着，用他的双手扯着沉将下去的胸脯，他呻吟起来……

他在呻吟吗？他到底在哪儿？他觉得自己的双手按放在喉头上。双手都湿了。喉咙也湿了。胸脯也湿了。脸孔也湿了。他睁开了眼睛。还不明白自己到底在哪儿，在松林的沼泽中，还是在别的什么地方。总之，好像他自己根本不知道自己在巴黎似的。一轮皑白的月亮，挂在一个陌生世界上空的十字架上，一缕洁白的光芒照着那黝黑的十字架背后，仿佛基督的灵光。一种惨白的光芒，散在铅似的天空上，无声地呐喊着。那轮圆月照着十字形木头窗格，那是巴黎国际旅馆一个房间的窗户。拉维克坐了起来。这是什么啊？一列满是鲜血、滴着鲜血的火车，在一个炎夏的夜晚，在血的轨道上疯狂驰过——做过几百次的噩梦，梦见他又在德国，被包围着，虐待着，被嗜血的政权的绞刑官吏追逼着，这个政权是以谋杀为合法的，他已经遭遇过不知有多少次了！他眺望着圆月，它用借来的光芒吮吸着世界上的一切色彩。这些噩梦，充满着集中营的恐怖，充满着殉难友人的呆木的脸，充满着后死者无泪的僵化了的苦痛，充满着伤心的诀别和更甚于其他痛苦的寂寞。白天他竖立起一个屏障，比一个人眼睛更高的壁垒，那是在悠长的苦难岁月中，慢慢地建造起来的，欲望被玩世不恭所抑压，记忆被铁石心肠所埋葬所践踏，一切都毁灭了，甚至连他自己的名字、感情也被胶粘起来。虽然如此，可是有时候，往事的模糊面貌还会在猝不及防的时候浮现，甜蜜的，鬼似的，呼召着，于是借酒浇愁，喝得酩酊大醉，让什么都沉溺。那是在白天，一到了夜晚，他又只能听任它摆布了，纪律的制动机渐被松弛，车辆开始滑动，在意识的天际背后，一幕幕往事又升将起来，从坟墓中裂出，于是凝冻的痉挛松开了，幽灵出现了，血液沸腾了，创伤复发了，而那黑色的暴风雨也扫过了一切的城镇和障碍物。忘记吧，当意志力的明灯还烛照着这个世界的时候，这原是很容易的，可是当那明灯的光芒消退，蠕虫的闹声响了起来，一个毁损了的世界又像沉沦的维尼泰[1]似的从洪水中浮现出来、复活起来的时候，那又是另外一回事了。一个人可以喝醉了酒，迟钝而阴郁地一夜又一夜去克服这些东西，一个人可以把黑夜变成白昼，把白昼变成黑夜。白昼和黑夜，人的梦境是不同的。白昼的梦境不会那么孤寂，而夜晚什么事情都被割离了。他有没

---

[1] Vineta，传说中波罗的海沿岸一座被淹没的城市。

有那么做过呢？他不是常常在第一缕灰白的晨曦爬上街头的时候，才回到旅馆里去吗？他不是常常在国际旅馆的那个"墓窟"中，跟任何愿意跟他喝酒的人一块儿等待，直到莫罗佐夫从沙赫拉扎德来了，才在人造棕榈叶下继续对饮吗？这个没有窗户的房间，只有一架时钟在指示着外面天亮到什么程度了。在一艘潜水艇里喝酒，正是那么个模样儿。摇摇头说应该理智点儿，那原是很容易的，可是鬼知道，真要做到可没有那么容易！生命毕竟是生命，它毫无用处而又有一切用处，一个人不妨把生命都抛弃了，那原是很容易的。可是一个人能把深仇大恨也抛弃了不成？一个人能把那一刻不停地被嘲弄、被唾弃、被取笑的东西，概括地说就是一种对于人性与人道的信仰，也都抛弃了不成？空虚的人生不能像空虚的药包那样，可以轻易抛弃。等待时机到来或者觉得需要的时候，它还是能够作战的。不是为了个人，甚至不是为了复仇，虽然这血的仇恨是如此深，也不是为了利己主义，不是为了利他主义，虽然这有助于推动轮子把这个世界带出血污与瓦砾堆，不是为了别的，只是为了战斗，仅仅为了战斗，只要还有一口气，就等待着一个作战的机会。然而这个等待是有腐蚀性的，也许最终会失望，而且还有一种说不出来的恐惧；也许机会来了，一个人已经被过分压榨，被过分销蚀，等待得已经没有气力，浑身的细胞已经没有劲儿，无法再跟别人一起行进了！一个人把活跃在神经上的一切都践踏埋没了，用讥嘲，用讽刺，甚至用无情冷酷来灭绝那一切，这使他逃进了另一个人。另一个陌生的自己吗？即使到了这种地步，当一个人睡着后，在梦境里，还是会再一次被残酷的刑罚折磨得昏厥过去。

圆月爬上了窗口。这时候已经不像是基督的灵光，仿佛一个胖胖的登徒子在窥探着姑娘的闺房。拉维克现在已经清醒了。这是一个比较无害的噩梦。他还做过别的可怕的梦呢。已经好久不做什么梦了，他思忖着。自从不再单身独睡以来，他就没有做过梦。

他在床边摸索着。酒瓶已经不在了，已经有一段时间不放在那儿了。它被移放在房间角落的桌子上。他犹豫了一下，现在不需要喝酒，他是知道的，可是也不需要戒酒。他站起来，光着脚走到桌子边。他找了个酒杯，拔开瓶塞，斟了就喝。那是喝剩下的陈苹果白兰地。他把酒杯举到窗前，月光把它照成了一颗猫眼石。白兰地是不宜放在亮光底下的，他想，不宜放在太阳底下，也不宜放在月亮底下，受伤的士兵假如在圆月底下露宿一晚，要比其他的晚上都容易伤身体。他摇了摇头，把酒喝干了。于是又斟满了一杯。他抬起头来，发现琼已经睁开眼睛，瞧着他。他站住了，不知道她是不是真的醒了，确实已经看见了他。

"拉维克。"她说。

"哦——"

她颤抖了一下，仿佛刚醒来似的。"拉维克，"她又变了个声调说，"拉维克——你在那儿做什么？"

"我在喝酒。"

"可是为什么……"她坐了起来，"是怎么回事？"她睡眼惺忪地说，"出了什么事吗？"

"没有什么。"

她把头发捋到了后边。"天哪，"她说，"真要吓坏我呢！"

"我倒不是故意的。我以为你还不会醒来的。"

"突然你站在那儿，在角落里，完全变了。"

"我很抱歉，琼。我以为你不会醒来的。"

"我觉得你好像已经走了。冷得很，好像一阵风。猛然一惊。可是突然你又站在那儿。到底有什么事啊？"

"不，没有什么。一点儿事也没有。琼，我只是醒了过来，想喝点儿酒。"

"让我也来啜一口。"

拉维克斟满了酒杯，走到床前去。"这一会儿，你真像个小孩子。"他说。

她用双手接过了酒杯，喝着。她喝得很慢，从酒杯的边缘上睽着他。"是什么把你弄醒来的？"她问。

"我不知道。我想是月亮。"

"我恨月亮。"

"你在昂蒂布就不会恨月亮了。"

她放下了酒杯。"我们真要去那边吗？"

"是的，我们要去。"

"离开这儿的雨雾吗？"

"是的……离开这该死的雨雾！"

"再给我一杯酒。"

"你不想睡了吗？"

"不睡了。睡觉太可惜了。一个人因为睡觉浪费了太多的生命。请你给我一杯酒。这是好的那一种吗？我们要不要带着一起走？"

"一个人不应该带着所有东西一起走的。"

她注视着他。"永远不应该吗？"

"永远。"

拉维克走到窗前，拉上窗帘。这窗帘只遮住了一半，月光好像照进天窗那样从窗帘没遮住的地方射进来，把房间分隔成朦胧幽暗的两半。"你为什么不到床上来啊？"琼问道。

拉维克站在那道月光另一边的沙发旁。他在朦胧中睽见了琼，看她盘膝坐在床上。她的头发幽沉而光洁，直披到项背。她袒露着。就在他与她的中间，流荡着一道阴冷的光芒，仿佛两边都是黑暗的堤岸，他们只在自己的小河中流动。这道破碎的光芒撞到一颗遥远而死气沉沉的星上，不可思议地从温煦的阳光变成了铅一般阴冷的月光，遥远地穿过了连空气也没有的黑暗太空，流荡到这间洋溢着酣睡的温暖气息的房间里，流荡着，流荡着，然而木然静止，永远填不满这个斗室的空间。

"你为什么不来啊？"琼问。

拉维克穿过房间，经过黑暗，经过光亮，又经过黑暗，只有那么几步路，可他觉得仿佛很远很远。

"你把酒瓶带来了吗？"

"带来了。"

"你要不要酒杯？什么时候了？"

拉维克看了下小小夜光表的指针。"差不多五点。"

"五点，好像是三点，又好像是七点。夜里的时间仿佛是静止的，只有手表在走动。"

"是的。尽管这样，一切的事情，却都在夜里发生，或者，因为夜才发生。"

"什么事？"

"那些一到白天就看得见的事。"

"你不要吓我。你说，那些事，都在一个人睡觉之前发生吗？"

"是的。"

她从他手里接过了酒杯，喝着。她很美丽，他觉得自己很爱她。她的美丽，绝不是一尊塑像或者一张照片那样的美丽，而是好像被微风吹拂着的草地那样的美丽。那是她的生命，使她形成了现在的模样，她在子宫中，由于两个细胞的结合，而神秘地从虚无缥缈中形成了现在的模样。同样是不可理解的谜，整棵的树木，却包含在一颗硬化的微小的种子里，在那儿预先注定似的，会发芽，会结果，会在四月的清晨开出茂盛的花朵。经过一夜的风流，一堆黏液的会合，于是出现了一张脸、两个肩膀、一对眼睛，这些眼睛、肩膀，原是到处都有，全世界亿万人中到处都有的，后来却在十一月的夜里，当一个人站在巴黎阿尔玛桥上的时候，这双眼睛和肩膀，便向那个人过来了……

"为什么在夜里呢？"琼问。

"因为——跟我靠近点儿，亲爱的，请你将自己从睡眠的深渊中归还给我，从月亮的草原上回到我这儿来——因为黑夜和睡眠都是叛逆者。你总记得今夜我们睡觉的时候吧，彼此都贴得紧紧的，贴得那样紧，尽我们可能地紧贴着。我们的额角，我们的皮肤，我们的思想，我们的呼吸，都彼此紧贴着，融合着。于是睡眠渐渐向我们中间渗透进来，灰色的，无色的，先是细微的几滴，然后增多了，像疥癣一样地蔓延到我们的思想上，蔓延到我们的血液里，它一滴一滴从无意识中将迷惘注入我们中间。于是，突然地，彼此都孤单了，我们各自单独循着黑暗的河道，流往一个地方，被那不知名的力量控制着，被那无形的威胁诱迫着。当我醒来的时候，我才看见了你。可是你还沉睡着，你还离得很远。你完全从我这儿溜开了。你再也一点儿不知道我。你在一个我所永远不能追随的地方。"他吻了吻她的手，"我这样每夜在睡眠中失掉你，爱情怎么能够美满呢？"

"可是我紧贴着你，睡在你身边，搂在你怀里。"

"你在一块不知名的土地上。你虽然在我的身边，可是比你在天狼星上更来得遥远。要是在白天你这样离开是无所谓的，因为在白天，我什么事情都知道。可是到了夜里，谁能够什么事情都知道呢？"

"可是我跟你在一起啊。"

"你不是跟我在一起。你只是躺在我旁边。谁知道他怎么从一片不能控制的土地上回来呢？那只是不知不觉地转变。"

"你也是那样的啊。"

"是的，我也一样。"拉维克说，"现在你再把酒杯给我。当我这样胡诌的时候，你却在喝酒呢。"

她把酒杯还给了他。"你醒着就好，拉维克。感谢月光。没有它，我们一定还会睡着的，彼此又不知道了。也许，当我们不加防备的时候，一颗离别的种子就在一个人心中播下了。于无形中逐渐生长，直到有一天真的露了出来。"

她妩媚地笑着。拉维克望着她。"你没有把它看得太认真吧，是不是？"

"是。你呢？"

"也是，可是有一点这样的意思。这便是我们不把它看得太认真的理由。这也可见人类毕竟是伟大的。"

她又笑了。"我倒不怕。我信任我们的肉体，它比那些夜晚在我们脑子里盘旋的思想更知道它需要的是什么。"

拉维克喝干了酒。"好吧，"他说，"说得也很对。"

拉维克把酒瓶拿到月光里照了一下，还有三分之一的样子。"剩下的不多了。"他说，"可是我们还可以试一试。"

他把酒瓶放到床边的桌子上，转过头去望着琼。"你看起来好像完全满足一个男人的一切欲望，可是还多了点什么，那他可不知道。"

"好的，"她说，"我们应该每夜都醒来，拉维克，你在夜里，跟在白天完全不一样。"

"比白天好吗？"

"就是不一样，在夜里，你真叫人吃惊。你好像从一个什么地方来的，关于那个地方，人们一点儿也不知道。"

"白天就不是这样吗？"

"不是常常，有时候是。"

"多令人高兴的信任。"拉维克说，"几星期以前，你是不会告诉我的。"

"不会。那时候我还不怎么了解你。"

他抬起头来，看见她脸上并没有含糊暧昧的阴影。她就是那样想的。这也很自然。她既不想伤他的心，也不想说什么特别重要的话。"那就很好了。"他说。

"为什么？"

"再过几个星期，你一定会更加了解我，我也可以更少叫你吃惊了。"

"就像我一样。"琼说着笑了起来。

"不会像你。"

"为什么不会呢？"

"理由是根据五万年生物学的原理，爱情使女人灵敏，使男人糊涂。"

"你爱我吗？"琼问。

"爱你。"

"这话你没有常常跟我说啊。"她伸了个懒腰。仿佛一只踌躇满志的猫，拉维克想，仿佛一只得意扬扬的猫，找到了一个猎物。

"有时候我真想把你扔到窗外去。"他说。

"那你为什么不这样做呢？"

他望着她。"你会那样做吗？"她又问道。

他并没有回答。她又睡到了枕头上。"因为爱他而毁灭他吗？或者因为太爱他而杀死他吗？"

拉维克伸手去拿酒瓶。"天哪，"他说，"我造了什么孽，该受这样的罪呢？为什么半夜里醒来，还不得不听你说这些话？"

"说的不是真话吗？"

"是真的，对于三流诗人和不会发生这些事情的女人。"

"还有做了那种事情的人。"

"不错。"

"你会那样做吗？"

"琼，"拉维克说，"不要像小保姆那样喋喋不休了。我不是一个会那样沉思默想的人。我早已杀死过很多人，无论从业余还是专业的角度讲，作为一个兵士，或者作为一个医生。那会给人带来轻蔑、冷漠和对于生命的崇敬。杀人不会把许多东西都抹掉。一个常常杀人的人不会由于爱情而去杀人。一个人用杀人使死亡变得可笑和渺小。可是死亡本身绝不是渺小而可笑的。杀人不是女人的事，这是男人的事。"他沉默了片刻。"我们在说些什么啊？"他说着，俯视着她，"你不就是我没有根的快乐，我云端上的快乐，我探照灯下的快乐。来吧，让我来吻你。生命从来就没有像今天这样宝贵，因为生命在今天太不在乎。"

16

　　光，永远在更新的是光，它仿佛介乎海洋的深碧与天空的浅碧中间的白沫那样，从地平线飞着过来，仿佛没有呼吸，又仿佛深长地呼吸着，飞着过来，辐射反耀而成一体，这样明亮，这样闪烁，好像没有实质似的飘着，成为一种简单而原始的快乐……

　　照在她头后面的是什么啊，拉维克想，像一个没有颜色的光晕！没有背景的空间！在她肩膀上怎么荡漾的啊？仿佛迦南的奶水，从光里纺出来的丝缕！在这样的光流里，谁也不会显得赤裸裸的，皮肤会将光接下来，又将它辐射出去，仿佛岩石和海水那样，浮着轻盈的白沫，最透明的混杂，最光亮最单薄的雾一般的衣衫。

　　"我们到这儿来了多久啦？"琼问。

　　"八天。"

　　"仿佛八年了，你是不是也有这样的感觉？"

　　"不，"拉维克说，"仿佛八个小时，八小时又三千年。你现在站着的地方，三千年前一个年轻的伊特鲁里亚女人也曾一模一样地站过，而非洲吹来的风也曾一模一样地追逐着光，越过了海洋。"

　　琼在他身边的岩石上蹲了下去。"我们什么时候回巴黎呢？"

　　"今夜在赌场，我们就可以决定了。"

“我们赌赢了吗？”

“赢得还不够。”

“你赌起来像是一个老于此道的人，说不定你确是个老手。我真是一点儿也不了解你。那个赌台的收账员为什么把你当作一个富有的军火商那样来招待？”

“他弄错了，以为我是个军火商。”

“那可不对，你也认识他的。”

“假装认识就会客气得多。”

“你最近一回来这儿是什么时候？”

“我说不上，总有好几年了。你晒得好厉害！你应该常常像这样晒成褐色才好。”

“那我就得常住在这儿了。”

“你想吗？”

“不想常住。可是我倒想常常像我们在这儿一样地过生活。”她把头发撩到了肩膀后面，“我知道你一定以为这个想法很浅薄，是不是？”

“不。”拉维克答道。

她微笑着转过身去，望着他。“我知道那是浅薄的，亲爱的，可是，天哪，在我们悲愁的生活中，这种浅薄的事也太少啦！我们受够了战争、饥荒、动乱、革命，以及通货膨胀，却从没有一点儿安全、轻松、安静与时间。而现在，你说又有一次战争要爆发了。真的，我们的上一代，生活倒比较容易，而我们可够苦了，拉维克。”

“是的。”

“我们只有一次短促的人生，一下就过去了……”她把双手摊放在温暖的岩石上，“我本来就没有多大的价值，拉维克，也不希望生活在一个历史性的时代，我只要快快乐乐，但求生活不要太繁重，太艰苦。不过如此而已。”

“谁又不那样希望呢，琼。”

"你也那样希望吗？"

"当然。"

那种蓝色，拉维克想，地平线上那种几乎没有色彩的蓝色，从海天相接的地方，暴风雨般沿着海和天穹直插下去，映入比在巴黎更显得碧蓝的眼睛里！

"我但愿我们能够实现这种希望。"琼说。

"可是就眼下来说，我们已经实现了。"

"是的，在眼下，在这几天里，可是我们就要重返巴黎了，回到那个什么也没有改变的夜总会，回到那种肮脏的旅馆里去生活。"

"你说得太夸张了，你的旅馆并不见得肮脏。我的旅馆才肮脏得厉害呢，除了我住的房间。"

她把手肘搁在膝盖上。海风吹过她的头发。"莫罗佐夫说你是一个了不起的医生。你落到这个地步实在很可惜，你本来可以赚到很多钱。尤其是当外科医生。迪朗教授……"

"你怎么提起他来了？"

"有时候，他也上沙赫拉扎德去的，那个招待领班雷尼说，他没有一万法郎的手术费是绝对不肯动手术的。"

"有时候，他一天会动两三个手术。他有一幢豪华的住宅和一辆柏卡德汽车。"

奇怪，拉维克想，她的面容一点儿也没有变，要是说真有什么改变的话，当她唠叨着那种陈腐的老奶奶的无聊话的时候，倒是比以前更加动人了，她像一个碧眼的亚马孙女战士，有着生儿育女本能，宣扬着银行家们的理想。可是她不是对的吗？这样美丽的人不是从来都是对的吗？而且她不是有着世界上的一切借口吗？

他瞧见一艘汽艇，在波涛汹涌的浪尖上驶近过来。他没有移动，他知道为什么驶来了汽艇。"你的朋友来啦。"他说。

"在哪儿？"琼早已看见了汽艇。"为什么说是我的朋友呢？"她问，"其实早就是你的朋友了，他们认识你，要比你认识我早多了。"

"早十分钟。"

"无论如何是早一些。"

拉维克笑了起来。"不错，琼。"

"我用不着去。那很简单。我不想去。"

"当然不啦。"

拉维克在岩石上伸了一个懒腰，闭上眼睛。太阳一下子变成一条温暖的金色毛毯。他知道这以后会有一些什么事情。

"我们都不怎么客气。"隔了半晌，琼说道。

"恋人们是不会客气的。"

"为了我们，他们两个人都来了。来招呼我们了。假如你不愿意一起去兜兜风，那你至少也得下去告诉他们一声啊！"

"好吧，"拉维克把眼睛睁开了一半，"让我们干脆点，由你下去告诉他们，我要工作，让你跟他们去，像昨天一样。"

"工作，谁会在这儿工作？你为什么不跟我们一块儿去呢？他们都很欢迎你。昨天你没有去，他们都已经很失望了。"

"哦，天哪！"拉维克把眼睛全睁开来了，"为什么所有的女人全爱这一套废话？你爱去兜风，我没有船。人生很短促，我们在这儿也只能玩这么几天，为什么我要对你装得慷慨大方，只为了使你觉得舒服，劝你去做你本来就会去做的事情呢？"

"你不用劝我。我自己会去做的。"

她望着他。她的一双眼睛还是那样洋溢着喜气，只有她的嘴巴撇了一下，这样的表情，在她的脸上迅速地掠过，弄得拉维克不相信自己是错了，然而他知道他并没有错。

海水拍击着码头上的岩石，发出回响，溅得高高的，闪烁着光亮的浪花，又被风儿吹走了。一星飞沫溅在拉维克的皮肤上，好像一下轻微的震动。"那是你的浪潮，"琼说道，"你在巴黎跟我讲的那个故事里的浪潮。"

"原来是这样，你还记着吗？"

"是的，可是你不是一块岩石，是一块混凝土。"

她走下码头，整个天空好像搁在她那美丽的肩膀上，由她扛着似的。她也有她的借口。她原可以坐在白色的小艇上，让头发在海风中飘拂，而我，没有跟着他们同去，真是一个傻瓜，拉维克想，然而我实在也不配演那样的角色，这也是逝去韶华中的一种愚蠢的骄矜，堂吉诃德式的，可是此外还剩下些什么呢？月夜的无花果树、塞内卡[1]和苏格拉底的哲学、舒曼的提琴乐曲，以及比别人更早预知的失败。

他听到从底下传来的琼的声音，然后又听到马达的低沉巨响。他站起身来。她大概会坐在船艄。在海里的一处什么地方，有着一个岛屿，还有一座修道院。有时候，从那儿传来几声鸡鸣。太阳从一个人的眼睑上映过，颜色浓重又那么鲜红！小时候，在那柔软的草地上盛开着血似的红花，还有那海边的古老催眠曲，维内塔的钟声，无思无虑的神奇的愉快。他很快就睡着了。

下午，他到车库去找他的汽车。那是一辆塔尔博特牌的车，莫罗佐夫替他在巴黎租的。他跟琼两个人就是开着那辆汽车到这儿来的。

他沿着海岸驶行。天色清丽，几乎太明亮了。他驶过滨海道路，到了尼斯，又到了蒙特卡洛，然后抵达滨海自由城。他喜欢这个小小的古朴港口市镇，便在码头上的一家小酒馆前面坐了一会儿。他在蒙特卡洛赌场前的花园里，以及高出海面的那个自杀者公墓上，漫步了一阵，他找了一座坟墓，微笑着站在前面很久。而后他又驶回戛纳，再从戛纳上去，到那有红色岩石的小渔村，它的名字取自圣经。

他已经忘记了琼，忘记了自己。他只在领略清丽的天空，以及太

---

[1] Seneca（公元前 4 年~65 年），古罗马哲学家、政治家和剧作家。

阳、海水、陆地所组成的整体，上面的山路虽然还堆积着白雪，但海岸却显得光彩夺目。密雨在法国的上空酝酿着，风暴在欧洲咆哮，唯有这狭隘的海岸仿佛还茫然无知似的，好像生命被遗忘在这儿，它似乎有着不同的脉搏。当后面的大陆被你的悲愁、预感、危险的迷雾染成灰色的时候，这儿的太阳却还是晴朗地照耀着，恬静得很，在它的光芒中，正簇聚着一个垂死世界的最后泡沫。

飞蛾和蚊子聚集在最后的光芒周围飞舞，跟所有蚊子的舞蹈一样没有一点儿意义，跟咖啡馆里的轻音乐一样傻乎乎的。世界仿佛已经变成了多余的东西，好像十月的蝴蝶，它们的夏日之心早已结上了冰霜，在镰刀和疾风来临前的一瞬间，尽情跳舞，喧闹，调情，恋爱，陷害，欺骗自己的知觉。

拉维克把汽车驶入圣拉斐尔渔港。这个小小的方形港湾里满泊着帆船和汽船。码头上的咖啡座都张起了花花绿绿的遮阳伞。晒黑了皮肤的女人坐在桌子边。拉维克想，怎么一切又恢复常态了，愉快的、安闲的生活，欢乐的诱惑、安慰和嬉戏，不管怎么恢复的，总算暂时恢复了。这种特别的、蝴蝶似的飘忽的生活，他原来也经历过，那时候他感到满足。汽车驶入了街道，沿着殷红的残阳急驶。

他回到了旅馆，看见一张留下的字条。原来琼打来过电话，告诉他不回来吃饭了。于是他又走到乐园岩饭店去，那边吃饭的客人并不多。其余的客人都往朱安莱潘和戛纳去了。他坐在花坛的栏杆边，那花坛筑在一块磐石上，好像船上的甲板。下面的波涛在汹涌奔流，浪潮在夕阳中澎湃，从深红和青碧变成浅淡的金红和橙黄，然后驮着薄暮的黑暗，喷溅出朦胧的泡沫。

他在花坛上坐了很久，觉得有点儿寒意，也觉得特别孤寂。他对于一切的事情看得很清楚，并没有感情用事。他知道目前还可以防御，狡猾和诡谲的手段原是可以运用的。他全知道，只是他不愿意运用。现在已经不是用那些手段的时候，诡计应该用以对付小事情。现在唯一的办法是迎头应付，老老实实地去应付，不要自欺，不要回避。

拉维克把那杯清澈的普罗旺斯酒擎在阳光里。一个寒冷的夜，一座环海的花坛，天空中荡漾着残阳话别的笑声和遥远繁星的铃声，而我心里边也很寒冷呢，他这样想，仿佛一道探照灯光直刺未来的宁静岁月，光扫过去了，便又让它们落在黑暗中，我是明白的，虽然目前并没有苦痛，可是我知道，那是不会永远没有苦痛的，我常常觉得自己的生命正像我手里的酒杯，透明，斟满了洋酒，可是不能老是这么盛放着，因为它会变得平淡，变成全无感情的腐败的酸醋。

这大概是不会延续得长久的。另一个生命已有过太多的新的开端，似乎已经有可能维持现状，它仿佛一棵向着阳光的花木，天真烂漫，无忧无虑，它会向往着那种引诱，憧憬着那种斑驳灿烂的生活。它需要未来，而目前他能够奉献给它的是支离破碎的现在。此刻还没有发生什么事情，可是也并不一定需要发生什么事情。一切往往都是早就注定的，只不过人们并不注意这一点，把壮观的结局看成决定本身，实际上，在几个月以前，早已经悄然地决定了。

拉维克喝干了酒，这杯淡味的酒，味道仿佛跟以前的不同。他又斟满了一杯，喝干了。这酒又一次有一种淡淡的古怪的味道。

于是他站起身来，开着汽车驰往戛纳，驰往蒙特卡洛赌场。

他舒服地赌着，赌注下得很小。他心里边还是觉得很冷，可是他知道不管坚持多久，他还是会赢的。他押十二点、双二十七和二十七点。一个小时以后，他果然赢了三千法郎。他又在双二十七上加了一倍的赌注，另外又押着四点。

琼进来的时候，他立刻就注意到了。她已经换了一套衣服，足见在他离开旅馆后，她马上就回去了。同来的两个人便是刚才汽艇上招呼她下去的。他知道一个是比利时人，叫勒·克娄，一个是美国人，叫纽金特。琼看上去很美丽。她穿着一件上面有灰色大花的白晚礼服。那是他在出发之前为她购置的。当时她瞧见了这件衣服，便惊叹一声，冲了过去。"你对晚礼服怎么会这样内行啊？"她那时候问，"比我的那套要好得多呢！"她又看了一下，"也比我的贵多了。"鸟儿，他想，还在我的树枝上，却已经准备飞走了。

那个赌台收账员把一些筹码推到他面前。双二十七点果然又赢了。他把赢来的筹码拿了进来，将原来的赌注还留着。琼走到纸牌桌那边去了。他不知道她有没有瞧见他。有几个不赌钱的人都在盯着她看。她的步态，总仿佛兜着微风，毫无阻挡似的。这时她转过头去，跟纽金特说了几句什么话。拉维克便突然感觉到一种冲动，想把筹码推掉，想离开这个绿色的赌台，站起身来，带着琼赶快就走，穿过这里的人群，走过这里的门户，离开，走到一个岛屿上，也许就是昂蒂布港外天边的那个岛屿，离开这儿的一切，让她与外界隔绝，把她留住。

他又下了赌注。又开出了七点。岛屿并非与世隔绝，他心里的烦躁也不能够镇住。一个人拥在怀里的东西最容易失掉了，而抛弃的东西反而不会失掉。滚动着的赌球慢慢停住了，开出的是十二点。他接着下赌注。

当他抬起眼睛的时候，正好对上琼的眼睛。她站在桌子的另一边瞧着他。他跟她点了点头，微笑着。她凝神望着他。他指着那个赌盘，耸了耸肩，开出来的是十九点。

他把赌注押好，又抬起头来。琼已经不在那边了。他克制着自己，继续坐在那儿，从放在旁边的纸包里拿了一支烟。一个招待便给他点上了火，那是一个穿着制服的秃顶胖子。"风色改变了。"他说。

"是的。"拉维克说着，却并不认识那个人。

"上次是 1929 年吧。"

"是的。"

拉维克那时候再也不记得，他在 1929 年是否到过戛纳，也许那个人刚才是随便说说的。他只见在他毫不经意中，开出了四点，于是他挣扎着想集中心神。可是他突然又觉得为了多赢几法郎，以便在这儿多待几天，所以在这里不停赌着赌着，真是太傻了。到底为了什么呢？他到这儿来，到底为了什么呢？这是个很严重的弱点，没有别的。这种弱点，慢慢地慢慢地腐蚀着一个人，直到他自己企图奋发的时候，才会发觉，才会克服。莫罗佐夫实在是对的，抛弃一个女人，最好的办法莫过于跟她同享一种生活，而这种生活他只能跟她同享很短的几天，她当然想重享这种生活，于是她必须另外找寻一个能够永享这种生活的对象了。我想告诉她，我们不能不破裂了，他想，我想必须在时间还不太晚的时候，跟她在巴黎分手。

他原想再到别的赌台上去玩，可是突然又觉得无此意兴。一个人做过了大事，小的就不愿意再干了。他望了望四周，琼还是没有踪影。他走进酒吧，喝了点干邑白兰地，然后到停车场去找他的汽车，想出去兜那么一小时的风。

正在发动汽车引擎时，他看见了琼，便跳下汽车。她也急急地迎着走来。"没有带我，你就想回去了吗？"她问。

"我要到山地兜这么一小时的风，然后再回来。"

"你在撒谎！你不想再回来了！你想把我扔在这儿，跟这些个傻瓜在一起。"

"琼，"拉维克说道，"你也许就要说，你跟这些傻瓜在一起也是我的错了。"

"正是你的错！我跟他们上船去，就因为我在发脾气！我乘船回来，你为什么不在旅馆里等啊？"

"你跟这些傻瓜已经约好一起吃饭了。"

她怔了一会儿。"因为我回来的时候你不在，我才那么做的。"

"好的，琼，"拉维克说，"那么我们就不说这个吧。你玩得高兴吗？"

"不高兴。"

她站在他面前喘着气，又愤恨，又烦躁，在柔和之夜的蓝色幽暗中，月光漾着她的头发。她的嘴唇嵌在那张没有血色的苍白的脸上，看上去是暗红色的，甚至近乎黑色。这是1939年2月，在巴黎将会有件不可避免的事情，伴随着所有那些小小的欺骗、屈辱和口角，慢吞吞地开始发生，他要在这些事情发生以前就跟她分离，然而他们此刻仍然在这儿，而时间已经没有几天了。

"你想把汽车开到哪儿去？"她问。

"没有一定的目标。只是开出去兜风。"

"那我也跟你一块儿去。"

"可是你的那些个傻瓜会怎么样呢？"

"没有什么想法，我早已跟他们告别了。我告诉他们，你在等我。"

"不坏，"拉维克说，"你倒是一个细心的孩子。待我把车顶打开。"

"不要！我的衣服穿得够暖了。让我们慢慢地开，从每一家咖啡馆的门口经过，那里边的客人，除了快快乐乐地坐着，没有什么争论之外，别的什么事也不用做。"

她坐上他旁边的座位，吻了吻他。"我这还是第一次到里维埃拉来呢，拉维克，"她说，"你不要跟我为难了！我真正跟你在一起，这还是第一次，这儿的夜可并不冷，我觉得很快乐呢。"

他把汽车从许多笨重的卡车中间开了出来，经过卡尔登旅馆，往朱安莱潘的方向行驶着。"这还是第一次，"她这样重复说着，"这还是第一次，拉维克，我知道你什么话都能够回答，可是那都跟这个不相干。"她靠他很紧，把头偎依在他肩膀上，"今天的事，请你忘了吧！不要再想它了。你驾驶得很好，拉维克，你自己知道吗？你刚才在那儿干得很出色，那些个傻瓜也这么说的。昨天他们看见你驾驶汽车，你猜怎么样？大家对你一无所知。我对于那些傻瓜的生活，比对于你的生活了解得多一百倍呢。你说我可以去什么地方喝一点苹果白兰地吗？今天兴奋了一晚，我真需要喝点儿酒呢。跟你一块儿生活可真不容易。"

汽车在马路上疾驶，仿佛一只低飞的鸟。"太快吗？"拉维克问。

"不！可以再快点呢，让我们像风吹落叶那样地兜风。夜晚的时间过得真快！我是被爱情浸透了。我对于自己是不是在恋爱看得一清二楚。我是那样地爱着你，正像一个稻田里的女人，有个男人在她面前瞧着，整个心都舒展开了。我的心，真要摊放在地上，摊放在一片草地上，想放下，又想飞升，真的快要发疯了。你在开车，我的心就爱着你。让我们不要再回巴黎了，让我们去偷那么一箱珠宝，抢那么一家银行，驾这辆汽车，从此就不再回去吧。"

拉维克在一家小小的酒吧前面停了车。引擎的声音消逝了，传来远处海水的低沉喘息。"来，"他说，"这儿可以喝到苹果白兰地。你刚才已经喝了多少呢？"

"喝得太多了。就因为你。而且，我突然觉得不愿再听那帮傻瓜的唠叨。"

"那么你为什么不回到我这儿来？"

"我回来了啊。"

"不错，当你想到我会离开的时候。你有没有吃过东西？"

"吃得不多。我很饿。你赌赢了吗？"

"赢了。"

"那么，让我们到最豪华的餐厅去吃鱼子酱，让我们像几次战争以前我们的父母那样，自由自在，多愁善感，无忧无虑，充满了不高雅的趣味，充满了眼泪、月亮、夹竹桃、提琴、海洋和爱。而且我要相信，我们可以生几个孩子，置一座花园，造一所住宅，你可以领一张护照，有一个前途，我因为你的缘故，也愿意不去追求飞黄腾达，让我们在二十年后，仍然彼此相爱，彼此妒忌。到那时候，你也仍然认为我是美丽的，要是你一夜不回来，我就睡不着觉，而且……"

他发现眼泪在她脸颊上淌着。可是她微笑起来。"那不过是一部分，

234

亲爱的，不过是不高雅趣味的一部分……"

"来，"他说道，"我们到马德里城堡去。那是在群山中间，那边有苏联来的吉卜赛人，你要什么就可以有什么。"

那是在清晨。下面的海一片灰色，没有一点儿波浪。天空中既没有浮云，也没有颜色。只是在地平线上有一抹银色的细线从水面上浮现。这时候万籁俱寂，他们都听得到彼此的呼吸。原来他们是这儿的最后一批客人了。那些吉卜赛人比他们先走，坐着老式的福特汽车，驶下蜿蜒的山路。招待们坐在一辆雪铁龙汽车里。那个下去买菜的厨子坐在一辆1929 年产的六座德拉哈耶汽车中。

"天亮了，"拉维克说，"夜晚已经降落在地球的那一边了。将来总会发明那么一种飞机，让我们可以坐着去追逐夜晚。它可以飞得跟地球转动一样快。那时候，假如你在清晨四点钟告诉我你爱我，那么我们让它永远是清晨四点钟，只要我们随着光阴跟地球转，时间便永远停留着不动了。"

琼依偎着他。"我真是忍不住了。太美啦！这是惊人的美。你也许会笑……"

"真是很美，琼。"

她望着他。"你说的飞机在哪里？这种飞机发明的时候，我们只怕都老了，亲爱的。我是不愿意老的，你愿意吗？"

"我愿意。"

"真的吗？"

"愈老愈好。"

"为什么？"

"我想看看这个世界，到底会变成个什么样儿。"

"你也不会老。生命从你的脸上爬过，不过是那么一回事，而你的脸会变得更美丽。一个人要是没有感觉，那才会老呢。"

"不，一个人要是没有爱情，那才会老呢。"

拉维克没有回答。要离开你了，他想，要离开你！几小时前我在戛纳怎么想的啊！

她在他怀里扭动着。"现在，一天的节目已经完毕了，我跟你回去，我们一块儿去睡觉。这一切多美啊！一个人要是能够充实地生活，而不是只享受生活的某一个部分，那该多么美妙啊。一个人充实到了极点，便再也没有什么东西放得进来，于是到达了宁静，让我们回去吧。到我们租来的家里去，到那个看上去像座乡间别墅的白色旅馆里去。"

汽车滑下那条蜿蜒的山路，几乎没有借用引擎的动力。天色渐渐亮了。大地弥漫着浓雾的气息。拉维克把车灯关灭。当他们经过滨海道路的时候，碰到了几辆载运蔬菜和鲜花的卡车，那是往尼斯去的。后来又经过一队骑兵，在低沉的引擎声中，还能听到马蹄嗒嗒的声音，那声音十分清晰，从碎石路上传来，仿佛是舞台上的音响效果。骑兵都穿着连风帽的长斗篷，因此脸全被遮得很暗了。

拉维克望着琼。她对着他微笑。她的脸很苍白，很疲劳，好像比往常更脆弱了。在这个奇幻、幽暗、寂静的清晨，她这种温柔娇慵的姿态，在他看起来，是比任何时候都美的。昨天已经沉落在遥远的地方，清晨刚刚来临，它飘然降临大地，还说不上准确的时辰，此刻充满寂静，没有恐惧，没有疑问。

昂蒂布的海湾围着他们，形成一个很大的圆圈。晨曦逐渐明朗，明澈的阳光映出四艘战舰、三艘驱逐舰、一艘巡洋舰的灰黑阴影。那大概是晚上驶进港埠的。在这辽阔天空的衬托下，它们都显得很低矮，很可怕，很寂寞。拉维克俯视着琼。她已经在他的肩膀上睡着了。

17

　　拉维克正在往医院去。他从里维埃拉回来已经一个星期了。此刻他突然停住了脚步。他现在所看到的，好像从孩子玩具盒里拿出来的东西。太阳照耀下的新房子仿佛用玩具模型搭建的，高耸在晴空中的脚手架仿佛金银丝扎成的装饰品。当一个脚手架松开，横档带着一个人掉下来的时候，看上去好像一支火柴棍躲着苍蝇掉落下去，仿佛掉着，掉着，无休止地往下掉着，那个人脱离了横档，现在像一个小小的玩偶，张着手臂，愚蠢地在太空间飘荡。这一下，好像世界凝冻起来，死一样地静止了。没有动静，没有微风，没有喘息，没有声响，只有那个人小小的身子以及坚实的横档往下掉着，掉着……

　　忽然，一切都喧闹起来，骚动着。拉维克这才意识到先前他是屏息着的。于是他奔跑起来。

　　那个遭难的人躺倒在马路上。一秒钟以前，街上几乎空无一人。而现在，却蜂拥着人群。他们从四面八方奔来，仿佛发出了警报。拉维克从人群中挤出了一条路。他看见两个工人正想抬起那个遭难的人。"不要抬起来！让他躺在地上！"他喊道。

　　他周围和前面的人，立刻让出路来，两个工人将那个遭难的人扶起一半。"将他慢慢地放下去，当心！慢一点儿！"

"你是什么人？"一个工人问，"是医生吗？"

"是的。"

"那就好。"

两个工人把那个遭难的人又平放在马路上。拉维克便蹲在旁边，检查着。他小心翼翼地把那件有汗渍的工作服解开，查看身体，然后他站起身来。"怎么样？"先前跟他说话的那个工人问。

"他已经昏过去了，是不是？"

拉维克摇摇头。"怎么样？"那个工人问。

"死了。"拉维克说。

"死了？"

"是的。"

"可是……"那个工人不信似的说，"我们刚才还在一块儿吃饭的。"

"这儿有医生吗？"在张口瞪目的人群背后，有人这样问道。

"什么事？"拉维克说。

"这儿有医生吗？赶快！"

"什么事啊？"

"那个女人……"

"什么女人？"

"横档落下来时打中了她，现在还在流血呢。"

拉维克便从人群中挤了出去。一个矮小的女人，穿着一条蓝色的大围裙，躺在石灰堆旁边的沙堆上。她的脸破碎了，脸色苍白得很，眼睛呆滞得像一块煤。鲜血仿佛一个小小的喷泉，从她颈项下迸溅出来，咕嘟咕嘟地歪斜地迸溅着，鲜血沾上了人行道，凌乱得令人诧异。在她的头底下，一摊污黑的血已经渗入了沙中。

拉维克用手指紧压着她的动脉，从随身携带的急救药包里掏出一根绷带。"捏住这个！"他跟旁边的一个人说。

四只手同时伸了过来捏药包。药包掉落在地上，散开了。他拿出一把剪刀和一根小棒，还把绷带撕裂开来。

那女人不说一句话，甚至眼睛也不动。她全身僵硬，所有的肌肉都紧绷着。"一切都没有问题，女士，"拉维克说，"一切都没有问题。"

横档打中了她的肩膀和颈项。肩膀被打断了，锁骨折裂，关节都压碎了。这条胳膊以后就不能活动了。"这是你的左胳膊。"拉维克说着，去检查她的脖子。皮肤擦破了，可是其他地方都没有伤。一只脚扭坏了，他便轻叩着踝骨和腿膀。脚上是灰色的袜子，补得很好，用一根黑带在膝盖下系着，就是那么一些常见的东西！缚着黑带的皮鞋也是补过的，黑带打成双股结，鞋尖上补缀了一块。

"有人打电话叫过救护车吗？"他问。

没有人回答。"我想警察已经打过电话了。"隔了半晌，有人这样说。

拉维克抬起头来。"警察呢？警察在哪儿？"

"在那边，另外一个人那儿。"

拉维克站起身。"那么，一切都没问题了。"

他正想走开。那个警察这时候从人群中挤过来。他很年轻，手里拿着一个记事本，兴奋地舔着那支笔头不尖的短铅笔。

"等一下。"他说着开始做记录。

"一切都没问题了。"拉维克说。

"等一下，先生！"

"我急得很。我有一个急诊要去看呢！"

"等一下，先生。你是医生吗？"

"我把动脉扎紧了，没有事啦。现在所需要的，就是等救护车来。"

"等一下，医生！我必须记下你的名字。你是一个证人。"

"我可没有目睹这次事故，我是过后才来的。"

"可是无论如何，我必须把一切都记下。这是一起严重的事故，医生！"

"那我知道。"拉维克说。

警察想盘问女人的名字，可是那女人答不出来。她只是瞪眼望着，并没有瞧见他。警察热心地俯下身子。拉维克望了望四周。人群像堵墙一样把他围住。他已经穿不出去了。

"你要知道，"他跟那个警察说，"我很急。"

"好的，医生。不要再为难我了。我不能不依次记录下来啊。你是一个证人，这是很重要的。那个女人也许会死。"

"她不会死。"

"谁都不能这样说。到那时候，就要发生赔偿的问题。"

"你去打电话叫过救护车了吗？"

"是我一个同事打的。你不要打扰我，否则时间更要拖长了。"

"那女人都快死了。你倒想溜掉呢！"一个工人责备着拉维克。

"要是我不来，她现在早就死了。"

"那就好，"那个工人不合逻辑地说着，"那你更应该留在这儿了。"

照相机的声音。一个头戴帽子的人抢到前面去，微笑着。"你能不能再去扎一下绷带，让我拍一张照片？"他问拉维克道。

"不。"

"那是报社要的，"那个人说，"你的照片可以刊载在报纸上，写明你的住址，标明你救了那个女人的生命。很好的宣传呢。请你到这边来，这样子——这边的光线比较好。"

"滚你的，"拉维克说，"那个女人急需救护车。绷带不能长久地扎着。你瞧，救护车已经去叫了。"

"事情要一件一件地办呢，医生！"那警察说，"第一，我必须把那份报告写好。"

"死者已经把他的名字告诉了你吗？"一个青年问。

"Ta gueule.[1]"那警察在青年的脚边吐了口唾沫。

"从这儿再照一个相。"有人跟那个摄影记者说。

"为什么？"

"这样，就可以显示出那个女人是在人行道的禁区之内的。瞧那个！"他指着一块放在旁边的木牌，上面写着"注意！危险！"，"你可以照个相，让人家看得出来。我们需要这么一张照片。赔偿的事原是不成问题的。"

"我是报社的摄影记者。"那个头戴帽子的反对刚才的建议，这样说道，"我只拍那些有趣味的镜头。"

"可是这也是有趣味的啊！哪有比这个更有趣味的？把那块木牌作背景！"

"木牌是没有意思的。动作才有趣味呢。"

"那么，可以记在你的报告书里。"那个人拍了下警察的肩膀。

"你是什么人？"他生气地问。

"我是建筑公司的代表。"

"那好。"那个警察说，"你也留在这儿。你叫什么名字？你应该知道的啊！"他问那个女人。

女人翕动着嘴唇，眼皮也一张一合，好像蝴蝶似的，又仿佛一只累极了的灰色飞蛾。拉维克想，我这个人真是好傻！应该赶快溜掉！

"他妈的，"那个警察说，"说不定她已经疯啦。那就更麻烦了！而且我三点钟就要下班。"

"马塞尔。"那女人说。

"什么？等一下！什么？"警察又俯下身去。女人又不作声了。"什么？"警察等了一会儿，"再说一遍，你再说一遍！"

那女人还是沉默着。"你他妈的咕咕哝哝的，"警察跟那个建筑公司

---

[1] 法语，意为："闭上你的鸟嘴。"

的代表说，"这种情况，报告怎么写得出来？"

这时候，照相机又响了一下。"谢谢你！"摄影记者说，"充满了动作的镜头。"

"你把我们的指示木牌照进去了没有？"建筑公司的代表没等警察开口就问，"我可以立刻再放上五六块木牌。"

"没有，"摄影记者答道，"我是一个社会主义者。你们还是付出那笔保险金吧，你这个大资本家的可怜看门狗。"

一阵警笛。救护车赶到了。这是个机会，拉维克想。他小心翼翼地走开了一步。可是那个警察立刻把他拉了回来。"你必须跟我们一起上警察总局去，医生。抱歉得很，可是我们必须将一切情况都留下一个记录。"

另外那个警察，现在已经站在他身旁了。什么办法也没有了。只希望一切都能顺利，拉维克想。他跟着他们一块儿去了。

警察总局的值班官员静静地听着宪兵和警察的报告，他们都写有书面记录。这时候，他转向拉维克望着。"你不是法国人。"他说。这并不是问题，他只是陈述事实。

"不是。"拉维克说。

"哪里人？"

"捷克人。"

"那你怎么在这儿行医呢？你是外侨，如果没有入籍，是不能够行医的。"

拉维克微笑着。"我没有在这儿行医，是在这儿旅行，玩玩的。"

"你带着护照吗？"

"这是必要的吗，费尔南？"另外一个警官问，"这位先生救了那个女人，我们已经留下他的地址。那就够啦。我们还有其他证人呢。"

"我觉得有兴趣。你带着护照吗？或者你的身份证？"

"当然没有，"拉维克说，"谁把护照随身带着呢？"

"那么在哪儿？"

"在领事馆，我在一星期以前就送到那儿去了。因为我将要离开这里。"

拉维克知道，如果他说护照放在旅馆里，那么也会给一个警察陪着去取，这一下谎话就被拆穿了，而且，为了安全起见，他给的是个假地址。说在领事馆，他还有一个搪塞的机会。

"在什么领事馆？"费尔南问。

"捷克领事馆。"

"我们可以打电话去问。"费尔南望着拉维克。

"当然可以。"

费尔南等了一下。"好吧，"他接着又说，"我们就去问一下。"

他站了起来，走进隔壁一个房间。另外一个警官很尴尬。"原谅我们，医生，"他向拉维克说，"当然，这本来是并不需要的。好在事情一下子就会弄清楚。我们很感谢你的救护。"

弄清楚，拉维克想。当他掏出一支纸烟的时候，还很镇静地环顾着四周。宪兵站在门口。这倒是个好机会，谁也没有真正地怀疑到他。他也许可以把他推开，可是建筑公司的代表和两个工人都在那边，于是他只能放弃机会。卫兵们虽然不注意，可冲出去也是不容易的，说不定门外也站着警察。

费尔南回来了。"领事馆里没有写着你姓名的护照。"

"也许有吧。"拉维克说。

"怎么可能呢？"

"接电话的官员未必样样都知道。经办这类事情的人一共有五六个呢。"

"这个人是知道的。"

拉维克不作声。"你不是捷克人。"费尔南说。

243

"听我说，费尔南……"另外一个警官说道。

"你没有捷克的口音。"费尔南又说。

"也许没有。"

"你是一个德国人，"费尔南得意扬扬地说道，"你没有护照。"

"不，"拉维克答道，"我是摩洛哥人，我有世界上所有的法国护照。"

"先生。"费尔南嚷嚷起来，"你敢放肆，你竟侮辱法兰西殖民帝国！"

"他妈的。"一个工人说。建筑公司的代表露出一种神情，仿佛要敬礼似的。

"费尔南，我们现在可不必——"

"你在撒谎！你不是捷克人。你没有护照！是吗？"

人面鼠心，拉维克想，人面鼠心，没有办法了，我有没有护照干这个傻瓜什么事啊？可是老鼠嗅到了什么味儿，现在爬出它的洞穴了。

"快说！"费尔南又咆哮着。

一张纸！有它或者没有它。假如我有了这张纸，这家伙一定会请求我原谅，向我鞠躬，即使我杀人越货都不在乎，这个人会向我敬礼的。可是，如果基督没有了护照，那么到今天，也许会死在牢狱里。不管怎么说，他活不到三十三岁，早被杀死了。

"你必须留在这儿，等事情弄清楚了再出去，"费尔南说，"我会调查的。"

"好吧。"拉维克说。

费尔南大踏步走出了房间。另一个警官翻检着他的文件。"先生，"他说，"我很抱歉。"

"没关系。"

"我们没事了吗？"一个工人问。

"是的。"

"好吧，"然后他转向拉维克说，"世界革命到来的时候，我们就不需要什么护照了。你要知道，先生，"那警官说，"费尔南的父亲是在世界大战中被杀死的，所以他恨透了德国人，因此他这样为难你。"他不好意思地向拉维克望了一会儿，仿佛在琢磨着这件事到底错在哪里，"我真是十二分抱歉，先生。我要是碰到这事情啊……"

"没关系，"拉维克望了望四周，"在这位费尔南回来之前，我是否可以打一个电话出去？"

"当然可以，电话在那边桌子上。快去打吧。"

拉维克打电话给莫罗佐夫，用德语告诉他发生的事情。他是想让韦贝尔知道。

"要告诉琼吗？"莫罗佐夫问。

拉维克犹豫了一下。"不，暂时不必告诉她。只说我被扣留了，过两三天就会没事的，请你好好地照顾她。"

"好的，"莫罗佐夫回答道，并不怎么热情的样子，"好的，伏切克。"

费尔南回来的时候，拉维克已经把听筒搁好了。"你刚才讲的是什么话？"他狞笑着问，"捷克语吗？"

"世界语。"

第二天早晨，韦贝尔来了。"这么一个鬼洞。"他望了望四周，这样说道。

"法国的监狱至今还是真正的监狱，"拉维克答道，"倒没有沾上什么人道主义的幌子。地道的十八世纪的臭味儿呢。"

"令人作呕，"韦贝尔说，"还把你弄进这里！"

"一个人原不应该做什么好事的。自己反而受连累了。我应该让那个女人流血到死。我们都生活在一个铁的时代，韦贝尔。"

"在一个铸铁的时代。我们那几位朋友已经发现你在这儿是非法

245

的吗？"

"当然。"

"地址也被发现了吗？"

"当然没有，我不会说出国际旅馆来，否则，这样收留没有登记的客人，老板娘一定会受处罚。而且，警察一定会去搜查，说不定有不少人会被捕。我这一次，把兰开斯特旅馆作为我的地址。那是一个费用较贵，设备极好的小旅馆。以前我住过的。"

"那么你新的名字叫伏切克吗？"

"弗拉基米尔·伏切克。"拉维克苦笑着，"这是我的第四个化名。"

"真见鬼，"韦贝尔说，"那怎么办呢，拉维克？"

"没有什么办法。最要紧的是，不要让我们那几位朋友发现我以前到这儿来过几次。否则要判处六个月的徒刑。"

"真该死！"

"是的，这世界，一天比一天更人道了。尼采说的，冒险的生活。难民们就是这样的，他们都违背了自己的意志。"

"如果他们没有发现呢？"

"两个星期，我猜照例是驱逐出境而已。"

"之后呢？"

"之后我再回来。"

"再等他们来抓你吗？"

"对。这一次时间算是很长久了，两年多的时间。"

"我们必须想办法。不能老是这样子。"

"只能这样啊！有什么办法呢？"

韦贝尔思忖着。"迪朗！"他突然说道，"当然！迪朗他认识很多人，他是很有影响的。"他自己打断了话，"天哪！你自己不是给那个有权有势的人做过手术吗，那个患胆囊病的人！"

"不是我，是迪朗。"

韦贝尔笑了起来。"当然我不能告诉那个老头儿，可是他有办法。我会叫他难过的。"

"你不会有多大的收获。前不久，我耗费了他两千法郎。像他那号人，对这样的事情是不会忘掉的。"

"他会，"韦贝尔得意扬扬地说，"因为他也怕你把替他做手术的鬼勾当讲出去。你替他开过一二十次的刀了。而且，他也需要你。"

"他很容易去找别人啊，比诺或是别的难民医生，反正人多着呢！"

韦贝尔捋着他的胡子。"你自己不必去。我们来替你试试。我今天就可以去办。这儿有什么事需要我帮忙吗？饭食怎么样？"

"坏透了。可是我能够叫他们带点儿什么东西来。"

"香烟呢？"

"那是够的。我真正需要而你却无法帮忙的是洗一个澡。"

拉维克已经被关押了两个星期，同牢的是一个犹太管道工、一个半犹太血统的作家，还有一个波兰人。管道工只是怀恋着柏林的家，作家很恼火，波兰人则无所谓。拉维克供给他们纸烟。作家尽讲些犹太笑话。管道工是一个排除臭气的专家，倒是个不可少的人物。

两星期之后，拉维克才被传讯。他先被带到一个检察官的面前，那个人只问他有没有钱。

"有啊。"

"好的，你可以雇一辆出租汽车。"

一个警官押着他出去。街上十分明亮，能重见天日是多么痛快。一个老头儿在门口贩卖氢气球。拉维克想不出他为什么在监狱门口贩卖那玩意儿。警官叫了一辆出租汽车。"我们上哪儿去啊？"拉维克问。

"到长官那儿去。"

拉维克不知道那是什么部门的长官。只要不是德国集中营的长官，对他来说反正都一样。天下唯有一件事情是真正可怕的，即完全无援地受制于野蛮的暴政。目前的小事情都是无关紧要的。

出租汽车上有一台收音机。拉维克把无线电打开。他收听到菜市的行情，然后是政治新闻。那警官打着哈欠。于是拉维克换了一个电台。播送的是音乐，流行歌曲。那警官兴奋起来。"夏尔·特雷内，"他说，"《梅尼蒙当》。第一流的！"

出租汽车停了。拉维克付了钱，他被押入一间接待室，这儿也跟天下所有的接待室一样，充满着期望、汗珠和尘灰。

他在那儿等了半小时，读着一份某位来客留下来的过期的《巴黎生活》，两星期没有书看，这份杂志读起来就像古典文学一样有味道。半小时之后，他才被带到长官面前。

隔了许久，他才认出这个矮胖的人来。往常他在做手术的时候，是不大注意病人的脸的。病人的脸对于他来说仿佛跟号码一样无关紧要。他能感觉到并有兴趣的，只是病人患病的地方。可是这个人的脸，他却曾好奇地注视过。这儿坐着的正是那个病体康复、大腹便便、没有了胆囊的莱瓦尔本人。拉维克这时候已经忘记韦贝尔曾想转托迪朗帮忙，而他想不到自己居然已被带到莱瓦尔本人的面前了。

莱瓦尔将他上下打量了一番，也给自己一点时间。"你的名字，当然不是伏切克。"他嘟囔着道。

"不是。"

"你叫什么名字？"

"纽曼。"拉维克事先早已把这个名字跟韦贝尔说好，而韦贝尔也跟迪朗解释过的。

"你是德国人？"

"是的。"

"难民吗？"

"是的。"

"看不出来，你的样子可不太像。"

"难民不都是犹太人。"拉维克解释道。

"你为什么撒谎？报一个假名字。"

拉维克耸耸肩膀。"我们有什么办法呢？我们总是尽可能地少撒谎。我们是不得已啊，并不是喜欢那样。"

莱瓦尔傲然地说："你以为我们这样跟你打交道，是因为我们喜欢这样吗？"

灰色，拉维克想，他的脑袋灰中带白，他的眼睛蓝中带黑，他的嘴巴半张着。那个时候，他已经不能讲话，那个时候，只剩下了一堆肥肉，包着一个腐烂的胆囊。

"你住在哪儿？这个地址也是谎报的。"

"我是到处为家的。有时候在这儿，有时候在那儿。"

"来了多久了？"

"三星期。三星期以前，我从瑞士来的。我被送过边境。你要知道，按法律来讲，没有身份证，我们固然没有居住的权利，可是，我们大部分人都还下不了自杀的决心。这便是我们要来麻烦你的理由。"

"你应该住在德国啊，"莱瓦尔还是嘟囔着，"那儿可不坏，人家都这么说的。"

开刀的时候只要稍微有点儿不同，拉维克想，你就不能在这儿讲这个道理和说这些无聊的话啦，病菌穿过你的边界，可无需什么身份证的，否则也许已经成为黄土一抔了。

"你到底住在什么地方？"莱瓦尔问。

你要知道这些事情，原来是想拘捕别人，拉维克想。"在第一流的旅馆里，"他说，"用不同的姓名。一个名字往往只用几天。"

"不是那样的。"

"你既然比我知道得还清楚，为什么还来问我呢？"拉维克说着，显然有点儿愤怒了。

莱瓦尔勃然用手掌拍了下桌子。"不要这样放肆！"拍过以后，立刻瞧着他的手。

"你拍到了你那柄剪刀。"拉维克说。

莱瓦尔把那只手插进了衣袋。"你不觉得自己太傲慢了吗？"他突然那样心平气和地问，仿佛人家依赖着他，而他又颇能克制似的。

"傲慢吗？"拉维克愕然望着他，"你说这是傲慢吗？我们既不是在学校里，也不是在犯人悔罪的感化院里。我在自卫，你要我摇尾乞怜、恳求减刑，你才觉得痛快？难道只因为我不是一个纳粹，所以没有身份证吗？虽然我们坐过牢，进过警察局，受过各种侮辱，可是我们至今还不承认自己是罪犯，那是因为我们要求生存，这便是我们始终傲然不屈的原因，你知道吗？天会知道这绝不是傲慢！"

莱瓦尔并没有回答。"你在这儿行医吗？"半晌才问。

"没有。"

那个刀疤，现在一定小得多了，拉维克想，那个时候，我缝得很仔细，给这个胖子开刀，可真费了一点儿心力呢！要不了多少时间，他一定又会乱吃东西乱喝酒了。

"这就是最危险的事啊。"莱瓦尔解释着，"不受检查，不受管制，你便在这儿逍遥法外。谁知道你溜来了多久！你别以为我会相信你说只有三星期。谁知道你干了些什么，干了多少坏事！"

干了你便便的大腹，那些僵硬的动脉，肿胀的肝脏和发酵的胆囊，拉维克想，假如我不做手术，那么你的朋友迪朗，也许会在慈悲和愚蠢的情形下，把你弄死了，而现在他却因此提高声誉，增加诊费了。

"这就是最危险的事啊。"莱瓦尔又重复了一遍，"你不准在这儿行医。因此你什么病人都接受，那是很显然的。我跟一位医学界的权威谈起过。他也表示了完全相同的意见。假如你真有点儿医学知识的话，那么他的名字你一定熟悉的。"

不，拉维克想，不会，现在他才不会说迪朗，人生可不能开这样的玩笑！

"迪朗教授，"莱瓦尔很严肃地说，"他向我解释过的，医疗辅助人员、没有毕业的医学生、推拿手、助理医师在这儿都说是德国的名医。谁去审查呢？非法的手术，堕胎，跟产婆和庸医狼狈为奸，天知道还有多少的黑幕。我们还不够严肃吗？"

　　迪朗，拉维克想，那是他对两千法郎的报复，可是，现在他又请什么人替他去动手术呢？或许是比诺，猜想起来，他们一定又合作了。

　　莱瓦尔发现他已经不再听自己说话了。直到他提出了韦贝尔的名字，他才又注意了一下。"一个名叫韦贝尔的医生来替你说过情。你认识他吗？"

　　"有点儿。"

　　"他到这儿来过。"莱瓦尔向前面瞪视了半响，接着他大声打了个喷嚏，掏出手帕来抹了下鼻子，又瞧了下抹出来的是什么，然后将手帕折好，放回口袋。"我没有办法帮你的忙。我们必须严肃一点。你将被驱逐出境。"

　　"那我知道。"

　　"你从前来过法国吗？"

　　"没有。"

　　"要再回来，就处六个月的徒刑。你知道吗？"

　　"知道。"

　　"我要监视你立刻出境。这是我能做得到的事。你有钱没有？"

　　"有。"

　　"那就好了。那么你可以负担押解人和你自己到边界去的旅费。"他点着头，"现在你可以走了。"

　　"我们回去，有没有规定的时间？"拉维克问那个押送的警官。

　　"没有准确的规定。这要看情形了。干什么？"

　　"我想去喝点开胃酒。"

那警官望着他。"我不会逃跑的。"拉维克说。他从口袋里掏出一张二十法郎的钞票在手里玩弄着。

"好的。几分钟是没有关系的。"

他们吩咐出租汽车停靠在一个小酒馆的门口。几张桌子已经被搬到外面了。天气很冷,可是阳光倒很耀眼。"你要喝点儿什么?"拉维克问。

"只有苦艾酒,这个时候不会有别的东西了。"

"给我好点的,不要掺水。"

拉维克沉静地坐在那儿,深长地呼吸着。空气,那是什么啊!人行道上的树枝生出褐黄色的嫩芽,里边充溢着一股新鲜面包和新开瓶酒的香味。招待把酒杯送来了。"电话在哪儿?"拉维克问。

"在里边,往右转,厕所旁边。"

"可是……"那警官说。

拉维克把二十法郎的钞票塞在他手里。"你也许会想象得到我给谁打电话。我不会逃跑。你跟我一起来。来吧。"

那警官慢慢地想了想,说:"好的。"他站了起来。"人到底是人哪。"

"琼——"

"拉维克!我的天!你在哪儿啊!他们已经放你出来了吗?你告诉我现在在哪儿!"

"在一家小酒馆里。"

"别说了,告诉我到底在哪里?"

"我真是在一家小酒馆里。"

"什么地方?他们说你已不在牢里了,这些日子,你都在什么地方啊?这个莫罗佐夫……"

"他把我的事原原本本地告诉你了。"

"没有告诉。"

"他没有告诉你，就是因为怕你会来找我，琼，还是不要来的好。"

"为什么你在小酒馆里打电话，为什么你不到我这儿来。"

"我不能去。只能耽搁几分钟，我向那个警官说了情，在这儿待一会儿。琼，几天里，我就要被放逐到瑞士去，之后——"拉维克瞧了下窗外，那警官靠在柜台上闲谈，"之后我就会回来的。"他等待着，"琼。"

"我要来，我立刻就来，你在什么地方？"

"你不能来。这里离你有半小时的路程，可是我只有几分钟的时间。"

"求那个警官就得啦！给他点钱！我带钱给你！"

"琼，"拉维克说，"那不行，现在还是不要来比较好。"

他听到她的呼吸。"你不愿意跟我见面吗？"她然后问道。

这可为难了。我不应该跟她通话，他想，不是当面交谈，怎么解释得清楚呢。"跟你见面当然是我最愿意的，琼。"

"那么你就来！那个人可以和你一起来！"

"那是不可能的。我现在必须把电话挂断了。赶快告诉我，你现在在做什么事啊？"

"什么？你这是什么意思啊？"

"你穿着什么衣服？你在什么地方？"

"在我房间里，在床上。昨晚回来得很晚。我一下子就可以把衣服穿好，立刻到你那边去的。"

昨夜回来得很晚。当然，当一个人被囚禁的时候，一切都还是照旧。这些他已经忘记了。在床上，蒙眬地睡去，头发散开在枕边，袜子散乱在椅子上，亚麻布衬衫，一套晚礼服。这些事情开始旋转，电话间的窗子被他的呼吸弄得模糊了，那个警官隐约出现的头，仿佛水族馆里的标本，在玻璃边荡漾着，他镇定了一下。"现在我必须把电话挂断

253

了，琼。"

他听到她惊惶的声音。"可是，那是不可能的！你不能够一下就走开了，我什么也不知道，你要到哪里去，或者……"她撑起身子，枕头推到了一边，电话听筒仿佛是她手里的一件武器，一个敌人，她的肩膀，她的眼睛激动得深沉而幽暗了……

"我又不是去上战场，我只是到瑞士去，是旅行啊！我立刻就会回来的。你当我是一个商人吧，想把一车的机关枪卖给国际联盟去。"

"你回来了，还会是老样子，这么担惊受怕，我会活不下去的。"

"最后一句话，你再说一遍。"

"是真的啊。"她的声音显然是愤怒了，"你把经过情形告诉别人，最后轮到我。韦贝尔可以去探望你，我不能！你打电话给莫罗佐夫，却不打给我！而现在，你倒走了……"

"天哪，"拉维克说，"我们何必吵架呢，琼。"

"我不是要吵架。我只是说了说实际情况。"

"好的。我现在必须把电话挂断了。再会，琼。"

"拉维克！"她叫着，"拉维克！"

"哦——"

"要回来的啊！要回来的啊！没有了你，我什么都完啦！"

"我一定回来的。"

"哦——哦——"

"再会，琼。我立刻就回来的。"

他在这个温暖的电话间里站了一会儿，然后发觉自己的手还没有放开那听筒。他开了门，警官抬起头来，善意地微笑着。"接通了吗？"

"接通了。"

他们又回到桌子边，拉维克喝干了那杯酒。我不应该和她通电话的，他想，不通话，我倒平静得很，现在可烦躁起来了，我应该知道，只通一下电话，原是没有什么好处的，对我没有好处，对琼也没有。他觉得应该重新回去，再打一个电话给她，把一切他想告诉她的话都说给她听。向她解释，他为什么不能跟她见面。他这副狼狈样儿，不但肮脏，而且有警察押着，他实在不愿意见她。可是他就会回来，那么一切就照常啦。

"我想我们应该动身了。"那个警官说。

"哦——"

拉维克把招待喊来。"给我两小瓶干邑白兰地、各种报纸和十二包卡普列尔香烟。账单。"他望着那警官。"怎么样？可以吗？"

"人到底是人哪。"那警官说。

招待把瓶酒和纸烟都送来了。"请您替我把酒瓶打开。"拉维克一边说，一边将纸烟小心地分藏在几个口袋里。他重新把瓶塞塞好，塞到不用螺丝起子就可以打开的程度，装进了外衣里面的口袋。

"你倒是老于此道。"那警官说。

"习惯了，遗憾得很。小时候，真没有想到老了还会玩这套把戏。"

那个波兰人和那个作家都酷嗜那两瓶干邑白兰地。管道工则不喝这种烈性酒。他是一个爱喝啤酒的人，充分地说明了柏林啤酒的好处。拉维克躺在铺板上看报。波兰人不看，他不懂法文。他只是抽着烟，样子很快乐。那天晚上，管道工哭了起来，拉维克被他惊醒了。他听着那低沉的声音，望着小小的窗外闪耀着一片苍白的天空，他睡不着了。后来管道工平静了下去，他却还是睡不着。过去生活得太好了，他想。太多的东西，当他不能再享有的时候，便觉得更伤心了。

18

　　拉维克正从火车站走出来。他很疲倦，又很脏。在热气腾腾的车厢里待了十三个小时，挤在一起的都是一些吃大蒜的人，一些猎人和猎狗，一些把鸡笼和鸽笼放在膝盖上的女人。而在上车以前，他们在边境上待了将近三个月之久。

　　他在香榭丽舍大街上走着。薄暗中有一点闪光，拉维克抬起头来观看，那闪光仿佛是从许多用镜子镶成的角锥体发出来的，那些角锥体矗立在圆点广场的周围，把五月最后那种灰色的光芒来来回回地映耀着。

　　他站住了，更凝神地注视着。那真是许多用镜子镶成的角锥体，到处都是，就在郁金香花床背后，鬼怪似的重重叠叠地安放着。"那是些什么啊？"他问一个正在平整一畦新翻泥地的园丁。

　　"镜子。"园丁头也不抬地答道。

　　"那我知道。上一回我在这儿可是没有的啊。"

　　"你好一阵子不来这里了吧？"

　　"三个月。"

　　"啊，三个月，这是最近两个星期才安装起来的。为了英国国王。他来这儿访问。这样，他可以看到自己的脸被镜子照出来。"

　　"妙极了。"拉维克说。

"当然。"那园丁毫不惊奇地答道。

拉维克往前走去。三个月，三年，三天，时间是什么？它什么都不是，而又什么都是。现在的事实是，栗树都开花了，而先前连一片叶子都还没有。德国又撕毁条约，占领了整个捷克。在日内瓦，一个名叫约瑟夫·布鲁门塔尔的难民在一阵歇斯底里的狂笑中，在国际联盟总部的门前开枪自杀了。在他胸腔的什么地方，还遗留着肺炎创痛的残痕，那一场几乎送命的大病，是他在贝尔福用京特这个化名的时候生的。而现在，在一个酥软如女人乳房一样的晚上，他又回来了，所有这些事实，他都几乎不觉得惊奇。一个人接受这些事实，跟接受其他许多事情一样，总怀着一种宿命论的宁静心态，这种心态原是无依无靠时候的唯一武器。天空，到处都是一样的，也永远都是一样的，覆盖着凶杀、憎恨、牺牲和爱情——树又开花了，毫无疑义地，一年又一年——青梅色的薄暮转变着，忽来忽去，跟什么护照、叛变、失望、希冀都没有关系。重返巴黎，这是好的。走着，慢慢地走着，无思无虑地走着，在银灰色的光芒下，沿着这条街，那也是好的。在这样一个时辰，仍然充满着只是暂时喘息一下的心情，充满着一种在交界线上逐渐更替的心态，在这里，一种遥远的哀愁和一种仅仅因为能够活着而经常出现的轻微的喜悦，仿佛天地接壤似的融和起来，这也是好的。这是到达巴黎后的最初一个小时，人还没有重新遭受箭刺和刀戮——这种古怪的兽类的感觉，来自远处、去向远方的呼吸，微风还没有掺杂情感，沿着心灵的通道，经过事实的阴沉之火，经过过去那钉着钉子的十字架，经过未来那装着倒刺的铁钩。这中间休止，这动荡中的沉静，这停顿的片刻，这最公开也最秘密的存在形式，这在世界的昙花一现中永恒的并不重要的一次跳动……

莫罗佐夫坐在国际旅馆那间有着棕榈盆景的房间里，正喝着一瓶武

257

弗雷[1]白葡萄酒。"喂，鲍里斯，老朋友，"拉维克说，"我好像回来得很巧呢。那是武弗雷酒吗？"

"还是那种酒。这一次是三十四年的，稍微甜了一点儿，味道也冲了一点儿。你又回来了，很好。已经三个月啦，是不是？"

"是的，比往常长了一些。"

莫罗佐夫摇摇桌子上那只老式的铃。那仿佛是乡村教堂里圣器看管人的铃。"墓窟"里只有电灯，没有电铃，也不值得装，难民不大敢摇铃。"你现在用什么名字？"莫罗佐夫问。

"还是叫拉维克。我在警察局里没有提起过这个名字。我只说我叫伏切克，还有纽曼和京特。随意地使用着。我倒不愿意放弃拉维克。我喜欢这个名字。"

"他们没有发现你住在这儿吧，是吗？"

"当然没有。"

"原来如此。否则他们会来搜查的。这样，你还可以住在这儿。你的房间还空着。"

"旅馆老板娘知道我出事了吗？"

"没有，谁也不知道。我告诉他们，你到鲁昂去了。你的东西都在我那边。"

一个姑娘托着扁盘过来了。"克拉丽莎，拉维克先生要一杯酒。"莫罗佐夫道。

"哦，拉维克先生，"那姑娘露出一排洁白的牙齿，"回来了吗？你去了不止六个月了，先生。"

"三个月，克拉丽莎。"

"不会的。我以为总有六个月啦。"

那个姑娘一转身走开了，不多一会儿，"墓窟"里的那个懒散的招

---

[1]　Vouvray，法国知名葡萄酒产区，位于卢瓦尔河右岸。

待手拿一个酒杯走了过来。他没有托扁盘。他在这儿服务了很久，可以这样随便了。他的脸上露出一种想要说点什么的表情，却被莫罗佐夫猜中了。"好的，简。你说拉维克先生到底离开多久了，你确切知道吗？"

"莫罗佐夫先生！我是连日子都知道的！一起整整的……"他停顿了一下，等待着反应，然后微笑地说，"整整的四个半礼拜！"

"对啦。"拉维克不等莫罗佐夫回答，便这样说。

"对啦。"莫罗佐夫也答应着。

"当然，我是从来不会记错的。"简走开了。

"我不愿意让他失望，鲍里斯。"

"我也这样。我只是要让你知道，事情已经成为过去，时间的观念就淡薄了。那是一种慰藉，一种恐惧，或者也是一种无所谓的事情。我跟尼奥勃拉辛斯克卫团的别尔斯基中尉在1917年的莫斯科分别，我们是朋友。他往北穿过了芬兰。我却穿过了满洲和日本。八年以后，我们又在这儿见面的时候，我以为1919年在哈尔滨见过他，他却以为1921年在赫尔辛基见过我。时间居然相差了两年，空间相差了几千英里。"莫罗佐夫拿起酒瓶，斟满了一杯，"你瞧，至少我们还认识你的。那就给人一种家乡之感了，是不是啊？"

拉维克喝着酒。酒是冰冷而清淡的。"这次我又到过靠近德国边境的地方，"他说，"近极了，在巴塞尔下去一点。路的一边属于瑞士，另一边属于德国。我在瑞士的边界里吃樱桃，可以把核吐到德国。"

"那也给你一种家乡之感吗？"

"不。却也不觉得离得太远。"

莫罗佐夫笑了。"这我也理解。路上怎么样？"

"照例是那样。一句话，困难得多了。他们在边境上防守得更严。有一次我在瑞士被他们抓住了，又有一次在法国。"

"为什么你从没有写过一封信来呢？"

"我不知道这儿的警察管制得怎么样。有时候，他们会有一股劲头的。还是不要让任何人冒险的好。总而言之，我们都没什么可谈。打仗时的老办法，静静地躲着，溜走。你以为还有什么别的事儿吗？"

"倒不是我以为。"

拉维克望着他，然后说："写信干什么？写信也没有用的。"

"不。"

拉维克从口袋里掏出一包纸烟来。"奇怪，一个人离开了这儿，怎么一切东西都变样了。"

"你别哄骗你自己了。"莫罗佐夫答道。

"我没有啊。"

"一个人离开了，那倒是好的，一回来啊，那便不同了。什么都得重新开始了。"

"也许是，也许不是。"

"你真会含糊其辞。这样的态度对你来说是很好的。你想下一盘棋吗？那位教授死了。他是我唯一值得领教的对手。莱维去了巴西，谋到一个招待的职位。现在这个时势啊，生活真是改变得极快。一个人对于什么事情都不应当习以为常。"

"不，应当那样。"

莫罗佐夫凝神地注视着拉维克。"我倒不是那个意思。"

"我也不是。我们能够离开这陈腐的棕榈坟墓吗？我已经三个月不到这儿来了，然而，这儿还是跟从前一样霉臭——那股厨房味儿、尘灰和恐惧。你什么时候去上班？"

"今天不必去了。今天我休息。"

"好的。"拉维克浅笑了一下，"这是风雅的一晚，旧俄的情调，大酒杯的味儿。"

"你愿意跟我下棋吗？"

"不，今夜不了。我很疲累。前几夜我简直没有睡着过，至少没有安静地睡过觉。我们还是出去散步一小时，到什么地方去坐坐。已经有好久没有这样散步了。"

"还要武弗雷酒吗？"莫罗佐夫问。他们坐在斗兽场咖啡馆的前面。
"为什么？现在是傍晚，老朋友，是喝伏特加的时间。"

"哦。可是，还是武弗雷酒吧，我喝这种就够了。"

"怎么回事，连白兰地都不喝了。"

拉维克摇摇头。"一个人刚到一个地方的时候，第一晚总该喝得烂
醉如泥的，老朋友。"莫罗佐夫说，"对着逝去影子的可怖面容郑重地凝
视，那是不必要的英雄主义。"

"我没在凝视，鲍里斯。我在细细品味着人生。"

拉维克发现莫罗佐夫并不相信他，他也不想说服他，使他口服心
服。他在沿街的第一排桌子边静静地坐着，喝着酒，眺望着傍晚熙熙攘
攘的行人。他离开了巴黎这么久，一切都显得分明和清晰了。这时候，
仿佛很朦胧、很绚烂、很欢快地荡漾着，可是一切都像是一个突然下山
的人所看见的东西，他只听到下面深谷里的声音，仿佛隔着棉絮。

"你到旅馆之前，有没有去过别的地方？"莫罗佐夫问。

"没有。"

"韦贝尔已经问过你好几次了。"

"我会打电话给他的。"

"我不喜欢你那种行径。你告诉我问题在哪儿？"

"没有什么特别的事，只是日内瓦那里的边界防备得太严了。我先
上那里去试过，然后到巴塞尔，那边也很严。最后可让我通过了。伤了
风，晚上在户外雪飘雨打的。没有办法。于是又害了场肺炎。贝尔福的
一个医生把我送进了医院，他偷偷送我进去，又领我出来。后来我在他
家躲藏了几天。我不能不汇点钱给他。"

"你现在复原了吗？"

"差不多复原了。"

"所以你不喝烈性酒了吗？"

拉维克微笑了。

"为什么我们尽说着这些事呢？我有点累了，很想再习惯一下这样的生活。真是的。好奇怪，我在路上想了那么多，可是一到这儿就记得那么少了。"

莫罗佐夫把话题支开了。"拉维克，"他用一种父亲似的口吻说，"你在跟你的鲍里斯老爹说话，他是一个人心的鉴识者，不要那么迂回曲折地兜圈子，你就赶快问我，一下子我们就可以把它抛开的。"

"好的，那么琼在哪儿呢？"

"我不知道。几星期以来，我没有听到过她的消息，也没看见过她。"

"以前呢？"

"以前啊，她问起过你几次，后来就不问了。"

"她不在沙赫拉扎德了吗？"

"不在。她在五星期之前就离开了。后来，她又来过两三次，之后就没来过了。"

"她现在不在巴黎吗？"

"我想不在了，至少好像不会在。否则的话，她会时不时再到沙赫拉扎德来的。"

"你知道她在做什么吗？"

"大概在电影公司之类的。我想，至少，她跟衣帽间里的一个姑娘那么说起过，你知道那是怎么回事儿。她无非是装装门面而已。"

"装装门面吗？"

"是的，装门面，"莫罗佐夫愤然地说，"不是装门面是什么？拉维克，你希望还有别的什么吗？"

"哦。"

莫罗佐夫沉默着。"希望和知道是截然不同的两回事。"拉维克说。

262

"还不是天晓得的风流事。你且喝一点儿刺激的，不要这种柠檬水。喝一点儿美味的苹果白兰地。"

"当然不喝苹果白兰地。假如你觉得舒服点儿，还是喝干邑白兰地的好，或者就是苹果白兰地，反正我都无所谓。"

"是的。"莫罗佐夫说。

窗，屋顶的蓝色剪影，褪了色的红沙发，床。拉维克知道他自己必须忍受下来，便坐在沙发上抽烟。莫罗佐夫把他的东西送过来了，而且，还告诉他以后到什么地方去找他。

他把那套旧衣服扔掉了，洗了一个澡，热水的，洗了很久，用了很多肥皂。他把过去三个月的尘土都擦掉了，从他的皮肤上擦掉，换了一件干净的衬衫，也换了外套，刮了脸。假如时间不太迟，他还想去土耳其浴室洗一个澡。他什么事情都做了，觉得很舒服。他甚至想再做一点什么事情，因为他坐到窗前，突然有一阵空虚感，这种感觉仿佛从各个角落爬了出来。

他斟了一杯苹果酒。在他的东西里，有一瓶开了的酒，里面剩着一点。他记起那天晚上他跟琼对饮的往事，可是也唤不起感情，时间隔得太长了。他只觉得是很好很陈的苹果白兰地而已。

月亮慢慢地升上了屋顶。对面那肮脏的院子，现在成了黑暗和银白的王宫。只凭一点幻想，天下肮脏的东西都会变成玉帛。花香飘进窗来，晚上，荷兰石竹特别芬芳。拉维克靠着窗户，俯瞰下面，原来窗下就放着一只种花用的木盆。要是维森霍夫还住在这儿的话，这些东西是属于他这个难民的。一年以前的圣诞节，拉维克给他的胃动过手术。

酒瓶空了。他把酒瓶扔到了床上，像胎儿那样躺着。他站起身来。为什么尽凝视着床铺啊？一个人没有女人的时候，就得去找一个，这在巴黎太容易了。

他穿过狭窄的街道，到了星形广场。吸引他的是从香榭丽舍大街上传来的都市夜生活的温暖气息。他转过身子，加快脚步，然后又逐渐地慢了下来，直到抵达米兰旅馆。

"一切都好吗？"他问看门人。

"哦！先生！"看门人站了起来，"先生好久不来了。"

"哦，好久不来了。我这一阵子不在巴黎。"

看门人睁着那双灵活的小眼睛盯着他。"太太不住这儿啦！"

"我知道，早就不住在这儿了。"

看门人倒是挺好的。他知道拉维克需要了解些什么，不待他发问。"算起来已经有四个礼拜了。"他说，"四个礼拜以前她搬走的。"

拉维克从纸包里抽出一支烟。"太太不在巴黎了吗？"看门人问。

"她在戛纳。"

"戛纳！"看门人用大手抹着他的脸，"你不会相信的，先生，十八年前我在尼斯的鲁尔旅馆里当过门房的。你相信吗？"

"我相信。"

"那个时候啊！那种小账啊！是战后兴旺的时节。现在……"

拉维克也是一个挺好的客人。他懂得这些旅馆招待的意思，不必更明确地暗示，便从口袋里掏出一张五法郎的钞票放在桌子上。

"谢谢你，先生！祝你万事如意！你看来更年轻了，先生。"

"我也觉得呢。晚安！"

拉维克站在街上。为什么他要到那个旅馆去呢？现在所需要的是到沙赫拉扎德去喝个烂醉。

他眺望着繁星点点的夜空。把事情弄清楚了，他倒是应该高兴的。这下，无须不必要的相互指责了。他知道，琼也知道。至少，结果是如此。她做了唯一应该做的事情。不必解释，解释就显得无聊了。凡与感情有关的事情都没有必要解释，只有行动。谢天谢地，倒没有用道德的花样来作推动的润滑油。谢天谢地，琼竟不知道这些个花样。她做了，干脆地做了，没有什么拖泥带水。他也已经做了。他现在为什么还在这儿徘徊？一定是迷恋这儿的空气、软绵绵的五月、傍晚和巴黎，特别是在夜里，当然。一个人到了夜里，当然跟白天不同。

他回到旅馆里。"我可以打一个电话吗？"

"当然可以，先生。可是我们没有电话间，只有这一部。"

"那就够好了。"

拉维克望着他的表。韦贝尔也许还在医院里，这是晚上最后一班的时间。"韦贝尔医生在吗？"他问接电话的护士。他听不清她的声音，一定是新来的。

"韦贝尔医生现在不能接电话。"

"他在吗？"

"他在。可是他现在不能来接。"

"喂，"拉维克说，"你去告诉他，拉维克先生请他接电话，快点儿去，要紧得很。我等着。"

"好的，"那护士怀疑地漫应着，"我去问他，可是他不会来接的。"

"试试吧。快去问他。我是拉维克。"

一会儿之后，韦贝尔果然来听了。"拉维克！你在哪儿啊？"

"在巴黎，今天才到的。你这时候还在动手术吗？"

"是的。二十分钟之内。一个急性阑尾炎手术。我们以后再说怎么样。"

"我可以上你那儿去。"

"那好极了。什么时候？"

"立刻。"

"好的，那我等着你。"

"这是好酒，"韦贝尔说，"这是报纸和医学杂志。请你自便吧。"

"一点儿酒，一件手术衣，一副手套。"

韦贝尔看着拉维克。"并不严重的阑尾炎，可以不必委屈你的。有护士帮忙，我一下就可以做好的。我相信你一定很累吧？"

"韦贝尔，请你允许我，让我来做这一次手术。我并不累，很好。"

韦贝尔笑了起来。"你当然急着要重操旧业啊！好的，那就随你的便。事实上，我是了解的。"

拉维克洗过手，穿上手术衣，戴上手套。走进手术室，他深深地嗅了一下酒精的味儿。尤金妮亚站在桌子的一端，处理着麻醉剂，另一位非常漂亮的年轻护士把手术器械井然有序地放好了。"晚上好，尤金妮亚。"拉维克说。

她几乎把药水瓶都弄掉了。"晚上好，拉维克医生。"她答道。

韦贝尔微笑着。她这样称呼拉维克，原来还是第一次。拉维克俯视那病人。光线强烈的手术灯发出洁白的光芒，简直把整个世界都摒在外面了，把思想也关闭在外面。那是客观的，阴冷的，无情的，也是善良的。拉维克从那个美丽的护士手里接过手术刀，隔着一层单薄的手套，一接过钢刀，就觉得冰冷。这种感觉，在他倒觉得很好，使他从飘摇不定的状态，进入清晰明确的境界，对他倒是很好的。他割了一刀，狭长而鲜红的一条血流便顺着刀口淌了下来。突然，一切都直截了当了。从他回来以后，这才第一次回复到他自己，找到了自我。灯光的无声的呻吟。回来了，他想，毕竟又回来了啊！

19

"她在这儿。"莫罗佐夫说。

"谁啊?"

莫罗佐夫捋平着他的制服。"不要装模作样,好像不知道我指的是谁。你不要在大街上触怒你的老爹鲍里斯。你以为我猜不到你两星期跑三次沙赫拉扎德的原因吗?一次跟一个碧眼黑发的尤物同去,可是两次都是你一个人!男人总是软弱的,否则他怎么会有魅力呢?"

"别说这些鬼话,"拉维克说,"不要侮辱我,我需要全力以赴,你这个唠叨的看门人。"

"你宁愿我不告诉你吗?"

"当然。"

莫罗佐夫站在一边,让两个美国人进来。"那么你就出去,过几天再来。"他说。

"她是独自到这里来的吗?"

"当权的女侯爵不带随从都不能进。你应该知道。西格蒙德·弗洛伊德也许喜欢你这样的问题。"

"你懂什么是西格蒙德·弗洛伊德?你喝醉了,我要告诉你的经理切特切尼兹上尉。"

"切特切尼兹上尉在我当少校的那个团里当过中尉。孩子，他至今还记得。你去试试看。"

"好的。待我去。"

"拉维克！"莫罗佐夫用他的大手掌拍着他的肩膀，"别做傻子！去吧！打电话去找那个碧眼的尤物，假如你觉得需要的话，就带她回去。这是一个过来的老头儿的简单忠告。这是最便宜的玩意儿，可是一样会有用的。"

"不，鲍里斯。"拉维克望着他，"这儿没有什么花样，我也不需要什么人。"

"那就回去。"莫罗佐夫说。

"到那发霉的棕榈室去！还是到我的洞窟里去？"

莫罗佐夫离开了拉维克，大踏步走到正要招呼出租汽车的两人前面。拉维克等着他回来。"你比我想象的更有理智了，"莫罗佐夫说，"否则你早已进去了。"

他把那顶金边的便帽推到了头顶上，正想继续说下去，一个穿着白礼服的年轻醉鬼出现在门口。"上校，一辆比赛用的汽车。"

莫罗佐夫招呼了第二辆出租车，扶着那个摇摇晃晃的醉鬼上去了。"你不要笑。那个醉鬼称上校，这个玩笑开得很好，不是吗？"

"很好，比赛用的汽车，也许更好吧。"

"我已经考虑过了，"莫罗佐夫走回来的时候说，"到里边去，别在乎其他人，我也一样。无论如何，总有机会碰到的，为什么现在就不行呢？不管怎样，事情总该有个了结。我们要是没有孩子气，便会变成老头儿了。"

"我也考虑过了，我一定要到别的地方去。"

莫罗佐夫打趣似的望着拉维克。"好的，"他最后说，"那么半小时以后再来。"

"也许不够。"

"那么一小时。"

两小时以后，拉维克坐在金钟咖啡馆里。那地方还没有什么客人。妓女们坐在长凳上喋喋不休地交谈着，仿佛鹦鹉蹲在枝头上。旁边还有几个兜售假麻醉药的小贩，他们闲散地站着，等待着游人。楼上的房间里，几对客人正在喝洋葱汤。拉维克对面，角落里的那个沙发上，两个女同性恋正喝着雪利白兰地，交头絮语着。其中一个穿着一件饰有领带的套装，戴着一副单片眼镜，另外一个是富有媚态的红发女郎，穿着一袭闪光的晚礼服。

好傻，拉维克想，为什么我不到沙赫拉扎德去呢？怕什么？为什么我又跑掉了呢？她已经成长了，我知道的，这三个月的时间，并没有毁了她，反叫她更强健了，我不必长此欺骗着自己。在边境爬行，在密室里等待，在没有星光的异国的夜晚，熬受着那种逐渐滋长的寂寞的时候，她几乎是唯一伴随他的东西。不和她在一起，反比和她在一起时，那种情绪更滋蔓，而现在……

一阵压抑着的尖叫，将他从沉思中惊醒。原来有几个女人一起走了进来，其中一个很像黑人样子的大概喝醉了酒，把一顶簪有花朵的帽子推到了头顶，摔掉了一柄放在桌子上的餐刀，她慢慢地走下了楼梯，谁也没有拦阻她。一个老招待上楼了。另外一个女人站在那儿，拦阻他的路。"没有什么事情。"她说，"没有什么事情。"

招待耸耸肩膀，回头走了。拉维克看着角落里的那个红发女郎站了起来。同时，拦阻招待的那个女人正急急地奔到楼下的酒吧去。红头发站定了，把手按在丰满的胸脯上。她小心翼翼地移开两根指头，往下一看，原来晚礼服被戳破了几英寸，下面还有一条刀伤。看不见一点儿皮肤，只有珠绿晚礼服下的一道绽裂的伤口。红头发凝视着，仿佛不能相信似的。

拉维克不由自主地动了一下，然后又让自己坐好。一次流放总已经足够。他看到那个穿着套装的女人把红头发拉回到沙发上。这时，另一个女人拿着一杯白兰地走上楼来。穿套装的女人伏在桌面上，一只手拉开了掩着胸部伤口的手，另一只手掩住了红头发的嘴巴。于是，另外一个女人将白兰地倾倒了下去。这是原始的消毒法，拉维克想。红头发呜咽着，全身抽搐，可是另外那个女人，紧紧抓住她，还有两个女人挡住了桌子，遮着其他客人的视线。一切的事情极迅速极灵敏地做好了。差不多没有什么人看见。一分钟以后，许多同性恋都挤进了这家咖啡馆，仿佛被魔术师召来似的。她们围着角落里的那张桌子，两个人抬着红头发，将她举了起来，其余的人嬉笑着，叽叽喳喳地叫着，掩护着这一伙，一窝蜂离开了那个地方，仿佛没有发生过什么事的样子。大多数的客人也不知道这儿发生过这么一回事。

"挺好看？是不是？"有人在后边问拉维克。那是一个招待。

拉维克点头。"这是怎么一回事啊？"

"吃醋。这些个邪神都是暴躁的家伙。"

"其余的人一下子都从哪里来的呢？简直像用了传心术似的。"

"她们嗅到的，先生。"那招待说。

"大概有人打了电话，可是来得好快。"

"她们嗅到的，她们心很齐，仿佛死神和魔鬼。她们不会互相控告的，绝不会惊动警察，做到这点就行。她们自己解决。"那招待从桌子上拿起了拉维克的酒杯，"还要一杯吗？要什么酒？"

"苹果白兰地。"

"好的，再要一杯苹果白兰地。"

他去取酒了。拉维克抬起头来看见琼坐在离他几张桌子远的地方。她是在他跟那招待闲谈时进来的。他没有看见她进来。还有两个男人跟她坐在一起。这时候，她也看见了他。她那晒褐了的脸立刻就灰白了。她不声不响坐了一会儿，目不转睛地瞪视着他。然后，鲁莽地推开桌子，站了起来，向他走来。当她走着的时候，脸色又改变了，仿佛松弛而柔和起来，只是那双眼睛还凝滞着，宛如水晶般透明。在拉维克看来，这双眼睛比以前更明亮了，充满近乎愤怒的神情。

"你回来了。"她屏息低声问道。

她站得离他很近，一会儿又做了个姿态，仿佛要用胳膊去搂他的样子，可是她并没有，甚至连手也不跟他握。"你回来了。"她重说了一遍。

拉维克并没有回答。

"你回来多久了？"她还是小声问道。

"两个星期。"

"两个……我没有……你一次也没有……"

"谁也不知道你在什么地方。你原来住的旅馆和沙赫拉扎德都不知道。"

"沙赫拉扎德……可是我……"她忽然停下来，"为什么你连信都不写呢？"

"我不能。"

"你撒谎。"

"我不愿意写。我不知道是不是能够再回来。"

"你又在撒谎。那不是理由。"

"那是的，也许我能回来，也许我不能回来，你难道不理解这点吗？"

"不。我只知道你回来了两个星期却连一件最低限度的事都没有做，那就是……"

"琼，"拉维克心平气和地说，"你的肩膀可不是在巴黎晒黑的。"

招待带着好奇心从他的身边经过。他瞟了一下琼和拉维克，仿佛还记得先前在这里发生的事情。他从那块红白相间的桌布上拿掉两副刀叉和一个碟子，仿佛不是故意的。拉维克看得很明白。"一切正常？"他说。

"没什么。刚才在这儿发生了一点事情。"

她凝望着他。"你在这儿等一个女人吗？"

"天哪，不是的。有个人流血了，这一次，我倒并没有插手。"

"插手？"她突然明白了，便改变了语气，"你在这儿做什么啊？他们又要把你抓去了，现在，我什么都知道啦。下一次，可要判半年徒刑。你必须离开！我不知道你在巴黎。我以为你不会再回来了。"

拉维克沉默着。

"我以为你不会再回来了。"她又说了一遍。

拉维克望着她。"琼——"

"不！没有一件事情是真的，没有一件是真的！没有！"

"琼，"拉维克谨慎地说，"回到你那边的桌子去吧！"

突然她眼睛里湿润了。"回到你那边的桌子去吧！"他又说。

她突然转过身子，走了回去。拉维克把桌子推到一边，坐了下来。他望望那杯苹果白兰地，做了个姿势，仿佛喝完似的，可是他没有。他跟琼说话的时候心里非常平静。可是现在，他突然觉得激动起来。奇怪，他想，胸脯的肌肉就这么在皮肤下跳跃，为什么啊？他举起酒杯，望着自己的手，手很镇定，喝酒的时候，他没有向她那边望。招待又从桌边走过。"香烟，"拉维克说，"卡普列尔的。"

他点燃了一支烟，喝干了剩下的半杯酒。他又觉得琼在瞧他。她以为我会怎么样？他想，以为我会在她面前借酒浇愁而酩酊大醉吗？他把招待叫来，付了账。他站起身的时候，琼开始跟同座的一个男人活泼地谈天。他从他们的桌边走过，她也并没有抬起头来。她的脸铁板着，简直没有一点儿表情，而那种微笑也仿佛是勉强的。

拉维克在街头闲走，想不到又荡到了沙赫拉扎德的门前。莫罗佐夫的脸上满是高兴的神色。"有信用，当兵的，我几乎以为你失踪了呢。预言实现的时候，一个人总是很高兴的。"

"不要高兴得太早。"

"你自己也不要。你来得太迟了。"

"那我知道。我早已碰到过她啦。"

"什么？"

"在金钟咖啡馆。"

"怎么会，"莫罗佐夫愕然地说，"女人的事情往往是有锦囊妙计的。"

"你在这儿什么时候下班，鲍里斯？"

"几分钟以后，大家都走了。我换换衣服。进去坐一会儿，喝点伏特加，店里免费招待。"

"不。我想在这儿等。"

莫罗佐夫望着他。"你觉得怎么样？"

"我觉得仿佛要呕吐！"

"你本来指望会是另一种情形吗？"

"是的。一个人往往会指望出现另外一种情形。快去换衣服吧。"

拉维克靠着墙壁，一个卖花的老太婆正在他旁边扎着鲜花。她认为他不会需要，他傻乎乎地觉得，如果她向他兜售，他会愿意买的。现在这情形，仿佛她认定他不会需要鲜花似的。他眺望着一排排的屋子，有几个窗户还亮着灯光。出租车慢慢地驶过。他期待过什么啊？他自己也不清楚。他没有料想到琼居然先发制人了。然而，凭什么她就不能那么做呢？一个人只要主动进攻，总是对的！

招待们纷纷回去了。晚上，他们都穿着红制服、高筒靴，十足的高加索人和切尔克斯人，而现在全成了疲惫的平民。他们换上各式便服，潜回家去，看起来怪刺目的。最后一个是莫罗佐夫。"上哪儿去？"他问。

"今天我什么地方都去过了。"

"那么，我们就回旅馆去下棋。"

273

"什么？"

"下棋。下一盘棋包你会得到安慰，使你心神集中。"

"好的。"拉维克说，"为什么不去呢？"

他醒来的时候，立刻就知道琼在房间里。天色还黑，看不见她，可是他知道她就在那儿。房间好像异样了，窗子也异样了，空气也异样了，甚至他自个儿也异样了。"不要那样无聊！"他说，"把灯开了，到我这儿来。"

她并没有动。他也听不到她的呼吸。"琼，"他说，"我们不是要捉迷藏。"

"我也不是在捉迷藏。"

"那么到我这儿来。"

"你知道我会来吗？"

"不。"

"那你的房门怎么是开着的。"

"我的房门差不多常常是开着的。"

她沉默了一会儿。"我以为你还没回来，"她然后说，"我只要……我以为你还在什么地方喝酒。"

"我原以为自己会这样，可是后来却下了棋。"

"什么？"

"下棋，跟莫罗佐夫，在楼底的洞窟里，那地方好像一个干涸的水族馆。"

"下棋！"她从角落里走了出来，"下棋！可是那是……有人能够下棋，当……"

"我自己也没有想到。我下棋了，甚至还下得不错。"

"你是一个冷酷的、最没有心肝的……"

"琼，"拉维克说，"不要吵闹了。我并不怕吵，可是不要在今天！"

"我不是来吵闹的，我很不愉快。"

"好的，那我们就不要再谈这些事情了。一个人在稍不愉快的时候，吵闹原也是要的。我知道曾经有人关在房子里研究自己的棋谱，从他太太死的时候起，直到他太太下葬的时候。人家都说他没有感情，可是我倒认为他爱太太，他只是没有其他的办法。一天到晚推敲棋局，他才能够不去想那些伤心的事。"

琼已经站到了房间的中心。"这便是下棋的理由吗？"

"不。我告诉你那是另外一个人。你进来的时候，我已经睡着了。"

"是的，你已经睡着！你还能够睡着！"

拉维克从床上撑了起来。"我还知道一个人，琼，他死了太太，他在床上没头没脑地睡了两天。他岳母看见他那样子，便大发脾气。其实她不知道一个人虽然做那么不适当的事情，可是他心里还是很悲痛的。说也奇怪，天下的礼仪就是为了不愉快而创设的！假如你发现我酩酊大醉，那么会觉得一切顺理成章。我在下棋，我在睡觉，不能说明我冷酷，证明我没有感情。简单得很，是不是啊？"

一阵碰击声和破碎声，原来琼抢了一个花瓶摔在地板上。"好的，"拉维克说，"我原本就不喜欢那个东西，可是要小心，别让碎玻璃戳伤了你的脚。"

她把碎片踢在一起。"拉维克，"她说，"你为什么这么做？"

"是的，"他答道，"为什么吗？给我自己一点勇气。琼，你知道吗？"

她立刻将脸朝着他。"好像是那样。可是你的事别人不会懂。"

她小心翼翼地踩着那些碎片，走过去坐在他的床沿上。这时候，在拂晓的晨曦中，他可以看清她的脸了。他很惊奇。她竟一点也没有疲倦的神色，反而很年轻，很明净，皮肤紧绷绷的。她穿着一件他没有看见过的浅色外衣，跟她在金钟咖啡馆里穿的那一套又不同了。

"我以为你不会再回来的了，拉维克。"她说。

"时间是长了点。可是我没法早来啊。"

"你为什么不给我信呢？"

"有什么用啊！"

她眼睛看着别的地方。"总要好一点儿。"

"要是我真不回来，那才好呢。可是我没有别的国家或者别的城市可以去了。瑞士太小，其他地方到处是法西斯党徒。"

"可是这儿……警察不是要……"

"警察还是像从前那样不容易抓到我的。那一次的被捕，真是难得的不幸。我们不必再想起它了。"

拉维克伸手去拿烟，在他床边的桌子上。这张舒适的桌子大小适中，上面堆放着书籍、纸烟和几件零星什物。拉维克最恨那些个照例放在床边的床头桌，放着零星东西，装着人造大理石桌面。

"也给我一支。"琼说。

"你想喝点什么东西吗？"他说。

"好的。你躺着。我来拿。"

她找到了酒瓶，斟满了两杯，递给他一杯，另一杯自己喝干了。当她喝酒的时候，外衣从肩膀上滑落下来。此刻在逐渐开朗的晨曦中，拉维克这才看清她穿的衣服。原来是他在昂蒂布送给她作为礼物的那套。为什么她穿着这套衣服呢？这是他送给她的唯一的一套衣服。他从来没有想过这类事，也从来不愿意想这类事。

"刚才我看见你的时候，拉维克，突然，"她说，"我不知该怎么办才好。一点也没有办法。当你离开的时候，我以为我不再会看见你。我没有想到立刻就来。起初我还等你回金钟咖啡馆。我想你一定会回来的，你为什么没有回来呢？"

"我为什么一定要回去呢？"

"我可以跟你一块儿走啊！"

拉维克知道那是假的，可是他现在不愿意仔细去想。突然他不愿仔细去想一切的事情。他并不以为事情已经圆满结束。他还不知道她为什么到这儿来，她到底需要些什么，然而忽然间，仿佛很古怪，很深沉，很放心，觉得她在这儿就什么都满足了。这是怎么回事？他想，难道已经进展到这般地步了吗？难道已经控制不住了吗？难道黑暗已开始，血已沸腾，幻想已受抑制，威胁已临头了吗？

"我想你要离开我了，"琼说，"你的确那么想。你老实告诉我！"

拉维克不作声。

她望着他。"我知道的！我知道的！"她坚信似的重复着。

"再给我一杯苹果白兰地。"

"这是苹果白兰地吗？"

"是的。你没有注意吗？"

"没有。"她斟了出来。拿着酒瓶的时候，她把胳膊搁在他胸脯上。他感到她的抚摸直透肋骨，她拿起酒杯，喝干了。"是的，这是苹果白兰地。"于是她又望着他，"我庆幸自己来了。我知道的，我庆幸自己来了！"

外面，天色更亮了。百叶窗发出细碎的声音，原来早晨在刮风。"你以为我来得好吗？"她这样问。

"我不知道，琼。"

她向他俯身下去。"你知道的。你一定知道的。"

她的脸和他的脸挨得那么近，连头发也披落在他的肩膀上。他望着她。这是一幅图画，他觉得陌生，却又好像很熟悉，觉得老是一样的，却又好像从不相同。他看见她的前额有些蜕皮，口红黏在上唇。他觉得她并没有好好修饰过。脸挨得那么近，他看清了脸上所有的东西。天下更美丽更聪慧更纯洁的脸多的是，可他的幻想却把这张脸变得神秘起来，然而他也知道，这张脸又跟别的不同，对他有着一种力量。而这种力量正是他自己赋予的。

"是的，"他说，"好的，不是这样，便是那样。"

"我真是受不了啦，拉维克。"

"什么？"

"你离开了我，彻底离开了。"

"你不是说过，你以为我不会再回来了吗？"

"那可不一样。如果你住在别的国家，情形就不同了。我们不得不分开。有时候，我会到你那儿去，或者我会认为我迟早要去的，可是现在在这儿，在同一个城市，你懂吗？"

"我懂。"

她挺了下身子，捋了下头发。"你不能撇下我一个人。你要对我负责。"

"你现在是独自一人吗？"

"你要对我负责的。"她说着便笑了。

这一下，他忽然憎恨起她来，憎恨她的微笑和她说这句话时的语气。

"不要胡说八道。琼。"

"我并没有胡说啊。你才胡说呢。从那时候起，没有了你……"

"好的。捷克被占领，我也负责吧。现在，别再胡说了。天亮了，你又要走啦。"

"什么？"她凝视着他，"你不要我待在这儿吗？"

"不。"

"那——"她轻声地说，突然很气愤，"你不再爱我了。"

"天哪！"拉维克说，"那也是胡说！这几个月来，你在跟哪几个傻子鬼混啊？"

"他们并不是傻子。除此以外，我能做些别的什么事呢？难道坐在米兰旅馆里朝着墙壁呆望发傻吗？"

拉维克坐起了一半。"无须招供！"他说，"我倒不要什么招供！我只要把我们谈话的水平提高点儿。"

她望着他。她的嘴巴和眼睛都仿佛没精打采似的。"为什么你老是批评我？别人都不批评我。哪怕芝麻大的事情，一碰到你啊，都成了天大的问题了。"

　　"是的。"拉维克急急地喝了一大口酒，便向后靠了下去。

　　"那是真的！"她说，"谁也不知道该拿你怎么办。你逼着我说出那些我从来不想说的事情，然后你就拿它来攻击我。"

　　拉维克深长地呼吸了一下。他刚才想起的是些什么事啊？爱情的阴影，幻想的威力——变得好快！他们自己就不断地变化着，他们是热切破坏美梦的人。可是，这是他们的过失吗？真是他们的过失吗？美丽的、迷失方向而又身不由己的人——一块巨大的磁铁埋藏在大地深处的某个地方，上面的芸芸众生都以为他们有着自己的意志和命运——有什么过失吗？他自己不也是其中的一个吗？他不是也怀疑地守着那份拘谨，发挥着那份无聊的讥刺，而心底早已知道什么事情会发生吗？

　　琼蜷缩在床边，仿佛一个美丽的勃然大怒的洗衣女，同时又像从月亮里飘落下来不知道在哪儿的一样东西。

　　晨曦的红光照在他们身上。远处飘来清新的晨风，掠过肮脏的院子，拂过冒烟的屋面，吹进窗子，夹杂着树木和生命的气息。

　　"琼，"拉维克说，"你为什么又来了？"

　　"你为什么这样问？"

　　"是的，我为什么这样问？"

　　"为什么你老是这样问？我在这儿，那不是已经够了吗？"

　　"是的，琼，你是对的。这已经够了。"

　　她抬起头来。"你终于这样说了！可是你先得剥夺一个人的快乐！"

　　快乐，拉维克想，她把这叫作快乐！这叫作快乐吗？外面，这一会儿倒真是快乐的，窗子上的露珠，在白昼伸出爪子前的十分钟的寂静，可是鬼知道这又有什么相干啊？她是对的吗？她真像露珠、麻雀、风和血一样，像一只黑夜的蝴蝶，一只飞蛾，在这儿只是为了她自己，无思无虑。现在，他躺着，计算蝴蝶的斑点，计算翅膀上的小小的裂纹，凝视着微微衰退了的混杂的色彩。她来这儿，只是为了她自己，可我又暗地里希望她来。

他把毛毯摔在一边，双脚跨下了床沿，踏进拖鞋里。"你想做什么？"琼惊异地问，"你想把我推出门外吗？"

"不，我想吻你。我早应该吻你了！我是一只傻虫，琼。我说的都是实话。那真是好极了！"

一道光芒照耀着她的眼睛。"你不必下床来吻我的。"她说。

清晨的红光高高地爬上屋子背后。天空中一色浅蓝，几片浮云飘在那儿，仿佛几只睡眼惺忪的火鸡。"瞧那个，琼！好天气啊！你还记得这儿常常下雨吗？"

"是的，这儿常常下雨，亲爱的。天色灰了就会下雨。"

"我走的那天，天还下着雨呢。天上下雨，你就灰溜溜的，而现在……"

"是的，"她说，"而现在……"

她躺在他身边。"现在我们一切都有了，"他说，"一切，甚至还有一个花园。那是维森霍夫留放在窗外的荷兰石竹，还有下面栗树上的小鸟。"

他看见她流泪了。

"你为什么不问我，拉维克？"她说。

"我已经问得太多了。你自己不也是这样说的吗？"

"那可不同。"

"没有什么可问的事。"

"关于我们分别以后的经过。"

"也没有什么。"

她摇摇头。

"天哪，你以为我怎么样啦，琼？"他说，"你瞧外边，红的、金的、蓝的。问昨天有没有下雨，中国和西班牙有没有战争，这一刹那是有一千个人在死去还是有一千个人诞生。生存着，兴旺着，这就够了。而你，偏要我问你！你的肩膀这会儿的光芒下显出青铜似的颜色，要我这样问你吗？你的眼睛这会儿在红光下仿佛希腊的海，是紫色的或酒似的颜色，我应该问你怎么会这样吗？你回来了，而我竟还是那么一个傻子，仅想在过去的残叶中搜索什么吗？你把我当作什么了，琼？"

　　她的眼泪不流了。"我已经好久没有听到这样的话了。"她说。

　　"那你一定是和一些木头人在一起。天下的女人，要是不被抛弃，就该被爱慕，绝无中庸之道。"

　　她紧拥着他睡觉，仿佛不让他跑掉似的。她睡得好甜，在他胸脯上可以觉察到她轻匀的呼吸。他醒着躺了一会儿。早晨的各种声音在旅馆里开始响动，水哗哗响着，门不停开关，楼下那个难民维森霍夫又在开着的窗前例行他咳嗽的早课。他觉得琼的肩膀压着他的胳膊，他感到她温暖松软的肌肤，转过头来又可以看见她安闲地酣睡着的脸，这脸既天真又纯洁。爱慕还是抛弃，他想，好大的字眼儿，谁做得到呢！可是又有谁真想去做呢？

20

他醒来了。琼已经不在他身边。他听到浴室里在放水,便坐了起来,马上清醒了。这是近几个月来他又学到的习惯。要是能够马上清醒,有时候就能够逃得掉。他望望表,那是上午十点钟。琼的晚礼服和外衣都堆在地板上。她的锦缎高跟鞋,脱在窗边,一只已经翻倒。

"琼,"他叫着,"你在做什么,半夜里起来淋浴吗?"

她开出门来。"我不想吵醒你啊。"

"那有什么关系啊。我一直睡得着的。可是,你为什么这个时候就起来?"

她戴着一顶浴帽,正湿漉漉地滴落着水珠。她那隐约的肩膀露出了微微的褐色。看去好像一个戴着头盔的亚马孙女战士。"我已经不是一只黑夜的枭鸟了,拉维克。我已经不在沙赫拉扎德工作。"

"那我知道。"

"谁告诉你的?"

"莫罗佐夫。"

她仿佛搜索似的望了他好一会儿。"莫罗佐夫,"她说,"那个多嘴的老头子。他还告诉你什么啊?"

"没有什么。难道还有什么事可以告诉吗?"

"一个夜班看门人也讲不出什么来了。他们正像衣帽间里的姑娘。都是些专门喜欢嚼舌头的人。"

"不要尽扯莫罗佐夫了。夜班看门人和医生，他们的职业使他们成为悲观主义者。他们从人生的阴暗面理解生活。可是他们绝不会多嘴多舌，非郑重谨慎不可。"

"人生的阴暗面，"琼说，"谁要人生的阴暗面呢？"

"没有谁要，不过大多数人都生活在里面。再说，莫罗佐夫毕竟帮助你在沙赫拉扎德找过工作。"

"我可不能永远对他感恩戴德啊。我毕竟没有叫人家失望，也不是不值那几个钱，否则他们不会让我工作下去的。而且，他是为了你，又不是为了我。"

拉维克伸手过去拿了支纸烟。"你到底因为什么缘故对他这样反感？"

"也没有。我就是不喜欢他。他老是那样瞅着别人。我就是不信任他。你也不应该信任。"

"什么？"

"你也不应该信任他。你要知道，法国所有的看门人都是警察的眼线。"

"还有什么吗？"拉维克心平气和地问。

"当然，你是不会相信我的。沙赫拉扎德里的人全知道。谁知道是不是……"

"琼！"拉维克摔开了毛毯，一骨碌爬了起来，"不要胡说，你有什么别扭啊？"

"没有。我能有什么别扭呢？一句话，我就是受不了他。他给人一种很坏的印象。而你是常常跟他在一起的。"

"我知道了，"拉维克说，"原来因为这个。"

突然她笑了起来。"是的，因为这个。"

但拉维克觉得，这绝不是唯一的理由，此外一定还有别的道理的。"你想吃点什么早餐？"他问。

"你生气了吗？"她这样反问道。

"没有。"

她从浴室里出来，用胳膊围住他的颈项。透过一层单薄的睡衣裤，他觉得她的肌肤很湿润。他还感觉到了她的身体，以及自己的血液。"我妒忌你的朋友，你生气了吗？"她问。

他摇摇头。一顶头盔，一个亚马孙女战士，一尊水泉女神[1]，刚从海洋里出来，她光滑的肌肤还腾发着水的味儿和年轻的气息。

"让我走吧。"他说。

她并没有回答。从高耸的颧骨到下巴的线条，嘴，太重的眼皮，胸脯紧贴着他露在睡衣裤外面的皮肤。"让我走，或者……"

"或者什么？"她问。

一只蜜蜂在窗外嗡嗡地吵闹。拉维克盯着它瞧。它是被维森霍夫的荷兰石竹引来的，而现在正在寻找着别的花朵。这时候它飞进了房里，停落在一只没有洗干净的盛过苹果白兰地的酒杯上，那是放在窗台上的。

"你惦记我吗？"琼问道。

"是的。"

"惦记得很吗？"

"是的。"

蜜蜂飞了起来。它在酒杯四周绕了几个圈子，嗡嗡地飞出窗了，回到太阳底下，回到维森霍夫的荷兰石竹上。

拉维克躺在琼的旁边。夏天，他想，夏天，清晨的草原，头发上

---

[1] Najade，古希腊和罗马神话中住在河流、泉水和湖泊中的女神。

回荡着干草的香味，皮肤像是苜蓿花的色泽，畅通的血液仿佛一条小川静静地流着，沙土泛滥的地带，那是一个光滑的平面，映出一张微笑的脸。在这明亮的一刹那，一切都不复干燥和死板。桦木和白杨，一种沉静的轻柔絮语，仿佛回响一样从遥远无垠的天际传来，敲击着人的血管。

"我喜欢待在这儿。"琼靠着他的肩膀，这样说道。

"待在这儿。让我们睡吧。我们还没有睡够呢。"

"那我不能。我一定要走的。"

"这时候你穿着晚礼服，不能到什么地方去啊。"

"我还带着一套衣服。"

"在哪儿？"

"在我外衣里面。还有一双鞋子。都在我的东西里边。什么东西我都带着的。"

她并没有说明要到什么地方去，也不说为什么要走。而拉维克也不问。

蜜蜂又出现了。它倒不再那么没头没脑地乱飞，径直飞到酒杯上，躲定在杯口。它仿佛也知道苹果白兰地的酒味似的，也许知道水果糖的味儿。

"你确定想待在这儿吗？"

"是的。"琼动也不动地说道。

罗朗德托着一个扁盘，送来了酒瓶和酒杯。"没有什么好喝的。"拉维克说。

"你要喝点伏特加吗？那是野牛草伏特加。"

"今天不要。你还是给我点儿咖啡，浓的咖啡。"

"好的。"

他把显微镜推开了，燃起一支纸烟，走到窗前。树木都已长出了新鲜的绿叶。前回他在这儿，还都是光秃秃的呢。

罗朗德把咖啡端来了。"你要我检查的姑娘比从前更多了。"拉维克说。

"多了二十个。"

"难道生意很好吗？在这个六月天？"

罗朗德在他旁边坐下来。"我们也不懂为什么生意这样好。那些人好像都发疯了。即使在下午，他们也会来的，可是晚上才……"

"也许是天时的关系。"

"绝不是天时的关系。我也知道往常五月和六月里的情形。可是，如今是一种疯狂。你一定不相信，酒吧里的生意这么好。你想象得出法国人在我们这儿开香槟的情形吗？"

"不。"

"外国人，当然更不用说了。我们让他们开的。可是那些法国人啊！甚至巴黎人！香槟！他们也开！而不是杜本内酒、茴香酒、啤酒，或是白兰地。你相信吗？"

"亲眼看见才相信。"

罗朗德替他倒好了咖啡。"还有那种胡闹啊！"她又说，"简直震得你耳朵聋。你下去的时候一定可以看到。即使在现在这个时候！不再是那些谨慎小心的行家等着你检查过之后再来。下面早已坐着一大群人了。这些人啊，到底是怎么搞的，拉维克？"

拉维克耸耸肩膀。"有过一个海洋里沉船的故事。"

"可是我们并没有沉啊！生意怪好呢！"

门开了。一个二十一岁的姑娘走了进来，她名叫妮内特，穿着一件短短的绯色丝绸裤，瘦得仿佛男孩儿似的。她的脸像圣人一般，她是这里最红的妓女之一。这时候她托着一个扁盘，送来了面包、黄油和两罐果子酱。"老板娘知道医生在喝咖啡，"她的嗓音低沉而沙哑，"她请你尝尝果子酱的味儿。自己家里做的。"突然妮内特咧着嘴嘲弄地一笑。

286

天使似的容颜立刻变成了浮浪顽童的丑相。她把扁盘掷在桌上，蹦蹦跳跳地跑出去了。

"你瞧，"罗朗德叹息着，"她们知道我们用得着她们，就这么放肆起来了。"

"很好，"拉维克说，"否则她们什么时候才应该放肆呢？我说，这个果子酱是什么意思啊？"

"这是老板娘的得意杰作。她亲手做的，在她里维埃拉的邸宅里。真是很好的。你要尝一尝吗？"

"我不喜欢果子酱，尤其是百万富翁做的果子酱。"

罗朗德把玻璃盖旋开，舀了几调匙果子酱，涂在一张厚纸上，然后将一块黄油、几片吐司也放在上面，卷紧起来，递给拉维克。"走到外面你把这个丢掉，"她说，"让她欢喜欢喜。她会调查你到底有没有吃过的。对于一个上了年纪失去了梦幻的女人，这是最后一件杰作了。出于礼貌，你也得做一下。"

"好的。"拉维克站起身来开了门。他听到楼底传来的音乐、笑声和叫嚣。"真闹，"他说，"他们都是法国人吗？"

"不是这一批。他们大多是外国人。"

"美国人吗？"

"不，说也奇怪，他们大多是德国人。从前啊，我们这儿从来没有这么多的德国人。"

"这也并不奇怪。"

"他们大多能说很流利的法语，也不像前些年那些德国人说话的样儿了。"

"可以想象的。这儿也有法国兵来吗？招募的新兵，或是属地的军队？"

"也常常来的。"

拉维克点点头。"德国人花了很多钱吧，是不是？"

罗朗德笑了起来。"是的。什么人愿意，他们就跟什么人喝酒。"

"我想那只可能是当兵的。德国已经禁运通货，封锁边陲，只有获得当局的允许，才可以出境。而一个人还只准带十马克。奇怪，这些寻欢作乐的德国人居然有那么多钱，法语说得那么好，嗯？"

罗朗德耸耸肩膀。"我就不管这一套……反正他们花钱总是好的……"

他回到家里，已经八点过后了。"有人打过电话来吗？"他问那门房。

"没有。"

"下午也没有吗？"

"没有。整天都没有。"

"有人到这儿来问起过我吗？"

门房摇摇头。"没有人。"

拉维克走上了楼梯。在二楼，他听到戈尔德贝格夫妇在吵架。三楼，一个孩子在哭，那是一个法国小公民，吕西安·西尔伯曼，还只有一岁零两个月。他的双亲，咖啡商西格弗里德·西尔伯曼和太太妮莉，后者出生于里维，来自美因河畔法兰克福，将孩子爱如掌珠，且寄以无限希望。孩子生在法国，双亲希望靠着他早两年领到法国的护照。结果，吕西安·西尔伯曼一个一岁多的婴孩，居然被娇养成家中的暴君。四楼，有人开着留声机，那是难民沃尔迈尔，从前被关在奥拉宁堡的集中营里，此刻正放着德国民歌的唱片。走廊里回荡着卷心菜和薄暮的气息。

拉维克走进自己的房间，看起书来。他有一次买了好几卷世界史，现在他就翻着这些书看。看这些书，原也是索然无味的，唯一的好处是获得一种聊以自慰的满足，原来今天的一切遭遇都不是新鲜的花样。一切都已经发生过一二十次了。那些欺骗，那些背信，那些谋害，圣巴托

288

罗缪之夜大屠杀,争权夺利的腐败情形,一连串的故事——人类的历史是用血泪写成的,在过去成千个血染的人物中间,只有很少的几个是有慈悲的银色灵光的。那些煽动家、骗子、弑亲者、屠夫、利欲熏心的利己主义者、手执屠刀口讲仁爱的狂热预言家,那是历代都有的,而每一个时代,忠厚的人民都一任他们残杀。为了帝王,为了宗教,为了一些狂人——忠厚人民的苦难永无休止。

他把书推开。从街口传来楼下的声音。他辨得出来,那是维森霍夫和戈尔德贝格太太的声音。"现在不能,"露丝·戈尔德贝格说,"他就会回来的,最迟一个钟头。"

"一个钟头究竟是一个钟头啊。"

"也许他还回来得早些。"

"他到哪儿去了?"

"到美国大使馆。他每夜都去的,站在外边探视一下。没有什么别的事了,然后他就回来啦。"

维森霍夫说了几句话,拉维克没听懂。"当然,"露丝·戈尔德贝格用一种吵架的语气答道,"哪一个不傻呢? 他老了,我也知道的。"

"不要那样,"她隔了半晌又说,"我现在没有兴趣,也没有这种情调。"

维森霍夫回答了几句话。

"你说起来就这么容易,"她说,"他有钱啊。我是一文也没有。而你……"

拉维克站了起来。他望着电话机,犹豫着。时间是十点光景。早晨跟琼分手以后,至今还没有得到她一点儿消息。他也没有问她今夜会不会来。当时他相信,她一定会来的。可是现在,他就不敢那么肯定了。

"对你来说,事情很简单! 你只要找你的快乐,此外,什么也没有了。"戈尔德贝格太太的声音。

拉维克出去找莫罗佐夫。莫罗佐夫的房门上着锁。他便走到楼下那个"墓窟"去。"要是有人打电话来，我在楼底下。"他跟那个看门人说。

莫罗佐夫果然在那儿。他跟一个红头发的男人在下棋。角落里还有几个女人坐着。她们在结绒线，看书，愁容满脸。

拉维克看他们下棋，看了一会儿。那个红头发的男人很精通此道。他下得很快，而且全不在意似的。这时，莫罗佐夫已经处于下风了。"你瞧我的处境"他说。

拉维克耸耸肩膀。那个红头发的男人抬起头来。"这位是芬肯施泰因先生，"莫罗佐夫说，"才从德国出来。"

拉维克点点头。"那边现在怎么样了？"他不感兴趣地问，仿佛只为了攀谈似的。

那个红头发的男人扭动着肩膀，一句话也不说。拉维克原也料到他不会回答的。前几年，他还抢着发问，希望人家回答，热切地期待着听到崩溃的消息。可是现在啊，谁都知道唯有战争会迫使它崩溃。只要有一点儿头脑的人都知道，假如一个政府以建立军需工业来解决国内的失业问题，那么可能的结果唯有两条：战争或是国内的灾祸。因此，战争是避免不了的。

"将死了。"芬肯施泰因并不起劲地说着，便站了起来。他望望拉维克。"要安眠有什么办法啊？我在这儿总是睡不着觉。睡着一会儿，一下子又醒来了。"

"喝酒，"莫罗佐夫说，"勃艮第酒。多喝点儿勃艮第酒或是啤酒。"

"我没有喝酒，只在街道上漫步几小时，直到我自以为疲乏得要死了。可是也没有用，还是睡不着。"

"我给你几颗药，"拉维克说，"跟我来。"

"要回来的啊，拉维克，"莫罗佐夫招呼着他，"别把我一个人抛在这儿，老弟！"

几个女人在抬头观望。一会儿她们又开始编织绒线和看书了，好像她们的生活就靠着这样的工作来维持似的。拉维克带着芬肯施泰因走进自己的房间。一开进门去，从窗子里流进来一阵夜的气息，仿佛一股寒冷的黑浪似的扑着他。他深长地呼吸了一下，开了灯，在房间里环顾一周。一个人也没有。他把几颗药拿给芬肯施泰因。

"谢谢你。"芬肯施泰因说话的时候，脸上的肌肉纹丝不动，而后一个黑影似的出去了。

突然地，拉维克知道琼是不会来了，他仿佛又知道自己早晨就已料到了，他只是不愿意相信。这时他转过头来，好像有人在背后跟他说话的样子。可是突然间，一切都很清晰，很简单。她所需要的都已经得到了，现在她只等待着机会。他还希望些什么呢？难道希望她为他抛撒一切吗？希望她还像从前那样回来吗？多么愚蠢的事！当然，有了另一个人，不仅是另一个人，而且还有另一种完全不同的生活，那是她不愿意抛撒的！

他又走下楼去，心里颇觉悲哀。"有人打过电话来吗？"他问。

刚来上班的那个夜班招待摇摇头，嘴里还塞满了蒜肠。

"我在等一个电话。现在我到楼底下去。"

他又走回到莫罗佐夫那边。

他们下了一盘棋。莫罗佐夫赢了，踌躇满志地望了望四周。那些女人毫无声息地不见了。他摇响桌上的铃。"克拉丽莎！一大玻璃杯玫瑰酒。"

"那个芬肯施泰因下起棋来好像一台缝纫机，"他说，"真叫人作呕！纯粹一个数学家。我就憎恨十全十美，那是不近人情的。"他望着拉维克，"这样的夜晚，你为什么还在这儿啊？"

"我在等一个电话。"

"你又被哪儿约去用科学方法杀什么人吗？"

"我昨天割掉了一个人的胃。"

莫罗佐夫斟满了两个人的酒杯。"你在这儿坐着喝酒，"他说，"而那边，你的牺牲者正躺卧着说胡话，那也是有点儿不近人情的。至少，你也应该害着胃痛的毛病。"

　　"对的，"拉维克答道，"这便是世界上悲哀的症结，鲍里斯，我们所施于人的，自己总不会觉得。可是你又为什么要从医生身上开始你的改革呢？改革政客和军人也许会更好。那样，我们就可以得到世界和平了。"

　　莫罗佐夫往后靠了下去，端详着拉维克。"一个人不应该跟医生有私交，"他说，"那会失去对他们的信心。像我，老跟你在一块儿喝酒，那我怎么能请你施行手术呢？我也许确实知道，你比我所不认识的外科医生更高明，可是，我宁愿请别人。对不相识者的信任是人类根深蒂固的本性，老朋友啊！医生只应该躲在医院里，不可以混入普通人的世界。你们的先驱者，那些巫婆和庸医都知道这诀窍的。我要是被施行手术啊，我就只相信超人的力量。"

　　"我也不会替你施行手术的，鲍里斯。"

　　"为什么不会呢？"

　　"没有一个医生肯替他的弟兄施行手术的。"

　　"无论如何，我不愿意请你。我宁愿在睡觉时突然中风死去。我现在就很高兴地朝着这个方向在走。"莫罗佐夫凝视着拉维克，神气很像一个快乐的孩子，接着他站了起来，"我要走了。又要到文化中心，到蒙马特去开门了。再说，一个人活着到底为的是什么啊？"

　　"让我想一下。还有别的问题吗？"

　　"是的。为什么一个人做了那些事情，在变得更理性的时候就死去了？"

　　"有些人并没有在变得更理性后死去。"

　　"不要逃避我的问题，也不要谈什么灵魂的轮回之类。"

　　"那我先得问你别的问题。狮子杀害羚羊，蜘蛛杀害苍蝇，狐狸杀害鸡雏，天下还有哪一种东西尽在继续不断地自相争斗，自相残杀呢？"

"那是孩子的问题。万物之灵，当然，是人类，创造了仁爱、谦和、慈悲这类名词的人类。"

"好。那么宇宙万物中，只有哪一种东西会自杀且施行着自杀？"

"也是人类……他创造了永生、上帝和复活这些字眼。"

"好极了，"拉维克说，"你瞧，我们是多么矛盾。你想知道我们为什么死吗？"

莫罗佐夫愕然地抬头望望，随后喝了一大口酒。"你这个曲解者，"他说，"你这诡辩者。"

拉维克望着他。琼，他心里想起了什么，但愿她现在就来，穿过那扇肮脏的玻璃门！"错就错在……鲍里斯，"他说，"我们开始思考。假如上帝保佑我们只顾好吃好色，那么一切都不会发生了。有人拿我们来做实验，可是他似乎至今还找不到解答。我们也用不着抱怨。被做实验的动物也应该有职业上的自尊心。"

"这些话是屠夫们说的，绝不是牛说的；是科学家们说的，绝不是豚鼠说的；是医生们说的，绝不是白鼠说的。"

"对的，理由充足的法律万岁！来，鲍里斯，让我们干一杯酒，为了这美，这一瞬间的美丽的永恒！你知道还有什么别的事只有人类能够做的吗？笑与哭。"

"还有醉。醉于白兰地，醉于葡萄酒，醉于哲学，醉于女人，醉于希望，醉于失望。你还知道什么只有人类才知道的事吗？那便是，他一定会死。他像注射血清一样，被灌入了幻想。石块是实物，植物是实物，动物也是实物，它们各得其所地被安排着，它们不知道它们一定会死。可是，人类知道。振作起来，老弟！不安分的家伙！不要伤心，你这个合法的凶手！我们不是还唱着人类之歌的一曲吗？"

莫罗佐夫摇着那灰色的棕榈，尘灰飘扬了起来。"动人的南方，希望和勇敢的象征，法国旅馆老板娘梦想的植物，再见了！还有你，一个无家可归的人，没有土地的攀援的植物，死亡的窃贼，再见了！你是一个富于幻想的人，你就以此自豪吧！"

他向拉维克冷笑着。

拉维克却并没有笑，只是望着那扇门。门开了，进来的是夜班看门人。他朝他们的桌边走过来。电话，拉维克想，到底来了！毕竟来了！他没有站起身。他等着。他觉得自个儿的胳膊紧张起来了。

"你的香烟，莫罗佐夫先生，"看门人说，"那个孩子刚才送来了。"

"谢谢，"莫罗佐夫把一盒俄式纸烟放进了口袋，"再会，拉维克。回头还见面吗？"

"也许，再会，鲍里斯。"

那个切除了胃的人凝望着拉维克。他觉得很难受，可是又呕不出来。因为他已经没有什么可以呕吐的东西。他正像那个没了腿却还觉得脚痛的人。

他很烦躁。拉维克给他注射了一针。这个人是没有多大希望的了。他的心脏极不好，一片肺叶上又满是痊愈了的空洞。三十五年来，他就没有好好地康健过。几年之中，他一直害着胃溃疡和慢性肺病，而现在又是癌症。根据他在医院里填的那份病史，他结婚第四年，太太在产后死了，三年之后，孩子也害了肺病夭折，没有亲戚。现在，他躺在这儿，凝望着他，不愿意死，忍耐而勇敢，却不知道自己已经不能用结肠消化，也不能享受他爱的泡菜和煎牛肉。他现在躺着，开过刀的身上有股气味，可是还有一种使他眼睛能够转动的东西，那便是所谓灵魂。应该引以为荣的是，你是一个富于幻想的人！人类之歌的一曲！

拉维克把那块贴着体温和脉搏记录表的标牌挂了起来。护士站起身来等候着。一件正在编织的红绒线衫放在她身边椅子上，针穿在绒线衫上，绒线团滚落在地板上，拖下来的那根细细的绒线宛如一道细细的血流，仿佛那件绒线衫正在流血似的。

那个人躺在那儿，拉维克想，即使被注射了一针，他还是要熬耐可怕的一夜，痛苦，不能动，呼吸促迫和梦魇，而我，正在等着一个女人，要是她不来，我也要熬耐艰苦的一夜，我知道那是多么可笑，跟这个垂死的病人相比，跟隔壁房里那个碾断了胳膊的巴斯东·佩里耶相比，跟千千万万其余的人相比，跟今夜世界上所发生的一切事情相比，可是那也没有用，那是没有用的，于事无补，不能改变我的处境，还是老样子。莫罗佐夫怎么说的？为什么你没有胃痛的毛病呢？是的，为什么没有呢？

"有什么事情，你打电话给我好了。"他跟那个护士说。那便是凯特·赫格斯特伦送过一台无线电唱机的护士。

"这位先生是很听话的。"她说。

"他是什么？"拉维克愕然地问。

"很听话的。是一个很好的病人。"

拉维克望了望四周，没有一样护士希望作为礼物送给她的东西。很听话的——有时候护士们说的话才真妙呢！这个可怜的人啊，正在调动他红细胞和神经细胞里的所有军队搏斗着，抗拒着死亡。他是一点儿也不听话的。

他回到了旅馆。在门口碰到戈尔德贝格，一个灰色髭须的老头儿，外衣上挂着一根粗重的金表链。"好美的晚上。"戈尔德贝格说。

"是的。"拉维克想起了维森霍夫房间里的女人。"你要不要出去走走啊？"他问。

"我已经走过了，走到协和广场又回来的。"

走到协和广场。美国大使馆就在那里，繁星照耀下的使馆映现着白色，沉静而空寂，仿佛大洪水时代挪亚所乘的方舟，里面有签署护照的戳印，得不到的。戈尔德贝格站在门前，在克利翁酒店的外面，凝望着大门和黑暗的窗口，仿佛鉴赏着一幅伦勃朗的名画，或是一枚英国国王王冠上的大钻石。

"你要不要再去散步走一圈啊？我们可以走到凯旋门回来。"拉维克说着便这样想，假如我帮了楼上两个人的忙，那么也许琼已经在我房里了，或者她就会来的。

戈尔德贝格摇摇头。"我一定要上楼了。我相信我太太一定在等着我。我已经出来两个多钟头啦。"

拉维克看了下表，差不多十二点半了，已经无须帮他们的忙了。戈尔德贝格太太早已回到了自己的房里。他望着戈尔德贝格慢慢地爬上楼，然后走到看门人跟前。"有什么人打过电话来吗？"

"没有。"

他的房里，电灯开得通明。他记得出来时就是这样的。床铺在灯光下闪耀，仿佛纷飞着的雪。他把出来时留在桌上的那张纸条儿撕得粉碎，那上面写着他会在半小时里回来。他想找点儿酒喝，可是一点儿也没有。他又走到了楼下。看门人那里没有苹果白兰地，只有干邑白兰地。拉维克便带了一瓶轩尼诗和一瓶武弗雷。他跟看门人说了好一会儿话，看门人告诉他，下次在圣克卢举行的两岁婴孩比赛，露露二世是最有希望的。西班牙人阿尔瓦雷斯走了过去。拉维克注意到他的腿还有一点儿跛。他买了份报纸，回到自己的房间。这样一个夜晚，要多久呢！1933 年，阿伦森律师曾经在柏林说过，谁若不相信恋爱的奇迹，那便什么都完了。三星期之后，他被关进了集中营，因为他的爱人将他告发了。拉维克开了武弗雷，从桌子上拿了一卷柏拉图。几分钟以后，他又推开书本，在窗子边坐下。

他凝视着电话机。他妈的那漆黑的东西。他可不能打电话给琼。他不知道她现在的电话号码，甚至他还不知道她住在什么地方。他既没有问过她，她也从未告诉过他什么。也许是她故意不肯讲的。这样，她还可以有个推诿的借口。

他喝了一杯淡酒。好傻啊，他想，我期待着一个今天早晨还在这儿的女人，三个半月不见她，反不及现在一天不见她惦记，假如我没有跟她重逢，事情也许倒简单了，我会习惯起来，而现在……

他站起来。也不是那么回事，折磨着他的是一种对事情毫无把握的感觉。猜疑偷偷地爬上他的心头，而且时刻滋长着。

他走到门口，明知并没有锁，可还是检查了一下。于是他开始看报，可是报纸仿佛隔着一重面纱似的。波兰事件，不可避免的冲突，对但泽走廊的要求，英法与波兰的条约，快要爆发的战争。他让报纸掉落下来，把电灯熄灭了。他在黑暗中躺着，等候着。他睡不着，便又开亮了电灯。那瓶轩尼诗放在桌子上，还没有开瓶。他站起来，坐到了窗边。夜寒很重，夜空很高，繁星闪烁。有几只猫在院子里尖叫。一个穿着短裤的人站在对面阳台上，浑身上下地抓挠，只见他大声地打了个哈欠，走进亮着灯的房里去了。拉维克望望那床铺。他知道他是睡不着觉的，可是也没有读书的意思，连刚才看过什么都已经记不起来。出去吧，那是最好的办法。然而到什么地方去呢？反正都一样。他又不想出去了。他想知道一个究竟。他妈的，他拿起了那瓶干邑，却又放回到桌上。于是他在口袋里找了几颗安眠药，就是给红头发的芬肯施泰因的那一种。他现在一定在睡觉了。拉维克吞咽了几颗。可是他对自个儿能不能睡着却有点儿怀疑，便又摸出了一颗。要是琼来了，他就会醒来的。

她并没有来。第二天晚上，她也没有来。

21

　　尤金妮亚把头伸进那间病房，里边正躺着那个切除了胃的病人。"电话，拉维克先生。"

　　"谁打来的啊？"

　　"我不知道。我没有问。那是外面那位接线小姐告诉我的。"

　　拉维克一下子没听出是琼的声音，好像很模糊，很遥远。"琼，"他说，"你在哪儿啊？"

　　从声音听上去这电话仿佛是从外地打来的。他断定她会说出她在里维埃拉的什么地方。以前，她从没有打电话到他的医院里来过。"我在自己的公寓里。"她说。

　　"在巴黎吗？"

　　"当然。不在巴黎在哪儿啊？"

　　"你病了吗？"

　　"不。为什么你这样问？"

　　"因为你打电话到医院里来。"

　　"我先打到你旅馆里。你已经出来了。所以我打到你医院。"

　　"出了什么事吗？"

　　"没有。会出什么事呢？我要向你问好。"

这时候，她的声音才比较清晰了。拉维克掏出一支纸烟，拿出一盒火柴，用手肘将火柴盒的上部压住，取出一根火柴，点燃了。

"这里是医院，琼，"他说，"所以从电话里听到的消息往往是闯祸生病。"

"我没有病。我睡在床上，可是并不是生病。"

"好的。"拉维克在白防水台布上拨弄着那盒火柴。他在等着到底是怎么回事。

可是琼也正在等着呢。他听得到她的呼吸。她要他先说话。这样，对她来说比较方便一些。

"琼，"他说，"我现在可不能再这么听下去了。我已经把病人的绷带解开，得马上回到那儿去。"

她缄默了片刻。"为什么你不跟我通电话呢？"接着她这样说道。

"我不跟你通电话是因为不知道你的电话号码，也不知道你现在住在哪儿。"

"可是我告诉过你的啊。"

"没有，琼。"

"可是我告诉过的。"她现在理直气壮，"我记得清清楚楚。你一定忘记了。"

"好的。就算我忘记了吧。那就请你再告诉我一遍。我有一支铅笔可以记下来。"

她给了他一个地址和电话号码。"我确实记得告诉过你的，拉维克，确确实实。"

"好吧，琼。我现在要去了。你今夜跟我一块儿去吃饭，好不好？"

她又沉默了一会儿。"你为什么不可以来看我呢？"她说。

"好，那也可以。今夜八点钟怎么样？"

"为什么不是现在就来呢？"

"现在我有事。"

"要多久？"

"大约一个多钟点。"

"那么，完了以后就来！"

"你晚上没有时间？"他想着便问，"为什么晚上不能啊？"

"拉维克，"她说，"有时候你不知道那些最简单的事。因为我要你现在就来。我不愿意等到晚上。否则，我为什么在今天这个时候打电话到你医院里来呢？"

"好的。那么待这儿的事情完了，我就去。"

他犹豫地将那张纸条儿折了起来，走回病房。

那幢房子坐落在帕斯卡路的拐角。琼住在顶层。她开了门。"请进来，"她说，"你来了，真是好极了！请进来。"

她穿着一袭很简单的黑外衣，好像男装似的。她有一种脾气，拉维克很喜欢，那便是她从来不穿云朵一样的薄纱或丝绸衣裳。她的脸色比往常更苍白了，还仿佛有点儿兴奋。"进来，"她说，"我在等你呢。你应当看看我住得怎么样。"

她带着路。拉维克微笑着。她很机灵，预先准备好如何应付每一句问话。他望着她那标致的美人肩。阳光洒落在她的头发上。在这屏息的刹那，他实在觉得很爱她。

她带他走进了一个很大的房间，这工作室荡漾着下午的阳光。一个既高且阔的窗户，临靠着拉斐尔大街和蒲鲁东大街中间的花园。右边的窗户可以望到犬舍门[1]。背后，布洛涅森林的一角金碧交映。

房间里的陈设有种半现代化的味儿。一张很大的长沙发，罩着一条颜色很蓝的套子，几把椅子，看上去比坐上去仿佛舒服得多，过分低矮的桌子，一盆橡皮树，一台美国产的唱机，角落里还有一只琼的

---

[1] Porte de la Muette，巴黎十六区的一个地名。

手提包。这儿虽然没有什么足以搅乱心绪的东西，可是拉维克也没有看到更多值得欣赏的地方。要么就是挺好的，或者就是挺坏的，半好不坏的东西在他都觉得是无所谓的。只是橡皮树他可看不顺眼。

他发现琼正注视着他。她不知道他到底会觉得怎么样，她本来有足够的把握来试试能否得到他的赞赏。

"好极了，"他说，"又宽敞，又好。"

他掀开了唱机的盖。那是一个旅行箱似的东西，可以自动调换唱片。一大摞唱片堆在旁边的桌子上。琼拣出几张放了上去。"你知道怎么开吗？"

他知道的，可是他说："不知道。"

她旋开电钮。"妙极了，会连唱几个钟头呢。不用起来换唱片，也不用起来拿掉。只要躺在那儿听，看着外面天色越来越暗，然后就入梦啦。"

这唱机倒是很高级。拉维克知道这个牌子，也知道它大约值两千法郎。于是，这房间里回荡着轻柔的音乐，唱着巴黎最流行的歌曲："J'attendrai[1]……"

琼向前靠着倾听。"你喜欢这支歌吗？"她这样问。

拉维克点点头。他并没有望着唱机，却在望着琼，望着她的脸，她的神色仿佛沉醉在音乐声中了，跟她在一起，多么安闲啊，为了这点儿他所没有的安闲，他曾经多么爱她！完了，他想，没有一点儿痛苦，只有一份感情，仿佛一个离别了意大利回到朦胧北方去的人。

她站起来，微笑着。"来——你还没有看过那间卧室呢。"

"一定要我去看吗？"

她试探似的看了他一会儿。"你不要去看吗？为什么不呢？"

"是的，为什么不呢？"他说，"当然去。"

---

[1] 法语，意为"我要等着"。

她抚摩着他的脸，吻着他，他知道那是为什么。"来吧，"她说着，挽住了他的胳膊。

　　卧室里的陈设完全是法国风味。一张仿古大床，路易十六式的，一张同样式的圆形梳妆台，一面仿古的奇形怪状的镜子，一条新式的奥布松地毯，凳子，椅子，一切都像次等电影里的道具。其中还有一只十六世纪的佛罗伦萨古箱柜，细工描绘的精品，显得很不和谐，仿佛一个杂在许多暴发户中间的公主，它被主人家满不在乎地放在一个角落里。在箱柜珍贵的盖上，放着一顶簪着紫罗兰的帽子和一双银色的鞋子。

　　床铺翻开着，没有整理。拉维克看得出琼躺睡的位置。有几瓶香水放在梳妆台上。一个壁橱敞开着，里面挂着一些衣服，比从前多了。琼没有松开拉维克的胳膊。她还是偎依着他。"你喜欢吗？"

　　"好得很。跟你很配的。"

　　她点点头。他可以触到她的手臂和胸脯，他不期然地贴紧了她。她也任其所以，由他摆布。她的肩膀碰着他的。她的脸现在倒平静了，先前流露着的那种轻度兴奋的神色现在一点儿也没有了，只是很坚定，很明澈，拉维克认为还有一种隐藏着的满足，伴着一种难以辨认的、胜利的、遥远的阴影。

　　奇怪，卑贱粗鄙对他们来说倒是挺适合，他想，她简直想把我当作次等的舞男，她居然恬不知耻地把她情人为她布置的地方展示给我看，同时，她还显出一副萨莫色雷斯岛的胜利女神的姿态。

　　"真是可怜见的，你连这点儿东西也不能够有，"她说，"一间公寓。一个人的感觉不同了，跟住在那些可怕的旅馆里的情形又不同了。"

　　"你说得对。即便是参观一下也觉得很好。我现在要走了，琼。"

　　"要走了吗？看好了吗？可是你刚到啊！"

　　他握住她的手。"我要走了，琼。永别了。你跟别人同居了。我不愿意把我爱着的女人分给人家。"

　　她甩开了那双被他握着的手。"什么？你说的是什么话？我……谁这样告诉你的？怎么回事……"她凝视着他，"当然，我猜一定是莫罗佐夫，那个——"

"不是莫罗佐夫。不需要任何人告诉我什么，是事实告诉我的。"

她的脸立刻暴怒得灰白了。她原是坚定的，可现在却发作了。"我知道了！那是因为我租下了一间公寓，而且不在沙赫拉扎德工作了！当然有人在照顾着我。当然！绝没有其他的原因！"

"我并没有说有人在照顾着你。"

"还不是一样！我明白！你先把我介绍到那个可怜的夜总会去，然后你抛下我一个人，后来有人跟我说话，关心我，立刻就说是有人在照顾着我了！那种看门人啊，就只会有这种肮脏的幻想。一个人，不论男女，都应该工作，应该自立，这念头固然进不去那个只会算小账的人心里！然而你，远胜人家的你，居然也会相信！你自己也应该觉得羞耻吧！"

拉维克把她的身子扳过来，用胳膊搂住她，举起来掷到了床上。"好好地待着，"他说，"现在可不许你胡诌！"

她吓得愣住了，动也不动地躺在那儿。"你也要来打我吗？"她这样问。

"不。我只是不要你这样唠叨。"

"这吓不了我的，"她用一种低沉而压抑的声音说，"这样吓不了我的！"

她静静地躺在那儿，脸色惨淡，嘴唇发白，眼睛仿佛玻璃，闪着死沉沉的光芒，胸脯袒露了一半，一条赤裸着的小腿挂在床沿边。"我打电话给你，"她说，"没有其他的意思，我期待着跟你在一块儿。而现在，居然发生了这样的事情！这样的事情！"她鄙夷地重复着，"我觉得你真是变了！"

拉维克站在卧室的门口。他看着这个陈设了仿古家具的房间，他看着琼横躺在床上，他觉得一切都是很协调的。他讨厌自己刚才说的那些

303

话。他应该一句话也不说，转身就走，把事情了结。可是她也许会赶到他那儿，事情还不是一样。

"你，"她说道，"想不到你这样对待我。我觉得你完全不同了。"

他没有回答。一切都庸俗得叫他受不了。突然他又觉得不明白，为什么整整三天里他会觉得，她不来他就一直睡不着觉。为什么这些事情竟这样影响着他？他从口袋里掏出一支纸烟，燃上了。他觉得口渴。他听到唱机还在放着歌曲，在重放那张 *J'attendrai*，他走到隔壁房里把唱机关掉了。

当他回来的时候，她还是动也不动地躺着。看起来她是没有动过的。可是她的晨衣却比刚才敞得更开了。"琼，"他说，"这些事情我们还是少讲为妙。"

"不是我开的头啊。"

他真想将一瓶香水朝她头上扔过去。"我知道，"他说，"是我开始的，现在我要结束了。"

他转身就走。可是在他走到工作室门口之前，她已经抢在他前面砰地一下把门关上了，站在前面，用胳膊和双手推着那扇门。"就这样吗！"她说，"你要结束啦！你要结束，就走啦！这样的简单！可是我倒还要跟你说个明白！你自己在金钟咖啡馆遇见我，你看见我跟谁在一起。那天晚上我到你那儿，什么事情也没有，你还跟我睡在一起，第二天早晨你也没有什么事，你还没有睡足，还要跟我睡一会儿，我也很爱你，觉得你很好。你什么事情都不问，所以我比从前更加爱你，我原以为这是你的脾气，不会变的。当你还睡着的时候，我曾感动得流泪，我吻你，我很快乐，于是回来了，我真是崇敬你。然而，现在！现在你到这儿来，竟用那件事情来责备我。你要和我睡觉的时候，如此慷慨大度，一挥手就把这件事忽略了，忘记得干干净净，而现在，你把这件事情拿出来掷到我脸上。你现在像一个受了人家冒犯的卫道者那样站在这儿，又像一个妒忌的丈夫似的和我吵架！你到底要我怎么样？你有什么权力？”

“没有。”拉维克说。

“原来这样！好，你至少还明白这点。那你为什么到这儿来？今天想到用这件事来责备我？那天晚上我到你那儿去的时候，你怎么就没有这么做？当然，那时候……”

“琼。”拉维克说。

她不吭声，呼吸急促了起来，瞪着眼望他。

“琼，”他说，“那天晚上你到我旅馆的时候，我总以为你会回到我这边来的。我当然不需要知道内中情形。你回来，那就够了。可我弄错了，你并没有回来。”

“我没有回去吗？那么去的是什么呢？难道到你那边去的是个鬼吗？”

“你只来了一下，并没有回来。”

“我觉得那太高深了。我倒很想知道，这中间有怎样的差别？”

“你知道的。我那个时候还不知道。今天我才知道了。你在跟别人同居。”

“这样说起来，我在跟别人同居。又要讲这些事情了！我交了几个朋友，就说我跟别人同居！也许我应该一天到晚禁闭起来，不要跟人讲话，这样才没有人说我跟别人同居吗？”

“琼，”拉维克说，“不要这样荒谬！”

“荒谬吗？谁荒谬？你才是个荒谬的人！”

“随你说吧。你一定要我用力将你从门边推开吗？”

她还是没有动。“假如我真跟人家同居了，这与你有什么相干呢？你自己说过，你不要知道这些事情的。”

“是的，我实在也不想知道。我想事情该结束了。过去的事情跟我没有关系。那是一种误会。我应该更了解一点真相。我很可能，很想自我欺骗一下。这是弱点。可是，那也不会改变事实啊。”

"为什么不会改变呢？你只要了解自己是错的……"

"这不是错的问题。你不单是过去跟人家同居，现在还同居着，而且你还想同居下去。那个时候，我还不知道这点。"

"不要撒谎！"她突然从容地打断了他的话，"你一直知道的。那个时候也知道。"

她凝视着他的眼睛。"是的，"他说，"就说我是知道的吧，可是我并不想知道这点。我虽然知道，却并没有相信。你不会了解的。这种情况女人不会有。再说，这与我们的事也无干。"

她的脸上突然笼罩着一种狂暴而绝望的恐惧。"归根结底，对于一个没有加害过我的人，我是不能够一下子抛掉的——仅仅因为你重新露面！你不懂吗？"

"懂的。"拉维克说。

她站在那儿，像一只被赶到角落里的猫，正想纵身一跳，可是脚下的那块地板却被拖开了。"你真的懂了？"她愕然地问。眼睛里的那股紧张神色消逝了。她的肩膀沉落下来。"你既然懂得，为什么要再折磨我。"她疲惫地说。

"不要挡着门口。"拉维克在一张椅子上坐下，这椅子坐上去不如看上去那样舒服。琼迟疑着。"来吧，"他说，"我现在不会跑掉了。"

她慢吞吞地走到他面前，坐到长沙发上。她装作很疲惫的样子，可是拉维克看得出她实在并不疲惫。"给我喝点酒吧。"她说。

拉维克看出她在拖延时间，对他来说反正也无所谓。"酒瓶在哪儿？"他问。

"在那边橱柜里。"

拉维克打开橱柜，里边放着好几个酒瓶，大多是白薄荷酒。他显出厌恶的神情，望了一眼，把它们推开了。在另一个角落里，他发现了半瓶马爹利，一瓶苹果白兰地。苹果白兰地的酒瓶还没开过。他将它留在那儿，拿了那瓶干邑白兰地。"你现在要喝薄荷白兰地吗？"他转过头去问。

"不。"她坐在长沙发上答道。

"好的。那我就拿干邑给你。"

"还有苹果白兰地呢，"她说，"你开那瓶苹果白兰地。"

"干邑也可以啊。"

"开那瓶苹果白兰地。"

"下次再开。"

"我不要喝干邑。我要苹果白兰地。请你开瓶吧。"

拉维克又在橱柜里浏览了一下。靠右，那些白薄荷酒是为那个人准备的，而左边，那瓶苹果白兰地才是备给他的。一切都收拾得那样整洁，像主妇似的，叫人很感动。他拿出那瓶苹果白兰地，开了塞。到底为什么不开呢？在这样无情分离的情景下，他们爱喝的酒的象征意义令人伤心地被糟蹋了。他拿了两个酒杯，回到桌边。琼望着他斟酒。

窗外，下午的金色阳光照耀着。现在，阳光更鲜艳了，天空也显得更晴朗。拉维克望着表，正巧走过三点。他又望了望秒针，他以为这表大概是停了，可是秒针仿佛一只小小的金鸟嘴依然在表面上转圈子。这是事实，他来到这儿，只有半个钟点。薄荷酒，他想，什么样的味儿啊！

琼蜷缩在套着蓝套的长沙发上。"拉维克，"她以一种柔和的声音说着，显得疲惫而谨慎，"那是不是你的另一套手段，还是你真的已经懂得了？"

"不是手段。那是真的！"

"你懂得了吗？"

"是的。"

"我早知道的。"她对着他微笑，"我早知道的，拉维克。"

"那是很容易懂得的。"

她点点头。"我需要时间，不能马上做到。他没有加害过我。我又

307

不知道你到底会不会回来！我现在不能马上跟他去说。”

拉维克吞咽了一口苹果白兰地。“我们为什么一定要仔细分析啊？”

“你应该知道。你应该懂得。那是……我需要时间。他会……我不知道他会怎么做。他是爱我的，而且也需要我的。他也没办法啊。”

“当然没办法。那就慢慢来吧，琼。”

“不。只要很短的一段时间。不是立刻就能做到。”她斜倚在长沙发的枕垫上，“这公寓，拉维克，也不像你所想象的。我自己赚钱，比以前赚得多了。他帮助过我。他是一个演员。我在电影公司演配角，是他介绍我进去的。”

“我可以想象得出。”

她没有注意他这句话。“我原没有多大的天赋，”她说，“我也不自己欺骗自己。可是我就想脱离那个夜总会。在那儿，一个人是不会有前途的。这儿就有。即使没有天赋也无所谓。我要自力更生。你也许觉得这些都很可笑吧……”

“不，”拉维克说，“倒是很合理的。”

她瞧着他。“你到巴黎来，起初就抱着这样的志愿吗？”他问。

“是的。”

她坐在那儿，他想，是一个受责备的无辜者，正被生活和我虐待着，她很平静，第一阵暴风雨已经消逝了，她会宽恕我的，要是我不走，她会把最近几个月来的经过详详细细地讲给我听，这一株钢铁似的兰花，我到这儿来原想把事情了结的，可是她现在简直已经使我要承认她是对的了。

“好的，琼，”他说，“现在你已经走到了这一步，你还会得到更大发展的。”

她向前靠着。“你认为会这样吗？”

"肯定的。"

"真的吗？拉维克？"

他站起身来。再过三分钟，也许她要谈起拍电影的诀窍来了，人绝不能跟她们讨论什么问题，他想，总是以失败告终的，逻辑是捏在她们手里边的一块蜡，应该行动，事情就了结了。

"我不是那个意思，"他说，"那些事，你最好去请教你们的专家。"

"你已经想走了吗？"她问。

"我不能不走了。"

"为什么不能再待一会儿呢？"

"我不能不回医院去。"

她拉住他的手，抬头望着他。"你刚才说过，医院里没有事了你才来的。"

他考虑着要不要告诉她，他不会再来了，可是今天做到这样也已经很够了。对于她，对于他，都已经很够了。她虽然始终阻止他说出这句话，事情还是会发生。"待在这儿，拉维克。"她说。

"我不能。"

她站起来，偎依着他。那也是，他想，老套儿，平庸而熟练，她居然什么也没有省略掉，可是谁希望猫儿吃草呢？于是他躲开了。"我一定要回去了。医院里还有一个垂死的病人。"

"医生们总是有一大篇理由的。"她慢吞吞地说着，瞟着他。

"像女人们一样，琼。我们掌握着死亡，你们掌握着爱情。所以，都有天下一切的理由，天下一切的权利。"

她没有回答。

"而且，我们也有很强的胃，"拉维克说，"那是我们所需要的。否则，我们就无法工作了。别人会晕厥的地方恰恰是我们要留下的地方。再会吧，琼。"

"你会再来吗，拉维克？"

"不要想这事了。别着急，你自己会知道的。"

他急急地走到门口，没有回过头来。她没有跟上他。可是他知道，她正目送着他。他觉得麻木得古怪，仿佛走在水底。

22

　　窗外传来戈尔德贝格家的尖叫声。拉维克听了一会儿。他觉得也不像是老戈尔德贝格拿什么东西来摔他的太太，也不像是他殴打她。后来就听不见什么声音了，只有跑动的脚步声，接着从维森霍夫房间里传来一阵激动的谈话和碰门的声响。

　　即刻，有人敲他的房门，冲进来的是旅馆老板娘。"赶快，赶快，戈尔德贝格先生……"

　　"什么？"

　　"他上吊了。在窗子上。赶快。"

　　拉维克扔下他的书。"警察来了吗？"

　　"当然还没有。否则，我不来招呼你了，她才发现戈尔德贝格上吊了。"

　　拉维克跟着她奔下了楼梯。"他们已经把他解下来了吗？"

　　"还没有。他们正扶着他。"

　　在薄暗的房间中，一堆黑黝黝的人站在窗口，露丝·戈尔德贝格、维森霍夫，还有另外一个人。拉维克先把电灯开亮了。维森霍夫和露丝·戈尔德贝格把老戈尔德贝格抱在怀里，宛如一个木偶似的。另外一个人正颤抖着解开系在窗把手上的领带。

"把结割断啊——"

"我们没有刀。"露丝·戈尔德贝格这样嚷道。

拉维克从他的药包里拿出一柄剪刀剪着绳结。这是个用光洁的厚绸领带系的结，费了好久才剪开。拉维克剪着领带的时候，戈尔德贝格的脸就在他面前。那双突出的眼睛，那个张大的嘴，那几茎灰色的胡须，那条伸出来的舌头。墨绿底白点的领带深深陷入他瘦细而肿胀的脖子，整个身体在维森霍夫和露丝·戈尔德贝格的怀里微微摇晃着，仿佛笑得前仰后合似的。

露丝·戈尔德贝格的脸涨得通红，而且满是涕泪。她旁边的维森霍夫，扶着这个比生前更重的身体，也在不断流汗。两张湿漉漉的惶恐的脸上方，就是那个轻微地摇摆着的头，拉维克一剪断领带，这头颅立刻落到了露丝·戈尔德贝格的身上，吓得她直叫起来。她连忙甩了手臂，于是那身体倒向旁边，张开着胳膊，仿佛奇形怪状的丑角在学着她的动作。

拉维克立刻抱住了那个身体，维森霍夫帮着他抬放到地板上。他解开喉咙上的活结，开始检查那身体。

"去看电影，"露丝·戈尔德贝格喃喃地说道，"他叫我出去看电影。'小露丝，'他说，'你难得娱乐的，为什么不到康赛尔大戏院去，那儿正在放映一部嘉宝的片子《克里斯汀皇后》，你为什么不去看看啊？订一个好点的座位，订一个楼下的好位置或者一个包厢，去看吧，坐这么两个钟头，抛开这些烦恼的事，也挺有意思的。'他温存地说道，抚摸着我的脸颊，'看完电影，还可以到蒙索公园前面的咖啡馆去，吃一点儿巧克力和香草冰淇淋，痛快地玩一次，小露丝。'他说了，我就去了，回来的时候，那儿……"

拉维克站了起来。露丝·戈尔德贝格不再说话。"他一定在你一出去就上吊了。"他说。

她用拳头掩住嘴。"他是……"

"我们还可以试一下。先用人工呼吸法。你懂得人工呼吸法吗？"拉维克问维森霍夫道。

"不。懂得不多。有点儿懂。"

"你瞧我的。"

拉维克握住了戈尔德贝格的两条胳膊，先把它们往后拽到地板上，然后往前折到他胸口，就这样忽前忽后地推动着。戈尔德贝格的喉咙突然咕噜了一下。"他还活着！"那个女人尖叫起来。

"不。那是被压紧了的一股气。"

拉维克又示范了几次。"就这样。你们试吧。"他跟维森霍夫说。

维森霍夫勉强跪在戈尔德贝格的旁边。"动手啊，"拉维克不耐烦地说，"握住他的手腕，最好是握住他的小臂。"

维森霍夫流着汗。"再用点劲儿，"拉维克说，"把他肺叶里的空气都压出来。"

他转过头望着旅馆老板娘。这时，更多人拥进房间里来了。他向旅馆老板娘做了个手势，便起身走过去。"他死啦，"他走到走廊里说，"里边在施行人工呼吸，已经没有用啦。总算尽过人事了，已经没有其他的办法。现在要是能救活啊，那才是奇迹呢。"

"那我们怎么办？"

"和以前一样。"

"救护车？急救？那就是说，十分钟之后，警察就会赶到了。"

"无论如何，你总得要报告警察局的。戈尔德贝格夫妇他们都有身份证吗？"

"有的，都有的。护照和身份证。"

"维森霍夫呢？"

"也允许居留的，展期的护照。"

"那就好了。告诉他们两个人，不要说我在这儿，只要说，她一回家就发现了他，先叫起来，维森霍夫剪下那个结，实施人工呼吸法，等

313

着救护车赶到。你能够告诉他们吗？"

旅馆老板娘睁着那双鸟似的眼睛，瞧着他。"当然，警察来的时候，我一定也在场。我可以留意的。"

"那就好。"

他们回去了。维森霍夫还弯着腰替戈尔德贝格施行人工呼吸。

这真像两个人在地板上做着健身操。旅馆老板娘仍然站在门口。"太太们，先生们，"她说，"我必须去打电话叫救护车。医院里的急救员或者医生随着救护车来到这儿之后，他们就会去报告警察局的。至迟在半个钟头之内，他们都会来到这儿。你们各位，假如没有证明文件的，最好即刻去整理行装，至少把那些摊在外面的东西收拾起来，搬到下面'墓窟'里去，人也躲在那边。很可能那些警察会搜查房间找寻见证。"

房间里的人立刻就走空了。旅馆老板娘向拉维克点着头，表示她会关照露丝·戈尔德贝格和维森霍夫的。他把剪下来的领带和旁边地板上的药包及剪刀捡了起来。领带上还留着品牌商标，上面是"S.弗德，柏林"几个字。这条领带至少值十马克，是在戈尔德贝格得意的时候买来的。拉维克也知道这个牌子。他自己也在那边买过东西。

他将一些零星什物塞进两个手提包，寄存在莫罗佐夫的房里。这只是以防万一。大概那些警察不至于找什么麻烦的。然而还是谨慎点儿好，费尔南的覆辙还牢记在拉维克的心里。于是他走到"墓窟"去了。

许多客人都慌张地奔跑着。他们都是没有身份证件的客人，是非法部队。女招待克拉丽莎和保洁员简正指挥着他们将箱箧藏到"墓窟"隔壁坑道般的房间里。这时候，"墓窟"里原在准备晚饭，桌子已经摆好，这儿那儿都是面包筐，厨房里传出一阵油腻味和鱼腥味。

"来得及的，"简跟那些胆怯的难民说，"警察不会这么快的。"

可是难民们却没有侥幸心理。他们不大碰到好运气，都急急地拿着零星什物挤进了地窖。那个西班牙人阿尔瓦雷斯也在其中。旅馆老板娘传话给旅馆各处，说是警察来了。阿尔瓦雷斯好像表示歉意般向拉维克微笑着。拉维克却不明所以。

一个瘦高个子沉静地走到他近旁。他叫恩斯特·赛登鲍姆，是一个语言学和哲学博士。"演习，"他跟拉维克说，"彩排。你想待在'墓窟'里吗？"

"不。"

赛登鲍姆这个六年的老将，耸耸肩膀。"我倒想待着。我倒不想躲开。我以为他们除了找寻那件案子的见证以外，不至于有其他的举动。对于这么一个德籍犹太死人，谁会感兴趣呢？"

"不是对他，而是对活着的非法难民。"

赛登鲍姆推推夹鼻眼镜。"我倒无所谓。你知道我上一回被搜查时候的情形吗？那一回啊，甚至有个副警察长走到'墓窟'里来，那还是两年多以前的事了。我就穿了简的一件白外套，收拾着桌子。我还给他端过白兰地呢。"

"那倒是好主意。"

赛登鲍姆点点头。"任何人总会有来得及逃跑的机会的。"他沉着地大踏步走到厨房里去，看晚餐有什么饭菜。

拉维克从"墓窟"的后门穿到了外面的院子里。一只猫从他脚边擦过，一溜烟跑过去了。其余的客人也走到他面前。大家在街道上分散。阿尔瓦雷斯的脚还有一点儿跛，也许做一次手术还可以医好，拉维克这样惘然地想着。

他坐在特纳广场，突然心血来潮，觉得今天夜里琼或许会来的。他也说不出所以然来，他只是忽然有这样一种感觉。

他吃过晚饭，慢慢地踱回旅馆。天气暖洋洋的，在狭窄的街道上，那些论钟点出租房间的旅馆的招牌正闪亮着红光，把傍晚的夜空染成了红色，从那些挂着帘幔的窗子后面透出一缕缕灯光。一群水手正盯着几个妓女。他们都很年轻，在夏天多灌了点儿酒，就显得热烘烘的，高声地谈笑着，接着就在一家旅馆里消失了。什么地方传来手风琴的声音。一种思想仿佛一簇烟火似的射在拉维克的心上，松裂了，在他头顶散落开来。于是在黑暗中现出一片幻异的景象：琼在旅馆里等着，要告诉他，她已经抛弃一切，又要回来了。

他立定脚步。我怎么啦？他想，我为什么站在这儿，为什么我的双手在空中摸索，仿佛抚着项背，捋着头发似的？太迟了，一个人不能把往事呼召回来，谁也不会回来，正如韶光不再一样。

他一直走到了旅馆，穿过院子，走进"墓窟"的后门。在门口，他看见一大群人坐在里边。赛登鲍姆也杂在这些人中间，并没有打扮成招待，而是客人的面目。这危险光景已经过去了。于是他走进门。

莫罗佐夫在他房间里。"我正想出门了，"他说，"忽然看见你的手提包，还以为你又要到瑞士去呢。"

"没有出什么事吗？"

"哦。警察不会再来。他们已经把尸体发还了。一件很简单的案子。尸体还在楼上，已经放上灵床了。"

"好的。那么我就可以搬回自己房间里去了。"

莫罗佐夫笑了起来。"那个赛登鲍姆啊！"他说，"他一直在那边。拿着一只薄薄的公事皮包，里面装着些纸张什么的，还有一副夹鼻眼镜。他以一个律师的身份出现，而且兼做保险公司的代表。居然跟警察还很凶。他把老戈尔德贝格的护照骗了下来。他扬言，他需要这护照，于是那警察就只注销了他的身份证。护照让他拿走了。他自己有没有证明文件啊？"

"一张纸片也没有。"

"好的，"莫罗佐夫说，"这护照可真像黄金一样值钱。还有一年可用。有人就可以凭着这张护照居住下来。不一定在巴黎，除非像赛登鲍姆那样大胆。至于护照上的相片，那是很容易更换的。假如顶替的艾

316

隆·戈尔德贝格，年纪比他小，那么另有一班涂改出生日期的专家，可以把护照上原有的生日涂改得天衣无缝。这是新式的灵魂转世术，一张护照供给好几个人。"

"那么这位赛登鲍姆今后就改名戈尔德贝格了吗？"

"不是赛登鲍姆自己用。他拒绝了，不屑这么做。他是地下世界公民中间的堂吉诃德。他相信命运，好奇心强，觉得像他这样类型的人，不必借用别人的护照来掩护。你怎么样？"

拉维克摇摇头。"我也不要。我是拥护赛登鲍姆的。"

他拿了他的手提包，上楼了。在戈尔德贝格夫妇房间外的走廊里，拉维克碰到一个犹太老头儿，穿着一件土耳其式的黑长衫，长髯飘拂，活像圣经里的长老。那老头儿毫无声息地走着，仿佛穿着橡胶底的鞋子，在灯光惨淡的走廊里看去好像在飘摇着，朦胧而又灰暗。他推开了戈尔德贝格的房门。一会儿，有一缕仿佛蜡烛的红光从里边照射出来。拉维克又听到一阵古怪单调的、一半压抑一半泼辣、几乎有调门的哭声。那是雇来的妇人，他想，难道至今还有这些事情吗？还是只有露丝·戈尔德贝格在举哀呢？

他推开自己的房门，看见琼静坐在窗下。她直跳了起来。"原来你来了！什么事啊？为什么带着手提包？你又要出门吗？"

拉维克把手提包放到了床边。"没有什么事，只是以防万一。有人死了。警察到旅馆里来。现在又没有事了。"

"我打过电话给你。接电话的人说，你已经不住在这儿了。"

"那是我们的旅馆老板娘。她总是很谨慎而机灵的。"

"于是我奔到这里来。房间敞开着，里面空空如也。你的东西都没有了。我想……拉维克！"她声音颤抖起来。

拉维克费力地微笑着。"你看出来了，我是一个靠不住的家伙。什么责任都不负。"

有人在敲门。进来的是莫罗佐夫，手里捧着两个酒瓶。"拉维克，你可忘记了你的军火……"

他看见琼站在黑暗中，可是装作没有看见。拉维克也不知道他到底是不是认出了她。他把酒瓶递给拉维克后，没有再踏进来一步，就出去了。

拉维克把苹果白兰地和武弗雷酒放在桌子上。开着的窗子里传来一阵他在走廊里听到过的声音，悲悼死人的恸哭，这哭声时起时伏。好像戈尔德贝格房里的窗子也在暖和的夜里洞开着，而那具老艾隆的僵硬尸体，已经在陈设着桃花心木家具的房间里慢慢崩解。

"拉维克，"琼说道，"我很悲哀。不知道为什么。已经一整天了。让我待在这儿吧。"

他没有立刻就答复她。他觉得猛然地一怔。他预料她会婉转地说的，不会这样直截了当。

"多久呢？"他这样问。

"到明天。"

"那也不够长。"

她坐到床沿上。"我们能够把那些事情再忘记一次吗？"

"不，琼。"

"我不要什么。我只要睡在你身边，或者让我睡在沙发上。"

"那不行。而且，我就要出去，到医院里去。"

"那不要紧。我可以等着你。我是常常这样等你的。"

他没有回答。他对于自己这样的宁静，不免有点惊异，在街上感觉到的那股热情，那种兴奋，现在都消逝得干干净净了。

"而且，你也不必再到医院去。"琼说。

他沉默了一会儿。他知道假如跟她睡了，那就什么都完了。仿佛签出一张空头支票。她会一次两次地再来，获得她所认为的权利，不必迁就，一次次地增加她的要求，直到他完全落入她手掌，而她最后厌倦了，就遗弃他，结果他还不是成了自己的弱点和破碎的欲望的牺牲者，不仅显示出懦怯，而且还有绝对的腐恶。固然她并不存着那样的心，她甚至还不知道会有什么后果，可是结果会变成那样的。想起来也很简单，一夜还无所谓，可是每一次，他总要丧失一部分的抵抗，丧失他终身不应该腐恶的一部分。天主教的教理问答，称之为违反圣灵的罪孽，对它怀着奇异而审惧的恐惧，而且又违背整个教条，因此说这罪孽是在今生和来世都不会受赦免的。

"那是真的，"拉维克说，"我的确不需要到医院去。可是我也不要你待在这儿。"

他以为她要发作了。想不到她竟还心平气和地说："为什么不呢？"

他应该向她解释吗？能够解释吗？"你已经不属于这儿了。"他说。

"我的确是属于这儿的。"

"不。"

"为什么不呢？"

她真是厉害啊！他想。只是用简单的问题逼着他解释。而谁做解释，谁就处于守势。他不作声。

"你知道的，"他说，"不要再傻问了。"

"你不要我了吗？"

"不要，"他答道，却又加上了一句违心之论，"不要你这种样子。"

戈尔德贝格的房里又传来单调的哭声。对死者的哀悼，完全是巴黎小街上那种黎巴嫩牧羊人的悲恸。

"拉维克，"琼说道，"你应该帮助我。"

"我帮助你，最好是让我离开你，让你离开我。"

她没有理睬他的话。"你总应该帮助我的。我可以跟你撒谎，可是我不愿意再撒谎了。是的，的确还有一个人，可是跟他和跟你在一起是两样的。要是一样，我就不会到这儿来了。"

拉维克从口袋里掏出一支纸烟。他摸到了那张纸。原来在这儿。现在他知道了。这仿佛一把冰冷的刀，不会伤人的，当然绝不会，那只是在事前或事后。

"那绝不会一样,"他说,"可是也往往会一样的。"

我讲的话多么肤浅啊,他想,近乎报纸上的奇谈怪论。一个人把真情揭露出来的时候,便又见得那真情是多么渺小了。

琼挺直了身子。"拉维克,"她说,"你要知道,若说一个人只能爱上一个人,那是完全不符合实际的。虽然有些人是这样,他们是幸福的。可是有的人情况就复杂些。你总知道的。"

他燃上了一支烟,没有朝琼望,可是他知道她这时候的脸色——苍白。眼睛幽沉、宁静,神情几乎是哀求的,脆弱得很,可是他无法克服她。那天下午在她公寓里的神情就是这样的,仿佛一个宣告耶稣降生的天使,充满信心和光明的醒悟,是一个假托救人的天使,而实际上她企图慢慢把人钉上十字架,使人逃不出她的手掌。

"是的,"他说,"这是我们的一种借口。"

"倒不是借口。那样做的人也不见得愉快。一个人陷了下去,总是不能自拔。这是一种暧昧行为,一种迷途,一种无谓的忙乱,一种你必须经历的阶段。你逃不掉的,它会跟着你,它会扭住你。你如果不要它,它的吸引力反而更强烈了。"

"你为什么想起这些事啊?要是更强烈,你就跟着做就是了。"

"我现在就在这么做着。我知道,事实上我也没有别的办法。可是,"她改变了语气,"拉维克,我不愿意失掉你。"

拉维克不作声。他抽着烟,却并没有辨别香烟的味儿。你不愿意失掉我,他想,却也不愿意失掉那个人,就是这么回事,你就会做出这样的事情!这就是我一定要离开你的原因,这也并不是一个人的问题,那是很容易忘记的,你有各种的借口,可是问题在于它已经抓着你,不让你离开,你以后会离开,可是那样的事还会发生,而且常常会发生,这全在于你,早些时候,我也能够这么做,可是这便是我一定要离开你的原因,现在我也许还能做到,下一次……

"你以为这是特殊的情形，"他说，"其实实在是天下最普通的事情。所谓丈夫和情人。"

"不是那么回事。"

"千真万确的事。固然有很多的种类，可是你的情形也便是其中的一种。"

"你怎么能说出这样的话！"她直跳起来，"你又不是那样的，过去不是，将来也不会是。那个人啊，就更来得——"她自己打住了话头，"不，也不是那种样儿的。我可解释不出来。"

"让我们称之为安全与冒险吧。说起来好听点儿，其实是一样的。你要这个，却也不肯放弃那个。"

她摇摇头。"拉维克，"她在幽暗中说，用一种打动他心坎的语气，"一个人可以用好的字眼儿，也可以用坏的字眼儿去形容的。可是事情本身绝不会改变。我爱你，我将爱你到我生命的终结。这句话我知道，我也明白。你是苍天，我的一切思想都在你那儿归宿。海枯石烂，此心始终不变。这也不是谎话。反正不要你丧失什么。这便是我一次两次地到你这儿来的原因，也便是我始终不觉得遗憾，始终不认为罪过的原因。"

"感情原是无所谓罪过的，琼。什么缘由使你想起这些事情的？"

"我已经想过了。我已经想得很多了，拉维克。想到你，也想到我自己。你从来没有完全地需要我。也许你自己还不知道。我总觉得，总有什么东西拦隔着我。我不能够完全打入你的心。可是我需要！我是多么需要。时时刻刻，我总觉得你会离开我似的。我从来没有定过心。警察赶你出境了，你不得不离开，可是也许因为其他原因，也会发生同样的事情。也许有一天，你自己要走了，不想待在这儿了，到什么地方去了。"

拉维克在那朦胧的幽暗中凝视着他面前的那张脸。她所说的也有点儿对。

"事情总是这样的，"她继续说着，"总是的。于是有人需要我了，他只要我一个，整个地，永远地，没有一点儿错综复杂的瓜葛。于是我笑了，我并不需要，只是玩玩，仿佛也无所损失，很容易一下就摔掉的，于是，突然变成了一股更强烈的压力，而我内心也有点儿觉得需要起来，我纵然抗拒，却没有用，我知道不属于那边的，我内心也并不全然觉得需要它，只是很小的一部分。可是它驱迫着我，仿佛一种慢性的山崩。先是看着它发笑，不料一下子什么都没有了，抓不住了，你就无法再抗拒啦。可是我还是不属于那边，拉维克，我属于你。"

他把纸烟丢到窗外，看它像萤火虫一样落到了地上。"要发生的事情已经发生了，琼，"他说，"现在，我们已经无法改变。"

"我原不想改变什么啊。它就会过去的。我属于你。你为什么又回来啊？我为什么站在你的门前啊？我为什么在这儿等你，你赶我出去，我还是会来！我知道你不会相信我，你以为我还有别的理由。那么，什么理由啊？假如那件事情满足我，我就不会回来了。我早已把你忘记啦。你说，我追求你是为了安全。那不是事实。为的是爱。"

字眼儿，拉维克想，甜蜜的字眼儿，温柔的虚伪的慰藉，帮助啊，爱啊，属于你啊，又回来啊，都是些字眼儿，甜蜜的字眼儿，仅仅是些字眼儿。两个肉体简单、热烈、残酷地相互吸引，可以用多少字眼来形容啊！还不是幻想、谎话、热情和自欺欺人织成的彩虹！他兀立在离别的夜里，他宁静地站着，在幽暗中，让这些甜言蜜语的雨丝儿滴着他，这些字眼儿，没有一点儿别的意义，只意味着离别，离别。一个人谈到了这些事，早已经万事休矣了。爱神长着血染的头颅，他不知道任何字眼儿的。

"你现在应该走了，琼。"

她站了起来。"我要待在这儿。让我待在这儿，只要今天这一夜。"

他摇摇头。"你何必追求我呢？我又不是一个自动玩具。"

她偎依着他。他觉得她在颤抖。

"那无所谓。让我待在这儿。"

他轻轻地推开了她。"你不应该瞒着那个人跟我好。没有了爱，他会很痛苦的。"

"我现在不能独自回去。"

"你不会独自很久的。"

"我会，我现在就独自住着，已经几天了。他出门啦。他不在巴黎。"

"原来如此，"拉维克心平气和地说道，他望着她，"哦，至少你是坦白的。一个人会知道他跟你在干什么样的事情。"

"这倒不是我到这儿来的原因。"

"当然不是。"

"我也没有告诉你的必要。"

"对。"

"拉维克，我不愿意独自回家。"

"那我可以送你。"

她慢慢地退后了一步。"你不再爱我了……"她低声地说，简直有点儿像威胁。

"你是来发现这件事的吗？"

"是的，那也是的。不仅是那个，那不过是一部分而已。"

"天啊，琼，"拉维克不耐烦地答道，"那你刚才听到了一篇关于恋爱的最坦白的供状。"

她没有回答，只是望着他。"你相信吗？否则的话，我会留你在这儿，不管你现在跟谁在同居。"他说。

她慢慢地微笑了起来。这不是真正的微笑，这是内心的光芒，仿佛有人在她心里边点了一盏灯，这光芒渐渐地升上了她的眼睛。"谢谢你，拉维克。"她说。隔了半响，她又很小心地瞟着他，"你不会离开我吧？"

"你为什么要这样问？"

"你肯等我吗？你不会离开我吧？"

"我想不会有多大危险的。以我跟你在一起的经验判断起来。"

"谢谢你。"她改变了，她安慰着自己，可多么快啊，他想，然而，又为什么她不能够这样呢？她觉得即使不待在这儿，也已经获得她所需要的一切了。她吻着他。"我知道你会这样的，拉维克。你不能不这样。现在我要走了。不必送我回家。现在，我可以独自回去了。"

她站在门边。"不必再到这儿来，"他说，"也不必想起任何事情。你不会死的。"

"不。晚安，拉维克。"

"晚安，琼。"

他走到墙边，开亮了电灯。你不能不这样，他微微地哆嗦了一下。她们是泥巴和黄金制成的，他想，是欺骗和迷恋制成的，是虚伪和恬不知耻的真情制成的。他在窗边坐了下来。底下仍然传来那种低沉单调的哭声。一个欺骗过丈夫的女人看着丈夫死了，便那样地悲恸。可是，也许只是因为宗教的约束而已。拉维克觉得很奇怪，他现在倒并不觉得更加不幸。

23

"是的，我回来了，拉维克。"凯特·赫格斯特伦说。

她坐在兰开斯特旅馆的房间里，现在显得更纤弱了，皮肤底下的肌肉仿佛沉陷了下去，好像用一根精细的针啊什么的从里边挖了个窟窿。她的仪容更显瘦削，而皮肤也好像很容易被撕裂的丝绸。

"我以为你还在佛罗伦萨，或者在戛纳，或者在美国。"拉维克说。

"我一直在佛罗伦萨，在菲耶索莱。待到我不能再忍受为止。你还记得我怎样拼命劝你跟我一起去吗？书啊，火炉啊，夜晚啊，安静啊！书是有的，火炉也有，可是安静没了。拉维克，便是阿西西的圣方济各也变得吵闹了，吵闹而不宁静，跟其他一切东西一样。以前跟鸟儿谈情说爱的地方，现在尽是些穿着制服的人，这儿那儿到处开拔，到处宣传，到处鼓吹，怀着毫无来由的仇恨。"

"可是，情况向来都是这样的，凯特。"

"以前可不是这样。几年以前，我们的管家还是一个很和气的人，他穿着灯芯绒裤和树皮鞋。现在啊，他已穿着高筒皮靴、黑衬衫、佩着短剑，俨然是一个英雄了。他居然还发表演说，他说地中海必须属于意大利，英国必须毁灭，尼斯、科西嘉和萨伏依必须归还意大利。拉维克，这个多少年来没有打过一次胜仗的温厚国家，自从人家让它在阿比西尼亚和西班牙打了胜仗之后，简直发了疯啦。我有几个朋友，三年前还是很有理智的，现在竟也认真地相信他们在三个月里会战胜英国。全国沸腾了起来。那是个什么情况啊？我在维也纳逃出了褐衫党的暴政，现在又因为黑衫党的疯狂，逃出了意大利。据说还有什么地方有绿衫党呢，在美国当然也有银衫党，难道全世界就在这种衣衫的狂热中吗？"

"好像是这样。可是那也马上就会改变的。一律变成红色。"

"红色？"

"是的。像血一样的红色。"

凯特·赫格斯特伦俯视着楼下的院子。下午的阳光穿过栗树的叶丛，漏下温柔和绿色。"一个人真不能相信。"她说，"二十年里发生两次战争。真是太多了。第一次大战，我们还喘息未定呢。"

"只有战胜者才这样，不是溃败者。胜利会叫人疏忽大意的。"

"哦，也许是这样。"她望着他，"这样说起来，就没有多少太平日子了，是不是？"

"现在啊，的确没有多少日子了，我真担忧呢。"

"你以为我有足够的时间吗？"

"为什么没有？"拉维克抬起头来。她没有避开他的目光。"你去见费奥拉没有？"他问。

"去了，见过一两次。像他这样没有染上黑死病的，就没有几个人。"

拉维克没有回答。他只是等待着。

凯特·赫格斯特伦从桌子上拿过了一串珍珠，让它们滑到手心里。在她修长纤细的手指中间，它们仿佛是名贵的念珠。"我简直有点儿流浪的犹太人的感觉，"她说，"原想找点儿宁静。可是我大概错认了时机。现在是，到处都找不到宁静了。只有这儿，倒还留剩着一点。"

拉维克望着那珍珠。形状丑陋的灰色软体动物的壳里，一颗沙粒什么的刺插了进去，日积月累便形成了珍珠，这些微光闪烁的美丽装饰品原是由偶然刺激而产生的，一个人应该记住这一点，他想。"你要到美国去吗？凯特，要是能够离开欧洲，谁都应该这么办的。别的事情都嫌太迟了。"

"你要把我打发开吗？"

"那倒不是。可是，上次不是说过，你预备解决了你的事情就回美国去吗？"

"是的。可现在我不想去了。现在还不想。我要在这儿再待些时候。"

"在巴黎过夏天很热又不很舒服。"

她把珍珠放在了一边。"如果这是最后一个夏天，也就不觉得什么了，拉维克。"

"最后一个夏天？"

"是的。我回美国之前的最后一个夏天。"

拉维克不作声。她到底知道多少呢？他怀疑着。费奥拉跟她怎么说的啊？

"沙赫拉扎德那边的情况怎么样？"她这样问。

"我也好久不去了。莫罗佐夫说，那边每夜都是客满的，跟别的夜总会一样。"

"在夏天吗？"

"是的，本来大多数的夜总会都要歇夏的。你觉得奇怪吗？"

"不。在末日以前，大家都把能够抓住的东西抓住了不放。"

"不错。"拉维克说。

"什么时候你带我到那边去，好不好？"

"当然好，凯特。随你什么时候。我以为你不愿意再到那边去了。"

"的确我是那样想过的。可是，我又改变了主意。我也想把能够抓住的东西抓住。"

他又望着她。"好的，凯特。"他然后说，"随你什么时候高兴。"

他站了起来，她跟他一起走到门口。她倚在门柱上，纤细而娉婷，皮肤干燥而润滑，仿佛一碰就会沙沙作响似的。她的眼睛十分清澈，比以前更大了。她伸出手来给他。手是灼热而干燥的。"你为什么不肯告诉我，我害的是什么病？"她毫不经意地问道，仿佛问着天气什么的。

他盯着她看，却不回答。

"我其实是经受得住的。"她说道，脸上浮出一种近乎嘲弄却无谴责之意的微笑，"再会吧，拉维克。"

那个切除了胃的病人终于死了。他呻吟了三天，吗啡也没有用。拉维克和韦贝尔都知道他会死。他们原可以让他早死三天的。可是他们到底没有那样做，因为宗教鼓吹爱我们的邻人，而且禁止缩短别人的痛苦，另外还有支持这个宗教的法律。

"你发过电报去通知他的家属吗？"拉维克问。

"他根本没有什么家属。"韦贝尔说。

"那么通知了他的亲戚朋友吗？"

"他一个也没有。"

"没有一个人？"

"没有一个人。只有他住的那家公寓的女管家在这儿。他从没有收到过任何信件，除了什么邮购部寄来的目录和有关预防什么酗酒啊，肺病啊，梅毒啊之类的宣传册。他也从没有来访的客人。他预付了手术费和四星期的住院费。其实只住了两星期，这点儿住院费也付得太多了。女管家到这儿来说，他曾经答应过把他所有的东西都送给她的，因为她替他照顾了多时。她还要求医院退给她两星期的住院费。她那个样子，倒像是他的母亲。你不妨去看看这位母亲的样子。她说，为了他，她已经代付了一切的费用。她为他付出了房租。我便告诉她，他在这儿的费用是预付的，说他反而不付自己公寓的房租，那是实在说不过去的，而且这些纠纷都不妨让警察来解决。于是她就骂起我来了。"

"钱啊,"拉维克说,"真会叫人想得出花样呢!"

韦贝尔笑了起来。"我们不妨报告当局,他们可以来处理。而且也可以料理他的丧葬。"

拉维克又向那个没有亲属没有胃的死人瞟了一眼。他躺在那儿,三十五年来从没有改变过的脸,在这一个钟头里却居然变了样子。当他抽搐着吐出最后一口气的时候,一张僵硬的死人的脸便逐渐板了起来,那是一张严峻而宁静的脸,一副永恒的面具。一小时之内,这张面具还要孤零零地留在那里。

拉维克走了出去。在走廊里碰到那个值夜班的护士。她刚进来。"十二号病房的那个病人已经死了,"他说,"他在半个钟头前死的。你不必再坐在那儿护理了。"当他看见了她的脸,便又问,"他给了你什么东西吗?"

她犹豫了一下。"没有。他是一个十分冷酷的人。近几天来,他简直不说一句话。"

"是的,他不说。"

那护士露出一种主妇似的神气,望着拉维克。"他有一只讲究的纯银化妆盒。事实上,太精美了,男人不配用。女人用起来才合适。"

"你有没有这样告诉他?"

"我们谈起过一次。那是在星期二晚上,那个时候他比较安静。可是他说,银的也一样可以让男人用的。那些刷子才好呢。现在是买也买不到的了,别的事情,他讲起的可就很少。"

"那只银化妆盒现在要交给当局了。他是没有亲属的。"

那护士会意地点点头。"可惜!它会发黑的。就是那些刷子啊,要是旧了,长期不用也会坏的。它们先得洗一洗。"

"是的,真可惜,"拉维克说,"假如你把它们保藏起来才比较好。那么,至少有人可以欣赏它们了。"

护士感激地微笑着。"那倒无所谓。我原也不想得到什么东西。垂

329

死的病人难得把东西送给人家的。只有那些康复的病人才送。垂死的病人不愿意相信他们自个儿一定会死。所以他们不肯给的。还有一些人呢，出于怨恨而不肯给。你不会相信的，医生，那些垂死的病人才可怕呢！有时候，他们在临终之前会对人说出什么样的话来啊。”

她孩子般通红的两颊坦白而清澈。只要影响不到她那小小的天地，一切在她周围发生的事，她都不加注意。垂死的病人，真像一些淘气的孩子和生活不能自理的孩子。你为他们护理送终，可是新的病人又来了，有几个康复出院，很感激，有几个没能治得很好，还有几个竟死了。就是这么一回事。没有什么可操心的。倒是廉价商场减价百分之二十五啊，表兄琪恩和缝工安妮结婚之类的消息，比医院里的事情重要得多。

那些事情倒的确重要得多，拉维克想，这是防止骚乱的小圈儿，否则，又能怎么办呢？

他坐在胜利咖啡馆的前面。夜空苍白而多云。天气燠热，什么地方静静地闪烁着电光。人行道上的行人比先前更挤了。一个戴着蓝缎帽的女人坐到他桌边。

“你可以替我买一杯苦艾酒吗？”她问道。

“可以。可是，请你离开我。我在等人。”

“我们可以一起等。”

“最好不要。我在等体育馆里出来的一位女摔跤运动员。”

那女人微笑了。她抹着一脸厚厚的脂粉，只能从嘴唇看出一丝微笑。此外，简直是一副雪白的面具。“你就跟我一起去吧，”她说，“我有一套精致的公寓，而且我又是很好的。”

拉维克摇摇头。他把一张五法郎的钞票放在桌子上。“这儿，再会。祝福你。”

那女人拿了钞票，折叠起来塞在裤带底下。“精神沮丧吗？”她问。

"不。"

"我能治好你的精神沮丧。我有一个很好的朋友，很年轻。"隔了半晌，她又这样加上了一句："胸部好像埃菲尔铁塔。"

"过些时候吧。"

"也好。"那女人站起身来，走到隔着几张桌子的座位上。她又瞟了他好几眼，然后买了一份体育报，看着比赛的结果。

拉维克凝望着不断从桌边挤过的人群，里面的乐队正在吹奏维也纳圆舞曲。电光闪得更厉害了。一伙年轻的同性恋叽叽喳喳地卖弄着风情，挤在旁边那张桌子边，仿佛一群鹦鹉。她们贴着男人的胡子，这是最新式的打扮，穿着肩膀太宽腰身太窄的短外套。

一个姑娘在拉维克的桌边站住，望着他。她好像有点儿面熟，可是有点儿相识的人实在太多了。她仿佛是那种因为无依无靠而向人家求援的柔弱妓女。

"你记不得我了吗？"她问。

"当然记得。"拉维克说，其实一点儿印象也没有，"你好吗？"

"好极了。可是你真的记不得我了吗？"

"我忘记了你的名字。可是，当然我还是认识你的。我们已经分别好久了。"

"是的。你那一次给了波波很大的难堪。"她微笑着，"你救了我的命，现在却不记得我了。"

波波，救了她的命，那个产婆。现在拉维克才想了起来。"你是吕西安娜，"他说，"当然，你那时候害着病。今天你很健康了。就是那么一回事。所以我一下子认不出你了。"

吕西安娜露出喜悦的神色。"真是的！你真是记得的！多谢你从产婆那里要回来了一百法郎。"

"那个……哦，是的。"那次跟布歇太太交涉失败之后，还是他自己儿掏钱出来的，"抱歉得很，还没有追回全部的款项。"

"已经很够了。我本来已经不指望追回了。"

"你愿意跟我一起喝一杯酒吗，吕西安娜？"

她点点头，小心翼翼地在他旁边坐了下来。"一杯加苏打水的沁扎诺苦艾酒。"

"你这一阵子怎么样啊，吕西安娜？"

"生活得很好。"

"还是跟波波在一起吗？"

"是的，当然。可是他现在两样了。好得多了。"

"很好。"

也没有什么可问的事。一个小裁缝成了小娼妓，那便是他跟她邂逅的原因。波波还是照顾着她。她现在也不需要担忧什么怀孕了。还有一个理由，她还在豆蔻年华，她那种孩子似的脾气还可以吸引一些上了年纪的狎客——仿佛一件瓷器还没有因用得太久失掉光彩。她好像一只鸟儿，小心地喝着酒，可是她的眼睛却在骨碌碌地转动，没有高兴的神情，也没有抱憾的表示，只是一段正在滑行着的生命碎片。"你觉得满足吗？"他问。

她点点头。他看得出她的确是很满足的。她觉得一切都很有条理，不需要再加以戏剧化。"你觉得孤独吗？"她这样问道。

"是的，吕西安娜。"

"在这样的夜晚？"

"是的。"

她羞答答地瞟着他微笑。"我倒还有时间呢。"她说。

我怎么啦？拉维克想，难道我显得那样贪婪，竟使每一个娼妓都要向我献殷勤，给我一点儿买卖的爱情吗？"到你住的地方路程太远了，吕西安娜。我没有那么多的时间。"

"我们不能到我住的地方去。不要让波波知道这些个事情。"

拉维克望着她。"难道波波还不知道这些个事情吗？"

"他知道。他知道来往的别人。他盯梢的。"她微笑着，"他还那样年轻。他以为不这样做，我不会把钱都交给他。您，我是不收钱的。"

"所以你不让波波知道吗？"

"不光是因为这个。他会吃醋，会使蛮劲儿的。"

"他常常会吃醋吗？"

吕西安娜愕然地抬起了头来。"当然不是了。其余的客人都是些买卖。"

"那么只有不给钱的人了？"

吕西安娜犹豫了一下，然后渐渐脸红起来。"也不是因为那个。只有他认为有什么别的意义的时候。"她又犹豫了一下，"就是说，我也发生了感情的时候。"

她并没有抬起头。拉维克握住了她寂寞地搁在桌子上的手。"吕西安娜，"他说，"你还记得，很好。而且你还愿意跟着我去。你很好，我愿意带着你走。可是我是不能同我为她做过手术的人睡觉的。你知道吗？"

她扬起两条乌油油的长睫毛，马上点了点头。"是的，"她站了起来，"那么，我现在要走了。"

"好的。再见，吕西安娜。祝福你。小心点，不要生病。"

"是的。"

拉维克在一张纸条上写着什么。"假如你还没有染上病，可以买点儿这个。这是最好的一种。还有，你不要把所有的钱都交给波波。"

她微笑着，摇摇头。她知道，他也知道，尽管他这么劝说，她还是会把钱全都交给波波的。拉维克目送着她出去，直到她在人群中消失。于是他叫来那招待。

那个戴蓝缎帽的女人走过他桌边。她是注意着刚才这一幕的。她拿着一份折叠好的报纸，仿佛扇子一样地摇着，露出了满口的假牙齿。"你若不是阳痿，便是同性恋，徒有其表，我亲爱的。"她经过他身边时愉快地说道,"祝福你,谢谢你。"

拉维克在暖和的黑夜中漫步。灯光在屋顶上闪烁。空气是静定的。他看见卢浮宫的门里亮着灯光。大门敞开着,于是他就踱了进去。

里边是一个夜间展览会。有几个房间灯火通明。他走过埃及馆,那仿佛是一个灯火通明的大坟墓。三千年前的那些帝王石像蹲着或是站着,都睁着花岗石的眼睛,瞪视着一群闲荡的学生、戴着旧式帽子的女人和无聊的老头儿。有一股尘灰霉腐的味儿,一种千古不变的气息。

在希腊馆里,米洛斯的维纳斯女神像前面,站着一群跟她并不相像的絮语着的姑娘。拉维克停住了脚步。看过埃及的花岗石和绿色正长岩的石像之后,这个大理石像便显得颓败、脆弱了。温柔而丰满的维纳斯女神,看起来有点儿像踌躇满志的裸浴的主妇,美丽而浑然无知。杀死蜥蜴的阿波罗像是一个还需要学习的同性恋。可是他们站在房间里,那正是他们受到损害的原因。埃及的石像不会受到损害,因为埃及石像是为着坟墓庙宇镌的。希腊石像需要太阳、空气,以及让雅典的金光照射下来的圆柱。

拉维克向前走着。有楼梯的大厅屹然展现在面前。忽然间凌驾于一切之上的,是一尊萨莫色雷斯岛的胜利女神像。

他已经好久不见她了。上一次是在一个多云的日子里见面的。大理石的光彩显得很幽沉,在博物馆冬日的烛光中,那尊胜利女神仿佛面带几分犹豫,而且冻僵了。而现在,她高高地兀立在楼梯头,站在一条大理石镌制的船头上,被灯光照射得闪闪发光,她的翅翼张开了,衣服被风吹得紧贴在跨立着的身体上,愉快地准备着飞翔。在她背后,萨拉弥斯酒色的海水仿佛汹涌着,天空好像因张着期望的天鹅绒而变得阴暗了。

她不知道什么道德,不知道什么问题,也不知道什么是风雨和流血的黑暗背景。她只知道胜利与失败,而这两者,在她都仿佛是一样的。

她不引诱，她在飞翔。她不蛊惑，她在漠视。她没有秘密，可是她比那个以遮掩来指出自己的性器官的维纳斯更挑逗。她与鸟啊，船啊，风啊，浪啊，以及天空都有密切关系。她也没有什么国籍的。

她也没有什么国籍的，拉维克想，可是她也不需要什么国籍啊。她在所有的船上都住得惯。只要有勇气，只要有斗争，即使是在不至于气馁的失败中间，什么地方都住得惯。她不仅是胜利的女神，也是一切冒险家的女神，一切流亡者的女神，只要他们不心灰气馁。

他望了望四周，大厅里一个人也没有了。那些学生、那些带着旅行指南的人都已经回家去了。回家，对于一个无家可归的人，除了暂时在另一个人的心里找到一处风雨飘摇的家外，还有什么其他的家呢？不就因为这个理由，一旦打动了那些无家可归者的心，爱情便更能震撼他们且占有他们吗？因为他们根本没有其他的东西。而他自己，不也就是因为这个理由，才竭力逃避爱情吗？而爱情，不是也追踪着他，侵袭着他，击倒了他吗？可是在异国他乡光滑的冰块上，比在熟悉的习惯了的土地上，更不容易重新爬起来啊。

有什么东西吸引了他的视线，一种很小的飘扬着的白色东西。那一定是从敞开着的门口飞进来的蝴蝶。这蝴蝶也许睡在温暖的玫瑰花床上，被一对情侣从香睡中惊醒，然后炫惑于这陌生的太阳光芒——这么多的太阳，这么炫耀的光芒——逃进了大门，逃进了大门背后幽暗的藏身处。而现在，就这么鲁莽而勇悍地飞舞在大厅中，也许在这儿就会丧失生命。它这么疲乏，睡在大理石的飞檐上，睡在窗户的棚架上，一会儿又睡在高高在上的容光焕发的女神的肩膀上。到了早晨，它会寻觅花朵，寻觅生命，寻觅花朵里的蜜汁。无所收获的时候，它又会在千年的大理石上沉睡。由于虚弱，那双细巧的足趾终于再也抓不住大理石，它便像一片早秋的残叶那样掉落下来。

多愁善感，拉维克想，胜利女神和流亡的蝴蝶，一个平庸的象征，然而天下还有什么能比这种平庸的东西，平庸的象征，平庸的感情，平庸的多愁善感,更能感动人呢?什么东西使它们变得平庸呢?是它们太明显的真实性,到了生死存亡的关头,风雅便不翼而飞了。

蝴蝶在穹顶的薄暗中不见了。拉维克走出卢浮宫,触到外面温暖的空气,暖洋洋地仿佛在沐浴。他停住了脚步。多平庸的感情!他自己不是也受着天下最平庸的东西的支配吗?他凝视着空旷的广场,几百年的幽灵就蹲在这片广场上。于是,他突然觉得仿佛有人用拳头在敲打他。经不住这样的敲打,他几乎站不稳了。这白色的幽灵,做着飞翔姿势的胜利女神,好像还在他眼前,可是在这女神背后的阴影里却现出了另一张脸,一张平庸的脸,一张珍贵的脸。他的幻想已被这张脸吸引,正像一条印度纱丽落入了有刺的玫瑰丛中。他用力地拉,可是怎么也拉不下来,玫瑰的尖刺钩住了丝绸上的细丝和金线,简直已经缠在一起,肉眼分不清有刺的花枝和闪亮的丝绸。

脸!脸!谁问它平庸或是珍贵呢?偶尔一现的或是出现过千百次的。一个人事先可以提出问题,可是一旦被它吸引,便什么也不复知道。一个人被爱情所束缚——不是被偶然假用爱情这名字的人——被幻想之火迷炫了眼睛,谁还能够判断呢?爱情是无所谓价值的。

天空现在是很低沉了。时不时闪着无声的电光,撕裂黑夜里硫黄味的云块。无形的热气张着千百只没有视觉的眼睛,铺盖在屋面上。拉维克沿着里沃利街走着。那些商店的橱窗在拱廊下闪闪发光。街上人群拥挤。一列列汽车散发着闪耀的微光。这是我,他想,芸芸众生中的一个。缓步走过这些陈列着废金残铁和奇珍异饰的橱窗,双手插在衣袋里,一个暗夜的游魂。我的血液颤动着,而在两半软体动物似的东西组成的灰白色迷宫——所谓脑子——中间,正进行着一场看不见的战斗,那使真实的变得虚假,虚假的变得真实。我可以感觉到触着我的那些手臂,擦着我的那些身体,以及盯着我的那些眼睛,而且我也能够听见汽车、声音,并可以触摸现实的骚动,我置身其间,可是又比月亮更遥远,仿佛在超乎逻辑与事实的行星上。什么东西在我心里唤着一个名字，明知这不是一个名字，却又偏偏大声地唤着，唤到了永远存在着的宁静中，在这宁静中不知有多少呼喊的声音消失了，得不到一个回答，可是明知这样，它还是唤着，这是爱情之夜的叫唤，死亡之夜的叫唤，狂喜和意识崩解时的叫唤，林莽和沙漠中的叫唤，我也许知道千百个回答，然而这一个却超乎我的范畴，我是永远不会得到的。

爱情！这个字眼儿可包含着多少的意义啊！从肌肤的温柔抚爱，到心灵的久远振奋，从组织家庭的简单欲望，到临终时的痉挛，从贪得无厌的感情，到像雅各跟神使者摔跤 [1]。这是我，拉维克想，一个四十开外的人，在许多学校里受过训练，有经验，有学识，受过打击，翻过身，经过这些年的磨炼，已经变得更无情、更审慎、更冷酷了，我不需要它，我不相信它，我也不以为它会再度降临，而现在，又出现了，我的一切经验都没有用，我的一切学识徒然增添了燃炽之火，感情的火焰中，还有什么比这干巴巴的玩世不恭和忧患岁月的木柴似的东西，更容易助燃呢？

他只是走着，走着，黑夜空漠，发着回响，他毫不经心地走着，也不知道走了几小时还是几分钟，当他发现自己已经走到拉斐尔大街后面的花园时，他并不感到十分惊奇。

帕斯卡路上的一幢房子，他看见了楼面的朦胧轮廓，顶楼的那些房间有几个开着灯。他找到了琼住的那一间的窗口，里边很亮。她在家，也许不在家，只是把电灯开着。她最恨回到一个黑暗的房间里，正如他一样。拉维克穿过马路。房子前面停着几辆汽车，其中有一辆黄色的双人座小汽车，原是很普通的一辆，可是装得像辆赛车。这也许是那个人的，一个演员的车，红皮座位，装着一块仿佛飞机上用的仪表板，还有许多多余的不必要的设备，一定是他的。我妒忌吗？他愕然地想，妒忌这个她所偶然结识的对象吗？妒忌这个与他毫不相干的东西吗？一个人

---

[1]　典出圣经《旧约·创世记》第 32 章。

只能妒忌一种背离了自己的爱情，却不必妒忌这爱情转向何处……

他又回到了花园。花朵的味儿从黑暗中腾发出来，甜蜜的，混合着泥土与凉下来的植物的气息。这味儿，仿佛大雷雨前的那种浓郁。他找到一条长椅，坐了下来。这不是我，他想，这个迟到的求爱者，坐在这条长椅上，在那抛弃他的女人的房子前仰望着她的窗口！这不是我，被一种欲望震撼着，这种欲望，虽然我曾彻底地分析过，却还不能主宰它，这不是我，这个傻子，如果能使时光倒流，能重新得到这个总是在他耳边唠唠叨叨说些老套无聊话的金发碧眼的女人，他宁可少活几年，这不是我，他——鬼知道假借了一切的托词——坐在这儿，妒忌、心碎、悲愁，甚至还想把那辆汽车纵火烧掉！

他掏出一支香烟。这幽静的火光，这看不见的烟雾，这倏忽划过去的彗星似的火柴。他为什么不到顶层的房间去呢？会发生什么事情啊？时间还不太迟，灯还亮着。他可以见机行事。他为什么不能带她出来呢？现在，既然已经明白了一切，带她出来，让她跟他在一起，永远不叫她离开，不好吗？

他凝视着黑暗。有什么用呢？事情不是明摆着吗？他不能把另外一个人赶走。你不能把任何东西、任何人从别人心上赶走。当她到他那儿去的时候，他不是可以带走她吗？可是他又为什么没有这样做呢？

他把纸烟丢掉。因为仅仅这点是不够的。就是这个原因。他还要更多。那还不够，即使她来了，即使她又回来了，即使一切其他的东西都被忘记、被淹没了，还是不会够的。多奇怪多怕人的事，永远不会够的。什么地方出了差错了，他幻想的光线有一天没有照准那面镜子，那面会把照进去的东西更强烈地反耀过来的镜子，于是这光线就照到了镜子的外面，陷入盲目的不满足，于是什么都拉不回它了，不要说一面镜子，便是一千面镜子也不能。镜子仅仅还能照到它的一部分，却绝不能拉回它来。而现在，这光线从爱情边上一闪而过，早已消失在空旷的天际，于是爱情中只充满了闪光的雾，这迷雾不再有形象，再也不能在爱人的头顶上幻成一道虹彩。神秘的圆圈破裂了，剩下来的是悲痛，可是希望也变得粉碎了。

有人从这座房子里出来，一个男人。拉维克挺起了身子。一个女人跟在他后面。他们哗笑着。那不是他们。一辆汽车响着引擎开走了。他又掏出了一支纸烟。他能够拉住她吗？如果事情不是这样，能够拉住她吗？可是，什么东西能够让他拉住呢？只是一种幻象，比此刻稍多一些。可是，幻象不也已经够了吗？一个人还能够多得些什么呢？谁了解生命的黑色涡流，没有目的地在我们的意识底下翻滚的涡流，是意识将那股涡流从子虚乌有变成了实物，一张桌子啊，一盏灯啊，家啊，你啊，爱情之类？结果只不过是一种预感和一片令人恐惧的昏暗，这难道还不够吗？

那还是不够的，只有一个人相信它足够才会足够啊。假如水晶在怀疑的锤子下碎裂了，那么只能把它胶合起来，此外没有一点儿办法。胶合起来，骗骗人，看那曾经皎洁晶莹而现在已经破裂的光芒！一切都不会回来的，一切都不会重造形象，一切都不会。即使琼回来了，也不再是从前的模样。一块胶合起来的水晶。时间已经错过，一切都拉不回来了。

他觉得一阵尖锐的熬受不住的痛苦。什么东西折磨着他，令他伤心。我的天啊，他想，我怎么会这样痛苦，怎么会为这件事如此痛苦，我回顾反省却无济于事，我知道，假如我能够得到它，我一定会再让它失掉的，可是那也压不住我的渴望，我把它解剖着，仿佛在尸体陈列所的桌子上解剖着尸体，然而这让它千百倍地更活跃了，我也知道它会渐渐成为过去的，可是那也无补于我。他睁着一双过度紧张的眼睛，仰望着窗口，他觉得惊人的可笑，可是那也不能够改变什么啊。

突然，一阵响雷震过都市的上空。骤雨倾泻在林间各处。拉维克站了起来。他看见街道上斑斑点点洒落黑色的巨滴。雨在歌唱。粗大的雨点，温暖地打在他的脸上。突然间，他又分不清他到底是可笑的还是愁苦的，是凄楚的还是并不凄楚——他只知道自己还活着。他还活着！他在那儿，它又把他拉住了，将他震撼着，他不复是一个旁观者，不复是一个局外人，一种压抑不住的感情的光芒又穿过他的脉络，仿佛火焰穿过炉灶。不管他是不是快乐，他毕竟还活着，而且他也完全明白他还活着，那就够了。

他站在急雨下，这急雨仿佛天空中的机关枪似的扫射着他。他就站在那儿，他自己仿佛就是雨，就是风暴，就是水，就是泥土。天际的电光划过他的胸膛，他是生物，他是元素，一切都不复有什么名字了，因此显得异样凄寂。什么都一样了，爱啊，倾盆大雨啊，顶楼惨淡的灯光啊，仿佛肿胀着的土地啊，于是不复有什么边境，他就属于这一切，什么快乐和不快乐，都成了空洞多余的东西，被生存和感触的不可抗拒的知觉所抛撇了。"你在上面。"他望着那个通明的窗口，这样说道，便笑了起来，他自己却又不知道自己在笑着。"你这盏小小的灯光，你这个妖精，你这张对我有着极大威力的脸，在这颗行星上，有着千千万万别的脸，更姣好，更美丽，更聪明，更和蔼，更忠诚，更体贴——你，偶然的事，在晚上出现在我经过的路途上，投进我的生命，你，懵然无知地占有的感情，冲到了岸上，趁我睡着的时候爬到了我的皮肤下，你，除了知道我在推拒便不明白其他的事，仅是向我猛扑，直到我不再推拒，想长此进展下去，我向你致敬！我在这儿站着，我想以后是决不会这样站着了。雨已湿透了我的衣衫，比你的纤手、你的肌肤更温暖、更寒冷、更柔软。我在这儿站着，愁苦地被妒忌的锐利爪趾搔爬着我的胃，渴望着你，蔑视着你，敬仰着你，爱慕着你。因为你射出那使我灼热的电光，蕴藏在每一个孔窍里的电光，那是生命的火花，黑色的火。我在这儿站着，不再像一个告假归来的死人，有着一点儿玩世不恭、一点儿讥讽、一点儿勇敢，不再是冷酷的了，又活了起来，可以受苦，可是又承受着人生的一切大雷雨，又重新生出了自己的简单力量！祝福你，有着一颗飞跃的心的圣母，操着罗马尼亚口音的胜利女神，幻梦与欺骗，黑暗的神祇的破镜，天真无邪，感谢你，我决不会告诉你这点，因为你将无情地利用它，可是现在你却还给了我，那既非柏拉图又非星形菊，既非逃亡又非解放，既非纯粹的诗意又非单纯的怜悯。你所能给我的，既非失望又非最高最隐忍的希望，是简单、坚毅、现实的生活。在介于两次灾难之间的这个时候，这生活在我看来，仿佛是种罪孽！我向你致敬！我祝福你！为了要知道这些事情，我不得不离弃你！我向你致敬！"

雨已变成了一块闪烁的银色帘幔。树林散发着幽香，土壤的气息强烈而令人愉快。有人从对面房子里走出来，拉上了那辆黄色双座小汽车的篷顶。那没有什么关系，什么都没有关系的。黑夜正从星星上摇下那雨点，神秘的雨点倾泻在街道纵横、花园毗连的石城上，千万种花卉张着它们绚烂夺目的性器官接受了雨点，雨点又飞到千万棵树张着的怀抱里，穿过了土壤，跟那些期待着的树根偷偷成婚，这雨，这夜，这自然，这繁殖，它们都在那儿，与那些破坏、死亡、罪犯、假圣人、胜利或者失败都不相关。它们还像往常每年一样，都在这儿，可是今夜，他已经属于这一切了。贝壳破裂了，生命便绽了出来，生命，生命，生命，受欢迎和受祝福的生命。

他急急穿过花园，穿过街道。他没有反顾，仅是走着，走着，迎着他的布洛涅森林的树顶，仿佛一个很大的营营作声的蜂窝，雨点打着它们，发着很大的声响，它们摇曳着，应答着，于是他觉得自己仿佛又年轻了起来，又像是第一次去追求一个女人了。

24

"要什么啊？"招待问拉维克道。

"给我一杯……"

"一杯什么？"

拉维克并没有回答。

"我不明白你的意思，先生。"招待说。

"随便什么。给我一杯酒就是。"

"卑尔诺酒行吗？"

"好的。"

拉维克合上眼睛又慢慢地睁开。那个人还坐在那儿。这一次总不会看错了。

哈克坐在门口的一张桌子边。只有他一个人，正在吃东西。桌子上放着一只银盘和一瓶浸在冰桶里的香槟，盘子里盛着对半切开的大海虾。一个招待站在他桌边，正在拌着莴苣番茄沙拉。这些情形，他看得太清楚了，仿佛是他眼睛后一块封蜡的浮雕。当哈克伸手从冰桶里拿出那瓶香槟的时候，他还看见他手上的红宝石名字戒。他记得这枚戒指，也记得这只白胖的手。那是在刑讯过后昏迷的梦魇中看见的。当时他在笞刑台边晕厥，在昏迷之中被掷到了强烈的灯光下，哈克站在他面前，小心翼翼地退后了一步，免得让浇到拉维克身上的水沾湿了整洁的制服。他曾伸出那只白胖的手指着他，用一种柔和的声音说道："那还只是开始呢，还算不了什么。现在你总可以把那些人的名字告诉我们了吧？是不是还要我们继续用刑？我们还有许多种刑罚。你的指甲还没有受伤啊，我看见的。"

哈克抬起头来。他凝望着拉维克。拉维克鼓足勇气，坐着不动。他拿起了那杯卑尔诺酒，呷了一口，勉强将视线移到了沙拉上，仿佛它调制得很能引起他的兴趣似的。他不知道哈克会不会认出他。忽然间，他觉得背一下子全湿透了。

隔了一会儿，他又望了望那张桌子。哈克吃着大海虾。他吃着的时候，眼睛望着碟子。他那光秃的头顶反耀着电灯的光芒。拉维克望了望四周。这地方拥挤得很，什么事都不能做。他身上没有带武器，而且万一扑到哈克身上，一下子就会有十来个人把他推回去的，两分钟之后，警察也会赶来。除了耐心地等着，停会儿跟踪哈克之外，便没有别的办法了。首先要找出他的住址。

他勉强地抽着烟，不再向哈克望，直到他吃完。然后他慢慢地，仿佛寻找什么人似的，环顾四周。哈克刚把大海虾吃完。手里还拿着一块餐巾，正在抹嘴。他不是用一只手抹的，是用两只手在抹。他把餐巾捏得很紧，然后轻轻地抹着他的嘴唇，先抹上唇，再抹下唇，仿佛女人在抹掉嘴上的唇膏。在那么抹着的时候，他又凝望着拉维克。

拉维克把视线移开了。他觉得哈克还在凝望着他，便招呼招待又要了一杯卑尔诺酒。另外一个招待其时正忙着在哈克的桌边侍候，他把大海虾壳等东西收拾了起来，将空杯斟满了酒，又送了一碟乳酪给他。哈克指着一块放在草垫上的融化的干酪。

拉维克又抽了一支烟。隔了一会儿，他又瞟到哈克瞧他。这绝不是偶然的事。他觉得自己的皮肤在皱缩。也许哈克认出了他，他在招待走过来时招呼道："你能把卑尔诺酒送到外面去吗？我想坐到花坛边去。那边凉快点儿。"

招待犹豫了一下。"假如你先在这儿付了账，那比较方便点儿。在外面干活的是另外一个招待。然后我把你的酒杯送到外面。"

拉维克摇摇头，从口袋里掏出一张钞票。"那我可以在这儿喝掉这杯，到外面再去要。这样就不至于搅不清楚了。"

"那也好的，先生。谢谢你，先生。"

拉维克还是慢慢地把那杯酒喝干了。哈克在倾听着，他知道的。拉维克在说话的时候，他曾经停下来不吃。现在，他又继续在吃东西了。拉维克又沉默了半晌。假如哈克认出了他，那么唯有一个办法：装作不认识哈克的样子，继续偷偷地看住他。

隔了几分钟之后，他便站起身来，悠闲地荡了出去。外面，几乎每一张桌子上都坐满了客人。拉维克站了一会儿才找到一张可以望见哈克一角的桌子。哈克本人他是看不见了，可是他要是出去，拉维克却可以望得见的。拉维克要了一杯卑尔诺酒，立刻把账付掉了。他想随时可以出去跟踪。

"拉维克——"有人在他旁边招呼了。

他陡然一怔，仿佛有人打了他一下似的。原来是琼站在他旁边。他便瞪着她看。

"拉维克——"她又喊了一遍，"你还认识我吗？"

"哦，当然。"他的眼睛还望着哈克的桌子。招待站在那儿，把咖啡送来了。他屏息着。时间还来得及。"琼，"他费力地说，"什么风儿吹你到这里来的啊？"

"什么话！什么人都可以每天上富克来的。"

"只有你一个人吗？"

"是的。"

他发觉她站着，可是自个儿却坐着，便立刻站起身来。他站的地方

344

还是可以望到哈克的桌子。"我说不出所以然。可是这儿没你的事，你必须离开我。"

"我要等着。"琼坐了下来，"我倒要看看那个女人是怎么样的。"

"什么女人？"拉维克摸不着头脑地问。

"你等着的那个女人。"

"那不是女人。"

"那么还有什么人呢？"

他望着她。"你竟然不认识我了，"她说，"你要打发我走开，你很兴奋，我知道一定有什么人的。那我就要看看到底是个什么人。"

五分钟，拉维克想，也许要十分钟甚至一刻钟吧，咖啡才能喝完，哈克还会再抽一支烟，也许再抽一支。他一定要在这段时间里把琼打发开。

"好的，"他说，"那我也没有办法。可是请你坐到别的地方去。"

她没有回答。她的目光变得更尖利，脸色也变得更紧张了。

"那不是女人，"他说，"就说是女人，鬼知道跟你有什么关系啊？别再自闹笑话了，你自己跟戏子在鬼混，却还装作这么吃醋呢。"

琼并没有回答。她转到他刚才张望着的方向，企图发现他在张望的那个人。"不要那样。"他说。

"她难道跟另一个男人在一起吗？"

突然，拉维克坐了下来。哈克一定听到他刚才所说的，要坐到花坛边来。假如他认出了是他，他一定会怀疑，一定会找一找他在哪儿的。真要是那样，跟一个女人坐在这儿，不但无妨，反而更显得若无其事了。

"好的，"他说，"你就待在这儿。你完全是胡思乱想。我到点儿就会起身离开。你可以跟我一起去叫出租汽车，可是不要跟着我上车。你办得到吗？"

"你为什么这样神秘啊？"

"我不是神秘。这儿有一个多年不见的熟人,我想知道他的住址。就是这么回事。"

"那么,不是一个女人?"

"不是。那是一个男人,可是我不能再告诉你什么。"

招待站在桌边。"你要喝点儿什么?"拉维克问。

"苹果白兰地。"

"一杯苹果白兰地。"招待摇摇摆摆地走了。

"你不想也来一杯吗?"

"不。我正在喝这个酒。"

琼端详着他。"你不知道,有时候我是非常恨你的。"

"那也许是。"拉维克眺望着哈克的桌子。酒杯,他想,震颤的、流动的、闪烁的酒杯,街道、桌子、人群都沉溺在震颤的酒杯的胶液里。

"你很冷酷,很自负。"

"琼,"拉维克说,"我们过些时候再谈这个吧。"

招待把酒杯端到她面前的时候,她没有说什么话。拉维克立刻就付了账。

"你把我弄成了这样。"她挑衅似的说道。

"我知道。"他看见哈克的手搁在桌子上,那只白胖的手伸出去拿糖。

"都是你!不是别人,都是你!你从没有爱过我,只是玩弄我,你明知我爱你,却从没认真过。"

"的确那样。"

"什么?"

"的确那样,"拉维克答道,连望也不望她一眼,"可是后来就两样了。"

"哦,后来,后来!后来就乱了套,就太迟了。那是你的过失。"

"我知道。"

"不要跟我这样子说话！"她的脸色苍白而愤怒，"你甚至连听都没有听我呢！"

"是的。"他望着她，讲吧，讲点儿什么，不管说什么事，"你跟你的演员吵过架吗？"

"吵过。"

"那就会过去的。"

角落里腾出一缕蓝色的烟雾。招待又斟着咖啡。哈克仿佛在拖延时间。"我本可以否认的，"琼说道，"我可以说，我是偶然经过这儿的。可是我没有，我真是在找寻你。我要离开他了。"

"那便是一个人常常想做的事。那是一部分的事。"

"我真是怕他。他恐吓我，说要打死我。"

"什么？"拉维克突然抬起头来，"你说什么？"

"他说，他要打死我。"

"谁啊？"他刚才没有专心听，这时候才恍然大悟，"哦，原来如此！你不相信，不是吗？"

"他的脾气才可怕呢。"

"胡说！嘴里这样说的人，事实上就不会这么做。至少一个演员是如此。"

我在说些什么啊？他想，这些都是什么啊？我到这儿来干吗？一种声音，一张脸，掩盖了在我耳边嚷嚷的声音，这又与我有什么相干啊？"你为什么告诉我这些个事情？"他问。

"我要离开他了，我要回到你这儿来了。"

假如他搭上了出租汽车，我再招呼一辆至少还要几秒钟，拉维克想，等我的出租汽车开动，也许已经太迟了。于是他站了起来。"等在这儿。我去一下就回来。"

"你要做什么……"

他没有回答。

他急急穿过街道，招呼了一辆出租汽车。"这是十法郎。你能等我几分钟吗？我里边还有点儿事情。"

那司机看了看钱，然后又望了望拉维克。拉维克挤了挤眼睛，那司机也挤了挤眼睛。他慢慢地把钞票晃来晃去。"那是额外的，"拉维克说，"你知道为什么……"

"我懂的。"司机狞笑着，"好的，我就停在这里。"

"你不要熄火，要马上就能出发。"

"好的，老板。"

拉维克又从人群中挤了回去。突然他的喉咙紧张了。他看见哈克站在门口。他没有听见琼说的话。"等一下！"他说，"等一下！只要一会儿！只要一秒钟！"

"不。"

她站了起来。"你会懊悔的！"她几乎要哭了。他却勉强地微笑着。他紧紧地握着她的手。哈克仍然站在那儿。"坐下来，"拉维克说，"一秒钟。"

"不！"

她的手在他手里转动，于是他松开了。他很不愿意让人看笑话。她急忙离开，挤过门边的几排桌子。哈克盯视着她，又慢慢地回过头去瞧拉维克，然后再望向琼出去的方向。拉维克坐下来。突然间，他太阳穴里的血液轰响了起来。于是他打开皮夹，装作找寻什么东西的样子。他注意到哈克正在桌子间慢慢地走着，便若无其事地望着相反的方向。这个方向，哈克一定得经过的。

他等着。时间仿佛过不完似的。突然，他被一阵灼热的恐惧攫住了。万一哈克转身走掉，怎么办呢？于是他忽然转过头来。哈克果然已经不在那儿了。已经不在那儿了。这一会儿，仿佛一切都在他周围打转。"我能坐吗？"有人在他旁边问。

拉维克却并没有听到，他望着那扇门。哈克并没有回到酒馆里来。

他跳起来，他想，追踪他，设法再逮住他。这时那声音又在他背后响着了。他转过头去瞧着，原来哈克从他背后绕了个圈子，已经站在他旁边了。他指着那把琼坐过的椅子。"我能坐吗？别的桌子都已经坐满了。"

拉维克点点头。他说不出什么话，脑袋里的血液已经干涸了，血在退回去，退回去，仿佛流到了椅子下，离开了他的躯体，让他只剩一副空皮囊。他把背紧压着椅子背。面前还放着他的酒杯，还有乳白色的液体。他便拿了起来，喝着。酒杯很重。他望望那个酒杯，酒杯还是好好地在他手里，原来是他的血液在震颤。

哈克要了一杯掺着利口酒的白兰地，一杯很陈的酒。他说的是法语，却杂着很重的德国口音。拉维克招呼了一个报童。"《巴黎晚报》。"

报童小心翼翼地望着门口，他知道那个贩报的老太婆就站在那儿。他把报纸折叠着递给了拉维克，仿佛出于偶然似的，抓起铜子一溜烟出去了。

他一定认出我了，拉维克想，否则他为什么过来呢？他倒很意外。现在啊，他只能待着，瞧瞧哈克的动静再见机行事。

他捡起了那份报纸，看看大标题，又放回到桌子上。哈克望着他。"今天晚上不错啊。"他用德语说道。

拉维克点点头。

哈克笑了。"眼光不坏呢，嗯？"

"当然。"

"我在里边就已经看见你了。"

拉维克凝神而又冷淡地点点头。他简直紧张到了极点。他想象不出哈克的用意。哈克不会知道拉维克在法国是非法的，可是也许盖世太保连这个都知道呢。不过纵然如此，也还是来得及的。

"我一下子就认出你了。"哈克说道。

拉维克望着他。"那个创伤瘢痕，"哈克说着，便指了指拉维克的额角，"是学生联谊会会员。所以你一定是德国人，或者在德国读过

349

书的。"

他笑了起来。拉维克仍然望着他。这是不可能的！这太可笑了！他深深地吐了一口气，突然觉得宽慰了许多。哈克还一点也不知道他是谁。他以为他额角上的瘢痕是决斗时留下来的。于是拉维克也笑了起来。他跟哈克一起哗笑着。他不能不用指甲掐着自己的手掌来止住哗笑。

"对不对啊？"哈克问道，露出一种傲然的愉快。

"是的，对极了。"

他额角上的瘢痕是在盖世太保总部的地窖里被他们殴打留下的，原是哈克目击的事情。鲜血迸流到拉维克的眼睛和嘴里。而现在，哈克就坐在这儿，却误认为是决斗时留下来的瘢痕，还夸耀自己眼光好。

招待把哈克的白兰地送来了。哈克仿佛一个鉴赏家似的闻嗅着。"这是这儿的好东西！"他说道，"多好的干邑白兰地！否则，"他向拉维克挤了挤眼，"一切都不堪。尽是些坐获渔利的家伙。他们但求安全和舒适的生活，此外便不需要什么了。跟我们比起来，真是无可救药啦。"

拉维克想，自己是不能接话的。他想，假如他说话，一定忍不住抢过哈克的酒杯，撞在桌子的边缘碰碎，捡起一角尖锐的碎玻璃刺进哈克的眼睛。他小心翼翼地费力拿起酒杯，喝干了酒，又轻轻地放下。

"那是什么啊？"哈克问。

"卑尔诺酒。苦艾酒的代用品。"

"哦，苦艾酒。使法国人阳痿的便是这种酒吗，嗯？"哈克微笑着，"原谅我！倒不是故意对个人有什么不敬。"

"苦艾酒是禁喝的，"拉维克说，"这是一种没有害处的代用品。据说，苦艾酒足以使人不育，倒不是阳痿。所以苦艾酒是禁喝的。这是大茴香，味道有点儿像甘草水。"

这样很好，他想，这样很好，甚至不怎么激动。他能够轻松而流利地应对。在他心灵深处，固然翻涌着嘈杂的、黑色的骚动，可是在表面上，却还是显得很宁静呢。

"你住在这儿吗？"哈克问。

"是的。"

"你住在这儿很久了吗？"

"常住的。"

"我知道了，"哈克说道，"一个侨居在外的德国人。生在这儿的吗，嗯？"

拉维克点点头。

哈克喝着他的白兰地。"我们有几个最杰出的人才也是生在外国的德国人。我们元首的代表，生在埃及。罗森堡，生在俄国。达雷是从阿根廷来的。那是信念的感召，不是吗，嗯？"

"就是。"拉维克答道。

"我也觉得如此。"哈克的脸上露出一种满意的光彩，于是他隔着桌子微微地鞠了一躬，而同时，仿佛他的脚跟在桌子下立正，"再说，还没有请教尊姓大名，我叫冯·哈克。"

拉维克也照样礼貌一番。"霍恩。"这是他从前的假名之一。

"冯·霍恩吗？"哈克问。

"是的。"

哈克点点头。他显得更亲热了。原来邂逅了一个跟他同样世第的人。"你对巴黎一定很熟吧，嗯？"

"还好。"

"我不是说那些博物馆之类的。"哈克仿佛一个江湖汉似的狞笑着。

"我知道你的意思。"

这个雅利安种的超人也许想狎游了，可是他却不知道门径，拉维克想，假如把他带到什么偏僻的角落里去，一家生意清淡的小酒馆，或者一家门庭冷落的妓院，他迅速地考虑着，总之是带到那种不至于被干扰、被妨碍的地方去。

"这儿，什么玩意儿都有的吧，嗯？"哈克问道。

"你到巴黎还不久吧？"

"我总是每两个星期来这儿两三天。一种侦查的任务。很重要的。我们去年来这儿开展了几件工作，进行得很好。我当然不便说出来，可是，"哈克笑了起来，"你在这儿啊，差不多什么东西都有得买。真是一个腐败的地方。我们所要知道的事，也差不多都知道了，我们简直可以不必找什么情报了，他们自己会送来。叛国的工作，仿佛爱国工作那样在做。这便是党派制度的结果。每一个党派为了自身的利益，不惜出卖别人，出卖祖国。可就便宜了我们。在这儿，我们有很多的朋友，跟我们有相同的政治信仰，在最有地位的各种圈子里。"他拿起了酒杯，一看是空的，便又放下了，"我们甚至都没有武装。他们以为，只要他们解除了武装，我们就不会要求什么了。假如你知道了他们的飞机和坦克的数目，对于这批自杀候补者，一定会笑痛肚子呢。"

拉维克倾听着。他聚精会神地倾听着，可是一切都围着他荡漾，仿佛一个清醒前的残梦。那些桌子，那些招待，那种夜生活的甜蜜的骚扰，那些汽车闪耀的行列，那个屋子上空的月亮，那些屋子前面的彩色霓虹灯，以及坐在他对面的、残害他身体的、杀人如麻的、喋喋不休的凶手。

两个穿着紧身时装的女人走过来。她们向拉维克微笑着。那是奥西里斯的伊薇特和玛尔特。她们今天也是例假。

"妙啊，我的天！"哈克说道。

一条小马路，拉维克想，一条狭窄的僻静的小马路，只要我能够把他带到那儿，或者带到布洛涅森林里。"那两个是靠爱情维持生活的女人。"他说。

哈克盯着她们看。"她们倒是很漂亮呢。你一定对此地的这一套相当熟悉，是不是啊？"他又要了一杯白兰地，"我能请你喝杯酒吗？"

"多谢。我还是喝这种酒。"

"这儿大概有很迷人的场所吧，那些可以看表演之类的游乐场所。"哈克的眼睛里闪着光。这光芒，正如他几年以前在地窖的阴森烛光下闪着的一样。

我不应该再去想它了，拉维克想，不应该在现在。"你从来没去过那种地方吗？"他问。

"我去过好几个地方。当然，为了观察，去看看那些人到底沉沦到什么程度。可是，一定不会是最标准的所在。当然我也得郑重从事，免得人误解。"

拉维克点点头。"那你无须害怕的。有些个地方啊，从来没有一个旅游者去过。"

"你熟悉那些个地方吗？"

"当然，熟悉极了。"

哈克喝着他的第二杯白兰地。他变得更亲热了。以前他在德国的那种顾忌都没有了。拉维克觉得他完全没有怀疑了，便跟哈克说道："今夜我倒很想去溜达溜达。"

"真的吗？"

"真的。我常常那样。一个人对于什么事情，都应该尽可能地了解一二。"

"对的！完全对！"

哈克向他凝视了一下。让他喝醉吧，拉维克想，假如没有其他的办法，倒还是让他喝醉了，拖他到什么地方去。

哈克的表情又改变了。他还没有酒意，只是沉思着。"太可惜了，"他最后才这样说道，"我倒真想跟你一块儿去呢。"

拉维克并没有回答。他要避免一切可能引起哈克怀疑的行迹。

"今夜我必须回柏林去。"哈克望望他的表，"还有一个半小时。"

拉维克十分镇静地坐着。我必须跟他同去，拉维克想，他一定住在旅馆里的，绝不会是一家私人的公寓，我必须跟他一起到他的房间里，然后在那儿算计他。

"我在这儿，等着我的两个朋友，"哈克说道，"他们随时会来的。他们预备跟我一块儿回去。我的东西早已经送到车站上了，我们就从这儿，直接去上车。"

糟，拉维克想，为什么我不带一支手枪呢？为什么我竟那样愚蠢，近几月来就一直把以前所发生的事情当作一种错觉呢？否则我就可以在路上打死他，穿过地铁的入口，设法逃跑啊。

"太遗憾了，"哈克说道，"不过，也许我们下一次可以去。两星期之内，我还要回来的。"

拉维克又松了一口气。"好的。"他说。

"你住在哪儿？我可以打电话给你。"

"在加勒亲王酒店。只要穿过这一条街。"

哈克从口袋里掏出一本笔记本，留下一个地址。拉维克望着那个柔韧的俄国红皮的豪华封面。铅笔是很细的金杆。这笔记本里一定记着什么东西的，他想，大概是使人受刑、丧命的那些情报吧。

哈克把笔记本放回了口袋。"刚才跟你说话的那个女人真是个尤物。"他说。

拉维克愣了一秒钟。"哦，哦——是的，很美的。"

"拍电影的吗？"

"差不多。"

"很熟吗？"

"不过如此。"

哈克仿佛沉思似的凝视着前面。"困难在这儿，要认识一个美妙的女人，既没有足够的时间，又没有适当的机会……"

"那倒是可以安排的。"拉维克说。

"真的吗？你没有兴趣吗？"

"对什么没有兴趣啊？"

哈克狼狈地笑了起来。"譬如说，对那个刚才跟你说话的女人？"

"毫无兴趣。"

"我的天，那可不坏啊！她是法国人吗？"

"我想是意大利人，还杂着一点别的血统。"

哈克狞笑着。"不坏。当然，我们在德国是绝不能这样搞的。可是在这儿，是不暴露身份的，在某种程度上。"

"你是这样的吗？"拉维克问。

哈克愕然了一会儿，然后微笑着。"我知道的！当然不是对那些知情者，对其他人一般来说是不暴露身份的。再说，我倒想起一件事情来，你跟那批难民有没有来往？"

"很少的。"拉维克小心翼翼地说。

"那真遗憾！我们倒很想有点儿……你知道的，情报……我们还可以花点儿钱……"哈克伸起他的手来，"当然，你是不在乎钱的！尽管这样，即使是最小的消息……"

拉维克注意到哈克一直瞧着他。"那是可能的，"他说，"你也说不准随时会有事情发生的。"

哈克把椅子搬得更靠近他。"我的使命之一，你知道的，便是设法里应外合。有时候真不容易着手。这儿有不少出色的人为我们工作呢。"他意味深长地扬了扬眉毛，"我们之间当然是另外一回事。这是光荣的事，毕竟是为了祖国。"

"当然。"

哈克抬起头来。"我的朋友们来了。"他把账单算好以后，在瓷碟里放了几张钞票，"把价钱在碟子里注明，倒是很方便的。我们国家也可以这么做。"他站起身，伸出一只手，"再会，冯·霍恩先生。认识你很高兴。两星期之内，我再打电话给你。"他微笑着，"谨慎点儿，当然。"

"当然，不要忘记。"

"我什么都不会忘记的。不会忘记一张脸，一个约会。我的职业不允许我忘记什么。"

拉维克站在他面前。他觉得伸出自己的手，仿佛要穿过一道水泥墙壁似的。接着他又觉得，哈克的手已经握在他的手里了，那只手很小，特别柔软。

他站在那里，犹豫了半晌，然后目送着哈克。于是他又坐了下来，突然觉得自己在哆嗦。隔了一会儿，他付账走了。他往哈克出去的方向走着，可是忽然想起来，他刚才看到哈克和那两个人一起上了一辆出租汽车，便无意再乘车追踪了。哈克早已把旅馆退掉了。要是再在什么地方碰到他，反而要引起他怀疑了。他便转过身来，走回国际旅馆。

"你现在变得理智了。"莫罗佐夫说道。他们坐在圆点广场的一家咖啡馆前面。

拉维克望着自己的右手。他已经用酒精不知洗过多少次。明知是很傻的，可仍禁不住要那样做。现在，这手上的皮肤简直干得像咖啡豆。

"假如你真有什么行动，那你真是发疯了，"莫罗佐夫说，"幸而你没有带武器。"

"是的。"拉维克随便答应着。

莫罗佐夫望着他。"你总不会是那么一个傻子，因犯一件凶杀案，或者犯一件未遂的凶杀案而上法庭吧？"

拉维克不作声。

"拉维克——"莫罗佐夫把酒瓶重重地放到桌子上，"不要做一个幻想家！"

"我不是的。可是你明白吗？失掉这个机会使我多么难过！只要早这么两个钟头，我便可以把他拖到什么地方去……也许已经有所作为了……"

莫罗佐夫斟满了两个酒杯。"喝这个！伏特加！之后你还是会弄到他的。”

“也许不能。”

“你会弄到他的。他还会回来。那样的家伙，一定会回来的。你已经骗得他上钩了。嗨！”

拉维克喝干了那杯酒。

“我还可以到北火车站去。看他有没有走掉。”

“当然。你还可以想办法在那儿打死他。至少要关二十年的感化院。你还有其他这样的念头吗？”

“是的。我可以去看看，他到底有没有走掉。”

“被他发现就什么都完蛋了。”

“我可以问他，在哪一家旅馆下榻。”

“白白地使他怀疑罢了。”莫罗佐夫又斟满了他们的酒杯，“你听我说，拉维克。我知道你现在坐在这儿，觉得一切都做错了。可是你千万不要那么想！假如你高兴的话，就摔一点儿东西好啦。摔破一点儿大的可是并不值钱的东西。国际旅馆的棕榈盆景就可以摔。”

“没意思。”

“那么你就讲吧。讲得你筋疲力尽。把你要说的话全都说完。讲得你自己罢休。你不是俄国人，否则你就会了解。”

拉维克挺了下身子。“鲍里斯，”他说，“我知道耗子应该被消灭，而且一个人不能跟它们对打对咬。可是我不能讲。于是我就只能想了。我要想出一个办法来。我要准备，像施行手术一样地准备。在时间还来得及准备的时候。我要培养习惯。我有两星期的时间。那就好了。那就再好也没有了。我会习惯于保持冷静。你是对的。一个人可以讲到筋疲力尽，然后会安静下来，变得慎重起来。然而，一个人也可以想到筋疲力尽，获得同样的结果。仇恨。冷静地，抱定宗旨地想得死去活来。我要在思想中常常转着杀人的念头，那么等他回来时便有了杀人的习惯了。一个人做第一千次做的事情，比做第一次做的事情，当然更从容更镇静的。那么，现在就让我们谈吧。谈点儿其他的事情。要是你高兴，就谈谈那些白玫瑰花吧！你瞧它们啊！在这样闷热的夜晚，它们真像是积雪，又像是夜晚汹涌的惊涛飞溅起来的白色泡沫。你现在满意了吗？"

"不。"莫罗佐夫说。

"好的。仔细地瞧瞧这个夏天，1939年的夏天，有点儿硫黄的味儿。玫瑰花倒像是今冬万人冢上的积雪。虽然如此，我们却还是自得其乐的，是不是啊？不干涉的世纪万岁！道德本能硬化了的世纪万岁！今夜，就不知道进行着多少杀人的勾当，鲍里斯。每一夜！多少杀人的勾当！都市焚烧着，垂死的犹太人在什么地方呻吟，捷克的民众在森林里悲惨地挣扎，中国人在日本的汽油里被烧死，被鞭笞得奄奄一息的无辜者在集中营里爬行——难道，当我们可以铲除一个凶手的时候，反变成了婆婆妈妈的神经质女人了吗？我们要找到他，消灭他，那就得了。我们不得不经常对那些无辜的人采取这样的行动，而那些人啊，只跟我们在制服上有点儿差别。"

"好。"莫罗佐夫说，"或者说，至少已经好些了。你有没有学过如何用刀子？刀子不会有声音。"

"今夜，可不要再拿这些事来打扰我了。我必须睡觉。鬼知道我能不能够那么做，虽然我现在装得很镇定的样子。你明白这点吗？"

"是的。"

"今夜我要杀人，杀人。两星期里我会变成一个自动玩具。问题在于，我怎么能够度过这段时间，就是从此刻到睡觉的时间。醉酒没有用，打针也没有用，筋疲力尽了才睡得着。然后第二天才会支撑得起来。你懂得吗？"

莫罗佐夫沉默地坐了一会儿。然后说道："那么，你去找一个女人。"

"那怎么会有用呢？"

"有用。跟女人在一起，总是睡得着的。你去打电话找琼。她会来的。"

琼。是的，她刚才就跟他在一起。她跟他谈过什么事情，可是他已经忘记了。"我不是俄国人，"拉维克说，"还有什么别的建议吗？简单的，只要最简单的。"

"我的天哪！不要那么自寻烦恼了！要摆脱一个女人，最简单的办法，就是偶尔去找她们来睡一次觉。不要让你的幻想着了魔。谁愿意将一件自然的事加以戏剧化呢？"

"是的，"拉维克说，"谁愿意啊？"

"那么就让我去打个电话，"莫罗佐夫打断了他的话，"我可以替你想办法的。我这个看门人，可不是全无用处的。"

"待在这儿。这样也是挺好的。让我们喝着酒，看看这些玫瑰花。在圆月底下被机关枪打死的人的脸就是这样苍白。有一次，我在西班牙看见过。那时候啊，有一个五金匠名叫巴勃罗·诺纳斯的，他就说过，天堂是法西斯发明的。他只有一条腿。他很生我的气，因为我没有把他的另一条腿浸在酒精里保存起来。他觉得自己四分之一的肢体被埋掉了。其实他不知道，那条腿已经被一群野狗偷去吃掉了……"

25

韦贝尔走进了更衣室,向拉维克做了个手势。他们便一起出去了。"迪朗来电话,他要你立刻上他那儿去。大概有很特殊的病症,或是很特别的事故。"

拉维克望着他。"那就是说,他又动坏了手术,要把责任推卸到我身上了,是不是啊,嗯?"

"我想不会吧。他很激动,显然是觉得手足无措。"

拉维克摇摇头。韦贝尔却沉默着。"他怎么会知道我已经回来了?"拉维克问。

韦贝尔耸耸肩膀。"我不知道。大概是哪个护士告诉他的。"

"他为什么不打电话去找比诺呢?比诺是很能干的。"

"我也告诉他的。他说,情况特别棘手,是你专长的科目。"

"胡说。任何特别的科目,巴黎都有很高明的医生。为什么他不打电话去找马尔托呢?他是全世界有名的外科医生啊。"

"你想得出什么道理吗?"

"当然。他不愿意在同行面前拆自己的台。找一个非法的难民医生,那情形就不同啦。他不得不秘而不宣。"

韦贝尔望着他。"事情很急。你肯去吗?"

拉维克解开了他外衣的带子。"当然，"他气愤地说，"我还有什么办法呢？不过，你一定要跟我一块儿去，我才去。"

"好的。就搭我的汽车好了。"

他们走下了楼梯。韦贝尔的汽车在医院门前的阳光下闪烁，他们上了车。"只有你在场的情况下，我才干。"拉维克说，"要不然，天知道这家伙会怎么样陷害我。"

"我以为他不会有那种想法的。"

汽车开动了。"我已经见识过各种的花样啦，"拉维克说，"我在柏林认识一个年轻的助理医师，他具备了一切高明外科专家的条件。有一次，他的教授在施行手术，喝得有点儿醉醺醺了，开错了刀。他不说什么，就让助理医师做下去，他也没有觉察出什么，半分钟之后，那教授居然演了一场话剧，竟抓住了年轻助理医师，要他负责开错的一刀。病人在手术中死了。年轻医师第二天也死了。他是自杀的。以后这教授还在施行手术，还是喝酒。"

他们在马索大街停了下来，一长列卡车沿着伽利略路辘辘地驶着。灼热的阳光从车窗里照射进来。韦贝尔按了一下仪表板上的电钮，车顶便慢慢地向后倒下了。他很骄傲地望着拉维克。"这是我最近才装上去的，电动的。居然会发明这样的装备，真是了不起呢，是不是啊？"

微风从敞开的车顶吹下来。拉维克点点头。"是的，真是了不起呢。最新的发明，听说还有磁性水雷和鱼雷。昨天我在什么地方看到这消息。如果错过了轰击的目标，它们会自动调整方向，重新找到。我们真是不可思议的善于想象的族类。"

韦贝尔转过那张红红的脸，容光焕发地显出一种和蔼的性格。"你，跟你们的战争，拉维克！我们跟战争，是离得仿佛跟月球一样遥远。这方面的所有议论，仅仅是一种政治压力，毫无其他的意义，你相信我。"

那皮肤是珍珠母似的青色，脸是灰白的，脸的旁边，手术灯强烈白光底下的是一大簇美丽的金发。这金发，簇拥在灰白色的脸周围，显得明艳动人，简直有点儿淫荡。这是唯一尚有生气的东西，闪着光，发出声响，仿佛生命早已离开了身体，如今只趴在那头发上了。

这个躺着的年轻女人的确很娇艳。身材纤细颀长，即使那沉迷不醒的阴影也没有损伤那张脸的妖冶——一个生活于繁华，生活于爱情中的女人。

女人只流出了一点儿鲜血，非常少。"你把子宫剖开了吗？"拉维克跟迪朗说。

"是的。"

"什么情况？"

迪朗没有回答。拉维克抬起头来。迪朗盯着他看。

"好的，"拉维克说，"我们现在可以不需要护士。我们是三个医生，已经很够了。"

迪朗做了个手势，点点头。几个护士和一个助理医师都退出去了。

"什么情况？"他们走了以后，拉维克就这样问。

"那你自己能看得出来。"迪朗答道。

"不。"

拉维克看得出来，可是他要迪朗在韦贝尔面前把这点说出来。这样比较安全。

"怀孕三个月了。出血症。必须施行刮除手术。刮子宫的手术。内壁好像是受伤了。"

"还有呢？"拉维克继续问。

他望着迪朗的脸，那上面充满一种无可奈何的憎恨。他会一辈子恨我的，他想，尤其因为被韦贝尔也听到了。

"穿了一个孔。"迪朗说。

"用刮宫器吗？"

"当然。"半晌迪朗才说，"还能用什么别的器械呢？"

出血早已完全停止了。拉维克还在默默地继续检查着。然后他立起身来。"你刮穿了孔。没有注意到。这时候便把一圈肠子通过子宫穿孔的地方拖进来了。你竟没有看出来，发生了什么情况。你或许还以为是一块胎衣呢。于是把它刮掉了。是你把它弄伤的。对不对啊？"

迪朗的额角上突然渗满了汗珠，口罩背后的胡髭，这时候也频频扭动，仿佛嚼着一大口东西似的。

"也许是的。"

"手术做多久了？"

"在你到来以前，一共三刻钟。"

"这是内出血。小肠受了伤。血中毒的危险性极大。现在，小肠必须缝合起来，子宫必须割掉。刻不容缓的事。"

"什么？"迪朗问。

"你自个儿知道。"拉维克说。

迪朗的眼睛映动着。"是的，我知道。我不是要你来告诉我这点的。"

"我只能给你贡献这点意见。招呼您手下的人进来，你们继续做。我劝你赶快动手。"

迪朗还在咀嚼着。"我太慌乱了。你能替我做手术吗？"

"不，你知道我在法国是非法的，没有施行手术的权利。"

"你——"迪朗说了半句，又沉默了。

医疗辅助人员、没有毕业的医科学生、推拿手、助理医师，他们在这儿都说是德国名医，拉维克还没有忘记迪朗跟莱瓦尔说的这句话。"莱瓦尔先生曾经跟我说过的，"他说，"在我被驱逐出境之前。"

他看见韦贝尔抬起头来。迪朗还是不说话。"韦贝尔医生可以代你施行手术。"拉维克说。

"你也代我施行过不少的手术了。假如那价钱……"

"价钱倒无所谓。我这次回来以后，已经不想再施行什么手术了。

尤其对于那种没有征得施行这手术同意的病人。"

迪朗瞧着他。"现在不能够叫这个病人从麻醉中醒来,让你去问她啊。"

"哦,可以的。不过您得冒血中毒的危险。"

迪朗的脸全湿了。韦贝尔望望拉维克。拉维克点点头。"你的护士可靠吗?"韦贝尔问迪朗。

"哦……"

"我们可以不需要那位助理医师,"韦贝尔跟拉维克说,"我们这儿有三个医生,两个护士了。"

"拉维克……"迪朗又沉默了下来。

"你应该把比诺叫来,"拉维克说,"或者马伦,或者马尔托。他们全是第一流的外科医生啊。"

迪朗不吭声。

"你肯在韦贝尔面前承认你自个儿把子宫刮穿了孔,而且将一圈小肠误认为胎衣,因而将小肠弄伤了吗?"

隔了好一会儿。迪朗用一种沙哑的嗓音,这样说道:"是的。"

"你也肯承认你请韦贝尔施行摘除子宫和小肠缝合的手术,把我当作他的助手,因为我偶然到这里来吗?"

"哦。"

"对这次手术和手术的结果,以及没有通知病人、没有征得同意的责任,你能够完全负担吗?"

"哦,当然的。"迪朗嘎声说着。

"好的。那么招呼护士们进来。我们不需要你的助理医师。你就跟他说,你已经答应让韦贝尔和我,在一次复杂而特殊的手术中担任你的助手。这是早就说定了的,诸如此类的话随你说。你自个儿可以继续管麻醉。你认为护士需要重消毒一下吗?"

"不需要了。隔壁那个房间也消过毒的。"

"那更好啦。"

腹部的窟窿敞开着。拉维克把那圈小肠万分谨慎地从子宫的破口拉了出来，一点一点地，裹在一块消毒过的绷带里，以避免血中毒，最后将那个受伤的地方拉出来。于是他用纱布遮住子宫。"宫外孕。"他朝韦贝尔的方向悄悄地说，"瞧这个，一半在子宫里，一半在输卵管里。的确也不能苛责他的。实在是很少见的呢。不过无论如何……"

"什么？"迪朗在手术台那遮着头部的木板后面问，"你说什么？"

"没有什么。"

拉维克把小肠夹住，截去了一节，然后急忙缝合上。

他只觉得工作时的紧张，已经把迪朗也忘记了。他将输卵管和血管都扎好，割掉了一端，然后再把子宫也摘除了。为什么这里流血不特别多呢？他想，为什么像这样的东西，不比心脏流血更多呢？当一个人割掉生命的奇迹，割掉制造新生命的能力时。

躺在这儿的这个美人已经没有生气了。她可以活下去，可是不再有生气。一棵世系的树上，一根枯萎了的枝丫，开着花，可是失却了结实的神秘。在业已变成煤块的森林里，那些猿似的巨人经历过好几千代，打开了他们的出路，埃及人建过神庙，古希腊繁荣昌盛，血，神秘地不断向上奔流，向上奔流，最后创造了这么一个人，可是现在她仿佛一株空瘪的稻穗，不能够生育了，她的血液已经不会流到她的儿子或女儿身上去了。这链索已经被迪朗一双蠢笨的手折断了，可是，难道不是好几千代才生出这个迪朗的吗？难道不是古希腊和文艺复兴开了花，才结出这个尖胡髭的老朽来吗？

"令人作呕。"拉维克说。

"什么？"韦贝尔问。

"这一切都令人作呕。"

拉维克直起身来。"完工了。"他望望那张金发覆额的可爱的苍白的脸，又望望那只盛放着血淋淋的一块东西的提桶，这块东西曾使她的脸

365

这么美丽。于是他望着迪朗。"完工了。"他重复着说。

迪朗停止了麻醉。他没有向拉维克望，只是等着两个护士把手术台推出房间，自己也默不作声地跟着她们出去了。

"明天啊，他一定会告诉她，自己怎么救活了她的性命。"拉维克对韦贝尔说，"而且，一定会向她多要五千法郎。"

"此刻他不像会有那样的打算。"

"一天的时间，原是很长的呢。而忏悔的时间，却是很短的。尤其当这件事情成了一桩买卖的时候。"

拉维克洗着手。透过那个白色盥洗盆架边的玻璃窗，他看见对面一个窗台上开着几朵殷红的天竺葵，一只灰色的猫蹲踞在盛开的花下。

那天晚上一点钟，他打了个电话给迪朗的医院，那是从沙赫拉扎德打的。夜班护士告诉他，那个女人正沉睡着。两个小时前，她变得很烦躁。韦贝尔待在那儿，给过她一点轻微的镇静剂。一切都仿佛很顺利。

拉维克推开了电话间的门。一股强烈的香味儿冲进他的鼻孔。一个黄白头发的女人傲然地沙嗄地说着话，目空一切地走进了女厕所。医院里那个女人的头发才是天然的金发，发着红光的金发！他点了一支纸烟，回了沙赫拉扎德。那个永远不变的苏联合唱队，正唱着那支永远不变的《乌溜溜的眼睛》。他们二十年来将这支歌唱遍了全世界，长达二十年的悲剧有令人觉得可笑的危险，拉维克想，悲剧的时间应该是短的。

"抱歉得很，"他跟凯特·赫格斯特伦说，"可是，我不得不打一个电话。"

"一切都好吗？"

"到目前为止，没问题。"

她为什么这样问呢？他有点儿恼怒。她自己可实在谈不上一切都好啊。"你要的东西都来了吗？"他指着那一大玻璃瓶的伏特加。

"没有。"

"没有？"

凯特·赫格斯特伦摇了摇头。

"这是夏天，"拉维克说，"在夏天，一个人不应该坐在夜总会里。在夏天，一个人应该坐在街上，靠近一棵老树，最好是用铁栅栏围着的那种。"

他抬起头来，一眼望见琼的眼睛。她一定是在他出去打电话的时候进来的。这以前，她还没有来。她坐在对面的那个角落里。

"你还想到其他地方去吗？"他问凯特·赫格斯特伦。

她摇摇头。"不，你呢？到哪棵老树边去吗？"

"在那样的地方，伏特加也很花钱。倒是这儿的酒好。"

合唱队停止了唱歌，音乐也改变了调子。乐队开始演奏布鲁斯舞曲。琼站了起来，步下舞池。拉维克看不清她，也看不清她到底跟谁在一起。只是那缕浅蓝色的灯光，时不时掠过舞池的地板，于是她一次次在灯光下显现，随后又消失在隐约的幽暗中。

"你今天又做过手术了吗？"凯特·赫格斯特伦问。

"是的。"

"做过手术以后的晚上，在夜总会里坐着，你觉得怎么样啊？是不是好像从战场上回到了城里？还是好像从疾病回到了健康？"

"不常是那样。有时候，只觉得无限空虚。"

琼的眼睛映照在惨淡的灯光下，仿佛半透明似的。她正望着他。在身上跳动的，不是心脏，拉维克想，而是胃，太阳神经丛的震颤，这个事已有人写下过千万的诗篇，可是这震颤绝不是从你那儿来的，你这香汗微流、美艳地舞着的肉体，从我脑子的幽室中生发出来，至于你在那边穿过不时掠过的灯光翩翩起舞，而使这个震颤变得更加强烈，那不过是一种偶然的松散的联系。

"这不就是那个上次在这儿唱歌的女人吗？"凯特·赫格斯特伦问。

"是的。"

"她不在这儿唱歌了吗？"

"我想不在了。"

"她很美丽呢。"

"是吗？"

"是的。她还不止是美丽呢，那张脸仿佛生命就书写在上面，给大家浏览似的。"

"也许是。"

凯特·赫格斯特伦从她那狭长的眼角瞭视着拉维克。她笑了，这是一种说不定会以流泪告终的微笑。"再给我一杯伏特加，我们就走吧。"她说。

他站起身来的时候，觉得琼在望他。他便挽住了凯特的手臂。这原是不必要的，她自己走得动。可是他觉得，如果让琼看见她自管自走路，就不足以刺痛她。

"您肯赏光一次吗？"当他们走进她位于兰开斯特旅馆的房间的时候，凯特·赫格斯特伦这样问。

"当然，只要我做得到。"

"您肯跟我一起参加蒙福尔舞会吗？"

"什么？凯特，我可从没有听过这样的舞会啊？"

她坐到一张椅子上去。这椅子对她来说显得太大了。她坐在里边，更显得纤弱，好像一个中国舞姬的样子。她额上的皮肤也比往常绷得更紧。"蒙福尔舞会是巴黎夏季的盛举，"她说，"下星期五，在路易·蒙福尔的花园里举行。您觉得没有意义吧，是不是啊？"

"没有意义。"

"您肯跟我一块儿去吗？"

"难道我也可以去吗？"

"我设法弄一份请柬给您。"

拉维克望着她。"为什么呢，凯特？"

"我很想去，可是我又不愿意独自去。"

"往年您也要人陪吗？"

"是的。但我不愿意跟任何以前陪我去过的人一块儿去。我再也受不了他们啦。您懂得吗？"

"是的。"

"这是巴黎每年最后也是最好的一次游园会，"她说，"最近四年来，我是每次都去的。您肯赏光一次吗？"

拉维克知道她为什么要他一块儿去。她会觉得放心点儿。而他，也便无法拒绝了。

"好的，凯特，"他说，"您不必要他们再补一份特别的请柬。只要他们知道有人跟您一块儿去，那就够了，我主张这样。"

她点点头。"当然，多谢您，拉维克。那我明天就打电话给苏菲亚·蒙福尔。"

他站了起来。"那么，等我到星期五打电话给您。您预备怎样打扮啊？"

她抬起头来瞧他。灯光在她梳得很服帖的头发上，强烈地反耀着。仿佛一只壁虎的头呢，拉维克想，这样一个纤弱干瘪、风雅而瘦削的身子，不可能是健康的。"那个我还没有告诉您呢，"她犹豫了半晌才说，"那是一个化装舞会，拉维克。装成路易十四宫中的园宴。"

"天哪！"拉维克又坐了下来。

凯特·赫格斯特伦笑了，突然仿佛孩子似的笑了。"那儿有很好很陈的干邑白兰地，"她说，"您需要喝点儿酒吗？"

拉维克摇摇头。"亏他们想得出来！"

"他们每年都有诸如此类的一套。"

"那么我必须……"

"一切我会准备的，"她即刻打断了他的话，"您可以不必费什么神。我会端正您的服装，比较简单点儿的服装，而且连试也不必试的。只要您告诉我身材尺寸就行了。"

"我想我真的需要一点儿干邑白兰地。"拉维克说。

凯特·赫格斯特伦把酒瓶推到他面前。"现在可不要再说不字了。"

他喝着干邑白兰地。还有十二天呢，他想，哈克回到巴黎，还有十二天，这十二天必须打发过去。十二天，他的生命仿佛就只有十二天，十二天以后的事情，他也不能去想了。十二天，以后好像裂开了一个深渊。他怎么去消磨这十二天是毫无差别的。一次化装的游宴，可是在这缥缈的两星期中，究竟还会有什么事可以算是荒唐的呢？

"好的，凯特。"

他又到迪朗的医院去了一次。那个金发的女人还熟睡着，额角上渗着豆大的汗珠。她的脸已经露出了一点儿色彩，她的嘴也微微地张开了。"体温怎么样？"他问护士道。

"三十七度八。"

"好的。"他弯下身子，检视那湿漉漉的脸。他可以感觉到她的呼吸。已经没有酒精的味儿了，那是呼吸，仿佛麝香草一样新鲜。麝香草，他记了起来，在黑森林的一片山地的草原上，在烈日底下屏息爬行，追踪者的吆喝从下面什么地方喧腾起来——他闻嗅到一股麝香草的醉人的香味儿。奇怪，怎么一个人把一切都忘记了，却还没有忘记这股味儿。二十年，这股味儿会把那天他逃入黑森林的情景从尘封的记忆角落里发掘出来，使它就像昨天刚刚发生一样。不是在二十年中吧，他想，在十二天之内。

他穿过闷热的城市，走回旅馆，三点钟了。他爬上了楼梯。一个白信封躺在房门口的地板上。他捡了起来。上面写着他的名字，却既没有邮票，也没有邮戳。是琼的吧，他想，便拆了开来。一张支票掉落到地上。原来是迪朗送给他的。拉维克漠然地望着那个数字，接着又看了一会儿。他真是不能够相信。这不是照例的两百法郎，却是两千法郎呢。他一定感受到很大的威胁，他想，迪朗自动拿出两千法郎，这倒是天下第八个奇迹。

他把支票藏进了皮夹，然后把一大摞书放在床边的桌子上。这些书是两天前买来的，为的是睡不着觉的时候可以看。也真是够奇怪的，书现在对他好像变得越来越重要了，它们不能代替一切，却进入了一切东西所不能进入的一角。回想起来，在最初几年中，他是从来不看什么书的，因为比起实际发生的事情来，它们显然是太无生气了。可是现在，它们变成了一道墙，即使不能够防御，至少也可以撑撑手。它们固然没有多大的帮助，可是在驱入黑暗的时候，它们可以使人不会完全绝望。那就够了。曾经产生过的那些思想，今天已经被蔑视被嘲笑，然而既然产生出来了，而且还会流传下去，也就够了。

他还没开始看书，电话铃便响了起来。他没有拿起听筒。铃声响了很久。几分钟以后，铃声停止了，他才拿起听筒，问门房谁打电话来的。"她没有说出她的名字。"那个人说着。拉维克听出他还在吃东西。

"是一个女人吗？"

"是的。"

"口音很特别吗？"

"那我就不知道了。"那个人还在吃着。拉维克打电话给韦贝尔的医院，那边没有人打电话给他。迪朗的医院也没有。他便打给兰开斯特旅馆。女接线员告诉他，没有人从她那儿拨过这个号码。那一定是琼了，也许她从沙赫拉扎德打来的。

一小时以后，电话铃又响了。拉维克放下书，站起身走到窗前。他手肘撑着窗台在等候。微风吹来百合花的香味。难民维森霍夫把他窗前那些枯萎的荷兰石竹搬开了，换上了百合花。如今在温暖的夜晚，这屋子里的气息，仿佛举行葬礼的教堂或是寺院的花园。拉维克不知道维森霍夫这样的布置，是对老戈尔德贝格的纯粹悼念，还是只因为百合花在木盆里生长得好些。电话铃声又沉寂了。今夜，我也许能够睡着了，他想，便回到了床上。

琼在他睡着的时候走了进来，立刻开亮天花板上的电灯，却仍然站在房门口。他睁开了眼睛。"你一个人吗？"她问。

"不。赶快关灭电灯，走。"

她犹豫了一下，然后走到浴室那边，推开了门。"骗人。"她说着，便微笑了。

"走你的吧。我疲倦得很。"

"疲倦吗？怎么会这样疲倦？"

"疲倦得很。再会。"

她走近过来。"你才回来啊。每隔十分钟，我都打电话给你的。"

她瞟着他。他没有讲穿她在骗人。她已经换过衣服。一定跟那个家伙睡过觉，叫他回家，而现在便走到这儿来吓我，她以为凯特·赫格斯特伦一定在这儿，因此想让凯特知道我是一个冶游的狎客，女人深夜还会上门来，使她觉得还是避开的好，他想。于是他违心地微笑着。这样顾虑周到的行动，往往会使他油然生敬，即使这敬意完全违反他自己的意志。

"你笑什么啊？"琼机警地问。

"我在笑。就是这么一回事。把灯关了。你在灯光下显得多可怕。你走吧。"

她没有理会。"跟你在一块儿的那个娼妇是谁啊？"

拉维克把身子挺起了一半。"给我滚出去，否则我拿东西来掷你。"

"哦，我知道了。"她端详着他，"原来如此！已经到这步田地了……"

拉维克拿了一支纸烟。"你不要自己闹笑话。你跟别人在同居，却到这儿来，装成吃醋似的样子。赶快回到你的戏子那儿去，让我休息。"

　　"事实完全不是这样的。"

　　"当然。"

　　"当然，事实不是这样的！"她突然咆哮了起来，"你很清楚，事实不是这样的。有些事情我也不能负责啊。这件事也不令我愉快。不过，事情已经发生，我也不知道怎么会……"

　　"事情还会发生的，谁都不知道怎么会。"

　　她瞧着他。"你……你老是这样肯定。你总是这样自信，真要把人逼疯了。实在也没有什么足以使你丧失自信心的！我就憎恨你这份优越感！我常常憎恨！我需要狂热！我需要一个人对我疯狂！我需要一个人，没有了我便不能够生活！你没有了我，也能够生活的。你总是能够的！你并不需要我。你那么冷酷！你那么空虚！你压根儿就不懂得爱情！你从来没有跟我融洽过！我前次跟你撒过一次谎，我说因为你离开了两个月，事情才会那样发生的！其实，即使你在这儿，事情也会那样发生的！不用笑！我知道这中间的区别。我知道这一切，我知道那个人没有智慧，也不像你。可是他把一切都献给了我，除了我以外，便没有一样在他觉得是重要的，除了我以外，他便不想任何的事，不要任何的事，也不知道任何的事，那便是我所需要的！"

　　她站在他床前，急促地喘息着。拉维克伸手过去拿了一瓶苹果白兰地。"那你为什么还到这儿来呢？"他这样问。

　　她没有立刻就回答。隔了一会儿，才用低沉的声音说："你知道的。为什么要再问呢？"

　　他斟了一杯酒，递给她。"我不要喝，"她说，"那是个什么样的女人？"

　　"一个病人。"拉维克不想撒谎，"一个患着重病的女人。"

　　"那是假的。你还是撒一个好点儿的谎。生病的女人是在医院里的，不会在夜总会里。"

拉维克将酒杯放了下来。真实的事情往往都像是不可能的。"那是真的。"他说。

"你爱她吗？"

"这个与你有什么相干啊？"

"你爱她吗？"

"这个与你，有什么相干啊，琼？"

"相干的！你没有爱上任何人的时候……"她犹豫着。

"你刚才把那个女人称作娼妇。那么，还有什么爱啊不爱的问题呢？"

"那我只是说说而已。我一下子就看出她不是个娼妇。那便是我所以那么说的原因。真是个娼妇，我也不会来了。你爱她吗？"

"关灭了灯，你快走吧。"

她更走近了一点。"我知道的。我看见的。"

"去你的吧，"拉维克说，"我很疲倦。去你的吧，你这种自以为从来没有人玩过的平庸的把戏，一个人是因为他对你的热恋，突然产生的爱情，或许也因为你的事业，另一个人呢，你说是爱他爱得更深，爱得两样的，却把他当作那只傻驴不在时的避风港。滚你的吧，你告诉我的恋爱方式，也就太多了。"

"不是那么回事，不像你说的那样。那是两样的。不是那么回事。我要回到你这儿来。我就要回到你这儿来了啊。"

拉维克又斟满了他的酒杯。"你想回来，那是可能的。可是那也不过是一个幻想。你用这幻想来欺骗自己，很可惜，恰恰是为了忘记这个幻想。你是绝不会回来的。"

"我会！"

"不。即使回来，也是暂时的，以后啊，便有另外一个人，又来追求你了，他啊，除了你，不要其他的一切，于是又照例地来一套了。这便是我光明的前途。"

"不。不！我要跟你待在一块儿。"

拉维克笑了。"我亲爱的，"他差不多很温柔地说着，"你不会跟我待在一块儿的。一个人，关不住风，也关不住水，假如关住了，它们就毁了。被囚闭的风便成了陈腐的气。你是天生不会在任何地方待住的。"

"你也待不住啊。"

"我吗？"拉维克喝干了他的酒。早晨那个金发的女人，他想，然后是凯特·赫格斯特伦，肚子里躲藏着死神，皮肤仿佛丝似的脆薄，现在又是这个无忧无虑的女人，充满生的欲望，好像仍然不认识她自己，却又好像比任何男人更认识她自己，纯真而着了迷，从某种角度来看十分忠诚，却又好像跟她的母亲——大自然，一样不忠诚，飘荡着，被驱策着，想要抓住同时却又松开了。"我吗？"拉维克重复地说道，"你知道我些什么？对一个什么都发生问题的人产生了爱情，你能懂得吗？跟那种爱情比较起来，你这平庸的热恋算得了什么啊？当陨落突然停止，当那无穷的疑问最终变成了你，当感情仿佛一片静静的沙漠上的海市蜃楼，突然升将起来，有了形态，通过无力的双手、血液的幻觉，变成了一片风景的时候，一切的睡梦不都显得灰色而平庸吗？一片银色的风景，一个金丝银丝编织出来的、玫瑰水晶建成的城市，仿佛热血的反光那样闪耀着，你知道些什么啊？你以为这种事情谁都可以轻易说出吗？你以为一片如簧之舌就可以一下子把它归入某种陈词滥调，将它称作感情吗？你知道些什么，要是坟墓都敞开着，一个人害怕着那些过去的黑夜，没有色彩的空虚的黑夜，可是现在它们敞开着，里边没有白骨，只有土壤，土壤，肥沃的种子和早已苞茁的新绿。这些事情，你知道些什么呢？你喜欢热恋，你爱征服，你爱你身上那个愿意死去却决不会死的另一个你，你爱血的暴风雨似的欺骗，可是，你的心里仍然是空虚的。因为一个人只能把在自己心里生长出来的东西保存起来。在那种暴风雨里，不会生长出太多的东西，只有在那些寂寞空虚的长夜才会生长的，如果一个人不绝望。你知道些什么啊？"

他说得很慢，也没有望琼，仿佛已经将她忘记了。此刻他才向她看了一眼。"我在说着些什么啊？"他说，"陈腐愚蠢的事。我今天喝得太多了。来，你也来喝一杯，然后再走。"

她坐到床沿上，拿起了酒杯。"我已经懂了。"她说。她的脸色改变了。仿佛一面镜子，他想，时不时反映着一切放在它前面的东西，现在这脸变得宁静而美丽。"我懂了，"她说，"有时候，我也有同样的感觉。可是拉维克，你为了珍惜你的爱情，爱你的生命，常常把我忘记了。我是一个起点，接着你就走进你的银色城市，而从此不大想起我了。"

他望了她好一会儿，然后说道："也许是。"

"你总是只想到你自己，你在自己身上发现了许多，却把我放在你生命的边缘。"

"也许是。可是你也不是一个可以信赖的人，琼，你自己也知道的。"

"你想信赖吗？"

"不。"拉维克在略一思索之后，便这样说，接着她就笑了，"当你从一切稳定的事物中流亡出来，有时候你会进入一种奇特的境界。你会做出许多奇特的事情。不，当然我也不要那些的。可是只有一只羊的人，有时候也想用它来做很多的事情。"

这暗夜突然充满了宁静，又仿佛千年万世之前，琼睡在他身边的那些暗夜。城市很遥远，只有天末传来营营的市声，钟点的锁链脱节了，时间好像站定似的沉寂。天下最简单而最不可思议的事情又成为真实的了：两个人倾谈着，各诉自己的衷曲，而这声音，所谓语言者，却在两人的脑门后那块怎忍着的东西上形成了同样的形象、同样的感情。从声带毫无意义的颤动，以及它所得到的难以解释的反应中，从晦暗曲折中，又突然出现了一片天空，在那儿烛照出云啊，小溪啊，往事啊，生长啊，凋谢啊，以及早已估计到的了解。

"我爱你，拉维克……"琼说着，这只是半句问话。

"是的。可是我正在用各种方法摆脱你。"

他说得很镇静，仿佛说着与他们全不相关的事情似的。她没有去理会。"我真不能想象以后我们会不在一起。分开一段时间是可以的，但不是永远。不是永远。"她重复地说着，一阵震颤通过她的皮肤，"'永不'是一个可怕的字眼儿，拉维克。我不能想象以后会永不跟你在一起。"

他没有回答。"让我待在这儿，"她说，"我再也不愿意回去了。再也不了。"

"你明天就会回去的。你总知道。"

"当我待在这儿的时候，想象不出不在这儿时的情形。"

"那是一样的。你也总知道。"

时间中间的空隙。这间光亮的斗室还是跟从前一样，也还是爱着的那个人，可是说也奇怪，却不再是同样的那个人了，假如你伸出胳膊，还是可以抚摸到她，然而你又是触不到她的。

拉维克放下了酒杯。"你知道你又会离开我的，明天，后天，总有一天的……"他说。

琼垂下了头。"是的。"

"假如你回来了……你知道，你常常会再走掉的……"

"是的。"她仰起了脸，脸上流淌着眼泪，"究竟是怎么回事啊，拉维克？怎么回事啊？"

"我也不知道。"他微笑了一下，却又立刻收敛了笑容，"有时候，恋爱也不令人愉快，是不是啊？"

"是的。"她瞧着他，"我们又为什么搞成这个样子呢，拉维克？"

他耸了耸肩膀。"我也不知道，琼。也许因为我们都没有其他可以执着的东西。从前，一个人是有着很多东西的，安全啊，背景啊，信仰啊，抱负啊，所有这些东西都仿佛是亲热的栏杆，每当我们被恋爱震撼的时候，还可以执着于它们。可是现在，我们什么都没有了，至多有一点儿绝望，一点儿勇气，此外便是内在和外在的生疏。于是，假如恋爱飞了进来，便仿佛干柴上的烈火。除了恋爱，便没有其他的东西了，这就使恋爱变了样，变得更粗野，更重要，更有破坏性了。"他斟满了酒，"一个人对这些事情不宜想得太多。我们目前的情况，也不应该想太多。多想了，徒然使人毁灭。而我们，都不愿意毁灭，不是吗？"

琼摇了摇头。"不愿意。那个女人到底是谁啊，拉维克？"

"一个病人。以前我也跟她去过那儿一次。那时候，你还在那个地方唱歌。仿佛一百年以前的往事了。你现在还干些什么工作吗？"

"担任一个很小的角色。我想我也做得不太好。可是赚来的钱足够使我自立了。我希望随时能够摆脱。我本来也没有什么大志。"

她的泪眼已经干了。她喝干了那杯苹果白兰地，然后站起身来，样子很疲倦。"我们为什么老是这样呢，拉维克？为什么啊？一定有什么理由的。否则我们也不必问了。"

他凄苦地微笑着。"这是人类最古老的疑问，琼。为什么……这疑问，到目前为止，一切的逻辑、一切的哲学、一切的科学，都在这疑问面前粉碎了。"

她走了。她走了。她已经走到门口了。什么东西攫住了拉维克的心。她走了。她走了。他直起身来，忽然间觉得这是不可能的，一切都是不可能的。只要再这么一夜，这一夜，再让她睡着的头枕在他胳膊上，明天还可以反抗的，再让她的呼吸嘘在他身边，在这种情况下，再体验一次温柔的幻觉，甜蜜的欺骗。不要走，不要走，我们在痛苦中死去，也在痛苦中生活，不要走，不要走。此外我还有些什么呢？光有一份勇气有什么用？我们飘荡到哪里去？只有你，才是真实的！最光明的美梦！湮没的草原！再这么一次，再这么一次，这永恒的火花！我这样吝惜着自己，到底为了什么人啊？为了什么毫无希望的事啊？为了什么阴暗而飘忽不定的东西啊？埋葬吧，堕落吧，我的生命只有十二天了，十二天和以后的虚无，十二天和今天这一夜。光滑的肌肤，为什么你在今天晚上来？从繁星上撕裂下来，飘浮着，被宿梦所翳障。为什么你冲破了今夜的堡垒和城寨？今夜没有人比我们更有生机，不是已经冲动起来了吗？"琼。"他说。

她转过身来，脸上突然弥漫着一种热烈的屏息凝神的光彩。她脱掉内衣，向他扑了过去。

26

汽车在沃日拉尔路的拐角停住了。"什么事啊？"拉维克问。

"示威的队伍。"司机没有东张西望，"这一次，是共产党人了。"

拉维克望了一下凯特·赫格斯特伦，娇小而纤弱，她穿着一套路易十四时宫女的衣服，坐在座位的角落里。她的脸上抹了一层厚厚的脂粉，可是还掩盖不了苍白的本色，鬓角和脸颊高耸着嶙峋的颧骨。

"倒不坏呢，"他说，"1939 年 7 月，五分钟以前，火十字会的人举行了一次法西斯的示威，现在，又是共产党人的示威。而我们两个人却穿着伟大的十七世纪的古装。倒不坏呢，凯特。"

"那也没有关系。"她微笑着。

拉维克望着他的薄底鞋。这情形真是一个极大的讽刺。没有必要再想起会有什么警察来抓他了。

"要不要我试试从另外一条路开过去？"凯特·赫格斯特伦的司机问。

"你现在也掉不过头来了，"拉维克说，"我们后面还挤塞着不少的汽车。"

示威的行列静静地穿行过街道，跟他们成了个直角。示威者执着旗，擎着带标语的木牌，没有人唱歌。一大批警察防备着这个行进的队伍。在沃日拉尔路的拐角，冷不防地，站着另一批警察。他们都有摩托车。其中一个在街道上巡逻。他向凯特·赫格斯特伦的车里望了望。没有什么表情，便自顾自走开了。

凯特·赫格斯特伦看见拉维克在瞧她，便说："他是不会奇怪的，他知道，警察是什么都知道的。蒙福尔舞会是夏季的盛举。那边的住宅和花园，四周都有警察在警戒呢。"

"那我可以完全放心了。"

凯特·赫格斯特伦微笑着。她根本不知道拉维克的处境。"这么多的珍贵饰物，再也不会一下子在巴黎聚起来。真的古装，真的珠宝。警察也打不了什么主意。客人中还有好几个侦探呢。"

"也穿着古装吗？"

"可能吧。为什么这样问啊？"

"知道的好。我想偷盗罗斯柴尔德家的翡翠呢。"

凯特·赫格斯特伦把车窗摇下来一点。"那一定叫您讨厌了，我知道的。可是，这一次您却毫无办法。"

"倒不是叫我讨厌什么的，凯特。相反，我想知道还有些什么花样儿。那边的酒备得很多吧？"

"我想，一定很多的。我可以暗示那个厨师长。我跟他很熟呢。"

一个人可以听得见示威队伍踏在马路上的脚步声。他们并不是整队地前进，倒是凌乱地走着。所以那声音仿佛疲惫的兽群杂沓地过去似的。

"假如由您自个儿选择，拉维克，您愿意生在哪个世纪？"

"在这个世纪。否则，我早已死掉了，别的傻子会穿起我的服装去参加什么舞会了。"

"我可不是这个意思。我的意思是，您愿意在哪个世纪里重过您的生活。"

拉维克望望他身上这袭古装的衣袖。"也一样啊，"他说，"在我们这世纪。这是虱子最多的、最血腥、最腐败的世纪，没有颜色，懦怯而肮脏，可是，虽然如此，我却愿意重新再过一次我的生活。"

"我不愿意。"凯特·赫格斯特伦两只手紧紧握在一起，仿佛哆嗦似的。柔软的锦缎在她纤细的腕节上闪烁。"在这个世纪，"她说，"十七世纪，或者还早一些时候。任何一个世纪，只要不是我们这世纪。我这个念头，才只有几个月的时间。以前，我从没有想到过。"她把车窗完全摇开了，"好热的天气！又好潮湿！示威队伍过去了没有啊？"

"哦，那边正在过来的已经是队尾了。"

一声枪响从康布罗纳路的方向传来。于是街角的那些警察立刻都骑上了摩托车。一个女人在尖叫。接着便是一阵突如其来的隆隆脚步声。大家在奔逃。警察们踏动踏板，冲进了人群，挥舞着木棍。

"怎么回事啊？"凯特·赫格斯特伦吃惊地问。

"没有什么。车胎爆裂。"

司机回过头来。他的脸色已经变了。"那是……"

"开过去，"拉维克打断了他的话，"现在你穿得过去了。"

岔路口已经空无一物了，仿佛被疾风扫过似的。"开过去！"拉维克说。

康布罗纳路那边传来了尖叫声，还有第二声枪响。那司机只是驾着汽车急驶。

他们站在面临花园的平台上。这时候，到处都是穿古装的人了。在幽暗的树影下，玫瑰花正盛开着。遮着灯罩的烛台发着摇曳的火光。在一个凉亭里，一支小小的乐队正奏着小步舞曲。这一切的情形，看来仿佛是华托笔下的画照进了现实。

"好看吗？"凯特·赫格斯特伦问。

"是的。"

"真的吗？"

“真的，凯特。至少从远处看来是美丽的。”

“来。让我们去花园里走一走。”

在那些高大的古树下，展开了一幅不真实的画景。烛台摇曳的火光照着那些银色和金色的锦缎，以及珍贵的暗蓝、绯红和海绿的丝绒，漏出一种柔和的微光，荡漾在盘着的假发和赤裸的敷满脂粉的肩膀上，在这些肩膀的周围，洋溢着提琴的细乐。一对对、一簇簇客人在花园小径上踱步，刀柄闪着光，喷泉溅着水，那修剪过的黄杨树丛成了黑黝黝的雅致背景。

拉维克又注意到连所有的仆人也都穿起了古装。于是他猜想侦探们一定也都穿着古装。他想，假如被莫里哀啊，拉辛啊抓到了，那倒也不坏呢，再不然，被一个宫中的侏儒抓到。

他抬起头来。一颗温暖的大雨点滴在他手上。殷红的天空，这时候早已经墨黑。“天要下雨了，凯特。”他说。

“不，不至于的。这花园……”

“真下雨啦！快点儿来吧。”

他搀着她的手臂，拉她逃进了平台。刚一进来，大雨即刻倾盆而下了。水在奔泻，灯罩里的蜡烛熄灭了，几分钟之后，桌布都像没有颜色的破布，零落地拖挂着，大家狼狈得很。那些侯爵夫人、公爵夫人和宫女，都撩起了锦缎做的古装，冲到平台上去。公爵、大使和元帅们，都想保护他们的假发，乱哄哄地互相推撞着，仿佛一群彩色斑斓的受惊的鸡。雨水冲进了领子和穿着无领衣衫的颈项，洗净了粉黛和胭脂，惨白的电光洒落在花园各处，接着便是一阵霹雳的雷响。

凯特·赫格斯特伦动也不动地站在平台的篷幕下，紧挨着拉维克。“这样的情况倒还没有碰到过呢。”她狼狈地说，“我常常到这儿来的。这样的情况倒还没有碰到过呢。无论哪一年都没有碰到过。”

“真是个盗劫翡翠的好机会。”

“是的。我的天……”

穿雨衣的仆人张着雨伞在花园里跑来跑去。他们穿的绸袜从雨衣底下露出来，看去很古怪。他们把最后一批湿漉漉的狼狈宫女送到阳台上，然后再去找寻那些失落的头巾和东西。有一个仆人捡来了一双金色的女鞋。女鞋很漂亮，他小心翼翼地抓在一双巨大的手里。雨水冲荡着空着的桌子。绷得紧紧的遮篷上响着阵阵雷声，仿佛上天正用水晶鼓槌敲着人们不熟悉的起床鼓。

"我们还是进去吧。"凯特·赫格斯特伦说。

屋子里的几个房间，要容纳这么多客人，实在太小了。显然，谁都没有料到天气会这样坏。白天的闷热仍然浓重地充塞在这些房间里，而拥挤的人群又增加了里头的热气。女士们宽大的礼服都已经皱了，绸缎的拖裾也被踩踏坏。大家都动弹不得地挤着。

拉维克跟凯特·赫格斯特伦站在门边。在他前面的是一位扮成蒙特斯潘侯爵夫人的丰满女士，她披着一头湿漉漉的、编结成辫子的头发，吁吁地喘着气。在她毛孔很粗的颈项上，挂着一条梨形钻石的项链。这时候，她那神气活像狂欢节日一个被雨淋湿的食品杂货店老板娘。在她旁边，站着一个没有下巴的秃顶男人，正在咳嗽。这个人，拉维克是认识的。他是外交部的布朗谢，扮着柯尔贝尔的样子。两个美丽苗条的宫女侧影颇像两只灵提，也站在他前面。在她们旁边，有一位肥肥胖胖、大声嚷嚷的犹太男爵，戴着一顶镶着珠宝的帽子，正欣赏地抚摸着她们的肩头。有几个扮成侍从的南美洲人目不转睛地瞧着他，显出一副惊奇的神色。在他们中间，站着扮成拉瓦利埃尔女伯爵的贝林伯爵夫人，脸蛋如下凡的天仙般，还戴着很多红宝石。拉维克记得一年以前，经迪朗诊断，曾经由他动手割掉过她的卵巢。这也是迪朗的一个老主顾。几步以外，他认出了那位年轻的、极其富有的伦普拉特男爵小姐，她嫁给一个英国人，由于迪朗的错误诊断已经割去了子宫，是拉维克动的手术，酬金五千法郎。这是迪朗的女助理透露的消息。拉维克只得到二百法郎，而这个女人将要损折十年的寿命，还要丧失生育能力。

雨水的味儿。压得人透不过气来的闷热，混合着脂粉、肌肤和湿漉漉头发的味儿。那些被雨淋过的脸，在假发底下，比起他们未穿古装时，更显得赤裸裸了。拉维克望了望四周。他看见了美丽的体态，也看见了机警而怀疑的神色，他的眼睛原是受过诊察细微征象的训练的，所以不容易被完整的表面所蒙蔽。他知道社会上某一个阶层，在所有的世代，不管人数多少，总是老样子，可是他也知道，患的是什么热疾和什么腐症，他知道它们的特征。适可而止的淫乱，容忍弱点，没有实力的体育运动，不善明辨的聪明，为诙谐而诙谐，血液疲乏了，把它的火花浪费在讥嘲、小小的冒险、微微的贪婪、文饰得好好的宿命论上，完全是漫无目标的，凭这些是救不了这个世界的，他想，然而，到底又有谁能够拯救这个世界呢？

他望着凯特·赫格斯特伦。"您不会有酒喝了，"她说，"那些仆人不会照顾得到的。"

"那也没有关系。"

他们慢慢地挤进了隔壁房间。沿墙排列着许多的桌子，上面放了急速搬进来的香槟。

什么地方的几个枝形灯架已经点亮了。在柔和的烛光中，外面的电光闪烁着，把那些脸都映照出铅色的鬼似的死相。接着一阵响雷掩盖了一切的声音，回旋着，威吓着，直到那柔和的烛光又亮了起来，才有了生气和闷热。

拉维克指指那张放着香槟的桌子。"要我拿点儿给您吗？"

"不。太热了。"凯特·赫格斯特伦望着他，"好吧，这就是我的舞会。"

"也许雨就要停止了。"

"不。即使停止，这舞会也已经被破坏啦。您知道我打算怎样吗？走吧。"

“我也这么想。这倒像法国大革命的前夕，大家都时刻期待着长裤汉呢。”

他们推挤了很久才算走到出口处。凯特·赫格斯特伦的古装简直仿佛穿着睡了好几个钟头的样子。外面，雨倾盆地下着。对面那些屋子，都好像隔着一家花店的淹水的窗子似的。

汽车开过来了。“您想往哪儿去？”拉维克问，“回旅馆吗？”

“还不想回去。可是，穿着这样的古装，不能到任何地方去啊。还是让我们坐着汽车，兜会儿风吧。”

“好的。”

汽车慢慢地行驶在暗夜的巴黎。雨点打在车顶上，把其他一切噪音都掩盖了。凯旋门出现在银色的急雨中，看去是灰茫茫的，一会儿却又消失了。倏忽驰过灯火通明的香榭丽舍大街。圆点广场荡漾着花朵和清新的气息，仿佛喧嚣中一阵色彩愉悦的波浪。然后协和广场出现了，如同海洋一样辽阔，矗立着半人半鱼的海神和一些海中的鬼怪。里沃利街驶近了，通明的拱廊仿佛威尼斯的街景，前面是卢浮宫，灰色而千古不变似的，有着一望无垠的广场和黯淡无光的窗口。接着是那些码头、那些桥梁，在雨色中摇曳着，仿佛都是假的。安放在一条拖船上的灯塔，给人以莫大的慰藉，好像隐藏着千万户人家。塞纳河畔和林荫路上满是公共汽车、闹声、人群和店铺。卢森堡公园铁栅栏后的花园宛如里尔克的诗篇。蒙帕纳斯公墓岑寂而萧索。狭窄古老的街道拥挤在一起，延伸向沉静的广场，罗布着屋宇、树木、歪斜的建筑物、教堂和风雨侵蚀的碑碣。街灯在骤雨中有些晃眼，公共厕所仿佛小小的堡垒似的矗立在地面上，岔道两旁的旅馆，这时候还可以借得到房间，夹在纯粹十八世纪式的街道中间，那些旅馆的大门，幽暗的大门，微笑地向下俯瞰着，颇似普鲁斯特小说里描写的那种。

凯特·赫格斯特伦沉默地坐在角落里。拉维克正抽着烟。他只瞧着纸烟的微光，却并不抽吸那烟味，好像坐在黝黑的车厢中，抽着一支无形的纸烟，渐渐地一切都似乎变得不真实了。这次乘车兜风，这辆无声地在急雨中行驶的汽车，这些掠过的街道，这个坐在角落里的沉默女人，穿着古装，被反光闪耀着。这双早已被死神做了记号的手，一动不动地搁在锦缎上，仿佛一辈子不会再动似的。这是一趟幽灵似的兜风，穿行在幽灵似的巴黎，奇异地交织着一种半明半晦的了解和一种没有道破的毫无理由的离情。

他想起了哈克。他想郑重地考虑一下应有的行动，可是被雨声一打扰，没法专心考虑。他想起了那个施过手术的金发女人，又想起了雨夜在罗滕堡邂逅的那个业已忘怀的女子，想起了那里的艾森赫特旅馆，还想起了不知从哪个窗口传出来的提琴声。他记起了 1917 年在佛兰德的罂粟田里，被雷雨击毙的罗姆伯格，那一次的雷雨啊，可真是厉害得吓人，好像上天讨厌了人类，用机关枪扫射着大地似的。他又记起了在豪特索尔斯特一个海军拉奏的手风琴，那声音简直坏极了，好像在呜咽，好像充满一种忍受不了的渴望。罗马的雨景闪过了他的脑海，展现出鲁昂一条湿漉漉的街道。十一月的淫雨洒落在集中营的屋顶上。西班牙农夫的尸体，张开的嘴里积满了雨水。克莱尔在临终前那潮润的清晰的音容。到海德堡大学去的路上弥漫着紫丁香馥郁的味儿。神秘的过去的灯，一连串无穷无尽的过去的画面，仿佛外面的街道那样飞驰过去，糅杂着毒药和安慰。

他把纸烟熄灭了，挺起身子。够了，想多了过去，容易去冲撞什么，或者掉落到巉岩下去。

现在这汽车爬上了蒙马特的街道。雨已停止。银色的云块滞重而迅疾地掠过当空，仿佛怀孕的母亲分娩似的，迅速吐出了半个月亮。凯特·赫格斯特伦叫汽车停了。他们走了出来，转了个弯，爬上几条街道。

突然，巴黎展现在他们脚下。这广漠的、闪烁的、湿淋淋的巴黎。

交织着街道、广场、夜色、行云和月亮的巴黎。罗列着林荫路的坡道、尖塔和屋面惨白闪光，黑暗直刺光明的巴黎。天际落下来的风，地面闪耀着的光，黑暗和光明交织成的桥，远处洒向塞纳河的阵雨，无数车灯中的巴黎。傲然地跟黑夜搏斗着，这喧扰生活的巨大蜂窝，建筑在千千万万道污泥浊水上，通明的灯火照耀着巴黎隐藏着的恶臭、癌症和蒙娜丽莎。

"等一下，凯特，"拉维克说，"我去给我们买点儿东西。"

他走进最近的一家小酒馆。一股新鲜的血肠和肝肠的味儿直刺进他的鼻腔。谁都没有注意到他身上的古装。他买了一瓶干邑白兰地和两个酒杯。老板把酒瓶旋开，又把软木塞稍稍塞上。

凯特·赫格斯特伦站在外面，倒像是他把她抛弃了似的。她穿着那套古装，衬托着不平静的天空，显出苗条的身影，仿佛她是从别的世纪里剩下来的，又仿佛她不是一个波士顿来的瑞典血统的美国女人。

"这儿，凯特。这是消寒祛雨、防御太沉静气氛的好东西。让我们就在这居高临下看得到市区的地方喝吧。"

"好的。"她接过了酒杯，"我们开到这儿来真是好极了，拉维克。这比天下任何舞会都更有意思呢。"

她喝干了酒。月光泻落在她的肩膀、衣服和脸庞上。"干邑白兰地，"她说，"倒也是很好的。"

"是的。只要您这样认为，那就一切顺利。"

"再给我一杯。然后再开到下面去，待我换好了衣服，您也换好了衣服，我们同去沙赫拉扎德，我要狂欢纵饮一番，不让自个儿觉得遗憾，并且从此脱离这种最肤浅的美妙生活。打明天起，我要读哲学书，写下我的遗嘱，做些适合我健康状况的事。"

拉维克在旅馆楼梯上碰到了老板娘。她拦住他。"你有时间吗？"

"当然有。"

她引他走上三楼，用万能钥匙开进一个房间。拉维克发现这里边还有人住着。

"这是什么意思啊？"他说，"为什么你开进这房间来了？"

"罗森菲尔德住在这儿，"她说，"他要搬出去了。"

"我可不愿意调换。"

"他要搬出去了，却欠了三个月的租金没有付。"

"他的东西都在这儿。你可以没收的啊。"

旅馆老板娘鄙夷地踢了一下那只摊开在床边的破旧手提包。"这儿会有什么东西啊？全都不值钱的，就几件衣服。衬衫已经破了。他的西装……这儿你可以看，他只有这么两套。一起卖掉还不值一百法郎。"

拉维克耸耸肩膀。"他讲过要搬走吗？"

"没讲。可是看得出来。今天早上，我当面点穿了这事，他也就承认了。我告诉他，最迟明天付清房租，不付租金的房客可叫我受不了。"

"是的。那跟我有什么相干啊？"

"那些画，倒也是他的东西。他说那些都很值钱。他说，只要把那些东西卖掉，几倍的房租都可以抵偿。现在就请你看一看！"

拉维克刚才没有注意到墙上的东西。这时候才抬起头来。就在他面前，床头的墙壁上，挂着一幅凡·高在全盛时期画的阿尔勒的风景画。他走上前一步。这幅画倒并不是赝品，确实是真迹。"糟透了，是不是啊，嗯？"旅馆老板娘问，"那些弯弯曲曲的东西也算是树！你再瞧那一张吧！"

那张挂在盥洗桌上方的是一幅高更的作品。画的是南太平洋的一个裸体女郎，背后是一片热带风景。"那两条腿啊！"旅馆老板娘又说，"脚踝骨像一头象。瞧那张呆笨的脸，那副站在那儿的神态！还有，他还有一幅未完成的作品。"

那幅未完成的作品是塞尚所画的塞尚夫人像。"瞧那张嘴！歪的。颊上还差一块颜色。他居然用这些个东西来欺骗我！你看过我的画，那些才是画呢！忠于自然，真切而正确。那幅雪景，还有在餐厅里的那只鹿。可是这些个废物啊，好像他自己画的。你以为对吗？"

"哦，差不多。"

"那便是我要知道的事情。你是一个读书人，你懂得这一套事情的。而且，那些画，连画框也没有。"

那三幅画确实没有配画框。它们挂在肮脏的壁纸上，仿佛几扇开到另外一个世界去的窗子。"要是配着金画框就好了！可以把画框拿下来的。可是这个！我想先把这些个废物扣下来，再上一次当算了。这还是客气的办法！"

"我想你可以不必拿掉这些画。"拉维克说。

"那我还有什么别的办法呢？"

"罗森菲尔德会把钱设法给你的。"

"怎么会呢？"她向他瞥了一眼，脸色陡然改变了，"难道这些东西值钱吗？有时候啊，就是这些东西反倒值钱的！"一个人可以看见那些思想跃进她蜡黄的前额。"我只要扣下一张，抵作一个月的房金，就不去麻烦他了！你以为扣哪一张？床头那张最大的吗？"

"一张也不要扣。等罗森菲尔德回来再说。我相信他一定会带钱回来的。"

"我才不等呢，我是旅馆的主人。"

"那你为什么让他积欠这么久呢？你往常都不肯这样的啊。"

"诺言！他允诺我的东西！你知道这儿是怎么个规矩。"

突然，罗森菲尔德出现在门口，矮矮的个子，沉默而镇静地站着。不等旅馆老板娘开口，他就从口袋里掏出钱来。"这儿……这是我的房租。你可以收下把我的账注销了吗？"

旅馆老板娘愕然地望着那些钞票，然后又望了望画，然后又望着那些钞票，她仿佛有许多话要说，可是说不出来。"你还可以收进点儿找头。"她最后这样说道。

"我知道。现在你可以给我吗？"

"哦，好的。我这儿可没有。钱柜在楼下。让我到下面去兑换。"

她出去了，仿佛受了很大的侮辱。罗森菲尔德望着拉维克。"我很抱歉，"拉维克说，"那个老太婆把我拉上来的。我不知道她打的是什么主意。原来她要知道你那些画的价值。"

"你告诉她了吗？"

"没有。"

"好的。"罗森菲尔德望着拉维克，露出一种古怪的微笑。

"你怎么能把这些画挂在这儿呢？"拉维克说，"它们上过保险吗？"

"没有。不过画不会被偷盗的。一个博物馆，二十年中最多被偷盗一次。"

"这个地方也许会发生火灾啊。"

罗森菲尔德耸了耸肩膀。"这个险可不能不冒。保险费太贵，我也担负不起。"

拉维克仔细欣赏着凡·高的画。这幅画至少值一百万法郎。罗森菲尔德也跟着他细看。

"我知道你现在正想些什么。一个人要是收藏得起这么一幅画，应该有钱可以保险的。然而，我真是没有，我是靠卖画为生的。慢慢地出卖，而且很舍不得卖掉。"

塞尚的画底下，一只酒精炉子放在桌子上，旁边还有一盒咖啡、一个面包、一罐黄油、几只纸袋。这房间既破陋又狭小，可是墙壁上却展览着世界的伟观。

"我理解这点。"拉维克说。

"我自以为可以应付得了的，"罗森菲尔德说，"我应付过一切的开支、火车票、船费、一切的费用，就只付不出三个月的房租。我没有花过多少伙食费，却还是付不出房租。等签证的时间太长了。今天晚上，我不得不卖掉一幅莫奈的画，一幅韦尔特伊的风景画。我原想还可以带着走的。"

"你把画带到别的地方去，还不是同样不得不出售吗？"

"是的。可是可以换美金。带到那边去卖，可以多得一倍的美金。"

"你要到美国去吗？"

罗森菲尔德点点头。"现在是离开这儿的时候了。"

拉维克望着他。于是罗森菲尔德又说："'死神之鸟'也要走啦。"

"什么'死神之鸟'？"

"哦，是的，就是那个马库斯·迈耶。我们叫他'死神之鸟'。他可以闻得出气息，知道谁应该逃跑了。"

"迈耶？"拉维克说，"就是那个秃顶的小个子，常常在'墓窟'里弹钢琴的那个吗？"

"是的。从布拉格起，我们就叫他'死神之鸟'。"

"倒是个挺好的名字。"

"他总是闻得出气息。在希特勒执政前的两个月，他离开了德国。纳粹进军前的三个月，他离开了维也纳。被纳粹占领前的六星期，他离开了布拉格。我一路跟着他逃亡。常常是如此的。他总闻得出气息。我就这样抢救出了这些画。钱是带不出德国的，马克早已被冻结了。我有一百五十万存放在那边，原想提清的，可是纳粹来了，什么都来不及啦。迈耶可比我机敏得多。他居然偷运出了一部分资产。我没有那样的胆量。而现在，他马上要动身去美国了。所以我也想离开。卖掉莫奈的画，原也是很伤心的。"

"可是余下来的款子，你也可以带着走的。法郎还没有冻结。"

"是的。可是假如把莫奈的画带到那边去脱手，还可以靠着多活些时候。这样下去，不久连那幅高更的画也会牺牲了。"

罗森菲尔德摸索着酒精炉子。"这是最后一批画了。"他说，"只有这么三幅了。我要靠着它们维持生活。找工作，我从来不抱希望的，那将是一个奇迹。只有这么三幅了。少了一幅，就无异于少了一段生活。"

他寂寞地站在那只手提包的前面。"在维也纳住了五年，那儿的生活倒还不怎么贵，过日子花不了多少钱，可是也累我卖掉了两幅雷诺阿和一幅德加的着色墨笔画。在布拉格，我又吃掉了一幅西斯莱和另外五幅画。谁也不愿意花钱来买画，那五幅包括两幅德加，一幅雷诺阿的色彩，两幅德拉克洛瓦的乌贼墨棕。要是在美国，我至少可以靠着这几幅画多活一年。你瞧吧。"他伤心地说着，"而现在，却只剩这么三幅了。昨天还有四幅。签署那张护照，至少花了我两年的生活费。就算不是三年吧。"

"也有许多人连赖以维持生活的画都没有。"

罗森菲尔德耸耸他瘦削的肩膀。"那也不足以安慰我。"

"安慰不了，"拉维克说，"那倒是确实的。"

"这些画，要维持我度过这次战争的。这一次的战争，看来是时间很长的。"

拉维克并没有回答。"那位'死神之鸟'这样说，"罗森菲尔德说，"他甚至还不敢断定美国是不是安全。"

"那么，他预备往什么地方去呢？"拉维克问。"现在不剩几处安全乐土了。"

"他目前还不知道。他想去海地。他不相信一个黑人共和国也会参加战争。"

罗森菲尔德的神色十二分严肃。"或者去洪都拉斯，那是南美洲的一个小小共和国。或者圣萨尔瓦多，或者新西兰。"

"新西兰？那是很遥远的，是不是啊？"

"遥远吗？"罗森菲尔德说着，凄然微笑了一下，"哪儿是起点？"

27

　　一片海，一片澎湃着的黑暗的海，在他耳际轰鸣，一阵尖锐的铃声传到耳朵里来，一艘将沉的船发出咆哮，铃声响着，黑夜从那扇熟稔的灰白窗户闯进将醒的睡梦，还是那铃声，电话。

　　拉维克拿起了听筒。"喂——"

　　"拉维克——"

　　"什么事啊？你是谁？"

　　"我。你听不出我的声音了吗？"

　　"哦。现在听出来了。什么事啊？"

　　"你一定要来的！赶快！立刻就来！"

　　"什么事啊？"

　　"来，拉维克！发生了一点儿事情。"

　　"发生了什么事情啦？"

　　"发生了一点儿事情。我吓坏了！来！马上就来！帮帮我的忙！拉维克！来！"

　　那边的电话咔嚓响了一下。拉维克还等着。空线信号已经响了起来。琼把电话挂断了。他搁好听筒，呆望着沉沉的黑夜，吃了安眠药片才入睡，醒来还觉得头脑昏沉。哈克，他还以为是他，也许是哈克。

直等到他认清了窗户，知道自己在国际旅馆，不是在加勒亲王酒店，才知道那不可能，他望了下手表。夜光针指着四点二十分。突然他跳下床铺。他碰到哈克的那天晚上，琼曾经说过什么的，关于危险啊，恐惧啊这一类的话。假如……什么情况都有可能发生！他已经看见过最奇怪的事情。于是他急急把最必要的东西捆扎起来，穿好了衣服。

他在街角招呼了一辆出租汽车。那个司机带着一只粗毛小狗。小狗趴在那人的颈项上，像一条毛领子。汽车摇摆，小狗也跟着摇摆。这把拉维克可搅昏了。他真想把那只小狗摔到座位上去，可是他非常了解巴黎出租汽车司机们的脾气。

汽车穿行在七月的温暖暗夜。一簇簇羞答答地呼吸着的叶片，吐着一股幽微的香气。花丛，菩提树的阴影，繁星罗列的素馨花似的天空，一架红绿灯乍明乍灭的飞机，仿佛萤火虫群中一只凶恶狰狞的甲虫，黯然无色的街道，营营作声的虚空，两个酒鬼的歌唱，一间地下室里传来的手风琴声，一阵突如其来的踟蹰和惊恐，风驰电掣般急驶的汽车，轻率的离别——也许一切都太迟了……

那座房屋，冰冷毫无温暖，黝黯得使人昏然欲睡。电梯爬下来了。爬着，宛似一只爬得很慢的发光的昆虫。当他正想改变主意退回来的时候，电梯已到了二层。纵然爬得慢，毕竟还是快的。

巴黎这些玩具似的电梯！轻飘飘的牢狱般，碾轧着，咳嗽着，顶上是空的，四边是空的，只有一块底、几根铁栅，一个电钮露在外面，惨淡地闪着光，另一个电钮松松地旋进里边。最后升到了顶层。他把电梯铁栅门推开，按着门铃。

开门的是琼。他凝望着她。没有流血，她的脸色依然，一点儿也没有什么。"什么事啊？"他说，"在哪里……"

"拉维克。你来了！"

"在哪里，你采取过什么措施吗？"

她倒退回去。他便抢前了几步，望着房间四周，没有一个人。"哪里啊？在卧室里吗？"

"什么？"她问道。

"有人在你房里吗？有人跟你在一起吗？"

"没有。为什么这么问？"

他望着她。"当你来的时候，我总不愿意有谁跟我在一起。"她说。

他还是望着她。她站在那儿，健康得很，向他微笑着。"你怎么会有这些想法的？"她笑得更厉害了，"拉维克。"她说着。他仿佛觉得一阵夹着冰雹的暴风雨打在脸上，当他看出她以为他在妒忌并且因此十分愉快时。于是，他手里的急救包突然重了一吨，他把它放在一把椅子上。"你这可恶的骗子。"他说。

"什么？你怎么搞的啊？"

"你这可恶的骗子。"他又重复地说着，"我这个蠢驴，居然落进了圈套。"

他提起了急救包，转身想走。她立刻抢到他身边。"你预备怎么样啊？不要走！你不能把我一个人留在这儿的！要是你留我一个人在这儿，我简直想象不出会发生什么事！"

"撒谎的家伙！"他说，"可怜的撒谎的家伙！你撒谎也无所谓，可是你撒这样廉价的谎，可真是令人作呕。这种事情是不好开玩笑的！"

她把他从门口推开了。"可是，你仔细看看四周，事情的确发生过了！你自己看得出来的！你瞧他闹得多厉害！我就只怕他会再回来！你不知道他是什么事情都做得出来的。"

一把椅子横倒在地板上，还有一盏灯，几块碎玻璃。"你这样走来走去，必须穿上鞋子，"拉维克说，"不然会戳破你的脚。那是我给你的唯一的忠告。"

在碎玻璃块中间，还有一张照片。他把碎玻璃用脚踢开了，将照片捡了起来。"这儿，"他把照片扔在桌子上，"现在，你可以让我休息了。"

她站在他面前，瞅着他，脸色忽然改变了。"拉维克，"她用一种低沉而抑制的声音说道，"不管你怎么骂我，我不生气。我是常常撒谎的，而且还会继续撒谎。你们都需要我这样。"她把照片一推，它便打桌子上滑过，落在一个拉维克可以看得见的地方。这张照片里不是在金钟咖啡馆跟琼在一起的那个人。

"谁都需要我撒谎。"她说道，一副鄙夷的神气，"不要撒谎，不要撒谎！要说老实话！可是真说了老实话，他们可又忍受不住了。谁也忍受不住！然而我是不常向你撒谎的。对你，我不大撒谎。对你，我也不愿意那样做。"

"好的，"拉维克说，"我们不必谈这些事情。"突然他仿佛奇特地动了心，什么事情触动了他。他愤怒了，不愿意再被触动。

"不。对你，也没有必要那样做。"她说着，几乎恳求似的望着他。

"琼……"

"而且我，现在也并没有撒谎。我不完全在撒谎，拉维克。我打电话给你，因为我实在很害怕。幸而我把他撵出了门，把门锁上了。打电话给你，这是我想起的第一件事情。难道这错了吗？"

"当我进来的时候，你可平静得很，一点都不害怕。"

"因为他已经走了，而且因为我想到你会来帮助我。"

"好的。那么现在一切正常，我可以走啦。"

"他会再来的。他嚷着，他要回来的。他一定坐在什么地方喝酒。我知道的。要是他喝醉了回来，可不会像你那样……他是不会喝酒的……"

"够了！"拉维克说，"别说了。太可笑啦。你的门是好好的。以后可不必再做这样的事情。"

她站着不动。"我还有什么别的办法呢？"她突然咆哮起来。

"没有办法。"

"我打电话给你，三四次，你老是不接。后来你接了，又说让你一个人好好休息。那是什么意思啊？"

"就是那个意思。"

"就是那个意思？怎么……就是那个意思？我们难道是一个自动玩具，可以随意开关吗？一夜恩情，然后突然……"

她望着拉维克的脸，默不作声。"我早就知道会这个样子的，"他低声说道，"我料到你就想好好利用它。真有你的！你那时候原也知道，那是最后的一次，你应该让它适可而止的。你那时候跟我在一起，只因为是最后的一次，就听其自然，那原是很好的。那是分别的一次，我们尽情陶醉，这会留下一点儿回忆，可是你，你就仿佛商人那样，利用了它，竟提出新的要求，企图使偶然一次的不固定的事情渐渐继续下去！因为我置之不理，于是你现在就施展出这种令人作呕的诡计，一个人不得不反复唠叨这些。老是谈到这种事情，就已经不知羞耻了。"

"我——"

"你知道的！"他打断了她的话，"不要再撒谎了！我不愿意再复述你的话。我还不能够做这样的事情！我们两个都知道这点。你永远不愿意回来的。"

"我也并没有再回来！"

拉维克瞧着她，费力地克制着自己。"好的。那你打了电话……"

"我打电话给你，因为我害怕！"

"哦，天哪，"拉维克说，"那太傻了！我不谈了。"

她便慢慢地微笑着。"我也不想谈了，拉维克。你没看见我只希望你待在这儿吗？"

"那也是我所不愿意的事情。"

"为什么？"她还是微笑着。

拉维克觉得失败了。她一味地表示不明白他，要是他开始向她解释，他知道会有怎么样的结局。"那是一种可恨的腐败。"他最后才这样说，"这些事情你不会明白的。"

"我会的，"她慢条斯理地答道，"也许是。可是为什么跟上星期又两样了呢？"

"那时候也一样的啊。"

她默不作声地望着他，接着说："我不管你给它起什么名称。"

他没有回答。他感觉到她占了上风。"拉维克，"她说着，更挨近了他，"是的，那时候我说过，这是终结了。我说，你不会再听到我的消息了。我那样说过，这都因为你要我说那些话。可是我并没有那样做。你难道不了解吗？"

她瞧着他。"不了解。"他粗声厉色地答道，"我只了解你要跟两个男人睡觉。"

她还是不动。"不是那样的，"她然后说，"可是，即使真的那样，与你又有什么相干呢？"

他盯着她看。

"这到底与你有什么相干呢？"她重复地说，"我爱你。那不是够了吗？"

"不够。"

"你用不着妒忌的。你用不着。而且，你也从来没有。"

"真的吗？"

"不，你根本不知道那是怎么回事。"

"当然不知道，因为我不会像你的那个年轻人一样做戏。"

她笑了起来。"拉维克，"她说，"妒忌是跟那个人呼吸的空气同时开始的。"

他没有回答。她站在他面前，瞧着他。她瞧着他，默然无语。这空气，这狭窄的走廊，这惨淡的灯光，突然这一切都仿佛充溢着她，充溢着期待，充溢着一种屏息着的轻微吸引力，仿佛一个晕眩地凭靠在高塔的低矮栏杆上的人，被大地引诱着一样。

拉维克感觉到了这点。他不愿意被它所笼牢。现在，他倒不再想走了。假如他走了，它还是会紧跟着他。他不愿意被它紧跟着。他需要明明白白地终结。明天，他需要一切都弄清楚了。

"你这儿有白兰地吗？"他问。

"有。你要的是哪一种？苹果白兰地吗？"

"干邑白兰地，要是你有的话。假如你欢喜，苹果白兰地也好。任何一种都没有关系的。"

她急急地走到一个小柜那边。他目送着她。清新的空气，诱惑力发出的这道看不见的射线，"让我们在这儿建筑我们的茅舍"这种话，这种古老的永恒不变的欺骗，倒好像那次由于热血沸腾而取得的和解，不止是一夜的陶醉，而可以持续下去似的。

妒忌。他难道不知道所谓妒忌吗？可是，他难道连不完全的爱情都不知道吗？妒忌，岂非是一种古已有之的痛苦，比个人的苦难更难解除？岂非在知道一个人会比另一个人先死时便开始了吗？

琼并没有将苹果白兰地拿来。她拿来的是一瓶干邑。好的，他想，有时候，她也颇有几分悟性。他把那张照片推开，好放酒杯，然后又把照片拿了起来。这是粉碎其影响的最简单的办法——去看一个人的追随者。"奇怪，我的记忆力可真坏透了，"他说，"我觉得这孩子仿佛两样了。"

她把酒瓶放了下来。"那根本不是他。"

"哦……已经换了一个。"

"是的。所以就出现了这样一个局面。"

拉维克咽下一大口干邑。"你应当知道。前一个爱人来的时候，不应该把什么男人的照片放在外面的。而且照片什么的，就不应该放在外面。也太不得体了。"

"那倒不是放在外面的，那是被他找到的。他到处搜索。再说，一个人总不免有几张照片。你不了解，女人才会了解。我原不希望他看见的。"

"现在，你毕竟吵起架来了。你靠他生活吗？"

"不。我有我的合同。订了两年。"

"是他替你找的吗？"

"为什么不是呢？"她老实地惊愕起来了，"那也要紧吗？"

"不。可是，确有一些人对于这类事情看得很重的。"

她耸起肩膀。他看见了。一种回忆，一种恋乡病。这肩膀，那次在他身边睡觉，轻匀地呼吸着的时候，也这么耸起过的。殷红的夜空中，飞逝群鸟似的行云。遥远吗？有多遥远呢？说啊，你这个看不见的管账员啊！这是埋藏了的，还是真正的、最后飞逝的回忆呢？谁知道啊？

窗子敞开着。有样东西翩翩飞舞着飘了进来，像一片深颜色的碎布，摇摇晃晃地扑打着翅膀，在灯罩上停了下来，翅膀张开，顿时变阔了，立刻变成一个紫色、蓝色、深棕色和浅棕色花纹交织的幻影，挂在绸灯罩上的一枚夜的勋章。这是一只彩色的飞蛾。丝绒般的翅膀微微起伏着，轻微得如同对面薄薄衣衫下那胸脯的起伏一般。莫非从前早已经历过这样的情景？什么时候呢？很久很久了，一百年前吗？

卢浮宫，胜利女神。不，还要早得多。应当追溯到混沌初开的时光，黄玉圣坛吐着烟雾，火山发出喧闹，阴影，发情和鲜血织成的帷幕黑沉沉的，低下的智力，沸腾的旋涡，熔岩在闪光，乌黑的指趾顺着斜坡向下爬行，销蚀着、吞噬着生命。而在上方，蛇发女怪美杜莎对着这些潦潦草草写在时间沙丘上的难懂文字，发出永恒的微笑——灵明。

蛾子飞了起来，飞到绸灯罩下面，拼命扑向灼热的电灯泡。紫罗兰色的粉末。拉维克捉住它走到窗口，把它放了出去。

"它还会来的。"琼说。

"也可能不来。"

"它们每天晚上都来，是从街心花园飞来的。老是同样的东西。几星期之前飞进来的是柠檬黄色的，现在是这种颜色的。"

"对，老是同样的东西，又老是变花样。既在变花样，又是同样的东西。"

他在讲些什么。他的背后也发出同样的声音。一种共鸣，一种回声，从远处传来的回响，躲在最后一线希望之后。他有过什么样的希望？什么东西突然在这个虚弱的时刻击打着他，什么东西像解剖刀一样把他向来以为肌肉十分健壮的部位剖开了。难道还一直隐蔽着，变成幼虫，变成蛹，冬眠着。还有一种期待，活生生地保留着，而他曾想把它彻底埋葬。他拿起放在桌上的那张照片。一张脸，随便什么人的脸，恒河沙数的人群中的一张脸。

"什么时候开始的？"他问。

"还没有多久。我们在一块儿工作。几天以前。在你那回到富克饭店之后……"

他举手示意。"好了，好了。我知道了。假如那天晚上，我……你知道并不是那样一回事啊。"

她迟疑了一下。"不是……"

"你知道的。不要撒谎！没有一样重要的事情只能坚持那么短的时间。"

他要听些什么话呢？为什么他这样说呢？难道他还要听她一句慈悲的谎话吗？"这是确实的，也是不确实的。"她说，"我自个儿也没有办法，拉维克。是一种怕耽误了什么的感觉促使我这么做的。于是我抓住它，我必须有它，结果却什么也没有。于是我又去追求新的什么东西。我事先就知道结果还是一样的，可是我不能放弃这种做法。它追着我，把我抛向什么地方，它会满足我很短一段时间，然后又抛弃了我，让我再觉得空虚起来，仿佛饥饿似的，于是又那么做了一次。"

什么都完了，拉维克想，现在是真的彻底完了，再也没有误会，没有纠葛，没有醒悟，也不会回来了，索性知道了，也是好的，当幻想的水汽又要遮蔽知觉的水晶体时，这样知道了也是好的。

这是轻柔而坚决的，没有希望的化学作用！曾溶流在一起的血液，不可能再以同样浓烈的程度溶流在一起。控制着琼，使她时不时还想回到他那儿的，是尚未被她渗透的他的一部分。要是连这一部分也被她渗透了，那她就再也不会回来了。谁愿意等到这么一步田地呢？谁会对这样的情况感到满意呢？谁愿意那么牺牲呢？

"我希望我能够跟你一样坚强，拉维克。"

他笑了。她现在果然这么说了。"你比我坚强得多呢。"

"不。你可以看见我怎样追求着你。"

"那固然可以证明。可是，你可以允许自己那么做，我却不能啊。"

她仔细地端详他好一会儿。浮在她脸上的那重光彩消失了。

"你不会恋爱，"她说，"你不肯全神贯注。"

"你常常是全神贯注的。所以你常常会得救啊。"

"你不能够跟我谈得正经一点吗？"

"我跟你谈得很正经。"

"要是我常常得救，那我为什么不离开你呢？"

"你可以离开我的啊。"

"别说了。你知道那是毫不相干的。假如我能够离开你，我就不会再来追求你了。别人我都忘记啦，忘记不了的，只有你。为什么啊？"

拉维克啜了一口酒。"也许因为你还没有把我彻底地踩在脚下。"

她怔住了，摇摇头。"我原不想把他们全都踩在我脚下，像你所说的。有些人，根本就没有。而我把他们都忘记了。我很不愉快，可是我已经忘记了他们。"

"你也会忘记我的。"

"不。你使我神魂不定。不，永远不会的。"

"你总不相信一个人会忘记得这么多的，"拉维克说，"这是最大的幸福，也是最大的不幸。"

"你始终没有告诉我，我们怎么会弄成这样的。"

"这是我们谁也不能解释的。我们可以尽情长谈，可是越谈就越糊涂。天下确有许多不能解释的事情。还有一些是一个人不会了解的。祝福我们中间有一片林莽。现在我要走了。"

她立刻站了起来。"你不能留我一个人在这儿的。"

"你又要跟我睡觉吗？"

她瞪着他，不说一句话。"我希望你不是。"他说。

"你为什么那样问我啊？"

"让我自己开心开心。快上床去睡觉吧。外面已经天亮了。没有演悲剧的时间了。"

"你不愿意再待着吗？"

"不。而且我永远不会再回来。"

她默默地站着。"永远不会吗？"

"永远不会。你也永远不要上我那儿去。"

她慢慢地摇头，然后又指着桌子说："就因为这个吗？"

"不。"

"我真不了解你。我们能够，毕竟——"

"不！"他抢着说道，"不是那个。那是友谊的公式，是在死去的感情火山上的一座小小菜园。不，我们不能够那样做。我们不能。如果是小小的逢场作戏，也许还可以有那样的结局。即使在那种情况下，那样做也是不好的。恋爱可不能被友情玷污。要终结便终结了。"

"可是，为什么是现在……"

"你说得对。应该更早一些，在我从瑞士回来的时候。可是谁也不是无所不知的。而且有时候，也不愿意什么都知道。那是——"他突然沉默。

"那是什么？"她站在他面前，仿佛有什么事她不明白，又急切地想要知道似的，她脸色苍白，眼睛雪亮，"那是什么啊？我们之间究竟怎么回事，拉维克？"她小声说。

她头发后，那条幽晦的走廊在微光下摇曳，仿佛引向一个遥远的矿坑,那儿一切的诺言都默然失色了,好像被世世代代的热泪和随生随灭的希望迷雾所沾湿了。"爱情。"他说。

"爱情?"

"爱情。所以这就应该是终结了。"

他走出来,把房门关上。电梯,他按着电钮,可是等不及爬上来的电梯,以为琼会追上来,便急急从楼梯走下去。他很惊奇,竟没听见门响。他走下一层后便站着倾听,没有一点儿响动,也没有人下来。

出租汽车仍然等在门口。他自个儿倒已经忘记了。司机拉拉他头上的便帽,心照不宣地冷笑着。"多少钱啊?"拉维克问。

"十七个半法郎。"

拉维克付了钱。"你不要坐回去吗?"司机愕然地问道。

"不。我要走回去。"

"很远的,先生。"

"我知道。"

"那你不必要我在这儿等着啊。白花十一法郎。"

"那无所谓。"

司机的上嘴唇粘着一个烟头,褐色的,有点潮。这时候他点上了火。"好的,我希望那是值得的。"

"太值得了!"拉维克说。

街心花园笼罩在寒冷的晨光里,空气已经很温暖了,可是晨光还是很寒冷。紫丁香花丛在薄暗中显得灰黑。靠背长椅。在一张长椅上,睡着一个人,用一份《巴黎晚报》遮住脸。这张长椅是那天下雨的晚上拉维克也坐过的。

他望望那个躺着的人。《巴黎晚报》随着那人的呼吸有节奏地在那遮住的脸上起伏着,仿佛这份不值钱的报纸有着灵魂似的,又仿佛这是一只蝴蝶,随时会带着惊人的消息飞到空中。粗体铅字的第一条紧要新闻轻柔地呼吸着:希特勒宣布,除波兰走廊外,不做其他领土要求。下面是女裁缝用灼铁谋杀亲夫的新闻。照片里一个穿着连衣裙的丰满女人正凝睇瞪视。旁边又有一张照片，张伯伦宣布，和平尚有可能，照片上是一个银行职员模样的人，拿着一柄阳伞，脸蛋像一只快乐的绵羊。在他脚底下，有一行几乎不容易找寻到的小字：数百犹太人在边境被棒棍击毙。

这个家伙就用这些新闻遮着夜雾，挡着晨光，居然安恬地直睡到此刻。

他穿着一双破烂的帆布鞋、一条褐色的羊毛裤、一件褴褛的短外套。这些在他都无所谓。他是那么贫困，这些都已经无所谓了，仿佛一条深海里的鱼，对海面的暴风雨都无所谓似的。

拉维克走回国际旅馆。他很清醒，也很舒泰。他既没有抛撇什么，也并不需要什么。他现在已经用不到那些扰乱他心绪的东西了。他今天就可以上加勒亲王酒店去。固然是早了两天，可是为了等候哈克，提早去比去得太迟要好。

28

拉维克走下楼去的时候，加勒亲王酒店的门厅里还没有什么人。接待处，一台手提式收音机轻轻播送着节目。两三个女清洁工正在角落里擦洗。拉维克没有引起人们的注意，急匆匆穿了过去。他望望门口对面的钟，这时才清晨五点。

他走上乔治五世大街，跨进富克饭店，里面一个客人也没有。这家饭店早已打烊了。他踌躇了一会儿，随后招呼一辆出租汽车，开到了沙赫拉扎德。

莫罗佐夫站在门口，迎面瞅着他。"没有动静。"拉维克说。

"我早就知道了。今天你也别想等得到。"

"会等到的。今天已经是第十五天了。"

"没那么准，不能指望就在某一天。你一直在加勒亲王等吗？"

"是的，从早晨一直等到现在。"

"他明天会打电话给你，"莫罗佐夫说，"说不定他今天还有别的事情，也说不定他隔一天就要走。"

"明天早晨，我还得去做一个手术呢。"

"他也不会那么早就打电话给你的。"

拉维克没有搭腔。他望着一辆出租汽车，里面走出一个穿白色晚礼服的舞男。跟着他下来的，还有一个脸色苍白、牙齿宽大的女人。莫罗佐夫为他们拉开车门。马路上突然弥漫着一股香奈儿五号香水的味儿。那女人腿有点儿瘸。舞男付过车钱以后，便懒洋洋地跟在她后面走。那女人在门口等他，被灯光一照，她的眼睛显得绿幽幽的，瞳孔也缩小了。

"时间这么早，他肯定不会打电话给你的。"莫罗佐夫回来的时候这样说道。

拉维克并没有搭理。

"要是你给我一把钥匙，我八点钟就上你那儿去，"莫罗佐夫说，"我就在那儿等着，一直等到你回来。"

"你应该睡觉。"

"那没关系。假如要睡，我也可以睡在你的床上。没有人会打电话来的，可是，为了让你放心，我也可以那么做。"

"我去做手术，要到十一点钟才结束。"

"好的，那你就给我一把钥匙，我倒不希望你给圣日耳曼郊区的一位太太动手术时，因为心情激动，把卵巢缝到胃上头去。要是那样，几个月之后，她还会怀胎呕吐呢。你身边带着钥匙吗？"

"带着，就在这儿。"

莫罗佐夫把钥匙放进了口袋，随后他掏出一盒薄荷糖递给拉维克。拉维克摇了摇头。莫罗佐夫拿了几颗往嘴里一抛，那糖一下子就在他胡须后面消失了，仿佛几只白色的小鸟飞进了树林。"爽爽精神。"他说。

"你有没有在舒适的洞窟里坐过一整天，等过一整天？"拉维克问。

"不止一整天呢。你没有等过吗？"

"等过，可是，不是为了这种事情。"

"你没有带点书报去看吗？"

"带得够多的，可我就是什么也没有看。你在这儿要忙到什么时候？"

莫罗佐夫又去拉开一辆出租汽车的门，汽车里挤着几个美国人。他接待他们进去了。"至少还有两小时。"他回来的时候说，"你瞧这个光景吧。这是多少年来最疯狂的一个夏季，琼也在里边。"

　　"她吗？"

　　"是的，又跟另外一个男人在一起。要是你有兴趣的话，不妨去看看。"

　　"不。"拉维克说，他转过身来，准备走了，"那么，明天我再跟你见面。"

　　"拉维克。"莫罗佐夫在后边招呼他。

　　拉维克走了回来。莫罗佐夫从口袋里掏出那把钥匙。"拿去！你一定要设法回到加勒亲王的房间里。明天以前我不会再去看你。要是你出去，千万把门开着。"

　　"我不会睡在加勒亲王酒店里。"拉维克接过钥匙，"我睡到国际旅馆去。在那边，我还是尽量少露面为妙。"

　　"你应该睡在那边的。一个人不在那家旅馆里住宿就不能算是那边的客人。最好还是去那边睡，说不定警察会到接待处去查问。"

　　"这话也对。可是，将来他们万一去查问，最好还是能够证明我是一直住在国际旅馆的。加勒亲王那边，一切我都已经布置好了。床铺很凌乱，脸盆啊，浴缸啊，毛巾啊，还有其他所有的东西，都被弄成用过的样子，仿佛我确实一大早就离开那边似的。"

　　"好的，那么，再把钥匙给我吧。"

　　拉维克摇了摇头。"最好，也别让人看到你在那边。"

　　"那没有关系。"

　　"有关系，鲍里斯。我们不要做傻瓜。你的胡须长得不寻常。而且，你说得对，我既要干这件事，又得若无其事地生活下去。假如明天早晨哈克真的打电话来，那么下午他也一定会打电话来的，要是我考虑不到这一点，那么整天就会心神不定。"

"你现在上哪儿去？"

"去睡觉。这个时候，我们别指望他会打电话来。"

"要是你需要我，等一会儿我可以到一个地方去看你。"

"不，鲍里斯。你下班的时候，但愿我已经睡熟了。八点钟，我还有一个手术要做呢。"

莫罗佐夫疑惑地瞧着他。"好。那么明天下午，我到加勒亲王去看你。万一在这以前出了什么事情，请你打个电话到旅馆去。"

"好的。"

这街道，这城市，这红殷殷的天空，这一幢幢房屋后面忽隐忽现的红白蓝三色。风在小酒馆的拐角周围嬉耍，仿佛一只充满柔情的猫。人群，新鲜空气，在潮热的旅馆房间里挨过了一天。拉维克在沙赫拉扎德后面的林荫道上走着。被铁栅栏围起来的树木，把对森林和原野的记忆迟迟疑疑地发散进阴沉沉的暗夜里。忽然他觉得又空虚又疲乏，差一点儿就要倒下来。只要我把它抛开就好了，他心里头思忖着什么东西，只要能够把它彻底抛开，把它忘掉，把它剥下来，好像蛇蜕皮似的，就好了！这出几乎早被遗忘了的戏剧跟我又有什么相干呢？即便是那个人，在中世纪的黑暗阶段，在中欧暗无天日的年代里，那个渺小的偶然出现的工具，那个卑不足道的走狗，跟我又有什么关系呢？

这跟他又有什么相干呢？一个妓女站在门口想勾引他。她在门口的黝黯处，敞开着外衣。这件外衣做得好像晨衣一样，解下腰带它就敞开了。一个苍白的肉体，模模糊糊地闪露出来。黑乎乎的长袜，黑黝黝的眼窝，在眼窝的阴影里，看不见她的眼睛。脆弱的、腐败的肉体仿佛早已散发着磷光。

一个为妓女拉客的男人，嘴唇间叼着一支纸烟，斜靠在树干上，紧盯着他。几辆运蔬菜的卡车开过去了。那些牲口耷拉着脑袋，肌肉在皮肤下紧张地搐动。药草的香味儿，花椰菜的香味儿，这些花椰菜看去像是绿叶丛中一个个僵化的脑袋。殷红的西红柿，盛放着豆类、洋葱、樱桃和芹菜的一个个篮子。

这跟他又有什么相干呢？多一个或者少一个。在和他一样坏，甚至比他更坏的几十万人中，多一个或者少一个。少一个。他突然停住了脚步。就是这么个道理！他一下子完全清醒了过来。就是这么个道理！这就是让他们得以滋长的原因，就是因为有人觉得厌倦，有人想要忘记，有人这样认为：这跟我又有什么相干呢？就是这么个道理！少一个！是的，少一个，那没有什么关系，可是又有着最重大的关系！最重大的关系！他慢慢地从口袋里摸出一支纸烟，又慢慢地燃上火。当那火柴黄澄澄的光焰在他如同峡谷纵横的洞窟似的手掌心里亮起来时，他忽然开了窍，觉得天下没有什么东西可以打消他杀死哈克的念头。说也奇怪，好像一切都全靠他的这一行动似的。忽然间，那似乎绝不仅仅是一种他个人的复仇行动，而是假如他不干，他会对一桩滔天大罪负有责任，假如他不干，世界上的一种什么东西就会消失似的。可同时，他又明明知道，事情绝不是这样。但是，尽管如此，尽管远远超出解释和逻辑，他那血液里的秘密意识却告诉他必须那么干，仿佛一种看不见的浪涛会从中喷涌出来，而以后还会发生更大的事件。他明知哈克不过是个制造恐怖的小官员，是个微不足道的角色，然而他突然又想到，杀死哈克是一件万分重要的事情。

火光在他掌心的洞窟里熄灭了。他把火柴扔了。晨曦高挂在树顶上空。一件银色织物被刚刚睡醒的麻雀的弹拨音乐支撑着。他愕然环顾四周，好像他出了什么事，好像有个看不见的法庭开审了，而且做出了判决。他十分清晰地看见那些树木，一幢房屋的黄色围墙，他旁边一道铁栅栏灰茫茫的颜色，笼罩着蓝色雾霭的街道，他觉得这一切都是他永远不会忘记的。而且，直到这时候他才真正明白他要杀死哈克，而且知道这不再是他个人的一件小事，其意义远比他个人的事重要得多。这是一个开端。

411

他走过奥西里斯的门口。有几个酒鬼从里面跌跌绊绊地走出来。他们的眼睛没有一点神采，脸孔红通通的。那边没有一辆出租汽车。他们咒骂了一阵，然后继续往前走去，沉甸甸、硬挺挺、闹嚷嚷的。他们说的都是德国话。

拉维克原想回到旅馆里去，现在却改变了主意。他记起罗朗德的话，她说最近几个月里常有德国游客到奥西里斯去玩儿。于是他进去了。

罗朗德穿着老鸨的黑制服，冷若冰霜，眼观四处，站在酒吧吧台旁边。唱机放出的音乐打在埃及式的墙壁上，散发出回响。"罗朗德。"拉维克说。

她转过身来。"拉维克！你好久不到这里来了。你来得正好。"

"为什么？"

他走到吧台那儿，站在她旁边，打量着这个地方。里面已经没有多少客人了。他们靠在这儿那儿的桌子边，弓着脊背在养神。

"我要离开这儿啦，"罗朗德说，"再过一个星期，我就要走了。"

"不回来了吗？"

她点点头，从衣服的领圈里掏出一封电报。"这儿。"

拉维克拿来看了，又递还给她。"你的姑母？她终于死了吗？"

"是的。我要回去了。我已经跟老板娘说过。她非常恼火，可是她也理解。珍妮特接替我的位置。我还要训练她一下呢。"说着罗朗德笑了起来，"可怜的老板娘。今年她本想在戛纳炫耀一番的。她的别墅里，眼下已经住满了客人。一年前她受封伯爵夫人，跟图卢兹一个男妓结了婚，只要他不离开图卢兹，她每个月就给他五千法郎。现在，她可不能不待在这儿了。"

"你还准备开一家咖啡馆吗？"

"是的，我现在整天就在外面买东西。在巴黎，价钱总要便宜一点。

剪点花布来做窗帘，你说这种花样好不好？"

她从外衣的领圈里又掏出一块揉皱的碎布片，黄底上有花的。"好极了。"拉维克说。

"我可以打一个七折买下来。那是去年进的货。"罗朗德的眼睛里闪耀着温暖而和蔼的光芒，"我少花三百七十法郎。不坏吧，嗯？"

"真了不起，你准备结婚吗？"

"是的。"

"为什么你就要结婚？为什么你不等一段时间，把所有要做的事情先做好了？"

罗朗德笑了起来。"你不懂生意经，拉维克。没有一个男当家，事情是不好办的。男当家就管生意上的事情。我已经知道自己该怎么办了。"

她站在那儿，坚强、稳妥、镇定。一切事情她都考虑过了。男当家就管生意上的事情。"你不要一下子把所有的钱，用他的名义去存放，"拉维克说，"先得看一看所有的计划实现得怎么样。"

她又笑了起来。"我知道计划会怎么样实现。我们都很通情达理。我们在生意上需要互相帮助。假如钱财由太太掌管，那么这个丈夫就不是男当家了。我不需要那种奉承我的男妓。我一定要懂尊重我的丈夫。我是决不会这样干的，要他非得每时每刻跑到我这儿来要钱。你弄明白了吗？"

"是的。"拉维克说，其实他没有弄明白。

"好的。"她满意地点点头，"你要喝点儿东西吗？"

"不要，我要走了。我是顺道来看看你的。明天早晨，我还有一个手术要做呢。"

她瞧着他。"你真是太严肃了。你要不要女人啊？"

"不要。"

罗朗德做了个并不显眼的手势，招呼两个姑娘走到坐在窗口长凳上瞌睡着的男人那儿去。还有一些姑娘正在嘻嘻哈哈地跑来跑去，只有很少几个仍然坐在沿着中间过道分两排放着的跪垫上。还有几个在走廊光滑的地板上滑行着，仿佛孩子们冬天溜冰似的。每两个姑娘抱一个蹲着的姑娘，在长廊里滑过去。她们蓬松的头发在飘舞，乳房在颤动，肩膀袒露着，她们身上那一小束丝绸再也遮不住什么东西。她们在欢乐地叫嚷，突然之间，这奥西里斯便成了一座道地的、天真无邪的乐园了。

"夏天，"罗朗德说，"早晨总得让她们有一点自由。"她瞧着拉维克，"星期四是我在这儿的最后一晚。老板娘还准备给我举行一次送别会呢。你肯赏光吗？"

"星期四吗？"

"是的。"

星期四，拉维克想，七天之后，七天，那仿佛是七年，星期四，那时候事情一定已经办成了，星期四，谁能够预想到这么长远呢？"那还用说？"他说，"在哪儿？"

"在这儿，六点钟。"

"好的，我到这儿来。晚安，罗朗德。"

"晚安，拉维克。"

在他使用牵开器的时候，他感到有点不舒服。突如其来的不舒服，使他很狼狈，身上火辣辣的。他迟疑了一下。那个张开着的鲜红的肚腹上的窟窿，那条把肠子吊起来的热乎乎、湿滋滋的绷带散发着稀薄的水汽，那些从夹子旁边微血管里流出来的鲜血。于是他突然看见尤金妮亚带着质问的眼色瞅着他，他看见韦贝尔宽阔的脸，在手术灯底下看得见那上面所有的毛孔和一根根胡须。于是他振作精神，继续镇静地进行他的工作。

他缝着线，双手缝着线。刀口合拢了。他感觉到汗水正从胳肢窝里渗出来，顺着身体往下流。"你能把它缝完吗？"他问韦贝尔。

"行。出了什么事？"

"不，就是热。我没有睡足。"

韦贝尔望着尤金妮亚的目光。"确是会有这样的事的，尤金妮亚。"他说，"即便是一个正直的人。"

这房间，仿佛一下子摇晃起来了。真是疲累到了极点。韦贝尔继续缝着，拉维克不由自主地帮助他。拉维克的舌头变厚了，上下颚软得像棉絮，他很慢很慢地呼吸着。罂粟花，他心里在想，佛兰德的罂粟花，打开的红肚腹，红的、盛开着的罂粟花，不知羞耻的秘密，生命，离一双拿着刀的手那么近。一阵震颤，手臂垂下来了，一种磁性的接触，从遥远的地方，从缥缈的死。我再也不能做什么手术了，他想，这件事，先得解决了再说。

韦贝尔在缝合的刀口上涂药水。"完成了。"他说。

尤金妮亚把手术台摇低，担架被毫无声响地推走了。"要抽支烟吗？"韦贝尔问。

"不。我得走了。还有一点事情我要去处理。这里还有什么工作要做吗？"

"没有了。"韦贝尔惊异地瞅着拉维克，"为什么你这样匆忙？要不要喝点苏打苦艾酒或者这一类的冷饮？"

"什么也不要，我得赶快走了。没想到已经这么晚了。再见，韦贝尔。"

他急匆匆走了出去。招呼一辆出租汽车，他走到外面就这么想，一辆出租汽车，快！他看见一辆雪铁龙向他驰来，便招呼它停了。"到加勒亲王酒店！快！"

我应当告诉韦贝尔，说我这几天不能来帮他的忙，他这样想，我这个样子不行，假如我在做手术的时候，突然想起哈克也许就在这会儿会打电话给我，那我准会发疯。

他付了出租车钱，便急匆匆穿过大厅。等电梯下来，仿佛又等了一段无穷无尽的时间。他走下宽阔的走廊，开了门。看见电话机，便抓起话筒，好像它十分沉重似的。"我是冯·霍恩。有人打过电话给我吗？"

"请等一下，先生。"

拉维克等着。那个接线员的嗓音又响了："没有。没有人打来电话。"

"谢谢。"

下午，莫罗佐夫来了。"你吃过什么东西没有？"他问。

"没有。我在等你呢。我们不妨在这里一块儿吃点什么东西。"

"胡说！那会引起人家的注意。在巴黎，除非生病，谁也不会在房间里吃东西，还是出去吃点什么吧。我就待在这里。这个时间，没有人会打电话来的。现在，大家都在吃晚饭。这是神圣的习俗。话虽这么说，万一他打电话来，我可以冒充你的随身仆人，问清他的电话号码，告诉他过半小时你就会回来的。"

拉维克犹豫了一下。"你说得对，"他随后说道，"过二十分钟我就回来。"

"别着急。你已经等得够久的了。现在可以不用紧张了。你要到富克饭店去吗？"

"是的。"

"叫他们给你来一点 1937 年的武弗雷酒。我刚才喝过。第一流的。"

"好。"

拉维克走了下去。他穿过马路，走过一个平台，然后在饭店里转了一圈。哈克不在那儿。他便在靠近乔治五世大街的阳台上找了一张空桌子坐下，叫了一客脂油烧牛肉、一盆沙拉、一碟山羊乳酪，还有一瓶武弗雷酒。

吃东西的时候，他十分留神。他强迫自己注意这酒味很淡，还有点辣，他吃得很慢，还朝四周张望着。只见凯旋门上的天空仿佛一面蓝色的锦旗。他又叫了一杯咖啡，觉得它味道很苦，随后慢慢点上一支纸烟，他不愿意太匆忙，他又坐了一会儿，望着行人们走过去，随后他站起身来，穿过马路，回到加勒亲王酒店，把一切都忘了。

"武弗雷酒的味道怎么样？"莫罗佐夫问。

"很好。"

莫罗佐夫从口袋里掏出一副小棋盘。"你要下一盘棋吗？"

"好的。"

他们把棋子放进了棋盘格里。莫罗佐夫坐在一把椅子里，拉维克坐在一张沙发上。"我看没有护照，恐怕不能在这里住三天以上。"

"账房间向你要过护照吗？"

"还没有。有时候，他们在登记处向人要有签证的护照，我是晚上搬过来的。夜班的那个年轻人倒没多问什么。我只是告诉他，要开个房间住五天。"

"豪华旅馆里，护照倒是查得不那么严的。"

"万一他们跑来要我的护照，那可麻烦了。"

"眼下他们还不会。我问过乔治五世酒店和丽兹酒店。你在登记的时候，是不是说你是美国人？"

"不。说是乌得勒支来的荷兰人。不适宜用一个道地的德国名，所以我就改了个名字，为了确保安全嘛。方·霍恩，不用冯·霍恩。要是哈克打电话给我，两个姓名听起来是一样的。"

"好，我想这样还是管用的。你住的肯定不是一个价钱很便宜的房间吧。那么，他们不会来麻烦你。"

"我也希望他们不要来麻烦我。"

"真可惜，你用了霍恩这个名字，我知道有一张可以再用一年的身份证。那是我的一个朋友的，他在七个月前去世了。验尸官来查验的时候，我们都说他是没有身份证的德国流亡者。因此就把这证件留了下来，以备他用。后来用约瑟夫·魏斯的名字把他在什么地方埋葬了，反正这对他来说也无所谓。可是已经有两个流亡者用过这份证件了。伊凡·克卢格，这不是那个流亡者的名字。原来的照片已经模糊，而且是侧影，又没有盖章，是很容易调换的。"

"还是像现在这个样子的好，"拉维克说，"等我从这儿搬出去的时候，霍恩这个人便不再存在，而且也根本没有什么证件。"

"要是有警察来检查，那自然要安全得多。不过，他们是不会来的。他们不会检查套房租金在一百法郎以上的旅馆。我就认识一个流亡者，他没有身份证，可是最近五年来一直住在丽兹。知道这个秘密的，只有一个夜班看门人。你有没有考虑过，万一这里有人要查问你的身份证，你该怎么办呢？"

"当然考虑过。我可以说，我的护照送到阿根廷大使馆去签证了。我会答应明天就拿给他们看。于是，我把小提箱留在这儿，自己就溜之大吉。时间也是来得及的。而且，要说身份证，总是旅馆里的管理部门先来询问，不会是警察直接来查问的。这我估计得到，只是……在这儿，一切事情都办不成了。"

"会办成的。"

他们下棋下到八点半。"现在你可以出去吃晚饭了，"莫罗佐夫说，"我待在这里，等你吃完回来，我就走。"

"我等一会儿在这儿吃。"

"别胡说。你现在出去，好好地吃一顿。假如那个家伙打电话来，你说不定先要跟他喝酒的，那么，你最好先把肚子填饱了。你知道，你们该一起上哪儿去吗？"

"知道。"

"我的意思是，要是他还想见识见识，或者想喝点儿什么东西呢？"

"是的，我知道好些个地方，在那里，各人只顾各人自己的事情。"

"现在你就出去，吃点儿东西。不要喝酒，吃一点厚味、油腻的东西。"

"好。"

拉维克又走到对面的富克饭店。他觉得,这一切都不是真实的。他准是在一本什么书里读到,在一部情节生动的电影里看到的,否则他一定是在做梦。他又在富克饭店的两边走了一圈。平台上坐满了客人。他朝每一张单人桌子看了一遍,哈克不在那儿。

他坐在靠近门口的一张小桌子旁边,可以观察入口和街道。隔壁桌有两个女人,正谈论着夏帕瑞丽和梅因布彻的时装。一个男人蓄着稀疏的髭须,跟她们坐在一起,一句话也不说。另一边,几个法国人在讨论政治。一个人赞成火十字会,一个人拥护共产党,还有几个人在跟他们闹着玩儿。讨论中间,他们都仔细瞅着那两个又漂亮又矜持的美国姑娘,她们正喝着苦艾酒。

拉维克一边喝酒,一边注视着马路。他还不至于愚蠢得连偶然事件都不相信。只有在优秀的文学作品里才不会出现巧合——人生是每天都充斥着荒诞可笑的奇事的。他在富克饭店待了半个小时。这个时间,比中午要轻松得多。然后他又一次沿着香榭丽舍大街走回到旅馆。

"这是你的汽车钥匙,"莫罗佐夫说,"我已经换了一辆汽车。现在是一辆蓝色的塔尔博特,坐垫是皮制的。另外那辆,坐垫是灯芯绒的。皮的容易洗干净。这是一辆敞篷式汽车,你可以把篷顶拉起或卸下。不过,车窗总是要让它开着。假如你必须在关着车门的汽车里开枪,那么子弹可以从车窗射出,免得留下弹洞。我租了两星期。事后千万不要把车开到车库里。只要停在那种常常停满汽车的小路上就是。透透空气。现在这辆车就停在兰开斯特旅馆对面。"

"好的。"拉维克说。他把钥匙放在电话机旁边。

"这是汽车的登记证。我没有为你弄到驾驶执照。实在不愿意惊动太多人。"

"我不需要。我在昂蒂布整天开车,也没有驾驶执照。"

拉维克把汽车登记证放在钥匙旁边。"今天晚上你把汽车停在另外一条马路上。"莫罗佐夫说。

真是一出情节剧,拉维克想,一出拙劣的情节剧。"我会照办的。谢谢,鲍里斯。"

"我很愿意跟你一块儿去。"

"我不要。这种事情只能一个人干。"

"是的。可是,得找机会干掉他,同时别让他们有机会干掉你。干掉他,就完事了。"

拉维克微笑道:"这话你对我叮嘱过不知有多少遍了。"

"叮嘱得不够是常有的事。在关键时刻,头脑里冒出一些愚蠢的想法,那多么糟糕。1915年,沃尔科夫斯基在莫斯科就出过这种事。突然之间,他迷恋起荣誉来,开始热衷于追逐名利,不肯冷酷无情地屠杀,或者干类似的事情,就被一个畜生杀害了。你这儿香烟够不够?"

"有一百支。这儿,我只要打个电话,什么东西都能得到。"

"假如我不在沙赫拉扎德门口,那你到我住的地方来叫醒我。"

"无论如何我总是要来的,不管事情发生不发生。"

"好的。再见,拉维克。"

"再见,鲍里斯。"

拉维克送走了莫罗佐夫,就把房门关上。忽然间,屋子里安静极了。他在一张沙发的角落里坐下来,望着屋子里的挂毯,料子全是蓝色的,而且都镶着滚边。这两天来,他对这些东西,比对那些他用了几年的东西更加熟悉了。他熟悉那些镜子,那些铺在地板上的灰色丝绒,靠近窗子的地方还有一个个黝黑的斑点。他熟悉这里的桌子、床铺和椅套的每一根线条,他对所有这一切熟悉得叫他作呕,只有那部电话机是他不熟悉的。

29

那辆塔尔博特车停在巴萨诺路上,夹在一辆雷诺和一辆梅赛德斯奔驰中间。那辆梅赛德斯汽车是新的,挂着意大利牌照。拉维克把塔尔博特开出来。他那么不耐烦,因此不够注意,塔尔博特的后保险杠擦到了梅赛德斯左边的挡泥板,留下一条划痕。他满不在乎,也没有停下来,就把汽车往奥斯曼林荫大道开走了。

汽车开得很快。手里有一辆汽车,可真不错。这对克服那像水泥似的填塞在胃里的黝黯失望,很有好处。

这会儿是清晨四点钟。他本来想再等候一下的,可是突然之间,他觉得整个事情仿佛毫无意义。很可能哈克早就已经忘记了这个小小的插曲,也说不定根本没有回到巴黎来。这会儿,他们还有别的事情要在那边料理呢。

莫罗佐夫站在沙赫拉扎德的门口。拉维克把汽车停在前面一个拐角,自己走了过来。莫罗佐夫直瞪瞪瞅着他。"你看到我打电话给你时留下的话吗?"

"没有,什么事?"

"五分钟之前我打过电话给你的。一群德国人坐在里边,其中有一个很像是……"

"在哪儿？"

"乐队旁边，那张唯一围坐着四个男人的桌子。你从门口就可以望得见。"

"好的。"

"你到靠门那张桌子边去坐吧，我为你留好的。"

"好，好，鲍里斯。"

拉维克在门口立定。屋里很暗，聚光灯照着舞池的地板。一个女歌手站在舞池里，穿着一套银色的服装。一束小小的圆锥形灯光，十分晃眼，没有照到的地方什么东西都看不见。拉维克直瞪着乐队旁边的那张桌子，还是看不清楚。一道白色的闪光把它给隔开了。

他在门口的那张桌子边坐下，一个招待送来一大玻璃瓶伏特加。乐队仿佛在拖延时间。乐曲《我要等着》的甜蜜雾霭在蠕蠕爬行着，爬行着，像一只蜗牛。

女歌手鞠了一躬，响起一阵喝彩。拉维克向前伛下身子，等待聚光灯熄灭。女歌手回到了乐队里。一个吉卜赛人一边点头，一边拿起小提琴。大镲把一阵被捂住的低沉乐音洒到了空气里。第二支歌，《明月下的小教堂》。拉维克闭上了眼睛，几乎不耐烦再等了。

这支歌曲还没唱完，他早又挺直了身子。聚光灯终于熄灭了。一张张桌上的电灯都亮了起来。开初那一会儿工夫，除了模糊的轮廓，他还是什么也看不见。他朝聚光灯凝视得太久了，于是他闭上眼睛，随后再抬起头来。他一下子发现那张桌子。

慢慢地，他又往椅背上靠过去。这些人中间，一个都不是哈克。他就这样坐了很久。突然觉得疲累得要死。眼睛后面的疲累，像参差不齐的波浪，一阵又一阵冲击着他。那音乐和嗓音的起伏，那被压抑的吵闹声，在他经历了旅馆房间的一段岑寂和一阵新的失望之后，像烟雾那样把他笼罩起来，仿佛一个睡梦的万花筒，仿佛一种轻微的催眠，把他的脑细胞，连同那不完全的思绪和折磨人的监视，统统包裹了起来。

从五彩婆娑的暗淡光雾中，有一会儿工夫他看见了琼。她那坦率而充满渴望的脸，向后仰起，头靠近一个男人的肩膀。他完全无动于衷。天下再没有比爱过的人更容易陌生的了，他没精打采地思忖着。那联系着幻想和实际的谜似的纽带被扯断了，也许两者之间仍然有闪电在跳跃，仿佛从幽灵似的星体上散射出的荧光，但这光芒是没有生命力的。纵然能激发电流，但不会再燃烧，再也没有什么东西可以相互交流了。他把脑袋仰靠在长凳的椅背上。深渊上面那一点儿亲昵，带着一切甜蜜名字的两性的阴影，浮在沼泽上面的星形花，你去采它的时候，就会被淹死。

他把身子挺直了。睡着之前，就应该走啦。他叫招待："请你拿账单来。"

"没有什么账啊。"侍者说。

"怎么会呢？"

"你什么也没有喝嘛。"

"哦，是的，对的。"

他给了那人一点小费，便走了出去。

"不是吗？"他走到外面，莫罗佐夫就问。

"不。"拉维克答道。

莫罗佐夫望着他。"我不干了。"拉维克说，"这真是印度人一出见鬼的把戏。到如今，我已经等了五天。哈克告诉我，他在巴黎总是只待两三天。要是这话当真，那么他此刻肯定又已经离开了。如果他确曾来过的话。"

"快去睡吧。"莫罗佐夫说。

"我睡不着。现在我要回到加勒亲王酒店，去拿我的手提箱，把房间退掉。"

"好，"莫罗佐夫说，"那么，明天中午我到那边去找你。"

"哪边？"

"加勒亲王酒店。"

拉维克瞅着他。"是的。当然，我真是在胡说，是不是啊？也许不是吧。"

"等到明天晚上再说吧。"

"好的，我会考虑的。晚安，鲍里斯。"

"晚安，拉维克。"

拉维克把车开过奥西里斯，停在街角。要回到国际旅馆他住的那个房间去的念头，使他感到不安。也许在这儿还可以睡这么几个小时吧。今天是星期一，照例是妓院生意清淡的日子。看门人已经不在外面了，里边大概早已没有客人啦。

罗朗德倚在门口旁边，照看着这间宽敞的屋子。在这个差不多空空荡荡的地方，唱机发着闹嚷嚷的音响。"今晚没有多少生意吧？"拉维克问。

"是没有。只有那边一个叫人讨厌的家伙，好色得像一只猴子，却又不愿跟一位姑娘到楼上去。你总知道那种类型的人吧，想干可是又害怕。又是一个德国人。也好，反正他已经付了钱，也不会耽搁太久。"

拉维克毫不在意地朝那张桌子望去。那个人坐着，背向着他。同座的还有两个姑娘。当他往一个姑娘的身上靠过去，用双手搂住她的乳房的时候，拉维克看清了他的脸。原来是哈克。

他听到罗朗德在说话，仿佛隔着一重烟雾。他不明白她说的是什么。他只觉得自己倒退了一步，这会儿已经站在门边，可以看清他那张桌子的角落，而不会被对方发现。

"来点儿干邑白兰地吗？"最后，罗朗德的声音从烟雾里传来了。

唱机发出尖锐刺耳的声音，还是那种摇摇晃晃，横膈膜在抽搐。拉维克用指甲掐着自己的手掌，千万别让哈克看见他在这儿，而且也别让罗朗德知道他跟哈克认识。

"不啦，"他听到自己在说话，"我已经喝够了。你说是个德国人吗？你知道他是谁？"

"一点也不知道。"罗朗德耸了耸肩膀，"在我看来，他们都是一个模样。我相信，这个人从来没有来过这儿。不过，你要不要喝点儿什么？"

"不要，只是顺便来看看……"

他感到罗朗德的眼睛在瞟他，便强制自己镇静一点。"我只是来听听你什么时候举行晚会。"他说，"星期四还是星期五？"

"星期四，拉维克。你来参加吗？"

"那还用说？我不过想要打听得确切一些。"

"星期四下午六点钟。"

"好。我准时来参加。我要知道的，就是这个。现在我要走了。晚安，罗朗德。"

"晚安，拉维克。"

灯光辉煌的夜晚突然咆哮起来。再也没有什么房屋了，一堆岩石的丛薮，一片窗户的林莽。突然又发生了战事，一支巡逻队沿着空空荡荡的街道蹑手蹑脚地潜行。那辆可以作为掩蔽壕的汽车，发动机嗡嗡地响着，埋伏在那里等候敌人的来到。

等他一出来就把他打死吗？拉维克顺着马路望过去。几辆汽车，黄澄澄的灯光，几只猫。在远处一盏路灯底下，站着一个警察模样的人。自己的汽车牌照，射击时的枪声，刚才见过面的罗朗德，莫罗佐夫的声音："千万不要冒险，千万不要，那是不值得的。"

没有看门人，没有出租汽车！好的！星期一的这个时间也不会有多少运货卡车。当他这样思量着的时候，一辆雪铁龙出租汽车辘辘地开过面前，在门口停住了。司机点了支纸烟，大声地打了个哈欠。拉维克觉得身上的皮肤在收缩。他等在那儿。

他考虑着是不是走下汽车，告诉那个司机，说是里边已经一个人也没有了。这不可能。随便找一个借口，给他几个钱，打发他走开吧。他从口袋里摸出一张纸片，写了几行字，把它撕了，又重写了一张。莫罗佐夫不会在沙赫拉扎德等他的，签一个假的名字吧。

那辆出租汽车发动引擎，开走了。从后面望它，看不见汽车里边。他不知道在他写字的时候，哈克会不会坐进了汽车。于是他飞快地用第一挡开动汽车。塔尔博特拐了个弯，跟在出租汽车后面急驰。

从后车窗里，他看不见有什么人。可是哈克也许坐在汽车的一边。他慢慢地超过出租汽车。在黑暗中那汽车的后座也看不见有什么。他让汽车落后点，随后又抢上前去，尽可能紧靠那辆汽车的旁边。司机转过头来，向他吆喝："嗨，你想把我挟住不成！"

"你汽车里有我的一个朋友。"

"你这个喝醉酒的傻瓜！"司机直嚷着，"你没看见车子里是空着的吗？"

这会儿，拉维克发现汽车里计程表没有走，他马上来了个急转弯，掉头回去。

哈克站在人行道上，挥着手。"喂，出租汽车！"

拉维克把汽车开到他近旁，刹停了。"是出租汽车吗？"哈克问道。

"不是。"拉维克从车窗探出头来，"喂！"他说。

哈克望着他，眼睛眯缝了起来。"什么？"

"我想我们是认识的。"拉维克用德语说道。

哈克向前俯下身去，一阵疑云从他脸上消失了。"我的天哪……冯……冯……先生……"

"霍恩。"

"对！对！冯·霍恩先生！当然！多么巧啊！朋友，这一阵您都在什么地方啊？"

"就在巴黎。来，请进来。我没想到您已经回来了。"

"我给您打了好几次电话。您是不是已经搬了一家旅馆？"

"不。还是那家加勒亲王酒店。"拉维克把车门开了，"请进来，我送您去。这个时间，你可不容易叫到出租汽车。"

哈克一只脚跨进了汽车。拉维克可以感觉到他的呼吸。他看见那张红光满面的冒汗的脸。"加勒亲王酒店，"哈克说，"真见鬼，原来是那个地方！加勒亲王！我一直把电话打到乔治五世去了。"他大声地笑着，"那儿的 人都说不认识您。现在我知道啦！加勒亲王酒店，当然！我把地址搞错了，我没有把那个旧的笔记本带来。总以为我是记得的。"

拉维克注意着门口。人们从里面走出来，总还需要些时间吧。那些姑娘先得换一下衣服。但是，他也必须让哈克快点上车。"您想进去玩玩吗？"哈克打趣着问。

"我本来是想进去的。不过时间已经太晚了。"

哈克用鼻子大声地呼吸着。"您说得对，朋友。我是最后一个了。她们快要打烊啦。"

"那没有关系。不过，这里也没劲。我们还是上别的什么地方去！请吧。"

"还有什么地方没有打烊吗？"

"当然有。真正好的地方，现在还只刚开始呢。这儿只是供旅游者玩的。"

"真是这样吗？依我看，这儿也确实很不错了。"

"一点也不好。还有许多更好的地方呢。这儿不过是个妓院罢了。"

拉维克轻轻地踏了几下油门。引擎吼了一阵，便低沉下去。他估计得很对，哈克果然小心翼翼地爬上他旁边的座位。"好得很，又碰到了您。"他说，"实在好得很。"

拉维克从他面前伸过手去，关上了车门。"我也感到很高兴。"

"这儿真是一个有趣的地方！一大堆光身子的姑娘，你想一想警察局居然会准许！她们大多数可能都是有病的，是吗？"

"很可能，在这些地方，很难有什么保证。"

拉维克开动了车子。"有什么地方可以绝对保险吗？"哈克把一支雪茄烟咬在嘴里，"我可不想得了淋病回家去。可是另一方面，人也只活一辈子。"

"是的。"拉维克说着，递给他一个打火机。

"我们上哪儿去？"

"先去一家幽会场所，怎么样？"

"那是一个什么样的场所？"

"上流社会女人去找外遇的地方。"

"什么，真正是上流社会的女人吗？"

"是的。有的女人因为丈夫太老了，有的女人因为讨厌自己的丈夫。有的女人因为丈夫赚来的钱不够一家人生活。"

"可是这件事情，她们……她们也不能够简单地……是怎么样处理的呢？"

"这些女人到那边去这么一两个小时，仿佛喝鸡尾酒或睡前喝酒似的。她们中有些人还可以打电话去叫来。自然不像蒙马特的妓院那样。我就认识一家很好的幽会场所，在布洛涅森林中。女主人的风度简直像一位公爵夫人。样样东西都十分讲究，精致而优雅。"

拉维克说得很缓慢，很镇定，呼吸得很慢很慢。他听到自己讲话的语调像是一个旅游者的向导。可是他还强制自己继续说下去，为了让自己更加平静一点。他手臂上的血管在颤动。他把方向盘紧紧地抓住，以便控制那种颤动。"当您看见那些个房间，您一定会感到惊讶的。"他说，"家具是真品，地毯和壁毯是老货，酒是精选的，服务是周到的，至于女人嘛，那可绝对保险。"

哈克喷吐着雪茄的烟雾。他向拉维克转过身去。"您听着，这些听上去都很了不起，我亲爱的冯·霍恩先生。不过，有一个问题，那价钱肯定不会便宜的吧？"

"我可以保证，那价钱也不贵。"

哈克咯咯地笑着，还有点困惑。"那要看您怎么个标准了！我们德国人，外币是带得很有限的。"

拉维克摇摇头。"我跟那女主人很熟。她还欠着我的钱。她一定会把我们当作特殊客人来接待的。您去的时候，就说是我的一个朋友，说不定她还会不收你的钱。如果要一点儿，也不过是几文小费，比你在奥西里斯喝一瓶酒还要少。"

"真的吗？"

"您瞧着吧。"

哈克挪动了一下身子，坐坐舒服。"我的天，那真是太有意思了！"

他朝拉维克开怀地笑着。"您看起来非常了解情况！对那个女人，您一定下过很多功夫吧。"

拉维克瞧着他。他也直勾勾地瞅着拉维克的眼睛。"这些地方，有时候官厅会去找麻烦。企图敲诈勒索。您总明白我的意思吧？"

"那怎么办！"哈克沉思了一会儿，"你在这儿有点权势吗？"

"说不上。有几个朋友倒是很有影响的。"

"那就好了！我们需要借重您一下。对此，能不能找个时间谈一谈？"

"当然可以。您在巴黎还准备待多久？"

哈克笑了起来。"我好像总是在快要离开的时候碰到您。今天早晨七点半，我就要走了。"他看了看汽车里的钟，"再有两个半小时。我还想告诉您。那时候，我必须赶到北火车站。时间来得及吗？"

"那容易，上车之前，您还要到旅馆去吗？"

"不。我的手提箱已经送到车站去了。下午我就退掉了房间。那样可以少付一天的房钱。我们的外汇……"他又笑了起来。

忽然，拉维克发觉自己也在笑。他用双手紧紧压着方向盘。不可能，他思忖着，那不可能！一定还会有什么事情插进来的，这样好的机会是不可能有的。

清新的空气使哈克感到了酒意。他的嗓音变得又缓慢又沉重。他在座位角落舒服地坐着，开始打瞌睡。他的下颚耷拉着，眼睛闭拢了。汽车驶进万籁无声的黑沉沉的布洛涅森林。

汽车的前灯仿佛两个不声不响的妖怪，在汽车前面飞翔，把两旁幽灵似的树木从黑暗中撵出去。槐树的味儿从开着的车窗里冲进来。轮胎在柏油马路上滚动的声音，轻微而持续，好像永无休止似的。引擎那熟悉的哼唱，在潮湿的夜空中显得深沉而柔和。左边闪过一个小小池塘的亮光，柳树的身影比它们后面的那些山毛榉来得明亮。草地上覆盖着露水，发出珠母似的惨白的闪光。马德里路，圣詹姆斯门路，纳伊路。一幢沉睡的房子，河水的味儿，塞纳河。

拉维克在塞纳河边的林荫路上行驶。两条驳船相隔一段距离，黑沉沉的，浮在月色斑斓的水面上。离得较远的那条船上有一条狗在吠叫。那叫声从水面上传来。前面一条驳船上，前舱里还点着一盏灯。拉维克没有把车停下。他用均匀的速度行驶在塞纳河边，免得惊醒哈克。他原想在这里停车的，可是不行。那两艘驳船离河岸太近了。于是他转进费尔梅路，离开了河岸，回到隆尚街。他在玛戈王后大道上继续行驶一会儿，小心翼翼地驾驶着，随后转入那些狭窄的马路。

当他朝下瞧着哈克的时候，看见他两只眼睛已经睁开。哈克也在朝他看。他没有挪动位置，只是把头抬起，望着拉维克。在仪表的暗淡光线中，他的一双眼睛像是两个蓝幽幽的玻璃球。仿佛一次电击。"醒来了吗？"拉维克问。

哈克没有回答。他望着拉维克，没有动弹，连眼睛也不眨一下。

"我们到哪儿啦？"他后来这样问。

"在布洛涅森林里，快近斯凯特饭店了。"

"我们的车走了多久啦？"

"十分钟。"

"好像不止吧。"

"恐怕不会。"

"我在睡着以前看过表的。我们已经走了半个多小时了。"

"真的吗？"拉维克说，"我没想到已经走了这么长时间。好在快要到啦。"

哈克的眼神始终没有离开过拉维克。"到哪儿？"

"到那个幽会场所。"

哈克移动了一下。"您开回去。"他说。

"现在吗？"

"是的。"

他已经醉意全消，已经清楚，已经醒来了。他的脸色已经改变，那种诙谐的温顺已经消失了。拉维克在这里第一次又看见了这张他所熟悉的脸，这张永远印刻在牢房那恐怖记忆中的脸。突然地，他遇到哈克以后所出现的那份不安感，那种立刻要去杀死一个跟他完全不相干的陌生人的感觉，消失了。原以为坐在他汽车里的是一个灌了些红酒的和气的人，从他脸上怎么也找不出一点理由——不管自己怎么想，却是作为头等大事埋藏在心里的理由。可是现在，突然他又看到了那双眼睛，那双在他痛苦垂死时刻从昏厥中醒来时看到过的眼睛。就是同样的那双冷酷的眼睛，同样冷酷的、低沉的、刺耳的嗓音。

拉维克的心里，仿佛有什么东西忽然翻了一个身，好比是一股电流改变了电极。还是一样紧张，可是那踌躇、烦躁、动摇，却汇成一道单一的水流，这里只有一个目的，除此以外便什么也没有了。逝去的岁月已经化成了灰烬，那个灰色墙壁的房间又出现了，还有那没有灯罩的惨白灯光，鲜血的腥味，皮鞭，汗水，痛苦和恐惧……

"为什么？"拉维克问。

"我一定要回去了。有人在旅馆里等我。"

"可是您刚才说过，您的东西都早已经送到车站去了。"

"是已经送去了。不过在我离开之前，还有一点事情要料理。我怎么全都忘记了。请您开回去吧。"

"好的。"

上星期，拉维克在布洛涅森林里已经开过十多次车，在白天也在黑夜。他知道眼下在哪儿，还有几分钟的路呢。他向左拐进了一条狭窄的林荫道。

"我们是在往回开吗？"

"是的。"

白天也照不到阳光的密树下面，散发着浓郁的香气。黑暗更浓重了。汽车的前灯射出更明亮的光芒。拉维克从后视镜里看见哈克的左手慢慢地小心翼翼地从门上挪开了。装在右边的方向盘，他想，天保佑这辆塔尔博特有装在右边的方向盘！他转了个弯，用左手抓着方向盘，装作由于转弯而摇晃身子，随后在一条笔直的路上开足油门，汽车便飞快地向前驶去，几秒钟后，他用足全力把车刹住。

塔尔博特猛然跳了起来。刹车吱地响了一下。拉维克一只脚踩着油门，另一只脚抵住地板，以便保持平衡。哈克的双脚没有抵住什么东西，而且也没料到这一下猛烈的跳动，因此齐腰部向前冲了过去。他又来不及从口袋里伸出手来，以致他的前额撞在挡风玻璃和仪表指示板的边上。就在这一刹那，拉维克从右边衣袋里摸出一把沉甸甸的活动扳手，对准哈克脑袋下的颈根揍了一记。

哈克再也爬不起来。他横着滑落下去，全靠右边的肩膀搁住，才让他的身体架在仪表指示板上。

拉维克马上继续驾车前进。他穿过林荫道，把汽车前灯遮住了。他继续前进着，等着弄明白究竟有没有人听到那刹车声。他在考虑，是不是要把哈克拖下汽车，藏到灌木丛里去，免得有人撞见。最后他在一条岔路旁边停下车，熄灭了车灯，关了引擎，跳出车厢。掀起引擎盖，拉开哈克一边的车门，兀自谛听着，万一有什么人来，他可以从这里老远就看见和听到。还有足够的时间把哈克拖到一棵灌木后面去，做得像是引擎发生了故障的样子。

这沉寂像是一种喧闹，来得那样突兀，那样不可思议。拉维克把双手紧紧握成拳头，直到他感到疼痛为止。他知道，他的耳朵里在鸣响，那是血液的作用。于是他深长而缓慢地呼吸着。

这鸣响变成了咆哮。透过这咆哮，他又听到一种尖锐的声音，越来越响。拉维克凝神谛听着。声音越来越响，仿佛是金属发出来的响声，于是他突然明白，这是蟋蟀的鸣叫，而咆哮已经消失了。在他前面的一狭条草地上，在这拂晓的时刻，只有蟋蟀在吟唱。

那片草地沉浸在拂晓的微光中。拉维克把引擎盖盖了起来。正是时候了。他不能不在天光大亮之前，把一切都收拾好。他望了望四周。这个地方可不行。布洛涅森林里就没有一个地方是行的，塞纳河边又太亮了。他没有估计到事情会干这么久。他驾着汽车兜来兜去巡视，他仿佛听到一种碰擦和搔爬的声音，随后又有一声呻吟。原来是哈克的一只手，从开着的车门里滑出来，落到踏脚板上。拉维克这才意识到自己的一只手里还抓着活动扳手。于是他一把揪住哈克的衣领，把他拉起来，让脑袋完全露在外面，随后在他颈根上揍了两拳。呻吟声没有了。

什么东西噼啪一响。拉维克站定了。他看到一支手枪，从座位掉到了踏脚板上。在他急刹车之前，哈克肯定是握着这支手枪的。拉维克把它扔回了车厢。

他又谛听着。那些蟋蟀，那片草地，那越来越亮又仿佛在往后退却的天空。过一会儿，太阳就要出来了。拉维克开了车门，想把哈克拖出车厢，他将前面的座位折倒下来，要把哈克推到前面座位与后面座位中间的地板上，可是做不到。那个地方太窄了。他在汽车周围转了一圈，打开汽车尾部的行李厢。他很快把里边空出来，然后再一次把哈克拖出车厢，拉到汽车后面。哈克还没有死，拉起来很沉。汗水从拉维克的脸上流下来。居然把那家伙塞进了行李厢。他把哈克的两个膝盖折叠起来，像胎儿一般，这才硬塞进去的。

他从地上捡起几件工具，一把铁铲、一个千斤顶，放在车厢前面。近处的一棵树上，有只鸟儿开始鸣唱。他吃了一惊。这声音，仿佛比他从前听到过的任何声音都响。他望了望草地，天色比刚才更亮了。

他不想冒险，走到汽车背后，将行李厢盖子掀开了一半。他把左脚搁在后保险杠上，用膝盖撑住那半开着的盖子，掀开的高度正够他探进双手去摸索。万一有什么人走近过来，也只见他好像在正正当当地干活，而他可以马上把盖子盖上。前面还有很长一段路要赶呢。他必须先把哈克弄死。

哈克的头搁在右边的角落里。那是拉维克看得见的。脖子软绵绵的，脉搏还在跳动。他用双手使劲叉住哈克的咽喉，紧紧地扼着。

仿佛过了漫无穷尽的一段时间，那脑袋微微地动了一下，只是很微很微地，那身体试着想伸展一下，却似乎被衣服捆住了。他的嘴张开着。那鸟儿又尖声啾鸣了一阵。他的舌头拖了出来，很厚，还罩着一层黄苔。突然，哈克的一只眼睛睁开了，它突出着，好像要瞩视光明，要端详景物，要挣脱自己，向拉维克扑去，然而那身体垮掉了。

拉维克扼紧了一会儿。完了。

盖子啪哒一下，盖上了。拉维克走了几步。他感觉到膝盖在打战。他用劲扶住一棵树，呕吐起来，竟觉得自己的胃都要一起呕吐出来似的。他想使自己停止呕吐，却办不到。

当他抬起头来的时候，看见一个人正穿过草地向他走来。那个人朝他这儿瞧着。拉维克吐了一口唾沫，从口袋里掏出一包纸烟。他点了一支，吸了一口。烟味给他的喉咙带来刺痛和灼伤的感觉。那个人穿过林荫道。他望了望拉维克呕吐过的地方，随后又望了望汽车，望了望拉维克。他一声也不吭，从他的脸上，拉维克也看不出什么表情来。他迈着缓慢的脚步，在岔路后面消失了。

拉维克又等了几秒钟，然后把汽车的行李厢锁好，启动了引擎。在布洛涅森林里，已经没有事情可干了。天色太亮啦。他必须开到圣日耳曼去。他熟悉那边的树林。

30

一小时以后，他在一家小旅馆前面停了车。他肚子很饿，头也有点昏昏沉沉的。他把汽车停放在一座房子前面，那里放着两张桌子和几把椅子。他要了一杯咖啡、几块松糕，便走过去洗手。盥洗室有一股臭味儿。他要了一个玻璃杯，漱了漱口，随后他洗了洗手，又走回来了。

早餐已经放在桌子上。这咖啡发出跟天下所有咖啡同样的味儿，燕子沿着屋顶翻飞，太阳把第一批金黄色的壁毯挂到了墙上。人们都去上班了，一个女清洁工撩起裙子在小酒馆的细珠帘幔后擦洗着地板。这样一个恬静到了极点的夏天的早晨，拉维克已经好久好久没有看到了。

他喝着咖啡，却打不定吃东西的主意。他不想用这手去触碰任何吃的东西。他瞧着它们。胡闹，他想，真见鬼，我不要把自己弄得心理失常，我必须吃点儿东西。他又喝了一杯咖啡。他从纸烟包里抽出一支纸烟，好不容易留神着不把他用手触碰过的一端放进嘴里。不能老这样下去，他想。尽管如此，他还是没有吃什么东西。首先必须把这件事彻底解决好，他想。于是站起身来，付了账。

一群母牛，蝴蝶。太阳照在田野上，照在挡风玻璃上，照在汽车上，照在藏着哈克的行李厢的金属盖上。哈克已经被杀死了，只是他既没有听到被杀死的原因，也不知道是谁把他杀死的。理应是另一种情况：

"你认识我吗，哈克？你知道我是谁吗？"

他看见面前一张红彤彤的脸。"不，为什么？你是谁？我们从前有没有见过面？"

"见过的。"

"什么时候？我们从前很熟吗？也许是在军官学校？我记不得了。"

"你记不得了，哈克？不是在军官学校。是在那以后。"

"以后？可是，你一向都住在国外嘛。我可从来没有离开过德国。只是最近两年，我才到巴黎来的。也许我们一块儿喝过酒。"

"不，我们没有一块儿喝过。也不是在这儿。那是在德国，哈克！"

一重栅栏，铁轨，一座小花园，长满了玫瑰、夹竹桃和向日葵。等待。一列孤零零的黑色火车，在漫无穷尽的清晨，吐着黑烟开过去。从挡风玻璃里反映出的一双眼睛，原来是生气勃勃的，现在却藏在行李厢里，变成水母似的，承受着从罅缝筛落下来的灰尘。

"在德国吗？哦，我明白了！在一次党代表会上。在纽伦堡。我想我是记得的。是不是在纽伦堡的别墅里？"

"不，哈克。"拉维克对着挡风玻璃，慢条斯理地说，他觉得过去的岁月像是黑色的浪潮，又汹涌着回来了，"不是纽伦堡，是在柏林。"

"柏林？"那张被玻璃反光映照得颤颤巍巍影影绰绰的脸上，流露出一丝和善的急躁，"好啦，说出来吧，我的朋友，让我听听这个故事吧！别再那么旁敲侧击，折磨我了！到底是在什么地方？"

从地上升起来的浪潮，现在已经涨到他的手臂那儿了。"折磨，哈克！就是这么回事。哈克！"

一种捉摸不定的，小心谨慎的笑声。"别开玩笑了，我的朋友。"

"折磨，哈克！你现在知道我是谁了吗？"

那笑声，更加捉摸不定，更加小心谨慎，仿佛是一种威胁了。"我怎么会知道？我见过成千的人，不可能记住其中的每一个。如果您说的是关于盖世太保……"

"是的，哈克。正是盖世太保。"

他耸了耸肩膀，提防着。"要是你真是在那儿受过审问的话……"

"是的，哈克。你还记得吗？"

他又耸了耸肩膀。"我怎么会记得呢？我们审问过成千的人……"

"审问过！把人打得昏死过去，肾脏被打伤了，骨头被打折了，仿佛皮囊似的被扔进地窖，随后又拉了上来，脸庞被撕破了，睾丸被捣碎了，那样的做法，你就管它叫作'审问'！那些再也无法叫喊的人发出热切骇人的呻吟，那就是'审问'！两次昏迷之间的哀求，脚踢肚腹，橡胶短棍，鞭子抽打，是的，所有这一切，你居然天真地管它叫作'审问'！"

拉维克望着挡风玻璃上那张看不见的脸，庄稼、罂粟和野蔷薇组成的乡村风景从挡风玻璃里悄没声儿地滑过去了。他盯着他瞧，嘴唇翕动着，他把这一切一直想说却没有说而又非说不可的话统统说了出来。

"手别动！要不，就把你打死！你还记得那身材矮小的马克斯·罗森伯格吗？他跟我关在同一间地牢里，躺在我旁边，身体完全被摧垮了。他想把脑袋撞在水泥地上，免得再受审问。为什么要受审问？因为他是一个民主主义者！还有维尔曼，他小便都是血，牙齿全被打掉了，只剩了一只眼睛，经你们审问了两小时之后——审问，为什么要审问他？因为他是一个天主教教徒，他不相信你们的元首是一个新的救世主。还有里森费尔德，他的脑袋和脊背，看去像是一堆鲜肉。他竟恳求我们把他的血管咬开，因为他的牙齿都没了，没有能力自己咬开，经过你们审问之后，审问，为什么审问？因为他反对战争，他不相信炸弹和喷火器是人类文明最完美的表现。审问！成千的人已经被你们审问过了，是的，手别动，你这个畜生！现在，我终于把你弄到手了，我们正在把车开到一座墙壁厚实的房子里去，只有我们两个人，由我来审问你，慢慢地，慢慢地，审问几天，用你对待罗森伯格的办法，用你对待维尔曼的办法，用你对待里森费尔德的办法，正像你在我们面前施展过的那样！然后，经过这一切之后……"

忽然间，拉维克感觉到汽车开得快了。他松掉了油门踏板。几所房屋，一个村庄，几只狗，一群鸡，几匹马在牧场上奔跑，伸长了脖子，昂起脑袋，异教徒似的，仿佛半人半马的怪物那样，充满活力的生命。一个笑眯眯提着洗衣篮的女人，五光十色的洗好的衣服摇摇晃晃地悬在绳子上，如同一面面保证安全幸福的旗帜。几个儿童在门口戏耍。所有这一切，他看去好像隔着一重玻璃，仿佛很近，又好像是无比遥远，充满美丽、和平和纯洁，强烈得叫人痛苦，而又跟他间隔着。出了今夜的事情，现在是永远也不可能再得到的了。他一点也不觉得遗憾，事情就是这样，如此而已。

汽车开得很慢。只有飞快穿过村庄，才有停车的机会。他看了看表，开了差不多有两个小时了。怎么可能呢？他竟一点儿也没有注意到。除了自己刚才对着说话的那张脸外，他什么也没有看见。

圣日耳曼，公园，衬托着蓝天的黑乎乎的棚架，后面是树木，树木，树木成荫的林荫道。长满树木的公园，寻找着，期望着，于是突然出现了森林。

汽车开得更轻了。森林矗立在前面，从左右两边闪出青翠的和金黄色的浪涛，淹没了地平线，拥抱着所有的东西，甚至那个在它们中间蜿蜒曲折迅速爬行的闪光甲虫。

土地很松软，长满了蔓生在树丛下面的矮树丛。这儿离马路已经很远了。拉维克把汽车停在相隔几百米的地方，还在他视线范围之内。于是他拿出一柄铁锹，动手挖掘泥土。这很容易，万一有什么人走过来，看见了汽车，他也可以藏好铁锹，像一个普通散步者那样踱回去的。

他挖掘着泥土，那深度只要能掩埋一具尸体就行。随后他把汽车开过去。尸体很沉。但他还是把汽车只开到土地坚实的地方，免得留下车轮的痕迹。

尸体还是松松软软的。他把它拖到坑穴那儿，开始剥下他身上的衣服，叠成一堆。这工作做起来比他想象的要容易。他让这具全身赤裸的尸体留在那儿，捡起衣服，放进行李厢，拿了一柄铁锤。他不能不考虑到，万一这具尸体偶然被人发现，怎么也不能让人找到足以证明它身份的任何凭据。

有一会儿工夫，他觉得自己很难再回到那具尸体那儿去。他感到一种几乎不可抗拒的冲动，想把尸体抛在那儿，自己跳进汽车，马上开走。他立定了一会儿，望了望四周。几米以外，有两只松鼠在山毛榉树干上互相追逐，它们的红毛在太阳下闪光。于是他继续往前走。

他把一块浸透了油的破绒布盖在哈克浮肿发青的脸上，准备用铁锤打烂它。只敲了第一下，他就停下手来。那声音好像很大。可接着，他又马上敲打起来。隔了一会儿，他才把那块破绒布掀开。哈克的脸已经成了一块乌血斑斑无法辨认的肉饼了。如同里森费尔德的脑袋，他想。他感觉到自己的牙齿咬得很紧。也不像里森费尔德的脑袋，他想，里森费尔德的脑袋还要惨得多，遭受那一切时，他可还活着。

拉维克捋下哈克左手指上的戒指，随后将尸体塞进了坑穴。这坑穴似乎短了一些。他把两个膝盖弯到了肚子上，再将泥土堆将上去。没费多少时间他已经把坑穴踩平了，再把预先用铁锹铲起来的一大片藓苔铺在上面。倒是天衣无缝的。要不是俯下身去谁也看不出拼接的痕迹。他又把矮树丛也扶直了。

那铁锤，那铁铲，那块破绒布，他把这些东西连同衣服一起塞进行李箱。再一次慢慢地走回去，找找有没有足以泄露机密的痕迹。可他几乎什么也没找出来。雨水和小草几天的滋长，会把残留的些微痕一起抹去。

奇怪，死人的一双鞋、一双袜子、一套内衣、一套外衣，是有点残缺的。那袜子，那衬衣，那汗衫短裤——幽灵似的，枯萎了，仿佛跟那个人一起死去了。连触碰它们，看一看它们的标签和牌号也叫人十分厌恶。

拉维克干得很快。他把牌号标签一下都拆掉了。随后将这些东西卷成一束，埋进地里。这地方跟那掩埋尸体的所在，还有好几公里的距离，相距这么远，人家不可能同时发现尸体和衣物。

他继续驾车前进，一直开到一条小河旁边。他把拆下来的牌号商标用纸包了起来。随后他将哈克的笔记本撕个粉碎，再翻看哈克的皮夹，里面有两张一千法郎的纸币、一张往柏林去的火车票、十马克、几张写着地址的纸条，还有一本哈克的护照。拉维克把两千法郎藏进了自己的口袋。从哈克的衣袋里，刚才他还搜到过五法郎钞票。

他对着那张火车票瞧了好一会儿。往柏林，看上去很奇特，往柏林。他把火车票撕了，将它和别的东西放在一起。他又仔细瞅了好半天那本护照。护照的有效期还有三年。这很有诱惑力，他不妨把它留给自己使用，那很符合他目前的生活方式。要不是考虑到危险，他是不会犹豫的。

结果他还是把这本护照撕了，还撕了那张十马克的钞票。他把哈克的钥匙、手枪以及几只手提箱的存放收据藏了起来。他需要考虑一下，是不是该把那几只手提箱领出来，从而消灭哈克在巴黎的一切痕迹。哈克住旅馆的账单，他早已找到，而且把它撕了。

他烧毁了所有的东西。所费的时间比他预先估计的要长，幸而带着几张报纸，才把一片片布都烧了。他把灰烬抛在小河里。然后检查汽车上有没有血迹。一点儿也没有找到。他把铁锤和活动扳手仔细洗干净，将这些工具放回了行李厢。他尽可能将双手仔细擦洗干净，掏出一支纸烟，抽着，坐了一会儿。

太阳从高大的山毛榉林里斜斜地照下来。拉维克坐在那里，抽着烟。脑子里空空如也，什么事也不想。

汽车又拐进往城堡去的那条路的时候，他想起了茜贝尔。在晴朗的夏天，城堡兀立在十八世纪永恒的天空下。他突然想起茜贝尔，从那些日子以来，像这样不想抗拒回忆、不想推开它、不想抑制它，还是第一次。在追怀往事的时候，他从来不敢想哈克传她进去的那一天，从来不敢想她脸上那种惊惶恐惧得发疯的表情。其他的一切，都被这个印象抹掉了。而且他也从来不敢想她自杀的消息。他一度并不相信，那是可能的，但是谁知道她死以前又发生过什么事情呢？他一想起她，就怎么也禁不住头脑中的痉挛，双手会变成一副利爪，仿佛铁夹似的箍住他的胸脯，使他好几天都逃不脱那无济于事的、一心想复仇的红雾。

他此刻又想起了她，而那铁箍、那痉挛、那红雾都突然不再出现了。什么东西已经松开，一重防栅已经撤去，那个惊惶恐惧的呆板形象开始移动，再也不像过去那些年来那样凝冻不化了。她那扭歪的嘴开始闭拢，呆板的表情从眼睛里消失，血色温柔地回到了她那铅粉似的苍白的脸上，再也不是一张永恒的恐怖面具，而仍然是那个他所熟识的茜贝尔。他曾经跟她一块儿生活过，抚摸过她温柔的胸脯，有两年工夫，她曾经像六月的黄昏那样存在于他的生活里。

一个个白天升腾起来，还有一个个夜晚，仿佛遥远的、已被遗忘了的烟火，突然展现在天边。储存往事的那扇闩着、锁着、染着血水的门，突然轻易地悄没声儿地敞开，后面又一次出现一座花园，而不再是盖世太保总部的地窖。

拉维克驾着汽车又走了一个多小时。他没有往巴黎市中心开,在圣日耳曼横跨塞纳河的桥头停住了,将哈克的一串钥匙和一支手枪扔进了河里。然后他打开车顶,继续前进。

他穿行在法国的清晨。黑夜几乎已经被遗忘,仿佛落在他后面有几十年之久了。几小时以前发生的事情,已经变得很模糊,被压抑了多年的事情,却谜也似的升腾起来,向他靠近,仿佛再也没有什么裂口把他分隔开似的。

拉维克不知道自己刚才经历了什么事情。他原以为自己会感觉空虚、疲乏、淡漠而激动,以为自己会有一种憎恶的感觉,一种无声的辩解,一种想喝酒、想喝醉的欲望,想忘掉,然而都不是。他没有想到自己竟会这样自在轻松,好像打开了关闭着往事的一把锁。他望了望四周,风景飞闪过去,白杨树的行列高昂着它们那火炬似的葱翠欢颜。种着罂粟和矢车菊的田野在前面伸展,从小村子的面包房里腾出一股新烤面包的香味,从一间小学教室飘来由小提琴伴奏着的儿童的歌声。

刚才他打这儿经过的时候,曾经想过些什么呢?刚才,几个小时以前,无数年代以前,那道玻璃墙到哪儿去了,那种不可能的感觉又到哪儿去了?如同迷雾一般蒸发在正升起的阳光里了。他又看见一些孩子在门口的台阶上玩耍,他看见在太阳地里打盹的猫和狗,他看见五光十色的洗好的衣服在风里飘动,草地上的马,还有那个女人仍然在草地上站着,手里拿着夹衣服的夹子,把一长排一长排衬衣都晾起来。他看着这片风景,觉得自己正是属于它的,而现在这种感觉,比许多年以前更加强烈了。他心里有种什么东西在融化,随后又升腾起来,软和和的,湿滋滋的,一片燃烧过的田地开始返青了,他心里头的那种东西也逐渐恢复了平衡。

他十分平静地坐在汽车里,一点儿也不敢移动,生怕把这种意境吓跑了。它在他周围滋长着,滋长着,上上下下地把他包围起来,平静地坐在那儿，还不肯相信，然而他分明是感觉到的，而且也知道它确实在那儿。他原指望哈克的影子会坐在他旁边，瞅着他，而现在，坐在他旁边的是他自己的生命，这生命已经回来，正瞅着他，那双在多少年无言的、无情的恳求和控诉中一直睁大着的眼睛已经闭上，那张嘴巴已经得到安宁，那两只惊惶恐惧地伸出来的胳膊终于垂落下去。哈克的死，使失去了的茜贝尔的容颜跃然再现。它仿佛复活了一会儿，随后又开始模糊。它最后会得到宁静，然后沉落下去，现在它是不会再出现的了，白杨和菩提树已经温柔地把它埋葬了，于是剩下来的，就只有夏天，蜜蜂的嗡嗡声，以及一种明显的、强烈的、过于警觉后的疲乏，好像他已经几夜没有睡，而现在想长睡一觉，或者根本不想再睡了。

　　他把塔尔博特停在彭赛列路上。引擎一停，他就跳下车，这会儿觉得疲乏得不知怎么似的。那已经不是在驾驶途中感觉到的那种松弛后的困倦，而是一种只想睡觉的空洞的空虚。他向国际旅馆走去，走这段路对他来说十分费力。太阳如同横梁似的，搁在他的后脖子上。他突然记起，加勒亲王酒店的那套房间必须退掉。这件事他早已忘了。他是那样疲乏，所以有一会儿工夫，他曾想挨到以后再去的。可是权衡之下，他还是强迫自己叫了一辆出租汽车，赶到加勒亲王酒店，他付清了账款，差一点儿忘记取回手提箱。

　　他在阴冷的大厅里等着。在他右边，几个客人坐在酒吧里喝马提尼酒。搬运夫把手提箱送来的时候，他差不多已经睡着了。他给了那人一点小费，另外又叫了一辆出租汽车。"到东火车站。"他说。嗓音特响，为了让看门人和搬运夫都可以清楚地听见。

　　他吩咐出租汽车在博埃蒂路的拐角停了一下。"我记错了一个小时，"他跟司机说，"时间太早了。就在那家小酒馆门前停下吧。"

　　他付了钱，拿了手提箱，向小酒馆走去。看着那辆出租汽车消失不见，他才走回来，另外叫了一辆出租汽车开到国际旅馆。

除了一个正在瞌睡的男帮工，楼底下一个人也没有。这时候是正午十二点。老板娘一定在吃饭了。拉维克拿着手提箱走进自己的房间。他把衣服脱了，旋开淋浴水龙头。他冲洗了很久，很仔细，然后用酒精来擦着。这才使他的精神恢复过来。他把手提箱和里边的东西安置好，换上一套干净的内衣裤和另一套外衣，走到楼下莫罗佐夫的房间里去。

"我正要上楼来看你。"莫罗佐夫说，"今天我休息。我们不妨到加勒亲王去吃点什么……"他没有说下去，却更仔细地端详着拉维克。

"现在没有这个必要了。"拉维克说。

莫罗佐夫瞅着他。"已经解决了。"拉维克说，"今天早晨。不必多问。我要睡觉去啦。"

"你还需要些什么吗？"

"不需要什么。一切都解决了。总算幸运。"

"汽车在哪儿？"

"在彭赛列路。一切都很顺当。"

"没有什么未了的事情吗？"

"没有。我忽然觉得头痛得厉害。我要睡觉去了，等会儿我再下楼。"

"好。你真认为没有什么未了的事情了？"

"没有，"拉维克说，"什么也没有，鲍里斯，事情很容易。"

"你没有忘记什么东西吧？"

"我想我没有。没有。现在我可不能把整个经过再回想一遍。首先，我必须睡觉。以后再谈。等会儿你还在这儿吗？"

"当然。"莫罗佐夫说。

"那就好。等会儿再下来。"

拉维克回到了自己的房里。他突然头痛得厉害。他在窗前站了一会儿。流亡者维森霍夫的百合花在下面窗外花箱里闪烁。对面是灰色的墙壁，窗台上没放什么东西。一切结束了，这样做是对的，也是好的，而且是非这样做不可的，可是已经结束了，再也没有什么事情可做了。没有什么事情留下来，再也没有什么事情需要他做了。明天这个词儿已经没有什么意义，在他窗子外面，今天这个日子正倾斜沉落下去，归于乌有了。

他脱掉衣服，又冲洗了一次。他把双手泡在酒精里，很久很久，随后让它们在空气里晾干，手指关节四周的皮肤都绷紧了。头很沉，脑子仿佛在颅壳里松松地翻滚。他找出一支皮下注射的针筒，放进窗边长凳上一只小小的电锅里煮着。水沸腾了一会儿。这使他想起了那条小河。只是那条小河。他敲断了两剂针药的尖头，把里面清水一般清净的药水吸进针筒，然后注射进自己的身体，随后躺到了床上。过一会儿，他找出一件旧睡衣盖在身上。他觉得自己像是一个十二岁的孩子，又疲乏又孤独，沉浸在一种正在成长的青春的寂寞之中。

薄暮时分，他醒来了。屋顶上笼罩着一抹暗淡的玫瑰红色。维森霍夫和戈尔德贝格太太的声音从下面传上来。他不知道他们在说些什么，反正他也不想知道。这时候的心境，倒像一个没有午睡习惯的人偶然睡了一回午觉似的，仿佛跟一切都脱离了关系，随时可以来那么一次猝不及防的、毫无意义的自杀。我但愿现在能够做一次手术，他想，一个严重的、几乎没有希望的病例。他忽然想起一整天都没有吃过东西，觉得肚子饿得发慌，头痛却消失了。于是他穿好衣服，走下楼去。

莫罗佐夫穿着衬衫，坐在他房间里的一张桌子旁边，正在解决一盘棋局。这个房间几乎是空空荡荡的，墙壁上挂着一套军服。一个角落里供着一尊圣像，前面点着一盏灯。另一个角落里放着一张桌子，桌子上摆着一副茶炊，还有一个角落里搁着一只时新的电冰箱。这是莫罗佐夫的一件奢侈品。冰箱里面放着伏特加、食品和啤酒。床边铺着一块土耳其地毯。

莫罗佐夫一声不响地站了起来，拿了两个杯子和一瓶伏特加。他把酒杯斟满了。"野牛草伏特加。"他说。

拉维克在桌边坐下。"我什么酒都不想喝，鲍里斯。我肚子饿得慌。"

"好。那我们就出去吃点儿东西吧。同时，"莫罗佐夫从冰箱里找出俄式黑面包、黄瓜、黄油和一小盒鱼子酱，"你来些这个！鱼子酱是沙赫拉扎德的一个厨房头头送给我的礼物。靠得住的。"

"鲍里斯，"拉维克说，"我们别再演戏了。我在奥西里斯门口碰到那个人，在森林里杀了他，在森林里埋了他。"

"有人看见你吗？"

"没有。即便在奥西里斯门口，也没有人看见。"

"任何地方都没有人看见你吗？"

"在布洛涅森林里，有个人穿过草地。那时候，一切都已经结束了。我已经把哈克藏进了汽车。人家看不到什么东西，除了汽车和我。而我当时正在呕吐，或许我喝醉了酒，或许我身体不舒服，都没有一点异乎寻常的情况。"

"他的东西，你怎么处理的？"

"都给埋了。证明他身份的标志都拆下了，连同他的证件一起烧了。我还保留着他的钱，以及在北火车站寄放手提箱的收据。那时候，他已经结清了旅馆的账，准备早晨就离开的。"

"真见鬼，这才叫幸运呢！有没有留下一点血迹？"

"没有，根本就没有流一滴血。加勒亲王的房间，我已经退掉了。我的东西又搬回到了这儿。很可能，这儿跟他们联系的那些人，都会认为他已经搭上了火车。如果我们把他的行李也领出来，那么就一点痕迹也没有了。"

"他们会在柏林发现他没有到达，于是再回到这里来侦查。"

"假如他的行李也不在这儿，那么他们就不会知道他往哪儿去了。"

"他们会知道的。他没有用掉那张卧铺车票。那车票你烧了没有？"

"烧掉了。"

"那么，把那张行李收据也烧掉。"

"我们不妨把那张收据送到行李房，让他们把手提箱送到柏林或者别的什么地方去，待领。"

"结果是一样的。还是把它烧掉的好。假如你做得太精明，也许他们怀疑得更厉害。现在，他还不过是失踪而已。这在巴黎是可能发生的。他们会侦查，要是幸运，还会查到他最后露面的地方。那就是奥西里斯，他最后露面的地方。那里头，你也进去过吗？"

"进去过，只有一分钟。我看见了他，他可没有看见我。后来，我在门外等他，也没有人看见我们在外面相遇。"

"他们可能会去查问那时谁去过奥西里斯。罗朗德会想起你到过那儿。"

"那里我是常去的。那倒没有关系。"

"最好不来盘问你。你是没有证件的流亡者。罗朗德知道你在哪里吗？"

"不知道，可是她知道韦贝尔的地址。韦贝尔是个正式的医生。过几天罗朗德就要离职了。"

"他们会知道她要去的地方的。"莫罗佐夫往自己的杯子里斟着酒，"拉维克，我以为你还是躲避这么几个星期的好。"

拉维克望着他。"说起来容易，鲍里斯，叫我躲到什么地方去？"

"躲到任何一个人口稠密的地方去。到戛纳，或者多维尔去。现在有许多人正在往那边去，你是很容易混在他们里面的。或者去昂蒂布。这你知道，那边不会有人问你要什么证件。万一警察局要传你去作证，那么韦贝尔和罗朗德会随时让我知道的。"

拉维克摇摇头。"最好，就待在老地方，照常生活，仿佛什么事也没有发生似的。"

"不。在这件事情上，不能这样办。"

拉维克望着莫罗佐夫。"我不会逃跑的。我要待在这里。那也是这件事情的一部分。你明白吗？"

莫罗佐夫没有回答。"首先，你必须烧毁他的行李收据。"他后来说。

拉维克从衣袋里掏出那张收据，点上了火，放在烟灰盘里烧了。莫罗佐夫拿起铜盘，把纸灰倒在窗外。"哦，这样就好。你身边还有他别的东西吗？"

"钱。"

"让我瞧瞧。"

他仔细看了看，上面没有什么标记。"这是很容易脱手的，你准备怎么办？"

"我想捐给流亡者协会。匿名。"

"明天你先去把它兑换了，过两星期再把这笔钱捐掉。"

"好的。"

拉维克把钞票塞进口袋。折钞票的时候，他突然意识到自己正在吃东西。他向自己的双手飞快地瞥了一眼。今天早上，他的思想多么古怪啊。他又拿起一块新鲜的黑面包。

"我们到哪里去吃东西呢？"莫罗佐夫问。

"哪里都行。"

莫罗佐夫瞧着他。拉维克微微一笑。这还是他第一次微笑呢。"鲍里斯，"他说，"你不要像一位护士那样瞧着我，怕我神经突然失去平衡似的。我已经消灭了一头罪该万死的野兽。我一生杀死过几十个跟我毫不相干的人，为此我还被授予了勋章。我并不是在光明正大的战斗中杀死他们，而是趁他们没有戒备的时候，偷偷地监视他们，从背后袭击他们的。那就是战争，是十分光荣。现在唯一使我感到几分钟懊恼的是，我没有事先当面告诉哈克我要杀死他。不过那也是一个愚蠢的愿望。他毕竟完蛋了，从此再也不能残害任何人了。问题本来想留到第二天解决的，现在却好像从报纸上看到一则大快人心的新闻那样，我心头轻松了。"

　　"好。"莫罗佐夫扣着外衣的纽扣，"我们走吧，我需要喝酒。"

　　拉维克抬起头来。"你？"

　　"是的，我。"莫罗佐夫说，"我。"他犹豫了一下，"今天，我才第一次觉得自己已经老了。"

31

欢送罗朗德的宴会整六点开始。一个小时就散席了。七点钟又要开始营业了。

桌子放在毗连着的房间里，所有妓女都穿戴了起来。大多数都是黑绸的衣服。拉维克平时总见她们赤露着，或者只穿一件极薄的衣服，现在有许多人都认不出来了。只有六七个人还留在大房间里，作为应急部队，以防有客人来。她们准备七点钟再换衣服，然后进来吃饭。赴宴时，没有人会穿那种做生意时穿的衣服。这倒不是老板娘的规矩，姑娘们自己都愿意那么做。拉维克也不觉得奇怪。他懂得这些妓女的礼仪，那是比上流社会更严格的。

姑娘们集资送罗朗德六把柳条椅子，作为咖啡馆开张的贺礼。老板娘送了一台收银机，拉维克送了两张大理石桌子，跟柳条椅子相配的。他是这宴会中唯一的外客，也是唯一的男人。

晚餐在六点零五分开始，由老板娘主持。罗朗德坐在她右边，拉维克坐在她左边。排下去便是新来的鸨母，助理鸨母和一排排姑娘。

那小吃真是好极了，还有斯特拉斯堡的鹅肝、肉酱和陈的白葡萄酒。又专门为拉维克送上了一瓶伏特加，因为他不欢喜白葡萄酒。接着是很好的奶油浓汤。然后是欧洲大比目鱼配 1933 年的默尔索干白葡萄酒。这比目鱼的滋味，烧得跟马克西姆饭店的差不多。酒味则清淡而不太陈。然后是很细的青芦笋，松脆鲜嫩的烤鸡，一股蒜头味的精美沙拉配圣埃美隆产区的红葡萄酒。桌子上首，她们正喝着一瓶1921年的罗曼尼·康帝。"这些姑娘是不会品尝的。"老板娘这样说道。拉维克却很会品尝。其时，第二瓶伏特加又送上来了。他没要香槟酒和巧克力冰淇淋。他跟老板娘两个人吃着干乳酪下酒，还有不涂黄油的新鲜白面包。

酒席间的话题集中在一所女子膳宿学校上。那几把柳条椅子缠着丝线。收银机闪烁着亮光。大理石桌子也晶莹地反耀着。一种凄凉的气氛弥漫在这个房间中。老板娘穿着黑色的衣服，佩着钻石，也并不太多，一只胸针、一个戒指，是很精致的浅蓝色钻石。虽然她受封了伯爵夫人，却并不戴冠冕，她很风雅，又喜爱钻石。她说红宝石和绿宝石都很危险，唯有钻石最可靠。她跟罗朗德和拉维克讲着话。她很有学识，谈吐风趣诙谐，时不时引用蒙田、夏多布里昂和伏尔泰的名句。在她聪慧而幽默的脸的上方，闪烁着白中带青的头发。

喝过咖啡以后，七点钟，那些姑娘便像学校里听话的女学生一样站了起来。她们很客气地谢着老板娘，跟罗朗德道别。老板娘又待了一会儿。她又让人送上来一瓶雅文邑白兰地，拉维克从来没喝过像这样的酒。那支应急部队进来了，她们都已经梳洗过，比她们做生意的时候涂抹得少些，穿着晚礼服。老板娘等这批姑娘坐定吃着比目鱼的时候才走。她跟她们每个人都交谈了几句，对于她们牺牲这一次盛会表示了感谢。然后她亲切地向大家道别。"我还会来看你的，罗朗德，在你离开之前。"

"当然，老板娘。"

"容我把雅文邑白兰地留在这儿吗？"她问拉维克道。

拉维克向她表示了谢意。老板娘走了，一举一动都显出她最高贵的身份。

拉维克拿了酒瓶，坐在罗朗德的旁边。"你什么时候动身？"他问。

"明天下午四点零七分。"

"那我到火车站去。"

"不，拉维克。那是要不得的。我的未婚夫今晚就要到这儿来。我们明天一起走。你总明白为什么你不能去吧？他会大惊小怪的。"

"当然。"

"我们还打算明天早晨办几样东西，在我们动身之前把一切都托运出去。今晚我要搬到贝尔福旅馆去住。很好，很方便，又很干净。"

"他也住在那边吗？"

"当然不，"罗朗德诧异地说道，"我们此刻还没有结婚呢。"

"哦。"

拉维克知道这话倒并不是假的。罗朗德是一个资产阶级妇女，不过做着这么一个职业而已。至于这个职业服务于一所供给膳宿的女子学校，还是一个妓院，那倒是无所谓的。她现在结束了工作，于是一切都摆脱了，她又回到她自个儿的资产者的世界里去，对于另一个世界的一切，她是不留一丝怀念的。这儿的许多妓女也都是同样的情形。有几个后来从了良，变成很好的太太。当妓女原是一种不得已的职业，并不是什么罪恶。这样倒使她们避免了堕落。

罗朗德拿了那瓶雅文邑白兰地，又斟满了他的酒杯。然后从手提包里掏出一张纸条。"要是你有一天想离开巴黎，这是我们家的地址。你随时可以过来玩玩。"

拉维克望着那张纸上的地址。"上面写着两个不同的名字，"她解释着，"一个是起先两星期用的，是我自个儿的名字。后一个是我未婚夫的名字。"

拉维克把纸条儿放进了口袋。"谢谢你，罗朗德。目前，我总还是待在巴黎的。再说，要是我突然到你府上，你未婚夫也许要觉得唐突吧。"

"你的意思是，因为我不要你到火车站去吗？那倒不是这么讲的。

我是说，万一你不得不离开巴黎。突然离开。在那种情形之下。"

他抬起头来。"为什么？"

"拉维克，"她说，"你是一个难民。难民，有时候总会遇到麻烦的。在那种情形之下，最好是知道一个警察不会来找麻烦的住处。"

"你怎么知道我是一个难民的？"

"我知道。可是没有跟什么人讲过。跟这儿的人都无关系。你把地址藏着。万一有什么需要的话，你就来。在我们那个地方，不会有人来盘问你的。"

"好的。谢谢你，罗朗德。"

"两天之前，警察局派人到这儿来过。他问起一个德国人，想知道那个德国人有没有来过这儿。"

"真的吗？"拉维克注意地说。

"真的。那个德国人，在你上次来的那一回来过。也许你已经不记得了。一个魁伟的秃顶的人。他跟伊冯娜和克莱尔坐在那儿。警察盘问我们他有没有来过这儿，其时还有谁在这儿没有。"

"我已经不记得了。"拉维克说。

"我相信你不会注意到他的。当然我也没有说起你在那天晚上也到这儿来过一下的事。"

拉维克点点头。

"还是这样回答的好，"罗朗德说道，"这样，就不至于让那些家伙有机会去找无辜的人要什么护照了。"

"当然。他有没有说起预备怎么样？"

罗朗德耸耸肩膀。"没有。也不干我们的事。我只告诉他没有人在这里。这是我们这边的老规矩。我们从来不知道什么事。那样来得好，而且他也不怎么感兴趣似的。"

"不感兴趣吗？"

罗朗德笑了起来。"拉维克，有许多法国人，对于一个德国旅客所发生的事情根本不放在心上的。我们自己的事情已经够多了。"

她站起身来。"我要去了。再见，拉维克。"

"再见，罗朗德。你走了，这儿的情形就不同了。"

她微笑着。"目前也许还不至于，不过也是很快的。"

她出去跟姑娘们道别。一路走过去的时候，她又望着收银机、椅子和桌子。那些都是实惠的礼物。她仿佛已经看到它们放在她的咖啡馆里了。尤其是那台收银机，象征着收入、安全、温暖和旺盛。罗朗德踌躇了一会儿，终于她还是熬耐不住。她从手提包里掏出了几枚硬币，放在闪烁的收银机旁边，开始试用起来。机器转动了，上面标出两法郎又五十生丁，抽屉自动伸到外面，罗朗德放进自己的钱去，脸上挂着孩子似的愉悦微笑。

姑娘们都好奇地走了过来，围着这台收银机。罗朗德又试了一次。一法郎七十五生丁。

"在你们那边，花这么一法郎七十五生丁，可以喝些什么东西呢？"绰号"马儿"的玛格丽特问。

罗朗德想了想，随后说："一杯杜本内酒，两杯茴香酒。"

"你们那儿，一杯苦艾酒和一杯啤酒要多少钱啊？"

"七十生丁。"罗朗德便在收银机上标出零法郎七十生丁。

"便宜。"马儿说道。

"我们不能不比巴黎便宜。"罗朗德解释道。

姑娘们把柳条椅子拖到两张大理石桌边，小心翼翼地坐了下来。她们都挣挺了晚礼服，突然装作罗朗德预备开张的那家咖啡馆的座上客。"我们要三杯茶，还要英国饼干，罗朗德太太。"特别受已婚男人宠爱的、娇小玲珑的金发碧眼姑娘黛西，这样说道。

"七法郎八十生丁。"罗朗德很快地扳动收银机，"抱歉得很，英国饼干是很贵的。"

旁边一张桌子上，马儿，玛格丽特，思索一会儿之后，便抬起头来。"两瓶伯瑞香槟。"她兴奋地招呼着。她很喜欢罗朗德，颇想表示她的亲热。

"九十法郎。很好的伯瑞香槟！"

"还要四瓶干邑白兰地！"马儿费力地喘息着，"今天是我的生日。"

"四法郎四十生丁！"收银机骨碌地响了一下。

"还要四杯咖啡，还要糖果！"

"三法郎六十生丁。"

看得着魔的马儿盯着罗朗德。她简直是全神贯注。

姑娘们围住了收银机。"一共要多少，罗朗德太太？"

罗朗德拿出那张印着数目字的纸条。"一百零五法郎八十生丁。"

"能赚多少钱呢？"

"大约三十法郎。那都是因为香槟的关系。香槟可以赚很多钱呢。"

"好的，"马儿说道，"好的！那就预祝你生意兴隆！"

罗朗德又走回到拉维克这儿来了。她的一双眼睛闪烁着亮光，只有在恋爱或者做生意时，一个人的眼睛才会如此明亮。"再见，拉维克。不要忘记我告诉你的话。"

"不会的。再见，罗朗德。"

她走了，神气、挺直而清醒。对于她，前途很单纯，生活也很优裕。

他跟莫罗佐夫两个人坐在富克饭店的前面。这是晚上九点钟。平台上挤满了客人。在凯旋门背后很远的地方，两盏街灯发着惨白而阴冷的光。

"耗子们正在离开巴黎，"莫罗佐夫说，"国际旅馆里空出了三个房间。这是 1933 年以来从未有过的事。"

"别的难民会住进去的。"

"哪一种难民呢？我们已经有苏联、意大利、波兰、西班牙和德国

456

的难民了。"

"法国人，"拉维克说，"从边境那儿来的。难民。像上次大战时一样。"

莫罗佐夫举起酒杯，才发现已经是空的了，便招呼招待。"再来一大玻璃瓶普利葡萄酒。"

"你怎么打算，拉维克？"他然后问。

"作为一只耗子吗？"

"是的。"

"现在啊，耗子们也需要护照和签证了。"

莫罗佐夫颇表异议地瞧着他。"你到现在为止，有了没有？没有。虽然没有，你却到过维也纳、苏黎世、西班牙和巴黎。现在啊，正是你应该离开这儿的时候了。"

"往哪儿去啊？"拉维克说。他接过招待送上来的玻璃瓶。酒杯很冷，蒙着一层雾气。他把淡味的酒倾倒在里面。"到意大利去吗？盖世太保会在边境等我。到西班牙去吗？长枪党人也会在那儿等着的。"

"到瑞士去。"

"瑞士太小了，而且瑞士我已去过三次了。每一次啊，总是一个星期就被警察抓去，又送我回法国了。"

"那么到美国去。从比利时可以偷渡过去的。"

"不可能。他们会在码头上逮住我，送我回比利时。而比利时又不是一个难民可以容身的国家。"

"你不能去美国，那么去墨西哥怎么样？"

"人太多了。而且那里也必须有什么身份证才可以入境的。"

"你难道一点证件都没有吗？"

"我只有几张出狱证，总是因为非法入境而被捕入狱，而且用的是各种化名。那些都是不可以用的。当然，我还常常一拿到手就马上撕掉。"

莫罗佐夫没有吭声。

"逃难，真是逃到末路了，鲍里斯，"拉维克说，"到某个时候，总会逃到末路的。"

"你知道万一宣战这里会怎么样吗？"

"当然。一个法国的集中营。因为事先没有准备，这集中营一定是很差的。"

"之后呢？"

拉维克耸耸肩。"一个人不该想得太远。"

"哦，可是你也知道，万一这儿的一切都完蛋了，而你还在集中营里，那时会怎么样吗？德国人也许会逮捕你吧。"

"我跟其他许多人，也许会，可是也许，他们会把我们及时放走。谁知道呢？"

"那么以后怎么样呢？"

拉维克从口袋里掏出一支纸烟。"今天我们不用讨论了，鲍里斯。我总之是不能离开法国的。别的地方都相当危险，或者去不成。而且我也实在不愿意再走。"

"你不愿意再走了吗？"

"不愿意。我曾经考虑过的。可是不能跟你解释，也没办法解释。总之，我是不愿意再走了。"

莫罗佐夫沉默着。他望望那边的人群。"琼在那边呢。"他说。

她跟一个男人在一起，坐在很远的地方，一张面对着乔治五世大街的桌子边。"你认识那个男人吗？"他问拉维克道。

拉维克瞧了他们一眼。"不认识。"

"她好像改变得很快。"

"她在追逐着生命，"拉维克淡然地答道，"正如我们多数人一样，屏息凝神，生怕错失了什么。"

"也可以用其他字眼儿来形容她的。"

"是的，可是意思仍然是一样。你想说惶惑不安吧，老头儿。这是最近二十五年来的流行病。谁也不再相信一个人能够保有他的产业，平平安安地终老。每个人都嗅到一种火药味儿，都想抓住他能够抓到的一切。你当然不是那样的人。你是一个趣味单纯的哲学家。"

　　莫罗佐夫没有回答。"她真不会选帽子，"拉维克说，"你瞧她戴的那种！大体上讲起来，她的趣味是并不怎么高雅的。那是她的能力问题。文化削弱了她的能力，结果往往就会成为生命的原始冲动。你自己就是一个挺好的例子。"

　　莫罗佐夫苦笑着。"让我就只有我的低级趣味吧，你这个天空中的彷徨者！趣味单纯的人啊，倒会喜欢很多的事情的。他不会空着双手木然地坐着。一个年已花甲的男人还想拈花惹草，那真是一个傻子，好比跟人赌博，人家在纸牌上做了记号，他还想赢人家的钱。一家招待殷勤的妓院会叫你心恬意静。我所常去的一家，有十六个年轻女人。那边啊，价钱倒并不高，我俨然成了个总督。她们给我的爱抚，比那些爱情的奴隶悲悲戚戚嘀咕出来的总要真实得多吧。爱情的奴隶，我说。"

　　"我懂得，鲍里斯。"

　　"好的。那么让我们喝干这些酒吧。冰冷的淡味白葡萄酒。让我们趁巴黎还没有染上瘟疫，先来吸点儿银色的空气吧。"

　　"就这么办。你有没有注意到今年的栗树已经两度开花了？"

　　莫罗佐夫点点头。他指着火星闪烁的天空，火星在幽暗的屋面上闪烁，很大很红。"是的，他们都说这家伙现在比过去几年来更接近我们地球了。"他笑着，"我们不久就会知道什么地方诞生了一个长着一颗剑形黑痣的孩子。而且，一定还有什么地方，会从天上落下血水来。现在，就只差谜似的中世纪的彗星还没有出现，否则一切的凶兆便都齐备了。"

　　"那就是彗星。"拉维克指着一家报馆屋顶上的霓虹灯光，仿佛川流不息地互相追逐似的，又指着幽静地站在那边的人群，他们都仰起了头凝视着。

他们又坐了一会儿。一个奏手风琴的乐师在阶沿上站定，奏起《鸽子》来。贩卖地毯的掮客肩膀上披着许多丝织的克山地毯。一个兜售开心果的孩子挨桌推销着。一切都还是往常的那种样子，直到那个报童走来，报纸一下子便被抢了个光，几秒钟之后，那满是翻开着的报纸的平台，仿佛被埋葬在一大群硕大的、白色的、没有血液的飞蛾底下，它们好像贪婪地蹲在遭难者的身上，扑着无声的翅膀。

"琼走了。"莫罗佐夫说。

"哪儿啊？"

"在那边，角落里。"

琼穿过马路，向一辆开着车门停靠在香榭丽舍大街上的绿色汽车走去。她没有看见拉维克。跟她在一起的那个男人绕过了车身，坐在驾驶位。他没有戴帽子，年纪很轻。他很敏捷地驾车从车群中直驶了出去。这是一辆低底盘的德拉哈耶牌轿车。

"漂亮的汽车。"拉维克说。

"漂亮的轮胎。"莫罗佐夫嗤笑着答道，"拉维克你这个铁铸的人啊。"他又愤然地加上了一句，"孤高冷淡的中欧人。漂亮的汽车……该死的婊子，那个我倒是懂得的。"

拉维克微笑了起来。"这有什么相干啊？婊子或是圣人，常常是自己推断出来的。你这个有过十六个女人的男人，不会懂这些道理，你这个和平宁静的妓院老主顾。爱情绝不是买卖，投了资不能指望着酬报。理想只需要几颗悬挂面纱的钉子，这些钉子是金的，还是锡的，或是生了锈的，那都无所谓，只要挂得住，月光和珍珠母的面纱一旦落到了上面，那么不论是荆棘，还是玫瑰，一样都会变成《天方夜谭》中的一个神仙故事。"

莫罗佐夫喝了一大口酒。"你说得太多了，"他说，"而且，都是错误的。"

"我知道。可是在漆黑一团中，即使一星鬼火也是光明啊，鲍里斯。"

从星形广场那边冲出一股寒流，侵袭到银色的脚上。拉维克用手围住冰冷的酒杯，寒意冷彻他的掌心。他的生命也在他心坎底下冰冷了。因为夜晚的呼吸，他对命运也更觉得漠然起来。命运和前途，像这样的情形，以前可曾有过吗？在昂蒂布，他追忆着，当他知道琼要离开他的时候，他变得恬静漠然。不愿意逃跑的决心就是那样下的，再也不愿意逃跑了。他们应该在一起。他已经复了仇，有了爱。那就足够啦。这并不是一切，但一个人所能企求的，也只有这么多了。这两者，他都已不再期待。他已经杀死了哈克，而没有离开巴黎。现在他再不会离开了，那还不过是一部分而已。有所得必然有所失，那倒不是什么消沉，那是超出理性地下了决心的恬静。动极而静。什么东西好像很有条理地安排着，人就这样等待着，振作精神，环顾周围。那仿佛是一种保证，让生命停留在一个逗号的前面。什么也不觉得有意义了。一切河流都静止了。湖沼在夜晚升高了水面，便会在早晨显示出它奔流的去处。

"我一定要走了。"莫罗佐夫说着，看了看表。

"好的。我还想待着呢，鲍里斯。"

"想享受一下世界末日之前的最后夜晚吗，嗯？"

"正是。这一切都不会重演了。"

"难道真会那样糟吗？"

"不。我们也不会再来了。昨天已经失去，绝非眼泪或者魔法所能追回来的。"

"你说得太多了。"莫罗佐夫站了起来，"要表示感激。你会亲眼看到这个世纪的结束。这不是一个好的世纪。"

"那是我们的世纪。你也说得太多了，鲍里斯。"

莫罗佐夫就那么站着，喝干了他的酒。他尽可能小心翼翼地放下了酒杯，仿佛放下什么炸药似的，又抹了抹胡髭。他穿着便服，站在拉维克面前，魁伟而沉重。"别以为我不知道你为什么不肯离开，"他然后慢慢地说，"我深知你不肯再到别的地方去，你这副宿命论的骨头。"

拉维克很早就回到了旅馆。他看见一个矮小而模糊的人影在客厅里坐着，一见他进门，便从沙发上直跳起来，双手表演着一种极难看的姿态。拉维克注意到那人一只裤脚里少了条腿，露出在下面的是一段肮脏的木头。

"医生，医生！"

拉维克更仔细地端详了一下。在客厅的惨淡灯光下，他看见一张少年的脸，挂着一丝苦笑。"让诺！"他愕然地说，"原来是让诺！"

"是的！正是啊！我在这儿，等了你一个晚上了！今天下午，我才知道你的住址。我以前问过那个老鬼好几次，就是医院里的那个护士长。可是每一次啊，她总是告诉我，你不在巴黎。"

"有一段时间，我的确不在这儿。"

"直到今天下午，她才告诉我，你住在这里。所以我立刻就过来看你。"让诺微笑着。

"你腿有什么毛病吗？"拉维克问。

"不是！"让诺拍着自己的木腿，仿佛拍着一条忠心的狗的后背似的，"绝对不是。一切都很好。"

拉维克望望那条木腿。"我看得出你已经如愿以偿了。你怎么跟那家保险公司交涉的？"

"还不坏。他们答应给我装上一条机械假腿。我就找那家店铺打了一个八五折，拿到了现款。一切都弄妥了。"

"那么，你的乳酪坊怎么样了？"

"那便是我来看你的原由啊。我们开了一家乳酪坊，很小，可是也开张了。母亲负责推销，我负责批货和会计。我们进的货倒很好，直接从乡下批来的。"

让诺一瘸一拐地走回那张肮脏的沙发旁边，捡起了一个扎得紧紧的褐色纸包。"这儿，医生！这是送给你的！我给你带来了这点儿东西，并不珍贵，可都是我们店里的产品——面包、黄油、干酪、鸡蛋。假如你不想出去，这倒可以做一顿很好的晚餐，是不是？"

他热切地望着拉维克的眼色。"无论什么时候，这都是一顿很好的晚餐。"拉维克说。

让诺满意地点点头。"我希望你喜欢这干酪。这是布里干酪，还有点儿是蓬莱韦克干酪。"

"这是我最喜欢的干酪了。"

"好极了！"让诺兴奋地拍着他的残肢，"带点蓬莱韦克干酪是我母亲的主意。我以为你会更喜欢布里干酪的。这干酪更配男人的胃口。"

"两样都是挺好的。再也没有别的东西更配我的口味了。"拉维克接过了纸包，"谢谢你，让诺。病人还记得他们的医生，倒是很难得的。大多数病人无非是到我们这儿来翻旧账的。"

"那是有钱的病人吧，嗯？"让诺俏皮地点点头，"绝不是我们。我们真是感激不尽，是不是啊？假如那条腿只是扭伤了，那我们就不会得到什么赔偿金了。"

拉维克望着他。也许他以为我截断他的腿，是为了满足他的要求？他这样想。"除了截掉，我们也没有别的办法了，让诺。"他说。

"当然。"让诺挤着眼，"那是很明显的。"他把便帽拉到了额角上，"好的，我现在要走了。母亲等着我呢。我已经出来很久了。还要去跟一个人谈谈关于一种新精制干酪的事情。再见，医生。我希望你喜欢这些东西！"

"再见，让诺。谢谢你。祝你走运。"

"我们会有好运气的！"

那个矮个子挥着手，充满自信地一瘸一拐走出客厅。

拉维克在他房间里解开了纸包。他找寻着那只多年不用的酒精炉，

463

一会儿便找到了，又在另一个什么地方找出一包固体酒精和一只小小的平底锅。他把两袋酒精放在炉子上，点上了火。一簇小小的蓝色火焰燃旺着。他将一块黄油丢进了锅子，打了两个鸡蛋，拌和了，然后切着松脆的新鲜白面包，又把锅子移到了桌上，垫着几张报纸，开了一罐干酪，拿了一瓶武弗雷酒，开始吃了起来。他已经好久没有这样自己料理晚饭了。他决意明天再去多买几包固体酒精。万一被关进集中营，这种炉子携带起来也方便，它是可以折缩的。

拉维克慢慢地吃着。他也试了下蓬莱韦克干酪。让诺说得对，这确是一顿很好的晚餐。

32

"出埃及，"语言学和哲学博士赛登鲍姆向拉维克和莫罗佐夫说，"就只少了个摩西。"

他站在国际旅馆的门口，显得单薄而萎黄。门外，施特恩和华格纳两家，还有单身汉施托尔茨，正在搬运他们的东西。他们合雇了一辆大篷车。

这是八月的晴朗下午，许多家具堆置在街头。一张罩着奥布松套子的镀金的沙发，配上几把镀金的椅子，还有一条崭新的奥布松地毯。这些都是施特恩家的东西。另外更有一张桃花心木的大桌子。茜尔玛·施特恩，一个脸色憔悴、眼睛柔润的女人，站在一边看守着，仿佛母鸡照顾着鸡雏。

"当心！那桌面！不要给擦坏了！那桌面！当心，当心！"

那桌面上打着蜡，抹得很光洁。这是一件神圣的东西，主妇们肯冒着生命危险去保护。茜尔玛·施特恩绕着桌子和两个搬运工团团转，而那两个搬运工毫不在意地把桌子搬了出来，放落在地上。

太阳照在桌面上。茜尔玛·施特恩便俯下身子，用一块抹布揩拭着。她小心翼翼地擦抹着台角。桌面如同一面晦暗的镜子，反映出她那苍白的脸，仿佛一千岁的老祖宗，从时间的镜子里，茫然地瞅着她。

搬运工又搬出一口桃花心木的碗橱，也是打着蜡，抹得很光洁的。一个搬运工转弯转得太快了，碗橱的一角碰撞在国际旅馆的大门上。

茜尔玛·施特恩没有叫喊出来。她只是木然地站在那儿，手里擎起抹布，嘴巴半张着，仿佛她已经变成了石头，几乎把抹布都塞进嘴里了。

她丈夫约瑟夫·施特恩，个子很矮，戴着一副眼镜，下嘴唇很低，向她走近过来。"哦，茜尔玛——"

她没有瞧见他。两眼一片惘然。"这碗橱——"

"哦，茜尔玛。我们的签证要——"

"这是我母亲的碗橱，是我双亲传下来的。"

"哦，茜尔玛，擦坏了。怎么啦，果然擦坏了一点儿。最要紧的，还有我们的签证，要——"

"没法修的。这擦坏的痕迹弄不掉啦。"

"太太，"搬运工听不懂他们的话，却知道怎么回事，便这样说，"你们自己搬吧，又不是我把大门弄窄的。"

"Sales boches.[1]"另外一个人说。

约瑟夫·施特恩活跃起来。"我们又不是德国人，"他说，"我们是难民。"

"Sales réfugiés.[2]"那个人答道。

"瞧，茜尔玛，我们站在这儿，"施特恩说，"我们现在怎么办啊？就因为你的桃花心木，可误了多少的事！就因为你舍不得抛下这些东西，我们迟了四个月离开科布伦茨，为此多付了一万八千马克的难民税！而现在，我们还站在街头，船是不会等着我们的啊。"

他转过头来，苦痛地望着莫罗佐夫。"我们怎么办啊？"他说，

---

[1] 法语，意为："卑鄙的德国人。"
[2] 法语，意为："卑鄙的难民。"

"Sales boches！ Sales réfugiés！假如我现在告诉他，我们是犹太人，他一定又会说 Sales juifs[1]，什么都完啦。"

"给他点儿钱。"莫罗佐夫说。

"钱吗？他会把钱摔在我的脸上。"

"不见得吧，"拉维克答道，"凡是这样骂人的，总是想要贿赂。"

"这可违背了我的性格。受了人家的侮辱，还要送人家钱。"

"侮辱到个人，才是真正的侮辱。"莫罗佐夫这样解释道，"这还不过是笼统的侮辱。你给他点儿小费，无异于也给他侮辱啊。"

施特恩的眼睛里闪出了微笑。"好的，"他跟莫罗佐夫说，"好的。"

他从口袋里掏出几张钞票，递给两个搬运工。他们傲然地接了过去。施特恩也傲然地将皮夹放进了口袋。两个搬运工彼此对视了一下。于是他们把奥布松椅子搬进了大篷车，照例把碗橱最后搬上去。当他们搬运的时候，转了个身，又让碗橱的右边跟篷车碰撞了一下。茜尔玛·施特恩颤抖着，却不说一句话。而施特恩连看都没有看见呢。他又在检点着签证和其他的证件。

"再没有比家具堆置在街头更令人沮丧的了。"莫罗佐夫说。

现在，华格纳家的东西又搬放在那儿了。几把椅子、一张床，放在马路中间，凄凉得很。两个手提包上贴着许多旅馆的招牌纸——维亚雷焦、加尔多内大酒店、柏林阿德龙。一面镶着镀金框的旋转镜台在街头闪耀着。还有厨房里的器皿，这些东西不知道为什么也要带到美国去。

"亲戚，"莱奥妮·华格纳说，"芝加哥的几个亲戚替我们安排了这一切。他们又汇了钱来，还为我们设法弄了签证。那只是一种旅行签证。到了美国，我们必须再转去墨西哥。亲戚。我们的几个亲戚。"

她很怕羞。只要她觉得那些停步不前的人都望着她，便仿佛自己是个逃兵似的。因此她急于走开，便帮着把东西搬上了篷车。转到另一

---

[1] 法语，意为"卑鄙的犹太人"。

角，她似乎呼吸起来也自由得多。可是新的焦虑又来了，船会不会开呢？会不会准许她上岸呢？他们会不会把她赶回来呢？令人焦虑的事情总是不断发生的，已经好几年了。

单身汉施托尔茨几乎只有书籍，一提包衣服和他的藏书，初版本、古本和新书。他是一个肢体生得不很端正的人，红头发，性格很沉静。

那些留着不走的人，这会儿慢慢地在门口、在旅馆前面集合围拢过来。他们大多默默无言，只望着那些东西和装着家具的篷车。

"那么就再见吧，"莱奥妮·华格纳怅然地说，他们已经把东西搬好了，"或说Goodbye。"她苦恼地笑着，"或Adieu[1]。现在这种时势，连话都不知道怎么说了。"

她跟几个人握手。"亲戚，"她说道，"都是那边的几个亲戚。当然，我们自己是怎么也不能——"

她突然停住了话。恩斯特·赛登鲍姆博士拍拍她的肩膀。"不要紧的。这些人是幸运的，有些人才不幸呢。"

"我们大多数是不幸的。"难民维森霍夫这样说道，"不要紧的。敬祝一路顺风。"

约瑟夫·施特恩跟拉维克、莫罗佐夫和其他几个人道别了。他笑得像一个犯了欺诈罪的人。"谁知道我们的前途会怎么样呢？也许我们还希望自己能够再回到国际旅馆来。"

茜尔玛·施特恩早已在篷车上坐定。单身汉施托尔茨没有跟什么人道别。他不是到美国，他只有往葡萄牙的护照。他觉得这样的旅行，平淡得无须道别。只在篷车辘辘向前的时候，草草地挥了挥手。

那些留着不走的人，都像落汤鸡一样呆立着。"来啊，"莫罗佐夫跟拉维克说，"让我们去吧！到'墓窟'去！喝苹果白兰地！"

他们刚坐定，别的客人也都进来了，像秋风里的落叶那样，疾卷而

---

[1] 法语，意为"再见"。

来。两个脸色苍白、挂着几茎稀疏胡髭的犹太人，维森霍夫，露丝·戈尔德贝格，自动下棋机芬肯施泰因，宿命论者赛登鲍姆，还有几对客人，六七个孩子，结果终于没有走掉的那个印象派作品拥有者罗森菲尔德，几个少年和几个龙钟的老头儿。

晚餐的时间还没有到，可是大家都好像不愿意回自己冷清清的房间。他们聚在一起，都悄悄地说话，仿佛都听天由命似的。大家都有过那么多不幸，反而觉得无所谓了。

"贵族阶级都已经走了。"赛登鲍姆说，"现在，只有一批被处死刑或者无期徒刑的人还在这儿。这是特选之人！耶和华的宠儿！为集体迫害特别准备的人。生命万岁！"

"还有西班牙呢。"芬肯施泰因答道。他面前又放着棋盘和晨报上刊的棋谱。

"西班牙。当然，法西斯党徒来到这儿的时候，还会跟犹太人接吻呢。"

一个胖胖的灵活的女招待送来了苹果白兰地。赛登鲍姆戴上夹鼻眼镜。"我们这批人大多数都做不到，"他说道，"喝得酩酊大醉，消释这么一夜的悲愁。连那样都做不到。亚哈随鲁的后裔。即使连他本人，那年老的漂泊者，也会觉得失望的，他没有身份证，也走不多远的。"

"您也一块儿喝一杯吧，"莫罗佐夫说，"苹果白兰地倒是很好的。谢天谢地，老板娘至今还不知道，否则她一定又要涨价了。"

赛登鲍姆摇摇头。"我不喝酒。"

拉维克望着一个胡子满面的客人，看他总时不时拿出一面镜子照上一照，隔不一会儿，他又这么来一下。"他是谁啊？"他问赛登鲍姆道，"我从来没有见他来过。"

赛登鲍姆撇撇嘴。"那是新艾隆·戈尔德贝格。"

"怎么回事啊？难道那个女人这么快又结了婚吗？"

"不。她把死去的戈尔德贝格的护照卖给那个人了。卖了两千法郎。

老戈尔德贝格原是有灰色胡子的，因此这个新人也留上了胡子，就为了像护照上的相片。你瞧他就老是拉着拉着的。他在没有长上相仿的胡子以前，还不敢使用那护照。这真是在跟时间赛跑。"

拉维克端详着那个人，他正拉着一撮毛茸茸的胡子，对着护照上的相片做比较。"他总可以说，他的胡子都被烧掉了。"

"好主意。我跟他说去。"赛登鲍姆拿下了夹鼻眼镜，忽前忽后地挥动着。"可怕的事情。"他微笑着说，"两星期之前，这不过是一桩买卖而已。现在啊，维森霍夫可吃起醋来，而露丝·戈尔德贝格也有点儿心旌摇曳了。这都是一张证件的魔力。照那证件说起来，他的确是她的丈夫呢。"

他站起身子，走向新艾隆·戈尔德贝格。

"我就喜欢这'证件的魔力'。"莫罗佐夫转过头来跟拉维克说，"你今晚预备怎么样啊？"

"凯特·赫格斯特伦今晚就要搭诺曼底号离开。我想送她到瑟堡。她有辆汽车，我得把它开回来，送到车行去。她已经把它卖给那家车行的老板了。"

"她还能够旅行吗？"

"当然。她做什么事情都行。那条船上还有个很好的医生。在纽约……"他耸耸肩膀，喝干了酒。

"墓窟"里的空气闷热而恶浊，房间里又没有窗。一对老夫妇坐在那棵尘封的棕榈盆景旁。他们完全沉浸于一种悲愁的气氛中，这悲愁仿佛一道围墙那样紧绕着他们。这老两口儿手牵着手，一动不动地坐着，看光景仿佛他们一辈子都不会再站起来似的。

突然，拉维克觉得，天下的一切悲愁都被关闭在这间灯光惨淡的地下室里了。憔悴的壁灯发着黄澄澄的萎靡的光芒，使一切东西都显得更不痛快了。那种沉寂，那种絮语，检点着早已翻看过百十次的身份证，一遍两遍计数着，沉默的期待，对于结局的无援盼望，突发性的小小的英勇举动，千百次被奚落的生命被推到了角落里，再也无法前进了，现在才觉得更可怕了起来——他陡然地这样感觉到。他可以嗅到它的味儿，他嗅到了恐怖，太沉寂的恐怖。他嗅到它，他知道以前在什么地方也嗅到过。在集中营里，他们把人群从街头、从床上驱赶进去，让他们站在营房里，等待着命运的宰割。

邻桌坐着两个人，一个中分发型的女人，还有一个男人。一个八岁光景的孩子站在他们前面。他刚才在其他桌子旁边跑来跑去听着人们说话，这时回到桌旁向那女人问道："我们为什么是犹太人？"

那女人没有回答。

拉维克望着莫罗佐夫。"我一定要走了，"他说，"到医院去。"

"我也一定要走了。"

他们走上了楼梯。"过分就是过分，"莫罗佐夫说，"我从前是反犹的，现在对你说这句话。"

跟"墓窟"比较起来，医院毕竟是一个快乐的地方。这儿固然也有苦痛、疾病和悲愁，可是这儿至少还有一种逻辑和感觉。一个人可以知道为什么这样，什么是该做的，什么是不该做的。这些都是事实：一个人可以看得很清楚，也可以想点儿办法。

韦贝尔坐在诊室里看报。拉维克回过头去看他。"消息很好吧，是不是？"

韦贝尔把报纸摔在地板上。"那群腐败的家伙！我们的政客百分之五十应该处以绞刑！"

"百分之九十。"拉维克说道，"迪朗医院里的那个女人，后来你又得到什么消息吗？"

"她很好。"韦贝尔不安地拿了支雪茄，"对你来说事情很简单，拉维克。可是我是一个法国人。"

"我是根本无所谓的。我只希望德国也像法国一样腐败。"

韦贝尔抬起头来。"我在胡诌。抱歉得很。"他忘记给雪茄点火。"战事是不会发生的，拉维克。干脆地说，不会！大家都在那儿狂吠，威胁。到临了啊，总会有什么转机的！"

他沉默了一会儿，先前那种自信消失了。"可是话虽如此，我们毕竟还有那道马其诺防线呢。"他随后恳求似的说。

"当然。"拉维克并不信服地漫应着。这些话他听过千百遍了。跟法国人谈话，归根结底总是这样一句话。

韦贝尔摸了下自己的前额。"迪朗把产业都转移到美国去了。那是他的一个女助理告诉我的。"

"对的。"

韦贝尔没精打采地瞧着拉维克。"也不是他一个。我的一位内弟，把他的法国债券全换成了美国股票。加斯东·聂利把他的现款都换成美金藏进了保险箱。听说杜邦还把好几袋黄金埋在他的花园里呢。"他站起身来，"我不能再讲这些了。我不相信。这是不可能的。法国会被出卖，这是不可能的。当危机临头时，所有人就会团结一致啦。所有人。"

"所有人，"拉维克说道，连微笑也没有，"那些实业家和政客现在还跟德国做着生意呢。"

韦贝尔控制着自己。"拉维克，我们还是谈谈别的事吧。"

"好的。我要送凯特·赫格斯特伦到瑟堡去，今天午夜回来。"

"好，"韦贝尔深沉地呼吸着，"怎么，你自己有什么打算？"

"没有什么打算。我们会被关进法国的集中营去。那比德国的总要好些吧。"

"不可能。法国不会把难民关起来的。"

"让我们等着瞧吧。这是必然的事，谁也反对不了。"

"拉维克——"

"是的。让我们等着瞧吧。但愿你的话是对的。你知道卢浮宫的人已经撤退完了吗？他们把最名贵的画都搬到法国中部去了。"

"不知道。谁告诉你的？"

"今天下午我在那边。沙特尔大教堂的蓝窗也已经装箱了。我昨天到过那儿。真是一次伤感的旅行。我想再去看看它们，可是都早已搬空了。飞机场离得很近。又装了些新窗。正如去年慕尼黑会议的时候一样。"

"你瞧！"韦贝尔立刻抓住了这一点，"那个时候也没有事情吧。好大的骚动，最后却来了一个拿着和平之伞的张伯伦。"

"是的。和平之伞还在伦敦，胜利女神也还矗立在卢浮宫，就是少了个头。它还会在那儿的。太重，就不容易搬动了。我要走啦。凯特·赫格斯特伦正等着我呢。"

诺曼底号横在码头上，千百盏灯光在夜空中闪耀。水面上吹来了夜风，寒冷而含着些盐味。凯特·赫格斯特伦把皮衣拉紧。她格外瘦削，脸上几乎就是包着皮的骨头，大得怕人的眼睛仿佛两个黝黯的水潭。

"我宁愿待在这儿的，"她说，"一下子怎么又觉得不忍离开了。"

拉维克凝望着她。那儿横着一条大船，跳板被灯光照得雪亮，旅客们拥挤着朝前走，许多人走得很慌忙，好像在这最后的时刻还怕迟到似的。那儿横着一座晶莹的宫殿，它的名字不再是诺曼底号了，它的名字是流亡，逃遁，拯救。在欧洲成千个城市、成千个房间、成千个肮脏的旅馆、成千个地窖中的数万人看来，这是超登彼岸的海市蜃楼。可他旁边这个被死神啃啮着生命力的人，居然用一种微弱而柔顺的声音在说："我宁愿待在这儿的。"

这些都是不理智的。对于国际旅馆里的难民，对于全欧洲上千个国际旅馆里的难民，对于所有遭难、受苦、逃亡、陷入困境的人，那是值得赞美的陆地。假如他旁边那只疲惫的手里挥舞着的船票，落到他们的手里，他们将会欢喜得流泪，将会吻着跳板，将会相信天下出现了奇迹。而这个人，却在向死神旅行，还漠然地说着："我宁愿待在这儿的。"

一大群美国人来了，从容不迫，欢笑而喧哗着。他们始终不着急，可是领事馆催他们撤退。他们讨论了一下。真是可怜见的。他们以后会遭遇什么呢？还有那大使！他们原都是中立的。真是可怜见呢！

香水味儿，珠宝、钻石的闪光。几小时以前，她们还坐在马克西姆饭店里吃东西，换算成美金真是便宜得可笑，还有1929年的哥尔顿葡萄酒、1928年的保罗杰香槟，现在上了船，也是坐在酒吧里玩玩西洋双陆，喝喝威士忌。

而在领事馆前面，还有一长列绝望的侨民，死亡的恐怖气氛像云雾一样荡漾在他们头顶上。几个工作过量的办事员，一个小个子秘书，他仿佛代表了一个临时军事法庭，他一再摇着头。"不，没有签证，不，不可能。"这是沉静的无辜者所受的沉静的判决。拉维克凝视着这条不复是船的船，这是一艘普度众生的方舟，在洪水泛滥之前最后漂出的方舟。这洪水，人们已经逃脱过一次，而现在，方舟又来接人了。

"时候到啦，凯特。"

"是吗？再见，拉维克。"

"再见，凯特。"

"我们不需要彼此说谎，是不是啊？"

"是的。"

"赶快跟着我……"

"当然，凯特，快的。"

"再见，拉维克。谢谢您的关心。我要上船了。到了船上，我再跟您挥手。请您也待在这儿，等到起航，跟我挥手。"

"好，凯特。"

她缓步走上了跳板，身体微微摇摆着。她比旁边的任何人都瘦，轮廓特别显著，几乎一点儿肉都没有了，完全是一种将死的黑色的风度。

她的脸，轮廓分明得像一只埃及铜猫，只有轮廓，有气息，有眼睛。

来了最后一批乘客。一个犹太人流着满脸的大汗，手臂上甩着一件皮衣，差不多痉挛了的，带着两个用人，一路嚷着，奔着。接着还有几个美国人。于是跳板慢慢地被吊上去了。一种奇异的感觉。不可挽回地，吊上去了。这是结局。一条狭窄的水流，那是边境，只有两米的距离，然而已经是欧洲和美国的边境了，也是得救和灭亡的分野。

拉维克找着凯特·赫格斯特伦。他发现了她。原来她站在栏杆边，挥着手。于是他也挥着手。

船好像并没有动。陆地仿佛在倒退着，只有一点儿，不容易觉察。随后，那条白色的船突然完全脱离了码头。它浮在黝黑的水面上，衬托着幽暗的夜空，已经不可能接近了。再也认不出凯特·赫格斯特伦了，谁都认不出了，于是那些留着不走的人彼此默默对视着，有的露出困惑，有的强作欢颜，然后匆促地或者蹒跚地各走各的路。

他自己驾驶着汽车穿过黑夜，赶回巴黎。诺曼底的篱笆和果园从他旁边飞了过去。椭圆形的大月亮挂在夜雾迷漫的长空中。那条船已经被遗忘，只剩下了风景。风景，干草和成熟苹果的气息，不可避免的岑寂和深沉的宁静。

汽车几乎全无声息地急驶着，仿佛地心没有了吸力似的。房屋闪过，教堂，村落，咖啡馆和小酒馆的金光，一条闪亮的河流，一座磨坊，然后又是平原的整齐的轮廓。天空穹隆似的覆罩着大地，仿佛一个硕大的贝壳，月亮是里边辉耀着的乳白色珍珠。

这宛似一种结局，履行了一个义务。拉维克以前也好几次有过这样的感觉。可是现在，这种感觉整个儿慑住了他，强烈而难以摆脱，刺透着他，他再也没有一点儿抗拒。

一切都仿佛飘浮着，没有一点儿重量。未来和过去凑合在一起，两者都没有希冀与苦痛，没有一样比另一样更重要、更强烈。天际获得了平衡，在这个微妙的顷刻，他的生命似乎也被安放在平衡的天平上。命运从不会比一个人用来反抗命运的沉着勇气更强。假如到了实在受不了的地步，他可以自杀啊。这是应该知道的事，可是也该知道，只要一个人还活着，他就绝不会完全没有办法的。

拉维克知道这危险，知道自己正在往哪里去，可是他也知道明天他又会抗拒的。然而，突然在今夜，在他从迷失的阿勒山回到血腥味的未来的时候，一切都变得说不出名字了。危险固然是危险，却也并不一定是危险。命运是一种牺牲，同时也是为他牺牲的神祇。而明天，又是一个不可知的世界了。

一切都很好，那些已经过去的和仍然会到来的，这就够了。即使是结局，这样也很好。他曾经爱过一个人，却已经失去了她。他曾经恨过一个人，却已经杀死了他。这两件事情，都让他解脱了。一个人复活了他的感情，另一个人消灭了他的过去。没有一件未了的尘缘，没有欲望，没有憎恨，也没有哀怨。假如这是一个新的开始，那么就应该是这样的。一个人不妨不怀什么希冀地开始，不必期望更加有力，没有内心的矛盾。灰烬已经扫清。麻痹的地方灵活了起来，玩世不恭的癖性又生发了力量。那也就很好啦。

过了卡昂，便看见了马匹。暗夜中长长的行列，马匹，月光下显得影影绰绰的。接着是士兵，四个一排，背着背包。动员开始了。

几乎一点儿声息也没有。没有人歌唱，也没有人说话。他们悄悄地穿行于暗夜。人马的黑影靠着马路的右边，左边留给奔驰的汽车。

拉维克从他们面前闪过。马匹，他想，马匹，又像是1914年，没有坦克，只有马匹。

他在加油站附近停了车，加了些汽油。这村庄上，还有几个窗子透着灯光，可是人声却几乎没有了。一支部队穿过村庄。人们盯着看，却并没有挥手。

"我明天也要走了。"加油站的那个人说,他有一张褐色的、轮廓清晰的、愉快的脸,"我父亲在上次大战中阵亡。我祖父在1871年战死。我明天就出发。也总是一样的事。几百年来,我们做着这样的事情,可是无补于事,我们又得出发啦。"

他瞧了一眼那破旧的加油机和那所小屋,还有默默地站在他旁边的女人。"二十八法郎三十生丁,先生。"

又是风景。月亮,利雪[1],埃夫勒[2],队列,马匹,沉寂。拉维克停在一家小饭店前面。外边放着两张桌子。女店主说,她这儿已经没有什么东西可吃了。无论如何,晚餐就是晚餐,在法国,乳酪蛋卷不算一餐晚饭。可是他终于愿意迁就,而且又让她给他一盘沙拉和一杯咖啡,还有一大玻璃杯普通的葡萄酒。

拉维克坐在那石竹色的屋子前面独自吃着。夜雾笼罩着草原。几只青蛙呱呱地鸣叫。夜静极了。可是从那屋子的顶层传出了扩音器的声响。那是一种声音,普通的声音,安慰,信任,绝望,完全是多余的。大家在倾听,可是都不相信。

他付了账。"巴黎就要实施灯火管制了。"女店主说,"他们刚才在广播里宣告。"

"真的吗?"

"真的。为了防空。这是一种预防。他们在广播中说,一切都不过为了预防而已。不会有什么战争。他们正在谈判呢。你以为怎么样啊?"

"我也以为不会有什么战争。"拉维克不知道自己还能说些别的什么。

---

[1] Lisieux,法国西北部城市。

[2] Évreux,法国西北部城市。

"上天保佑。可是那又有什么用呢？德国会占领波兰的。然后他们就会进一步要求阿尔萨斯和洛林了。接着又会要求其他的属地，还有别的什么要求。总是得寸进尺，直到我们束手投降，或者背城一战。所以，倒还是干脆打一下的好。"

女店主慢慢走回了屋子。一支新来的部队又从马路上过去了。

巴黎的红光反耀着夜空。实施灯火管制，巴黎也会管制灯火。这是必然的事，可是听起来却是很异样的：巴黎要实施灯火管制了。巴黎。仿佛全世界的灯火都要被管制似的。

郊区，塞纳河，小街上的市声，然后转入直达凯旋门的大路。凯旋门矗立在星形广场的朦胧光芒中，依然被灯火照耀着，背后，还有灯火辉煌的香榭丽舍大街。

拉维克循着那条大路行驶着，穿越了市区。他突然看见黑暗早已开始降落。仿佛雪亮的皮裘上的斑点，到处都出现了黝黯的区域。色彩缤纷的霓虹灯被蜷缩在红白蓝绿灯泡间的颀长黑影所侵蚀了。有几条街道早已死沉沉地躺着，仿佛黑色的虫豸钻了进去，遮蔽了一切的光亮。乔治五世大街上，一点儿灯光也没有了。蒙田大道上的灯光刚被熄灭。那些夜晚向来以光流的瀑布奔往繁星的屋子，现在也只剩了光秃秃的灰暗的门面。维克多·埃马努埃莱三世大街一半熄了灯火，一半却还亮着，仿佛一个在床褥上呻吟的麻痹病人，一半死了一半活着。这病到处蔓延。当拉维克回到协和广场的时候，周围随即都黑暗了。

政府各部的办公楼也惨白而毫无血色地躺着。电灯缀成的花冠已经熄灭了。在皑白的夜潮中舞蹈的半神半鱼的海神和海仙女，僵硬如一堆不成模样的灰色，骑在他们的海豚上。喷泉失却了作用，流水变得昏暗。曾经璀璨的方尖塔，仿佛矗立在暗空中的永恒的骇人的大手指。到处出现了好似微生物那样的适合防空需要的暗蓝色小电灯，散发着几乎瞧不见的朦胧微光，宛似肺结核菌遍布，静静地腐蚀着城市。

拉维克把汽车还到了车行，又雇了一辆出租汽车回到国际旅馆。门口，旅馆老板娘的儿子站在梯子上，正在旋上一个蓝色的灯泡。旅馆门口的电灯原也只够照出旅馆招牌的，而现在这样微弱的蓝光更暗淡得不合用了。招牌的前一半字母果然没有照出来。看得清的，只是"National"，而且还要仔细地看才行。

　　"谢天谢地，你回来了，"旅馆老板娘说，"有人发疯了。七号房间。最好的办法是把她赶出这屋子。我不愿意让疯子住在旅馆里。"

　　"也许她还没有疯，也许只是一种神经错乱。"

　　"也一样啊！疯子是应该送到疗养院去的，我已经告诉他们了。当然他们都不肯。真是麻烦的事情！假如她还不安静下来，就必须赶出去。老是这样可不行。别的客人都要睡觉呢。"

　　"前几天，丽兹酒店里有人发疯了。"拉维克说，"那是一位亲王。所有的美国客人，后来都愿意搬到他的房里去住。"

　　"那又是另外一回事情啊。那是从痴呆变成疯子的，文雅得很。不是因悲愁而发疯的。"

　　拉维克望着她。"你真了解人生呢，太太。"

　　"我不能不了解啊。我是一个好人。我把难民收容到旅馆里来，所有的难民。是的，我从他们身上赚了点钱，很少的。可是成天号哭的一个疯婆子，那也受不了啊。要是她还不安静下来，我就必须把她赶出去。"

　　这个女人就是儿子问她为什么他是犹太人的。她蜷缩在床角，双手举到眼睛前面。房间里灯火通明，所有的电灯都开了，而且桌子上还多放了两副烛台。

　　"蟑螂，"那个女人咕哝着，"蟑螂！肥胖发亮的蟑螂！那边，在角落里，它们坐在那边，几千个，无数个，快开灯，开灯，灯，否则它们要过来了，灯，灯，它们来了，它们来了。"

她呼号着，挤到角落里，两只手的姿势很不自然，双腿翘得很高，眼睛迟钝地睁大着。她的丈夫想握住她的手。"可是没有什么啊，孩子妈，角落里没有什么东西啊。"

"灯，灯！它们在来了！蟑螂。"

"我们是开着灯的，孩子妈。可是，灯是开着的，你看看，桌子上还有烛台呢。"他从口袋里掏出一支手电筒，照着灯火通明的房间，"角落里没有什么东西，瞧这儿，瞧我的手电筒照射在地方，那儿也没有什么啊，没有。"

"蟑螂！蟑螂！它们来了，一切都跟蟑螂一样的黑，从每个角落爬出来，灯，灯，它们在墙壁上爬着了，它们从天花板上掉下来了！"

那女人大声地喘着气，把手臂擎过头。

"这种情形有多久啦？"拉维克问那个男人道。

"从天黑的时候起。我不在家。有人叫我到海地领事馆再去试一次，我是带着孩子一起去的，又没有用，当我们回来的时候，她就坐在床角呼号了。"

拉维克把注射用的针准备好。"她刚才睡着过吗？"

那个男人无援地望着他。"我不知道。她总是很安静的。我们又没有钱进疗养院。我们也没有……我们的身份证也不行。只要她能够平静下来。可是，孩子妈，大家在这儿啊，我在这儿，西格弗里德在这儿，医生在这儿，这儿没有什么蟑螂啊。"

"蟑螂，"那女人打断了他的话，"四面八方来的！它们在嗅着！它们怎么在嗅着啊！"

拉维克给她注射了一针。"她以前有过这样的情形吗？"

"不，从来没有过。我真不懂。我不知道为什么，只是……"

拉维克举手示意。"不要提醒她这个了。在几分钟之内，她会因疲倦而熟睡的。可能是她做什么梦惊醒了。明天她也许会醒来，把一切都忘记。不要再提醒她这个。装作没有发生过什么事的样子。"

"蟑螂，"那女人又昏昏沉沉地嗫嚅着，"又肥，又厚……"

"你们需要所有这些灯光吗？"

"因为她嚷着要灯，我们才把所有的灯都开了。"

"把上面的电灯熄灭了，其余的电灯还开着，直到她熟睡。她会睡熟的。这一觉的时间可长得很。待我明天上午十一点钟再来看看她。"

"谢谢你，"那个人说，"你认为不会……"

"不。这种情形，现在是常常发生的。以后几天里，还得好好小心。不要太表露出你的焦虑。"

说得多容易！当他走进自己房间的时候，便这样想。他开亮了电灯。好几本书散放在床边。塞内卡、叔本华、柏拉图、里尔克、老子、李白、帕斯卡、赫拉克利特，还有一部圣经以及别的书，最艰深的和最轻松的，好多是便于旅途携带的平装本。他选了几种颇想随身携带的书，然后又看了看其他东西，也没有多少需要扔掉的了。他总是生活得很简单，随时都可以跑路。他的破毛毯、他的晨衣，全像朋友一样可以帮他的忙。还有他从前带进德国集中营里去过的、放在空盒子里的毒药，知道自己备着这个法宝，知道自己随时可以拿来用，便更容易熬受残暴的酷刑。他把小盒子塞进衣袋，还是带着它的好，它会再给人以安全感的。谁也不知道今后会怎么样，也许再被盖世太保抓去。半瓶苹果白兰地仍然安放在桌上，他喝了一杯。法国，他想，五年不安定的生活，坐了三个月的牢，因非法居住被放逐四次，又回来了，五年的生活，也是好的。

33

电话铃响了起来。他昏昏沉沉地拿起了听筒。"拉维克……"有人在说话。

"是的。"那是琼。

"来，"她说，她声音很迂缓，很柔软，"立刻就来，拉维克……"

"不。"

"你一定……"

"不。让我安静一下吧。我并不孤寂。我不去。"

"帮助我……"

"我不能帮助你。"

"发生了事情……"她的声音断了，"你一定……立刻……"

"琼，"拉维克不耐烦地说道，"现在已经没有耍这套把戏的余地了。你从前这么做过，我可上过了你的当。现在我早已明白了。让我一个人在这儿。你还是跟别人去耍吧。"

他不等那边回答，便把电话挂上了，又想好好地睡觉。可是他睡不着。电话铃声又响了起来。他没有去拿听筒。让铃声响着，响着，响彻灰色的沉寂黑夜。他拿了一个枕头，放在电话机上。含糊的声音继续响着，半晌才停止。

拉维克等着。还是很沉寂。他坐了起来，拿了一支纸烟，味道可并不好，便把它熄掉了。喝剩的那瓶苹果白兰地还放在桌上，他喝了一口，又推开了。咖啡，他想，滚热的咖啡，黄油和新鲜小面包。他知道一家通宵营业的小酒馆。

他看了看表。只睡了两个钟点，可是他不再觉得疲倦，现在也不想再睡第二觉，睡眼惺忪地醒来，便走进浴室，旋开了淋浴的龙头。

一种响声。难道又是电话吗？他关掉水龙头。敲门的响声。有人在敲他的房门了。拉维克穿好了浴衣。敲门声愈来愈响。那不会是琼的，要是她啊，她早会进来了。房门又没有锁。他等了一会儿，才走了出去。假如是警察呢。

他开了门，外面站着一个不相识的人，可是那人使拉维克记起了什么人。他穿着一套晚礼服。

"拉维克医生吗？"

拉维克没有回答。他望着那个人。"你有何贵干？"他问。

"你是拉维克医生吗？"

"你最好告诉我，你有什么贵干。"

"假如你是拉维克医生，那就请你立刻到琼·马多那儿去一次。"

"真的吗？"

"她发生了点意外……"

"什么意外？"拉维克惶惑地微笑着。

"一支手枪，"那个人说，"发射了……"

"她被射中了吗？"拉维克仍然微笑着问。也许是假装自杀吧，他想，企图恐吓这个可怜的家伙。

"我的天，她快要死了，"那个人嗫嚅着，"你一定要去的！她快要死了！我开枪打了她！"

"什么？"

"是的……我……"

拉维克早已脱下了浴衣，摸索着衣服。"你楼下雇有出租汽车吗？"

"我自己开车来的。"

"他妈的。"拉维克又披上了浴衣，拿过他的药包，找着皮鞋、衬衫和外套。"我可以把这些东西都放在汽车里的，来，快！"

汽车在朦胧的黑夜中疾驰着。这城市已经完全管制了灯火，也看不见什么街道，只飘着白茫茫的一片，凄凉地闪露着几盏蓝色的防空灯光，仿佛汽车在海底行驶。

拉维克穿上了皮鞋和衣服。他把那件披着下楼的浴衣丢在座位旁的角落里。他没有穿短袜，也没有结领带，只是不安地凝视着夜色，不想和那个开车的人说话。那人正在全神贯注地驾驶着，开得很急，集中注意着车行的方向，也没有说话的时间，只是操纵着方向盘，为避免肇事而闪躲其他车，在这种不习惯的黑夜中，也要留心着不要走迷了路。浪费了十五分钟，他想，至少有十五分钟。

"开得再快些！"他说。

"我不能……没有车灯……很黑……预防空袭……"

"他妈的，那就开了车灯！"

那个人开亮了大灯。几个警察在岔路口想喝住他。一辆被他们的大灯晃了司机眼睛的雷诺车，差点撞上他们。"前进。不要停！快！"

汽车在那幢房子前面刹停了，剧烈地震动了一下。电梯停在底层，门也开着。哪一层楼上，有人在拼命按铃。也许有人出电梯时，没有把门关上吧。也好，拉维克想，几分钟的时间倒可以省了。

电梯往上升。这样的事已经有过一回了！当时一场虚惊！但愿这次也平安无事！电梯突然停住了。有人在电梯口张望，并且拉开了门。"你把电梯停在楼下这么久，这是什么意思啊？"

这便是拼命按铃的那个人。拉维克把他推了回去，关上了门。"立刻！我们必须先上去。"

被推到外边的那个人咒骂起来。电梯继续向上爬。五楼的那个人又在拼命按铃。电梯停了。拉维克立即拉开门，楼下的那个人还来不及胡来，让电梯把他们俩也一起带下楼去。

琼躺在床上。她穿着衣服，是一套晚礼服，领子很高，银色的，还有好几块血迹。她扑倒过的地板上也沾染着血迹。后来是这个傻瓜抬她上床的。

"安静点儿！"拉维克说，"安静点儿！一切都会好的。情形还不坏。"

他把晚礼服的肩部剪开了，小心翼翼地拉了下去。她胸脯上没有伤，创口在脖子上。喉头总没有受伤吧，否则她不会打电话了。静脉也没有破裂。

"你觉得疼吗？"他问。

"是的。"

"很厉害吗？"

"是的……"

"那就会好的……"

注射针已经准备好了。他望着琼的眼睛。"没有什么。只是止疼的。马上就不疼了。"

他拿起注射针，扎了下去。"好了。"他转过头来望着那个人，"打个电话给帕西区 2741。叫一辆救护车，两个担架员。赶快！"

"什么事啊？"琼勉强地说着。

"帕西区 2741。"拉维克说，"立刻！快去！打电话！"

"什么事啊，拉维克？"

"没有什么危险。可是我们这儿不能检查。你必须到医院去。"

她望着他。她的脸被弄污了，脂粉蹭到了睫毛上，一边的口红也擦掉了，半边脸颊像马戏班的丑角，另外半边脸的眼睛底下有一块黑污斑，像是筋疲力竭的娼妇。头发倒还是光光的。

"我不要动手术啊。"她嗫嚅着。

"再看吧。也许不必动手术的。"

"是不是……"她又停住了。

"不，"拉维克说，"不严重。只是那儿才有一切的器械。"

"器械……"

"为了检查。现在我要……不痛的……"

注射的药物起效了。拉维克替她仔细地检查了一下，发现她的眼睛已经不复是呆瞪瞪的了。

那个人回来说道："救护车已经开出啦。"

"再打电话给奥特尔区 1357，那是一家医院。我想把她送到那边去。"

那个人听话地走了。"你要帮助我……"琼咕哝着。

"当然。"

"我不要受痛苦。"

"你不会的。"

"我不能……我不能忍受啊……"她变得昏沉沉的了，声音也低沉了下去，"我不能……"

拉维克望着那个子弹穿入的伤口，大血管都没有破，却找不到子弹出去的地方。他不说什么话，扎着一根压定绷带，也不说他所担忧的事。"谁把你抬上床的？"他问，"你是不是自己……"

"他……"

"你是不是……你能走吗？"

她怔了一下，眼睛又从朦胧的池湖里瞪了出来。"什么？是不是……我……不……我不能移动我的脚。我的腿……这是怎么回事啊，拉维克？"

"没有什么。我想你是不能走的。你就会复原的。"

那个人回来了。"医院……"

拉维克立刻去接电话。"谁啊？尤金妮亚吗？一间病房，是的，打个电话给韦贝尔。"他望着卧房，轻轻地说，"把一切都准备好。我们要来动手术。我已经招呼好一辆救护车了。一个急诊，是的，是的，好的，是的，十分钟之内。"

他挂上听筒，又木然地站了一会儿。那桌子，一瓶薄荷酒，讨厌的东西，酒杯，有香味的纸烟，讨厌，这一切都像一部拙劣的影片，地毯上有一支手枪，血迹，一切都像是假的，我怎么会有这种感觉？他想。这是千真万确的，而现在，他也知道了那个来找他的人是谁。衬着厚垫肩的衣服，喷香闪亮的头发，他在汽车里闻到过他讨厌的香水味儿，还有手指上的几枚戒指，正是那个戏子。对这个人发出的威胁，他曾经一笑置之。瞄得很准，他想，可是又像没有瞄准，像这样的枪击，不会是瞄准的，只有在无意且根本不想击中的时候，才会伤成这样。

他走回卧室。那个人跪在床边，当然是跪着的，不会是别的，在说话，呜咽，说话，连珠似的说着。"起来吧。"拉维克说。

那个人听话地站起来了，茫然地拂着膝盖上的灰尘。拉维克望着他的脸。眼泪！还流眼泪了！"我不是故意的，先生！我敢发誓，我不想打中她，我不是故意的，完全是意外，盲目而悲惨的意外！"

拉维克的胃部牵缩着。盲目的意外！一会儿他又要念他的无韵诗，又要啰唆下去了！"我知道的。现在你就下楼去等救护车吧。"

那个人还想说什么话。"去！"拉维克说，"把他妈的电梯停在楼底下。天知道我们怎么把担架抬下楼去呢。"

"你要帮助我的，拉维克。"琼昏昏沉沉地说。

"好的。"他毫无希望地说着。

"你在这儿。只要有你在一起，我就安心了。"

弄污了的脸微笑着，丑角苦笑了起来，娼妇很费力地微笑。

"宝贝，我没有——"那个人在门口说。

"快出去！"拉维克说，"混蛋，你已经做了！"

琼沉静了一会儿，然后又睁开了眼睛。"他是一个傻瓜，"她说得出奇地清楚，"当然他不是故意的……那可怜的羔羊……只是想表演一下。"她眼睛里露出一种奇异的，几乎是顽皮的表情，"我也根本不相信……就捉弄他……使他……"

"你不应该讲话了。"

"捉弄……"她的眼睛挤成了一条狭缝，"现在我却弄成这样了，拉维克……我的生命……他并不想打中……打中……而……"

眼睛完全闭紧了，微笑也消失了。拉维克倾听着门口那边的声响。

"我们的担架抬不进电梯。太窄了。最好把一半擎起来。"

"你们可以在楼梯头转弯吗？"

担架员出来了。"也许可以。我们把担架抬得高一点。最好还是把她缚起来。"

他们缚着她。琼半睡着，时不时呻吟一下。担架员走出了公寓房间。"你有钥匙吗？"拉维克问那个演员道。

"我……没有，为什么问这个？"

"把房间锁起来。"

"没有。可是总在什么地方的。"

"找找看，把房门锁好。"同来的担架员已经在下一层楼梯头忙着了。"把手枪拿走。你可以扔在外面的。"

"我……我要……我要去警察局自首。她伤势严重吗？"

"是的。"

那个人在流汗。汗水立刻渗出了毛孔，仿佛皮肤底下除了汗水再也没有别的东西似的。他又回进了房间。

拉维克跟着担架员。装在走廊里的电灯亮三分钟就会熄灭的。在每一层楼梯头，另有一个开关让人可以把灯重新开亮。担架员走下每一层楼梯，中间总是比较省力，转弯就非常困难。他们必须把担架擎到头顶上，抬过楼梯的栏杆，然后才能转弯。他们颀长的黑影在墙壁上晃动着。我以前在哪儿看见过这种情形的啊？我以前总在一个什么地方看见过的，拉维克仓皇失措地想着。他突然想起来了，当初，拉辛斯基……

当担架员指挥着方向，担架把墙上的泥灰撞落下来的时候，好几家都打开了房门。一张张愕然的脸出现在半开着的门口，宽大的衬裤，蓬乱的头发，惺忪的脸庞，睡衣，紫色的，野葛绿色的，还有热带的花朵。

灯又熄灭了。担架员在黑暗中嗫嚅着，停住了脚步。"灯！"

拉维克摸索着开关。他摸到了一个女人的胸脯，嗅到一股恶浊的气息，什么东西触着他的腿。电灯又亮了。一个黄头发的女人瞧着他。她肥胖的脸照在灯光下，手里抓着一件广东绉纱的外衣，上面打着许多妖冶的褶带，看去仿佛一只躺在蕾丝床铺上的胖哈巴狗。"死了吗？"她闪着眼睛问。

"没有。"拉维克前进着。什么东西叫了一声，跳了一下。原来是一只逃回去的猫。"飞飞！"那女人蹲了下来，摆开她沉重的膝盖，"我的天，飞飞，他们踩到你没有啊？"

拉维克走下了楼梯。担架在他下面摇摆着。他看见琼的头也跟担架一块儿在摇摆，却看不见她的眼。

最后一层的楼梯头。灯光又熄灭了。拉维克便奔上一段楼梯去开灯。正在这时候，电梯嗡嗡地响着，灯光明亮地降落下来，穿过沉静的黑暗，仿佛从天上降落似的。那演员就站在金光闪闪的电梯里。他全无声息地滑下，经过担架，好像一个自天而降的妖魔。他看见电梯停在楼上，便乘它下来打算追上他们的。这固然很机警，可是由于他像鬼出现似的把大家吓了一跳，显得有点可笑。

拉维克抬起头来，倒不颤抖了。他戴着橡胶手套的手也没有流汗。他已经换过两副橡胶手套了。

韦贝尔站在他对面。"假如你愿意,可以打电话找马尔托来。十五分钟,他就可以赶到的。你可以帮助他,由他来动手。"

"不,太迟了。我自己也不行。不过,总比袖手旁观好些。"

拉维克透了一口气。他现在倒平静了,于是又开始工作。那白皙的皮肤,跟任何人一样的皮肤,他跟自己说,琼的皮肤,也跟任何人一样的,血,琼的血,也跟任何人一样的血。棉塞,裂开的肌肉,棉塞,当心,继续工作,银色锦缎的碎片,丝线,继续工作,伤口的罅隙,碎片,继续工作。这罅隙通到……通到……

拉维克觉得头脑变得空虚了。慢慢地他挺立起来。"这儿,你瞧这个,第七节脊椎。"

韦贝尔俯视那创口。"情况很坏呢。"

"不是坏,简直没有希望了。什么办法也没有啦。"

拉维克望着自个儿的手在橡胶手套里抖动。这是一双强劲的手,精明的手,开过千百次的刀,缝合过断裂的肢体,往往是成功的,难得有失败的时候,而且有时候还把百分之一机会的绝症都医好了。然而现在,当一切要靠这双手的时候,它却变得无能为力了。

他简直没有办法。谁也没有办法。开刀也不可能。于是他站在那儿,凝视着血红的创口。他可以把马尔托请来的,可是马尔托也一样没有办法。

"还有什么办法吗?"韦贝尔问。

"一点儿也没有。只有缩短她的生命,减弱她的力量。你瞧那颗打在里边的子弹。我简直没有办法可以钳出它。"

"脉搏在浮了,急了,一百三十次。"尤金妮亚在隔板后面这样说。

创口现出了一重灰色的阴影,仿佛被一阵黑暗的气息嘘过似的。拉维克手里准备了一管吗啡。"可拉明,快!不要上麻醉了!"

他又给她注射了一针。"现在怎么样啊?"

"还是那样。"

血液仍然现出铅似的颜色。"把肾上腺素针和氧气筒准备好！"

血液更晦暗了，仿佛外面的行云把黑影投掷在上面，仿佛有什么人站在窗前把帘幔拉紧了。"血，"拉维克绝望地说，"输血。可是我不知道她的血型。"

氧气筒又开始抽压了，"没有什么吗？怎么样啊？没有什么吗？"

"脉搏降低了。一百二十次。很弱。"

生命又回来了。"现在呢，好了一点吗？"

"还是一样。"

他等着。"现在呢，好了一点吗？"

"好一点了。正常一点了。"

阴影消逝了，创口的边缘也褪去了灰色，血又变成了血液，仍然是血液。氧气筒还在抽压着。

"眼皮在动了。"尤金妮亚说。

"那不要紧。她会醒来的。"拉维克包扎着绷带。

"脉搏怎么样？"

"更正常了。"

"真是千钧一发。"韦贝尔说。

拉维克觉得自己眼皮上有什么压着。那是汗珠，大颗的汗珠。他挺起了身子。氧气筒呜呜地抽压着。"继续抽压。"

他绕过桌子站了一会儿，不想什么，只是望着器械，望着琼的脸。脸震颤着，还没有死。

"这是过度刺激后的震荡，"他跟韦贝尔说，"这是她血液的样品。我们得送出去。什么地方我们可以弄到血液呢？"

"美国医院。"

"好的。我们去试一下。也没有用，只是拖延一点儿时间。"他望着那器械，"你要报告警察局吗？"

"是的，"韦贝尔说，"我应该报告的。那么，就会有两个警官来盘问你了。你愿意吗？"

"不。"

"好的。今天下午我们再来考虑一下。"

"够了，尤金妮亚。"拉维克说。

琼的鬓骨边又有了点儿颜色，灰白中带着点桃红。她的脉搏也跳得正常了，微弱而清晰。"我们可以送她回去。让我待在这儿。"

她动了，一只手动了。她的右手动了，左手不能动。

"拉维克。"她说。

"哦……"

"你替我施行了手术吗？"

"没有，琼。不需要。我们只清洗了创口。"

"你就待在这儿吗？"

"是的。"

她闭上眼睛，又睡熟了。拉维克走到房门口。"给我点儿咖啡。"他跟值班的护士说。

"咖啡和圆面包吗？"

"不，只要咖啡。"

他走回去，打开了窗子。晨光清澈而璀璨地爬在屋面上。麻雀在鸟巢里嬉戏。拉维克在窗边坐下了，抽着烟。他把烟气吐到了窗外。

护士端着咖啡进来了。他把咖啡放在旁边，喝着，抽着烟，看着窗外。当他从明亮的晨光中回过头来的时候，房里仿佛变得幽暗了。他站起身，望着琼。她仍然熟睡着。她的脸已经抹干净了，也就显得更苍白了，嘴唇简直白得看不见。

他把盛放着咖啡壶和咖啡杯的扁盘端到了外面，放在走廊里的桌子上。这儿有一股地板的油漆和脓水味。原来是一个护士提着装了脏绷带的水桶，打他面前经过。什么地方有一台真空吸尘器在营营地响着。

琼变得躁动起来。马上她又会醒了，醒来时就会觉得痛的。这疼痛还会增剧。她也许可以多活几小时或者几天的时间，可是那疼痛会强烈得什么注射液都不能止住。

拉维克去拿一支针管和几瓶针药。当他回来的时候，琼睁开了眼睛。他望着她。

"头疼。"她絮语着。

他等着。她想移动她的头，可是眼皮重得很。她费力地转动着眼珠。"觉得像铅……"

她清醒了。"我受不住……"

他给她注射了一针。"一下子就会好的……"

"刚才还没有这样疼……"她移动着头。"拉维克，"她嗫嚅着，"我不要受苦。我……答应我不受苦……我的祖母……我看见她……我不要……根本救不了她……答应……"

"我答应，琼。你不会怎么痛苦的，几乎是没有。"

她咬紧了牙齿。"就会有用吗？"

"哦……就会的，几分钟之内……"

"怎么搞的……我的手臂……"

"没有什么。你不能动。就会好过来的。"

"还有我的腿……我的右腿……"

她想伸起来，却又不能动。

"也一样，琼。不要动。也会好过来的。"

她移动她的头。

"我刚想开始……改变生活的方式……"她咕哝着。

拉维克没有回答。他也没有什么可说的。也许这是确实的。谁不想那样呢？

她烦躁地摆动着她的头，声音也变得单调而费力了。"那是好的……你来了。什么……事情会发生……要是没有了你？"

"是的……"

同样的事情，他绝望地想，还不是同样的事情，任何庸医都足够了，任何庸医，这唯一需要用的一次，一切我知道的知识和学到的经验却都变得毫无用处了，任何庸医都会做这同样的事情，什么也不做。

中午，她才有了意识了。他没有告诉她什么，可是她自己知道了。"我不愿意变成一个跛子，拉维克……我的腿怎么办……一条腿不能动……再也不能了……"

"没有什么。当你起床的时候，你会照常走动的。"

"我起床……的时候。你为什么撒谎？你不……需要撒谎的……"

"我没有跟你撒谎，琼。"

"你是……你必须……只是你不要让我躺在这儿……只觉得……疼。你答应我一件事。"

"我答应。"

"太疼的时候……你要给我……一点儿东西。我祖母……躺在床上五天……尖叫着。我不要那样，拉维克。"

"你不会的。你不会怎么痛苦的。"

"疼得太厉害的时候……你一定要给我……一点儿足够强烈的东西……足够让我永远不疼。你一定要那么做……即使我不想要……或者什么也不知道了……我现在说的话要实现。以后……你答应我。"

"我答应你。不过不会有必要那样做的。"

惊恐的神色消失了，她立刻又宁静地躺在那儿。"你能那么做，拉维克，"她絮语着，"没有了你……我是无论如何不会活的。"

"胡说。你当然还是会活的。"

"不会。从那个时候起……当我们第一次见面的时候……我就不再知道该往哪儿去……是你给我的……这一年。这是时间的礼物。"她慢慢地转过头来对着他，"为什么我不能跟你……待在一块儿呢？"

"那是我的过失，琼。"

"不。那是……我不知道……"

窗外是金黄色的阳光。窗帘拉着，可是阳光从两侧漏了进来。琼还在药性发作的半睡眠状态中，意识早已没有了。这几点钟的时间，仿佛饿狼一样吞噬着她。她的身体躺在毛毯下，显得很平坦。抵抗力已经消退。她浮沉于睡眠与苏醒的中间。有时候她完全昏迷了，有时候却又分明很清醒。疼痛剧烈了。她开始呻吟。拉维克又给她注射了一针。"我的头，"她嗫嚅着，"更疼了。"

隔了一会儿，她又开始说起话来。"那光……太强烈的光……在烧……"

拉维克走到窗口，找到百叶窗拉下来，然后又把窗帘遮紧了。现在这房间里几乎是漆黑的一片。他走回来，坐在她的床沿上。

琼翕动着嘴唇。"这么久……不会有用了，拉维克……"

"几分钟之内……"

她静静地躺着。双手动也不动地摊放在毛毯上。"我一定要……告诉你……那么多的……"

"以后吧，琼。"

"不。现在……时间没有了。那么多的……要解释……"

"我想，大多是我知道的，琼……"

"你知道吗？"

"我想是的……"

波浪，拉维克看见一阵痉挛的波浪冲过了她。两条腿现在都麻痹了，手臂也一样，只有胸脯起伏着。

"你知道……我常常……只有……跟你……"

"是的，琼……"

"那一个只是……烦躁……"

"是的，我知道……"

她又静静地躺了一会儿，费力地呼吸着。"奇怪……"然后又轻轻地说，"奇怪……一个人会死……当一个人爱……"

拉维克弯下身子去看她，只有黑暗和她的脸。"我还不够好……配不上你。"她咕哝着。

"你是我的生命……"

"我能够……我要……我的手臂却不能再……拥抱你……"

他看见她怎样挣扎着要举起手臂。"你就在我的怀抱里，"他说，"我也在你的怀抱里。"

她停止喘息了一会儿，眼睛完全凹陷了进去。她睁开眼睛，瞳孔显得很大。拉维克不知道她有没有看见他。"Ti amo.[1]"她说。

她说着孩提时的语言。她已经疲惫得不能说其他的语言了。拉维克握住她那双没有生气的手，觉得肝肠寸断。"你使我活着，琼。"他向着那张眼睛呆瞪瞪的脸说，"你使我活着。我本来只是一块顽石。是你使我活着的……"

"Mi ami, tu ?[2]"

这是一个孩子要睡觉时的话，是疲惫到极点的表示。

"琼，"拉维克说，"爱不是一句话，光说是不够的。话语只是很小的一部分，一条河里的一滴水，一棵树上的一片叶。爱的内容比这多得多……"

"Sono stata…sempre conte… [3]"

拉维克握着她的手，这双手却已经不觉得他在握着了。"你是一直跟我在一起的，"他说着，却没有注意到自己忽然说起德语来，"你是一直跟我在一起的，不论我爱你，恨你，或者仿佛无所谓的时候……那也不会改变什么的，你是一直跟我在一起……一直在我的

---

[1] 意大利语，意为："我爱你。"

[2] 意大利语，意为："你爱我吗？"

[3] 意大利语，意为："我曾……常常告诉你……"

心中……"

　　以前，他们总是用别国的语言交谈。而现在，他们在无意中第一次说着自己的母语，似乎消除了语言的隔阂，反而比从前更了解了。

　　"Baciami. [1]"

　　他吻着她那灼热而干燥的嘴唇。"你是一直跟我在一起的，琼……一直……"

　　"Son'stata perduta senza di te…" [2]

　　"没有了你，我更什么都完了。你是一切的光明、甜蜜和苦涩……你震撼了我，你给了我你自己和我自己。你使我活着。"

　　琼静默了几分钟。拉维克观察着她。她的四肢死了，一切的器官都死了，只有眼睛、嘴和呼吸还活着，而他知道，现在她呼吸的辅助肌肉也在逐渐麻痹，她已经不能再说话了，她早已在喘着，牙齿颤抖，脸在抽搐，她还想挣扎着说话，可是喉咙痉挛了，嘴唇哆嗦着，嘎嘎地响着，发出一种低沉可怕的嘎嘎声，最后咆出了一声叫喊。"拉维克，"她讷讷地说着，"帮我！帮我……现在！"

　　他早已准备好注射针，急忙拿了起来，往她皮肤下直插进去。她不能这样慢慢地咽气，苦痛地，一次又一次，拖延着时间，渐渐地减少着气息。她不能这样不省人事地受苦，只有苦痛横在面前。也许还要拖延几小时呢。

　　她的眼皮动了一阵，然后静止下来。她的嘴唇松弛了，呼吸也停止了。

　　他将窗帘拉开，把百叶窗卷起，然后回到床前。琼的脸，变得呆木而异样了。

---

[1]　意大利语，意为："吻我。"
[2]　意大利语，意为："我是什么都完了，没有了你……"

他关好了门，走进办公室去。尤金妮亚坐在桌边，摊着病历卡。"十二号的病人死了。"拉维克说。

尤金妮亚点点头，却并没有抬起来。

"韦贝尔医生在他房里吗？"

"我想在里边。"

拉维克穿过了走廊。有几扇房门敞开着。他向韦贝尔的房间那边走去。

"十二号死了，韦贝尔。你现在可以报告警察局了。"

韦贝尔并没有抬起头来。"警察局现在正有别的任务呢。"

"什么？"

韦贝尔指着一张晨报的号外，德军进占波兰。"我从政府方面得到消息。今天就要宣战了。"

拉维克放下了报纸。"果然是了，韦贝尔。"

"是的。这是个结局。可怜的法国。"

拉维克坐了一会儿。除了空虚，也没有别的什么了。"也不止是法国，韦贝尔。"他然后说。

韦贝尔凝视着他。"在我，就只有法国。那也够了。"

拉维克没有回答。"你预备怎么样？"隔了半晌他才这样问。

"我不知道。我要应征入伍。这儿的事情，"他做了个姿势，"有人会接替的。"

"你会待在这儿的。在战时，医院是需要的。他们会让你留在这儿的。"

"我不愿意待在这儿。"

拉维克环顾四周。"今天是我在这儿的最后一天了。我想一切都已经安排得很好。那个子宫有问题的病人已经在复原，胆囊炎病人的情况也很好，就是那个癌症病人没有希望了，再开刀也没有用。就是如此而已。"

"为什么？"韦贝尔没精打采地问，"为什么今天是你最后的一天呢？"

"只要一宣战，他们就会把我们抓起来的。"拉维克注意到韦贝尔想说什么话。

"不必争辩了。这是必然的。他们会那么做的。"

韦贝尔坐到了他的椅子上。"我真是不知道了。也许是的。也许他们连仗也不打，就把国家出卖了。一个人真是不知道了。"

拉维克站起身来。"假如我还在这儿，今晚我再来。八点钟。"

"哦。"

拉维克出来了。他看见那个演员还在大厅里。他已经完全忘记了他。那人直跳了起来。"她怎么样啦？"

"她死了。"

那人凝望着他。"死了？"他的手，万分悲伤地压在自己的心上，蹒跚地颠簸了一下。

他妈的这个喜剧角色，拉维克想，大概是演惯了这类戏剧，所以事情发生在自己身上的时候，便进入角色了，然而，也许他倒是很真诚的，而他演戏的姿态，使他真诚的悲伤显得很可笑。

"我能看看她吗？"

"为什么？"

"我一定要再见她一面的！"那个人用双手压着自己的胸脯。手里还拿着一顶有绸边的浅棕色霍姆堡帽。"你懂得的！我一定要——"

他眼睛里噙满了泪水。"你听我说，"拉维克不耐烦地说道，"你还是溜走的好。那个女人已经死了，也没有办法了。你自个儿去解决这件事情吧。滚你的蛋！谁也不来判你一年的徒刑，或者就那么戏剧性地把你赦免了。无论如何，你总可以在几年里利用这件事情来在女人面前逞威风，来征服她们。滚你的，你这个傻瓜！"

他把他一把推到了门口。那个人还犹豫了一下。在门口，他转过头来:"你这个没有感情的野兽! 混蛋德国人! "

街上拥挤着人群。他们一簇簇伫立在报馆的电动新闻布告板前面。拉维克一个人驾驶着汽车,开到了卢森堡公园。他想在被捕之前,享受几小时孤独的宁静。

公园里没有什么人。夏末下午和煦的阳光照耀着。树木显出秋天的第一个征兆,不是那种凋零的秋天,而是成熟的秋天。阳光是金黄的,蓝色乃是夏季最后的绸旗。

拉维克在那儿坐了很久。他看着阳光的游移,影子也逐渐拉长了。他知道这是他最后几小时的自由。一宣战,国际旅馆的老板娘便不会再庇护什么人了。他又想起了罗朗德。罗朗德也不会。谁也不会。假如他现在还想出走,会被人家怀疑是间谍的。

他在那儿坐到晚上。他并不悲愁,许多的脸从他面前闪过。脸和往事。然后是那张最后的不动的脸。

七点钟他才离开。他离开了这最后的残余的宁静,这黑暗下来的公园。他在街上走了几步,便看见几张报纸的号外,宣战了。

他在一家没有收音机的小酒馆里吃着,然后回到了医院。韦贝尔见到他。"你可以再做一次剖宫产手术吗? 刚送来了一个病人。"

"当然。"

他走去换手术衣,路上碰到了尤金妮亚。一看见他,她突然一怔。"你想不到会再见到我吧?"他这样问。

"想不到。"她答道,异样地看看他,便匆匆过去了。

婴儿在啼哭着,正在被洗涤。拉维克望着那张涨得通红的啼哭的脸和那小手指。我们不是微笑着降临到这个世界上来的,他想。便把婴儿递给了助理护士。这是一个男孩。"谁知道他现在一出世就遭遇的是哪一种战争。"他说道。

他洗着手。韦贝尔也在他旁边洗着手。"万一你果真被逮捕了，拉维克，你会不会立刻让我知道你在什么地方？"

"为什么你要自找麻烦呢？像现在这种时势，还是不要认识我们这种人的好。"

"为什么？因为你是德国人吗？你是一个难民啊。"

拉维克凄惨地微笑着。"你也知道难民总像石头中间的石头吗？在他们的祖国看起来，都是些叛逆。而在国外，他们却还是祖国的人民。"

"在我倒并没有这样的差别。可是我希望你尽快离开。要不要我当证明人？"

"假如你愿意。"拉维克知道他不会那么做的。

"医生总是可以到处工作的。"拉维克抹干了手，"你肯帮我一次忙吗？你肯照料一下琼的丧葬吗？我已经来不及自己办了。"

"当然。还有什么别的事情需要我照料吗？像财产之类的东西？"

"那个让警察局去处理。我不知道她有没有亲戚。反正也无所谓。"

他穿上了外衣。"再见，韦贝尔。跟你同事，非常高兴。"

"再见，拉维克。我们还要解决剖宫产的手术费呢。"

"就用这笔钱办丧事吧。无论如何还要你多花几个钱，让我把不够的钱补给你。"

"不会的。不会的，拉维克。你想把她葬在什么地方？"

"我不知道。随便哪个公墓都好。我把她的姓名和住址留在这儿。"拉维克在一张医院的账单上写了下来。

韦贝尔把纸条压在一块水晶镇纸下，这镇纸里有一只银色的羊。

"好的，拉维克。我想我在这几天里也要走了。没有你在这儿，我们是没有几种手术可以做的。"他跟他一起走了出去。

"再见，尤金妮亚。"拉维克说。

"再见，拉维克先生。"她瞧着他，"你要回到你的旅馆里去吗？"

"是的。怎么了？"

"哦，没有什么。我只是想……"

天黑了。一辆卡车停靠在旅馆的门前。"拉维克。"莫罗佐夫从旅馆附近一间屋子里走出来，这样说道。

"鲍里斯吗？"拉维克停住了脚步。

"警察在那个窝里。"

"我早知道会如此的。"

"我这儿有一张伊凡·格鲁奇的身份证。你知道的，那个死了的苏联人。有效期还有十八个月。你跟我一起上沙赫拉扎德去。我们可以换张相片。那你就可以住在另一家旅馆里，作为一个苏联的难民了。"

拉维克摇了摇头。"太危险了，鲍里斯。在战时，一个人不应该用伪造的证件。倒还是干脆没有的好。"

"那你打算怎么办呢？"

"我要回到旅馆里去。"

"你有没有郑重地考虑过啊，拉维克？"莫罗佐夫问。

"是的，考虑过了。"

"他妈的！谁知道他们会把你塞到哪里去。"

"无论如何，他们不会把我放逐到德国去的。那就好了。而且他们也不会把我放逐到瑞士去。"拉维克微笑着，"警察们居然要留住我们，七年来这还是第一次，鲍里斯。这是用一次战争换来的呢。"

"外边谣传，他们要在龙乡建立一个集中营。"莫罗佐夫捋着他的髭须，"那你逃出了德国的集中营，想必是为了现在关到法国集中营里去。"

"也许他们就会把我们放出来的。"

莫罗佐夫没有回答。"鲍里斯，"拉维克说，"不要为我担心。在战时，医生是很需要的呢。"

"他们万一来抓你，你预备用什么名姓啊？"

"用我自己的。那个名字，我在这儿只用过一次，五年前了。"拉维克沉默了一会儿。"鲍里斯，"他然后又说，"琼已经死了。被一个人枪杀的。她还在韦贝尔的医院里。她必须被安葬。韦贝尔已经答应我照料的，可是我不知道他会不会在为她安葬之前就被征召入伍。你可以去照料一下吗？不必问我什么，请你答应，请你照办。"

"好的。"莫罗佐夫说。

"好的。再见，鲍里斯。我的东西，只要你觉得有用，就拿去好了。你可以搬到我的房去住。本来，你也常常用我的浴室的。我现在要走了。再会。"

"唉！"莫罗佐夫说。

"好的。待战争结束以后，我到富克饭店来找你。"

"哪一边的？香榭丽舍大街上的，还是乔治五世大街的？"

"乔治五世大街。我们都是傻子，英勇又稚气的傻子。再会吧，鲍里斯。"

"唉！"莫罗佐夫说，"我们简直还不敢行告别礼呢。到这儿来，傻子。"

他吻着拉维克的右颊和左颊。拉维克触到他的胡子，嗅到他的烟味儿。不太愉快的事。于是他走到了旅馆。

难民们都站在"墓窟"里，好像是第一批基督徒，他想，第一批欧洲人。一个便衣坐在棕榈盆景下的桌子边，记着每一个人的详细情况。两个警察把守在门口，其实谁也没有逃跑的意向。

"护照呢？"那个便衣警察问拉维克道。

"没有。"

"别的身份证件呢？"

"没有。"

"在这儿是非法的吗？"

"是的。"

"为什么？"

"我从德国逃亡出来，没有办法得到什么证件。"

"你姓什么呢？"

"弗雷森堡。"

"名字呢？"

"路德维希。"

"犹太人吗？"

"不是。"

"职业呢？"

"医生。"

那个人写着。"医生吗？"他说着，便拿出一张字条来看，"你知道一个叫拉维克的医生吗？"

"不知道。"

"据说他住在这儿。我们接到一封检举信。"

拉维克望着他。准是尤金妮亚，他想。她问过他是不是回到旅馆里去，而且看见他还很自由时，颇为惊奇。

"我早就告诉你，这儿没有那样名字的人。"旅馆老板娘站在通往厨房去的门边，这样说道。

"不要多嘴，"那个人暴躁地说着，"你没有把这些住客报告上去，总之你要受处罚。"

"我倒引以为荣。假如慈悲人道也要受处罚的话，你就处罚吧！"

那个人仿佛要想回答，可是做了一个不屑理睬的姿态，又停住了。旅馆老板娘挑衅似的瞧着他。她有保障，她可不怕。

"把你的东西收拾起来，"那个人跟拉维克说，"带上内衣和足够一天的粮食。假如你有，再带一条毛毯。"

一个警察押他到楼上。房门大多敞开着。拉维克拿了他早就收拾好的手提包和毛毯。

"没有别的东西了吗？"警察问。

"没有别的东西了。"

"你把别的东西都留在这儿吗？"

"我把别的东西都留在这儿。"

"这个也留着吗？"警察指着床边桌子上那个小小的木刻圣母像，这木刻像是跟琼初次邂逅后，她送到国际旅馆来的。

"那个也留着。"

他们一起下了楼。那个阿尔萨斯女招待克拉丽莎递给拉维克一个纸包。拉维克注意到别人也拿着同样的东西。"一点儿吃的东西，"旅馆老板娘说，"这样你可以不至于挨饿了。我想，你们去的那个地方，一点儿准备也不会有的。"

她定睛瞅着那个便衣警察。"不要多说话，"他愤然地说，"我并没有宣战。"

"这些人也并没有宣战。"

"别嚷嚷。"他望着那个警察，"好了没有？把他们带走。"

一簇黑魆魆的人群开始移动了。拉维克看见那个男人和那个嚷着看见蟑螂的女人。男人扶着她，另一只胳膊底下夹着一只手提包，手里又提了一只皮包。男孩也拖着一只。那个人恳求似的望着拉维克。拉维克点点头。"我带着医疗器械和药品，"他说，"你不必担心的。"

他们爬上了卡车。引擎发出哒哒的响声。汽车直驶了出去。旅馆老板娘伫立在大门下，挥着手。"我们到什么地方去啊？"有人问警察道。

"我不知道。"

拉维克站在罗森菲尔德和那个冒充的艾隆·戈尔德贝格的旁边。罗森菲尔德腋下夹着一卷东西，是塞尚和高更的名画。他的脸搐动着。"那张西班牙的签证，"他说，"满期了，在我——"他打住了后面的话，"'死神之鸟'倒已经走了，"他接着又说，"马库斯·迈耶，昨天去美

505

国的。"

卡车颠簸着。大家紧紧地挤靠在一起，谁也不说一句话。他们被颠到了一个角落上。拉维克瞧见那个宿命论者赛登鲍姆。他挤缩在角落里。"我们又在这儿见面了。"他说。

拉维克搜索着口袋里的纸烟，一支也没有。可是他分明记得装满在手提包里的。"哦，"他说，"人能够忍受很多的事情。"

卡车沿着瓦格兰大街转入了星形广场。到处都没有灯光。广场上一片漆黑，黑得连凯旋门都看不见了。

文
景

社 科 新 知　文 艺 新 潮

Horizon

凯旋门

[德] 雷马克 著

朱雯 译

出 品 人：姚映然
责任编辑：张　晨
营销编辑：杨　朗
封扉设计：周伟伟
美术编辑：安克晨

出　　品：北京世纪文景文化传播有限责任公司
　　　　　（北京朝阳区东土城路8号林达大厦A座4A 100013)
出版发行：上海人民出版社
印　　刷：山东临沂新华印刷物流集团有限责任公司
制　　版：山东临沂新华印刷物流集团有限责任公司

开 本：890mm×1240mm 1/32
印 张：16　字数：371,000　插页：2
2021年4月第1版　2025年9月第3次印刷
定 价：69.00元
ISBN：978-7-208-16761-2 / I·1932

图书在版编目（CIP）数据

凯旋门 / (德) 雷马克 (Erich Maria Remarque) 著；
朱雯译. –– 上海：上海人民出版社, 2020
书名原文：Arc de Triomphe
ISBN 978-7-208-16761-2

Ⅰ.①凯… Ⅱ.①雷…②朱… Ⅲ.①长篇小说–德
国–现代 Ⅳ.①I516.45

中国版本图书馆CIP数据核字(2020)第203698号

本书如有印装错误，请致电本社更换 010-52187586

中文版译自

ARC DE TRIOMPHE by ERICH MARIA REMARQUE

社科新知　文艺新潮　│　与文景相遇

微信公众号	微　博	豆　瓣
bilibili	抖　音	小红书